LA PROIE DES OMBRES

DU MÊME AUTEUR
CHEZ LE MÊME ÉDITEUR

Tout ce qui meurt
... Laissez toute espérance
Le Baiser de Caïn
Le Pouvoir des ténèbres
L'Ange Noir

John Connolly

LA PROIE DES OMBRES

Roman

Traduit de l'anglais par Jacques Martinache

PRESSES DE LA CITÉ

Titre original : *The Unquiet*

ISBN 978-2-258-07618-1

A Emily Bestler, avec toute mon affection,
et mes remerciements pour sa persévérance

Prologue

Ce monde est plein de choses brisées : cœurs brisés, promesses brisées, gens brisés. C'est aussi une construction fragile, un lieu alvéolé où le passé s'infiltre dans le présent, où le poids de la culpabilité et les vieux péchés font s'effondrer des vies et forcent des enfants à reposer auprès des restes de leurs pères dans les ruines enchevêtrées de l'après.

J'ai été brisé, j'ai brisé en retour. Je me demande à présent combien de souffrances on peut faire subir à d'autres avant que l'univers réagisse, avant qu'une force extérieure estime qu'ils en ont assez enduré. Je pensais autrefois que c'était une question d'équilibre, mais je ne le crois plus. Je pense que ce que j'ai fait était disproportionné par rapport à ce qu'on m'avait fait, mais c'est dans la nature de la vengeance. Elle enfle, elle devient incontrôlable. Une souffrance en appelle une autre, et ainsi de suite, jusqu'à ce que la souffrance initiale soit quasiment oubliée dans le chaos qui a suivi.

J'ai été un vengeur. Je ne le suis plus.

Mais ce monde est plein de choses brisées.

Old Orchard Beach, Maine, 1986

Le Devineur tira la liasse de billets de sa poche, humecta son pouce et compta discrètement la recette de la journée. Le soleil se couchait, se brisant en éclats d'un rouge brûlant comme du sang et du feu sur l'eau. Des gens déambulaient encore sur la promenade en bois, buvant des sodas et mangeant du pop-corn chaud nappé de beurre, tandis que des silhouettes lointaines marchaient le long de la plage, certaines en couples, main dans la main, d'autres seules. Le temps avait tourné ces derniers jours, la température baissait notablement le soir et un vent vif, annonciateur d'un changement plus important, jouait avec les grains de sable tandis que la lumière déclinait. Les touristes ne s'attardaient plus comme avant. Le Devineur sentait que son temps ici touchait à sa fin, car si les gens ne s'arrêtaient pas il ne pouvait pas travailler, et s'il ne pouvait pas travailler il ne serait plus le Devineur. Il ne serait qu'un petit homme debout devant une balance et un assemblage branlant de pancartes, un bric-à-brac de babioles et de pacotille. Sans un public pour admirer ses talents, c'était comme s'ils n'existaient pas. Les touristes commençaient à partir, et bientôt cet endroit n'aurait plus aucun attrait pour le Devineur et ses collègues : les camelots, les forains, les bonimenteurs. Ils seraient contraints de s'en aller vers des cieux plus cléments ou de se terrer tout l'hiver en vivant sur les gains de l'été.

Le Devineur sentait la mer et la plage sur sa peau, leur goût salé affirmant la vie. Il ne manquait jamais de le remarquer, même après tant d'années. A sa façon, la mer le faisait vivre, puisqu'elle attirait les foules, et le Devineur était là à les attendre quand elles arrivaient, mais cette affinité allait au-delà de l'argent qu'elle lui rapportait. Il y décelait quelque chose de sa propre essence, comme dans le goût de sa sueur, un écho de ses origines lointaines et de l'origine de toute chose, car il croyait qu'un homme qui ne comprend pas l'attrait de la mer est perdu pour lui-même.

Feuilletant les billets d'un pouce expert, il remuait légèrement les lèvres et comptait dans sa tête. Quand il eut terminé, il ajouta la somme à son total, le compara aux gains de l'année précédente à la même période. Ils étaient en baisse, comme chaque année. Les gens devenaient blasés, leurs enfants et eux avaient moins tendance à s'arrêter devant un étrange petit homme et son stand d'aspect primitif. Il devait travailler plus pour gagner moins, pas encore au point, cependant, d'envisager de renoncer au métier qu'il avait choisi. Que pourrait-il faire d'autre ? Débarrasser les tables d'une cafétéria ? Se tenir derrière le comptoir d'un McDo, comme certains des retraités les plus désespérés qu'il connaissait, réduits à nettoyer après le passage de bébés vagissants et d'adolescents insouciants ? Non, ce n'était pas pour le Devineur. Il suivait ce chemin depuis près de quarante ans et se sentait capable de le suivre quelques années encore, si le grand donneur de cartes, là-haut dans le ciel, l'épargnait. Son esprit demeurait vif et ses yeux, derrière des verres cerclés de noir, étaient toujours capables d'enregistrer ce qu'il avait besoin de savoir sur ses clients pour continuer à gagner modestement sa vie. D'aucuns appelleraient ça un don, mais pas lui. C'était un talent, un art, développé et affiné au fil des ans, vestige d'un sens aiguisé chez nos ancêtres mais émoussé par le confort du monde moderne. Ce qu'il détenait était une force élémentaire, comme les marées et les courants de l'océan.

Dave Glovsky le Devineur avait débarqué à Old Orchard Beach en 1948, à trente-sept ans, et, depuis, son boniment et ses instruments de travail n'avaient quasiment pas changé. Sa petite concession sur la promenade était presque totalement occupée par une vieille chaise en bois suspendue à une balance R. H. Forschner. Une pancarte jaune, ornée de son profil grossièrement tracé, annonçait sa profession et le lieu où il l'exerçait à ceux qui ne savaient peut-être pas très bien où ils se trouvaient ni ce qu'ils avaient sous les yeux.

LE DEVINEUR
Palace Playland
Old Orchard Beach (Maine)

A Old Orchard, le Devineur faisait partie du décor, au même titre que le sable dans le soda et les caramels à l'eau salée qui vous arrachaient les plombages des dents. C'était sa plage et il la connaissait intimement. Il venait y travailler depuis si longtemps qu'il notait des changements apparemment sans importance dans son environnement : un ravalement ici, une moustache rasée là. Ces détails étaient importants pour lui car c'était ainsi qu'il gardait son esprit affûté et restait capable de gagner de quoi manger. Le Devineur remarquait tout ce qui se passait autour de lui, il engrangeait ces informations dans sa vaste mémoire, prêt à les en extraire au moment où elles lui seraient le plus profitables. En un sens, son surnom était erroné. Dave Glovsky ne devinait pas. Dave Glovsky remarquait. Estimait. Jaugeait. Malheureusement, Dave le Jaugeur ne sonnait pas aussi bien. Ni Dave l'Estimateur. C'était donc Dave le Devineur et ça le resterait.

Il devinait votre poids à trois livres près, sinon vous gagniez un lot. Si cela ne vous amusait pas – il y avait des gens qui ne tenaient pas particulièrement à ce qu'on annonce leur poids à une foule rieuse un beau jour d'été (merci d'avoir demandé, occupez-vous de vos oignons) et par ailleurs le Devineur ne souhaitait pas trop mettre sa balance à l'épreuve en y suspendant cent quarante kilos de féminité américaine –, il tentait tout aussi volontiers de deviner votre âge, votre date de naissance, votre profession, votre préférence en matière de voiture (américaine ou étrangère), et même votre marque de cigarettes préférée. S'il se trompait, vous repartiez avec une barrette en plastique ou un sachet d'élastiques, ravi d'avoir battu le drôle de petit homme avec ses pancartes bancales, puériles – ça, vous étiez sacrément malin –, et il vous fallait probablement un bon moment pour comprendre que vous veniez de lui payer cinquante cents le plaisir d'apprendre quelque chose que vous saviez déjà, avec en prime dix élastiques valant à peu près un cent en gros. Et vous vous retourniez peut-être pour regarder le Devineur, vêtu de son tee-shirt blanc avec l'inscription *Dave le Devineur* en lettres noires, floqué à un autre stand, un peu plus loin sur la promenade, gratuitement parce que tout le monde le connaissait, et vous vous disiez peut-être que le Devineur était un type plutôt malin.

Malin, il l'était, à la manière de Sherlock Holmes, ou du chevalier Dupin, ou du petit Belge, Poirot. C'était un observateur, un homme capable de lire les grandes lignes de l'existence d'une personne dans ses vêtements, ses chaussures, sa façon de tenir son argent, l'état de ses mains et de ses ongles, les choses qui suscitaient son intérêt et son attention lorsqu'elle marchait, et même les pauses et les hésitations infimes, les inflexions vocales et les gestes inconscients par lesquels elle se révélait de mille manières différentes. Il était attentif dans un monde qui n'accordait plus aucune valeur à un acte aussi simple. Les gens n'écoutaient plus, ne regardaient plus, ils *pensaient* seulement écouter et regarder. Ils manquaient plus de choses qu'ils n'en percevaient, les yeux et les oreilles constamment en attente de la prochaine nouveauté que leur lanceraient la télévision, la radio, le cinéma, rejetant la précédente avant même d'avoir commencé à saisir son sens et sa valeur. Le Devineur n'était pas comme eux. Il appartenait à un ordre différent, à un régime plus ancien. Il était à l'affût d'images et d'odeurs, de murmures qui semblaient forts à ses oreilles, de parfums subtils qui chatouillaient les poils de son nez et se transformaient en lumières et en couleurs dans sa tête. Sa vue n'était qu'une des facultés qu'il utilisait et elle jouait souvent un rôle secondaire par rapport au reste. Tels les premiers hommes, il ne comptait pas sur ses yeux comme source principale d'informations. Il faisait confiance à ses sens, les utilisait tous pleinement. Son esprit était un récepteur radio constamment réglé sur les plus faibles émissions des autres.

Ce n'était pas d'une telle difficulté, bien sûr : l'âge et le poids, en particulier, étaient relativement simples pour lui. Les voitures ne posaient pas de gros problèmes non plus, du moins au début, quand la plupart des vacanciers venaient à Old Orchard dans des voitures américaines. Ce fut plus tard seulement que les importations augmentèrent, mais même alors c'était encore du cinquante-cinquante.

Les professions ? Eh bien, des détails utiles émergeaient parfois pendant le boniment, quand le Devineur écoutait leurs salutations, leurs réponses, la façon dont ils réagissaient à certains mots-clés. Tout en prêtant l'oreille à ce qu'ils disaient, il examinait leurs vêtements et leur peau, y cherchait des signes révélateurs : une manchette élimée ou tachée au bras droit suggérait un employé de bureau, probablement d'un grade subalterne s'il portait un vêtement de travail pendant les vacances ; la trace d'un stylo imprimée sur le pouce et l'index allait dans le même sens. Il notait aussi parfois un aplatissement de l'extrémité des doigts à l'une des mains ou aux deux, indiquant dans le premier cas l'usage fréquent d'une calculatrice, dans le second d'une machine à écrire. Les cuisiniers présentaient toujours de petites brûlures sur les avant-bras, des marques de gril aux poignets, des cals à l'index de la main qui tenait le couteau, des cicatrices là où la lame avait frappé, et le Devineur n'avait pas encore rencontré un mécanicien capable d'éliminer à la brosse toute trace de graisse des lignes de sa peau. Il repérait un flic au premier coup d'œil et les militaires en civil auraient aussi bien pu arriver en grand uniforme.

Toutefois, l'observation n'est rien sans la mémoire, et Dave ne cessait d'accumuler des informations sur les foules qui se pressaient le long de la côte, à partir de fragments de conversations ou d'objets personnels entrevus. Si vous allumiez une cigarette, Dave se souviendrait qu'elle provenait d'un paquet de Marlboro et que vous portiez une cravate verte. Si vous gariez votre voiture à proximité de son stand, vous deveniez pour lui « Ford bretelles rouges ». Tout ce qui pouvait se révéler utile plus tard était classé, car même si le Devineur ne perdait jamais grand-chose sur ses paris, entraient également en jeu la question secondaire de l'orgueil professionnel et la nécessité d'offrir un bon spectacle aux badauds : ce n'était pas en se trompant régulièrement et en se débarrassant des touristes avec des sachets d'élastiques en guise d'excuses que Dave avait tenu à Old Orchard pendant des dizaines d'années.

Il rempocha sa recette et regarda une dernière fois autour de lui avant de se préparer à fermer.

Il était fatigué, il avait un peu mal à la tête, mais cet endroit lui manquerait lorsque la saison serait finie. Dave savait que certains se lamentaient sur l'état d'Old Orchard et estimaient que sa plage magnifique avait été saccagée par un siècle de promotion immobilière, par l'arrivée du grand huit et des manèges, par l'odeur de la barbe à papa, des hot-dogs et de la crème solaire.

Ils avaient peut-être raison, mais il ne manquait pas d'autres endroits pour les accueillir, alors qu'il n'y en avait pas tellement où les gens pouvaient sans se ruiner passer une semaine avec leurs gosses, profiter de la mer, de la plage et du plaisir d'essayer de battre des types comme le Devineur. Certes, Old Orchard n'était plus ce qu'il avait été. Les jeunes étaient plus durs, peut-être même un peu plus dangereux. La ville semblait plus clinquante qu'autrefois et donnait une impression d'innocence perdue. Il était loin, le temps où l'approfondissement des connaissances personnelles faisait autant partie des vacances que l'amusement et la détente. Il se demandait combien de ceux qui venaient ici boire de la bière bon marché et manger du homard dans des assiettes en carton avaient entendu parler des méthodistes qui avaient fondé l'Association du terrain de camping d'Old Orchard dans les années 1870, rassemblant parfois jusqu'à dix mille personnes et plus venues pour entendre des orateurs vanter les bienfaits d'une vie vertueuse, sans péchés. On ne pouvait que souhaiter bonne chance au type qui tenterait de convaincre les touristes d'aujourd'hui de renoncer à un après-midi de bronzage pour écouter des histoires tirées de la Bible. Nul besoin d'être Dave le Devineur pour estimer ses chances d'y parvenir.

Dave adorait cependant Old Orchard. Grâce à sa petite concession, il avait eu le privilège de rencontrer des hommes comme Tommy Dorsey et Louis Armstrong, il avait des photos sur un mur de sa chambre pour le prouver. Mais si ces rencontres constituaient les sommets de sa carrière, ses rapports avec les gens ordinaires lui avaient procuré un plaisir constant et permis de rester jeune et affûté comme à ses débuts. Sans les gens, Old Orchard aurait eu beaucoup moins d'importance pour lui, mer ou pas.

Il remballait déjà sa balance et ses pancartes lorsqu'un homme approcha, ou peut-être serait-il plus exact de dire que Dave le sentit approcher avant de le voir, à la manière de ses ancêtres, qui ne s'étaient pas servis de leurs sens uniquement pour jouer aux devinettes dans des grottes éclairées par des torches. Non, ils en avaient eu besoin pour rester vivants, pour être constamment informés de la présence de prédateurs ou d'ennemis, et leur survie avait dépendu d'une relation permanente avec le monde qui les entourait.

Le Devineur se retourna nonchalamment et entreprit d'examiner l'inconnu : la trentaine avancée mais l'air plus vieux ; un jean plus large que ne le voulait la mode ; un tee-shirt blanc légèrement taché au ventre ; de lourdes bottes convenant davantage à la moto qu'à la voiture mais qui ne montraient pas l'usure causée par une grosse bécane ; des cheveux bruns, gominés et coiffés en arrière à la mode des années 1950, des traits nettement dessinés et presque délicats, un menton exigu, la tête écrasée comme si elle avait longtemps souffert sous un gros poids, les os du visage semblables à l'armature d'un cerf-volant sous une peau hâlée. Il avait une cicatrice sous la racine des cheveux : trois lignes parallèles, comme si on avait enfoncé dans sa chair les dents d'une fourchette et tiré vers l'aile du nez. Sa bouche était tordue, plus basse d'un côté et légèrement relevée de l'autre, donnant l'impression que les deux masques symboliques du théâtre avaient été coupés verticalement et une moitié de l'un et une de l'autre raboutées sur son crâne. Les lèvres, trop grosses, auraient presque pu être qualifiées de sensuelles, mais les manières de cet homme ne parlaient pas dans ce sens. Les yeux étaient marron, piquetés de minuscules taches blanches, étoiles et planètes suspendues dans leur obscurité. Il se dégageait de lui une odeur d'eau de Cologne et, tapie dessous, une puanteur rance de graisse animale fondue, de sang et de pourriture, d'excréments éjectés à l'instant ultime où le vivant cesse de l'être.

Soudain, Dave le Devineur regretta de ne pas avoir décidé de remballer un quart d'heure plus tôt, de ne pas avoir déjà mis autant de distance que possible entre lui-même, ses pancartes, sa chère balance et le gars. Mais, alors même qu'il s'efforçait d'éviter de regarder le nouveau venu, il se surprit à l'examiner, à collecter des informations à partir de sa démarche, de ses vêtements, de son odeur. L'homme prit dans l'une des poches de devant de son jean un peigne métallique qu'il passa dans ses cheveux de sa main droite, l'autre suivant derrière afin de lisser toute mèche rebelle. En même temps, il pencha la tête sur le côté, comme s'il se regardait dans un miroir visible seulement pour lui, et il fallut un moment à Dave pour comprendre que c'était lui le miroir. L'inconnu savait tout du Devineur, de son « don », et alors même que Dave s'ordonnait d'arrêter, il continuait d'inventorier les différentes parties qui constituaient cet homme, et celui-ci s'en rendait compte et il prenait plaisir à se voir reflété par les perceptions du vieux Devineur.

Le jean repassé mais maculé de boue aux genoux. La tache sur le tee-shirt semblable à du sang séché. La terre sous les ongles. L'odeur. Doux Jésus, cette odeur...

L'inconnu était maintenant devant lui et le peigne réintégrait l'étroite gaine de la poche. Le sourire s'élargit, tout de fausse bonhomie, et l'homme parla :

– C'est toi, le gars qui devine ? demanda-t-il.

Une trace d'accent du Sud, à laquelle se mêlaient des inflexions de l'Est. Il essayait de le cacher, mais l'oreille de Dave était trop exercée. L'accent du Maine n'était pas d'origine, cependant. Non, c'était un homme capable de se fondre dans le décor lorsqu'il le voulait, de prendre la façon de parler et les manières de ceux qui l'entouraient, de se camoufler comme...

Comme le font les prédateurs.

– J'ai fini ma journée, annonça Dave. Je suis claqué. Vidé.

La réponse fusa :

– Ah, tu as bien le temps de faire encore un client !

Le Devineur sut qu'on n'essayait pas de l'enjôler mais qu'on lui donnait un ordre. Il regarda autour de lui, cherchant une excuse pour partir, mais on aurait dit que l'inconnu s'était accaparé tout l'espace, car il n'y avait personne qui fût assez près pour les entendre, et ceux qui passaient portaient manifestement leur attention ailleurs. Ils regardaient les autres stands, la mer, les sables mouvants, les voitures lointaines et les visages inconnus de ceux qu'ils croisaient. Ils regardaient les vieilles planches et leurs pieds, ils plongeaient leurs yeux dans ceux d'un mari ou d'une femme qui avait cessé depuis longtemps de les intéresser mais qui redevenait soudain l'objet inattendu et éphémère d'une intense fascination. Si quelqu'un avait insinué qu'ils détournaient délibérément leur attention du petit Devineur et de l'homme qui se tenait à présent devant lui, ils auraient rejeté cette idée d'un haussement de sourcils méprisant, mais pour une personne observatrice – pour quelqu'un comme Dave – l'expression fugace de gêne traversant leur visage aurait suffi à démentir leur pitoyable dénégation. En cet instant, ils étaient un peu redevenus comme le Devineur, à nouveau dotés d'un instinct archaïque tiré de son endormissement par un beau soir d'été alors que le soleil se couchait à l'horizon dans une mer de sang. Peut-être n'avaient-ils pas conscience de ce qu'ils faisaient, peut-être que la peur la plus primaire et l'instinct de conservation les empêchaient de le reconnaître, mais ils abandonnaient les lieux à l'homme aux cheveux coiffés en arrière. Il émanait de lui menace et cruauté, et par le simple fait de constater son existence on risquait d'attirer son attention sur soi. Il valait mieux – il fallait – regarder ailleurs. Il valait mieux que ce soit un autre qui souffre, qui encoure son mécontentement. Il valait mieux continuer à marcher, monter dans la voiture, démarrer et partir, sans un regard en arrière de peur de croiser ses yeux, de se retrouver face à son demi-sourire paresseux s'élargissant tandis qu'il mémorisait votre visage, le numéro de votre plaque d'immatriculation, la couleur de la carrosserie, les cheveux bruns de votre épouse, le corps bourgeonnant de votre fille adolescente. Il valait mieux faire semblant. Ne rien remarquer. Tout plutôt que se réveiller une nuit en sursaut pour découvrir cet homme, couvert de sang chaud, en train de vous fixer, quelque chose dégouttant doucement sur le plancher nu, à ses pieds, quelque chose qui était auparavant quelqu'un, qui avait été vivant et qui ne l'était plus...

Dave savait que cet homme n'était pas si différent de lui. Tous deux observaient, cataloguaient les caractéristiques humaines, mais, dans le cas de l'inconnu, ces observations étaient un prélude au mal. Et l'on n'entendait plus maintenant que le grondement des vagues se brisant, le murmure des voix qui s'éloignaient, le bruit des attractions foraines qui s'estompait tandis que l'inconnu parlait, d'un ton exigeant l'attention de son auditeur à l'exclusion de toute autre chose :

– Je veux que tu devines quelque chose sur moi.

– Qu'est-ce que vous voulez savoir ? répliqua Dave, toute feinte bonne volonté disparue de sa voix.

Feindre n'aurait servi à rien. Ils étaient à égalité, d'une certaine façon.

L'homme ferma sa main droite, deux pièces de vingt-cinq cents apparurent entre ses doigts serrés. Il tendit le bras vers Dave ; celui-ci prit l'argent d'une main qui tremblait à peine.

— Dis-moi ce que je fais pour gagner ma vie, demanda l'homme. Et cherche bien, mets le paquet.

Dave saisit l'avertissement. Il aurait pu fournir une réponse anodine, innocente. « Vous êtes terrassier », par exemple. « Vous êtes jardinier. Vous… »

Vous travaillez dans un abattoir.

Non, trop près. Il ne devait pas dire ça.

Vous déchirez des choses. Des choses vivantes. Vous faites mal et vous tuez, vous enfouissez les preuves sous la terre. Parfois, elles résistent. Je vois les marques autour de vos yeux et dans la chair molle sous votre mâchoire. Il y a une touffe raide juste au-dessus de votre front, avec une plaque rouge à sa base, là où les cheveux n'ont pas bien repoussé. Qu'est-il arrivé ? Une main s'est libérée ? Des doigts, dans leur désespoir, ont saisi et arraché une mèche de votre tête ? Et malgré la souffrance, n'y a-t-il pas eu une partie de vous qui savourait cette lutte, qui jouissait d'avoir à se battre ? Et cette cicatrice sous la racine de vos cheveux, d'où vient-elle ? Vous êtes un homme violent qui a subi des violences. On vous a marqué pour prévenir les autres, pour que même les imbéciles et les distraits puissent vous reconnaître. Trop tard peut-être pour celui qui a causé cette cicatrice, mais un avertissement quand même.

Un mensonge pouvait provoquer sa mort. Peut-être pas maintenant, peut-être pas même dans une semaine, mais l'inconnu se souviendrait et reviendrait. Une nuit, en rentrant chez lui, Dave le Devineur découvrirait l'inconnu assis dans un fauteuil en face de la fenêtre, tirant une longue bouffée d'une cigarette tenue de sa main gauche, la droite jouant avec une lame.

Content que tu aies pu venir. Je t'attendais. Tu te souviens de moi ? Je t'ai demandé de deviner quelque chose sur moi, mais tu t'es gouré. Tu m'as donné un jouet comme lot, un lot pour avoir battu le Devineur, mais ça ne me suffit pas, et tu as eu tort de penser que ça me suffirait. Faut que je corrige ton erreur. Faut vraiment que tu saches comment je gagne ma vie. Je vais te montrer…

L'inconnu tourna lentement ses mains pour Dave, révélant les paumes puis les doigts presque délicats, la mince ligne de terre sous chaque ongle.

— Allez, dis-moi. Dis-moi vraiment.

Dave le regarda dans les yeux.

– Vous faites mal, déclara-t-il.

L'homme eut l'air amusé.

– Sans blague ?

– Vous faites mal aux gens.

– Ah ouais ?

– Vous avez tué.

Dave s'entendit prononcer les mots et se vit de l'extérieur. Il flottait au-dessus de la scène, son âme anticipant ce qui allait se produire.

L'inconnu baissa les yeux vers ses mains, tranquillement étonné de ce qu'elles avaient révélé.

– Je reconnais que ça vaut largement cinquante cents. C'est ça. C'est tout à fait ça, dit-il en hochant la tête pour lui-même. Ouais. Ouais, ouais.

– Vous voulez un lot ? proposa Dave. Vous pouvez avoir un lot si je me suis trompé.

Il tendit la main derrière lui pour indiquer les élastiques, les barrettes, les sachets de ballons de baudruche.

Prenez-en un. S'il vous plaît. Prenez tout et partez. Ne revenez jamais ici. Si ça peut vous consoler, sachez que je n'oublierai jamais votre odeur ni votre aspect. Jamais. Je les garderai en moi et je guetterai toujours votre apparition, au cas où vous reviendriez.

– Non, répondit l'inconnu. Garde-les. Ça m'a amusé. *Tu* m'as amusé.

Il recula en continuant à hocher la tête et à marmonner « Ouais, ouais ».

Juste au moment où le Devineur pensait en être débarrassé, l'homme s'arrêta.

– Orgueil professionnel, lâcha-t-il.

– Pardon ?

– C'est ça qu'on a en commun. On est fiers de ce qu'on fait. Tu aurais pu me mentir, mais tu ne l'as pas fait. J'aurais pu te mentir et prendre un de tes sachets de ballons à la con, mais je ne l'ai pas fait non plus. Tu m'as respecté, je t'ai respecté en retour. On est des hommes, toi et moi.

Le Devineur ne répondit pas. Il n'y avait rien à dire. Il sentit un goût dans sa bouche. Amer, désagréable. Il avait envie d'ouvrir les lèvres, d'aspirer l'air marin, mais pas maintenant, pas tant que l'homme serait à proximité. Il voulait d'abord se débarrasser de lui parce qu'il craignait qu'un peu de son essence ne pénètre en lui par cette seule inspiration et ne pollue son être à jamais.

– Tu pourras parler de moi aux gens, si tu veux, suggéra l'inconnu. Ça m'est égal. Je serai parti depuis longtemps avant que quelqu'un se mette dans la tête de me chercher. Et même si on me trouve, qu'est-ce qu'on dira ? Qu'un petit bonimenteur de fête foraine en tee-shirt à deux balles a raconté qu'il fallait me rechercher, que j'avais peut-être quelque chose à cacher ?

Ses mains s'affairèrent pour extirper du jean un paquet de cigarettes cabossé et légèrement aplati. Il en fit sortir un mince briquet en cuivre puis une cigarette qu'il roula entre le pouce et l'index avant de l'allumer. Briquet et paquet retournèrent dans la poche.

– Je reviendrai peut-être un de ces jours, dit-il. Je passerai te voir.

– Je serai là, promit Dave.

Reviens si tu veux, sale brute. Ne t'y trompe pas, j'ai peur de toi, et je crois que j'ai de bonnes raisons d'avoir peur, mais ne t'imagine pas que je vais le montrer. Je ne te ferai pas ce plaisir.

– J'espère bien, dit l'inconnu. J'espère bien.

Mais le Devineur ne le revit jamais, même s'il pensait souvent à lui et si, une ou deux fois, pendant ses dernières années sur la promenade, alors qu'il examinait les passants, il sentit un regard sur lui et eut la certitude que quelque part, pas très loin, l'inconnu l'observait, amusé peut-être, ou, comme Dave le craignait parfois, regrettant d'avoir laissé la vérité se faire jour et désireux de corriger cette erreur.

Dave le Devineur mourut en 1997, près de cinquante ans après son arrivée à Old Orchard Beach. Il parlait de l'inconnu à qui voulait l'entendre, des relents de graisse qu'il exhalait, de la terre sous ses ongles et des taches cuivrées sur son tee-shirt. La plupart de ceux qui l'entendaient se contentaient de secouer la tête devant ce qu'ils pensaient être une tentative de plus du bonimenteur d'ajouter à sa légende. Mais quelques-uns avaient écouté et entendu, ils se souvinrent de l'histoire de Dave et la transmirent pour que d'autres restent aux aguets, au cas où un tel homme reviendrait.

Le Devineur ne s'était pas trompé, bien sûr : l'inconnu était revenu dans les années qui avaient suivi, parfois pour réaliser ses propres objectifs, parfois sur l'ordre d'autres personnes, prenant et créant de la vie. Mais lorsqu'il revint pour la dernière fois, il attira les nuages autour de lui comme une cape, obscurcissant le ciel à son approche, cherchant la mort et le souvenir d'une mort particulière dans le visage des autres. Il était un homme brisé et il en briserait d'autres dans sa colère.

Il était Merrick, le vengeur.

I

Où un mort peut-il aller ?
Voilà une question à laquelle seul un mort connaît la réponse.

Nickel CREEK, *When in Rome*

1

C'était un matin gris de la fin novembre, le givre avait fait éclater les brins d'herbe et l'hiver grimaçait dans les brèches entre les nuages tel un clown de seconde zone inspectant la salle par un trou du rideau avant le début du spectacle. La ville ralentissait son rythme. Bientôt l'hiver frapperait, et, comme un animal, Portland avait accumulé de la graisse pour les longs mois à venir. Il y avait à la banque les dollars des touristes, suffisamment, espérait-on, pour maintenir tout le monde à flot jusqu'au Memorial Day, le dernier lundi de mai. Les rues étaient tranquilles ; les gens du coin, qui cohabitaient parfois difficilement avec les lorgneurs de verdure et les clients des magasins à prix réduit, avaient maintenant la ville pour eux seuls ou presque. Ils avaient récupéré leurs tables habituelles dans les *diners* et les cafés, les restaurants et les bars. On pouvait de nouveau bavarder tranquillement avec les serveuses et les cuisiniers, les professionnels commençaient à se détendre après des semaines particulièrement éprouvantes. A cette période de l'année, on pouvait sentir le vrai rythme de la bourgade, le battement lent d'un cœur non perturbé par de faux stimuli venus d'ailleurs.

Assis dans un angle à une table du Porthole, je mangeais des pommes sautées au bacon sans même jeter un œil sur Kathleen Kennedy et Stephen Frazier, occupés à commenter la visite-surprise de la secrétaire d'Etat en Irak. Comme on avait coupé le son du téléviseur, c'était d'autant plus facile de les ignorer. Un poêle à bois ronflait près de la fenêtre donnant sur l'océan, où les mâts des bateaux de pêche se balançaient dans le vent du matin. Une poignée de clients occupaient les autres tables, juste assez pour créer le climat accueillant dont un restaurant servant le petit déjeuner a besoin, car ces choses-là reposent sur un équilibre subtil.

Le Porthole n'avait pas beaucoup changé depuis que j'étais enfant, peut-être même depuis qu'il avait ouvert, en 1929. Le marbre vert des dalles en linoléum était fendillé çà et là mais d'une propreté irréprochable. Devant des tabourets de métal à coussins gris boulonnés au sol, un comptoir en bois recouvert de cuivre s'étendait sur presque toute la longueur de la salle. On y avait disposé des verres, des condiments, et deux assiettes en verre pleines à ras bord de muffins sortant du four. Les murs étaient peints en vert clair et, si vous vous leviez, vous pouviez jeter un coup d'œil dans la cuisine par les deux passe-plats séparés par une enseigne peinte *Scallops*. Un tableau noir annonçait les plats du jour et cinq pompes à bière servaient de la Guinness, quelques blondes Allagash et Shipyard et, pour ceux qui n'y connaissaient rien ou qui s'en foutaient, de la Coors light. Des bouées décoraient les murs, ce qui dans n'importe quel autre restaurant du Vieux Port aurait semblé kitsch, mais reflétait ici le simple fait que l'endroit était fréquenté par des gens du coin, principalement des pêcheurs. L'un des côtés de la salle était presque entièrement en verre, de sorte que même par le plus sombre des matins le Porthole semblait toujours inondé de lumière.

Au Porthole, on percevait constamment un bourdonnement de conversation réconfortant, mais on n'entendait jamais tout à fait ce que disaient les clients les plus proches de vous. Ce matin-là, une vingtaine de personnes mangeaient, buvaient, commençaient tranquillement la journée comme on le fait dans le Maine. Cinq gars du marché aux poissons, assis en rang le long du comptoir, tous vêtus de manière identique – jean, sweater à capuche et casquette de base-ball –, riaient et s'étiraient dans la chaleur du poêle, le visage rougi par les intempéries. Près de moi, quatre grossistes avaient posé leurs téléphones portables et leurs bloc-notes entre leurs tasses de café, comme s'ils travaillaient, mais, d'après les bribes de conversations qui me parvenaient, ils semblaient plutôt chanter les louanges de l'entraîneur des Pirates, Kevin Dineen. De l'autre côté de la salle, deux femmes, mère et fille apparemment, avaient ce genre de discussion qui requiert des expressions indignées et quantité de gestes de la main. Elles avaient l'air de s'éclater.

J'aimais le Porthole. Les touristes n'y venaient pas trop, en tout cas pas en hiver, et même en été ils ne troublaient pas beaucoup l'équilibre de l'établissement, bien que quelqu'un ait eu l'idée de tendre au-dessus de Wharf Street une banderole annonçant qu'on trouvait dans cette portion apparemment peu prometteuse du front de mer plus que l'œil ne décelait au premier abord : le restaurant de fruits de mer Boone's, le marché aux poissons, le Comedy Connection et le Porthole. Heureusement, cette initiative n'avait pas déclenché la ruée. De fait, le Porthole ne proclamait pas son existence à grands cris. Une vieille enseigne de soda et un drapeau voletant étaient les seuls indices visibles de la partie principale de Commercial Street. Il fallait savoir qu'il était là pour le dénicher, surtout par cet obscur matin d'hiver, et les rares touristes encore présents dans les parages et confrontés à un tonifiant vent de nord-est ne devaient pas être très chauds pour explorer les recoins secrets de la ville.

Il arrivait parfois cependant que des visiteurs hors saison dépassent le marché aux poissons, leurs pas résonnant sur les vieilles planches de la promenade qui borde les quais à gauche, et se retrouvent devant la porte du Porthole, et on pouvait parier qu'à leur visite suivante ils y retourneraient tout droit, mais aussi qu'ils n'en parleraient pas trop autour d'eux parce que c'est le genre d'endroit qu'on préfère garder pour soi.

Il y avait une terrasse donnant sur la mer, où les gens pouvaient s'asseoir et manger en été, mais, l'hiver, on enlevait les tables et on la laissait déserte. Je crois que je l'aimais mieux l'hiver. Ma tasse de café à la main, je sortais, sûr que la plupart des clients préféreraient rester à l'intérieur, où il faisait chaud, et que je ne serais dérangé par personne. Je respirais le sel, je sentais le vent de la mer sur ma peau, et si le vent et le temps s'y prêtaient, je gardais cette odeur avec moi le reste de la matinée. Parfois, pourtant, quand je ne me sentais pas au mieux, je ne l'appréciais pas tant que ça parce que le goût du sel sur mes lèvres me rappelait des larmes, comme si j'avais récemment tenté de sécher celles de quelqu'un. Lorsque cela m'arrivait, je pensais à Rachel et à Sam, ma fille. Souvent, aussi, je pensais à une autre femme et à une autre fillette, qui étaient mortes, elles.

Ces jours-là étaient silencieux.

Mais aujourd'hui j'étais à l'intérieur, en veste et cravate. Cravate rouge sombre Hugo Boss, veste Armani, bien que personne dans le Maine ne fasse beaucoup attention aux marques. Tout le monde pense que si vous portez des fringues de marque vous les avez achetées en discount, et que si vous avez payé plein pot vous êtes un imbécile.

Je n'avais pas payé plein pot.

La porte s'ouvrit, une femme entra. Elle était vêtue d'un tailleur-pantalon noir et d'un manteau qui lui avait probablement coûté bonbon quand elle l'avait acheté mais qui maintenant datait. Elle avait des cheveux bruns auxquels une teinture donnait des reflets rouges. Elle semblait un peu surprise par le décor, comme si, après avoir longé les façades décrépies des bâtiments des quais, elle s'attendait à se faire estourbir par des pirates. Ses yeux se posèrent sur moi et elle inclina la tête sur le côté avec une expression interrogatrice. Je dressai un doigt, elle se fraya un chemin entre les tables vers l'endroit où j'étais assis. Je me levai, nous nous serrâmes la main.

– Monsieur Parker ?

– Mademoiselle Clay…

– Désolée d'être en retard. Il y a eu un accident sur le pont, la circulation était bloquée.

Rebecca Clay m'avait téléphoné la veille pour me demander si je pouvais l'aider à résoudre un problème auquel elle était confrontée. Quelqu'un la suivait et – ce qui n'avait rien d'étonnant – ça ne lui plaisait pas trop. Les flics n'avaient rien su y faire. D'après elle, le type semblait les sentir de loin, parce qu'il disparaissait toujours avant qu'ils arrivent, malgré toutes les précautions qu'ils prenaient pour approcher de sa maison lorsqu'elle signalait sa présence.

J'avais accepté tous les boulots ordinaires qu'on me proposait, en partie pour ne plus penser à l'absence de Rachel et de Sam. Nous étions séparés, plus ou moins, depuis neuf mois environ. Je ne sais pas trop comment les choses avaient aussi mal tourné et aussi vite. Elles étaient là, emplissant la maison de leur odeur, de leurs bruits, et l'instant d'après elles étaient en route pour la maison des parents de Rachel.

Naturellement, ça ne s'était pas passé comme ça. Si je regardais en arrière, je voyais tous les tournants de la route, les creux et les montées qui nous avaient conduits là où nous étions maintenant. C'était censé être une séparation provisoire, l'occasion pour Rachel et moi de réfléchir, de passer un peu de temps loin l'un de l'autre et de tenter de se rappeler, chacun de notre côté, ce qui, chez l'autre, nous avait paru si important que nous avions pensé, à une époque, ne pas pouvoir vivre sans. Mais de tels arrangements ne sont jamais provisoires, pas vraiment. Il se produit une rupture, et même si l'on parvient à un accord, si l'on décide de faire un nouvel essai, le simple fait que l'un a quitté l'autre n'est jamais vraiment oublié, ni pardonné.

Je donne peut-être l'impression que c'était la faute de Rachel, mais ce n'était pas le cas. Je ne suis pas certain non plus que ce soit la mienne, pas entièrement. Elle avait dû faire un choix, et moi aussi, mais son choix dépendait de celui que j'avais fait. Finalement, je les avais laissées partir, avec l'espoir qu'elles reviendraient. Nous nous parlions encore et je pouvais voir Sam quand je le voulais, mais comme elles habitaient dans le Vermont, c'était un peu délicat. Toute question de distance mise à part, je limitais mes visites et pas uniquement pour éviter de compliquer une situation déjà difficile. Je les limitais parce que je pensais encore que des gens pourraient vouloir s'en prendre à elles pour m'atteindre.

Bon, je crois que c'est pour ça que je les ai laissées partir. J'ai du mal à me souvenir, maintenant. L'année précédente avait été... dure. Elles m'avaient beaucoup manqué, mais je ne savais pas comment les ramener dans ma vie, ni comment vivre sans elles. Elles avaient laissé un vide dans mon existence et d'autres avaient tenté de prendre leur place. Celles qui attendaient dans l'ombre.

La première femme et la première fille.

Je commandai un café pour Rebecca Clay. Un rayon de soleil matinal sans pitié révélait les rides de son visage, le fond gris de sa chevelure malgré la teinture, les cernes sombres sous ses yeux. Tout cela était probablement dû au type qui, selon elle, la harcelait, mais manifestement il y avait aussi des causes plus anciennes. Vivre l'avait vieillie prématurément. A la façon dont elle s'était maquillée, lourdement et à la hâte, on devinait une femme qui n'aimait pas se regarder trop longtemps dans une glace, qui n'aimait pas le visage qui la fixait lorsqu'elle le rencontrait.

– Je ne crois pas être déjà venue ici, dit-elle. Portland a beaucoup changé ces dernières années, c'est étonnant qu'un tel endroit ait survécu.

Elle avait raison. La ville changeait mais des vestiges plus anciens, plus bizarres demeuraient : bouquineries, salons de coiffure désuets, restaurants dont le menu ne variait jamais parce que la cuisine avait toujours été bonne. C'était la raison pour laquelle le Porthole avait survécu. Ceux qui le connaissaient l'appréciaient et un bouche-à-oreille discret entretenait le vivier des clients.

Son café arriva. Elle y ajouta du sucre, le remua trop longtemps.

– Qu'est-ce que je peux faire pour vous, mademoiselle Clay ?

Elle cessa de tourner sa cuiller, contente de pouvoir parler maintenant que j'avais amorcé la conversation pour elle.

– Comme je vous l'ai expliqué au téléphone, un homme m'importune.

– Il vous importune comment ?

– Il traîne autour de ma maison. Je vis près de Willard Beach. Je l'ai vu aussi à Freeport, ou quand je faisais des courses au centre commercial.

– Il était en voiture ou à pied ?

– A pied.

– Il a pénétré dans votre jardin ?

– Non.

– Il vous a menacée, ou agressée physiquement ?

– Non.

– Ça dure depuis combien de temps ?

– Un peu plus d'une semaine.

– Il vous a adressé la parole ?

– Une seule fois, il y a deux jours.

– Qu'est-ce qu'il a dit ?

– Il m'a dit qu'il cherchait mon père. Ma fille et moi habitons maintenant l'ancienne maison de mon père. Il a dit qu'il avait une affaire à régler avec lui.

– Qu'est-ce que vous avez répondu ?

– Que je n'avais pas vu mon père depuis des années. En fait, pour ce que j'en sais, mon père est mort. Il l'est officiellement depuis le début de l'année. Je me suis occupée de tous les papiers. Je n'en avais pas envie, mais je suppose que, pour moi comme pour ma fille, il était important d'arriver enfin à une sorte de conclusion.

– Parlez-moi de votre père.

– C'était un psychiatre pour enfants, un bon psychiatre. Il travaillait aussi quelquefois avec des adultes qui avaient subi un traumatisme dans leur enfance et qu'il pensait pouvoir aider. Et puis tout a basculé. Il a eu un cas difficile : un homme accusé de violences sexuelles sur son fils dans le cadre d'un conflit pour la garde de l'enfant. Mon père a estimé que ces accusations étaient fondées, et ses conclusions ont conduit les magistrats à confier la garde à la mère, mais par la suite le fils est revenu sur ses déclarations et a affirmé que c'était sa mère qui l'avait convaincu de les faire. C'était trop tard pour le père. Des rumeurs, probablement lancées par la mère, avaient circulé. Il avait perdu son travail, s'était fait tabasser dans un bar par plusieurs types, et il a fini par se suicider, dans sa chambre. Mon père avait été très affecté, d'autant que sa façon de conduire les entretiens avec l'enfant avait fait l'objet de plaintes. Le conseil d'habilitation les avait rejetées, mais après ça on n'a plus jamais confié d'expertises à mon père pour des affaires d'abus sexuels. Cela a ébranlé sa confiance en lui, à tous les niveaux, aussi bien professionnel que privé.

– C'était quand ?

– Il y a six ans environ, peut-être un peu plus. Ça n'a fait qu'empirer, après...

Mlle Clay secoua la tête, apparemment incrédule devant ce souvenir, regarda autour d'elle pour s'assurer que personne n'écoutait puis baissa légèrement la voix :

– Il est apparu que plusieurs des patients de mon père avaient été abusés sexuellement par un groupe d'hommes, et on a remis de nouveau en cause ses méthodes et la confiance qu'on pouvait lui accorder. Il s'est reproché ce qui était arrivé. D'autres le lui ont reproché aussi. Le conseil d'habilitation l'a convoqué à une réunion initiale informelle pour discuter des événements, mais il n'y est jamais arrivé. Sa voiture est sortie de la route à la lisière des North Woods ; il l'a abandonnée sur place et personne ne l'a jamais revu. La police a fait des recherches, elle n'a retrouvé aucune trace. C'était fin septembre 1999.

Clay… Rebecca Clay !

– Vous êtes la fille de Daniel Clay ?

Elle acquiesça et quelque chose passa sur son visage, une crispation involontaire, une sorte de grimace. Je connaissais un peu l'histoire de Daniel Clay. Portland est une petite ville, des histoires comme la sienne demeurent dans la mémoire collective. J'ignorais les détails mais, comme tout le monde, j'avais eu vent des rumeurs. Rebecca Clay avait résumé les circonstances de la disparition de son père en termes généraux et je ne lui reprochai pas d'avoir omis le reste : le bruit selon lequel le Dr Daniel Clay était peut-être au courant de ce qu'on faisait subir à certains des enfants qu'il soignait, donc la possibilité qu'il en ait été complice, ou qu'il y ait lui-même participé. Il y avait eu enquête, mais des dossiers avaient disparu de son bureau et le caractère confidentiel de sa profession rendait difficile de suivre les pistes. Il n'y avait en outre aucune preuve solide contre lui, mais cela n'a jamais empêché quiconque de parler et de tirer ses propres conclusions.

J'examinai de plus près Rebecca Clay. L'identité de son père permettait de comprendre un peu plus facilement son aspect. J'imaginais qu'elle devait mener une existence solitaire. Des amis, peut-être, mais peu nombreux. Daniel Clay avait jeté sur la vie de sa fille une ombre dans laquelle elle s'était flétrie.

– Donc, vous avez dit à cet homme, celui qui vous suit, que vous n'aviez pas vu votre père depuis longtemps… Il a réagi comment ?

– Il s'est tapoté l'aile du nez en faisant un clin d'œil et il a chantonné : « Oh la menteuse, oh la menteuse… » Il a dit qu'il me laissait le temps de réfléchir et il est parti.

– Pourquoi vous traiter de menteuse ? Il a laissé entendre qu'il savait quelque chose sur la disparition de votre père ?

– Non.

– Et les flics n'ont pas réussi à le coincer ?

– Il se fond dans le paysage. Ils doivent penser que j'invente pour attirer l'attention, mais je vous jure que non. Je...

J'attendis.

– Vous êtes au courant, pour mon père. Certains pensent qu'il a mal agi. Je crois que les policiers le pensent aussi, et je me demande parfois s'ils ne croient pas que j'en sais davantage sur ce qui s'est passé et si je ne protège pas mon père depuis des années. Quand ils sont venus chez moi, je savais ce qu'ils avaient en tête : que j'étais restée en contact avec lui depuis sa disparition.

– Et c'est vrai ?

Elle cilla furieusement mais soutint mon regard.

– Non.

– Apparemment, les flics ne sont pas les seuls à douter de votre version. Il ressemble à quoi, ce type ?

– La soixantaine, je dirais. Des cheveux noirs, sûrement teints, coiffés en banane, comme les rock stars des années 50. Des yeux marron et une cicatrice là...

Elle indiqua un point de son front, juste sous la racine des cheveux.

– Trois raies parallèles, comme gravées avec une fourchette. Il est petit, un mètre soixante-cinq environ, râblé, avec des bras énormes et des plis de muscles sur la nuque. Il porte presque toujours les mêmes vêtements : un jean et un tee-shirt, de temps en temps une veste de costume noir, parfois un vieux blouson de cuir, noir aussi. Il a du ventre mais il n'est pas gros, pas vraiment. Il a les ongles courts et il soigne vraiment son apparence, sauf que...

Elle s'interrompit et je la laissai trouver la meilleure façon d'exprimer ce qu'elle voulait dire.

– Il se met une eau de Cologne qui sent très fort, mais quand il m'a parlé, j'ai cru déceler une trace de ce qu'elle masquait. Une mauvaise odeur, une puanteur animale... Ça m'a donné envie de m'enfuir en courant.

– Il vous a donné son nom ?

– Non. Il a simplement dit qu'il avait une affaire à régler avec mon père. Je lui ai répété que mon père était mort, mais il secouait la tête en souriant. Il a dit qu'il ne croyait à la mort d'un homme que lorsqu'il pouvait sentir l'odeur de son cadavre.

– Pourquoi ce type débarque-t-il maintenant, des années après la disparition de votre père, vous en avez une idée ?

– Il ne l'a pas dit. Il se pourrait qu'il ait entendu parler de la déclaration officielle de sa mort...

Pour des questions de succession, selon la loi du Maine, une personne est présumée morte après une absence continue de cinq ans pendant laquelle il n'y a eu aucune nouvelle d'elle et aucune explication satisfaisante de son absence. Dans certains cas, le tribunal ordonne des recherches « raisonnablement diligentes », la notification aux forces de l'ordre et aux services sociaux des détails de l'affaire, et la publication d'un appel à témoins dans les journaux. Rebecca Clay avait rempli toutes les conditions fixées par le tribunal, mais aucune information nouvelle concernant son père n'avait émergé.

– Il y a eu aussi un article sur lui dans un magazine d'art au début de cette année, après que j'ai vendu deux de ses tableaux. J'avais besoin d'argent. Mon père était un artiste de talent. Il passait beaucoup de temps dans les bois, à peindre et à dessiner. Son œuvre n'atteint pas des sommes considérables selon les critères actuels – le plus que j'aie jamais tiré d'une de ses toiles, c'est un millier de dollars –, mais j'ai réussi à en vendre quelques-unes de temps en temps, quand l'argent manquait. Il n'exposait pas, il produisait relativement peu. Il vendait grâce au bouche-à-oreille et ses œuvres étaient uniquement recherchées par des collectionneurs qui le connaissaient déjà. A la fin de sa vie, on lui proposait même de lui acheter des tableaux qui n'existaient pas encore...

– C'était quel genre de toiles ?

– Des paysages, surtout. Je les ai toutes vendues sauf une. Je peux vous montrer des photos, si cela vous intéresse.

Je connaissais certaines personnes du monde de l'art à Portland, et je me dis que je pourrais les interroger sur Daniel Clay.

En attendant, je devais m'occuper de l'homme qui persécutait sa fille.

– Ce n'est pas uniquement pour moi que je m'inquiète, reprit-elle. Ma fille Jenna n'a que onze ans. J'ai peur de la laisser sortir seule de la maison. J'ai essayé de lui expliquer un peu ce qui se passe mais je ne veux pas trop l'effrayer non plus.

– Qu'est-ce que vous souhaitez que je fasse exactement ?

La question pouvait sembler étrange, mais elle était nécessaire. Rebecca Clay devait savoir dans quoi elle se lançait.

– Je veux que vous parliez à cet homme. Je veux que vous le fassiez déguerpir.

– Ce sont deux choses différentes.

– Quoi ?

– Lui parler et le faire déguerpir.

Elle parut perplexe.

– Excusez-moi, je ne vous suis pas.

– Nous devons être clairs sur certains points avant de commencer. Je peux prendre contact avec lui en votre nom et essayer de régler cette histoire au mieux. Il se peut qu'il se montre raisonnable et qu'il arrête, mais d'après ce que vous m'avez dit il a l'air têtu, ce qui signifie qu'il ne renoncera peut-être pas sans se battre. Si c'est le cas, on peut essayer de le faire embarquer par les flics et demander une ordonnance du tribunal lui interdisant d'approcher de vous, ce qui pourrait être difficile à obtenir, et plus encore à faire appliquer, ou on peut trouver un autre moyen de le convaincre de vous laisser tranquille…

– Vous voulez dire le menacer, ou lui faire du mal ?

L'idée semblait lui plaire. Je ne le lui reprochais pas. J'avais connu des gens qui avaient subi des années de harcèlement, je les avais vus minés par la tension et la détresse. Plusieurs d'entre eux avaient fini par recourir à la violence et, le plus souvent, cela n'avait fait qu'aggraver le problème. Un couple avait même été poursuivi par son persécuteur après que le mari à bout de patience lui avait mis son poing dans la figure, ce qui n'avait fait que lier plus étroitement sa vie à la sienne.

– Il y a plusieurs possibilités, mais elles nous exposeraient à des inculpations pour voies de fait ou conduite menaçante, prévins-je. Si on ne traite pas le problème avec précaution, ça pourrait même empirer. Jusqu'ici, il n'a fait que vous ennuyer, ce qui est déjà très désagréable, j'en conviens. Mais si on cogne, il pourrait décider de riposter. Et là, vous seriez vraiment en danger.

De frustration, elle s'affaissa presque sur son siège.

– Qu'est-ce que je peux faire, alors ?

– Ecoutez, je n'essaie pas de vous persuader qu'il n'y a aucun espoir de régler cette affaire sans douleur. Je veux simplement vous faire comprendre que s'il décide de s'incruster il n'y aura pas de solution rapide.

Elle parut légèrement requinquée.

– Alors, vous acceptez ce travail ?

Je l'informai de mes tarifs. Je lui expliquai qu'étant à moi seul toute l'agence je ne prendrais aucun autre boulot pouvant entrer en conflit avec son affaire. S'il se révélait nécessaire de faire appel à une aide extérieure, je la préviendrais du coût supplémentaire que cela entraînerait. Elle pouvait à tout moment mettre fin à notre arrangement et je l'aiderais à trouver une autre façon de régler son problème. Elle sembla satisfaite. Je me fis payer d'avance la première semaine. Je n'avais pas spécialement besoin de ce fric – mon mode de vie était plutôt modeste –, mais je me faisais un devoir d'envoyer de l'argent tous les mois à Rachel, même si elle affirmait que ce n'était pas nécessaire.

J'acceptai de commencer le lendemain. Je suivrais Rebecca Clay quand elle se rendrait à son travail le matin. Elle me préviendrait quand elle quitterait son bureau pour déjeuner, aller à des rendez-vous ou rentrer chez elle le soir. Sa maison était équipée d'un système d'alarme, mais je m'arrangerais pour que quelqu'un passe l'examiner et installe des verrous et des chaînes supplémentaires si nécessaire. Je serais dehors le matin avant qu'elle sorte et je resterais à proximité de la maison jusqu'à ce qu'elle se mette au lit. A tout moment, elle pourrait me joindre et je serais auprès d'elle vingt minutes plus tard.

Je lui demandai si, par hasard, elle n'aurait pas une photo de son père qu'elle pourrait me confier. Elle avait prévu ma requête mais sembla un peu réticente à me donner ce cliché après l'avoir tiré de son sac. Il montrait un homme maigre et dégingandé portant un costume de tweed vert. Il avait des cheveux d'un blanc de neige, des sourcils broussailleux. Ses lunettes à monture métallique lui donnaient un air austère et désuet de vieux prof, d'homme à sa place parmi les pipes en terre et les volumes reliés cuir.

– J'en ferai faire des copies et je vous la rendrai, promis-je.

– J'en ai d'autres, répondit-elle. Gardez-la tant que vous en aurez besoin.

Elle me demanda si j'accepterais de la suivre pendant qu'elle serait en ville ce jour-là. Elle travaillait dans l'immobilier et avait quelques affaires à régler dans les deux heures à venir. Elle craignait que l'homme ne l'aborde de nouveau. Elle proposa de me payer un supplément, mais je déclinai l'offre. Je n'avais rien de mieux à faire, de toute façon.

Je la filai donc pendant le reste de la journée. Il ne se passa rien et je ne vis pas trace de l'homme à la banane démodée et aux cicatrices sur le visage. C'était un boulot fastidieux et fatigant, mais il m'empêchait au moins de rentrer chez moi, dans ma maison pas tout à fait vide. Je suivais Rebecca Clay pour empêcher mes fantômes de me suivre.

2

Le vengeur arpentait les planches d'Old Orchard près de l'endroit où le Devineur avait installé son stand, été après été. Le vieil homme n'y était plus et le vengeur présumait qu'il était mort ; mort ou incapable désormais de ses prouesses antérieures, les yeux trop usés pour y voir encore clairement, l'ouïe déficiente, la mémoire trop fragmentée pour enregistrer et ordonner les informations qu'on lui livrait. Le vengeur se demanda si le bonimenteur s'était souvenu de lui jusqu'à la fin. Sans doute, pensa-t-il, car n'était-ce pas dans sa nature de ne rien rejeter qui puisse un jour se révéler utile ?

Fasciné par le talent du Devineur, il l'avait observé discrètement pendant au moins une heure avant de s'approcher de lui, ce soir déjà frais de la fin de l'été. Un talent extraordinaire chez un petit homme d'allure étrange, entouré de pacotille : être capable de déceler autant de choses d'un simple coup d'œil, de déconstruire une personne presque sans y penser, de se faire une image de sa vie dans le temps qu'il fallait à la plupart des gens pour lire l'heure à leur montre. Il était revenu plusieurs fois et s'était dissimulé parmi les gens pour observer le Devineur de loin. Mais le petit homme avait dû sentir sa présence… Le vengeur ne l'avait-il pas vu sonder la foule du regard avec inquiétude, cherchant les yeux qui l'examinaient trop attentivement, ses narines palpitant comme celles d'un lapin qui sent l'approche du renard ? Peut-être était-ce pour ça qu'il était revenu, dans l'éventualité fort mince que le Devineur ait choisi de rester à cet endroit, accompagnant l'hiver au bord de la mer au lieu de le fuir sous des climats plus hospitaliers.

Si le vengeur l'avait trouvé sur la promenade, que lui aurait-il dit ? *Apprends-moi. Dis-moi comment je peux connaître l'homme que je cherche. On me mentira. Je veux apprendre à reconnaître le mensonge quand il viendra.* Aurait-il expliqué pourquoi il était revenu et le petit homme l'aurait-il cru ? Bien sûr, car aucun mensonge ne lui échappait.

Mais le Devineur était parti depuis longtemps et il ne restait au vengeur que le souvenir de leur unique rencontre. Il avait du sang sur les mains, ce jour-là. Une tâche relativement simple à accomplir : un homme vulnérable porté en terre, un homme qui aurait pu être tenté de révéler ce qu'il savait pour être protégé de ceux qui le recherchaient. Dès le moment où il avait fui, le décompte de son temps sur terre avait commencé, en secondes, minutes, heures et jours, pas davantage. Lorsque cinq jours étaient devenus six, il avait été retrouvé, et tué. Il y avait eu de la peur, vers la fin, mais peu de souffrance. Il n'appartenait pas à Merrick de tourmenter ni de torturer, même s'il ne doutait pas qu'au moment ultime, lorsqu'elle comprenait la nature implacable de celui qui était venu pour elle, la victime connaissait des tourments. Il était un professionnel, pas un sadique.

Merrick. C'était son nom, alors. Celui figurant sur son casier, celui qu'on lui avait donné à sa naissance mais qui ne signifiait plus rien pour lui. Merrick était un tueur, mais il tuait pour d'autres, pas pour lui. La distinction était de taille. Un homme qui tuait pour réaliser ses propres objectifs était à la merci de ses émotions et donc susceptible de commettre une erreur. L'ancien Merrick avait été un pro. Détaché, désengagé, du moins se le disait-il, bien que parfois, dans le calme succédant à l'exécution, il lui arrivât de reconnaître le plaisir que cela lui procurait.

Mais l'ancien Merrick, Merrick le tueur, n'existait plus. Un autre avait pris sa place, le condamnant du même coup, mais avait-il eu le choix ? L'ancien Merrick avait peut-être commencé à mourir le jour où sa fille était née, sa volonté sapée et finalement brisée par la conscience que cette enfant était au monde. Le vengeur pensa de nouveau au Devineur et aux moments qu'ils avaient passés ensemble à cet endroit.

Si tu me regardais maintenant, vieil homme, que verrais-tu ? Tu verrais un homme sans nom, un père sans enfant, et tu verrais le feu de sa rage le consumant de l'intérieur.

Le vengeur tourna le dos à l'océan car du travail l'attendait.

La maison était silencieuse quand je rentrai, accueilli par un bref jappement de bienvenue de mon chien, Walter. J'en fus soulagé. Depuis le départ de Rachel et de Sam, j'avais l'impression que ces autres présences, longtemps rejetées, avaient trouvé le moyen de recoloniser l'espace occupé par celles qui les avaient supplantées. J'avais appris à ne pas répondre à leurs appels, à ignorer le grincement des planchers ou le bruit des pas au-dessus de la chambre, comme si des êtres parcouraient le grenier, cherchant parmi les caisses et les valises ce qui leur avait appartenu autrefois ; à ne pas entendre le léger tapotement aux fenêtres quand l'obscurité venait, ou à lui donner un autre sens. Cela ressemblait au bruit de branches, agitées par le vent, frappant les carreaux de leurs extrémités, sauf qu'il n'y avait pas d'arbres près de mes fenêtres et qu'aucune branche n'avait jamais tapé avec une telle régularité et une telle insistance. Parfois, je m'éveillais dans le noir sans vraiment savoir ce qui avait troublé mon repos, conscient seulement d'un bruit là où il n'aurait pas dû y en avoir et, peut-être, de mots murmurés qui mouraient tandis que mon esprit érigeait de nouveau les barrières que le sommeil avait temporairement abaissées.

La maison n'était jamais complètement vide. Quelque chose s'y était installé.

J'aurais dû en parler à Rachel bien avant qu'elle parte, je le savais. J'aurais dû être franc avec elle, lui dire que ma femme morte et ma fille perdue, ou des fantasmes qui n'étaient pas tout à fait elles, ne me laissaient pas en paix. Rachel était psychologue. Elle aurait compris. Elle m'aimait, elle aurait essayé de m'aider comme elle aurait pu. Elle aurait peut-être parlé de sentiment de culpabilité résiduel, d'équilibre délicat de l'esprit, de souffrances si terribles que s'en remettre totalement est au-delà des capacités d'un être humain, tout simplement. Et j'aurais approuvé – Oui, oui, tu as raison –, sachant qu'il y avait du vrai dans ce qu'elle disait et que cela ne suffisait pas cependant à expliquer la nature de ce qui s'était produit dans ma vie depuis que ma femme et ma fille m'avaient été enlevées. Mais je n'ai pas prononcé ces mots, de peur que les dire à voix haute ne confère à ce qui arrivait une réalité que je me refusais à admettre. Je niais leur présence et, par là même, renforçais leur emprise sur moi.

Rachel était très belle. Elle avait des cheveux roux, une peau blanche. Sam, notre fille, tenait beaucoup d'elle et un peu de moi. La dernière fois que nous nous étions parlé au téléphone, Rachel m'avait dit que Sam dormait mieux maintenant. Lorsque nous vivions encore ensemble sous ce toit, il y avait des nuits où son sommeil était perturbé, où Rachel ou moi étions réveillés par son rire, parfois par ses larmes. L'un de nous se levait pour s'occuper d'elle et la voyait tendre ses petits bras pour attraper des choses invisibles, ou tourner la tête pour suivre du regard des formes qu'elle seule percevait, et je remarquais que la chambre était plus froide qu'elle n'aurait dû l'être.

Rachel le remarquait aussi, je crois, même si elle n'en disait rien.

Trois mois plus tôt, j'avais assisté à un débat à la bibliothèque publique de Portland. Un médecin et une voyante avaient discuté de l'existence de phénomènes surnaturels. Franchement, je me sentais un peu embarrassé d'être là. J'avais l'impression de tenir compagnie à des gens qui ne se lavaient pas assez souvent et qui, à en juger par les questions qui avaient suivi, étaient prêts à accepter comme vraies n'importe quelles élucubrations, dont le monde des esprits semblait n'être qu'une petite partie, entre des anges aux allures efféminées, des ovnis et des lézards extraterrestres à forme humaine.

Le médecin avait parlé d'hallucinations auditives qui, selon lui, étaient de loin la forme d'hallucination la plus commune chez ceux qui croyaient aux fantômes. Les personnes âgées, en particulier celles atteintes de la maladie de Parkinson, avait-il poursuivi, souffraient parfois de ce qu'on appelle la démence à corps de Lewy, qui leur donnait une vision tronquée des corps. Cela expliquait le grand nombre d'histoires dans lesquelles les esprits prétendument aperçus semblaient avoir les jambes coupées aux genoux. Il avait également évoqué d'autres causes possibles :

affections du lobe temporal, tumeurs, schizophrénie et dépression. Il avait décrit des hallucinations hypnagogiques, ces images saisissantes qui nous viennent juste avant le sommeil. Et cependant, avait-il conclu, il ne pouvait pas expliquer par le seul moyen de la science toutes les expériences surnaturelles rapportées. Nous ignorions encore trop de choses sur le fonctionnement du cerveau, le stress et la dépression, les maladies mentales et la nature du chagrin.

La voyante, en revanche, était une vieille mystificatrice débitant le genre de fadaises que servent les pires spécimens de son espèce. Elle avait évoqué des créatures ayant une tâche à finir, des séances de spiritisme et des messages de « l'au-delà ». Elle avait une émission sur une chaîne câblée, donnait des consultations par téléphone à un prix prohibitif et faisait son numéro pour les pauvres et les crédules dans les salles des fêtes à travers tout le Nord-Est.

Pour elle, les fantômes hantaient des lieux, pas des gens. Je crois que c'est faux. Quelqu'un m'a dit un jour que nous créons nos propres fantômes, que, comme dans les rêves, chacun d'eux est une facette de nous-mêmes : notre sentiment de culpabilité, nos regrets, notre chagrin. Ils ne sont pas tous notre création, et pourtant ils finissent tous par nous trouver.

Rebecca Clay était assise dans sa cuisine, devant un verre de vin rouge auquel elle n'avait pas touché. Toutes les lumières étaient éteintes.

Elle aurait dû demander au détective de rester avec elle. L'homme qui la tourmentait ne s'était jamais approché de la maison et elle était certaine de la sécurité de ses portes et de ses fenêtres ainsi que de l'efficacité de son système d'alarme, surtout depuis qu'un spécialiste recommandé par le détective les avait vérifiés, mais, à mesure que la soirée avançait, ces précautions avaient commencé à paraître insuffisantes et Rebecca était maintenant consciente du moindre bruit de la vieille bâtisse, des craquements des parquets et des meubles tandis que le vent jouait dans la maison tel un enfant errant.

La fenêtre, au-dessus de l'évier, était très sombre, divisée en quatre par le châssis blanc, sans rien de visible au-delà. Rebecca aurait pu croire qu'elle flottait dans le noir de l'espace, séparée du vide par la plus mince des barrières, s'il n'y avait eu l'exclamation de vagues invisibles se brisant sur la plage. Faute de mieux, elle porta le verre à ses lèvres et but avec précaution, remarqua une fraction de seconde trop tard l'odeur sure qui montait du vin. Elle grimaça, recracha le liquide et se leva, alla à l'évier et vida le verre avant de tourner le robinet pour rincer les éclaboussures rouges sur l'inox. Puis, se penchant, elle but de l'eau à même le jet afin de chasser de sa bouche un goût qui lui rappelait désagréablement son ex-mari, ses baisers rances la nuit, à l'époque où leur mariage avait entamé son long déclin final. Elle savait qu'il la détestait alors autant qu'elle le haïssait et qu'il voulait se débarrasser du fardeau qu'ils partageaient. Elle n'avait plus envie de lui offrir son corps, elle n'éprouvait plus rien de l'attirance qu'elle ressentait autrefois, mais lui avait trouvé le moyen de séparer amour et désir. Elle se demandait sur qui il fantasmait en remuant sur elle. Parfois, le regard de son mari devenait vide et elle savait qu'alors même que son corps était collé au sien son être véritable était ailleurs. D'autres fois, elle remarquait une intensité dans les yeux qui la fixaient, une sorte d'aversion qui transformait l'acte sexuel en viol. Il était alors totalement dépourvu d'amour, et, lorsqu'elle se remémorait ces années, elle avait du mal à se rappeler s'il y avait jamais eu d'amour entre eux.

Rebecca avait bien sûr essayé d'user du même stratagème, d'évoquer des images d'amants anciens ou potentiels pour rendre l'expérience moins rebutante, mais ils étaient trop peu nombreux et apportaient avec eux leurs propres problèmes, alors elle avait fini par renoncer. Son désir s'était tellement affaibli qu'il lui était plus facile de penser à autre chose et d'attendre le moment où cet homme serait sorti de sa vie. Elle ne se rappelait même pas pourquoi elle avait voulu vivre avec lui, et lui avec elle. Elle supposait que, mère d'une petite fille, après tout ce qui était arrivé à son père, elle avait simplement recherché une certaine stabilité, mais cet homme n'avait pas été capable de la lui donner. Il y avait quelque chose d'abject dans son attirance pour elle, comme s'il voyait en elle un élément corrompu qu'il prenait plaisir à toucher en la pénétrant.

Il n'aimait pas beaucoup non plus la fille de Rebecca, fruit d'une relation commencée avant qu'elle soit tout à fait prête pour ça. (D'ailleurs, peut-être n'était-elle pas destinée à avoir une véritable relation...) Le père de Jenna s'était éclipsé. Il n'avait que rarement vu son enfant, et uniquement les premières années. Il ne la reconnaîtrait même pas, maintenant, se dit-elle, puis elle se rendit compte qu'elle pensait à lui comme s'il vivait encore. Sa vie s'était terminée prématurément sur une route secondaire obscure, loin de la maison, le corps jeté dans un fossé, les mains grossièrement liées derrière le dos avec du fil de fer, son sang coulant dans la terre molle pour nourrir les minuscules créatures montées à la surface afin de se repaître de lui. Il n'avait pas été bon pour elle. Il n'avait probablement pas été bon pour qui ou quoi que ce soit, ce qui expliquait la façon dont il avait fini. Il n'avait jamais tenu ses promesses, jamais respecté ses engagements. Il était fatal qu'un jour il tombe sur quelqu'un qui ne lui pardonnerait pas ses offenses et exigerait de lui un macabre et ultime paiement.

Pendant un certain temps, Jenna avait posé beaucoup de questions sur lui, mais ces dernières années elles s'étaient faites plus rares, soit parce qu'elle les avait oubliées, soit parce qu'elle avait décidé de les garder pour elle. Rebecca n'avait pas encore appris à Jenna la mort de son père. Il s'était fait tuer au début de l'année et elle n'avait pas trouvé l'occasion de lui en parler. Elle remettait délibérément le moment de le faire, elle le savait, et cependant elle s'y préparait. Assise dans sa cuisine obscure, elle décida que, la prochaine fois que Jenna parlerait de son père, elle lui dirait la vérité.

Elle repensa au détective privé. D'une certaine façon, c'était à cause du père de Jenna qu'elle s'était adressée à lui. Le grand-père paternel de Jenna avait demandé à Parker de rechercher son fils, mais il avait refusé. Elle avait cru que le vieil homme en aurait voulu à Parker, surtout vu la façon dont les choses avaient tourné, mais non. Peut-être avait-il compris que son fils était déjà une cause perdue, même s'il refusait d'en admettre les conséquences. S'il ne croyait pas en son fils, comment aurait-il pu demander à quelqu'un d'autre, à un inconnu, de croire en lui ? Il n'avait donc pas reproché au détective d'avoir refusé de l'aider, et Rebecca s'était rappelé son nom lorsque l'homme l'avait abordée pour lui parler de son père à elle.

Comme le robinet était encore ouvert, elle vida le reste de la bouteille dans l'évier. L'eau rougie tourna autour de la bonde, disparut. Jenna dormait en haut. Rebecca projetait de l'envoyer quelque part si le détective ne parvenait pas à la débarrasser rapidement de l'inconnu. Jusqu'ici, il ne s'était pas approché de Jenna, mais elle craignait que cela ne dure pas et qu'il ne se serve de la fille pour atteindre la mère. Elle dirait au collège que Jenna était malade et elle s'occuperait des conséquences le moment venu. Ou elle dirait simplement la vérité : un homme la harcelait et Jenna courait un danger en restant à Portland. Ils comprendraient.

Pourquoi maintenant ? se demanda-t-elle. C'était la question que le détective lui avait posée. Pourquoi, après tant d'années, quelqu'un s'intéressait-il à son père ? Qu'est-ce que cet homme savait des circonstances de sa disparition ? Rebecca avait voulu le lui demander, mais il s'était tapoté le nez de l'index d'un air entendu avant de déclarer : « C'est pas sa disparition qui m'intéresse, m'dame. C'est celle de quelqu'un d'autre. Mais lui saura. Il saura. »

L'homme avait parlé de son père comme s'il avait la certitude qu'il était encore en vie. Qui plus est, il semblait croire qu'elle le savait vivant, elle aussi. Il voulait des réponses qu'elle ne pouvait lui donner.

Relevant la tête, elle vit son reflet dans la vitre et sursauta. Un défaut dans le verre dédoubla son image, mais, lorsque Rebecca se fut ressaisie, la deuxième image demeura. C'était elle et ce n'était pas elle, comme si, tel un serpent, elle avait mué et que la membrane rejetée avait pris les traits d'une autre. Puis le contour extérieur se rapprocha et l'impression de double se dissipa, ne laissant que le visage de l'homme au blouson de cuir, les cheveux bruns luisants de graisse. Elle entendit sa voix, déformée par l'épaisseur du verre, mais ne saisit pas les mots.

Il pressa les mains contre la vitre, fit glisser ses paumes jusqu'à ce que le bout de ses doigts repose sur l'encadrement. Il poussa, le loquet tint bon. Le visage tordu de colère, il montra les dents.

– Laissez-moi tranquille. Laissez-moi, sinon... menaça Rebecca.

Les mains reculèrent et elle vit un poing traverser le carreau, secouant le châssis et projetant des éclats de verre dans l'évier. Elle hurla, mais son cri fut couvert par la sirène du système d'alarme. Du sang coulait sur la vitre brisée tandis que l'homme ramenait son poing en arrière sans même tenter d'éviter les bords tranchants qui entaillèrent sa peau, creusant des sillons rouges dans sa paume, coupant des veines. Il fixa sa main blessée comme si c'était une chose étrangère, échappant à son contrôle et le surprenant par ses actes. Rebecca entendit le téléphone sonner, sut que c'était la société de gardiennage qui appelait. Si elle ne répondait pas, la police serait prévenue et enverrait quelqu'un.

– J'aurais pas dû faire ça, marmonna l'homme. Je m'excuse.

Mais elle l'entendit à peine par-dessus le ululement de l'alarme. Il inclina la tête en un geste étrangement respectueux, presque démodé. Rebecca retint une envie de rire, de peur, si elle commençait, de ne jamais pouvoir s'arrêter : elle tomberait dans l'hystérie et n'en sortirait plus.

Le téléphone se tut, se remit à sonner. Au lieu de s'en approcher, elle regarda l'inconnu s'éloigner, la laissant seule à côté de son évier couvert de sang.

3

Rebecca avait prévenu la police immédiatement après m'avoir appelé et une voiture de ronde de South Portland était arrivée un peu avant moi.

Je me présentai au policier et écoutai ma cliente faire sa déclaration ; je n'intervins en aucune façon. Sur le canapé du salon, sa fille Jenna serrait dans ses bras une poupée en porcelaine qui avait sans doute appartenu autrefois à sa mère. La poupée était rousse et portait une robe bleue. Manifestement, la fillette y était très attachée. Le fait qu'elle y cherchât un réconfort en un tel moment attestait sa valeur sentimentale. L'enfant semblait cependant moins éprouvée que sa mère et plus perplexe que perturbée. Elle me parut à la fois plus jeune et plus âgée qu'elle ne l'était vraiment : plus âgée par son aspect, plus jeune par son comportement, et je me demandai si sa mère ne la surprotégeait pas un peu.

Il y avait près de Jenna une autre femme, que Rebecca me présenta comme étant April, une amie habitant à proximité. Après m'avoir serré la main, elle annonça que, maintenant que j'étais là et que Jenna semblait aller bien, elle rentrait chez elle pour ne pas être dans nos jambes. Rebecca l'embrassa sur la joue, puis les deux femmes s'étreignirent ; April s'écarta et tint Rebecca à bout de bras. Le regard qui passa entre elles parlait de connaissance partagée, d'années d'amitié et de loyauté.

– Tu m'appelles, dit April. A n'importe quelle heure.

– D'accord. Merci, chérie.

April embrassa Jenna et partit.

J'observai la fillette pendant que Rebecca emmenait le policier derrière la maison pour lui montrer l'endroit où l'homme s'était tenu. Jenna serait plus tard une très belle jeune femme. Il y avait en elle quelque chose de sa mère, rendu plus frappant par une grâce légère venue d'ailleurs. Je crus voir aussi en elle un peu de son grand-père.

– Ça va ? lui demandai-je.

Elle hocha la tête.

– Quand il arrive des trucs comme ça, il y a de quoi avoir peur, poursuivis-je. Moi, ça m'est arrivé et j'ai eu peur.

– Moi pas, répondit-elle, d'un ton si neutre que je sus qu'elle ne mentait pas.

– Pourquoi ?

– L'homme ne voulait pas nous faire du mal. Il était juste triste.

– Comment tu le sais ?

Elle sourit, secoua la tête.

– Tu lui as parlé ? insistai-je.

– Non.

– Alors, pourquoi tu es sûre qu'il ne voulait pas te faire du mal ?

Elle se détourna sans cesser de sourire. La conversation était clairement terminée. La mère revint avec le policier et Jenna annonça qu'elle retournait se coucher. Rebecca la serra dans ses bras en promettant de venir la border plus tard. Jenna nous dit poliment bonsoir, à l'agent et à moi, et monta dans sa chambre.

Rebecca Clay vivait dans un endroit connu sous le nom de Willard. Sa maison, une construction trapue mais impressionnante du XIXe siècle, où elle avait grandi et était revenue vivre après la disparition de son père, se trouvait dans Willard Haven Park, une impasse perpendiculaire à Willard Beach, à quelques pas de Willard Haven Road.

Lorsque le flic finit par s'en aller en promettant qu'un inspecteur passerait plus tard dans la soirée ou le lendemain matin, je fis le tour des lieux en marchant sur ses traces, mais, manifestement, le type qui avait cassé le carreau était parti depuis longtemps. Je suivis une traînée de sang jusqu'à Deake Street, une rue parallèle à Willard Haven Park, à droite, puis la perdis à l'endroit où, probablement, il était monté dans une voiture et avait filé.

J'appelai Rebecca Clay du trottoir et elle me donna les noms de quelques-uns des voisins qui, de chez eux, avaient vue sur l'endroit où le type s'était garé. Un seul, une femme d'âge mûr nommée Lisa Hulmer – arborant le genre de look suggérant qu'elle prenait peut-être l'épithète « dépravée » pour un compliment –, avait vu quelque chose, quelque chose qui d'ailleurs ne m'avançait pas beaucoup. Elle se rappelait une voiture rouge foncé garée de l'autre côté de la rue, mais elle ne put me dire ni la marque ni le numéro d'immatriculation. Elle m'avait invité à entrer boire un verre avec elle. Je l'avais probablement dérangée alors qu'elle s'enfilait un pichet d'un breuvage fruité et alcoolisé. Lorsqu'elle avait refermé la porte derrière moi, j'avais cru entendre claquer celle d'une cellule sur un condamné.

« C'est un peu tôt pour moi… avais-je tenté.

– Mais il est dix heures et demie passées !

– Je dors tard.

– Moi aussi. »

Elle avait souri, haussé un sourcil avec une expression suggestive et ajouté :

« Une fois que je suis au lit, plus moyen de m'en tirer.

– C'est… sympa.

– C'est *vous* qui êtes sympa. »

Vacillant un peu sur ses jambes, elle jouait avec le collier de coquillages qui pendait entre ses seins.

A ce stade de la discussion, j'avais déjà ouvert la porte et m'étais faufilé dehors, dans ma hâte à sortir de là avant qu'elle ne me plante une fléchette dans le corps et que je ne me réveille enchaîné à un mur de sa cave.

– Qu'est-ce que vous avez trouvé ? s'enquit Rebecca lorsque je revins dans la maison.

– Pas grand-chose, à part qu'une de vos voisines est en chaleur…

– Lisa ? dit-elle, souriant pour la première fois depuis mon arrivée. Elle est *toujours* en chaleur. Elle m'a même fait des propositions, un jour.

– Vous me faites perdre toutes mes illusions sur mon charme… Enfin, c'est la seule qui ait vu quelque chose. Elle dit qu'il y avait une voiture rouge garée devant chez elle, mais l'éclairage n'est pas très bon, là-bas. Elle a pu se tromper.

Rebecca jeta le reste des éclats de verre dans sa poubelle, rangea la pelle et la balayette dans le placard, puis appela un vitrier qui promit de passer le lendemain à la première heure. Je l'aidai à fixer une feuille de plastique sur la fenêtre et, quand tout fut fini, elle fit du café et nous en servit chacun une tasse que nous bûmes debout.

– Je ne crois pas que la police fera quelque chose, dit-elle.

– Pourquoi ?

– Elle n'a rien fait jusqu'ici. Pourquoi ça changerait, cette fois ?

– Cette fois, il a cassé une vitre. C'est un délit. Et puis il y a du sang, ça pourrait servir.

– A quoi ? A l'identifier s'il m'assassine ? Il sera un peu tard pour moi. Cet homme n'a pas peur de la police. Je pensais à ce que vous m'avez dit, qu'il faudrait peut-être le forcer à me laisser tranquille. C'est ce que je veux que vous fassiez. Peu importe ce que cela coûtera. J'ai de l'argent. Je peux me permettre de vous payer pour ça, ainsi que ceux que vous engageriez éventuellement pour vous aider. Regardez ce qu'il vient de faire. Il n'arrêtera que si quelqu'un l'y oblige. J'ai peur pour moi et j'ai peur pour Jenna.

– Jenna me fait l'impression d'une petite fille qui sait garder son sang-froid, fis-je observer, espérant la distraire de ses pensées jusqu'à ce qu'elle soit calmée.

– Que voulez-vous dire ?

– Je veux dire qu'elle ne m'a pas semblé particulièrement effrayée ou bouleversée par ce qui s'est passé.

Rebecca plissa le front.

– Elle a toujours été comme ça. Je lui parlerai plus tard quand même. Je ne voudrais pas qu'elle refoule quelque chose uniquement pour ne pas m'affoler.

– Vous savez où est son père ?

– Il est mort.

– Oh. Désolé.

– Ne vous excusez pas. Il n'avait pas beaucoup de rapports avec elle et nous n'étions pas mariés. Mais je maintiens ce que j'ai dit : je veux qu'on force cet homme à me laisser tranquille, à n'importe quel prix.

Je ne répondis pas. Elle était en colère, elle avait peur. Ses mains tremblaient encore. Nous aurions le temps d'en discuter le lendemain. Je lui demandai si elle voulait que je reste. Elle me remercia et prépara le canapé-lit de sa salle de séjour.

– Vous avez une arme sur vous ? dit-elle en se préparant à monter à l'étage.

– Oui.

– Très bien. S'il revient, servez-vous-en pour le tuer.

– Ça vous coûtera un supplément.

Elle me regarda un moment, parut se demander si j'étais sérieux. L'idée me vint qu'elle aurait bien aimé que ce soit le cas.

Le vitrier arriva peu après sept heures pour remplacer le carreau. Il jeta un coup d'œil au canapé-lit, à la vitre brisée et à moi, conclut apparemment qu'il contemplait les conséquences d'une scène de ménage.

– Ça arrive, murmura-t-il d'un ton de conspirateur. Elles vous jettent des trucs, mais elles n'ont pas vraiment envie de vous toucher. Enfin, vaut quand même mieux se baisser.

Après son départ, je suivis la Hyundai de Rebecca lorsqu'elle conduisit Jenna au collège, puis je restai derrière elle jusqu'à son bureau. Elle travaillait à un jet de pierre de sa maison, à Willard Square, juste à la jonction de Pillsbury et de Preble. Elle avait précisé qu'elle comptait rester à son bureau jusqu'à l'heure du déjeuner et qu'elle avait des appartements à visiter dans l'après-midi. Je la regardai entrer dans l'immeuble. Je m'étais efforcé de laisser une certaine distance entre nos deux voitures sur le trajet. Je n'avais pas repéré le type qui la suivait, mais je ne voulais pas qu'il me voie avec elle, pas encore. Je préférais attendre qu'il tente à nouveau de l'aborder pour être prêt à intervenir. Mais s'il était bon, il me remarquerait facilement et je m'étais déjà résigné à devoir embaucher de la main-d'œuvre extérieure si je voulais bien faire les choses.

Pendant que Rebecca était à son bureau, je retournai à Scarborough pour donner à manger à Walter et le sortir, puis je me douchai et me changeai. Après avoir remplacé ma Mustang par un coupé Saturn vert, je m'offris un café et un petit pain dans un Foley's Bakery de la Route 1, puis repris la direction de Willard. C'était le garage Willie Brew du Queens qui m'avait trouvé le coupé et me l'avait vendu, moins cher que ce qu'avait dû coûter le train de pneus. C'était une voiture de rechange utile dans des cas de ce genre, mais je me sentais dans la peau d'un plouc en la conduisant.

« Quelqu'un est mort dedans ? » avais-je demandé à Willie lorsqu'il me l'avait proposée comme éventuelle deuxième voiture.

Il avait ostensiblement reniflé l'intérieur.

« Ouais, un peu humide, peut-être. De toute façon, pour ce que j'en demande, ce serait encore une affaire avec un cadavre coincé derrière le volant. »

Il avait raison, d'autant que la Mustang Boss 302 de 1969 n'est vraiment pas la voiture idéale si vous souhaitez vous faire oublier. Même le criminel le plus abruti finira par regarder dans son rétroviseur et par se demander : Est-ce que c'est la même Mustang 69 avec des bandes décoratives que j'ai vue derrière moi tout à l'heure ? On ne serait pas en train de me filer, par hasard ?

J'appelai Rebecca pour vérifier que tout allait bien et fis ensuite un tour à pied dans Willard pour me changer les idées et tuer le temps. Dormir sur un canapé avec un vent froid soufflant par une fenêtre au carreau brisé ne constitue pas une bonne nuit de sommeil. Même après ma douche, je me sentais vaseux.

Les gens qui vivent à Portland, de l'autre côté de l'eau, ont tendance à regarder de haut South Portland. Ce n'est une ville que depuis une centaine d'années, une petite jeune selon les normes du Maine. La construction d'un pont d'un million de dollars et de l'Interstate 295, l'ouverture du Centre commercial du Maine lui avaient ôté une partie de son charme en contraignant les commerces locaux à fermer, mais elle gardait un caractère à part. L'endroit où habitait Rebecca Clay s'appelait autrefois Point Village, mais c'était au XIXe siècle, et quand South

Village devint une localité indépendante de Cape Elizabeth, en 1895, on lui donna simplement le nom de Willard. Elle avait abrité des capitaines et des matelots dont les descendants vivaient encore dans la région. Au siècle dernier, un nommé Daniel Cobb y possédait une bonne partie des terres. Il y faisait pousser du tabac, des pommes et du céleri. On disait aussi qu'il avait été le premier dans l'Est à cultiver de la laitue iceberg, une salade aux feuilles serrées et croquantes.

Je descendis Willard Street jusqu'à la plage. La marée était basse et le sable passait spectaculairement du blanc au marron, là où la mer s'était arrêtée. A gauche, la plage s'étirait en demi-lune jusqu'au phare de Spring Point Ledge, marquant l'endroit dangereux à l'ouest du principal chenal vers Portland. Au-delà, on découvrait Cushing Island et Peaks Island, ainsi que la façade rouillée de Fort George. A droite, des marches en béton menaient à un chemin longeant le promontoire jusqu'à un petit parc.

Autrefois, une ligne de tram descendait Willard Street jusqu'à la plage en été. Même après sa suppression, une vieille buvette resta ouverte près du terminus. Construite dans les années 1930, elle servait encore à manger à la fin des années 1970, quand on l'appelait le Dory et que la famille Carmody tendait des hot-dogs et des frites aux baigneurs par le guichet. Mon grand-père m'y emmenait parfois quand j'étais enfant et il m'avait expliqué que cette buvette avait appartenu à Sam Silverman, une légende en son temps. On disait qu'il gardait un singe et un ours en cage pour attirer la clientèle dans ses établissements, notamment les Bains de Willard Beach et le Sam's Lunch. Les hot-dogs des Carmody étaient vraiment bons, mais ils ne pouvaient lutter avec un ours en cage. Après qu'on avait passé un moment sur la plage, mon grand-père allait toujours au magasin de M. et Mme B., le Bathras Market, dans Preble Street, où il achetait des sandwiches italiens qu'on rapportait à la maison pour le dîner, et M. B. notait soigneusement la somme sur le compte de mon grand-père. La famille Bathras tenait l'ardoise la plus célèbre de South Portland et, apparemment, tous les clients réglaient leurs achats une fois par semaine ou tous les quinze jours.

Je me demandai si c'était la nostalgie qui me faisait songer avec émotion à une chose aussi simple qu'une épicerie ou une vieille buvette. En partie, sûrement. Mon grand-père avait partagé ces lieux avec moi, mais aujourd'hui ils avaient disparu et lui aussi, et je n'aurais plus l'occasion de les partager avec quelqu'un avant longtemps. Il y avait eu cependant d'autres lieux et d'autres personnes. Jennifer, ma première fille, n'avait pas eu la chance de les connaître, pas vraiment. Elle était trop jeune quand sa mère et elle étaient venues y vivre avec moi, et elle était morte avant d'avoir l'âge de les apprécier. Mais il restait Sam, dont la vie ne faisait que commencer. Si je parvenais à la protéger, elle partagerait peut-être un jour avec moi un coin de plage, une rue tranquille qu'un tram descendait autrefois en grondant, une rivière ou un sentier de montagne. Je pourrais lui transmettre quelques-uns de ces secrets qu'elle garderait pour elle, et elle saurait ainsi que le passé et le présent sont piquetés d'instants éclatants et qu'il y a aussi, avec l'ombre, de la lumière dans ce monde alvéolé.

Je regagnai William Haven Road par le chemin de lattes traversant la plage et me figeai. A mi-hauteur de Willard Street, une voiture rouge était arrêtée le long du trottoir, moteur tournant au ralenti. Le pare-brise faisant miroir, je n'aperçus que le ciel quand je tentai de voir à travers. Au moment où je commençais à m'approcher, le chauffeur passa en marche arrière et recula lentement, maintenant entre nous une distance constante, puis trouva de l'espace pour tourner et prit la direction de Preble. La voiture était une Ford Contour, probablement un modèle du milieu des années 1990. Je n'avais pas pu lire son immatriculation. Je n'étais même pas sûr qu'elle était conduite par l'homme qui harcelait Rebecca Clay, mais quelque chose me disait que c'était lui. J'avais sûrement été trop optimiste en espérant qu'il ne m'avait pas encore repéré, mais ce n'était pas une catastrophe. Ma présence suffirait peut-être à le faire réagir. Elle ne l'effraierait pas mais l'inciterait peut-être à tenter de me faire peur. Je voulais le rencontrer face à face. Entendre ce qu'il avait à dire. Sinon, j'étais incapable de commencer à régler le problème de Rebecca Clay.

Je remontai Willard Street jusqu'à l'endroit où ma voiture était garée. Si le type m'avait repéré, ça me dispensait au moins de continuer à rouler avec la Saturn, autre motif de réjouissance. Je téléphonai à Rebecca Clay pour la prévenir que l'homme qui la filait était peut-être dans le coin. Je précisai la couleur et la marque de la voiture et recommandai à ma cliente de ne pas quitter son bureau, même pour quelques minutes. Si elle changeait inopinément de programme, elle devait m'appeler et je passerais la prendre. Elle m'apprit qu'elle comptait déjeuner au bureau et qu'elle avait demandé au principal du collège de sa fille d'autoriser Jenna à rester avec la secrétaire jusqu'à ce qu'elle vienne la chercher. J'avais donc une heure environ devant moi. Rebecca m'avait un peu parlé de son père, mais je voulais en savoir davantage et je connaissais quelqu'un qui pourrait peut-être m'aider.

Je me rendis à Portland et me garai en face du marché couvert. J'achetai deux cafés et des scones à la Big Sky Bakery parce qu'il vaut toujours mieux se présenter un pot-de-vin à la main, et je pris la direction de l'Ecole des beaux-arts du Maine, dans Congress. June Fitzpatrick possédait deux galeries à Portland et un chien noir qui voyait d'un mauvais œil le reste du monde, surtout s'il faisait mine de s'approcher de sa maîtresse. Je la trouvai dans l'espace qui lui était réservé dans l'école, en train d'installer une nouvelle exposition sur ses murs d'un blanc immaculé. C'était une petite femme enthousiaste qui avait peu perdu de son accent anglais pendant les années passées dans le Maine, et qui avait une bonne mémoire pour les visages et les noms du monde de l'art. Son chien aboya dans ma direction d'un coin de la salle puis se contenta de me surveiller attentivement, au cas où je déciderais de voler une toile.

– Daniel Clay… dit June avant d'avaler une gorgée de café. Je me souviens de lui, même si je n'ai vu que deux ou trois de ses tableaux. Il entrait dans la catégorie des amateurs doués. Ses œuvres étaient très… *torturées*, au départ : corps enchevêtrés, pâles, avec des éruptions de rouges, de noirs et de bleus, et toute une iconographie catholique à l'arrière-plan. Puis il a abandonné tout ça et s'est mis aux paysages. Arbres embrumés, avec des ruines au premier plan, ce genre de choses…

Rebecca m'avait montré des diapos des tableaux de son père plus tôt dans la journée, ainsi que l'unique toile qu'elle avait gardée.

C'était un portrait d'elle enfant, un peu sombre pour mon goût, son visage formant une tache floue parmi des ombres envahissantes. J'avouai à June que je n'étais pas très impressionné non plus par le reste de son œuvre.

– Je n'apprécie pas trop moi-même, reconnut-elle. J'ai toujours pensé que sa deuxième manière était à peine un cran au-dessus des tableaux d'élans et de yachts, mais ce n'était pas un problème. Il vendait directement, il n'exposait pas, et je n'ai jamais eu à trouver une façon polie de lui dire non. Il y a à Portland une ou deux personnes qui collectionnent ses toiles et je sais qu'il en a offert quelques-unes à des amis. Sa fille vend de temps en temps une de celles qu'elle possède encore et deux ou trois acheteurs potentiels se manifestent de-ci de-là. Je pense que la plupart de ces collectionneurs ont dû le connaître personnellement ou sont attirés par le mystère qui l'entoure, faute d'un meilleur terme. J'ai entendu dire qu'il avait cessé de peindre quelque temps avant de disparaître, et je suppose que ça donne à ses œuvres une valeur de rareté.

– Tu te souviens des circonstances de sa disparition ?

– Oh, des rumeurs ont couru. Les journaux n'en ont pas parlé en détail – la presse locale a tendance à se montrer circonspecte sur ce genre d'affaire, dans le meilleur des cas –, mais la plupart d'entre nous savaient que plusieurs des enfants qu'il soignait avaient subi de nouvelles violences sexuelles. Certains le lui reprochaient, même parmi ceux qui étaient prêts à croire qu'il n'était pas directement impliqué.

– Tu as une opinion là-dessus ?

– De deux choses l'une : il était impliqué ou pas. S'il l'était, il n'y a rien à ajouter. S'il ne l'était pas… je ne suis pas experte en la matière, mais ça ne devait pas être facile de faire parler ces gosses de ce qui leur était arrivé, pour commencer. Peut-être que ces nouveaux abus les poussaient à se réfugier plus profondément dans leur coquille. Je ne sais vraiment pas.

– Tu l'as rencontré ?

– Je l'ai croisé ici et là. J'ai essayé d'entamer la conversation avec lui à un dîner où nous étions invités tous les deux, mais il n'a pas dit grand-chose. Il était taciturne et distant, apparemment accablé par la vie. C'était très peu de temps avant sa disparition et les apparences n'étaient peut-être pas trompeuses, en l'occurrence.

June s'interrompit pour s'adresser à une jeune femme en train d'accrocher une toile près de la fenêtre :

– Non, non, elle est à l'envers !

Je regardai l'œuvre, une peinture de boue, et de boue pas très attirante, en plus. La jeune femme la regarda elle aussi puis reporta les yeux sur moi.

– Comment tu le sais ? dis-je.

Je crus entendre l'écho de mes paroles.

La jeune assistante et moi avions posé la même question en même temps. Elle me sourit, je lui souris. Puis je calculai approximativement notre différence d'âge et décidai de continuer à m'en tenir aux femmes nées avant 1980.

– Philistins, lâcha June.

– C'est censé être quoi ? demandai-je.

– Une abstraction sans titre.

– Ça veut dire que le peintre ne sait pas non plus ce que c'est ?

– Possible, reconnut-elle en me tirant la langue.

– Bon, pour en revenir à Daniel Clay, tu disais que ceux qui collectionnaient ses œuvres le connaissaient probablement. Tu aurais des noms à me donner ?

Elle s'approcha de son chien, le gratta distraitement derrière l'oreille. L'animal aboya de nouveau en me regardant, sans doute pour m'ôter toute éventuelle velléité d'imiter sa maîtresse.

– Joel Harmon, entre autres.

– Le banquier ?

– Oui. Tu le connais ?

– De nom, répondis-je.

Joel Harmon était l'ancien président, aujourd'hui à la retraite, de la BIP, la Banque d'investissement de Portland. Il faisait partie de ceux à qui on attribuait la relance du Vieux Port dans les années 1980 et sa photo apparaissait encore dans les journaux chaque fois que la ville organisait une célébration ou une autre, généralement sa femme à son bras et entouré d'une foule d'admirateurs que l'odeur fraîche des dollars faisait saliver. Quant à sa popularité, on pouvait en toute justice l'attribuer à sa richesse, à son pouvoir et à l'attrait que ces deux éléments suscitent habituellement chez ceux qui en sont dépourvus. On murmurait qu'il était porté sur les femmes, même si son physique occupait une place lointaine dans la liste de ses attributs, probablement entre « chante juste » et « sait cuisiner les spaghettis ». Je l'avais croisé, mais je ne lui avais jamais été présenté.

– Daniel Clay et lui étaient amis, reprit June. Je crois qu'ils s'étaient connus en fac. Je sais que Joel a acheté deux ou trois tableaux de Clay après sa mort et que celui-ci lui en avait offert quelques autres durant sa vie. Je suppose qu'il répondait à ses critères : Clay était très exigeant sur ceux à qui il vendait ou offrait ses œuvres. Je me demande bien pourquoi.

– Tu n'aimais vraiment pas ses toiles, hein ?

– Ni lui. Il me mettait mal à l'aise. Il avait quelque chose de particulièrement sinistre. A propos, Joel Harmon donne un dîner chez lui en fin de semaine. Il en donne régulièrement et j'ai une invitation permanente. Je lui ai fait rencontrer des artistes intéressants. C'est un bon client.

– Tu me demandes d'être ton cavalier ?

– Non, je te propose d'être ta cavalière.

– Je suis flatté.

– Tu peux. Tu verras peut-être des tableaux de Clay. Essaie juste de ne pas offenser Joel trop gravement, j'ai des factures à payer.

J'assurai à June que je me conduirais de mon mieux. Elle n'eut pas l'air impressionnée.

4

Je retournai à Scarborough remiser la Saturn et je me sentis instantanément plus jeune de dix ans au volant de la Mustang, ou disons de dix ans moins mûr, ce qui n'est pas du tout la même chose. J'appelai Rebecca Clay pour avoir confirmation qu'elle prévoyait toujours de quitter le bureau à l'heure convenue et lui demandai de se faire accompagner par quelqu'un pour aller à sa voiture. Elle devait visiter un local libre à Longfellow Square et je l'attendis dans le parking situé derrière le Joe's Smoke Shop. Une quinzaine d'autres voitures y étaient garées, toutes inoccupées. Je trouvai un emplacement qui me permettait d'avoir vue sur Congress et sur la place, j'achetai un sandwich au poulet grillé avec des poivrons verts au comptoir du Joe's et le mangeai dans la Mustang en attendant Rebecca. Deux SDF appuyés à leurs caddies fumaient dans une ruelle près du parking. Aucun d'eux ne répondait au signalement de l'homme qui suivait ma cliente.

Elle me téléphona lorsqu'elle passa devant le dépôt d'autobus de Saint John et je lui dis de se garer devant l'immeuble qu'elle visitait. La femme qui souhaitait louer le local du rez-de-chaussée attendait dehors quand Rebecca arriva. Elles entrèrent, la porte se referma derrière elles. Les vitrines étaient larges et propres, je pouvais les voir toutes les deux de l'endroit où j'étais assis.

Je ne remarquai l'homme trapu que lorsqu'il alluma une cigarette d'une curieuse façon. Il semblait avoir surgi de nulle part pour prendre position près d'une des glissières de sécurité entourant le parking. Il tenait sa cigarette verticalement entre le pouce et l'index de la main droite et la faisait doucement tourner, les yeux rivés sur les deux femmes discutant de l'autre côté de la rue. Il y avait dans le mouvement de ses doigts quelque chose de sensuel, dans la manière aussi dont il fixait Rebecca Clay à travers la vitrine. Au bout d'un moment, il porta la cigarette à sa bouche, l'humecta de ses lèvres avant d'approcher une allumette de son extrémité. Au lieu de jeter ensuite l'allumette ou de la souffler, il la tint entre le pouce et l'index et laissa la flamme descendre vers le bout de ses doigts. Je m'attendais à ce qu'il la jette quand la douleur s'intensifierait, mais il n'en fit rien. Lorsque la partie visible de l'allumette fut consumée, il la lâcha, la recueillit au creux de sa paume, où elle finit de brûler et de noircir sur sa peau. Il tourna la main, le bois calciné tomba sur le sol. Je pris une photo de lui avec le petit appareil numérique que je gardais dans la voiture. Il regardait à présent autour de lui, sentant apparemment l'attention dont il était l'objet. Je me laissai glisser plus bas sur mon siège, mais j'avais eu le temps d'entrevoir son visage et de remarquer les trois cicatrices parallèles sur le front dont Rebecca m'avait parlé. Lorsque je me redressai, il avait disparu, mais il s'était sans doute simplement réfugié dans l'ombre du bâtiment du Joe's, car je repérai une volute de fumée poussée vers la rue par un vent égaré.

Rebecca sortit du magasin des papiers à la main, souriant à la propriétaire qui l'accompagnait. Je l'appelai sur son portable et lui demandai de continuer à sourire en m'écoutant.

– Tournez le dos au Joe's Smoke Shop, dis-je.

Je ne voulais pas que le type voie son visage quand je lui apprendrais que je l'avais repéré.

– Votre admirateur est chez Joe. Ne regardez pas dans cette direction. Je veux que vous traversiez la rue et que vous entriez dans la librairie Cunningham. Prenez un air détaché, comme si vous aviez un moment à tuer. Restez là jusqu'à ce que je vienne vous prendre, OK ?

– OK, répondit-elle.

Elle semblait juste un peu effrayée. Je dois dire à son honneur qu'elle ne marqua aucune pause et ne trahit même aucune émotion. Elle serra la main de sa cliente, regarda à gauche puis à droite, se dirigea nonchalamment vers la librairie. Elle y entra aussitôt, comme si elle en avait eu l'intention dès le départ. Je sortis de ma voiture, allai rapidement devant le Joe's. Il n'y avait personne dehors. Seul un mégot de cigarette et les restes d'une allumette révélaient le passage de l'homme trapu. Le bout du mégot était écrasé et quelque chose me disait qu'il était encore rouge lorsque des doigts l'avaient pressé. Je sentais une odeur de peau brûlée.

Je regardai autour de moi et le découvris. Il avait traversé Congress et se dirigeait vers le centre. Je le perdis de vue quand il tourna dans Park. Je me dis qu'il y avait probablement garé sa voiture et qu'il y attendrait que Rebecca ressorte de la librairie pour la suivre ou pour l'aborder de nouveau.

Je m'avançai jusqu'au coin de la rue, risquai un œil. L'homme était devant la portière d'une Ford rouge, la tête baissée. Je me dissimulai derrière les voitures garées pour m'approcher de lui par le côté opposé. J'avais mon 38 dans un holster, à ma ceinture – il était un peu plus discret que mon gros Smith pour un boulot de ce genre –, mais je rechignais à le dégainer. Si j'étais contraint d'affronter ce type un flingue à la main, mes chances éventuelles de lui faire entendre raison s'envoleraient et la situation dégénérerait avant même que j'en aie saisi la nature. Je revoyais cet homme en train de s'imposer une brûlure avec une apparente facilité. Il devait avoir une endurance à la douleur peu commune, et ce genre de chose s'acquiert généralement à la dure. Le faire parler demanderait pas mal de doigté.

Une Grand Cherokee tourna dans Park, conduite par l'archétype de la maman bourgeoise emmenant son gosse à l'entraînement de foot. Je me collai derrière quand elle passa et me rapprochai de la Ford côté conducteur. Je distinguais le contour de la banane et les muscles de la nuque de mon bonhomme, assis maintenant dans la Ford. Ses mains posées sur le volant en tapotaient le plastique en cadence. La droite était grossièrement entourée d'une bande tachée de sang. Je finis par me montrer, les bras à demi tendus devant moi, les doigts légèrement écartés, prêt à me mettre à l'abri si ses mains quittaient le volant. Le problème étant qu'une fois que je serais assez près pour lui parler je ne pourrais plus me planquer nulle part. Je comptais sur la présence de gens autour de nous et l'hypothèse qu'il ne verrait aucun intérêt à réagir brutalement avant d'avoir écouté ce que j'avais à dire.

– Ça va ? fis-je.

Il leva paresseusement les yeux, comme si c'était tout ce dont il était capable en guise de réaction. Il avait une autre cigarette entre les lèvres et un paquet bleu d'American Spirit était posé devant lui sur le tableau de bord.

– Ça va, répondit-il. Ça baigne.

Il porta la main droite à sa bouche, tira sur sa cigarette dont l'extrémité rougit. Puis il détacha ses yeux de moi et regarda à travers le pare-brise.

– Je sentais bien qu'on me regardait. Je vois que vous avez un pétard.

La bosse du 38 était à peine visible sous ma veste et on ne la remarquait que si on savait ce qu'on cherchait.

– On n'est jamais trop prudent, dis-je.

– Vous tracassez pas, je porte pas d'arme. J'ai pas besoin de ça.

– Vous êtes une âme tendre, je suppose.

– Non, je peux pas dire ça. La femme vous a embauché ?

– Elle est inquiète.

– Elle n'a aucune raison de l'être. Si elle me dit ce que je veux savoir, je la laisserai tranquille.

– Et si elle ne le fait pas, ou si elle ne peut pas ?

– C'est deux choses différentes, non ? Dans un des cas, on n'y peut rien, dans l'autre...

Ses doigts quittèrent le volant. Instantanément, je portai la main à ma ceinture.

– Waouh, waouh ! s'exclama-t-il, levant les bras en une parodie de capitulation. J'ai pas d'arme, je vous l'ai dit.

Je gardai la main près de la crosse de mon pistolet.

– Je préfère quand même que tu laisses tes pattes là où je peux les voir.

Il eut un haussement d'épaules appuyé et reposa les mains sur le haut du volant.

– Tu as un nom ?

– J'en ai des tas.

– L'homme mystère... Donne-m'en un, pour voir.

Il parut réfléchir puis lâcha « Merrick », et quelque chose dans sa voix et sur son visage me fit comprendre que je n'en obtiendrais probablement jamais plus.

– Pourquoi tu embêtes Rebecca Clay ?

– Je l'embête pas. Je veux juste qu'elle soit franche avec moi.

– A quel sujet ?

– Son père.

– Son père est mort.

– Il n'est pas mort. Elle l'a fait déclarer mort, mais ça veut rien dire. Montrez-moi des asticots dans les orbites de ses yeux, je croirai à sa mort.

– Pourquoi tu t'intéresses à lui ?

– J'ai mes raisons.

– Essaie de me les faire partager.

Les doigts se resserrèrent sur le volant. Je remarquai sur la jointure du majeur gauche un dessin à l'encre de Chine, une grossière croix bleue, sans doute un tatouage de prison.

– Sûrement pas. J'aime pas que des inconnus me posent des questions sur mes affaires.

– Alors tu dois savoir ce que ressent Mlle Clay.

Ses dents torturèrent sa lèvre inférieure. Il continuait à regarder droit devant et je sentis la tension monter en lui. Je laissai ma main glisser sur la crosse de mon arme, l'index à présent tendu au-dessus de la garde, prêt à se mettre en place en cas de besoin. Puis le corps de Merrick se détendit.

Je l'entendis expirer et il parut rapetisser, devenir moins menaçant.

– Parle-lui du Projet, murmura t il. Tu verras ce qu'elle te dira.

– C'est quoi, le Projet ?

Il secoua la tête.

– Demande-lui et reviens me voir. Tu devrais peut-être parler aussi à son ex-mari, tant que t'y es.

Je ne savais même pas que Rebecca Clay avait été mariée. Je savais seulement qu'elle n'avait pas épousé le père de son enfant. Je faisais un fameux détective.

– Pourquoi ça ?

– Un mari et une femme, ça partage des choses. Des choses *secrètes*. Parle-lui, ça m'évitera peut-être de le faire moi-même. Je reste dans le coin. T'auras pas à me chercher, c'est moi qui te trouverai. T'as deux jours pour lui faire dire ce qu'elle sait, après quoi, faudra plus que vous comptiez sur ma patience, tous.

J'indiquai sa main bandée.

– Ta patience, tu l'as déjà perdue, j'ai l'impression.

Il regarda sa main et étira les doigts, comme pour éprouver la douleur de ses blessures.

– C'était une erreur, dit-il à voix basse. Je voulais pas réagir comme ça. Elle me met à l'épreuve, mais je veux pas lui faire de mal.

Il croyait peut-être à ce qu'il racontait, pas moi. Il y avait de la rage en lui. Elle palpitait, écarlate, animait son regard et mettait sous tension tous les muscles et tendons de son corps. Merrick n'avait peut-être pas l'intention de faire du mal à une femme, il ne se préparait peut-être pas à le faire, mais le sang sur la bande disait tout ce qu'il y avait à dire sur sa capacité à maîtriser ses impulsions.

– J'ai pété les plombs, c'est tout, poursuivit-il. J'ai juste besoin qu'elle me dise ce qu'elle sait. C'est important pour moi.

Il tira une autre bouffée de sa cigarette.

– Et puisqu'on devient copain-copain, tu m'as pas dit ton nom, toi.

– Je m'appelle Parker.

– T'es quoi ? Un privé ?

– Tu veux voir ma licence ?

– Non, un bout de papier m'apprendra rien. Je veux pas d'ennuis avec toi. Je suis venu régler une affaire. Une affaire personnelle. Tu peux peut-être convaincre la petite dame d'être raisonnable pour que je puisse en finir et m'en aller. Je l'espère, je l'espère vraiment, parce que si tu peux pas, tu sers à rien, ni à elle ni à moi. Tu fais que me compliquer la vie et il faudra peut-être que je fasse quelque chose pour ça.

Il n'avait toujours pas relevé la tête et ses yeux fixaient une petite photo accrochée au rétroviseur. Protégée par du plastique, elle montrait une fillette brune, de l'âge de Jenna Clay ou un peu plus. A côté, un crucifix bon marché pendait à une chaîne.

– Qui est-ce ? demandai-je.

– Ça te regarde pas.

— Mignonne, cette gosse. Elle a quel âge ?

Il ne répondit pas, mais j'avais clairement touché un point sensible. Cette fois, cependant, il n'y eut pas d'accès de colère, plutôt une sorte de désengagement.

— Si tu m'expliquais un peu ce que tu es venu faire ici, je pourrais peut-être t'aider, persistai-je.

— Je te l'ai dit, c'est personnel.

— Alors, on n'a plus rien à discuter. Mais laisse ma cliente tranquille, lui intimai-je.

La mise en garde sonna creux. D'une manière ou d'une autre, le rapport de forces avait changé.

— Je l'embêterai plus jusqu'à ce qu'on se revoie.

Il tendit la main vers la clé de contact. Apparemment, il n'était plus intimidé par le flingue, si tant est qu'il l'ait jamais été.

— Mais j'ai deux avertissements à te donner, en échange. Primo, quand tu commenceras à poser des questions sur le Projet, garde un œil ouvert dans ta tête, parce que les autres l'apprendront et ça leur plaira pas. Ça leur plaira pas du tout.

— Quels autres ?

Le moteur démarra en toussant.

— Tu l'apprendras bien assez tôt.

— Et le second avertissement ?

Il leva sa main gauche et montra le poing, faisant ressortir le tatouage sur le blanc de la jointure.

— Te mêle pas de mes affaires sinon je te laisse pour mort. Ecoute ce que je dis, mon gars.

Il déboîta, son pot d'échappement projetant une épaisse fumée bleue dans l'air clair de l'automne. Avant qu'elle soit entièrement embrumée, je déchiffrai sa plaque d'immatriculation.

Merrick. On va voir ce que je peux apprendre sur toi en deux jours.

Je retournai à la librairie. Assise dans un coin, Rebecca Clay feuilletait un vieux magazine.

— Vous l'avez trouvé ? me demanda-t-elle.

— Oui.

Elle tressaillit.

— Qu'est-ce qui s'est passé ?

– On a parlé, il est parti. Pour le moment.

– Comment ça, « pour le moment » ? Je vous ai embauché pour que vous me débarrassiez de lui, pour qu'il me laisse définitivement tranquille. Et vous me dites maintenant qu'il reviendra ?

Sa voix montait mais avec un tremblement sous-jacent. Je la fis sortir de la boutique.

– Mademoiselle Clay, je vous avais prévenue qu'un avertissement ne suffirait peut-être pas. Cet homme a accepté de vous laisser tranquille pendant que je rassemble des informations. Comme je ne le connais pas assez pour lui faire confiance, je propose qu'on continue à prendre toutes les précautions nécessaires. Je peux faire appel à des collaborateurs afin qu'il y ait toujours quelqu'un pour vous protéger pendant que j'essaie de me renseigner sur ce type, si ça peut vous aider à dormir plus facilement.

– D'accord. Je pense que je vais quand même éloigner Jenna jusqu'à ce que ce soit terminé.

– Bonne idée. Le nom de Merrick vous dit-il quelque chose, mademoiselle Clay ?

Nous étions arrivés à sa voiture.

– Non, je ne crois pas.

– C'est le nom de notre ami, du moins à ce qu'il prétend. Il a la photo d'une gamine dans sa voiture. Sa fille, peut-être. Je pensais que vous pourriez me dire si elle a fait partie des enfants traités par votre père, à supposer qu'elle ait le même nom de famille.

– Mon père ne me parlait pas de ses patients. Enfin, pas par leurs noms. Si elle lui avait été confiée par l'Etat, son nom doit figurer quelque part dans un document, je présume, mais vous aurez du mal à en avoir confirmation. Ce serait contraire au secret professionnel.

– Et les dossiers de votre père ?

– Ils ont été remis au tribunal après sa disparition. Je me souviens qu'on a essayé d'obtenir une ordonnance de la cour autorisant quelques-uns de ses collègues à les examiner, mais la démarche n'a pas abouti. Par souci de la vie privée des patients, les juges rechignent à accorder ce genre d'autorisation.

Le moment me semblait venu d'aborder le sujet de son père et des accusations portées contre lui.

– C'est une question difficile… commençai-je.

Elle attendit. Elle connaissait la suite, mais elle voulait me l'entendre dire.

– Vous croyez que votre père a abusé des enfants qui lui étaient confiés ?

– Non, répondit-elle fermement. Mon père n'a abusé d'aucun de ces enfants.

– Vous pensez qu'il aurait pu permettre à d'autres de le faire, peut-être en leur fournissant des informations sur l'identité et les coordonnées de patients vulnérables ?

– Mon père se consacrait entièrement à son travail. Quand on a cessé de lui confier des expertises, c'était uniquement parce qu'on estimait qu'il n'était plus suffisamment objectif. Il avait tendance à croire d'emblée les enfants, ce qui lui a valu pas mal d'ennuis. Il savait ce dont les adultes sont capables.

– Il avait beaucoup d'amis proches ?

Elle fronça les sourcils.

– Quelques-uns. Il entretenait aussi des rapports amicaux avec certains collègues, mais la plupart ont pris leurs distances quand les problèmes ont commencé. Je ne le leur reproche pas.

– J'aimerais que vous me fassiez une liste : confrères, copains de faculté, personnes de son ancien quartier… Tous ceux avec qui il avait des relations régulières.

– Je m'en occupe dès que je serai rentrée.

– A propos, vous ne m'aviez pas dit que vous avez été mariée.

Elle parut surprise.

– Comment l'avez-vous su ?

– Par Merrick.

– Ça ne me semblait pas assez important pour que je vous en parle. Ça n'a pas duré longtemps et je ne le vois plus.

– Comment il s'appelle ?

– Jerry. Jerry Legere.

– Et ce n'est pas le père de Jenna ?

– Non.

– Où je peux le trouver ?

– Il est électricien, il travaille un peu partout. Pourquoi voulez-vous lui parler ?

– J'ai l'intention de parler à beaucoup de gens. C'est comme ça que ça marche.

– Mais ce n'est pas ça qui arrêtera ce Merrick, rétorqua-t-elle, haussant de nouveau le ton. Ce n'est pas pour ça que je vous ai engagé.

– Il ne s'arrêtera pas, mademoiselle Clay, pas maintenant. Il est furieux et sa colère a quelque chose à voir avec votre père. J'ai besoin de découvrir ce qui lie votre père et Merrick, et pour ça je vais devoir poser beaucoup de questions.

Rebecca Clay croisa les bras sur le toit de sa voiture, y appuya la tête.

– Je ne veux pas que cette histoire s'éternise, dit-elle, la voix légèrement étouffée par sa position. Je veux que les choses redeviennent comme avant. Faites ce que vous avez à faire, parlez à qui vous voulez, mais arrangez-vous pour que ça s'arrête. Je vous en prie. Je ne sais pas où vit mon ex-mari, il travaillait souvent pour une société du nom d'A-Secure, qui installe des systèmes d'alarme dans les entreprises et les habitations. Un de ses amis, Raymon Lang, s'occupait de la maintenance de ces systèmes et il lui filait pas mal de travail. Vous trouverez probablement Jerry par A-Secure.

– Merrick pense que votre ex-mari et vous parliez de votre père, dans le temps.

– Bien sûr qu'on parlait de lui, mais Jerry ne sait pas ce qui lui est arrivé, je peux vous l'affirmer. La seule personne dont Jerry se soucie, c'est lui-même. Il croyait qu'on finirait par retrouver mon père mort quelque part et qu'il pourrait commencer à claquer l'argent dont j'hériterais.

– Votre père était riche ?

– Une somme à six chiffres reste bloquée par le tribunal des successions, alors, oui, on peut dire qu'il était à l'aise. Et il y a la maison. Jerry voulait que je la vende, mais je ne pouvais pas, je n'en étais pas propriétaire. Finalement, il s'est lassé d'attendre et de moi. Mais c'était réciproque. Jerry n'était pas précisément l'homme idéal.

– Une dernière chose. Avez-vous entendu votre père parler d'un projet ou *du* Projet ?

– Non, jamais

– Vous avez une idée de ce que ça peut vouloir dire ?

– Aucune.

Elle se redressa et monta dans sa voiture. Je la filai jusqu'à son bureau et restai à attendre qu'elle en ressorte pour aller chercher Jenna. Le principal accompagna la gamine à la porte du collège et Rebecca lui parla un moment, sans doute pour lui expliquer pourquoi Jenna manquerait les cours pendant quelques jours. Je les suivis ensuite toutes les deux lorsqu'elles rentrèrent à la maison.

Rebecca se gara dans l'allée et garda les portières verrouillées pendant que j'inspectais les pièces l'une après l'autre. Je revins à la porte d'entrée, fis signe que tout allait bien. Quand elles furent à l'intérieur, je m'assis dans la cuisine et regardai Rebecca dresser une liste des amis et des collègues de son père. Ce ne fut pas très long. Plusieurs d'entre eux étaient morts, précisa-t-elle, et il y en avait d'autres dont elle ne se souvenait pas. Je lui demandai de me téléphoner au cas où elle aurait des noms à ajouter et elle promit de le faire. Je l'informai que je m'occuperais immédiatement de trouver une aide pour assurer sa protection et que je l'appellerais pour lui communiquer les détails avant qu'elle se mette au lit. Là-dessus, je la laissai. J'entendis le bruit de la clé tournant dans la serrure derrière moi puis une série de bips électroniques lorsqu'elle tapa le code du système d'alarme pour sécuriser la maison.

Déjà, la lumière du jour baissait. Les vagues se brisaient sur la côte tandis que je regagnais ma voiture. D'habitude, je trouvais ça apaisant, pas ce jour-là. Il manquait un élément, il y avait quelque chose qui clochait et l'air de fin d'après-midi sentait le brûlé. Je me tournai vers l'eau, car l'odeur venait de la mer, comme si un navire lointain était en flammes. Je cherchai la lueur de l'incendie à l'horizon, mais il n'y avait que la pulsation rythmique du phare, le mouvement d'un ferry dans la baie et les fenêtres éclairées des maisons des îles, au-delà.

Tout respirait le calme, la normalité, et cependant je n'arrivai pas à chasser mon sentiment de malaise en rentrant chez moi.

II

Silhouette sans forme, forme sans couleur,
Force paralysée, geste sans mouvement ;
Ceux qui ont gagné,
Le regard droit, l'autre Royaume de la mort
Se souviennent de nous – s'ils s'en souviennent – non
Comme d'âmes perdues, violentes, mais uniquement comme
D'hommes creux…

T. S. ELIOT, *Les Hommes creux*

5

Merrick nous avait promis deux jours de tranquillité, mais je n'étais pas prêt à jouer la sécurité de Rebecca et de sa fille sur la parole d'un tel homme. Je connaissais l'espèce : Merrick avait un caractère soupe au lait, toujours sur le point de déborder. Je me rappelais la façon dont il avait réagi à mes commentaires sur la fillette de la photo et ses avertissements sur ses affaires « personnelles ». Malgré ses assurances, il y avait toujours le risque qu'il entre dans un bar, écluse deux ou trois verres et estime le moment venu de retourner voir la fille de Daniel Clay. D'un autre côté, je ne pouvais pas passer tout mon temps à la suivre. Il me fallait de l'aide. Plusieurs possibilités s'offraient à moi. Il y avait Jackie Garner, baraqué, costaud et plein de bonnes intentions, mais à qui il manquait aussi une ou deux cases. De plus, Jackie traînait généralement derrière lui deux camions de viande sur pattes, les frères Fulci, qui étaient à la subtilité ce que le batteur est à l'œuf. Je ne savais pas trop comment Rebecca réagirait si elle les découvrait sur le pas de sa porte. En fait, je ne savais pas trop comment le pas de la porte réagirait, lui aussi.

Louis et Angel auraient été préférables, mais ils passaient quelques jours sur la côte ouest, à déguster des vins de Napa Valley. De toute évidence, je ne pouvais pas laisser Rebecca Clay sans protection jusqu'à leur retour. Donc, je n'avais pas le choix.

A contrecœur, je téléphonai à Jackie Garner.

Je le retrouvai à la Sangillo's Tavern, un petit bar sur Hampshire toujours illuminé comme pour Noël à l'intérieur. Il buvait une Bud light, mais je décidai de ne pas retenir ça contre lui. Je le rejoignis au comptoir et commandai un Sprite sans sucre. Personne ne rit, ce qui dénotait une certaine indulgence.

– T'es au régime ? me demanda Jackie.

Il portait un tee-shirt à manches longues orné du logo d'un rade de Portland qui avait fermé depuis si longtemps que ses ultimes clients avaient probablement payé leur ardoise en coquillages. Il avait les cheveux rasés, un bleu déjà estompé près de l'œil gauche. A cause du ventre qui tendait son tee-shirt, un regard superficiel aurait pu inciter à ne voir en lui qu'un gros de plus arrimé à un comptoir, mais Jackie Garner était tout le contraire. Au cours des longues années écoulées depuis notre première rencontre, personne n'avait jamais réussi à l'étendre, et je n'osais pas penser à ce qui était arrivé au type qui lui avait fait ce coquard.

– J'ai pas envie de bière, répondis-je.

Il souleva sa bouteille, me regarda en plissant les yeux et proclama d'une voix de baryton :

– C'est pas de la bière, c'est de la Bud.

Il avait l'air content de lui.

– Ça sonne bien, le complimentai-je.

– Je fais des concours, dit-il avec un sourire épanoui. Tu sais, il faut trouver un slogan. Comme « C'est pas de la bière, c'est de la Bud ».

Il souleva mon Sprite.

– Ou « C'est pas du soda, c'est du Sprite »… « C'est pas des cacahuètes, c'est… ». Ouais, là, c'est des cacahuètes, mais tu vois ce que je veux dire.

– Je crois discerner un schéma récurrent.

– Ça marche avec tout.

– Sauf avec les cacahuètes en bocal.

– A peu près tout, disons.

– Imparable. Tu es occupé, ces temps-ci ?

Il haussa les épaules. A ma connaissance, il n'était jamais occupé. Il vivait avec sa mère, bossait deux jours par semaine dans un bar et passait le reste de son temps à fabriquer des explosifs artisanaux dans une cabane délabrée située derrière chez lui, dans les bois. De temps à autre, un voisin signalait une explosion aux flics locaux. De temps à autre, les flics envoyaient une voiture, dans l'espoir que Jackie s'était enfin lui-même réduit en morceaux. Jusqu'ici, ils avaient été cruellement déçus.

– T'as un boulot pour moi ? s'enquit-il, les yeux brillant d'une lueur nouvelle à la perspective d'une possible dévastation.

– Deux jours seulement. Une femme qu'un type embête.

– Tu veux qu'on le travaille au corps ?

– « On » ? Qui ça, « on » ?

– Tu sais bien.

Du pouce, il indiqua un lieu vague au-delà des limites du bar. Malgré le froid, je sentis une coulée de sueur me picoter le front et je vieillis d'une année en une seconde.

– Ils sont là ? Tu ne peux pas t'en décoller une minute ?

– Je leur ai demandé d'attendre dehors. Je sais qu'ils te rendent nerveux.

– Ils ne me rendent pas nerveux, ils me terrifient.

– De toute façon, ils ont plus le droit d'entrer ici. Il ont plus le droit d'entrer nulle part, je suppose, après, euh, l'histoire...

Avec les Fulci, il y avait toujours une histoire.

– Quelle histoire ?

– Le truc, là, au B-Line.

Le B-Line était le bar le plus déjanté de la ville, un bouge qui offrait un verre à tout client pouvant montrer un badge d'un mois des Alcooliques anonymes. Se faire jeter du B-Line pour conduite tapageuse, c'était comme se faire exclure de chez les scouts pour avoir aidé trop de vieilles dames à traverser la rue.

– Ils ont fait quoi ?

– Ils ont frappé un mec avec une porte.

Bon, comparé à ce que j'avais déjà entendu sur les Fulci et le B-Line, ça paraissait relativement anodin.

– Tu sais, ça ne me paraît pas si grave, dis-je. Pour eux.

– Ben, y avait deux mecs, en fait. Et deux portes. Ils les ont sorties de leurs gonds pour les taper avec. Alors, maintenant, ils sont quasiment tricards partout, ça leur fout les boules. Mais ça les dérange pas d'attendre ici, au parking. Ils trouvent les lumières jolies et je leur ai payé des plats à emporter au Norm's.

Je pris une longue inspiration pour me calmer.

– Ecoute attentivement : je ne veux pas qu'on travaille qui que ce soit au corps, ce qui signifie que je ne suis pas sûr de souhaiter la participation des Fulci, de près ou de loin.

Jackie se rembrunit.

– Ils seront déçus. Quand je leur ai dit que j'avais rencard avec toi, ils ont voulu venir. Ils t'aiment bien.

– Comment tu le sais ? Parce qu'ils ne m'ont pas encore assoupli le cuir à coups de porte ?

– Ils sont pas méchants. Ce qu'il y a, c'est que les docteurs arrêtent pas de changer leur traitement, et des fois ça leur convient pas.

Jackie fit tourner sa bouteille d'un air triste. Il n'avait pas beaucoup d'amis et il pensait manifestement que la société avait mal jugé les Fulci dans de nombreux domaines. De son côté, la société estimait qu'elle avait parfaitement évalué les deux frères et pris toutes les mesures appropriées pour limiter au minimum ses contacts avec eux.

Je tapotai le bras de Jackie et le rassurai :

– On leur trouvera quelque chose.

– C'est des gars qu'il vaut mieux avoir avec soi quand la situation devient merdique, déclara Jackie, ignorant délibérément le fait que la situation tendait précisément à devenir merdique quand ils étaient là.

– Ce type s'appelle Merrick ; il suit ma cliente depuis une semaine. Il lui pose des questions sur son père, mais son père a disparu depuis longtemps, si longtemps qu'il a officiellement été déclaré mort. Hier, j'ai coincé Merrick et il a promis de se faire rare pendant deux jours, mais je ne lui fais pas confiance. Il a tendance à s'énerver.

– Il avait un feu ?

– J'en ai pas vu mais ça ne veut rien dire.

Jackie avala une gorgée de bière avant de demander :

– Comment ça se fait qu'il se manifeste seulement maintenant ?

– Quoi ?

– Si le père a disparu depuis longtemps, comment ça se fait que Merrick pose des questions sur lui seulement maintenant ?

Je regardai Jackie. Ça claquait indéniablement dans sa tête quand il marchait, mais il n'était pas idiot. Je m'étais demandé pourquoi Merrick posait ses questions maintenant, pas ce qui l'avait empêché de le faire avant. Je repensai au tatouage sur sa jointure. Merrick avait-il fait un séjour en taule depuis la disparition de Clay ?

– Je vais essayer de le savoir pendant que tu protèges la femme. Elle s'appelle Rebecca Clay, je te présenterai ce soir. Evite de lui montrer les Fulci de trop près, mais si tu veux les avoir avec toi, je n'y vois pas d'inconvénient. Ce ne serait peut-être pas une mauvaise chose qu'on les voie surveiller la maison.

Même un homme comme Merrick pouvait renoncer à aborder Rebecca en découvrant trois malabars sur le pas de sa porte, dont deux faisaient passer le troisième pour un anorexique.

Je donnai à Jackie le signalement de Merrick et de sa voiture, immatriculation comprise.

– Ne compte pas trop sur la voiture, ajoutai-je. Il pourrait en changer maintenant qu'il sait qu'on l'a vu dedans.

– Cent cinquante par jour, m'informa Jackie. Je paie la part de Tony et Paulie là-dessus.

Il finit sa bière et suggéra :

– Viens leur dire bonjour. Ils seront vexés si tu le fais pas.

– Et on ne tient pas à ce qu'ils le soient, hein ? dis-je, tout à fait sincère.

– Je confirme.

Tony et Paulie n'étaient pas venus dans leur énorme pick-up, c'était pour cette raison que je ne les avais pas repérés en me garant. Ils étaient assis à l'avant d'une camionnette blanc sale que Jackie utilisait quelquefois pour ce qu'il appelait d'un euphémisme ses « affaires ». A mon approche, les portières s'ouvrirent et les Fulci descendirent. Je me demandai comment Jackie avait réussi à les faire entrer dans la caisse. On avait plutôt l'impression que la camionnette avait été assemblée autour d'eux. Les Fulci n'étaient pas grands, ils étaient larges, extrêmement larges. Les boutiques où ils achetaient leurs fringues la jouaient pratique plus qu'élégant, ce qui faisait d'eux des visions jumelles, en polyester et blouson de cuir. Tony prit ma main dans un de ses battoirs, la tacha de sauce barbecue, et je sentis quelque chose craquer. Paulie me tapota gentiment le dos, et je faillis cracher un poumon.

– C'est reparti, les mecs ! s'exclama fièrement Jackie.

Pendant un bref moment, avant que le bon sens reprenne le dessus, je me sentis étrangement heureux.

J'emmenai Jackie chez Rebecca Clay, qui parut soulagée de me revoir. Je fis les présentations et annonçai que Jackie s'occuperait d'elle pendant quelques jours mais que je serais aussi dans le coin en cas de besoin. Je crois qu'il correspondait davantage à l'idée qu'elle se faisait d'un garde du corps et elle ne souleva pas d'objection. Pour ne rien lui cacher, ou presque, j'ajoutai que deux autres hommes se tiendraient à proximité et lui fis une description des Fulci qui frôlait le portrait flatteur, voire mensonger.

– Trois hommes sont vraiment nécessaires ? demanda-t-elle.

– Non, mais on doit prendre tout le lot. Ils reviennent à cent cinquante dollars par jour, ce qui n'est pas cher. Si le prix vous pose problème, on peut trouver une autre solution...

– Ça ira. Je peux me le permettre pendant quelques jours.

– Bon. Je vais me renseigner sur Merrick pendant qu'on a de la marge et je parlerai à quelques-unes des personnes de votre liste. Si on n'arrive pas à en savoir plus sur lui pendant notre sursis de deux jours et s'il se refuse toujours à accepter le fait que vous ne pouvez pas l'aider, on s'adressera de nouveau aux flics et on essaiera de le faire arrêter avant de soumettre l'affaire à un juge. Je préférerais une solution plus physique, mais il faut d'abord épuiser les autres possibilités.

– Je comprends.

Je m'enquis de sa fille ; elle me répondit que Jenna passerait une semaine à Washington chez ses grands-parents. Elle avait réglé la question de son absence au collège et la gamine partirait le lendemain matin. En me raccompagnant à la porte, Rebecca me toucha le bras.

– Vous savez pourquoi je vous ai engagé ? Dans le temps, je suis sortie avec un nommé Neil Chambers. C'était le père de Jenna.

Neil Chambers… Son père, Ellis, avait pris contact avec moi au moment où il cherchait de l'aide pour son fils. Neil devait de l'argent à des truands de Kansas City et il n'avait pas de quoi payer sa dette. Ellis voulait que je serve d'intermédiaire, que je trouve un moyen de régler le problème. A l'époque, je n'avais pas pu l'aider. Je lui avais recommandé des personnes que je croyais capables de faire quelque chose, mais c'était trop tard pour Neil. On avait retrouvé son cadavre dans un fossé, en guise d'avertissement à d'autres, quelque temps après ma conversation avec Ellis.

– Je suis désolé, dis-je.

– Ne le soyez pas. Neil ne voyait pas beaucoup Jenna. Cela faisait des années qu'il ne l'avait pas vue, en fait, quand il est mort, mais je suis restée proche d'Ellis. C'est lui et sa femme, Sara, qui s'occuperont d'elle cette semaine. C'est lui qui m'a parlé de vous.

– J'ai refusé de travailler pour lui. Je ne pouvais pas l'aider quand il me l'a demandé.

– Il l'a compris, il ne vous en veut pas. Neil était perdu pour lui, mais il l'aimait toujours. Quand je lui ai parlé de Merrick, il m'a conseillé de m'adresser à vous. Il n'est pas du genre rancunier.

Elle lâcha mon bras et demanda :

– Vous pensez qu'on trouvera un jour ceux qui ont tué Neil ?

– Celui, rectifiai-je. Il a été liquidé par un seul homme. Il s'appelait Donnie P.

– On pourra faire quelque chose ?

– C'est déjà fait, répondis-je.

Elle me fixa un moment en silence. Puis :

– Ellis le sait ?

– Il se sentirait mieux s'il le savait ?

– Non, je ne crois pas. Je vous l'ai dit, il n'est pas du genre rancunier.

Ses yeux brillèrent et quelque chose se déroula en elle, s'étira, ouvrit une bouche douce et rouge.

– Vous, si, n'est-ce pas ?

Nous avions trouvé la fille dans une baraque infâme, à peine mieux qu'un chenil, à Independence, à l'est de Kansas City, d'où l'on jouissait de la vue et du vacarme d'un petit aéroport. Nos informations étaient bonnes. Elle n'avait pas ouvert la porte quand j'avais frappé. Angel, petit et apparemment inoffensif, se tenait près de moi ; Louis, grand, noir et pas du tout inoffensif, avait pris position derrière la maison, au cas où la fille tenterait de filer. J'entendis un mouvement à l'intérieur, frappai de nouveau.

– Qui c'est ? fit une voix brisée et tendue.

– Mia ? dis-je.

– Y a pas de Mia ici.

– On est là pour t'aider.

– Y a pas de Mia ici, je vous dis. Vous vous trompez d'adresse.

– Il te cherche, Mia. Tu ne pourras pas éternellement garder une longueur d'avance sur lui.

– Je sais pas de quoi vous parlez.

– De Donnie, Mia. Il se rapproche et tu le sais.

– Vous êtes quoi ? Des flics ?

– Tu connais un nommé Neil Chambers ?

– Non. Pourquoi ?

– Donnie l'a liquidé à cause d'une dette.

– Et alors ?

– Il l'a jeté dans un fossé. Il l'a torturé et il l'a abattu. Il te fera la même chose. Si on a pu te retrouver, il pourra aussi. Il ne te reste pas beaucoup de temps.

Il y eut un silence si long qu'un moment je crus qu'elle s'était éloignée de la porte. Puis j'entendis le bruit d'une chaîne de sûreté qu'on enlève, d'un verrou qu'on tourne, et la porte s'ouvrit. J'avançai dans une demi-obscurité. Tous les rideaux étaient tirés, aucune lampe n'éclairait la pièce. La porte se referma en claquant derrière Angel et moi, et la fille nommée Mia recula dans la pénombre pour que nous ne puissions pas voir son visage, un visage que Donnie P. avait défiguré pour une offense, réelle ou imaginaire, qu'elle lui avait faite.

– On peut s'asseoir ? demandai-je.

– Si vous voulez. Moi, je reste là.

– Ça te fait mal ?

– Pas trop, mais je suis horrible. Qui vous a dit que j'étais ici ?

– C'est sans importance.

– C'est important pour moi.

– Quelqu'un qui se fait du souci pour toi. Tu n'as pas besoin d'en savoir plus.

– Qu'est-ce que vous voulez ?

– On veut que tu nous dises pourquoi Donnie t'a fait ça. On veut que tu nous dises ce que tu sais sur lui.

– Qu'est-ce qui vous fait croire que je sais quelque chose ?

– Parce que tu te caches, et parce que le bruit court qu'il veut te retrouver avant que tu parles.

Mes yeux s'habituaient à la pénombre et je discernais à présent ses traits, le nez tordu, les joues tuméfiées. Un rai de lumière passant sous la porte montrait le bout d'un pied nu et le bas d'une longue robe de chambre rouge. Le vernis de ses orteils, rouge également, semblait avoir été appliqué récemment. D'une des poches du peignoir, Mia tira un paquet de cigarettes, en fit monter une d'une chiquenaude, l'alluma avec un briquet. Elle gardait la tête baissée, les cheveux tombant sur son visage, néanmoins j'entrevis la cicatrice qui lui barrait le menton et la joue gauche.

– J'aurais dû fermer ma gueule, murmura-t-elle.

– Pourquoi ?

– Il est venu et m'a balancé deux mille dollars à la figure. Après tout ce qu'il m'avait fait. J'étais en rage. J'ai dit à l'une des autres filles que j'avais un moyen de me venger de lui. Que j'avais vu quelque chose que j'aurais pas dû. Là-dessus, j'apprends qu'elle couche avec Donnie. Ah, il avait raison, je suis vraiment qu'une pute complètement conne !

– Pourquoi tu n'es pas allée voir les flics ?

Elle tira sur sa cigarette. Absorbée par les détails de son histoire, elle avait relevé la tête, oubliant momentanément de nous cacher son visage. Près de moi, Angel poussa un sifflement de commisération en découvrant les traits ravagés.

– Parce qu'ils n'auraient pas bougé.

– Tu n'en sais rien.

– Oh si.

Elle tira une autre bouffée de sa cigarette, se tapota les cheveux, demeura un moment silencieuse puis reprit :

– Et vous dites que vous allez m'aider ?

– Exact.

– Comment ?

– Regarde dehors. Par la fenêtre de derrière.

Elle porta une main à son visage, me fixa un moment puis alla dans la cuisine. J'entendis un bruissement quand elle écarta les rideaux. Lorsqu'elle revint, son attitude avait changé. Louis faisait cet effet aux gens, surtout quand il semblait être dans leur camp.

– C'est qui ?

– Un ami.

– Il a l'air… commença-t-elle.

Elle s'interrompit, le temps de trouver le mot juste.

– … intimidant.

– Il l'est.

Son pied tapota le sol.

– Il va buter Donnie ?

– On espère trouver une autre solution. Avec ton aide.

J'attendis qu'elle prenne sa décision. Un téléviseur était allumé dans une autre pièce, probablement la chambre. L'idée me traversa que Mia n'était peut-être pas seule et que nous aurions dû d'abord fouiller la maison, mais c'était trop tard. Finalement, elle plongea à nouveau la main dans la poche de son peignoir, y prit un téléphone portable, me le lança. Je l'attrapai.

– Ouvrez le fichier photos. Vous trouverez celles qu'il vous faut après les cinq ou six premières.

Je fis défiler des images de jeunes femmes souriantes autour de la table d'un dîner, d'un chien noir dans un jardin, d'un bébé dans une chaise haute, jusqu'à ce que j'arrive aux photos de Donnie. La première le montrait dans un parking en compagnie d'un homme plus grand que lui et vêtu d'un costume gris. La deuxième et la troisième photo étaient des plans différents de la même scène, et les visages des deux hommes étaient cette fois plus nets. L'encadrement d'une portière et un rétroviseur latéral, visibles sur deux d'entre elles, révélaient qu'elles avaient été prises d'une voiture.

– Qui c'est, l'autre ? demandai-je.

– Je sais pas. Je suivais Donnie parce que je pensais qu'il me trompait. Je savais *qu'il me trompait. C'est une ordure. Je voulais juste voir avec qui.*

L'effort qu'elle fit pour sourire sembla lui causer une souffrance.

– Je croyais que je l'aimais. Faut vraiment être tarte, hein ?

Elle secoua la tête et je devinai qu'elle pleurait.

– C'est ça que tu as sur lui ? C'est pour cette raison qu'il te recherche : parce que tu as des photos de lui avec un homme dont tu ne connais pas le nom ?

– Je connais pas son nom mais je sais où il travaille, dit Mia. Ils sont montés dans la voiture, ils ont démarré. Je les ai suivis.

– Où ils sont allés ?

– Au 1300 Summit Street.

Je compris pourquoi Donnie voulait retrouver Mia et pourquoi elle ne pouvait pas aller chez les flics.

Le 1300 Summit Street était le bureau du FBI à Kansas City.

Donnie P. était un indic.

Dans un champ bordant une route du comté de Clay où les voitures passaient rarement, où seuls des oiseaux veillaient, Donnie P., l'homme qui avait tué Neil Chambers pour une simple dette, reposait maintenant dans une fosse peu profonde. Il avait suffi d'un coup de téléphone à ses patrons, d'un coup de téléphone et de quelques photos floues envoyées d'une adresse e-mail impossible à retrouver.

C'était une vengeance pour un gars que je connaissais à peine. Son père ignorait ce qui s'était passé et je ne lui en parlerais pas, ce qui posait la question du pourquoi de mon acte. Neil Chambers s'en fichait et cela ne le rendrait pas à son père. Je crois que j'avais fait ça par besoin de m'en prendre à quelqu'un, à quelque chose. J'avais choisi Donnie P., il en était mort.

Comme l'avait dit Rebecca Clay, j'étais du genre rancunier.

Ce soir-là, j'étais assis sur ma véranda, Walter endormi à mes pieds. Je portais un pull sous ma veste et buvais du café dans un gobelet de voyage Mustang qu'Angel m'avait offert pour mon anniversaire. La vapeur de mon haleine se mêlait à la fumée qui montait du café à chaque gorgée. Le ciel était sombre : pas de lune pour éclairer le chemin dans les marais, pas de lumières pour argenter leurs canaux. L'air était immobile, mais d'une immobilité sans paix, et je crus de nouveau sentir une faible odeur de brûlé.

Soudain, tout changea. Je ne saurais dire comment ni pourquoi, mais la vie assoupie autour de moi s'éveilla un instant ; le monde naturel était troublé par une nouvelle présence et demeurait cependant immobile, de peur d'attirer l'attention. Des oiseaux battaient des ailes avec une fébrilité inquiète, des rongeurs se figeaient au pied des troncs d'arbres. Walter ouvrit les yeux, retroussa son museau avec méfiance. Sa queue battit nerveusement le plancher puis cessa tout à coup, car même cette légère perturbation de la nuit semblait de trop.

Je me levai, mon chien geignit. M'approchant de la balustrade de la véranda, je sentis une brise soufflant de l'est, traversant les marais, agitant les branches des arbres et couchant l'herbe sur son passage. Elle aurait dû apporter l'air de la mer, mais elle était chargée de cette odeur de brûlé, plus forte à présent. Puis cette odeur s'estompa, remplacée par une puanteur sèche, comme si un trou fraîchement creusé dans la terre avait révélé une misérable créature morte, recroquevillée sur elle-même. Je pensai aux rêves que j'avais faits de longues cohortes d'âmes suivant les sentiers lumineux des marais pour se perdre enfin dans la mer, semblables aux molécules de l'eau d'un fleuve inexorablement attirées par la source de toute vie.

Quelque chose émergeait maintenant, quittant cet autre monde pour entrer dans le nôtre. Le vent parut se scinder, comme si, rencontrant un obstacle, il avait été contraint de le contourner et ne s'était pas ensuite reformé. Les parties qui le constituaient soufflèrent dans des directions différentes, puis, aussi soudainement qu'il s'était levé, il retomba, et il ne resta que cette odeur persistante pour indiquer qu'il avait existé. Un moment, je crus déceler une présence entre les arbres à l'est, la silhouette d'un homme enveloppé dans un vieux manteau beige, les détails de ses traits perdus dans l'obscurité, ses yeux et sa bouche pareils à des taches noires sur la blancheur de sa peau. Il disparut presque aussitôt et je me demandai si je l'avais vraiment vu.

Walter se leva et s'approcha de la porte de la véranda, la poussa d'une de ses pattes avant et entra se réfugier dans la sécurité de la maison. Je restai, attendant que les créatures de la nuit se rassérènent. Je bus une gorgée de mon café, mais il avait maintenant un goût amer. Je m'avançai sur la pelouse, vidai ma tasse dans l'herbe. Au-dessus de moi, la lucarne du grenier bougea légèrement dans son châssis et le bruit me fit me retourner. C'était peut-être la maison qui craquait, s'ajustant après la bourrasque, mais lorsque je levai les yeux vers la lucarne, les nuages s'entrouvrirent brièvement et le clair de lune brilla enfin sur le verre, créant une impression de mouvement dans le grenier. Puis les nuages se refermèrent et le mouvement cessa, une fraction de seconde après.

Une fraction seulement.

Je retournai à l'intérieur et pris la torche électrique dans la cuisine, vérifiai les piles, montai à l'étage. A l'aide d'un crochet fixé au bout d'une perche, je fis descendre l'escalier amovible menant au grenier. La lumière du couloir y pénétra avec réticence, révélant les contours d'objets oubliés. Je gravis les marches.

Ce grenier servait uniquement de débarras. Il y restait quelques affaires de Rachel, rangées dans une paire de vieilles valises. J'avais l'intention de les lui envoyer ou de les emporter la prochaine fois que je leur rendrais visite, à elle et à Sam, mais cela serait revenu à admettre au bout du compte qu'elle ne reviendrait pas. Pour la même raison, j'avais laissé le berceau de Sam dans sa chambre d'enfant, autre lien avec elles que je ne voulais pas voir disparaître.

Il y avait aussi des objets appartenant à celles qui avaient précédé Rachel et Sam : des vêtements et des jouets, des photographies, des dessins, et même des bijoux en or et diamant. Je n'avais pas gardé grand-chose, mais tout ce que j'avais gardé était là.

Peur.

Je saisis presque le mot, comme si une enfant l'avait murmuré à mon oreille, craignant d'être entendue et cherchant cependant à tout prix à me parler. Quelque chose trottina dans l'obscurité, dérangé par l'irruption de la lumière.

Elles n'étaient pas réelles, je me le répétai une fois de plus. Une partie de ma santé mentale m'avait abandonné le soir où je les avais découvertes, où elles m'avaient été enlevées. Mon esprit traumatisé n'avait plus jamais été le même. Elles n'étaient pas réelles. Je les créais. Mon chagrin, mon sentiment de perte les faisaient apparaître.

Elles n'étaient pas réelles.

Je n'arrivais toutefois pas à m'en convaincre, car je n'y croyais pas. Je savais que c'était leur place, le refuge de la femme et de l'enfant perdues. Les traces d'elles qui restaient en ce monde s'accrochaient obstinément aux affaires entreposées sous la poussière et les toiles d'araignée, fragments et vestiges de vies presque enfuies.

Le faisceau de la lampe poursuivit des ombres sur le mur et le plancher. Une mince couche de poussière recouvrait tout : valises et cartons, vieilles caisses et vieux livres. Mon nez et ma gorge me démangeaient, mes yeux commençaient à pleurer.

Peur.

La pellicule de poussière recouvrait aussi la vitre de la lucarne, mais elle n'était pas intacte. Tandis que j'approchais, la lampe électrique éclaira des lignes, des traits qui formèrent un message, soigneusement tracé, peut-être par une main d'enfant.

Fais-les partir.

Mes doigts touchèrent le verre, suivirent les courbes et les jambages, les formes des lettres. Il y avait des larmes dans mes yeux, mais je n'aurais su dire si c'était à cause de la poussière ou parce que j'avais peut-être trouvé, dans cette pièce imprégnée de regret et de perte, la trace d'une enfant disparue depuis longtemps et qu'en touchant les lettres que son doigt avait tracées je touchais quelque chose d'elle…

S'il te plaît, papa.

Je me redressai. Le faisceau de la torche me montra de la poussière sur mes doigts et tous mes doutes revinrent. Les lettres étaient-elles vraiment là avant que je vienne, écrites par un autre être qui vivait dans ce lieu sombre, ou avais-je donné un sens à des traces laissées au hasard dans la poussière par Rachel ou par moi ? Avais-je, en les suivant de mon doigt, trouvé un moyen de communiquer quelque chose qui m'effrayait, de donner forme et identité à une peur auparavant sans nom ? Mon côté rationnel se réaffirmait, érigeait des barricades, fournissait des explications, quoique insatisfaisantes, à tout ce qui s'était passé : l'odeur dans le vent, la silhouette pâle à la lisière de la forêt, le mouvement dans le grenier, les mots inscrits dans la poussière.

La lampe révéla alors le message et je vis mon visage reflété dans le carreau, flottant dans la nuit comme si j'étais moi-même cette créature irréelle, cet être perdu, et que les mots étaient écrits sur mon visage.

Et je lus :

LES HOMMES CREUX

6

Je dormis mal cette nuit-là, mes rêves ponctués d'images récurrentes d'hommes sans yeux qui pouvaient cependant voir, d'une enfant sans visage roulée en boule dans un grenier, murmurant le mot « peur », le répétant indéfiniment.

J'appelai Jackie Garner dès mon réveil. La nuit avait été tranquille à Willard et c'était au moins un motif de satisfaction. Jenna était partie pour Washington avec ses grands-parents un peu après sept heures et Jackie avait suivi leur voiture jusqu'à Portsmouth tandis que les Fulci restaient avec Rebecca. Merrick ne s'était pas manifesté, ni personne d'autre montrant un intérêt malsain pour la famille Clay.

Je sortis et fis un jogging jusqu'à Prouts Neck, Walter courant devant moi dans l'air calme du matin. Cette partie de Scarborough avait encore un air campagne, la présence du yacht-club et du country-club gardant au secteur son caractère huppé, mais le reste de la ville changeait rapidement. La mue avait commencé dès 1992, lorsque Wal-Mart s'était installé près du centre commercial, apportant avec lui de petits motifs d'agacement, telle l'autorisation donnée aux propriétaires de camping-cars de passer la nuit sur le parking du magasin. Bientôt d'autres commerces suivirent et Scarborough commença à ressembler à beaucoup d'autres petites villes satellites de grandes cités. Les habitants d'Eight Corners vendaient maintenant leurs maisons pour permettre à Wal-Mart de s'étendre et, malgré une limitation des permis de construire, des familles de plus en plus nombreuses venaient vivre dans la région pour profiter de ses écoles et de ses loisirs, faisant grimper le prix des terrains et augmenter les impôts destinés à payer les infrastructures nécessaires aux nouveaux arrivants, quatre fois plus nombreux que dans le reste du comté. Dans mes moments sombres, je voyais une agglomération de quatre-vingt-cinq kilomètres carrés englobant six villages, ayant chacun une identité distincte, et le plus grand marais salant de l'Etat devenir une unique ville homogène et tentaculaire peuplée presque entièrement de gens n'ayant aucune idée de son histoire et aucun respect pour son passé.

A mon retour, je trouvai deux messages sur mon répondeur. L'un provenait du type des services d'immatriculation qui me prenait cinquante dollars pour chaque recherche qu'il faisait pour moi. D'après lui, la voiture de Merrick était un véhicule de service récemment enregistré pour un cabinet juridique de Lynn, dans le Massachusetts. Son nom, Eldritch & Associés, ne me disait rien. Je le notai sur mon bloc. Merrick avait peut-être volé la voiture d'un avocat – un coup de fil au cabinet confirmerait s'il y avait eu vol – ou avait été embauché par cet avocat, ce qui ne semblait pas très probable. Il y avait une troisième possibilité : le cabinet juridique avait fourni un véhicule à Merrick, soit de sa propre initiative, soit à l'instigation d'un client, ce qui garantissait au moins une certaine protection si quelqu'un posait des questions sur les agissements de Merrick, le cabinet pouvant invoquer le secret professionnel. Malheureusement, si c'était le cas, le client en question avait sous-estimé la capacité de nuisance de Merrick ou s'en fichait totalement.

Je songeai de nouveau à la soudaine irruption de Merrick, des années après la disparition de Daniel Clay. Ou un élément nouveau l'avait récemment convaincu que Clay était encore en vie, ou il était resté longtemps hors circuit. J'étais de plus en plus enclin à penser que Merrick avait fait de la prison, mais je ne connaissais pas son prénom, à supposer que Merrick soit son vrai nom. Avec un prénom, j'aurais pu faire des recherches sur pénitencier.com dans l'espoir de trouver une date de libération. Je pouvais quand même donner quelques coups de fil, voir si le nom disait quelque chose à quelqu'un, et j'avais toujours la possibilité de prendre contact avec Eldritch & Associés, même si, d'après mon expérience, les avocats ont tendance à se montrer au mieux peu serviables dans ce genre de situation. Je n'étais même pas sûr que le harcèlement de Rebecca Clay et le carreau brisé suffiraient à leur arracher des informations.

Le second message était de June Fitzpatrick, qui confirmait notre dîner chez Joel Harmon le lendemain soir. J'avais presque oublié Harmon. Ce serait probablement du temps perdu. D'un autre côté, je ne savais toujours quasiment rien sur Daniel Clay, mis à part ce que sa fille m'avait dit et le peu que June m'avait appris. Je me rendrais à Lynn le lendemain matin de bonne heure pour me renseigner sur Eldritch & Associés, puis j'essaierais d'avoir une conversation avec l'ex-mari de Rebecca Clay avant le dîner chez Harmon. J'avais conscience que l'horloge tictaquait, égrenant lentement les minutes avant le retour annoncé de Merrick et ce qui promettait d'être une escalade de sa campagne d'intimidation contre la fille de Daniel Clay.

Rebecca essuyait ses larmes dans les toilettes de son patron. Elle venait d'avoir sa fille au téléphone et Jenna lui avait dit qu'elle lui manquait déjà. Rebecca lui avait répondu qu'elle lui manquait aussi mais que cette séparation était nécessaire.

La veille, pendant que sa fille lisait dans le salon, elle était montée vérifier qu'elle avait mis dans sa valise tout ce dont elle avait besoin pour son séjour. De la fenêtre de la chambre de Jenna, Rebecca avait vu le nommé Jackie assis dans sa voiture, écoutant probablement la radio, à en juger par la faible lueur du tableau de bord qui éclairait ses traits. Sa présence la rassurait un peu. Elle avait aussi échangé quelques mots avec les deux autres, les mastodontes qui regardaient Jackie avec adoration et demeuraient suspendus à ses lèvres. Malgré leur masse, ils ne la rassuraient pas autant que lui. Ils étaient quand même intimidants, elle devait le reconnaître. L'une de ses voisines avait été tellement perturbée par leur présence qu'elle avait appelé la police. Le flic qui était passé dans sa voiture de ronde en réponse au coup de téléphone avait jeté un regard aux deux colosses, les avait reconnus et avait immédiatement filé sans leur adresser un seul mot. Depuis, aucun policier ne s'était montré dans le quartier.

Tout dans la chambre de Jenna était net et ordonné, parce que Jenna était ce genre de fille. Rebecca avait baissé les yeux vers le petit bureau que Jenna utilisait pour faire ses devoirs, peindre et dessiner. Elle avait pris une des feuilles posées à côté d'une boîte de crayons de couleur. C'était un dessin de leur maison, près de laquelle se tenaient deux personnages. Vêtus de longs manteaux beiges, ils avaient un visage blême, si blême que Jenna s'était servi d'un crayon gras pour accentuer leur pâleur, comme si le blanc du papier ne suffisait pas. Leurs yeux et leurs bouches étaient des ronds noirs aspirant la lumière et l'air du monde. Les mêmes personnages figuraient sur chacun des dessins. Ils ressemblaient à des ombres ayant pris forme et Rebecca avait eu un frisson en songeant que sa fille était capable d'imaginer de tels êtres. Peut-être Jenna avait-elle été plus perturbée par le harcèlement du nommé Merrick qu'elle ne le laissait paraître et était-ce là une manifestation de sa frayeur.

Rebecca était descendue rejoindre Jenna, lui avait montré les dessins.

« Qu'est-ce qu'ils représentent, chérie ? »

L'enfant avait haussé les épaules.

« Je ne sais pas.

– Ce sont des fantômes ? On dirait des fantômes.

– Non, je les ai vus.

– Tu les as vus ? ! Comment ? Comment tu as pu voir une chose pareille ? »

Troublée, Rebecca s'était agenouillée près de sa fille.

« Parce qu'ils sont vrais », avait répondu Jenna.

Elle avait plissé le front et avait corrigé :

« Enfin, je *pense* qu'ils sont vrais. C'est dur à expliquer. Tu sais, c'est comme quand il y a un peu de brouillard et que tout est flou, mais on ne voit pas pourquoi c'est flou. J'ai dormi un peu après avoir fait ma valise et c'est presque comme si j'avais rêvé d'eux, mais j'étais éveillée parce que je les dessinais en même temps que je les voyais. C'était comme si je m'étais réveillée avec leur image encore dans la tête et que je l'avais dessinée, et quand j'ai regardé par la fenêtre, ils étaient là en bas, sauf que… »

Elle s'était interrompue, l'air mal à l'aise.

« Sauf que quoi ? Dis-moi, Jenna.

– Sauf que je ne pouvais les voir qu'en ne les regardant pas directement. Je sais, ça paraît idiot, maman, mais ils étaient là et ils n'y étaient pas. »

Prenant le dessin des mains de sa mère, Jenna avait ajouté :

« Je trouve qu'ils sont cool.

– Ils étaient *ici*, Jenna ? »

L'enfant avait acquiescé.

« Ils étaient dehors. Qu'est-ce que tu croyais que je voulais dire ? »

Rebecca avait porté une main à sa bouche. Elle se sentait mal. Jenna s'était levée, l'avait enlacée et embrassée.

« Ne t'inquiète pas, maman. C'était sûrement un de ces trucs bizarres qui se passent dans la tête. Si ça peut te rassurer, j'ai pas eu du tout peur. Ils ne nous veulent aucun mal.

– Comment le sais-tu ?

– Je le sais. Je les ai entendus dans ma tête, pendant que je dormais ou que j'étais éveillée. Ils ne s'intéressent pas à nous. »

Pour la première fois, Jenna avait paru pensive, comme si elle venait seulement de prendre conscience de l'étrangeté de ses propos. Rebecca s'était efforcée de maîtriser le tremblement de sa voix quand elle avait demandé :

« Chérie, qui sont-ils ? »

La question avait amusé la fillette.

« C'est ça le plus drôle, avait-elle répondu en gloussant. Je me suis réveillée en sachant qui ils étaient, comme les fois où j'ai un dessin et un titre dans ma tête, les deux en même temps, et je sais pas d'où ils viennent. Quand j'ai fait le premier dessin, j'ai su qui ils étaient dès que mon crayon a touché le papier. »

Elle avait tenu la feuille devant elle, à la fois admirative et un peu effrayée par ce qu'elle avait créé.

« C'est les Hommes creux. »

7

Je pris des fraises et du café au petit déjeuner. Il y avait un CD des Delgados, *Universal Audio*, sur la chaîne stéréo et je l'écoutai en mangeant. Walter traîna un moment dans le jardin, se soulagea dans les buissons puis revint dans la cuisine et s'endormit dans son panier.

Après le repas, je dépliai la liste des anciennes connaissances de Daniel Clay sur la table et y ajoutai « Eldritch ». J'établis l'ordre dans lequel je contacterais chaque personne, en commençant par celles qui étaient du coin et cependant éloignées de la ville. J'entrepris ensuite de téléphoner pour prendre rendez-vous, mais les trois premiers appels furent des bides. L'un avait déménagé, l'autre était décédé, et dans le troisième cas, un ancien professeur de Clay retiré à Bay Harbor, il souffrait d'un alzheimer si avancé que, selon sa belle-fille, il ne reconnaissait même plus ses enfants.

J'eus plus de chance, d'une certaine façon, avec le quatrième, Edward Haver, un comptable. Il était mort dix ans plus tôt, mais sa femme, Celine, se montra toute disposée à parler de Clay, même au téléphone, surtout quand je lui expliquai que j'avais été engagé par sa fille. Elle m'assura qu'elle avait toujours bien aimé « Dan », et n'avait jamais vu en lui autre chose qu'un homme de bonne compagnie. Son mari et elle avaient assisté à l'enterrement de sa femme quand Rebecca n'avait que cinq ou six ans. Elle était morte d'un cancer. Vingt ans plus tard, le propre mari de Celine avait succombé à une forme de la même maladie et Daniel Clay était venu à l'enterrement. Pendant un moment, reconnut-elle, elle avait pensé qu'ils pourraient vivre ensemble car ils avaient les mêmes goûts et elle aimait beaucoup Rebecca, mais, apparemment, Clay avait pris l'habitude de vivre sans compagne.

– Et puis il a disparu, conclut-elle.

Je m'apprêtais à l'interroger sur les circonstances de cette disparition, cependant je n'eus pas à le faire.

– Je sais ce qu'on raconte, mais ça ne ressemblait pas à Dan, pas au Dan que je connaissais, affirma-t-elle. Il aimait les enfants dont il s'occupait ; trop, peut-être. Cela se voyait sur son visage quand il parlait d'eux.

– Il vous parlait des cas qu'il traitait ?

– Il ne mentionnait jamais de noms, mais il m'expliquait quelquefois ce que tel enfant avait subi : les coups, le manque de soins et... le reste. Ça le perturbait, c'était visible. Il ne supportait pas qu'on fasse du mal à un gosse. Je crois que cela le conduisait parfois à entrer en conflit avec certaines personnes.

– Quelles personnes ?

– Des confrères, des médecins qui n'avaient pas le même point de vue que lui. Il y avait un certain... comment, déjà ? J'ai vu son nom récemment quelque part... Christian ! C'est ça : le Dr Robert Christian, du centre de soins de Midlake. Dan et lui étaient toujours en désaccord dans leurs articles ou leurs interventions à une conférence. Le domaine dans lequel ils exerçaient étant restreint, ils ne cessaient de se rencontrer et de discuter de la façon de traiter les enfants qui leur étaient confiés...

– Vous semblez parfaitement vous souvenir d'événements déjà lointains, madame Haver, fis-je observer, m'efforçant de ne pas lui faire sentir par ma remarque que j'avais des doutes ou des soupçons, alors qu'il y avait un peu des deux.

– J'aimais beaucoup Dan et nous avons partagé pas mal de choses au fil des ans, dit-elle.

Je pus presque la voir sourire tristement.

– Il se mettait rarement en colère, mais je me rappelle encore l'expression qu'il avait quand on parlait de Robert Christian, poursuivit-elle. Ils s'affrontaient, en un sens. Dan et lui évaluaient tous deux des allégations d'abus sexuels sur enfants, mais chacun d'eux avait une conception très différente de leur métier. Je crois que Dan était un peu moins prudent que le Dr Christian, c'est tout. Il avait tendance à croire l'enfant dès le départ, parce que la priorité, pour lui, c'était de protéger ces gosses. Je l'admirais pour ça. C'était un engagement militant et on ne voit plus beaucoup ce genre de dévouement, aujourd'hui. Le Dr Christian ne se faisait pas la même idée de sa profession. Selon Dan, il était trop sceptique, il confondait objectivité et méfiance. Et puis il y a eu... l'affaire. Dan a présenté une évaluation qui s'est révélée erronée. Un homme est mort, mais je suppose que vous savez déjà tout ça. Je crois que par la suite on a confié moins d'évaluations à Dan, voire plus du tout.

– Vous vous souvenez du nom de l'homme qui est mort ?

– Un nom allemand, il me semble. Muller, peut-être ? Oui, je suis presque sûre que c'était Muller. Le garçon impliqué doit avoir presque vingt ans, maintenant. Je me demande comment il vit depuis, en sachant que ses accusations ont provoqué la mort de son père.

Je notai le nom de « Muller » sur ma liste, avec un trait le reliant au Dr Robert Christian.

– Et les rumeurs ont commencé à courir, reprit-elle.

– Les rumeurs d'abus sexuels ?

– Exactement.

– Vous en avez discuté avec lui ?

– Non. Nous ne nous voyions plus beaucoup à l'époque. Après la mort de M. Muller, Dan était devenu moins sociable. Ne vous méprenez pas : il n'avait jamais été ce qu'on appelle un fêtard, mais il assistait à des soirées, il venait de temps en temps ici pour boire un café ou un verre de vin. Tout s'est arrêté après l'affaire Muller. Elle avait sapé sa confiance en lui et j'imagine que les accusations d'abus sexuels ont achevé de la détruire.

– Vous n'y croyiez pas ?

– Je voyais combien il était attaché à son travail. Je n'ai jamais cru ce qu'on disait de lui. Je sais que ça fait cliché, mais son problème, c'est qu'il aimait trop ces enfants. Il voulait les protéger tous, et finalement il n'a pas pu.

Je la remerciai et elle me dit que je pouvais la rappeler quand je voudrais. Avant de raccrocher, elle me donna quelques noms de personnes à qui m'adresser, mais elles figuraient déjà toutes sur la liste de Rebecca. Celine Haver m'avait été utile, cependant, et on ne peut pas en dire autant des deux personnes que j'appelai ensuite. L'une était Elwin Stark, avocat et ami de Clay. Je le connaissais pour l'avoir croisé en ville. Grand, onctueux, il portait le style de costume à rayures qu'adoraient les truands à l'ancienne et les antiquaires haut de gamme. Il n'était pas du genre à exercer à titre gratuit et semblait appliquer le même principe à ses conversations téléphoniques. C'était lui qui s'était occupé des papiers pour la déclaration officielle de la mort de Clay.

— Il a disparu, me dit-il après que sa secrétaire m'eut laissé planer dans l'espace un bon quart d'heure pour finalement m'informer que Stark n'aurait pas le temps de me recevoir mais qu'il m'accorderait peut-être, *peut-être,* deux minutes pour une brève conversation au téléphone. Il n'y a rien à ajouter.

— Sa fille a des problèmes avec quelqu'un qui ne partage pas cet avis. Il se refuse à accepter que Clay soit mort.

— Eh bien, sa fille a un document qui affirme le contraire. Que voulez-vous que je vous dise ? Je connaissais Daniel, j'allais à la pêche avec lui deux ou trois fois par an. C'était un type bien. Un peu trop engagé, peut-être, mais ça fait partie du métier.

— Il en parlait avec vous, de ce métier ?

— Non. Je suis avocat d'affaires. Ces histoires de gosses me dépriment.

— Vous représentez toujours Rebecca Clay ?

— Je l'ai fait une fois, pour lui rendre service, et je ne m'attendais pas à ce que ça me vaille d'être interrogé par un privé. Aussi, vous pouvez être sûr que je ne recommencerai pas. Je vous connais, Parker. Le simple fait de vous parler me rend nerveux. Il ne peut rien sortir de bon d'une conversation avec vous, aussi je vais mettre fin à celle-ci…

Aussitôt dit, aussitôt fait.

La communication suivante, avec un médecin appelé Philip Caussure, fut encore plus brève. Caussure était l'ancien médecin de Clay, qui mêlait apparemment souvent le personnel et le professionnel dans ses relations.

— Je n'ai rien à dire, m'asséna-t-il. Et je vous prie de ne plus m'importuner.

Il raccrocha, lui aussi. Ma méthode n'était peut-être pas la bonne. Je donnai un dernier coup de fil, mais cette fois pour prendre rendez-vous avec le Dr Robert Christian.

Le centre de soins de Midlake était à quelques minutes en voiture de mon ancien appartement, en retrait de Gorham Road. Posé sur un terrain ombragé par des arbres, le centre ressemblait à n'importe quel immeuble de bureaux anonyme. Il aurait aussi bien pu abriter un cabinet d'avocats ou une agence immobilière. Au lieu de quoi il accueillait des enfants qui avaient subi des mauvais traitements ou des violences sexuelles, ou qui s'en disaient victimes, ou dont d'autres les disaient victimes. Derrière la porte principale se trouvait une salle d'attente peinte en jaune et orange vifs, avec des livres pour enfants de différents âges sur des tables et, dans un coin, un tapis de jeu en mousse jonché de camions, de poupées et de crayons de couleur. Il y avait aussi, contre le mur, un présentoir de brochures, un peu trop haut pour être à la portée d'un enfant, donnant les coordonnées de l'Unité d'assistance aux victimes d'agressions sexuelles, ainsi que de divers services sociaux.

La secrétaire assise derrière un bureau prit mon nom et décrocha le téléphone. Une ou deux minutes plus tard, un petit homme alerte, cheveux blancs et barbe soigneusement taillée, apparut dans l'encadrement de la porte reliant la réception au reste du centre. La cinquantaine, probablement, il portait un pantalon sport et une chemise au col ouvert. Sa poignée de main était ferme, mais il semblait un peu sur ses gardes. Il me fit entrer dans son bureau, meublé en pin jaune et encombré de rayonnages de livres et de dossiers. Quand je le remerciai de me recevoir au pied levé, il haussa les épaules.

– Simple curiosité, expliqua-t-il. Cela faisait longtemps que personne ne m'avait parlé de Daniel Clay, du moins en dehors de cette branche de la communauté médicale.

Il s'assit dans son fauteuil, se pencha en avant.

– Que les choses soient claires : je serai franc avec vous si vous l'êtes avec moi. Clay et moi étions en désaccord sur certains sujets. Je ne crois pas qu'il m'appréciait beaucoup et c'était réciproque. Sur le plan professionnel, beaucoup de gens pensaient qu'il avait du cœur, du moins jusqu'à ce que les rumeurs commencent à courir, mais c'est une qualité qu'il faut équilibrer par de l'objectivité, et Daniel Clay n'en avait pas suffisamment, je pense, pour qu'on puisse prendre ses opinions au sérieux.

– J'ai entendu dire que vous aviez eu un différend. C'est pour ça que je suis ici. Sa fille m'a engagé. Quelqu'un pose des questions sur son père, elle est inquiète.

– Et vous reprenez la piste pour savoir pourquoi quelqu'un s'intéresse à lui des années après sa disparition ?

– Quelque chose comme ça.

Il sourit.

– Vous me soupçonnez ?

– Je devrais ?

– Il y a eu des jours où je l'aurais étranglé avec joie. Il avait le chic pour m'énerver, sur le plan professionnel et personnel.

– Vous pouvez développer ?

– Pour comprendre Clay, et ce qui s'est passé avant sa disparition, il faut avoir une notion de ce que nous faisons ici. Nous procédons à des examens médicaux et à des évaluations psychologiques en cas d'allégations d'abus sur enfants, que ces abus soient physiques, sexuels ou mentaux. Le central d'Augusta reçoit un appel, il est transmis à un responsable, examiné, puis la décision est prise d'envoyer ou non un travailleur social. Parfois cet appel provient de la police ou du Service de protection de l'enfance ; parfois de l'école, d'un parent, d'un voisin, ou de l'enfant lui-même. L'enfant nous est ensuite envoyé pour évaluation. C'est nous qui assurons l'essentiel de ce service dans l'Etat. Lorsque Daniel Clay a commencé à faire des évaluations, nous étions encore en train de chercher nos marques. Tout le monde cherchait, bon Dieu. Maintenant les choses sont un peu mieux organisées. Nous pouvons tout faire dans ce bâtiment : examen médical, évaluation, conseils initiaux, entretien avec l'enfant et le présumé coupable. Tout peut être fait ici.

– Et avant l'ouverture du centre ?

– L'enfant était examiné par un médecin puis envoyé ailleurs pour un entretien et une évaluation.

– C'est là que Clay entrait en scène.

– Oui, mais je le répète, je ne pense pas que Daniel Clay était assez prudent. Nous faisons un métier délicat et il n'y a pas de réponses faciles. Tout le monde veut un « oui » ou un « non » ferme : le procureur, le juge, les gens impliqués, bien sûr, parents ou tuteurs, et ils sont déçus quand nous ne pouvons pas le leur donner.

– Je ne suis pas sûr de comprendre. Ce n'est pas pour ça que vous êtes ici ?

Christian écarta les mains. Il avait des ongles très propres, coupés si court que je pouvais voir la chair tendre et pâle de l'extrémité de ses doigts.

– Ecoutez, nous nous occupons de huit à neuf cents enfants chaque année. En ce qui concerne les abus sexuels, cinq pour cent environ de ces enfants présentent des traces physiques probantes, disons de petites déchirures de l'hymen ou du rectum. Un grand nombre de ces gosses sont des adolescents, et même si nous avons des indices de rapports sexuels, il peut être difficile d'établir s'il y avait consentement ou non. Beaucoup d'adolescentes qui ont été pénétrées montrent encore, à l'examen, un hymen intact. Si nous parvenons à établir que les rapports ont été imposés, nous sommes souvent incapables de dire par qui et quand. Tout ce que nous pouvons dire, c'est qu'il y a bien eu contact sexuel. Même chez un très jeune enfant, il y a parfois peu ou pas de traces, surtout si l'on tient compte des variations anatomiques normales entre différents corps. Des marques physiques autrefois jugées anormales sont aujourd'hui considérées comme non spécifiques. La seule preuve incontestable d'abus sexuels est un test de MST, mais cela suppose que le coupable soit contaminé. Si le test est positif, l'abus est prouvé, mais vous n'êtes toujours pas capable d'identifier son auteur, sauf si vous avez une empreinte génétique. Si le violeur n'a pas de MST, vous n'avez aucune preuve.

– Et le comportement de l'enfant ? Il n'est pas modifié après un abus ?

– Les effets varient et il n'existe aucun indicateur comportemental spécifique suggérant un abus. Nous pouvons constater de l'anxiété, des difficultés à dormir, parfois des crises de terreur nocturnes, pendant lesquelles l'enfant se réveille en criant, inconsolable, sans pour autant s'en souvenir le lendemain matin. Le sujet peut aussi se ronger les ongles, s'arracher les cheveux, refuser d'aller en classe, insister pour dormir avec un parent en qui il a confiance. Les garçons ont tendance à extérioriser, à devenir plus agressifs, les filles à intérioriser, à se renfermer sur elles-mêmes et à déprimer. Mais on peut également avoir ces types de comportement si, par exemple, les parents divorcent et que l'enfant est stressé. En eux-mêmes, ils ne prouvent rien, ni dans un sens ni dans l'autre. Au moins un tiers des enfants abusés ne montrent aucun symptôme.

J'ôtai ma veste, continuai à prendre des notes.

– Plus compliqué que vous ne pensiez, hein ? releva Christian avec un sourire.

– Un peu.

– C'est pourquoi le processus d'évaluation et la technique d'entretien employée sont si importants. L'expert ne doit pas influencer l'enfant, ce que Clay a fait, je pense, dans un certain nombre de cas.

– Comme le cas Muller ?

Christian hocha la tête.

– Le cas Muller devrait figurer dans les manuels comme l'exemple de tout ce qui peut mal tourner pendant les investigations sur des allégations d'abus sexuels : un enfant manipulé par un parent, un expert qui perd son objectivité par engagement militant, un juge qui préfère le noir et blanc aux nuances de gris. Certains pensent que la grande majorité des allégations d'abus sexuels faites dans le cadre d'un affrontement pour la garde de l'enfant dans une affaire de divorce ne reposent sur rien. Il y a même un terme pour définir le comportement de l'enfant dans ce genre de conflit : le syndrome d'aliénation parentale, dans lequel l'enfant s'identifie à un parent et, ce faisant, rejette l'autre. La conduite négative envers le parent aliéné est le reflet des sentiments et des perceptions du parent aliénant, pas de ceux de l'enfant. C'est une théorie, et tout le monde ne la reconnaît pas, mais rétrospectivement, dans l'affaire Muller, Clay aurait dû s'apercevoir que la mère était hostile, et s'il avait posé plus de questions sur les antécédents médicaux de cette femme, il aurait découvert des indices de troubles de la personnalité. Au lieu de quoi, il a pris son parti et il a accepté les yeux fermés la version des événements de l'enfant. Cette affaire a été un désastre pour toutes les personnes concernées et a entaché la réputation des professionnels de ce secteur. Pire encore, un homme a perdu non seulement sa famille et son honneur, mais aussi sa vie.

Se rendant compte de la tension qu'il avait laissée monter en lui, Christian se renversa en arrière et dit :

– Désolé, je nous ai entraînés loin de notre sujet.

– Pas du tout. C'est moi qui vous ai interrogé sur les Muller. Vous me parliez des techniques d'entretien...

– Oui, c'est très simple, en un sens. On ne peut pas poser des questions comme : « Est-ce qu'il t'est arrivé quelque chose de mal ? » ou : « Est-ce que X t'a touché quelque part, à un endroit intime ? ». C'est particulièrement vrai lorsqu'on s'occupe de très jeunes enfants. Ils peuvent chercher à faire plaisir à l'expert en fournissant ce qu'ils pensent être la bonne réponse pour pouvoir partir. Nous avons aussi des cas de ce qu'on appelle des « attributions erronées de source », où un enfant a entendu quelque chose et se l'applique, peut-être pour attirer l'attention. Quelquefois, vous obtenez des révélations d'un jeune enfant pour découvrir ensuite qu'il se rétracte sous la pression, disons, de membres de la famille. Cela arrive aussi avec des adolescents ; par exemple, la mère a un nouveau compagnon qui se met à abuser de la fille, mais la mère refuse d'y croire parce qu'elle ne veut pas perdre le type qui l'entretient et elle préfère accuser l'enfant de mensonge. Les adolescents peuvent mentir pour obtenir certains avantages, mais d'une manière générale ils résistent aux pressions. Le problème, c'est que, quand il y a effectivement eu violences sexuelles, il faut parfois deux ou trois séances rien que pour obtenir qu'ils en parlent. Ils se taisent, par sentiment de culpabilité ou par honte, et la dernière chose au monde qu'ils veulent, c'est parler de rapport oral ou anal à un inconnu.

« Il faut donc procéder à l'évaluation en gardant tous ces éléments à l'esprit. Personnellement, je ne crois personne. Je ne crois qu'aux faits. C'est ce que je soumets à la police, au procureur et au juge si l'affaire passe devant les tribunaux. Et vous savez quoi ? Ils sont mécontents de moi. Comme je vous l'ai dit, ils veulent des réponses tranchées, mais très souvent je ne peux pas leur en fournir. C'est sur ce point que Daniel Clay et moi étions en désaccord. Il y a des experts qui ont sur les abus sexuels une position quasi politique. Ils interrogent l'enfant en présumant qu'il y a eu abus. Cette attitude influence tout ce qui suit. Clay était devenu le gars à qui il fallait s'adresser pour obtenir confirmation d'allégations de violences sexuelles, soit en première instance, soit quand un avocat décidait de faire appel. C'est ce qui lui a valu des ennuis.

– D'accord. Je voudrais qu'on revienne un moment sur l'affaire Muller…

– Bien sûr. Erik Muller. C'est de notoriété publique. Les journaux ont publié tous les détails à l'époque. Une sale affaire de divorce, la femme exigeait la garde de l'enfant. Elle aurait apparemment exercé des pressions sur son fils, âgé de douze ans, pour qu'il porte des accusations contre son père. Le père a nié, mais Clay a fourni une expertise qui l'incriminait. Il n'y avait cependant pas assez de preuves pour que le procureur obtienne une inculpation, et l'affaire a été transmise à la *family court*[1], où la charge de la preuve est moins contraignante qu'au pénal. Le père a perdu la garde et s'est suicidé un mois plus tard. Puis l'enfant s'est rétracté en parlant à un prêtre et le scandale a éclaté. Clay a comparu devant le conseil d'habilitation, qui n'a pris aucune mesure contre lui, mais toute cette histoire faisait très mauvaise impression et Clay a cessé peu de temps après de faire des évaluations.

– Il a pris cette décision ou elle lui a été imposée ?

– Les deux. Il a décidé de ne plus faire d'évaluations, mais on ne lui en aurait plus confié de toute façon. A ce moment-là, le centre fonctionnait depuis quelque temps et le fardeau des expertises nous incombait dans la plupart des cas. Je dis « fardeau », mais nous l'acceptions volontiers. Nous nous souciions du bien de l'enfant tout autant que Daniel Clay, mais nous ne perdions jamais de vue nos responsabilités envers toutes les personnes concernées et, surtout, envers la vérité.

– Vous savez ce qu'est devenu le jeune Muller ?

---

1. Aux Etats-Unis, tribunal s'occupant de toute affaire impliquant des enfants. (*N.d.T.*)

– Il est mort.

– Comment ?

– Il se droguait, il est mort d'une overdose d'héroïne. C'était… euh… il y a quatre ans, à Fort Kent. Je ne sais pas ce qu'est devenue la mère. Aux dernières nouvelles, elle vivait dans l'Oregon. Elle s'était remariée et je crois qu'elle a eu un autre enfant. J'espère qu'elle se comporte mieux avec lui qu'avec le premier.

Apparemment, la piste Muller ne me mènerait nulle part et je passai aux abus dont plusieurs des patients de Clay avaient été victimes. Christian connaissait le sujet sur le bout des doigts. Il avait peut-être révisé avant de me recevoir ou il s'agissait simplement d'une de ces affaires que personne n'oublie.

– En l'espace de trois mois, nous avons été avisés de deux cas d'abus présumés présentant des éléments similaires : abus par des personnes inconnues de l'enfant et usage de masques.

– De masques ?

– Des masques d'oiseaux. Les violeurs – trois dans un cas, quatre dans l'autre – dissimulaient leurs visages sous des masques d'oiseaux. Les enfants – une fille de douze ans, un garçon de quatorze – ont été enlevés, l'une en rentrant de l'école, l'autre alors qu'il buvait de la bière près d'une voie ferrée désaffectée, conduits dans un lieu inconnu, violés systématiquement pendant plusieurs heures puis abandonnés près de l'endroit où ils avaient été kidnappés. Les viols avaient eu lieu quelques années plus tôt, l'un vers le milieu des années 1980, l'autre au début des années 1990. Nous avons eu connaissance du premier cas quand la fille a tenté de se suicider, un peu avant la date prévue de son mariage, à l'âge de dix-huit ans. Le second s'est présenté lorsque le garçon a comparu devant un tribunal pour une série de délits et que son avocat a invoqué des violences sexuelles comme circonstance atténuante. Le juge ne l'a pas suivi, mais quand on nous a transmis les dossiers, les similarités nous ont sauté aux yeux. Ces gosses ne se connaissaient pas et vivaient dans des petites villes séparées par des centaines de kilomètres. Pourtant, de nombreux détails de leurs histoires étaient identiques, notamment l'utilisation de masques.

« Vous savez quel autre point commun elles présentaient ? Les deux enfants avaient été traités par Daniel Clay. La fille avait porté contre son instituteur des accusations d'abus sexuels qui s'étaient révélées infondées, et motivées par la conviction que l'enseignant était secrètement attiré par l'une des amies de la gamine. C'est l'un des rares exemples où Clay n'a pas trouvé de raisons de soutenir les allégations de l'enfant. Quant au garçon, il avait été confié à Clay après des attouchements sur une petite fille de sa classe âgée de dix ans. L'évaluation de Clay suggérait de possibles indications d'abus sexuels dans le passé du garçon mais n'allait pas plus loin. Depuis, nous avons découvert six autres cas avec masques d'oiseaux : trois des enfants concernés étaient d'anciens patients de Daniel Clay, et aucun des abus n'avait eu lieu après sa disparition. Autrement dit, on ne nous a pas signalé de cas similaires depuis fin 1999. Cela ne signifie pas qu'il n'y en a pas eu, mais nous n'en avons pas été informés. La plupart des victimes étaient... euh... des enfants difficiles, à certains égards, ce qui explique pourquoi les allégations ont mis si longtemps à émerger...

– Difficiles ?

– Ils avaient un comportement asocial. Certains s'étaient déjà plaints d'abus sexuels, à tort ou à raison. D'autres avaient commis des délits ou bien leurs parents ou beaux-parents les avaient simplement laissés aller à la dérive. D'une manière générale, les autorités n'auraient pas été disposées à les croire même s'ils avaient fait l'effort de parler de ce qui leur était arrivé, et les policiers, en particulier les hommes, ont tendance à ne pas prendre au sérieux les accusations de violences sexuelles portées par des adolescentes, de toute façon. Cela rendait aussi ces enfants vulnérables puisque personne ne s'occupait d'eux.

– Et avant qu'on puisse interroger Clay sur tout ça, il a disparu ?

– La plupart des affaires ont émergé après sa disparition, mais vous avez raison. Le problème, c'est que nous avons dû attendre que des indications de cas similaires nous parviennent sans pouvoir les rechercher nous-mêmes. A cause de la protection de la vie privée du patient, de dossiers impossibles à consulter, et même de la dispersion naturelle des familles et des enfants avec le temps. Un gosse ayant subi des sévices similaires à ceux dont je vous ai parlé aurait au moins dix-huit ou dix-neuf ans aujourd'hui, puisque les victimes que nous connaissons étaient âgées de neuf à quinze ans au moment où les faits se seraient produits. Pour parler simplement, nous ne pouvons pas faire passer une annonce dans les journaux demandant aux personnes ayant été violées par des individus portant des masques d'oiseaux de prendre contact avec nous. Ça ne marche pas comme ça.

– Des éléments pouvaient-ils laisser penser que Clay aurait fait partie des violeurs ?

Christian poussa un long soupir.

– C'est la grande question, n'est-ce pas ? Des rumeurs ont couru mais… Vous avez connu Daniel Clay ?

– Non.

– Il était grand, très grand, au moins deux mètres. Et maigre. Très reconnaissable, donc. Lorsque nous avons revu les dossiers, nous avons constaté qu'aucun enfant n'a décrit ses violeurs en des termes pouvant s'appliquer à Daniel Clay.

– Le fait que plusieurs de ces enfants aient été ses patients pourrait donc n'être qu'une coïncidence ? demandai-je.

– C'est tout à fait possible. Il était connu pour s'occuper d'enfants présumés victimes d'abus sexuels. Quelqu'un aurait pu prendre ces enfants pour cibles parce qu'ils étaient ses patients. Un membre des diverses professions concernées aurait pu également divulguer des informations, délibérément ou non, encore que nos enquêtes dans cette direction se soient révélées négatives. Ce ne sont que des hypothèses, cependant.

– Savez-vous où se trouvent maintenant ces enfants ?

– Pour quelques-uns d'entre eux, oui. Et, désolé, je ne peux pas vous donner de détails. Je pourrais peut-être vous communiquer une transcription de leurs allégations d'où leurs noms auront été effacés, mais cela ne vous en apprendra pas beaucoup plus que ce que vous savez déjà.

– Je vous en serais reconnaissant.

Il me reconduisit à la réception, retourna dans son bureau.

Vingt minutes plus tard, il revint avec une liasse de feuilles imprimées par ordinateur.

– C'est tout ce que je peux vous confier, j'en ai peur.

Je le remerciai pour les documents et pour son temps. Il m'invita à reprendre contact avec lui si j'avais besoin d'autre chose et me donna son numéro de téléphone personnel.

– Docteur Christian, vous pensez que Daniel Clay est mort ?

– S'il était impliqué dans cette affaire – et je ne dis pas qu'il l'était –, il n'aurait pas voulu faire face à la ruine, à la honte et à l'emprisonnement. Nous avions des désaccords sur beaucoup de choses, mais c'était un homme orgueilleux et cultivé. Etant donné les circonstances, il se serait peut-être suicidé. S'il n'était absolument pas impliqué, pourquoi fuir ? Les deux éléments – la révélation d'éventuels abus et la disparition de Clay – n'ont peut-être aucun rapport et nous souillons la réputation d'un innocent. Je ne sais pas. Il est étrange, cependant, qu'on n'ait retrouvé aucune trace de Daniel Clay. Je travaille sur les données disponibles, rien d'autre, mais d'après celles que j'ai en ma possession, j'incline à conclure que Clay est mort. Reste à savoir s'il a mis fin à sa vie ou si quelqu'un la lui a ôtée.

Je quittai le centre de soins de Midlake et retournai chez moi.

Assis à ma table de cuisine, je lus les parties de dossiers que Christian m'avait remises. Comme il l'avait prédit, elles n'ajoutaient pas grand-chose à ce qu'il m'avait confié et eurent pour seul effet de me désespérer davantage, si c'était possible, devant ce que des adultes sont capables d'infliger à des enfants. Le signalement des violeurs était vague, d'autant que dans plusieurs cas les enfants avaient eu les yeux bandés pendant les viols, ou qu'ils avaient été tellement traumatisés qu'ils ne se rappelaient rien de ces hommes. Christian avait raison, cependant : aucune des descriptions fournies ne correspondait à Daniel Clay.

Lorsque j'eus terminé, j'emmenai Walter faire une balade. Il avait beaucoup mûri en un an, même pour un jeune chien. Il était plus calme, moins espiègle, même s'il n'était encore que l'ombre de ses ancêtres, les grands chiens de chasse des premiers planteurs et colons de Scarborough. Mon grand-père m'avait un jour raconté l'histoire d'un forain qui s'était arrêté pour passer la nuit chez le passeur local. Le forain transportait un lion dans l'Est et un chasseur lui avait proposé, après quelques verres d'alcool, de faire combattre un de ses chiens contre le lion pour un tonneau de rhum. Le forain avait accepté le pari et, devant un groupe d'habitants de la bourgade, le chien fut introduit dans la cage. Il jeta un coup d'œil au lion, lui sauta à la gorge, le renversa sur le dos et entreprit de le tuer. En plus du tonneau de rhum promis, le forain dut lâcher cinquante dollars pour qu'on le laisse abattre le chien dans la cage avant qu'il n'ait déchiqueté le lion. Walter n'était pas un tueur de lions, mais c'était mon chien et je l'aimais pour ce qu'il était. Mes voisins, Bob et Shirley Johnson, s'occupaient de lui lorsque je devais m'absenter quelques jours. Walter n'y voyait aucune objection. Il demeurait libre de parcourir son territoire et les Johnson le gâtaient. Comme ils étaient à la retraite et n'avaient pas de chien, Bob se faisait un plaisir de promener Walter. L'arrangement convenait à tout le monde.

Nous étions arrivés à Ferry Beach. Il était tard, mais j'avais vraiment besoin de prendre l'air. Je regardai Walter tremper une patte hésitante dans l'eau, la retirer aussitôt. Il eut un aboiement de reproche et leva les yeux vers moi comme si je pouvais faire quelque chose pour augmenter la température de l'eau. Puis il agita la queue et tous les poils de son dos parurent se hérisser d'un coup. Il s'immobilisa, regarda au-delà de moi, ses babines relevées découvrant des crocs blancs et pointus. Un grondement sourd roulait dans sa gorge.

Je me retournai. Un homme se tenait parmi les arbres. Si je le regardais directement, je ne voyais que des branches et des taches de clair de lune à l'endroit où je pensais qu'il était, mais il m'apparaissait clairement si j'utilisais ma vision périphérique ou si je m'efforçais de ne pas du tout me concentrer sur lui. Il était bien là, en tout cas. La réaction de Walter en témoignait et j'avais encore en mémoire les événements de la veille : la silhouette que j'avais entrevue à la lisière de la forêt avant qu'elle disparaisse, la voix d'enfant murmurant dans l'obscurité, les mots tracés sur une vitre poussiéreuse…

Hommes creux.

Je n'avais pas d'arme sur moi. J'avais laissé le 38 dans la voiture pour aller voir le Dr Christian et je ne l'avais pas récupéré avant de sortir Walter. Le Smith 10 était dans ma chambre. Je regrettais maintenant de ne pas avoir pris l'un ou l'autre, voire les deux.

– Ça va ? criai-je, levant une main en guise de salut.

L'homme ne bougea pas. Son manteau, d'un beige sale, se fondait avec les ombres et la terre sableuse. Seule une petite partie de son visage était visible : une esquisse de joue pâle, de front et de menton blancs. Sa bouche et ses yeux étaient des flaques noires, avec de fines rides là où auraient dû se trouver les lèvres et au bord des orbites sombres, comme si, à ces endroits, la peau était devenue ratatinée et sèche. Walter à mes côtés, je m'approchai dans l'espoir de mieux voir l'homme, mais il commença à battre en retraite parmi les arbres, s'enfonçant dans l'obscurité.

Puis il disparut. Walter cessa de gronder. Avec prudence, il avança vers l'endroit où s'était tenue la silhouette, renifla le sol. Manifestement, ce qu'il sentit ne lui plut pas, car son museau se plissa et il passa la langue sur ses dents comme pour se débarrasser d'un goût désagréable. Je marchai entre les arbres jusqu'au bord de la plage sans voir trace de quiconque. Je n'entendis pas de voiture démarrer. Tout était silencieux et tranquille.

Je quittai la plage et rentrai à la maison. Walter resta près de moi pendant tout le trajet, s'arrêtant de temps à autre pour fixer les arbres sur notre gauche, montrant légèrement les crocs comme s'il devinait la présence d'une menace encore inconnue.

8

Je me rendis à Lynn en voiture le lendemain matin. Le ciel était clair et bleu, la couleur de l'été, mais les arbres à feuilles caduques étaient dénudés et les ouvriers travaillant sur l'interminable chantier de prolongement de l'autoroute portaient des sweaters à capuche et des gants épais pour se protéger du froid. J'avais mis un album nord-africain de *protest songs* dans mon lecteur. Cela me valut des regards désapprobateurs quand je m'arrêtai pour faire le plein dans le New Hampshire, où les chansons de Clash braillées en arabe étaient apparemment considérées comme la preuve flagrante d'une tendance à l'antipatriotisme. Elles m'aidaient cependant à chasser de mon esprit la silhouette entrevue à Ferry Beach la veille. Son souvenir provoquait en moi une curieuse réaction, comme si j'avais été témoin de quelque chose que je n'aurais pas dû voir, comme si j'avais enfreint un tabou. Le plus étrange, c'est que cette silhouette m'avait paru presque familière, comme un oncle ou un cousin lointain dont j'aurais beaucoup entendu parler mais que je n'aurais pas encore rencontré.

Je quittai l'Interstate pour la Route 1, le plus laid des échantillons de développement commercial incontrôlé qu'on puisse trouver dans le Nord-Est, puis empruntai la 107 Nord, qui ne valait pas beaucoup mieux, traversai Revere et Saugus en direction de Lynn. Je passai devant l'énorme usine de traitement de déchets Wheelabrator, à droite, puis devant GE Aviation, le plus gros employeur de la région. Des garages de voitures d'occasion et des sites inoccupés parsemaient le paysage à l'entrée de Lynn, où les réverbères ornés de bannières étoilées souhaitaient la bienvenue à tous les visiteurs, chacune sponsorisée par un commerçant local. Eldritch & Associés n'en faisait pas partie et je compris aisément pourquoi en arrivant à ses bureaux.

Le cabinet, qui ne semblait pas particulièrement prospère, occupait les deux derniers étages d'un affreux bâtiment gris qui imposait sa présence dans le pâté de maisons tel un chien bâtard. Ses fenêtres étaient grises de crasse, et les lettres annonçant une présence juridique n'avaient pas été redorées depuis très, très longtemps. Il était pris en sandwich entre le Tulley's Bar, à droite, autre lieu austère qui semblait avoir été construit pour repousser un siège, et quelques immeubles d'appartements gris-vert en copropriété abritant des commerces en rez-de-chaussée : un salon de manucure, une entreprise du nom d'Angkor Multiservice, avec une enseigne en cambodgien, et un restaurant mexicain proposant *pupusas, tortas* et *tacos.* Le pâté de maisons se terminait par un autre bar à côté duquel le Tulley's semblait sorti de l'imagination de Gaudí. Il se réduisait quasiment à une porte et deux fenêtres, avec au-dessus de l'entrée le nom – Eddys, sans apostrophe – peint en lettres blanches par quelqu'un qui devait souffrir à l'époque de delirium tremens et à qui on avait proposé ce boulot en échange d'un verre.

Je n'étais pas très optimiste en me garant dans le parking du Tulley's. D'après mon expérience, les avocats ne se confient généralement pas aux privés et ma brève conversation avec Stark n'avait pas contribué à me faire changer d'avis. A la réflexion, mes rencontres avec des avocats avaient presque toujours été négatives. Je n'en rencontrais peut-être pas assez. Ou trop.

La porte d'entrée de l'immeuble n'était pas fermée à clé et une étroite volée de marches usées conduisait aux étages. Le mur jaune, à droite de l'escalier, présentait une large tache graisseuse au niveau de mon avant-bras, là où d'innombrables manches de manteau s'étaient frottées. Il flottait dans l'air une odeur de moisi qui devenait plus forte à mesure que je montais. Cela sentait le vieux papier pourrissant lentement, la poussière recouvrant de la poussière, la moquette élimée et les affaires juridiques traînant depuis des dizaines d'années.

Je parvins à une porte avec l'inscription *TOILETTES* au premier étage. Devant moi, en haut des marches menant au deuxième, le nom du cabinet était gravé dans une porte en verre dépoli. Je continuai à grimper, tout en surveillant la moquette, maintenue en place par un nombre insuffisant de clous. A ma droite, une dernière série de marches montait vers la pénombre du troisième étage. La moquette y était moins usée, mais il n'y avait pas grand mérite à cela.

Par politesse, je frappai à la porte en verre. Faute de réponse, j'ouvris et j'entrai. A ma gauche, derrière un comptoir bas, il y avait un bureau massif et, derrière ledit bureau, une femme tout aussi massive, avec une choucroute de cheveux noirs en équilibre précaire sur sa tête, telle une boule de glace sur un cornet. Elle portait un chemisier vert cru au col orné de volants, un collier de fausses perles jaunissantes. Comme tout le reste de l'immeuble, elle semblait décatie, mais l'âge n'avait pas entamé son goût pour le maquillage et les teintures, même s'il l'avait privée de certaines des qualités requises pour les appliquer sans que le résultat final ressemble davantage à un acte de vandalisme qu'à un geste de coquetterie. Elle fumait une cigarette. Etant donné la quantité de paperasse qui l'entourait, c'était quasiment une bravade suicidaire et comme un lourd crachat expectoré à la face de la loi, particulièrement venant de quelqu'un travaillant pour un avocat.

– J'peux vous aider ? maugréa-t-elle d'une voix haletante de chiot qu'on étrangle.

– Je voudrais voir M. Eldritch.

– Père ou fils ?

– Ça m'est égal.

– Le père est mort.

– Alors le fils.

– Il est occupé. Il ne prend pas de nouveaux clients. On croule déjà sous le travail.

Pour le coup, j'en restai quelques instants sans voix.

Vous auriez eu du mal à l'imaginer croulant sous quoi que ce soit, sans même parler de travail. Le soleil avait tellement décoloré la photo accrochée derrière elle qu'on n'y voyait plus qu'un arbre dans un coin. Les murs étaient jaunes, comme ceux de la cage d'escalier, mais des décennies de nicotine accumulée leur donnaient une inquiétante teinte marron. Le plafond avait peut-être été blanc, mais seul un imbécile aurait pris le risque de parier là-dessus. Et partout de la paperasse : sur la moquette, sur le bureau de la secrétaire, sur un autre bureau inoccupé, sur le comptoir, sur les deux vieilles chaises qu'on proposait peut-être jadis aux clients mais qui étaient maintenant affectées à des fonctions plus pressantes de rangement, sur les étagères qui occupaient les murs. Aucun des documents ne semblait avoir bougé depuis que l'usage de la plume d'oie s'était perdu.

Je me secouai.

– Il s'agit de quelqu'un qui est peut-être déjà un de vos clients, annonçai-je. Il s'appelle Merrick.

Plissant les yeux, elle me regarda à travers une volute de fumée.

– Merrick ? Ça ne me dit rien.

– Il conduit une voiture enregistrée au nom du cabinet.

– Comment vous savez que c'est une de nos voitures ?

– Ah, c'était difficile à deviner parce qu'elle n'était pas pleine de paperasse, mais finalement on a trouvé.

Elle plissa les yeux davantage, je lui donnai le numéro d'immatriculation.

– Merrick, répétai-je. Vous pourriez peut-être appeler celui de vos patrons qui n'est pas mort, suggérai-je en indiquant le téléphone.

– Prenez un siège.

Je regardai autour de moi.

– Il n'y en a pas.

Elle faillit ricaner, se ravisa à la pensée que cela risquait de fendiller sa couche de maquillage.

– Alors, faudra que vous restiez debout.

Voilà une preuve, s'il en fallait une, que tous les gros ne sont pas de tempérament débonnaire, me dis-je en soupirant. Le père Noël a une grande part de responsabilité dans ce cliché.

Elle décrocha le téléphone, appuya sur quelques boutons.

– Nom ?

– Parker. Charlie Parker.

– Comme le chanteur ?

– Le saxophoniste.

– Si vous le dites… Vous avez une pièce d'identité ?

Je lui montrai ma licence, elle la regarda d'un air écœuré comme si je venais de sortir mon zizi et lui proposais de se pencher sur la question.

– La photo est vieille, remarqua-t-elle.

– Il n'y a pas qu'elle. On ne peut pas rester éternellement jeune et joli.

Elle tambourina des doigts sur son bureau en attendant une réponse à l'autre bout du fil. Son vernis à ongles était d'un rose qui m'agaçait les dents.

– Vous êtes sûr qu'il chantait pas ?

– Sûr.

– Ah. Alors, comment il s'appelait, celui qui chantait ? Il est tombé d'une fenêtre…

– Chet Baker.

– Ah.

Elle continuait à tapoter le bureau.

– Vous aimez Chet Baker ? lui demandai-je sans pouvoir dissimuler ma surprise.

Nous étions en train de nouer une relation.

– Non.

Peut-être pas, finalement. Par bonheur, quelque part au-dessus de nous, quelqu'un répondit au téléphone.

– Monsieur Eldritch, il y a là un…

Pause appuyée, suivie de :

– … un *monsieur* qui veut vous voir. Au sujet d'un certain Merrick.

Elle écouta en hochant la tête, parut plus malheureuse encore qu'avant quand elle raccrocha. Je crois qu'elle avait espéré recevoir l'ordre de lâcher les chiens sur moi.

– Vous pouvez monter, grogna-t-elle. Deuxième porte en haut de l'escalier.

– J'ai passé un moment merveilleux en votre compagnie.

– Ouais, grouillez-vous de revenir.

Je la laissai, Jeanne d'Arc obèse attendant que son bûcher s'enflamme, et montai au dernier étage. La deuxième porte était déjà ouverte et un petit vieillard, soixante-dix ans ou plus, m'attendait sur le seuil. Il avait encore la plupart de ses cheveux, ou la plupart de ceux de quelqu'un d'autre. Il portait un pantalon gris à rayures et une veste noire sur une chemise blanche et un gilet rayé gris. Sa cravate était en soie noire. Il avait l'air vaguement affligé d'un croque-mort qui vient d'égarer un cadavre. Il s'était apparemment déposé sur sa personne une fine couche de poussière, mélange de pellicules et de débris de papier, surtout du papier. Ridé et blafard comme il l'était, il aurait pu être en papier lui aussi et être en train de se désagréger lentement, en même temps que les détritus accumulés au long d'une vie au service du droit.

Il tendit une main pour me saluer, parvint à sourire. Comparé à l'accueil de sa secrétaire, c'était comme s'il me remettait les clés de la ville.

– Je suis Thomas Eldritch, dit-il. Entrez, je vous prie.

Son bureau était exigu. Il y avait aussi de la paperasse, mais moins. On avait même l'impression qu'une partie avait été consultée récemment et les dossiers étaient rangés par ordre alphabétique sur les rayonnages. Chacun d'eux portait une étiquette avec des dates remontant loin dans le temps. Eldritch referma la porte derrière moi, attendit que je sois assis pour s'installer derrière son bureau.

– Alors, attaqua-t-il en joignant l'extrémité de ses doigts, c'est au sujet de M. Merrick ?

– Vous le connaissez ?

– Vaguement. Nous lui avons fourni un véhicule à la demande d'un de nos clients.

– Je peux vous demander le nom de ce client ?

– Je crains de ne pas pouvoir vous le communiquer. M. Merrick a des ennuis ?

– Il risque d'en avoir. J'ai été embauché par une femme à laquelle Merrick s'intéresse de près. Il veut obtenir d'elle un renseignement qu'elle ne peut lui fournir. Il la suit. Il a brisé un carreau de sa maison.

Eldritch eut un *tss-tss* désapprobateur.

– Elle a prévenu la police ?

– Oui.

— Les policiers n'ont pas pris contact avec nous. Une plainte de ce genre aurait pourtant dû nous parvenir.

— Ils n'ont pas réussi à le coincer. Moi, j'ai réussi. J'ai noté le numéro de sa voiture, c'est ce qui m'a permis de remonter jusqu'à votre cabinet.

— Vous êtes un homme très entreprenant. Et au lieu d'informer la police, vous êtes venu ici. Puis-je vous demander pourquoi ?

— Ma cliente n'est pas convaincue que la police peut l'aider.

— Mais vous, vous pouvez.

C'était une affirmation, pas question, et j'eus le sentiment désagréable qu'Eldritch savait qui j'étais avant même que sa secrétaire lui donne mon nom. Je fis quand même comme si c'était une question.

— J'essaie. Nous devrons peut-être faire appel à la police si la situation se prolonge, ce qui pourrait être embarrassant, ou pire, pour vous et votre client.

— Ni nous ni notre client ne sommes responsables de la conduite de M. Merrick, à supposer que ce que vous dites soit vrai.

— Les flics ne seront peut-être pas de cet avis si vous lui avez servi d'agence de location de voitures…

— Aussi leur ferai-je la même réponse qu'à vous. Nous lui avons simplement fourni une voiture à la demande d'un client, rien de plus.

— Vous pouvez me dire quelque chose sur Merrick ?

— Non. Je sais très peu de choses sur lui.

— Connaissez-vous au moins son prénom ?

Eldritch réfléchit. Son regard avait une lueur rusée et l'idée me traversa qu'il prenait plaisir à notre passe d'armes.

— Je crois que c'est Frank, répondit-il.

— Vous pensez que « Frank » aurait pu faire de la prison ?

— Je ne saurais vous dire.

— Il y a apparemment beaucoup de choses que vous ne sauriez me dire.

— Je suis avocat, mes clients attendent de moi une certaine discrétion. Sinon, je ne serais pas resté aussi longtemps dans ce métier. Si ce que vous m'avez dit est vrai, on ne peut que regretter les actes de M. Merrick. Peut-être que si votre cliente acceptait de lui parler, le problème serait réglé à la satisfaction de tout le monde, puisque M. Merrick semble penser qu'elle peut l'aider.

– En d'autres termes, si elle lui dit ce qu'il veut savoir, il disparaîtra…

– On peut logiquement le supposer. Et elle sait quelque chose ?

Je laissai la question flotter dans l'air. Eldritch m'appâtait et, chaque fois qu'on agite un appât devant vous, vous pouvez être sûr qu'il y a un hameçon caché dedans.

– Il semble le croire.

– En ce cas, ce serait la meilleure solution. Je suis certain que M. Merrick est un homme raisonnable.

Eldritch avait observé une immobilité absolue pendant notre discussion. Seules ses lèvres remuaient, même ses yeux ne cillaient pas. Mais lorsqu'il prononça le mot « raisonnable », il eut un léger sourire qui donna un sens tout à fait opposé à sa signification habituelle.

– Vous avez rencontré Merrick, monsieur Eldritch ?

– J'ai eu ce plaisir, oui.

– Il m'a fait l'impression d'avoir beaucoup de colère en lui, dis-je.

– Peut-être à juste titre.

– Je remarque que vous ne m'avez pas demandé le nom de ma cliente, ce qui m'incite à penser que vous le connaissez déjà. Apparemment, vous avez été en contact avec Merrick.

– Je lui ai parlé, en effet.

– C'est aussi un de vos clients ?

– Il l'a été, en un sens. Nous l'avons représenté dans une certaine affaire. Il ne l'est plus.

– Et maintenant, vous l'aidez parce qu'un de vos clients vous l'a demandé.

– Exactement.

– Pourquoi votre client s'intéresse-t-il à Daniel Clay, monsieur Eldritch ?

– Mon client ne s'intéresse pas du tout à Daniel Clay.

– Je ne vous crois pas.

– Je ne vous mentirais pas, monsieur Parker. Si, pour une raison quelconque, je ne peux pas répondre à une question, je vous le dis mais je ne mens pas. Je le répète : à ma connaissance, mon client ne s'intéresse pas du tout à Daniel Clay. L'enquête de M. Merrick est tout à fait personnelle.

– Et sa fille ? Elle intéresse votre client ?

Eldritch parut sur le point de confirmer, se ravisa.

– Je ne saurais vous dire. C'est un sujet dont vous devriez discuter avec M. Merrick.

Mes narines me démangeaient. Je sentais des molécules de papier et de poussière s'y déposer, comme si le bureau d'Eldritch m'absorbait lentement...

– Vous savez ce que je pense, monsieur Eldritch ?

– Que pensez-vous, monsieur Parker ?

– Je pense que Merrick est un homme dangereux et que quelqu'un l'a lâché sur ma cliente. Vous savez qui est ce quelqu'un, alors vous pouvez lui transmettre un message de ma part. Dites-lui que je suis très bon dans ma partie, et que s'il arrive quoi que ce soit à la femme que je suis payé pour protéger, je reviendrai ici, et alors quelqu'un devra répondre de ce qui se sera passé. Je me suis bien fait comprendre ?

L'expression d'Eldritch ne changea pas. Il continuait à sourire avec bienveillance, tel un petit bouddha ridé.

– Parfaitement, monsieur Parker. N'y voyez qu'une simple observation, mais il me semble que vous avez adopté une attitude agressive envers M. Merrick. Si vous lui étiez moins hostile, vous découvririez peut-être que vous avez plus de choses en commun avec lui que vous ne le pensez. Il est même possible que vous poursuiviez les mêmes objectifs...

– Je n'ai aucun objectif en vue, sinon veiller à ce qu'il n'arrive rien à ma cliente.

– Oh, je ne crois pas que ce soit vrai, monsieur Parker. M. Merrick cherche peut-être comme vous une forme de justice.

– Pour lui ou pour quelqu'un d'autre ?

– Le lui avez-vous demandé ?

– Ça n'a rien donné.

– Si vous essayiez sans avoir une arme à votre ceinture ?

Merrick lui avait donc parlé récemment. Sinon, comment Eldritch aurait-il connu les détails de notre confrontation ?

– Vous savez, dis-je, je n'ai pas très envie de rencontrer Merrick sans une arme à portée de main.

– C'est à vous de décider, bien sûr. Si vous ne voyez rien d'autre...

Il se leva, alla à la porte et l'ouvrit. L'entretien était terminé. Il m'offrit de nouveau sa main à serrer.

– Ce fut un plaisir, assura-t-il.

Curieusement, il semblait sincère. Il poursuivit :

– Je suis ravi que nous ayons enfin eu l'occasion de nous rencontrer. J'ai beaucoup entendu parler de vous.

– Par votre client ?

Un instant, son sourire disparut presque, fragile comme un verre de cristal vacillant au bord d'une table. Il le récupéra de justesse, mais cela m'avait suffi. Je devançai sa réponse :

– Laissez-moi deviner : vous ne sauriez dire.

– Exactement, répliqua-t-il. Mais si cela peut vous consoler, je pense que vous ne tarderez pas à le rencontrer de nouveau.

– De nouveau ?

La porte s'était déjà refermée, me coupant de Thomas Eldritch et de ce qu'il savait, aussi sûrement que si la pierre d'un tombeau était retombée sur lui, le laissant avec sa paperasse, sa poussière et ses secrets pour seule compagnie.

9

Ma visite à Thomas Eldritch n'avait pas notablement contribué à mon sentiment de bien-être intérieur, mais elle m'avait au moins appris le prénom de Merrick. Eldritch avait aussi soigneusement évité de nier que Merrick avait fait de la prison, ce qui signifiait qu'il y avait probablement quelque part un plein placard d'ossements qui attendaient qu'on les fasse cliqueter. Mais l'allusion d'Eldritch au fait que je connaissais son client me mettait mal à l'aise. J'avais suffisamment de fantômes dans mon passé pour ne pas me réjouir de la perspective de m'en voir ajouter d'autres.

Je m'arrêtai pour prendre un café et un sandwich au Bel Aire Diner de la Route 1. (Je devais au moins lui reconnaître ça : cette route ne manquait pas d'endroits où un homme pouvait se sustenter.) Le Bel Aire avait survécu sur son emplacement actuel pendant plus d'un demi-siècle, une vieille enseigne *DINER* annonçant sa raison d'être en haut d'un poteau de quinze mètres. Un nommé Harry Kallas en était le patron et il l'avait hérité de son père. A l'intérieur, box en vinyle bordeaux et tabourets assortis au comptoir, sol de dalles grises et blanches montrant fièrement l'usure du temps. Le bruit courait qu'on devait refaire la décoration, ce que je supposais nécessaire quoique triste. Un téléviseur était encastré dans le mur, au fond, mais personne ne le regardait. La cuisine était bruyante, les serveuses étaient bruyantes, les ouvriers du bâtiment et les gens du coin commandant le plat du jour l'étaient aussi.

Je finissais ma deuxième tasse de café quand je reçus un coup de fil. C'était Merrick. Je reconnus aussitôt sa voix, mais aucun numéro ne s'était affiché sur l'écran de mon portable.

– T'es un salopard drôlement malin, dit-il.

– Je dois le prendre comme un compliment ? Dans ce cas, tu devrais travailler ta technique. Toutes ces années au trou t'ont un peu rouillé.

– Essaie pas de me tirer les vers du nez. L'avocat t'a rien dit.

Je n'étais pas surpris qu'Eldritch se soit servi de son téléphone. Je me demandais simplement qui avait appelé Merrick : l'avocat ou son client ?

– Tu veux me faire croire que si je te cherche dans les fichiers informatisés je ne trouverai pas ton casier ?

– Cherche. Compte pas sur moi pour te faciliter le boulot.

J'attendis une seconde avant de poser ma question suivante. C'était une intuition, rien de plus.

– Comment elle s'appelle, la gamine de la photo, Frank ?

Pas de réponse.

– C'est à cause d'elle que tu es ici, hein ? Elle faisait partie des enfants traités par Daniel Clay ? C'est ta fille ? Dis-moi son nom, Frank. Dis-moi son nom et je pourrai peut-être t'aider.

Lorsqu'il recommença à parler, sa voix avait changé. Elle était calme mais empreinte d'une menace mortelle et j'eus la certitude que cet homme était non seulement capable de tuer mais qu'il l'avait déjà fait, et que j'avais franchi une limite en mentionnant la fille.

– Ecoute-moi. Je te l'ai déjà dit : mes affaires ne regardent personne. Je t'ai laissé du temps pour convaincre la petite dame, pas pour aller fourrer ton nez dans les histoires des autres. Tu ferais mieux de retourner lui parler.

– Sinon ? Je parie que la personne qui t'a informé de ma visite à Eldritch t'a conseillé de descendre la barre d'un ou deux crans. Continue à harceler Rebecca Clay et tes amis te laisseront tomber. Tu retourneras en taule, Frank, et tu ne serviras plus à personne.

– Tu perds ton temps, rétorqua-t-il. Tu crois que je rigolais, avec mon ultimatum ?

– Je suis sur le point de trouver, mentis-je. J'aurai quelque chose pour toi demain.

– Vingt-quatre heures, c'est tout ce que je t'accorde, et je suis généreux avec toi. Je vais te dire une chose : la petite dame et toi, vous pourrez commencer à vous faire du souci si on me laisse tomber. Parce que, alors, y aura plus rien pour me retenir, à part ma bonne nature.

Il raccrocha. Je réglai l'addition et laissai là mon café. Il s'avérait que je n'avais plus le temps de le boire sans me presser, finalement.

Ma visite suivante fut pour Jerry Legere, l'ex-mari de Rebecca Clay. Un coup de téléphone à A-Secure m'avait appris que Legere effectuait un boulot à Westbrook avec Raymon Lang et, à force de cajoleries, j'avais persuadé la réceptionniste de me donner l'adresse.

Je découvris la camionnette de l'entreprise garée dans une friche industrielle composée de boue et de bâtiments apparemment déserts séparés par un chemin creusé d'ornières. Difficile de dire si le site était à demi construit ou en phase avancée de décrépitude. Les travaux avaient cessé quelque temps plus tôt sur des structures inachevées, et des armatures métalliques saillaient du béton tels des os de membres sectionnés. Des flaques d'eau sale empestaient l'essence et les déchets ; une petite bétonnière jaune couchée sur le flanc dans une plaque de mauvaises herbes rouillait lentement.

Un seul hangar était ouvert et, à l'intérieur, deux hommes, au rez-de-chaussée du bâtiment vide d'un étage, étaient agenouillés devant un plan étalé sur le sol devant eux. Cette structure au moins était terminée et du grillage neuf protégeait ses vitres des pierres qu'on aurait pu leur lancer. Je frappai à la porte d'acier ; les deux types levèrent les yeux.

– On peut vous aider ? dit l'un d'eux.

Agé d'environ cinq ans de plus que moi, il était grand et costaud mais à moitié chauve sur le dessus du crâne et portait les cheveux très courts pour dissimuler le plus gros de sa calvitie. C'est mesquin et puéril, je le sais, mais j'ai toujours éprouvé un bref sentiment de chaleur quand je rencontre quelqu'un de mon âge ou à peu près qui a moins de cheveux que moi. Vous pouvez être le roi du monde, posséder une dizaine d'entreprises, mais chaque matin, devant votre miroir, votre première pensée sera peut-être : Bon Dieu, si j'avais encore mes cheveux !

– Je cherche Jerry Legere.

Ce fut l'autre qui répondit. Il avait une chevelure argentée, un teint rubicond. Rebecca devait avoir six ou sept ans de moins que moi, et cet homme dix ou quinze de plus. Il avait des kilos en trop et des bajoues, une grosse tête carrée qui semblait un peu trop lourde pour son corps et le genre de bouche toujours prête à faire la moue devant ce qui le défrisait : les femmes, les gosses, la musique moderne, le temps. Il portait une chemise de bûcheron fourrée dans un vieux jean et des chaussures de travail boueuses aux lacets dépareillés. Rebecca était une femme séduisante. Certes, on ne choisit pas toujours la personne dont on tombe amoureux et je sais que le physique n'est pas tout, mais l'union, même temporaire, des maisons Clay et Legere suggérait que parfois le physique peut être un réel désavantage.

– Je m'appelle Charlie Parker, je suis détective privé. Je voudrais vous parler si vous avez cinq minutes.

– Elle vous a engagé ?

D'après le ton de sa voix, « elle » ne devait pas être quelqu'un pour qui il gardait une vive affection.

– Je travaille pour votre ex-femme, si c'est ce que vous voulez dire.

Son visage s'éclaira mais un peu seulement. En tout cas, sa moue se fit moins renfrognée. Apparemment, Legere avait des problèmes avec quelqu'un d'autre que Rebecca. Le changement ne dura pas, cependant. S'il y avait une chose qu'on pouvait dire de Jerry Legere, c'était qu'il était incapable de dissimuler ses sentiments derrière des traits impassibles. Il passa de la préoccupation au soulagement, replongea dans une inquiétude frôlant la panique. Chaque transition était clairement lisible sur sa figure. Comme chez un personnage de dessin animé, son visage livrait une course-poursuite incessante avec ses émotions.

– Pourquoi mon ex a besoin d'un privé ? me demanda-t-il.

– C'est ce dont j'aimerais vous parler. On pourrait peut-être sortir…

Legere interrogea du regard son compagnon, qui acquiesça d'un signe de tête et se remit à étudier le plan. Le ciel était bleu clair, le soleil brillait sur nous, donnant de la lumière mais pas de chaleur.

– Alors ? dit Legere.

– Votre femme m'a engagé parce qu'un homme l'embête.

Je m'attendais à une expression de surprise et je fus déçu. Legere opta pour un regard concupiscent qu'il aurait pu emprunter au méchant d'un mélodrame victorien.

– Un de ses mecs ?

– Parce qu'elle a des mecs ?

Il haussa les épaules.

– C'est une pouffe. Je sais pas comment dirait une pouffe : des « coups », peut-être.

– Pourquoi vous la traitez de pouffe ?

– Parce que c'en est une. Elle m'a cocufié quand on était mariés et elle m'a menti. Elle ment tout le temps. Ce type dont vous parlez, c'est sûrement un pauvre couillon à qui elle a promis du bon temps et qui s'est énervé quand il a rien vu arriver. J'ai été con d'épouser une femme qui avait déjà servi, mais j'ai eu pitié d'elle. Je referai plus cette erreur. Maintenant, je les tire, je les épouse plus.

Nouveau regard concupiscent. Je m'attendais à ce qu'il me donne un léger coup de coude dans les côtes ou qu'il me fasse un clin d'œil complice, « On connaît la musique, nous autres », comme dans le sketch des Monty Python. « Ta femme, c'est une pouffe et une menteuse. Comme toutes les autres. » Dans ce contexte, c'était beaucoup moins drôle. Je me rappelai la première question de Legere – « Elle vous a engagé ? » – et son expression soulagée quand je lui avais appris que je travaillais pour son ex. Qu'est-ce que tu as fait, Jerry ? Quelle autre femme ennuies-tu au point qu'elle pourrait avoir besoin des services d'un détective privé ?

– Je ne crois pas que cet homme soit un soupirant éconduit.

Legere parut sur le point de demander ce qu'était un soupirant éconduit, puis laissa passer.

– Il a posé des questions sur le père de Rebecca, poursuivis-je. Il pense que Daniel Clay est encore vivant.

Quelque chose tremblota dans les yeux de Legere. Ce n'était plus de la concupiscence. De la peur ?

– Ça tient pas debout, son père est mort. Tout le monde le sait.

– Tout le monde ?

Il détourna le regard.

– Enfin, vous savez ce que je veux dire.

– Il a disparu, rien ne prouve qu'il soit mort, arguai-je.

– Elle l'a fait déclarer mort. Trop tard pour moi, malheureusement. Y a de l'argent à la banque, mais j'en verrai jamais la couleur. Ça m'aurait bien dépanné, pourtant.

– Les temps sont durs ?

– Toujours, pour l'ouvrier.

– Vous devriez mettre ça en musique.

– Je crois que ça a été fait. C'est pas nouveau.

Il pivota sur ses talons pour regarder vers l'entrepôt, manifestement pressé de se débarrasser de moi et de retourner au boulot. Je ne pouvais pas le lui reprocher.

– Qu'est-ce qui vous rend si sûr que Daniel Clay est mort ? demandai-je.

– J'aime pas votre ton, répliqua-t-il, serrant involontairement les poings.

Il se rendit compte de son réflexe et rouvrit les mains, s'essuya les paumes aux coutures de son jean.

– Je ne vous accuse de rien. J'ai seulement l'impression que vous êtes absolument certain qu'il ne reviendra pas.

– Ça fait un bail qu'il a disparu, non ? Personne ne l'a vu depuis six ans et, d'après ce que j'ai entendu dire, il est parti avec ses fringues sur le dos et rien d'autre. Même pas un sac de voyage.

– Vous tenez ça de votre ex-femme ?

– Ou je l'ai lu dans les journaux. C'est pas un secret.

– Vous sortiez avec elle quand son père a disparu ?

– Non, on s'est mis ensemble plus tard, mais ça n'a pas duré. Je me suis vite aperçu qu'elle voyait d'autres mecs dans mon dos et je l'ai laissée se tirer, cette garce.

Il ne semblait pas gêné d'en parler. D'habitude, quand les hommes évoquent les infidélités de leur femme ou de leur copine, ils montrent plus de retenue que Legere. Ils ne révèlent pas non plus leur secret à n'importe qui, surtout parce qu'ils craignent qu'on ne les accuse d'être responsables, qu'on n'estime que c'est à cause de leur défaillance à les satisfaire qu'elles ont choisi d'aller voir ailleurs. Les hommes ont tendance à considérer le problème sous l'angle sexuel. J'ai connu des femmes qui cherchaient avec un autre la satisfaction de leur désir, mais j'en ai connu davantage qui étaient infidèles parce que cela leur apportait l'affection et l'attention qu'elles ne recevaient pas ou plus à la maison. Les hommes, en général, cherchent le sexe. Les femmes s'en servent de monnaie d'échange.

– J'ai ma part de responsabilité, je suppose, reconnut-il, mais les hommes sont comme ça. Elle avait tout ce qu'elle voulait. Elle n'avait aucune raison de faire ça. Elle m'a jeté de la maison quand je lui ai fait des remarques sur sa conduite. Je vous l'ai dit : c'est une pute. Arrivées à un certain âge, ça y est, elles virent pouffes. Mais elle, au lieu de le reconnaître, elle m'a mis ça sur le dos. Elle a dit que c'était de ma faute. Salope.

Je n'étais pas sûr que cela me regardait en quoi que ce soit, mais la version fournie par Rebecca Clay de ses problèmes conjugaux différait beaucoup de celle de son mari. Legere prétendait être l'offensé, et si la version de Rebecca semblait plus vraisemblable, c'était peut-être simplement parce que Jerry Legere me répugnait. Il n'avait cependant aucune raison de mentir. Son histoire ne lui donnait pas le beau rôle et son amertume était évidente. Il y avait du vrai quelque part dans ses propos.

– Vous avez entendu parler d'un nommé Frank Merrick, monsieur Legere ?

– Merrick ? Non, ça me dit rien. C'est le type qui l'embête ?

– Oui.

Il détourna de nouveau les yeux. Je ne pouvais pas voir son visage, mais sa posture avait changé, comme s'il s'était raidi pour esquiver un coup.

– Non, répéta-t-il. Je vois pas.

– Bizarre.

– Quoi ?

– Il vous connaît, lui.

Cette fois, il ne chercha même pas à dissimuler son inquiétude.

– Qu'est-ce que vous voulez dire ?

– C'est lui qui m'a conseillé de vous parler. Il a dit que vous sauriez peut-être pourquoi il cherche Daniel Clay.

– Il ment. Clay est mort. Les gars comme lui disparaissent pas pour refaire surface ailleurs sous un autre nom. Il est mort. Et même s'il l'était pas, pourquoi j'aurais été en contact avec lui ? Je ne le connaissais même pas.

– Merrick pense que votre femme pourrait vous avoir révélé des choses qu'elle cacherait aux autorités.

– Il se trompe, rétorqua Legere. Elle m'a rien dit. Elle parlait quasiment jamais de lui.

– Vous trouviez ça curieux ?

– Non. Qu'est-ce qu'elle m'aurait dit ? Elle voulait l'oublier. Ça n'aurait servi à rien de parler de lui.

– Aurait-elle pu être en contact avec lui à votre insu, à supposer qu'il ait été encore en vie ?

– Vous savez, je crois pas qu'elle soit assez intelligente pour ça. Dites-le à votre bonhomme, si vous le revoyez.

– A la façon dont il m'a parlé de vous, j'ai eu l'impression que vous pourriez avoir très prochainement l'occasion de le lui dire vous-même...

Cette perspective ne parut pas le réjouir. Il cracha par terre, écrasa son glaviot dans la poussière de la pointe de sa chaussure uniquement pour se donner une contenance.

– Une dernière chose, monsieur Legere : c'était quoi, le « Projet » ?

– Qui est-ce qui vous a parlé de ça ?

Les mots avaient jailli tout seuls de sa bouche et je voyais bien qu'il aurait donné n'importe quoi pour les retirer. Sa colère avait totalement disparu, remplacée par ce qui ressemblait beaucoup à de la stupeur. Il secouait la tête, incrédule.

– Peu importe, répondis-je.

– C'est ce type, hein ? répliqua Legere, retrouvant déjà une partie de son agressivité. Et toi, tu viens ici m'accuser, me parler de mecs que je connais même pas, me répéter les mensonges de ma garce de femme... Tu manques pas d'air, putain !

De sa main droite, il me frappa la poitrine. Je reculai d'un pas, il avança vers moi, prêt à m'asséner un autre coup, plus fort et plus haut. J'écartai les bras en un geste apaisant et me mis en position, la jambe droite légèrement devant la gauche.

– Je vais t'apprendre à...

Je lui balançai dans l'estomac un coup de pied à défoncer une porte. L'impact lui vida les poumons et l'expédia sur les fesses. Haletant, il se tenait la poitrine à deux mains, le visage tordu de souffrance.

– Saloperie. Je te tuerai pour ça.

Je me penchai vers lui.

– Le Projet, monsieur Legere. C'était quoi ?

– Je t'emmerde. Tu sais pas de quoi tu parles, gémit-il entre ses dents serrées.

Je tirai de mon portefeuille une de mes cartes de visite et la laissai tomber sur lui. L'autre type apparut à l'entrée de l'entrepôt, un pied-de-biche à la main. Je levai un doigt en signe d'avertissement, il s'immobilisa.

– On en reparlera, dis-je. Réfléchissez à Merrick et à ce qu'il a dit. Vous finirez par en discuter avec lui ou avec moi, que ça vous plaise ou non.

En rejoignant ma voiture, je l'entendis se relever. Il m'appela, je me retournai. De la porte de l'entrepôt, Lang lui demanda si ça allait, mais Legere ne lui répondit pas. Son visage avait de nouveau changé. Il était encore cramoisi et il avait du mal à respirer, mais une expression de ruse grossière s'était formée sur ses traits.

– Tu te crois malin ? me lança-t-il. Tu te prends pour un dur ? Ben, tu devrais te rencarder sur ce qui est arrivé au dernier mec qui a posé des questions sur Daniel Clay. C'était un connard de privé, comme toi. Et tu sais où il est ? Au même endroit que Daniel Clay. Quelque part, y a un trou, et Daniel Clay est dedans, et juste à côté, y a un autre trou où pourrit un putain de fouineur. Alors, vas-y, pose des questions sur Daniel Clay et sur des « projets ». Y a de la place pour un troisième. Ça ne demande pas beaucoup d'efforts de creuser un trou, ça en demande encore moins de le remplir une fois qu'il y a un cadavre dedans...

Je fis un pas vers lui et j'eus le plaisir de le voir reculer.

– Ça y est, tu recommences : tu as l'air vraiment sûr que Daniel Clay est mort, fis-je observer.

– J'ai plus rien à te dire.

– Qui c'était, ce privé ? Qui l'a embauché ?

– Je t'emmerde ! cracha-t-il.

Puis il se ravisa et ajouta, avec un large sourire :

– Tu veux savoir qui l'avait embauché ? C'est cette salope. Et elle baisait avec lui aussi, je le sentais sur elle. Je parie que c'est aussi comme ça qu'elle te paie, mais va pas t'imaginer que t'es le premier. Et il a posé les *mêmes* questions que toi, sur Clay, sur un « projet », sur ce qu'elle m'avait dit ou pas, et tu finiras comme lui. Parce que c'est ce qui arrive aux mecs qui posent des questions sur Daniel Clay.

Il claqua des doigts.

– Ils disparaissent !

De la main, il épousseta son jean. Une partie de son courage de façade sembla alors le déserter, comme si l'adrénaline venait à lui manquer. Un moment, il eut l'air d'un homme qui a entrevu son avenir et que cette vision effraie.

– Ils disparaissent... répéta-t-il comme pour lui-même.

10

En rentrant, je téléphonai à Jackie Garner, qui m'annonça, l'air vaguement déçu, que tout était tranquille. Rebecca Clay me dit la même chose lorsque je l'appelai : aucun signe de Merrick. Apparemment, il tenait sa promesse et ses distances, mis à part le coup de fil qu'il m'avait donné.

Comme Rebecca était à son bureau, je passai la voir et saluai Jackie au passage en arrivant. J'emmenai ma cliente prendre un café au petit marché situé près de son agence immobilière. Nous étions assis à l'unique table installée dehors et les automobilistes qui passaient nous regardaient avec curiosité. Il faisait trop froid pour un dîner en terrasse, mais je voulais parler à Rebecca pendant que ma conversation avec son ex-mari était encore fraîche dans ma mémoire. C'était le moment de clarifier certaines choses.

– Il a dit ça ? s'exclama-t-elle, l'air sincèrement choquée quand je lui rapportai ce qui s'était passé entre Jerry et moi. C'est un ramassis de mensonges ! Je ne l'ai jamais trompé, jamais ! Ce n'est pas pour ça que nous nous sommes séparés…

– Attendez, je ne dis pas que c'est la vérité, mais il y avait vraiment de l'amertume derrière ses mots.

– Il voulait de l'argent, il n'en a pas eu.

– C'est pour ça qu'il vous a épousée ? Pour l'argent ?

– En tout cas, ce n'était pas par amour !

– Et vous ? C'était pour quoi ?

Elle gigota sur sa chaise, embarrassée. Elle semblait encore plus fatiguée et tendue que la première fois que je l'avais rencontrée.

Je me fis la réflexion qu'elle ne supporterait plus très longtemps la tension des événements et finirait par craquer, d'une manière ou d'une autre.

– Je vous ai répondu en partie, dit-elle. Après la disparition de mon père, je me suis sentie totalement seule. J'étais comme une paria, à cause des rumeurs qui couraient sur lui. J'ai fait la connaissance de Jerry par Raymon, qui avait installé le système d'alarme dans la maison. La société vient une fois par an vérifier que tout marche bien et, quand Jerry est passé assurer la maintenance, la solitude me rongeait, et une chose en a entraîné une autre. Il était bien, au début. Enfin, ça n'a jamais été un charmeur, mais il était gentil avec Jenna et il ne se faisait pas entretenir. Il avait aussi des côtés étonnants : il lisait beaucoup, il aimait la musique et le cinéma. Il m'a appris des choses…

Elle eut un rire sans joie et ajouta :

– Rétrospectivement, je pourrais dire qu'une figure paternelle en a remplacé une autre.

– Et ensuite ?

– Nous nous sommes mariés rapidement, il s'est installé avec moi dans la maison de mon père. Pendant deux ou trois mois, tout s'est bien passé, même si Jerry était obsédé par l'argent. Il estimait qu'il n'avait pas eu sa chance, il avait toujours eu de grands projets mais n'avait jamais pu les réaliser avant de me rencontrer. Il sentait une odeur de fric alors qu'il n'y en avait pas, ou du moins pas du fric sur lequel il pouvait mettre la main. Il n'arrêtait pas d'en parler, c'était une cause perpétuelle de dispute entre nous…

« Et puis un soir, en rentrant, je l'ai trouvé en train de donner son bain à Jenna. Elle avait six ou sept ans à l'époque. Jamais il n'avait fait ça. Je ne le lui avais pas expressément interdit, j'avais simplement présumé qu'il ne le ferait pas. Elle dans la baignoire, et lui agenouillé à côté d'elle, sur le carrelage, les pieds nus. C'est ça qui m'a terrorisée : ses pieds nus. C'est absurde, n'est-ce pas ? Bref, je me suis mise à crier, Jenna a fondu en larmes, Jerry est parti en claquant la porte, il n'est rentré que beaucoup plus tard. J'ai essayé de discuter avec lui de ce qui s'était passé, mais il avait bu, l'alcool attisait sa colère et il m'a frappée. Une simple gifle, mais je n'étais pas prête à accepter ça d'un homme. Je lui ai dit de ficher le camp, il l'a fait. Il est revenu deux jours plus tard, il s'est excusé, nous nous sommes plus ou moins rabibochés. A partir de ce jour, il a vraiment fait très attention, avec Jenna comme avec moi, mais je n'arrivais pas à me sortir de la tête l'image de ma fille nue devant lui. Il avait un ordinateur qu'il utilisait quelquefois pour son travail et je connaissais son mot de passe. Je l'avais vu le taper un jour qu'il montrait quelque chose à Jenna sur Internet. J'ai ouvert ses fichiers, j'ai trouvé des photos pornos. Je sais que les hommes regardent ce genre de choses. Certaines femmes aussi, je suppose, mais il y en avait beaucoup sur son ordinateur, vraiment beaucoup.

– Des adultes ou des enfants ?

– Des adultes. Rien que des adultes. J'ai essayé de garder ça pour moi, mais je n'y suis pas parvenue. Je lui ai dit ce que j'avais fait, ce que j'avais vu. Je lui ai demandé s'il avait un problème. D'abord, il a eu honte, puis il est devenu furieux. Il hurlait, il jetait tout par terre. Il m'a craché à la figure les mots qu'il a employés avec vous. Il m'a dit que j'étais « souillée », que j'avais de la chance qu'un homme accepte encore de me toucher. Il s'en est pris aussi à Jenna, il a dit qu'elle finirait comme moi, que la pomme ne tombe jamais loin de l'arbre, ce genre de lieux communs… Il est parti ce soir-là et ça s'est terminé comme ça. Il a engagé un avocat pour essayer de bloquer mes biens, mais je n'en avais pas vraiment. Au bout d'un moment, je n'ai plus entendu parler de lui, ni de son avocat. Il ne s'est pas opposé au divorce, il semblait content d'être débarrassé de moi.

Je finis mon café. Le vent se levait, faisant filer les feuilles mortes comme des enfants à l'approche de la pluie. Je savais qu'elle ne m'avait pas tout révélé, que certains aspects de ce qui s'était passé demeuraient cachés, mais une partie de ce qu'elle avait dit expliquait l'animosité de Jerry Legere envers elle, surtout s'il estimait ne pas être entièrement responsable de leur séparation. Mensonges et vérités se mêlaient cependant dans la version de chacun, et Rebecca Clay n'avait pas été tout à fait franche avec moi dès le départ. Je remis donc la pression :

– J'ai mentionné le « Projet » dont Merrick a parlé, et votre ex-mari a eu l'air de savoir de quoi il s'agissait.

– C'était peut-être un projet personnel dans lequel mon père était engagé – il faisait de la recherche, il lisait des revues spécialisées pour se tenir au courant des changements dans sa profession –, mais je ne vois pas comment Jerry l'aurait su. Ils ne se connaissaient pas et je ne me souviens pas que Jerry soit venu vérifier le système d'alarme de la maison avant la mort de mon père. Ils ne s'étaient jamais rencontrés.

J'en vins à la question finale, celle qui me troublait le plus :

– Jerry m'a dit autre chose. Il prétend que vous avez fait appel à un autre détective privé pour enquêter sur la disparition de votre père et que cet homme aurait lui aussi disparu. C'est vrai ?

– Vous pensez que je vous ai menti, n'est-ce pas ?

– Par omission. Je ne vous le reproche pas, mais je veux savoir pourquoi.

– Elwin Stark m'avait conseillé d'engager quelqu'un. Cela faisait dix-huit mois que mon père avait disparu et la police semblait avoir décidé qu'elle ne pouvait rien faire de plus. Je m'étais adressée à Elwin parce que je craignais l'avocat de Jerry et que je ne savais pas comment protéger l'héritage de mon père. Comme il n'y avait pas de testament, la succession serait compliquée de toute façon, mais Elwin pensait qu'une première mesure, si mon père ne réapparaissait pas, pouvait consister à le faire déclarer officiellement mort au bout de cinq ans. Selon lui, il serait utile de charger quelqu'un de poursuivre les recherches, car le juge pourrait en tenir compte au moment de se prononcer sur la déclaration. Mais je n'avais pas beaucoup d'argent, je débutais seulement à l'agence immobilière et cela a joué dans le choix de la personne que j'allais engager…

– Qui était-ce ?

– Il s'appelait Jim Poole. Il débutait, lui aussi. Il avait travaillé pour une amie… April, vous l'avez vue chez moi. Elle soupçonnait son mari de lui être infidèle. Il apparut qu'il ne la trompait pas. Il flambait, en fait. Je ne sais pas si c'était mieux ou pire, mais elle semblait contente du travail de Jim. Je l'ai donc engagé. Il a interrogé plusieurs des mêmes personnes que vous, mais il n'a rien trouvé de nouveau. Il a peut-être mentionné un projet quelconque à un moment, mais je n'y ai pas prêté attention.

Mon père avait toujours un article ou un essai en préparation. Il n'était jamais à court d'idées.

« Au bout de deux semaines, Jim m'a téléphoné pour me prévenir qu'il s'absentait quelques jours et qu'il aurait peut-être des nouvelles pour moi à son retour. J'ai attendu qu'il me rappelle, il ne l'a jamais fait. Huit jours plus tard, la police est venue me voir. L'amie de Jim avait signalé sa disparition, ils interrogeaient ses connaissances et ses clients. Ils avaient trouvé mon nom dans ses dossiers, chez lui, mais je n'ai pas pu les aider. Jim ne m'avait pas dit où il allait. Ils n'avaient pas l'air contents, mais qu'est-ce que je pouvais faire ? Finalement, on a retrouvé la voiture de Jim à Boston un peu plus tard dans un parking longue durée près de Logan. Il y avait de la drogue à l'intérieur – un sachet de cocaïne, je crois –, assez pour suggérer qu'il dealait. Les policiers ont dû penser que ça lui avait attiré des ennuis, peut-être avec un fournisseur, et qu'il s'était enfui ou qu'on l'avait tué. Son amie a soutenu que ce n'était pas le genre de Jim, qu'il aurait trouvé un moyen de la joindre, même s'il avait dû fuir…

– Et vous, qu'est-ce que vous en avez pensé ?

– J'ai cessé de chercher mon père, après ça. Cela vous suffit comme réponse ?

– Et vous ne m'avez pas parlé de ce Poole parce que vous craigniez que ça ne me dissuade de vous aider ?

– Oui.

– Vos rapports avec lui étaient purement professionnels ?

Elle se leva si brusquement qu'elle faillit faire tomber sa tasse de la table. Du café froid renversé coula par les trous du plateau métallique et tacha le sol.

– Qu'est-ce que c'est que cette question ? protesta-t-elle. Je parie que ça vient aussi de Jerry…

– Oui, mais ce n'est pas le moment de jouer les prix de vertu.

– Je l'aimais bien, Jim, dit-elle comme si c'était une réponse. Il avait des problèmes avec sa copine. Nous avons pris un verre ensemble une ou deux fois. Jerry nous a vus dans un bar – il me téléphonait quelquefois quand il avait bu, pour me convaincre de lui donner une autre chance – et il a pensé que c'était à cause de Jim que je le rejetais. Il y a eu des cris, une bousculade, une bouteille cassée, mais personne n'a été blessé. Je crois que Jerry m'en veut encore, même après tout ce temps.

Elle lissa le devant de la jupe de son tailleur.

– Ecoutez, je vous suis reconnaissante de ce que vous avez fait, mais ça ne peut pas continuer comme ça.

Elle eut un geste en direction de Jackie, comme s'il symbolisait tout ce qui n'allait pas dans sa vie.

– Je veux récupérer ma fille, je ne veux plus avoir Merrick sur le dos. Maintenant que vous êtes au courant pour Jim Poole, je ne suis même plus certaine de vouloir que vous continuiez à poser des questions sur mon père. Je n'ai vraiment pas envie de me sentir encore coupable pour quelqu'un d'autre. Et l'argent file. J'aimerais que vous boucliez cette histoire le plus rapidement possible, même si cela implique d'aller au tribunal.

Je répondis que je comprenais, que j'étudierais avec d'autres personnes les choix possibles et que je la rappellerais.

Pendant qu'elle retournait à l'agence prendre ses affaires, je bavardai avec Jackie et lui parlai du coup de fil de Merrick.

– Qu'est-ce qui se passe à la fin de l'ultimatum ? voulut-il savoir. On attend juste qu'il tente quelque chose ?

Je répondis qu'on n'en viendrait pas là, que Rebecca Clay ne pourrait pas continuer à payer et que j'allais faire venir de l'aide pour essayer de débloquer la situation.

– De l'aide de New York ?

– Peut-être, dis-je.

– Si cette femme veut plus raquer, pourquoi tu continues à bosser sur cette affaire ?

– Parce que Merrick ne lâchera pas, qu'il obtienne ou non ce qu'il veut de Rebecca. En plus, je vais le secouer dans les jours qui viennent et ça ne lui plaira pas.

Jackie eut l'air amusé.

– Ben, si t'as besoin d'un coup de main, préviens-moi. C'est pour les boulots emmerdants qu'il faut que tu me paies. Les trucs intéressants, je les fais gratos.

Walter était encore mouillé d'eau de mer après sa balade avec Bob Johnson et semblait heureux de dormir au chaud dans son panier.

Ayant deux heures à tuer avant de retrouver June Fitzpatrick pour le dîner, je me rendis sur le site Web du *Press-Herald* et cherchai dans ses archives tout ce qu'il pouvait y avoir sur la disparition de Daniel Clay.

Selon les articles, plusieurs enfants traités par le Dr Clay avaient déclaré avoir subi des violences sexuelles. Nulle part il n'était suggéré que Clay pouvait être impliqué, mais on se demandait comment il avait pu ne pas remarquer que des enfants qu'il soignait, qui avaient déjà été victimes d'abus sexuels, l'étaient à nouveau. Clay s'était contenté de répondre qu'il était « profondément bouleversé », qu'il ferait une déclaration en temps voulu et que pour le moment il cherchait avant tout à aider la police et les services sociaux dans leurs enquêtes afin de trouver les coupables. Deux experts avaient, sans conviction, pris la défense de Clay en soulignant qu'il faut parfois des mois, voire des années, pour amener la victime d'un viol à révéler le calvaire qu'elle a enduré. Même la police se gardait d'incriminer Clay, mais si on lisait l'histoire entre les lignes, il semblait clair qu'une partie des soupçons retombait sur lui de toute façon. Le scandale qui menaçait d'éclater était d'une telle ampleur qu'on voyait mal comment Clay aurait pu continuer à exercer, quel que soit le résultat d'une éventuelle enquête. Un journaliste utilisait pour le décrire les mots « livide », « émacié », « yeux enfoncés », « proche des larmes ». L'article était illustré d'une photo prise devant sa maison et sur laquelle on le voyait, maigre et voûté, telle une cigogne blessée.

Un autre article mentionnait le nom du flic chargé de l'affaire, Bobby O'Rourke. A ma connaissance, il était toujours inspecteur mais bossait maintenant à l'Inspection générale des services.

Je le joignis à son bureau juste avant qu'il dételle et il accepta de me retrouver au Geary's un peu plus tard pour boire une bière. Je me garai dans Commercial et le découvris attablé dans un coin du troquet, mangeant un hamburger en feuilletant des photocopies. Nous nous étions rencontrés plusieurs fois auparavant, et quelques années plus tôt je l'avais aidé à remplir les blancs dans une affaire impliquant un flic de la police de Portland, un nommé Barron, mort dans des circonstances qu'on pouvait par euphémisme qualifier de « mystérieuses ». Je ne lui enviais pas son boulot. Son appartenance à la police des polices signifiait qu'il était bon dans son travail, mais c'était un travail pour lequel certains de ses collègues auraient préféré qu'il soit mauvais.

Il essuya ses doigts à une serviette en papier avant de me serrer la main.

– Tu veux bouffer quelque chose ? me proposa-t-il.

– Non. J'ai un dîner dans une heure ou deux.

– Un endroit classe ?

– Chez Joel Harmon.

– Tu m'impressionnes. On va lire ton nom dans la rubrique mondaine.

Nous parlâmes un moment du rapport annuel de son service sur le point d'être publié. Il contenait les reproches habituels, essentiellement violences policières pendant l'intervention des voitures de patrouille. Les plaignants étaient majoritairement masculins et jeunes, les violences alléguées faisant le plus souvent suite à des rixes. Les flics avaient utilisé uniquement leurs mains pour maîtriser les combattants, pour la plupart blancs et de moins de trente ans. Pas de passage à tabac de citoyens âgés ou de Harlem Globetrotters, donc. Aucun policier n'avait été suspendu plus de deux jours. Au total, ce n'était pas une mauvaise année pour la police des polices. Par ailleurs, la police de Portland avait un nouveau chef. L'ancien avait passé la main au début de l'année et le conseil municipal avait hésité entre deux candidats, l'un blanc et originaire du coin, l'autre noir et venant du Sud. Si le conseil avait opté pour le second, le nombre de flics noirs de Portland aurait augmenté de cent pour cent, mais il avait accordé sa préférence à l'expérience locale. Ce n'était pas un mauvais choix, mais, bien sûr, certains dirigeants de la minorité noire ne l'avaient toujours pas digéré. Et le bruit courait que l'ancien chef songeait à se présenter au poste de gouverneur.

O'Rourke finit son hamburger et but une gorgée de sa bière. Mince et en forme, il ne donnait pas l'impression que les hamburgers et la bière constituaient généralement l'essentiel des calories qu'il ingérait.

– Bon, Daniel Clay, dit-il.

– Tu te souviens de lui ?

– Je me souviens de l'affaire et ce que je ne me rappelais pas, je l'ai revu avant de venir ici. J'ai rencontré Clay deux fois seulement avant sa disparition, alors, il y a des limites à ce que je peux t'apprendre.

– Qu'est-ce que tu pensais de lui ?

– Il avait l'air sincèrement chamboulé par ce qui était arrivé. Il semblait en état de choc. Pour lui, c'étaient « ses gosses ». On a commencé à enquêter avec la police de l'Etat, les shérifs, les flics locaux, les services sociaux. Le reste, tu le sais probablement déjà : plusieurs points communs sont apparus plus tard, dans d'autres affaires, dont quelques-unes qu'on pouvait rattacher à Clay.

– Tu crois que c'était une coïncidence, qu'il se soit occupé de ces enfants ?

– Rien n'indique que ce n'en était pas une. Plusieurs d'entre eux étaient particulièrement vulnérables. La plupart n'en étaient qu'au début de leur thérapie et n'avaient pas encore réussi à parler de la première série de viols qu'ils avaient subis avant que la seconde commence.

– Vous aviez une piste ?

– Non. On a retrouvé une fille de treize ans errant dans les champs à la sortie de Skowhegan à trois heures du matin. En sang, les pieds nus, les vêtements déchirés, pas de sous-vêtements. Elle était hystérique, elle parlait confusément d'hommes et d'oiseaux. Elle ne semblait pas savoir où elle se trouvait ni d'où elle venait, mais elle était précise sur l'essentiel : trois hommes, tous masqués, la violant à tour de rôle dans une pièce non meublée. On a prélevé sur son corps des traces d'ADN, mais la plupart étaient brouillées. Deux seulement étaient nettes et ne figuraient pas dans nos bases de données. Il y a un an environ, on a repris les recherches dans le cadre d'un réexamen d'affaires anciennes, mais toujours rien. On aurait dû mieux faire, bien que je ne voie pas trop comment.

– Et les gosses ?

– Je ne les ai pas tous retrouvés. Quelques-uns sont réapparus sur nos écrans radar. C'étaient des mômes paumés, ils sont devenus des adultes paumés. Je me sentais toujours désolé pour eux quand je voyais leur nom refaire surface. Quelle chance ils avaient, après ce qu'ils avaient vécu ?

– Et Clay ?

– Il s'est littéralement évaporé. Sa fille nous a appelés, elle se faisait du souci, il n'était pas rentré depuis deux jours. On a trouvé sa voiture à l'entrée de Jackman, près de la frontière canadienne. On a pensé qu'il voulait échapper à la justice, mais il n'avait aucune raison de s'enfuir, sauf la honte, peut-être. On ne l'a jamais revu.

Je me laissai aller contre le dossier de ma chaise. Je n'étais pas plus avancé qu'avant de m'asseoir dessus. O'Rourke perçut ma déception.

– Désolé, dit-il. Tu t'attendais à une révélation ?

– Ouais, tu sais, un éclair aveuglant…

– Pourquoi tu t'intéresses à Clay ?

– Sa fille m'a engagé. Quelqu'un lui a posé des questions sur son père, ça l'a inquiétée. Tu connais un nommé Frank Merrick ?

Bingo. Le visage d'O'Rourke s'illumina comme un 4 Juillet.

– Frank Merrick… Oh oui. Je sais tout sur lui. Fatal Frank, on le surnommait. C'est lui qui a mis la fille de Clay dans tous ses états ?

J'acquiesçai.

– C'est logique, en un sens, commenta-t-il.

Je lui demandai pourquoi.

– Parce que la fille de Merrick était une patiente de Daniel Clay, sauf qu'elle a fini comme lui. Lucy Merrick, elle s'appelait.

– Elle a disparu ?

– On a signalé sa disparition deux jours après celle de Clay, mais, apparemment, ça remontait à plus loin que ça. Sa famille d'accueil, c'étaient des brutes. Ils ont dit aux travailleurs sociaux qu'elle n'arrêtait pas de fuguer et qu'ils en avaient marre de lui courir après. Si je me souviens bien, cela faisait quatre ou cinq jours qu'ils ne l'avaient pas vue. Elle avait quatorze ans. Elle n'était sûrement pas facile, mais c'était encore une enfant. On a parlé de porter plainte contre la famille, mais il ne s'est finalement rien passé.

– Où était Merrick pendant tout ce temps ?

– En prison. Ah, c'est un sujet vraiment intéressant, ce Frank Merrick, dit O'Rourke en desserrant sa cravate. Commande-moi une autre bière, et prends quelque chose, toi aussi. C'est une longue histoire.

Frank Merrick était un tueur.

Un mot galvaudé, s'il en était, d'avoir été trop utilisé. Un petit jeune hargneux qui franchissait la ligne un soir et plantait son couteau dans le ventre d'un copain de beuverie pendant une altercation pour une fille moulée dans une robe trop collante, simplement parce qu'il avait une lame en main et que ce serait dommage de ne pas voir ce qu'on pouvait faire avec, un chômeur désespéré qui braquait un commerce de vins et spiritueux et descendait un pauvre gars payé sept dollars de l'heure, soit par panique, soit par exaspération, étaient qualifiés de « tueurs ». On s'en servait dans les journaux pour faire grimper les ventes, dans les tribunaux pour faire grimper les peines, dans les cellules pour établir sa réputation et ne pas se faire grimper dessus. Mais il ne signifiait rien. Tuer quelqu'un ne faisait pas de vous un tueur, pas dans le monde où évoluait Frank Merrick. On n'était pas un tueur à cause de ce qu'on avait fait une fois, accidentellement ou volontairement. Ce n'était même pas un choix de vie, comme être végétarien ou nihiliste. C'était quelque chose qui attendait, tapi dans vos cellules, le moment de l'éveil, de la révélation. En ce sens, on pouvait être un tueur avant même d'avoir pris une première vie. Cela faisait partie de votre nature, cela se manifesterait en temps voulu. Il suffisait d'un catalyseur.

Frank Merrick avait mené une vie apparemment normale pendant ses vingt-cinq premières années. Il avait grandi dans un quartier difficile de Charlotte, en Caroline du Nord, il avait fréquenté la racaille mais il avait fini par reprendre le droit chemin. Après un apprentissage de mécanicien, il semblait ne plus traîner d'ombres derrière lui, même si le bruit courait qu'il restait en contact avec des éléments de son passé et qu'on pouvait compter sur lui pour vous fournir rapidement une voiture ou vous en débarrasser. Ce n'est que plus tard, lorsque son moi véritable, son moi secret, commença à émerger que les gens se souvinrent d'hommes qui avaient contrarié Frank Merrick et qui avaient comme disparu dans les fissures du trottoir. Personne ne les avait plus jamais revus. On murmurait des histoires de coups de téléphone, de voyages en Floride ou en Caroline, de pistolets utilisés une seule fois puis démontés et jetés dans les canaux.

Mais ce n'étaient que des histoires, et on n'empêchera jamais les gens d'en raconter…

Il avait épousé une fille ordinaire et elle serait peut-être encore sa femme sans l'accident qui l'avait totalement changé, ou qui lui avait simplement permis de se défaire d'un vernis d'homme tranquille, introverti, et de devenir un personnage étrange et effrayant.

Frank Merrick avait été renversé par une moto un soir qu'il traversait une rue de la banlieue de Charlotte où il vivait. Il portait un carton de crème glacée qu'il avait acheté pour sa femme. Il aurait dû attendre le feu vert, cependant il craignait que la glace ne fonde avant qu'il arrive chez lui. Le motard, qui ne portait pas de casque, avait bu quelques verres, mais il n'était pas ivre. Il avait aussi fumé un peu d'herbe, mais il n'était pas défoncé. Peter Cash avait juste informé ses copains qu'il avait besoin de prendre l'air, avant de les laisser regarder un porno sur le câble et d'enfourcher sa moto.

Pour Cash, Frank Merrick avait soudain surgi de nulle part dans une rue qu'il supposait déserte. La moto l'avait heurté de plein fouet, brisant des os et meurtrissant des chairs, le choc projetant Cash sur le capot d'une voiture en stationnement. Cash s'en était sorti avec un pelvis fracturé et était demeuré conscient assez longtemps pour voir le corps meurtri de Merrick tressauter sur la chaussée tel un poisson hors de l'eau.

Ledit Frank Merrick sortit de l'hôpital au bout de deux mois, lorsque ses fractures furent refermées et que ses organes internes semblèrent avoir renoncé à lui faire défaut d'un instant à l'autre. Il parla à peine à sa femme et encore moins à ses amis, jusqu'à ce que ceux-ci cessent finalement de le perturber par leur présence. Il dormait peu et couchait rarement dans le lit conjugal et, lorsqu'il le faisait, il s'abattait sur sa femme avec une telle férocité qu'elle finit par redouter leurs rapports et la douleur qui les accompagnait. Elle quitta la maison au bout d'un an de ce traitement et demanda le divorce. Merrick signa tous les papiers sans se plaindre ni faire de commentaires, semble-t-il satisfait de se débarrasser de tous les aspects de son ancienne vie. Sa femme changea de nom, se remaria en Californie et ne dit jamais un mot à son nouveau mari concernant l'homme dont elle avait auparavant partagé la vie.

Quant à Cash, il fut sans doute la première victime de l'homme que Merrick était devenu, même si on ne trouva aucune preuve le reliant au crime. Le motard fut poignardé dans son lit, mais Merrick avait un alibi, fourni par plusieurs individus de Philadelphie à qui, dit-on, il avait rendu quelques menus services. Au cours des années qui suivirent, il travailla pour diverses bandes, le plus souvent sur la côte est, et devint peu à peu l'homme à qui on s'adressait quand il fallait donner à quelqu'un une ultime leçon et que, dans un souci compréhensible d'échapper à la justice, on préférait sous-traiter le travail. Le nombre de ses victimes augmenta. Il avait enfin découvert son aptitude naturelle à tuer et l'utilisait à merveille.

Il avait d'autres appétits, toutefois. Il aimait les femmes et l'une d'elles, une serveuse de Pittsfield, dans le Maine, se retrouva enceinte après une nuit en sa compagnie. Elle approchait de la quarantaine et désespérait de trouver un homme ou d'avoir un enfant. Jamais elle n'envisagea d'avorter, même si elle n'avait aucun moyen de joindre le type qui l'avait engrossée, et elle donna naissance à une petite fille. Lorsque Merrick revint dans le Maine et qu'il retourna voir la serveuse, elle craignit sa réaction en apprenant qu'il était devenu père, mais il prit le bébé dans ses bras et demanda son nom. « Lucy, comme ma mère », répondit-elle et il sourit en disant que Lucy était un beau prénom. Puis il repartit en laissant de l'argent dans le berceau. Il continua par la suite à donner de l'argent à la serveuse, parfois en le lui apportant lui-même, parfois en lui envoyant un mandat. Elle sentait qu'il y avait en lui quelque chose de dangereux, quelque chose qui devait rester inexploré, et elle était toujours étonnée de l'attachement qu'il montrait envers la petite fille, bien qu'il ne restât jamais longtemps auprès d'elle. En grandissant, Lucy fut une enfant qui faisait quelquefois des cauchemars, et ces mauvais rêves finirent par s'insinuer dans sa vie. Elle devint difficile, perturbée, même. Elle se faisait mal et tentait de faire mal aux autres. Sa mère mourut d'une embolie pulmonaire, alors qu'elle nageait dans l'océan ; son corps, emporté par la marée, fut retrouvé des jours plus tard par deux pêcheurs, gonflé et à demi dévoré. Lucy Merrick fut placée dans une famille d'accueil. Elle fut ensuite confiée à Daniel Clay pour qu'il soigne sa tendance à agresser les autres et à se mutiler. Le médecin avait obtenu des résultats positifs lorsqu'ils disparurent tous deux.

De son côté, Frank Merrick était en prison depuis quatre ans. Sa chance avait tourné, il avait été condamné à cinq années d'emprisonnement pour menaces avec usage d'arme dangereuse, et à dix ans pour voies de fait graves, le tout sans confusion de peines, après qu'une de ses victimes, qu'il menaçait d'un couteau, avait réussi à s'enfuir de chez elle mais avait été renversée dans sa course par une voiture de ronde. Merrick n'avait évité une peine de quarante ans que parce qu'on n'avait pas pu prouver la préméditation et qu'il n'avait pas de condamnations antérieures graves. Ce fut pendant cette période que sa fille disparut. Il ne purgea pas toute sa peine au régime général. Selon O'Rourke, il en tira une partie en « Supermax », un quartier de haute sécurité, où les conditions étaient extrêmement dures.

Au moment de sa libération, Merrick fut envoyé en Virginie pour répondre du meurtre d'un comptable nommé Barton Riddick, tué d'une balle de 44 dans la tête en 1993. La justice en accusait Merrick en se fondant sur l'analyse, par le FBI, des balles retrouvées dans sa voiture après son arrestation dans le Maine. Rien ne prouvait que Merrick s'était trouvé sur le lieu du crime en Virginie, rien ne le reliait à Riddick, mais la balle qui avait transpercé la victime, lui arrachant un morceau de crâne et de cerveau, correspondait, par sa composition, à celles de la boîte de munitions découverte dans le coffre de la voiture de Merrick. Il risquait de passer le reste de sa vie en prison, peut-être même d'être condamné à mort, mais son affaire et quelques autres furent défendues par des cabinets juridiques estimant que les experts du FBI s'étaient trop appuyés sur les résultats des analyses balistiques. Le dossier contre Merrick fut encore affaibli lorsque l'arme du crime servit de nouveau pour le meurtre d'un avocat de Baton Rouge. Le procureur de Virginie décida, à contrecœur, d'abandonner les poursuites contre Merrick, et le FBI avait, depuis, renoncé à son système d'analyse du plomb. Relâché en octobre, Merrick était à présent un homme libre puisqu'il avait purgé sa peine dans le Maine et que les autorités, certaines qu'avec l'affaire Riddick il ne respirerait plus jamais l'air de la liberté, n'avaient assorti sa libération d'aucune condition.

– Et le revoilà, conclut O'Rourke.

– Et il pose des questions sur le médecin qui traitait sa fille, enchaînai-je.

– Il doit avoir un compte à régler. Qu'est-ce que tu vas faire ?

Je tirai quelques billets de mon portefeuille, les posai sur la table pour couvrir l'addition.

– Je vais le faire agrafer, répondis-je.

– La fille de Clay porterait plainte ?

– Je lui en parlerai. Même si elle refuse, la menace de se retrouver en taule pourrait suffire à décramponner Merrick. Il ne tient sûrement pas à retourner en prison. Et, qui sait, les flics trouveront peut-être quelque chose dans sa voiture.

– Il l'a menacée ?

– En paroles seulement, et de manière très vague. Mais il lui a pété un carreau, alors il est capable d'être vraiment dangereux.

– Il est armé ?

– Apparemment pas.

– Frank est le genre de type qui doit se sentir tout nu sans un flingue, argua O'Rourke.

– Quand je l'ai rencontré, il m'a dit qu'il n'était pas armé.

– Tu l'as cru ?

– Je pense qu'il est trop malin pour porter une arme. Comme repris de justice, il ne peut pas courir ce risque et il attire déjà suffisamment l'attention en lui-même. Il ne découvrira pas ce qu'est devenue sa fille si on l'enferme de nouveau.

– Ça paraît plausible, mais je ne jouerais pas ma tête là-dessus. La fille Clay habite toujours en ville ?

– A South Portland.

– Je peux donner quelques coups de fil, si tu veux.

– Tout peut aider. Ce serait pas mal d'avoir une injonction du tribunal au moment où on emballera Merrick.

O'Rourke déclara que ça ne devrait pas poser de problème. Je l'interrogeai sur Jim Poole, que j'avais failli oublier.

– Oui, je me souviens de lui. Un amateur, devenu privé en suivant des cours par correspondance. Un peu de fumette, je crois. Les flics de Boston pensaient que sa disparition était liée à une histoire de drogue et, ici, les gens se sont contentés de cette explication.

– Il travaillait pour Rebecca Clay quand il a disparu, précisai-je.

– Je l'ignorais. Je n'étais pas chargé de l'affaire. Ta cliente porte malheur, on dirait. Elle fait plus de disparus que le triangle des Bermudes.

– Les gens qui portent bonheur ne doivent pas intéresser les types comme Frank Merrick.

– Ou alors, ils ne portent pas bonheur longtemps. Je voudrais être là quand on le serrera. J'ai beaucoup entendu parler de lui, mais je ne l'ai jamais vu en chair et en os.

De l'index, il dessinait des formes géométriques à l'intérieur du rond humide laissé sur la table par son verre.

– A quoi tu penses ? lui demandai-je.

– Je pense à ta cliente qui se croit en danger.

– Et ?

– Plusieurs des patients de Clay ont été violés, la fille de Merrick faisait partie de ses patients…

– Conclusion, elle a été violée ? C'est possible mais pas obligatoire.

– Ensuite, Clay disparaît et elle aussi.

– Et on ne retrouve pas les violeurs.

Il haussa les épaules.

– Je dis simplement qu'un mec comme Merrick, qui pose des questions sur de vieux crimes, ça peut inquiéter certaines personnes.

– Celles qui ont commis ces crimes, par exemple ?

– Exactement. On ne sait jamais : quelqu'un pourrait en prendre ombrage et se manifester.

– L'ennui, c'est que Merrick n'est pas comme un chien en laisse, rappelai-je. On ne peut pas le contrôler. Pour le moment, j'ai trois gars qui protègent ma cliente. Sa sécurité avant tout.

– Discutes-en avec elle, suggéra O'Rourke en se levant. Explique-lui ce que tu as l'intention de faire. Ensuite, tu fais arrêter Merrick et tu vois ce qui se passe.

Je lui serrai la main et le remerciai pour son aide.

– T'enflamme pas, dit-il. Je fais ça pour les gosses. Et, pardonne-moi d'être brutal, mais si ce truc explose et que je découvre que c'est toi qui as allumé la mèche, je viendrai moi-même t'arrêter.

Il était l'heure d'aller chez Joel Harmon. En chemin, j'appelai Rebecca et lui rapportai l'essentiel de ce qu'O'Rourke m'avait appris sur Merrick, ainsi que ce que je comptais faire le lendemain. Elle parut s'être un peu calmée depuis la dernière fois mais tenait toujours autant à régler notre affaire le plus rapidement possible.

– Je lui fixerai un rendez-vous et je le ferai arrêter par les flics, dis-je. Dans cet Etat, la loi sur la protection contre le harcèlement déclare que si vous êtes importuné ou menacé trois fois ou plus par la même personne, la police doit intervenir. Je suppose que la fenêtre cassée peut être rangée dans la catégorie menace et je peux témoigner l'avoir vu vous filer à Longfellow Square. Ça devrait suffire pour qu'on soit couverts…

– Je devrai aller au tribunal ?

– Commencez par porter plainte pour harcèlement demain matin. C'est indispensable. Ensuite, on pourra aller au tribunal d'instance et obtenir une ordonnance de protection d'urgence. J'en ai déjà parlé à quelqu'un, tout devrait être en place d'ici demain soir.

Après lui avoir donné le nom et le numéro d'O'Rourke, je continuai :

– Une date sera fixée pour l'audience, la plainte et la convocation devront être remises à Merrick. Je peux m'en charger ou, si vous préférez, on peut confier ça aux services du shérif. Si Merrick s'approche de nouveau de vous malgré l'ordonnance du tribunal, il commet un délit passible d'un an d'emprisonnement et d'une amende de mille dollars. Trois condamnations, et il risque cinq ans de prison.

– Ça ne paraît pas encore assez, estima-t-elle. On ne peut pas l'incarcérer immédiatement ?

– C'est un équilibre délicat. Il a franchi la ligne mais pas suffisamment pour justifier une peine de prison. Je crois qu'il ne veut surtout pas y retourner. C'est un homme dangereux, mais il a eu des années pour penser à sa fille. Il n'a pas été là pour elle, il cherche à rejeter la faute sur quelqu'un d'autre. Je crois qu'il a décidé de commencer par votre père parce qu'il a entendu les rumeurs qui couraient sur lui et qu'il se demande s'il n'est pas arrivé la même chose à sa fille pendant que Clay s'occupait d'elle.

– Et comme mon père n'est plus là, il s'en prend à moi, soupira-t-elle. D'accord. Il faudra que je sois présente quand ils l'arrêteront ?

– Non. Mais la police tiendra sûrement à vous parler plus tard. Jackie restera près de vous, au cas où.

– Au cas où ça ne se passerait pas comme vous l'avez prévu ?

– Juste au cas où, répétai-je sans me compromettre.

J'avais l'impression de la laisser tomber, mais je ne voyais pas ce que je pouvais faire de plus. D'accord, j'aurais pu coincer Merrick avec Jackie Garner et les Fulci et lui coller la dégelée de sa vie, mais c'eût été m'abaisser à son niveau. Et après ma conversation avec O'Rourke, il y avait autre chose qui m'empêchait de faire usage de la violence sur Frank Merrick.

D'une curieuse façon, j'étais désolé pour lui.

11

Il y eut des coups de téléphone, ce soir-là. C'était peut-être ce que Merrick avait recherché depuis le début. La raison pour laquelle il avait rendu sa présence si manifeste chez Rebecca Clay, et laissé son sang sur sa fenêtre, la raison pour laquelle il m'avait lancé sur Jerry Legere. Il y avait eu aussi des incidents que je n'appris qu'ensuite. La veille, on avait accroché quatre corbeaux morts devant les bureaux occupés par l'ancien avocat de Rebecca, Elwin Stark. Le même jour, le centre de soins de Midlake avait été cambriolé. A première vue, on n'avait rien emporté, mais quelqu'un avait dû passer des heures à parcourir les dossiers et il faudrait beaucoup de temps pour découvrir ce qu'on avait éventuellement fait disparaître. L'ancien médecin de Clay, le Dr Caussure, avait été abordé, alors qu'il se rendait à un tournoi de bridge, par un individu répondant au signalement de Merrick. L'homme avait coincé la voiture de Caussure avec sa Ford rouge, il avait baissé sa vitre et demandé au médecin s'il aimait les oiseaux et s'il savait que son patient et ami, le Dr Daniel Clay, fréquentait des pédophiles et des pervers.

Peu importait à Merrick que ces personnes soient impliquées ou non. Il voulait créer un climat de peur et de doute. Il cherchait à s'insinuer dans leurs vies, à semer des rumeurs et des demi-vérités, sachant que dans une petite ville comme Portland elles se répandraient et que les hommes qu'il traquait bourdonneraient bientôt comme des abeilles dont la ruche est menacée par un danger imminent. Merrick pensait qu'il maîtrisait la situation, qu'il pourrait faire face à tout ce qui se présenterait. Il se trompait. Il était manipulé, comme je l'étais, mais personne ne maîtrisait la situation, pas même le mystérieux client d'Eldritch.

Et, bientôt, des gens commenceraient à mourir.

Joel Harmon vivait dans une vaste résidence sise en retrait de Bayshore Drive, à Falmouth, avec une jetée privée près de laquelle mouillait un yacht blanc. Portland s'appelait Falmouth à la fin du XVIIe siècle, lorsque le Basque Saint-Castin mena les Indiens dans une série d'attaques contre les établissements anglais qui débouchèrent finalement sur l'incendie de la ville. Le quartier qui portait à présent ce nom était le plus riche de Portland et le centre de ses activités de plaisance. Le Portland Yacht-Club, l'un des plus anciens du pays, était situé dans Falmouth Foreside, abrité par la longue et étroite Clapboard Island, où se trouvaient encore deux propriétés, vestiges de la fin du XIXe siècle, époque où le magnat des chemins de fer Henry Houston avait fait construire sur l'île un « cottage » de mille mètres carrés, petite contribution personnelle pour vider le mot « cottage » de son sens dans cette partie du monde.

La demeure de Harmon se dressait sur un promontoire d'où une pelouse verte descendait jusqu'au bord de l'eau. De chaque côté, de hauts murs la protégeaient des regards et entouraient une profusion de rosiers en massifs soigneusement agencés. June m'avait dit que Harmon avait la passion des roses, que leur hybridation le captivait, que la terre de son jardin était constamment analysée et amendée pour satisfaire son obsession. On disait qu'il y avait dans ses massifs des roses qui n'existaient nulle part ailleurs et qu'à la différence de ses confrères Harmon ne voyait pas la nécessité de partager ses créations avec d'autres. Ces roses étaient réservées à son seul plaisir.

La soirée était d'une douceur inhabituelle, une ruse de la saison pour donner aux imprudents un sentiment de sécurité trompeur, et tandis que June et moi prenions l'apéritif dans le jardin avec les autres invités, je contemplais la maison de Harmon, ses roses et sa femme, qui nous avait accueillis à notre arrivée, son mari étant occupé ailleurs. Elle avait une soixantaine d'années, à peu près le même âge que son mari, des cheveux gris où se mêlaient des mèches délicatement teintes en blond. De près, la peau de son visage ressemblait à du plastique moulé. Elle avait des difficultés à y faire apparaître même un semblant d'expression, mais son chirurgien esthétique, prévoyant le problème, avait imprimé à sa bouche un demi-sourire permanent, de sorte qu'on pouvait lui parler des études des enfants aussi bien que de typhons meurtriers sur le Bangladesh, elle gardait en toute occasion un air légèrement amusé. Son visage conservait un reste de sa beauté passée, mais il était gâté par les marques de sa sombre détermination à s'y accrocher. Ses yeux étaient ternes et vitreux, et sa conversation si ennuyeuse qu'un enfant en bas âge, en comparaison, aurait fait figure d'Oscar Wilde.

Son mari, en revanche, était le modèle de l'hôte accompli, vêtu d'une tenue décontractée et coûteuse, blazer de laine bleue et pantalon gris, avec un foulard rouge donnant à l'ensemble une note d'excentricité soigneusement cultivée. Il était flanqué, alors qu'il serrait des mains et échangeait de menus propos, d'une beauté eurasienne jeune et mince, avec le genre de silhouette propre à faire se lever les morts. Selon June, c'était la dernière conquête de Harmon, officiellement son assistante personnelle. Il était connu pour draguer de jeunes femmes, les éblouir par sa fortune et les laisser choir dès qu'une nouvelle proie paraissait à l'horizon.

– On dirait que sa femme n'y voit pas d'inconvénient, commentai-je. Remarque, avec ce qu'elle doit se mettre dans le cornet, cocktails de médicaments ou autres, ça ne m'étonne pas vraiment...

Le regard vide de Mme Harmon se promenait à intervalles réguliers sur ses invités, ne s'arrêtant sur aucun d'eux mais les baignant tous de sa lueur morne, tel un phare prenant des bateaux dans son faisceau. Même lorsqu'elle nous avait accueillis à la porte, sa main dans ma paume semblable aux restes froids et desséchés d'un oiseau mort depuis longtemps, elle avait à peine posé les yeux sur nous.

– Elle me fait pitié, dit June. Lawrie était une de ces femmes destinées depuis toujours à épouser un homme influent et à lui donner des enfants, mais elle n'avait aucune vie intérieure, aucune qu'on puisse détecter, en tout cas. A présent, les enfants sont devenus grands et elle remplit ses journées comme elle peut. Elle a été belle, mais elle n'avait que sa beauté. Aujourd'hui, elle siège au comité directeur de diverses œuvres charitables et claque l'argent de son mari, qui n'y voit aucune objection tant qu'elle ne se mêle pas de la vie qu'il mène.

Je pensais avoir parfaitement saisi qui était Harmon : un homme qui ne se refusait rien, possédant assez d'argent pour satisfaire ses appétits même s'ils s'aiguisaient à chaque bouchée. Il était issu d'une famille jouissant d'excellentes relations, politiques ou autres, et son père avait été conseiller de divers démocrates, mais la faillite de plusieurs de ses entreprises avait laissé sur lui un parfum de scandale assez tenace pour l'empêcher d'approcher suffisamment de la gamelle pour manger avec les molosses. Harmon lui-même avait mené autrefois des activités politiques et participé à la campagne d'Ed Muskie en 1971 – il l'avait même accompagné lors d'une visite à Moscou, grâce à l'entregent de son père –, jusqu'à ce qu'il devienne évident que non seulement Muskie ne serait pas le candidat démocrate, mais aussi que la raclée que McGovern lui infligerait aux primaires serait probablement une bonne chose. Muskie était incapable de se contrôler. Il s'emportait contre les militants et les journalistes, et de préférence en public. S'il avait obtenu l'investiture démocrate, il n'aurait pas fallu attendre longtemps pour que ce côté de sa personnalité soit révélé aux électeurs. Joel Harmon et sa famille l'avaient donc rapidement et discrètement laissé tomber, et ce qui restait à Harmon d'idéalisme politique avait été balancé aux orties tandis qu'il s'attelait à la tâche pressante de bâtir une fortune et de compenser les défaillances de son père.

D'après June, cependant, Harmon était bien plus complexe qu'il n'y paraissait : il faisait des dons généreux à des œuvres, non seulement en public mais aussi en privé. Son point de vue sur l'aide sociale faisait quasiment de lui un socialiste selon les critères américains et il restait à cet égard une voix influente quoique discrète, ayant l'oreille des gouverneurs successifs et des élus. Il se passionnait pour la ville et pour l'Etat où il vivait, et l'on disait ses enfants légèrement perturbés par la générosité avec laquelle il dilapidait ce qu'ils considéraient comme leur héritage, leur conscience sociale étant beaucoup moins développée que celle de leur père.

Voulant garder les idées claires, je sirotais un jus d'orange tandis que les autres invités buvaient du champagne. J'en reconnus un ou deux. Un auteur du nom de Jon Lee Jacobs, qui écrivait des romans sur les pêcheurs de homards et l'appel de la mer. Arborant une épaisse barbe rousse, il s'habillait comme ses personnages mais venait d'une famille de comptables de Cambridge, dans le Massachusetts, et souffrait du mal de mer dès qu'il posait le pied dans une flaque. L'autre visage familier était celui du Dr Byron Russell, un jeune psy qui passait à Maine Public Radio et sur les chaînes de télévision locales chaque fois qu'on avait besoin d'un expert sérieux dans un débat sur les problèmes de santé mentale. Il fallait le lui reconnaître, Russell faisait entendre la voix de la raison à chacune de ses participations, souvent aux dépens d'une de ces femmes à la voix sirupeuse, nanties d'un diplôme en psychologie bidon délivré par une fac logée dans un mobile home et débitant le genre de platitudes qui incitaient à voir dans la dépression et le suicide des perspectives autrement plus séduisantes qu'une soirée passée à les écouter.

Etait également présent Elwin Stark, l'avocat qui avait rechigné la veille à répondre à mes questions. J'avais envie de lui parler d'Eldritch, qui s'était montré moins réticent, sans toutefois m'en dire beaucoup plus que ce que j'avais appris avec Stark, mais celui-ci ne sembla pas plus ravi de me rencontrer en chair et en os qu'il ne l'avait été de m'avoir au téléphone. Il parvint pourtant à se montrer poli pendant deux ou trois minutes. Il s'excusa même plus ou moins de sa brusquerie antérieure. Son haleine sentait le whisky alors qu'il avait en main une coupe de champagne. Manifestement, il avait pris de l'avance sur les autres invités.

– J'avais eu une journée pénible, quand vous m'avez appelé, se justifia-t-il. Vous tombiez au mauvais moment.

– Ça m'arrive souvent. Et savoir choisir le bon moment, c'est essentiel.

– Exactement. Vous êtes toujours sur l'affaire Clay ?

J'acquiesçai. Il fit la grimace, comme si on venait de lui présenter un plat de poisson avarié, puis il m'apprit l'incident des corbeaux.

– Ma secrétaire était morte de peur. Elle a cru que c'était l'œuvre d'adorateurs de Satan.

– Et vous ?

– Pour moi, c'était moins saisissant, je dois le reconnaître. On a simplement balancé un club de golf dans le pare-brise de ma Lexus.

– Vous soupçonnez quelqu'un ?

– Je devine qui vous soupçonnez, vous : le type qui empoisonne la vie de Rebecca Clay. J'ai su que vous me porteriez malheur dès que j'ai entendu votre voix.

Il s'esclaffa pour faire passer la remarque, mais je sentis qu'il le pensait vraiment.

– Pourquoi s'en prendrait-il à vous ?

– Parce qu'il est désespéré, et que mon nom figure sur tous les documents relatifs au père de Rebecca. J'ai refusé de m'occuper de la succession, cependant. J'ai laissé ça à quelqu'un d'autre.

– Vous êtes inquiet ?

– Non. J'ai nagé avec des requins, j'ai survécu. Je connais des gens à qui je peux faire appel en cas de besoin. Rebecca, en revanche, n'a pour l'aider que des gens qui cesseront de le faire dès qu'elle ne pourra plus payer. Vous devriez oublier toute cette histoire, Parker. Vous ne faites que compliquer les choses en remuant la vase au fond de l'étang.

– La vérité ne vous intéresse pas ?

– Je suis avocat, répondit-il. Qu'est-ce que la vérité a à voir là-dedans ? Je veille avant tout à protéger les intérêts de mes clients, or il arrive que la vérité leur soit défavorable.

– C'est une conception très, comment dire… pragmatique.

– Je suis un homme réaliste. Je ne m'occupe pas d'affaires pénales, mais si je devais vous défendre d'une inculpation de meurtre, et si vous décidiez de plaider non coupable, qu'attendriez-vous de moi ? Que je déclare au juge que, tout bien considéré, je pense que vous avez commis ce meurtre, parce que c'est la vérité ? Restons sérieux. La loi ne demande pas la vérité, seulement son apparence. Tout le monde ment. C'est *ça*, la vérité.

– Donc, vous avez un client dont vous protégez les intérêts dans l'affaire Daniel Clay ?

Il agita le doigt dans ma direction. Je n'aimais pas plus ce geste que sa façon de m'appeler par mon nom de famille.

– Vous êtes vraiment un sale type, finit-il par lâcher. Daniel était mon client ; sa fille aussi a été ma cliente, brièvement. Maintenant il est mort, laissez-le reposer en paix.

Il nous quitta pour rejoindre l'écrivain, Jacobs, et June imita le mouvement menaçant de son doigt.

– C'est vrai que tu es un sale type. Il t'arrive d'avoir des conversations qui se terminent bien ?

– Uniquement avec toi, répondis-je.

– C'est parce que je ne t'écoute pas.

– Ça doit jouer, admis-je au moment où un domestique faisait tinter une cloche pour nous inviter à passer à table.

Nous étions douze en tout, y compris Harmon et sa femme, le reste se composant d'une artiste réalisant des collages dont même June n'avait jamais entendu parler, et de trois vieux amis de Harmon, des banquiers. Ce dernier s'adressa à nous pour la première fois alors que nous nous dirigions vers la salle à manger et s'excusa de ne pas l'avoir fait avant.

– June, je désespérais de vous voir de nouveau à l'une de mes petites soirées, enchaîna-t-il. Je craignais de vous avoir offensée d'une manière ou d'une autre.

Elle para la pointe d'un sourire.

– Je vous connais trop bien pour que vous puissiez m'offenser autrement que par vos occasionnelles fautes de goût.

Elle s'écarta pour que Harmon et moi puissions nous serrer la main. Il maîtrisait parfaitement le geste, il aurait pu donner des cours sur sa durée adéquate, la pression souhaitable, la largeur du sourire qui devait l'accompagner.

– Monsieur Parker, j'ai beaucoup entendu parler de vous. Vous menez une vie intéressante.

– Pas aussi productive que la vôtre. Vous avez une maison superbe et une collection fascinante.

Les murs étaient décorés d'œuvres d'art d'une incroyable variété et la position de chacune d'elles semblait avoir fait l'objet d'une longue réflexion pour que toiles et dessins se complètent et se répondent, se heurtant parfois, là où on avait cherché à créer un choc par leur juxtaposition. A droite de l'endroit où nous nous tenions, un nu magnifique, quoique légèrement sinistre – une jeune femme allongée sur un lit –, faisait face à un tableau beaucoup plus ancien représentant un vieillard en passe d'expirer sur un lit très semblable, entouré en ses ultimes moments d'un médecin et d'un groupe de parents et d'amis, certains affligés, d'autres compatissants, d'autres encore débordants de cupidité. Il y avait parmi eux une jeune femme dont les traits ressemblaient de façon frappante à ceux de la femme nue du mur d'en face. Lits semblables, femmes semblables, apparemment séparés par des siècles mais réunis à présent dans une même histoire par leur proximité.

Harmon eut un sourire appréciateur.

– Si vous le souhaitez, je me ferai un plaisir de vous la montrer après le dîner. L'un des avantages d'avoir un goût quelque peu éclectique – quelle que soit l'opinion de June sur la direction qu'il prend parfois –, c'est d'arriver généralement à satisfaire tout le monde. Je serais curieux de voir ce qui retient votre œil, monsieur Parker. Vraiment curieux. Venez, maintenant, le dîner va être servi.

Je me retrouvai assis entre la maîtresse de Harmon, qui s'appelait Nyoko, et l'artiste en collages. Cette dernière avait des mèches vertes dans ses cheveux blonds et un charme de femme-liane vaguement troublant. Elle semblait du genre à taillader ses poignets et ceux des autres, si on n'y prenait pas garde. Elle me confia qu'elle s'appelait Summer.

– Summer, répétai-je. Vraiment ?

Elle se renfrogna. J'étais à peine à table que je mécontentais déjà quelqu'un.

– C'est mon vrai nom, affirma-t-elle. Celui que j'ai reçu à ma naissance m'a été imposé. Le rejeter en faveur de ma véritable identité m'a libérée et m'a permis de me consacrer à mon art.

– Hmm, fis-je.

Totalement givrée.

Nyoko semblait un peu plus en contact avec la réalité objective. Diplômée d'histoire de l'art, elle venait de rentrer dans le Maine après avoir passé deux ans en Australie. Lorsque je lui demandai depuis combien de temps elle connaissait Harmon, elle rougit légèrement.

– Nous nous sommes rencontrés à un vernissage il y a quelques mois. Et je sais ce que vous pensez.

– Ah bon ?

– Enfin, je sais ce que je penserais si nos positions étaient inversées.

– Vous voulez dire si je sortais avec M. Harmon ? Il n'est pas vraiment mon genre...

Elle gloussa.

– Vous savez ce que je veux dire. Il est plus âgé que moi. Il est marié, plus ou moins. Il est riche. Le cognac qu'il servira après le dîner vaut probablement plus cher que la voiture dans laquelle je roule. Mais je l'aime bien : il est drôle, il a bon goût et il a vécu. Je laisse les gens croire ce qu'ils veulent.

– Même sa femme ?

– Vous êtes plutôt direct, hein ?

– Ecoutez, je suis assis à côté de vous. Si Mme Harmon se met à lancer des couteaux après son deuxième verre de vin, j'aimerais être sûr que c'est vous qu'elle vise, pas moi.

– Elle se fiche de ce que fait Joel. Je ne suis même pas certaine qu'elle s'en aperçoive.

Comme si elle nous avait entendus, Lawrie Harmon regarda dans notre direction et parvint à relever son sourire d'un demi-centimètre. Son mari, assis en tête de table, lui tapota la main machinalement comme il aurait caressé un chien. Alors, un bref instant, je crus voir quelque chose surgir du brouillard recouvrant les yeux de Mme Harmon. Pour la première fois de la soirée, son regard se posa sur quelqu'un et ce fut sur Nyoko. Puis il recommença à balayer la pièce. Distraite par quelque chose que Summer venait de lui dire, Nyoko ne remarqua rien.

Harmon fit signe à l'un des serveurs qui papillonnaient autour de nous, et les plats nous furent apportés avec une efficacité tranquille. Au bout de la table, deux chaises demeuraient vides.

– Nous attendons quelqu'un, Joel ? demanda Jacobs.

Il avait la réputation de saisir la moindre occasion pour discourir sans fin sur son talent de visionnaire, d'homme sensible à la nature et à la grandeur des gens ordinaires. Il avait pris notre mesure et estimait que nous ne lui opposerions qu'une concurrence négligeable, mais il craignait qu'un invité surprise n'apparaisse et ne lui vole la vedette. Sa barbe remua, comme si quelque chose vivant à l'intérieur avait changé de position. Puis son attention fut distraite quand on apporta la terrine de canard et, cessant de s'interroger, il commença à manger.

Harmon regarda les chaises vides comme s'il les découvrait.

– Nos enfants, répondit-il. J'espérais qu'ils se joindraient à nous, mais vous connaissez les jeunes. Il y a une soirée au yacht-club. Sans vouloir vexer qui que ce soit autour de cette table, ils ont dû penser qu'elle leur fournirait plus d'occasions de se livrer à leurs espiègleries qu'un dîner avec leurs « vieux » et leurs invités. Mangez, je vous prie.

L'invitation venait un peu tard pour Jacobs, qui avait déjà englouti la moitié de son assiette. Gêné, il s'interrompit puis haussa les épaules et se replongea dans son assiette. La cuisine était bonne, même si les terrines me laissent généralement froid. Le plat principal – du gibier en navarin avec des baies de genévrier – était excellent. Suivit une mousse au chocolat et citron, puis le café, avec des petits-fours, pour terminer. Le vin était un duhart-milon 98, que Harmon qualifia de *costaud*[1] en précisant qu'il provenait d'un des vignobles Lafite de moindre renom. Jacobs hocha la tête comme s'il savait de quoi Harmon parlait. Je bus une gorgée pour être poli et trouvai le breuvage un peu riche pour mon goût, dans tous les sens du terme.

La conversation passa de la politique locale à l'art et, inévitablement, à la littérature, en grande partie à la suite d'une intervention de Jacobs, qui se rengorgeait en attendant que quelqu'un s'enquière de sa dernière grande œuvre. Personne ne semblait tenir à ouvrir les vannes, mais Harmon finit par poser la question, sans doute plus par sens du devoir que par réel intérêt. A en juger par le résumé qui suivit, Jacobs n'était pas encore las de

1. En français dans le texte. (*N.d.T.*)

mythologiser l'homme ordinaire, même s'il lui restait encore à le comprendre et à l'aimer.

– Ce type est un insupportable raseur, murmura June tandis qu'on desservait la table et que les invités commençaient à passer dans un salon meublé de canapés et de fauteuils confortables.

– Quelqu'un m'a offert un de ses bouquins, une fois, murmurai-je.

– Tu l'as lu ?

– J'ai commencé, puis il m'est venu à l'esprit que je regretterais cette perte de temps sur mon lit de mort et je me suis débrouillé pour me débarrasser du livre. Je crois que je l'ai laissé tomber dans la mer.

– Sage décision.

Harmon s'approcha de nous.

– Prêt pour la visite, monsieur Parker ? June, vous nous accompagnez ?

Elle déclina :

– Nous recommencerions à nous chamailler, Joel. Je préfère laisser votre nouvel invité admirer votre collection sans être perturbé par mes préjugés.

Il inclina le buste devant June, se tourna de nouveau vers moi.

– Vous voulez boire autre chose, monsieur Parker ?

Je levai mon verre de vin encore à moitié plein.

– Non, ça va, je vous remercie.

– Alors, allons-y.

Nous passâmes d'une pièce à l'autre, Harmon indiquant les toiles dont il était particulièrement fier. Je ne connaissais pas la plupart des noms qu'il citait, mais c'était probablement dû plus à mon manque de culture qu'à autre chose. Je ne pouvais cependant pas dire que je trouvais sa collection à mon goût et j'imaginais l'expression consternée de June devant quelques-unes des pièces les plus bizarres.

– Il paraît que vous avez des tableaux de Daniel Clay, dis-je tandis que nous contemplions ce qui devait être un coucher de soleil ou une suture.

– June m'a prévenu que vous souhaiteriez les voir. J'en ai deux dans un bureau, plusieurs autres en remise. J'ai une collection tournante, pourrait-on dire. Trop de pièces, trop peu d'espace, même dans une maison aussi vaste.

– Vous le connaissiez bien ?

– Nous avons fait nos études ensemble et nous sommes restés en contact après l'université. Je l'ai souvent invité ici. Je l'aimais beaucoup, c'était un homme sensible. Ce qui est arrivé est épouvantable, à la fois pour lui et pour les enfants.

Harmon me fit entrer dans une pièce du fond dont les hautes fenêtres donnaient sur l'océan. C'était à la fois un bureau et une petite bibliothèque, avec des rayonnages en chêne couvrant les murs du sol au plafond et une énorme table de travail du même bois. Harmon me confia que Nyoko s'y tenait lorsqu'elle travaillait chez lui. Il y avait deux tableaux accrochés aux murs, l'un de soixante centimètres sur un mètre cinquante environ, l'autre beaucoup plus petit. Ce dernier représentait un clocher sur un fond de pins fuyant vers l'horizon. Les contours étaient flous, comme perçus à travers un objectif maculé de vaseline. Sur la grande toile, des corps d'hommes et de femmes se tordaient en une masse de chair sombre. La scène était étonnamment déplaisante, d'autant plus que le peintre avait déployé beaucoup de talent pour la créer.

– Je crois que je préfère le paysage, déclarai-je.

– Comme la plupart des gens. C'est une œuvre tardive, peinte un vingtaine d'années après l'autre. Elles sont toutes les deux sans titre, mais la grande est typique de la première manière de Daniel.

Je reportai mon attention sur le paysage, dont le clocher avait quelque chose de familier.

– L'endroit existe ?

– C'est Galaad, répondit Harmon.

– Comme dans « les enfants de Galaad » ?

– Un des chapitres sombres de l'histoire de notre Etat. C'est la raison pour laquelle je garde cette toile dans une pièce du fond. J'y suis attaché parce que Daniel me l'a offerte, mais je ne l'accrocherais pas dans une partie plus fréquentée de la maison.

La communauté de Galaad, qui tenait son nom d'un lieu de refuge biblique, avait été fondée dans les années 1950 par un petit magnat du bois de construction, Bennett Lumley. Craignant

Dieu, Lumley s'inquiétait de la santé spirituelle des hommes travaillant dans les forêts proches de la frontière canadienne. Il se dit qu'en bâtissant une ville où ils pourraient vivre avec leurs familles, loin de la tentation de l'alcool et des prostituées, il les maintiendrait dans le droit chemin. Il lança donc un programme de construction dont l'élément le plus voyant était une massive église en pierre conçue comme le centre de la communauté, le symbole de la dévotion de ses membres envers le Seigneur. Peu à peu, les maisons construites par Lumley accueillirent des bûcherons dont certains étaient sans doute sincèrement attachés aux principes chrétiens.

Malheureusement, ils ne partageaient pas tous cette conviction. Des rumeurs se mirent à circuler sur Galaad et sur ce qui s'y passait dans l'obscurité de la nuit, mais c'était une autre époque et la police ne pouvait pas faire grand-chose, d'autant que Lumley, soucieux de préserver l'image de sa communauté idéale, bloquait toute enquête.

En 1959, un chasseur suivant la piste d'un cerf dans les bois entourant Galaad découvrit une fosse peu profonde dont la terre avait été partiellement retournée par des animaux. Elle contenait le corps d'un nouveau-né : un garçon, âgé de quelques jours à sa mort. Il avait été transpercé par ce qu'on supposa être une aiguille à tricoter. On découvrit plus tard à proximité deux autres tombes semblables et deux autres petits cadavres, un garçon et une fille. Cette fois, la police débarqua en masse. Elle posa des questions, procéda à des interrogatoires plus ou moins musclés, mais une partie des adultes vivant à Galaad avaient déjà fui. Des médecins examinèrent trois filles, l'une de quatorze ans, les deux autres de quinze, et établirent qu'elles avaient donné naissance à des enfants dans les douze mois précédents. Lumley fut contraint de réagir. Il y eut des réunions ; des hommes influents s'entretinrent, dans les recoins discrets de leurs clubs. Sans que cela fasse de vagues, Galaad fut abandonnée. Les bâtiments furent détruits, à l'exception de la grande église inachevée qui fut peu à peu reprise par la forêt, son clocher transformé en un pilier recouvert de lierre. Une seule personne fut emprisonnée : un certain Mason Dubus, considéré comme une figure importante de la communauté. Il fut condamné pour enlèvement d'enfant et rapports sexuels avec une mineure après qu'une des trois filles eut déclaré à la police avoir été séquestrée pendant sept ans par Dubus et sa femme, qui l'avaient kidnappée près de sa maison, dans l'ouest de la Virginie, alors qu'elle cueillait des mûres. La femme de Dubus échappa à la prison en prétendant que son mari l'avait forcée à commettre ces actes, et son témoignage contribua à le faire condamner. Elle refusa d'en dire plus à la police sur ce qui s'était passé à Galaad, mais d'après les déclarations de plusieurs des enfants, garçons et filles, il apparut clairement qu'ils avaient été soumis à des viols répétés avant et pendant l'installation de la communauté. Un sombre chapitre de l'histoire de notre Etat, pour reprendre les termes de Harmon.

– Clay a peint beaucoup de tableaux comme celui-là ? demandai-je.

– En fait, il n'a pas beaucoup peint, répondit Harmon, mais, parmi les toiles que j'ai vues, plusieurs évoquent certainement Galaad.

Galaad se trouvait à la sortie de Jackman, la ville où on avait retrouvé la voiture de Clay abandonnée. Je rappelai ce détail à Harmon.

– Je pense que Galaad suscitait l'intérêt de Daniel, dit-il, circonspect.

– L'intérêt ou plus ?

– Vous me demandez s'il était obsédé par Galaad ? Je ne crois pas, mais, étant donné sa profession, il n'est pas étonnant que l'histoire de cette communauté ait provoqué sa curiosité. Il a interrogé Dubus, vous savez. Il m'en a parlé. Il avait un projet concernant Galaad, je crois.

– Un projet ? !

– Oui, un livre sur Galaad.

– Attendez... C'est le mot qu'il a employé ? « Projet » ?

Harmon réfléchit.

– Je n'en suis pas sûr, mais c'est possible.

Il finit son cognac et posa le verre sur le bureau.

– Mais je néglige mes autres invités, j'en ai peur. Il faut replonger dans la mêlée.

Il ouvrit la porte, me laissa passer devant et referma à clé derrière nous.

– A votre avis, qu'est-il arrivé à Daniel Clay ? demandai-je, le bourdonnement des conversations croissant à mesure que nous nous rapprochions du salon où les invités étaient rassemblés.

Harmon s'arrêta à la porte.

– Je n'en sais rien. Je peux vous dire une chose, cependant : Daniel n'était pas du genre à se suicider. Il se reprochait peut-être les souffrances de ces enfants, mais il ne se serait pas tué pour ça. Je pense toutefois que s'il était encore en vie il aurait pris contact avec quelqu'un – moi, sa fille, un de ses confrères – au cours des années écoulées depuis sa disparition. Or, il ne l'a pas fait.

– Vous pensez donc qu'il est mort ?

– Je pense qu'on l'a tué, corrigea Harmon. Pourquoi ? Je n'en ai pas la moindre idée.

12

La soirée s'acheva peu après dix heures. J'en passai la majeure partie en compagnie de June, Summer et Nyoko, tentant, vainement, de faire croire que je m'y connaissais un peu en art, et le reste avec Jacobs et deux des banquiers, tentant, vainement là encore, de faire croire que je m'y connaissais un peu en finance. Jacobs, le romancier du peuple, montrait une étonnante connaissance des actions à haut risque et de la spéculation sur les devises pour un homme qui se disait proche de la plèbe. Son hypocrisie était si patente qu'elle en devenait presque admirablc, d'une certaine façon.

Lentement, les invités commencèrent à retourner à leurs voitures. Bien que la température eût brusquement chuté, Harmon se tenait sur sa véranda pour remercier chacun de nous d'être venu. Sa femme avait disparu après un bonsoir poli. Nyoko n'y avait pas eu droit et je me rendis compte à nouveau que, malgré les apparences, Lawrie Harmon n'était pas aussi détachée du monde réel que la jeune Eurasienne le croyait.

Lorsque vint mon tour, Harmon posa sa main gauche sur mon avant-bras tandis que sa main droite serrait la mienne.

– Dites à Rebecca de me prévenir si je peux faire quoi que ce soit pour elle, me suggéra-t-il. Il y a beaucoup de gens qui aimeraient savoir ce qui est arrivé à Daniel.

Son visage s'assombrit et sa voix baissa d'un ton quand il ajouta :

– Et pas seulement ses amis.

J'attendis qu'il développe, mais il marqua une pause. Il avait le goût du mystère.

– Daniel avait changé avant de disparaître, reprit-il. Pas uniquement à cause de ses ennuis : l'affaire Muller, les révélations d'abus sexuels... Il y avait autre chose. Il était indéniablement préoccupé, la dernière fois que je l'ai vu. Peut-être par ses recherches, mais quelle sorte de recherches auraient pu le tourmenter à ce point ?

– Quand l'avez-vous vu pour la dernière fois ?

– Une semaine environ avant qu'il disparaisse.

– Et il ne vous a donné aucune indication sur ce qui le tracassait, mis à part ses difficultés connues ?

– Aucune. C'est juste une impression que j'ai eue.

– Pourquoi ne m'avez-vous pas parlé de ça dans votre bureau ?

Du regard, il me signifia qu'il n'avait pas l'habitude qu'on mette en cause son comportement.

– Je suis un homme prudent, monsieur Parker. Je joue aux échecs et je me débrouille plutôt bien. C'est sans doute pourquoi je réussis également en affaires. J'ai appris que cela paie de réfléchir avant de prendre une décision. Dans mon bureau, une partie de moi ne voulait plus entendre parler de Daniel Clay. Il était mon ami, mais après les rumeurs j'ai jugé qu'il valait mieux que je prenne mes distances avec lui.

– Et vous avez changé d'avis ?

– Non. Une partie de moi pense toujours que rien de bon ne peut sortir de votre enquête, mais si elle nous aide à découvrir la vérité sur Daniel, si elle dissipe les soupçons et permet à sa fille d'avoir de nouveau l'esprit en paix, vous aurez prouvé que j'avais tort.

Il relâcha sa pression sur mon bras et sur ma main. Notre conversation était terminée. Harmon regarda la voiture de l'écrivain quitter son emplacement de parking devant la maison. C'était un vieux pick-up Dodge – on murmurait que dans le Massachusetts il roulait en Mercedes et qu'il avait un appartement près de Harvard –, que Jacobs manœuvrait comme un tank. Harmon secoua la tête d'incrédulité amusée.

– Vous avez laissé entendre que d'autres que les amis et connaissances de Clay pourraient s'intéresser à ce qui lui est arrivé…

– Oui, répondit Harmon sans se tourner vers moi. Il y a ceux qui pensent que Daniel s'est fait le complice de viols. J'ai moi-même deux enfants. Je sais ce que je ferais à celui qui abuserait d'eux ou à ses complices.

– Que lui feriez-vous, monsieur Harmon ?

Il s'arracha au spectacle des efforts de plus en plus frénétiques de Jacobs pour faire un demi-tour sans l'aide de la direction assistée.

– Je le tuerais, énonça-t-il d'un ton si neutre que je n'en doutai pas une seconde.

Je sus alors que, malgré sa courtoisie, ses bons vins et ses tableaux, Joel Harmon était un homme qui n'hésiterait pas à écraser ceux qui le contrariaient. Et je me demandai brièvement si Daniel Clay n'en avait pas fait partie et si l'intérêt de Harmon pour lui était entièrement bienveillant. Avant que je puisse suivre cette ligne de pensée, Nyoko s'approcha et lui murmura quelque chose à l'oreille.

– Tu es sûre ? dit-il.

Elle hocha la tête.

Il cria aussitôt à ceux qui avaient déjà rejoint leurs voitures de ne pas partir. Russell, le psy, tapota le capot du pick-up de Jacobs pour lui faire comprendre qu'il devait arrêter son moteur. Le romancier en parut presque soulagé.

– Il semble que quelqu'un se soit introduit dans la propriété, dit Harmon. Il vaut mieux que vous retourniez à l'intérieur, pour plus de sûreté.

Tout le monde s'exécuta, avec cependant quelques marmonnements de la part de Jacobs, qui sentait sûrement un poème germer en lui et brûlait de le coucher sur le papier avant qu'il ne soit perdu pour la postérité. Ou qui tentait simplement de cacher son embarras pour le spectacle affligeant qu'il venait de nous offrir. Nous réintégrâmes le salon en traînant des pieds. Jacobs et Summer allèrent à une des fenêtres et balayèrent du regard la pelouse soigneusement tondue s'étendant derrière la maison.

– Je ne vois personne, bougonna-t-il.

– Nous devrions peut-être nous tenir loin des fenêtres, hasarda Summer.

– On a parlé d'un intrus, pas d'un sniper, fit observer Russell.

Summer ne semblant pas convaincue, Jacobs plaça un bras rassurant autour de ses épaules et l'y laissa. Elle ne s'y opposa pas. Qu'est-ce qu'ils ont de plus, les poètes ? me demandai-je. Certaines femmes tombent apparemment en pâmoison à la seule mention d'une rime intérieure.

Le chauffeur, la gouvernante et la bonne de Harmon logeaient tous dans un bâtiment jouxtant la maison. Les serveurs, serrés les uns contre les autres telles des colombes effarouchées, avaient été engagés pour la soirée, et la cuisinière, qui vivait à Portland, venait tous les matins. Le chauffeur, un nommé Todd, nous rejoignit dans le couloir. Il portait une tenue décontractée – jean, tee-shirt, blouson de cuir – et tenait un pistolet à la main, un Smith & Wesson 9 mm dont il donnait l'impression de savoir se servir.

– Ça vous dérange si je vous accompagne ? demandai-je à Harmon.

– Pas du tout. Ce n'est probablement rien, mais il vaut mieux s'en assurer.

Nous prîmes le couloir jusqu'à la cuisine, où la cuisinière et la bonne se tenaient devant l'évier et regardaient le jardin par la fenêtre.

– Qu'est-ce que c'est que cette histoire ? maugréa leur patron.

– Maria a vu quelqu'un, répondit la cuisinière.

C'était une femme mûre attrayante, aux cheveux bruns noués en un chignon et couverts d'une coiffe blanche, au corps mince et svelte. Harmon laissait de toute évidence l'esthétique l'influencer dans le choix de son personnel.

– Là-bas, près des arbres, dit la bonne en tendant le bras. Devant le mur est. Un homme, je crois.

Elle paraissait plus effrayée encore que Summer et avait les mains tremblantes.

– Vous avez vu quelqu'un, vous ? demanda Harmon à la cuisinière.

– Non, je travaillais. Maria m'a appelée, mais le temps que j'arrive à la fenêtre il avait filé.

– S'il y avait eu quelqu'un là-bas, il aurait déclenché les détecteurs de mouvement, argua Harmon en se tournant de nouveau vers Maria. Les lumières se sont allumées ?

Elle secoua la tête.

– Il fait sombre, là-bas, fit observer Todd. Tu es sûre que tu ne t'es pas trompée ?

– Pas trompée, affirma la bonne. J'ai vu.

Todd regarda Harmon d'un air plus résigné qu'inquiet.

– On ne trouvera rien là-bas dans cette obscurité, intervins-je.

– Allumez toutes les lumières, ordonna Harmon à Todd.

Le chauffeur s'approcha d'un boîtier serti dans le mur, abaissa une rangée d'interrupteurs. Le jardin s'illumina. Todd sortit le premier ; je suivis, prenant au passage une torche électrique. Harmon resta en arrière : après tout, il n'était pas armé. Moi non plus, en fait. C'est déplacé d'arriver avec un flingue à un dîner chez quelqu'un qu'on ne connaît pas, avais-je estimé.

La lumière avait chassé presque toute l'obscurité du jardin, mais il restait des flaques d'ombre sous les arbres près des murs. Je me servis de ma lampe pour les explorer, ne découvris rien. Le sol mou n'avait gardé aucune trace de pas. Le mur d'enceinte, haut de près de trois mètres, était couvert de lierre. En l'escaladant, un intrus aurait saccagé les feuilles, or elles étaient intactes. Nous fîmes rapidement le tour du reste du jardin, Todd pensant visiblement que Maria s'était trompée.

– Elle est nerveuse la plupart du temps, me confia-t-il tandis que nous retournions à l'endroit où son patron nous attendait. Toujours avec ses « *Jesus* », ses « *Madre de Dios* »… Elle est canon, cette fille, faut le reconnaître, mais vous avez plus de chance de tirer avec une bonne sœur…

Harmon leva les bras en un geste interrogateur.

– *Nada*, répondit le chauffeur. Personne.

– Beaucoup d'agitation pour rien, conclut Harmon.

Il rentra dans la cuisine, lança à Maria un regard désapprobateur et alla libérer ses invités. Todd le suivit. Je restai avec la bonne, qui plaçait des assiettes dans un gros lave-vaisselle. Son menton tremblait légèrement.

– Vous pouvez me dire ce que vous avez vu ?

– Peut-être M. Harmon a raison, peut-être je vois rien, répondit-elle avec un haussement d'épaules, l'expression de son visage signifiant clairement qu'elle ne le croyait pas.

– Essayez quand même.

Elle interrompit son travail, essuya une larme prise dans ses cils.

– Il y avait un homme. Habillé en marron, je crois. *Muy sucio.* Son visage… *¿ Pálido, sí ?*

– Pâle ?

– *Sí,* pâle. Et…

De nouveau effrayée, elle porta une main à sa figure, à sa bouche.

– Ici et ici, *nada.* Rien. Vide. *Hueco.*

– *Hueco…* Je ne comprends pas.

Elle regarda par-dessus mon épaule et, me retournant, je découvris la cuisinière qui nous observait.

– Della, *ayúdame a explicarle lo que quiere decir « hueco »,* lui dit Maria.

– Vous parlez espagnol ? demandai-je à la cuisinière.

– Un peu.

– Vous savez ce que ça veut dire, *hueco* ?

– Euh, je suis pas sûre. Je peux essayer de trouver.

Elle échangea quelques mots avec Maria, qui faisait des gestes pour se faire comprendre. Finalement, celle-ci prit un œuf d'autruche décoré qui servait à ranger des stylos et en tapota la coquille.

– *Hueco.*

Le visage de la cuisinière s'éclaira, puis elle parut elle aussi troublée.

– *Hueco,* ça veut dire « creux »… Maria a vu un homme creux.

June m'attendait dans le couloir. Harmon allait et venait à proximité, pressé de se débarrasser de tout le monde. Todd téléphonait du hall et je l'entendis remercier quelqu'un avant de raccrocher. Il semblait vouloir informer Harmon de quelque chose, mais se demandait s'il devait attendre que nous soyons partis. Je décidai de l'encourager à parler.

– Un problème ?

Du regard, il sollicita l'autorisation de son patron.

– Alors ? lui lança Harmon. Qu'est-ce qu'ils ont dit ?

– J'ai appelé la police de Falmouth, répondit Todd en s'adressant autant à moi qu'à son patron. Au cas où ils auraient vu quelque chose d'inhabituel. Ils surveillent généralement les maisons du coin.

Il fallait sans doute comprendre que les flics surveillaient surtout celle de Harmon. Il aurait pu acheter dix fois les propriétés de ses voisins.

– Quelqu'un a vu une voiture rôder dans le quartier, peut-être même s'arrêter un moment devant le mur est. Il a appelé la police. Le temps qu'elle arrive, la voiture avait disparu, mais c'est peut-être lié à ce que Maria a raconté.

– Ils ont une marque, un modèle ? Un numéro ? m'enquis-je.

Todd secoua la tête.

– Ils savent juste que c'était une voiture rouge.

Harmon dut déceler un changement dans mon expression.

– Ça vous dit quelque chose ?

– Peut-être, répondis-je. Frank Merrick, le type qui ennuie Rebecca Clay, roule en Ford rouge. Si j'ai découvert le rapport entre vous et Clay, il a pu en faire autant.

– Le lien d'amitié, pas le rapport, rectifia Harmon. Daniel Clay était mon ami. Et si ce Merrick veut me parler de lui, je lui dirai la même chose qu'à vous.

Je m'approchai de la porte, regardai l'allée de gravier éclairée par les lumières de la maison et par les lampes installées le long du bas-côté. C'était Merrick, forcément. Son signalement ne correspondait cependant pas à celui que Maria avait donné de l'homme aperçu dans le jardin. Merrick était venu, mais pas seul.

Creux.

– A votre place, je serais très prudent dans les jours qui viennent, monsieur Harmon, conseillai-je. Si vous sortez, emmenez Todd avec vous. Et faites vérifier votre système d'alarme.

– Tout ça pour cet homme ? s'étonna-t-il.

– Il est dangereux, et peut-être pas seul. Vous l'avez dit vous-même, il vaut mieux être prudent.

Là-dessus, je partis avec June. Les grilles télécommandées s'ouvrirent en silence devant ma voiture quand nous laissâmes la maison des Harmon derrière nous.

– Tu mènes vraiment une vie captivante, soupira June.

Je me tournai vers elle.

– Parce que tu crois que c'est de ma faute ?

– Tu as dit à Joel que l'homme à la voiture rouge avait pu établir le même rapport que toi, mais il y a une autre possibilité…

Je décelai une légère trace de reproche dans la voix de June et je n'avais pas besoin qu'elle m'explique pourquoi. Je l'avais compris tout seul, même si je m'étais abstenu de le reconnaître devant Harmon, et cet aveu refoulé me brûlait la gorge comme de la bile : Merrick m'avait peut-être filé, auquel cas je l'avais mené droit à Joel Harmon.

J'étais en outre troublé par l'intrusion de l'inconnu dans le jardin de Harmon. L'enquête de Merrick sur Daniel Clay avait attiré quelque chose – un homme, non, *des* hommes, rectifiai-je en me rappelant l'impression du vent se séparant devant moi, les lettres tracées maladroitement dans la poussière par une main d'enfant – dans son sillage. Avait-il conscience de leur présence ? Etait-elle liée au client d'Eldritch ? J'avais cependant du mal à imaginer ces hommes à peine entrevus grimpant l'escalier branlant qui menait au bureau d'un vieil avocat, ou discutant avec la harpie qui gardait l'accès au niveau supérieur du cabinet d'Eldritch.

Ce qui ressemblait au départ à une simple affaire de harcèlement était devenu infiniment plus étrange et plus complexe, et je me félicitais d'avoir bientôt Angel et Louis avec moi. L'ultimatum de Merrick était sur le point d'expirer et, si j'avais mis en branle un plan pour le neutraliser, j'avais conscience qu'il n'était, d'une certaine manière, que le dernier de mes soucis. Merrick, je pouvais m'en charger. Il était dangereux, mais c'était une quantité mesurable.

Pas les Hommes creux.

13

Le lendemain matin, je me tenais devant le parking du marché de Portland. La température avait chuté pendant la nuit et les gars de la météo annonçaient qu'elle ne remonterait pas de sitôt, ce qui, dans le Maine, signifiait que le temps commencerait peut-être à s'améliorer vers avril. Il faisait un froid humide qui imprégnait les vêtements. Les vitres des cafés, des restaurants, et même des voitures qui passaient, étaient couvertes de buée, contribuant à créer une atmosphère désagréablement confinée partout, exception faite des endroits peu fréquentés.

Si la plupart des gens pouvaient trouver refuge chez eux, certains n'avaient pas cette chance. Déjà une queue se formait devant le centre de soins de Preble Street, où des bénévoles servaient chaque matin un petit déjeuner aux plus démunis de la ville. Quelques-uns d'entre eux espéraient sans doute pouvoir prendre une douche ou laver leur linge, recevoir des vêtements propres et utiliser le téléphone. Aux travailleurs pauvres qui ne pourraient pas revenir à midi, on remettait un panier-repas. Ce centre et des établissements semblables, les soupes populaires de Wayside et de Saint Luke, servaient plus de trois cent mille repas par an à ceux qui sans cela auraient souffert de la faim ou auraient dû dépenser pour se nourrir de l'argent destiné à se loger ou à acheter des médicaments indispensables.

De l'endroit où j'étais, j'observais cette file composée essentiellement d'hommes, dont quelques-uns, avec leurs multiples couches de vêtements sales, leurs cheveux emmêlés, semblaient être des vétérans de la rue, tandis que d'autres n'étaient encore qu'à deux doigts de devenir SDF. Les rares femmes disséminées parmi eux avaient un visage dur aux traits déformés par l'alcool et par une vie difficile, un corps gonflé par des nourritures grasses bon marché. On repérait facilement aussi les nouveaux, ceux qui devaient encore s'habituer à subvenir à leurs besoins et à ceux de leur famille en demandant la charité. Ils ne se mêlaient pas aux autres, ne leur parlaient pas et gardaient la tête baissée ou tournée vers le mur, de peur de croiser le regard de ceux qui les entouraient, tels de nouveaux détenus dans une prison. Peut-être craignaient-ils aussi de se retrouver face à un ami ou un voisin, voire à un patron qui pourrait décider que ce n'est pas bon pour les affaires de donner du travail à quelqu'un qui doit quémander son petit déjeuner. Presque tous ceux qui faisaient la queue avaient au moins la trentaine. Cela donnait une image fausse de la misère dans une ville où une personne sur cinq de moins de dix-huit ans vivait sous le seuil de pauvreté.

Non loin de là se trouvaient le Centre de réhabilitation de l'Armée du salut, le Centre de police de proximité de Midtown et le Service des libérations conditionnelles. Ces bâtiments constituaient un étroit chenal par lequel la plupart de ceux qui avaient des antécédents judiciaires passaient fatalement.

Je me tenais donc devant le marché, buvant un café pour me réchauffer, guettant l'apparition d'un visage familier. Personne ne me prêtait attention. Il faisait trop froid pour se soucier d'autre chose que de soi-même.

Au bout d'une vingtaine de minutes, je vis l'homme que je cherchais. Il s'appelait Abraham Schockley, mais dans la rue on le connaissait seulement sous le nom de « Mister In-Between[1] », ou « Tween », en abrégé. C'était, selon tous les critères, un criminel de profession, et qu'il n'eût pas particulièrement brillé dans la carrière qu'il s'était choisie importait peu aux juges. Il avait été inculpé en son temps de possession de drogue avec intention de vendre, d'escroquerie, de vol et de chasse de nuit, entre autres. Par chance, il n'avait jamais eu recours à la violence pour aucun de ces méfaits, et il avait plusieurs fois bénéficié de leur caractère

1. « Monsieur l'Intermédiaire ». (*N.d.T.*)

« flou », qui ne permettait de les ranger ni parmi les crimes ni parmi les délits, de sorte que certains faits qualifiés au départ de crimes étaient ultérieurement ramenés à des délits par le tribunal. En outre, les flics locaux n'hésitaient pas à dire un mot pour lui au besoin, car Tween était l'ami de tout le monde. Il connaissait des gens. Il écoutait. Il se souvenait. Tween n'était pas une balance, il avait ses propres normes de conduite, ses propres principes auxquels il adhérait de son mieux. Il ne dénonçait personne, mais c'était à lui qu'il fallait s'adresser pour faire passer un message à quelqu'un qui se planquait ou pour trouver un individu de mauvaise réputation dans un autre but que le mettre derrière les barreaux. Inversement, Tween servait d'intermédiaire à ceux qui avaient des ennuis et souhaitaient conclure un marché avec un flic ou un contrôleur judiciaire. C'était un rouage petit mais utile du système judiciaire officieux, des tribunaux de l'ombre où l'on passait des accords et où l'on fermait les yeux pour pouvoir consacrer un temps précieux à des questions plus urgentes.

Il me repéra en prenant place dans la file d'attente. Je lui adressai un signe de tête puis descendis lentement Portland Street. Quelques minutes plus tard, j'entendis des pas derrière moi et Tween se porta à ma hauteur. Agé d'une bonne quarantaine d'années, il portait des vêtements propres mais élimés : des tennis jaunes, un jean, deux pulls et un manteau, trop petit pour lui, qui s'arrêtait au bas des fesses. Ses cheveux brun-roux étaient mal coupés : les gens de son statut social ne font pas la fortune des coiffeurs. Il habitait sans payer de loyer une pièce en sous-sol derrière Forest Avenue, grâce à un propriétaire lointain qui comptait sur lui pour surveiller ses locataires plus turbulents et nourrir le chat de l'immeuble.

— Petit déjeuner ? proposai-je.

— Seulement si c'est au Bintliff's, répondit-il. Paraît qu'ils font drôlement bien les œufs Bénédicte.

— Tu aimes les bonnes choses, on dirait.

— J'suis né avec une cuillère en argent dans la bouche.

— Ouais, mais tu l'avais piquée au gosse du berceau d'à côté.

Il faut le reconnaître, personne au Bintliff's ne nous regarda de travers. On nous installa en haut dans un box, et Tween commanda assez de bouffe pour tenir au moins une journée entière : du jus d'orange, des toasts, les œufs Bénédicte au homard dont il avait tant entendu parler, un supplément de pommes sautées et pour finir des muffins, dont trois disparurent dans les poches de son manteau, « pour mes potes », expliqua-t-il. Pendant le repas, la conversation porta sur les nouvelles locales, sur divers bouquins, sur à peu près n'importe quoi excepté la raison pour laquelle je l'avais invité dans ce restaurant. C'était la façon dont un gentleman faisait ses affaires et Tween était toujours un gentleman, même quand il essayait de vous faucher les semelles de vos chaussures.

– Bon, dit-il en finissant un cinquième café, tu m'aurais amené ici pour le seul plaisir de ma compagnie ?

Le café ne semblait pas le rendre nerveux, du moins pas plus qu'il ne l'était déjà habituellement. Si vous lui donniez une tasse de lait à tenir, elle se transformait en beurre le temps de demander au serveur de vous apporter du pain.

– Pas seulement, répondis-je. Je voudrais que tu essaies de trouver quelqu'un qui aurait connu un nommé Frank Merrick, à Thomaston ou en Supermax. Il a tiré dix ans, les deux ou trois derniers en Supermax, puis on l'a libéré et envoyé en Virginie pour être jugé.

– Ce gars-là, il a quelque chose de spécial ?

– On ne l'oublie pas facilement. Il passe pour un exécuteur.

– C'est des rumeurs ou du solide ?

– J'aurais tendance à croire ce que j'ai entendu.

– Où il est, en ce moment ?

– Ici.

– Il renoue avec de vieilles connaissances ?

– Possible. Si c'est le cas, j'aimerais savoir leurs noms.

– Je vais me rencarder. Ça devrait pas être long. T'as de la monnaie, que je puisse t'appeler ?

Je lui donnai une de mes cartes, les pièces que j'avais en poche, plus cinquante dollars en billets de dix, de cinq et de un afin qu'il offre des bières et des sandwiches pour graisser les engrenages. Je savais comment il travaillait, il m'avait déjà aidé. Quand il aurait trouvé quelqu'un qui pourrait me renseigner sur Merrick – et je ne doutais pas qu'il y parvienne –, il me rendrait le reste de mon argent et alors seulement il se ferait payer. C'était sa façon d'opérer, en respectant une seule règle : tu n'entubes pas quelqu'un qui se trouve apparemment dans le même camp que toi.

Merrick me téléphona à midi. J'avais cherché à le repérer toute la matinée, mais je n'avais pas aperçu sa Ford rouge. S'il était malin, il avait changé de voiture, à supposer qu'Eldritch et son client aient encore été disposés à le financer. J'avais pris toutes les précautions possibles au cas où Merrick, ou quelqu'un d'autre, surveillerait mes mouvements. J'étais certain que personne ne me suivait. Par ailleurs, Jackie Garner m'avait informé que tout était calme du côté de Rebecca Clay. Mais Merrick était au téléphone et menaçait de rompre ce calme.

– Le temps est écoulé, annonça-t-il.

– Tu ne t'es jamais dit que tu irais peut-être plus loin avec du miel qu'avec du vinaigre ?

– Donne du miel à un homme, t'auras droit à sa reconnaissance. Donne-lui du vinaigre, t'auras droit à son attention. Surtout si tu le chopes par les couilles et que tu presses un peu.

– Très profond. Tu as appris ça en prison ?

– J'espère que t'as pas passé tout ton temps à trouver ça, parce que sinon on a un problème.

– Je n'ai pas trouvé grand-chose, ni sur toi ni sur Daniel Clay. Sa fille n'en sait pas plus que toi. Elle te l'a dit, mais tu n'as pas voulu l'écouter.

Merrick me gratifia d'une parodie de rire étouffé.

– Ouais, ben, tant pis. Dis à la petite dame qu'elle me déçoit. Ou plutôt je m'en chargerai moi-même.

– Attends. Je n'ai pas dit que je n'avais rien trouvé. J'ai une copie du dossier de la police sur Daniel Clay, mentis-je.

– Et alors ?

– On y parle de ta fille.

Cette fois, il garda le silence.

– Il y a dedans des choses que je ne comprends pas, poursuivis-je. Les flics non plus, je crois.

– Qu'est-ce que c'est ? demanda-t-il d'une voix rauque, comme s'il avait soudain la gorge serrée.

– Pas au téléphone.

– Comment on fait, alors ?

– On se rencontre, je te laisse regarder le dossier, je te dis ce que j'ai appris. Ensuite, tu fais ce que tu as à faire, du moment que ça ne concerne pas Rebecca Clay.

– J'ai pas confiance en toi. J'ai vu les hommes des cavernes que t'as engagés pour protéger ta cliente. Qu'est-ce qui t'empêcherait de les lâcher sur moi ? Je les descendrai sans problème s'il faut en arriver là, mais ça pourrait me gêner dans mes recherches, disons.

– Moi non plus, je ne veux pas avoir de sang sur les mains. On se retrouve dans un lieu public, tu lis le dossier, on repart chacun de son côté. Mais je te préviens : je te fais une fleur uniquement à cause de ta fille. Tu t'approches encore de Rebecca Clay et on change de registre. Je te garantis que ce qui arrivera ne te plaira pas du tout.

Il poussa un soupir théâtral.

– Maintenant que t'as fini de jouer à qui pisse le plus loin, tu pourrais peut-être proposer un lieu de rencard ?

Je lui dis de me retrouver au bowling Big 20 de la Route 1, je lui indiquai même le chemin. Puis je commençai à donner mes coups de téléphone.

Tween me rappela à trois heures de l'après-midi.

– J'ai trouvé quelqu'un. Il a un prix.

– C'est-à-dire ?

– Un billet pour le match de hockey de ce soir, plus cinquante dollars. Il te retrouvera là-bas.

– D'accord.

– Laisse son billet à l'entrée avec mon nom sur l'enveloppe. Je m'occupe du reste.

– Combien je te dois ?

– Cent dollars, ça te paraît correct ?

– Ça me va.

– J'ai de l'argent à te rendre, je te le filerai quand tu me paieras.

– Il a un nom, ce type ?

– Ouais, mais tu peux l'appeler Bill.

– Il est du genre inquiet ?

– Il l'était pas jusqu'à ce que j'aie prononcé le nom de Merrick. A plus tard.

Le bowling candlepin est une tradition de la Nouvelle-Angleterre. Les boules sont plus petites et plus légères que pour le tenpin et les quilles plus minces : sept centimètres et demi en leur milieu, moins de quatre à la base et au sommet. Réussir un strike est plus une affaire de chance que d'habileté et on dit que personne n'a jamais fait un sans-faute en alignant dix strikes. Le meilleur score réalisé dans le Maine est de deux cent trente et un sur un maximum possible de trois cents. Moi, je n'ai jamais dépassé les cent.

Le Big 20 de Scarborough existe depuis 1950, l'année où Mike Anton, arménien de naissance, l'ouvrit et en fit le plus grand et le plus moderne bowling de l'Etat, et il ne semble pas avoir beaucoup changé depuis. Assis sur une chaise en plastique, j'attendais en buvant un soda. Il était quatre heures et demie, un vendredi après-midi, et toutes les pistes étaient déjà prises, l'âge des joueurs allant d'adolescent à retraité. Il flottait dans l'air une odeur de bière et de friture, et les rires se mêlaient au bruit caractéristique des boules roulant sur les pistes en bois. J'observais deux vieux qui avaient à peine échangé dix mots pendant une partie qui les avait amenés l'un et l'autre près des deux cents points. Lorsqu'ils échouèrent à franchir cette barre, l'un d'eux exprima sa déception d'un simple « Ayaye ». Je les observais en silence, seul mâle solitaire parmi des groupes d'hommes et de femmes, conscient que j'allais franchir une limite avec Merrick.

Mon portable sonna un peu avant cinq heures et une voix annonça :

– On le tient.

Dehors, il y avait deux voitures de patrouille de la police de Scarborough et un trio de véhicules banalisés, un pour la police de Portland, un pour celle de South Portland et un pour les flics de Scarborough. Une poignée de curieux s'était rassemblée pour profiter du spectacle : Merrick à plat ventre sur le sol du parking, les mains menottées derrière le dos. Il leva les yeux à mon approche, ne parut pas furieux, simplement déçu. A proximité, O'Rourke s'appuyait à une voiture. Je lui adressai un signe de tête avant de donner un coup de téléphone. Rebecca Clay répondit. Elle se trouvait au tribunal, où le juge s'apprêtait à lui délivrer une ordonnance temporaire de protection contre Merrick. Je l'informai qu'on le tenait et que je serais au central de la police de Scarborough si elle avait besoin de me joindre.

– Des problèmes ? demandai-je à O'Rourke.

Il secoua la tête.

– Il est tombé droit dedans. Il n'a même pas ouvert la bouche pour protester.

Sous nos yeux, des policiers mirent Merrick debout et le firent monter à l'arrière d'une des voitures banalisées. Il regardait fixement devant lui quand elle démarra.

– Il a quelque chose d'inquiétant, ce mec, déclara O'Rourke. Je n'aimerais pas le contrarier. Et je regrette de te le dire, mais tu viens de le faire.

– Je n'avais pas trop le choix.

– Enfin, on peut au moins le garder un moment et voir ce qu'on peut tirer de lui.

La durée de la détention de Merrick dépendrait des charges qu'on retiendrait contre lui, si charges il y avait. Le harcèlement criminel, défini comme une conduite destinée à intimider, importuner, effrayer, menacer de blessures corporelles une personne ou un membre de la famille proche d'une personne, constituait un crime de catégorie D, le harcèlement simple appartenant à la catégorie E. On pouvait toujours y ajouter violation de domicile et détérioration de biens, mais au mieux les flics ne pourraient garder Merrick que jusqu'au mardi soir, en supposant qu'il ne bénéficie pas de l'aide d'un avocat, puisque pour les crimes de catégories D et E on pouvait détenir un suspect quarante-huit heures seulement sans inculpation, sans compter les week-ends et les jours fériés.

– Tu penses que ta cliente ira jusqu'au bout ? voulut savoir O'Rourke.

– Tu veux qu'elle le fasse ?

– C'est un individu dangereux. Ce serait grossier de le boucler pour soixante jours seulement, ce à quoi le condamnera le juge s'il avale tous les arguments en faveur de son incarcération. Ça pourrait même avoir un effet négatif, mais si on pose la question, je n'ai jamais dit ça.

– Je ne te savais pas du genre joueur.

– Ce n'est pas un jeu, c'est un risque calculé.

– En se fondant sur quoi ?

– Sur la volonté de Merrick de ne pas retourner en taule et sur ta capacité à protéger ta cliente.

– Quel serait le compromis, alors ?

– On donne un avertissement à Merrick, on s'assure que l'ordonnance sera délivrée et on le relâche. La ville est petite, il ne disparaîtra pas. On le fera filer un moment et on verra ce qui se passe.

Le plan ne me paraissait pas parfait, mais il pouvait me donner quatre-vingt-seize heures de plus sans avoir à me soucier de Merrick. C'était mieux que rien.

– Ecoutons d'abord ce qu'il a à dire, suggérai-je. Tu t'es arrangé pour que je puisse assister à l'interrogatoire ?

– Ça n'a pas été dur, on dirait que tu as encore des amis à Scarborough. Si tu relèves quelque chose dans ses déclarations, fais-le-moi savoir. Tu penses qu'il réclamera un avocat ?

Je réfléchis. Si Merrick faisait ce choix, il s'adresserait à Eldritch, à supposer que le vieux puisse pratiquer dans le Maine ou qu'il connaisse quelqu'un de l'Etat prêt à lui rendre service en cas de besoin. Mais j'avais l'impression que le soutien d'Eldritch avait toujours été conditionnel et que les derniers actes de Merrick avaient dû contraindre l'avocat à revoir sa position.

– Je ne crois pas qu'il dira grand-chose, de toute façon, estimai-je.

– Je pourrais lui flanquer des coups d'annuaire sur le crâne, proposa O'Rourke avec un haussement d'épaules.

– Tu pourrais, mais je devrais te dénoncer à la police.

– Ouais, c'est le problème. Il faudrait que je fasse un rapport sur moi-même. De toute façon, c'est à Scarborough de s'occuper de l'affaire. Nous, on peut rester sur la touche et regarder comment ils procèdent.

Il monta dans sa voiture. Celles de Scarborough démarraient, suivies de près par les flics de Portland.

– Tu viens ? me demanda O'Rourke.

– J'arrive.

Il partit, la foule se dispersa et je me retrouvai soudain seul. Des voitures passaient sur la Route 1 et l'enseigne au néon du Big 20 éclairait le parking, mais derrière moi s'étendait l'obscurité des marais. Je me retournai pour la scruter et ne pus me défaire de l'impression que de ses profondeurs quelque chose me fixait aussi. Je montai dans ma voiture, mis le moteur en marche et m'efforçai de penser à autre chose.

Merrick était assis dans une petite pièce carrée meublée d'une table blanche vissée au sol et de trois chaises bleues. Il occupait celle qui était tournée vers la porte et avait les deux chaises vides en face de lui. Un tableau accroché à l'un des murs était couvert de gribouillis d'enfants. Près de la porte, il y avait un téléphone et, en haut dans un coin, une caméra vidéo. La pièce était également équipée d'un système d'enregistrement.

Merrick avait les mains entravées par des menottes elles-mêmes reliées par une chaîne à un anneau fixé à la table. On lui avait donné à boire un soda provenant du distributeur installé près du bureau du technicien de scène de crime, il n'y avait pas touché. La pièce n'avait pas de miroir sans tain, mais nous pouvions observer Merrick sur le moniteur dans un bureau proche de la salle d'interrogatoire. Nous n'étions pas seuls. Alors que l'espace de travail était prévu pour quatre, une dizaine de personnes se pressaient autour de l'écran pour voir leur nouvel hôte.

Le sergent inspecteur Wallace MacArthur en faisait partie. Je le connaissais depuis longtemps. Rachel m'avait présenté à sa femme, Mary. D'une certaine façon, j'avais presque été responsable de la mort de Mary, mais Wallace ne m'en avait pas voulu pour ça, ce qui, tout bien considéré, était très chrétien de sa part.

– C'est pas tous les jours qu'on reçoit une légende vivante, dit-il. Même les Feds sont là…

Du pouce, il désigna la porte devant laquelle Pender, le nouveau chef régional du bureau de Portland, parlait à un homme que je ne connaissais pas mais qui devait être un autre agent. J'avais fait la connaissance de Pender à une soirée de bienfaisance pour les œuvres de la police de Portland. Pour un Fed, il était plutôt bien. Il m'adressa un signe de tête, je lui rendis son salut. Au moins, il n'avait pas essayé de me faire éjecter, ce dont je lui étais reconnaissant.

MacArthur secouait la tête avec ce qui ressemblait à de l'admiration.

– Merrick est de la vieille école, s'extasia-t-il. On n'en fait plus, des comme lui.

O'Rourke eut un sourire grimaçant.

– A quel point on en est si on se met à regarder un type comme lui et à se dire : Bon Dieu, il est pas si mal, il les a dessoudés proprement. Pas de tortures. Pas de veuves. Pas d'orphelins. Rien que des mecs dont quelqu'un pensait qu'ils le méritaient.

Merrick gardait la tête baissée. Il ne leva pas une fois les yeux vers la caméra, même s'il devait se douter qu'on le regardait.

Deux inspecteurs de Scarborough entrèrent alors dans la salle d'interrogatoire, un type grassouillet, nommé Conlough, et Frederickson, la femme qui avait procédé à l'arrestation au Big 20.

Contrairement à ce que nous pensions, dès qu'on commença à l'interroger, Merrick leva la tête et répondit poliment. C'était comme s'il éprouvait le besoin de se justifier et de se défendre. Il avait peut-être raison : il avait perdu sa fille, il avait le droit de chercher à savoir où elle pouvait être.

Conlough : *Pourquoi tu t'intéresses à Rebecca Clay ?*

Merrick : *Je veux juste savoir où est son père.*

C : *Qu'est-ce que ça peut te faire ?*

M : *Il a soigné ma petite fille, elle a disparu. Je veux savoir ce qu'elle est devenue.*

C : *Tu crois que c'est en menaçant une femme que tu l'apprendras ? T'es un vrai dur, hein ? Harceler une femme sans défense…*

M : *Je l'ai pas harcelée, je voulais juste lui poser des questions.*

C : *En essayant de pénétrer chez elle par effraction ? En pétant sa fenêtre ?*

M : *J'ai pas essayé de pénétrer chez elle. La fenêtre, c'était un accident, je paierai les réparations.*

C : *Qui est-ce qui t'a poussé à faire ça ?*

M : *Personne. J'ai pas besoin qu'on me dise que ce qui est arrivé n'est pas juste.*

C : *Qu'est-ce qui n'est pas juste ?*

M : *Que ma fille ait disparu et que personne ne cherche à la retrouver.*

Frederickson : *Votre fille a peut-être fait une fugue. D'après ce que nous savons, elle avait des problèmes.*

M : *Je lui avais dit que je m'occuperais d'elle. Elle n'avait aucune raison de faire une fugue.*

C : *T'étais en taule. Comment t'aurais pu t'occuper d'elle de ta cellule ?*

M : ...

F : *Qui vous a fourni la voiture ?*

M : *Un avocat.*

F : *Quel avocat ?*

M : *Eldritch, il a un cabinet dans le Massachusetts.*

F : *Pourquoi il vous l'a donnée ?*

M : *C'est un homme bon. Il trouve que j'ai le droit de poser des questions. Il m'a tiré d'affaire en Virginie et il m'a aidé quand je suis revenu ici.*

C : *Il te file une caisse parce qu'il a bon cœur ? C'est qui, ce mec, l'avocat de Saint-Vincent-de-Paul ?*

M : *Demandez-lui.*

C : *T'inquiète pas, on le fera.*

– On interrogera l'avocat, confirma O'Rourke.

– Vous n'en tirerez pas grand-chose, le prévins-je.

– Tu l'as vu ?

– Oh oui ! Il est de la vieille école, lui aussi.

– Il est vieux ?

– Si vieux que l'école en question devait être en torchis.

– Qu'est-ce qu'il t'a dit ?

– A peu près ce que Merrick vient de dire.

– Tu l'as cru ?

– Que c'est un homme au grand cœur qui distribue des bagnoles pour des causes justes ? Non. Mais il m'a répondu que Merrick avait été son client et que rien n'interdit de prêter une voiture à un client.

Je ne précisai pas qu'Eldritch avait un autre client qui, semblait-il, payait pour Merrick. O'Rourke pouvait découvrir ça tout seul.

Le technicien de scène de crime téléphona pour nous informer qu'il n'avait rien trouvé dans la voiture de Merrick. Pas d'armes, pas de documents compromettants, rien. Frederickson sortit de la salle d'interrogatoire pour s'entretenir avec O'Rourke et Pender, le gars du FBI. Le type qui avait discuté avec Pender écouta lui aussi mais ne dit rien. Son regard se porta sur moi, s'attarda un moment puis revint à Frederickson. Je n'aimais pas trop le message que ce regard faisait passer. O'Rourke me demanda s'il y avait une question que je souhaitais qu'on pose à Merrick. Je suggérai qu'on lui demande s'il travaillait seul ou s'il avait amené d'autres gars avec lui. O'Rourke parut perplexe mais accepta.

F : *Mlle Clay a obtenu une injonction du tribunal contre vous. Vous comprenez ce que cela signifie ?*

M : *Je comprends : si je m'approche encore d'elle, vous me recollez en prison.*

F : *Exactement. Vous allez vous conformer à cette injonction, monsieur Merrick ? Si vous n'en avez pas l'intention, dites-le tout de suite, ça fera gagner du temps à tout le monde.*

M : *Je m'y conformerai.*

C : *Tu pourrais peut-être aussi quitter l'Etat. Ça nous plairait bien.*

M : *Là, je peux rien vous promettre. Je suis un homme libre, j'ai purgé ma peine. J'ai le droit d'aller où je veux.*

C : *Et de traîner autour des maisons de Falmouth ?*

M : *J'ai jamais mis les pieds à Falmouth. Paraît que c'est sympa. J'aime bien être au bord de l'eau.*

C : *On a vu une voiture comme la tienne dans le coin hier soir.*

M : *Y en a des tas, des voitures comme la mienne. Les gens aiment le rouge.*

C : *Personne a dit que c'était une voiture rouge.*

M : …

C : *Tu m'entends ? Comment tu sais qu'elle était rouge ?*

M : *Une voiture comme la mienne, vous avez dit. Si elle était bleue ou verte, elle serait pas comme la mienne. C'est forcément une voiture rouge pour qu'elle soit comme la mienne.*

F : *Il vous arrive de prêter votre voiture, monsieur Merrick ?*

M : *Non.*

F : *Donc, si nous établissons que c'était bien votre voiture, et nous pouvons le faire, vous savez : en prenant un moulage des traces de pneu, en interrogeant les voisins… ce sera vous qui étiez au volant.*

M : *Ouais, mais comme j'y étais pas, c'est juste une hypothèse d'école.*

F : *Une hypothèse d'école ?*

M : *Vous savez ce que ça veut dire, je suppose. J'ai pas besoin de vous l'expliquer, si ?*

F : *Qui sont les autres, ceux qui vous accompagnaient ?*

M (apparemment dérouté) : *Les autres ? De quoi vous parlez ?*

F : *On sait que vous n'êtes pas venu seul. Qui avez-vous amené ? Qui vous aide ? Vous ne faites pas ça sans aide.*

M : *Je travaille toujours seul.*

C : *Et il consiste en quoi, ton travail ?*

M (souriant) : *A régler des problèmes. Je vois les choses sous un autre angle.*

C : *Tu sais, tu devrais être un peu plus coopératif…*

M : *Je réponds à vos questions, non ?*

F : *Vous y répondrez peut-être mieux après une ou deux nuits au bloc.*

M : *Vous pouvez pas faire ça.*

C : *C'est toi qui nous dis ce qu'on peut faire ou pas ?! Ecoute, t'as peut-être été une pointure dans le temps, mais ici ça compte pas.*

M : *Vous n'avez aucune raison de me garder. Je vous ai dit que je respecterais l'injonction.*

F : *Nous pensons qu'il vous faut un peu de temps pour réfléchir à ce que vous avez fait. Pour… euh… méditer sur vos péchés.*

M : *J'ai plus rien à vous dire. Je veux un avocat.*

L'interrogatoire était terminé. Merrick eut droit à un coup de fil, il appela Eldritch, qui, s'avéra-t-il, avait passé l'examen l'habilitant à plaider dans le Maine, ainsi que ses équivalents pour le New Hampshire et le Vermont. Il conseilla à Merrick de ne plus répondre à aucune question, et des dispositions furent prises pour transférer son client à la prison du comté de Cumberland, puisque Scarborough n'avait plus de cellules de détention.

– Son avocat ne pourra pas le faire libérer avant lundi matin au plus tôt, commenta O'Rourke. Les juges aiment être tranquilles pendant le week-end.

Même si Merrick était mis en examen, Eldritch le ferait probablement libérer sous caution, si toutefois c'était toujours dans l'intérêt de son autre client.

– J'ai des gars qui protègent Mlle Clay, dis-je. Elle veut s'en débarrasser, mais je pense qu'elle devrait reconsidérer sa position, le temps de voir comment Merrick réagit à tout ça.

– T'as embauché qui ?

Je me tortillai sur mon siège.

– Les Fulci. Et Jackie Garner.

O'Rourke éclata de rire, s'attirant des regards surpris des hommes qui l'entouraient.

– C'est pas vrai ! Deux éléphants de cirque en tenue de camouflage et Monsieur Loyal...

– En fait, je voulais plus ou moins que Merrick les voie. L'objectif, c'était de le tenir à l'écart.

– Oh, moi, ils me tiendraient facilement à l'écart. Et les oiseaux aussi, sûrement. On peut dire que tu ne fais pas les choses à moitié, en matière de relations !

Ouais, pensai-je, mais O'Rourke n'avait encore rien vu. Les vrais rigolos venaient juste d'arriver.

14

Les rues débordaient de bus et de cars quand je repartis de Scarborough en direction du Civic Center du comté de Cumberland : autobus scolaires jaunes, autocars Peter Pan, tout ce qui avait des roues et pouvait transporter plus de six personnes. Les Pirates n'arrêtaient pas de gagner. Sous la conduite de l'entraîneur Kevin Dineen, ils occupaient la tête de la Conférence Est de l'AHL, la Ligue américaine de hockey. Quelques jours plus tôt, ils avaient battu leurs plus proches rivaux, les Wolf Pack de Hartford, 7 à 4. C'était maintenant au tour des Falcons de Springfield, et plus de cinq mille fans, semblait-il, étaient venus au Civic Center pour assister au match.

A l'intérieur de la salle, Crackers le Perroquet amusait la foule. Pour être plus précis, il amusait *presque* toute la foule. Il y avait des gens qui n'avaient aucune envie de s'amuser.

– C'est sûrement le jeu le plus idiot que je connaisse, déclara Louis.

Il portait un manteau de cachemire gris sur une veste et un pantalon noirs. Les mains profondément enfoncées dans les poches, le menton enfoui dans les plis de son écharpe rouge, il se comportait comme si on l'avait forcé à descendre d'un train au cœur de la Sibérie. Il avait rasé son bouc quelque peu satanique, et ses cheveux, coupés encore plus impitoyablement court que d'habitude, ne montraient que quelques fines lignes grises à peine visibles. Angel et lui étaient arrivés dans la matinée. J'avais acheté deux billets de plus, au cas où ils souhaiteraient voir le match, mais Angel s'était débrouillé pour choper un rhume à Napa et il était resté chez moi à s'apitoyer sur son sort. Ce qui ne me laissait que la compagnie réticente de Louis pour la soirée.

Nos rapports avaient changé, au cours de l'année précédente. J'avais toujours été plus proche d'Angel. J'en savais davantage sur son passé et, pendant mon bref passage chez les flics, j'avais fait ce que je pouvais pour l'aider et le protéger. J'avais senti quelque chose en lui – encore maintenant, j'avais du mal à expliquer exactement quoi, peut-être une sorte d'honnêteté, une empathie avec ceux qui souffraient, passée cependant au filtre trouble de sa nature criminelle. J'avais décelé quelque chose aussi chez son compagnon, mais c'était très différent. Bien avant que la rage me fasse vider pour la première fois le chargeur d'une arme, Louis avait déjà tué. Il l'avait d'abord fait par colère, lui aussi, mais n'avait pas été long à découvrir qu'il était doué pour ça et qu'il y avait des gens prêts à le payer pour qu'il mette ses capacités à leur service. Louis n'avait pas été autrefois très différent de Frank Merrick, mais sa boussole morale avait toujours été plus sûre.

Louis n'était pas très différent de moi non plus, je le savais. Il représentait une partie de moi-même que j'avais longtemps refusé de reconnaître : le besoin de frapper, le penchant à la violence. Sa présence dans ma vie m'avait contraint à m'accommoder de ce côté sombre et, par là même, à le maîtriser. En retour, je lui avais fourni un exutoire à sa colère, un moyen plus digne de lui d'affronter le monde. L'année précédente, nous avions traversé des épreuves qui nous avaient tous deux changés, confirmant les soupçons que nous nourrissions sur la nature du monde souterrain alvéolé mais que nous exprimions rarement. Nous avions trouvé un terrain commun, même s'il sonnait creux sous nos pieds.

– Tu sais pourquoi on ne voit pas de Noirs jouer au hockey ? poursuivit-il. Eh bien, petit a) parce que ça n'avance pas, petit b) parce que c'est con à manger du foin, et petit c) parce qu'on se les gèle. Enfin, regarde-les ! La plupart sont même pas américains. Ils sont canadiens. Comme si vous n'aviez pas déjà assez de Blancs abrutis, faut encore que vous en fassiez venir du Canada !

– On aime bien fournir du travail aux Canadiens, répondis-je. Ça leur donne une chance de gagner de vrais dollars.

– Ouais, je parie qu'ils envoient leur paie à leurs familles, comme dans le tiers-monde.

Il regarda avec dédain la mascotte qui gambadait sur la glace.

– Même Crackers le Perroquet se bouge un peu plus qu'eux...

Nous étions assis dans la section E, juste en face du centre du terrain. Je n'avais pas vu trace de Bill, le type que Tween m'avait envoyé, mais, d'après ce qu'il m'en avait dit, Bill était du genre à se montrer prudent, s'agissant de Merrick. S'il était malin, il nous observait probablement à cet instant même. Il serait rassuré d'apprendre que Merrick était au trou pour quelques jours. Cela nous donnait à tous un peu plus de temps, ce qui m'avait réconforté, du moins jusqu'à ce que je sois obligé d'expliquer les subtilités du hockey à un homme persuadé que le sport commence et finit sur un terrain de basket ou sur une piste d'athlétisme.

– Arrête, tu es injuste. Attends qu'ils soient sur la glace. Certains de ces types sont vraiment rapides...

– Dis pas de conneries, grogna Louis. Carl Lewis était rapide. Jesse Owens était rapide. Même Ben Johnson, quand il avait sa dose. Mais tes glaces à l'eau, on dirait des bonshommes de neige montés sur des boîtes de conserve écrasées !

On annonça dans les haut-parleurs que le « langage obscène ou injurieux » n'était pas admis en ces lieux.

– Quoi, on peut même pas les engueuler ? ! fit Louis, incrédule. C'est quoi, ce sport ?

Je tentai de le rassurer :

– Ils disent ça pour la forme.

Au-dessous de nous, un spectateur flanqué de deux gosses leva vers Louis un regard désapprobateur, ouvrit la bouche pour le sermonner, changea d'avis et se contenta d'enfoncer les casquettes de ses enfants sur leurs oreilles.

On joua le « We Will Rock You » de Queen, suivi du « Ready to Go » de Republica.

– Pourquoi la musique sportive est si souvent à chier ? me demanda Louis.

– C'est de la musique de Blancs, expliquai-je. Elle est à chier exprès pour que les Noirs ne puissent pas frimer en dansant dessus.

Les équipes s'avancèrent sur la glace. On joua un autre air de musique et, comme toujours, on distribua des cadeaux pendant tout le premier tiers-temps : hamburgers gratuits, bons de réduction dans les supermarchés, tee-shirts et casquettes.

– C'est pas vrai, soupira Louis. Ils sont obligés de donner des saloperies pour que les gens restent...

A la fin du premier tiers-temps, les Pirates menaient 2 à 0 grâce à Zenon Konopka et à Geoff Peters. Toujours pas trace du type de Tween.

– Il roupille peut-être quelque part, suggéra Louis. J'vais d'ailleurs pas tarder à en faire autant...

Au moment où les joueurs revenaient pour le deuxième tiers-temps, un petit homme au visage dur portant un vieux blouson des Pirates se glissa dans notre rangée par la droite. Il avait une barbiche et portait des lunettes à monture argentée, la tête coiffée d'une casquette noire des Pirates et les mains cachées dans les poches de son blouson. Il ressemblait à des centaines d'autres spectateurs.

– Parker, hein ? dit-il.

– Oui. Vous êtes Bill ?

Il acquiesça d'un signe de tête mais ne sortit pas les mains de ses poches.

– Depuis quand vous nous regardez ? demandai-je.

– Depuis le début du premier tiers-temps.

– Vous êtes prudent.

– Vaut mieux.

– Frank Merrick est en détention.

– Ah, je savais pas. Ils l'ont serré pour quoi ?

– Harcèlement.

– *Harcèlement ?* s'exclama-t-il. Et pourquoi pas parce qu'il a traversé en dehors des clous, pendant qu'y z'y sont ?

– On veut le garder au frais un moment. Peu importe le motif.

Bill porta son attention sur Louis.

– Sans vouloir vexer personne, un Noir à un match de hockey, ça se remarque.

– On est dans le Maine, un Noir, ça fait tache à peu près partout ici, répondis-je.

– Sûrement, mais vous auriez pu vous arranger pour qu'il se fonde dans le paysage.

– Il a l'air du genre à porter un chapeau de pirate et un coutelas en plastique ?

Bill détourna les yeux.

– Non. Ou alors un vrai coutelas.

Il s'assit et garda le silence un moment. A trois minutes de la fin du deuxième tiers-temps, Shane Hynes expédia un missile de l'aile droite. Une minute plus tard, Jordan Smith porta le score à 4 à 0. Le match était plié.

Bill se leva.

– On va s'prendre une bière ? proposa-t-il. Ça fait quatre victoires consécutives, neuf matches gagnés sur dix. C'est leur meilleur début de saison depuis 94-95, et celle-là j'ai dû la suivre en zonzon…

– Vous aviez été méchant avec un maton, pour qu'on vous inflige un tel châtiment ? demanda Louis.

Bill lui lança un regard mauvais.

– Il est pas fan, dis-je.

– Sans déc ?

Nous quittâmes la salle pour aller boire trois micro-bières dans des gobelets en plastique. Un flot régulier de spectateurs commençait déjà à partir, maintenant que les Pirates avaient partie gagnée.

– Merci pour le billet, à propos, ajouta Bill. J'ai pas toujours de quoi venir ici.

– De rien, dis-je.

Il attendit, les yeux fixés sur le renflement que mon portefeuille faisait sous ma veste. Je le tirai de ma poche et lui donnai les cinquante dollars prévus. Il plia soigneusement les billets, les glissa dans une poche de son jean. J'allais lui poser une question sur Merrick quand, de la salle, nous parvint la réaction outrée du public : impossible de s'y tromper, les Falcons venaient de réduire le score.

– Merde ! s'écria Bill. On leur a porté la poisse en partant !

Retour donc à nos places, pour y attendre le début du troisième tiers-temps, et cette fois Bill entreprit de se déboutonner :

– On était au trou en même temps, Merrick et moi. Je tirais vingt piges pour cambriolage. Enfin, *plusieurs* cambriolages. Vous vous rendez compte ? Vingt ans. On laisse des meurtriers sortir avant. Bref, les flics me chopent avec un tournevis et du fil électrique. C'était seulement pour réparer ma radio. Non, ils disent que je voulais m'échapper et ils m'envoient au Max. Après, ça a dégénéré. J'ai cogné un flic, j'ai payé pour ça. Je suis resté au Max jusqu'à la fin de ma peine. Putain de flics, j'ai la haine contre eux.

Il était courant pour un détenu de désigner les gardiens par le mot « flics ». Après tout, ils faisaient partie du même système de maintien de l'ordre que les policiers, les procureurs et les juges.

– Je parie que vous avez jamais mis les pieds au Max...

– Non, répondis-je.

Le Supermax était zone interdite pour tous ceux qui n'étaient ni détenus ni surveillants, mais j'en avais assez entendu parler pour n'avoir aucune envie de m'y retrouver.

– C'est dur.

A la façon dont Bill avait prononcé ces mots, je sus que je n'allais pas entendre une histoire exagérée d'ex-taulard malchanceux. Il n'essayait pas de me vendre quoi que ce soit, il voulait simplement que quelqu'un l'écoute.

– Ça pue : la merde, le sang, le dégueulis. Y en a sur le sol, sur les murs. La neige passe sous les portes en hiver. La ventilation fait du boucan tout le temps. Un bruit spécial, qu'on peut pas bloquer. Je me mettais du papier-cul dans les oreilles pour plus l'entendre. Ça me rendait dingue. Là-bas, c'est vingt-trois heures enfermé et une heure par jour, cinq jours par semaine, au chenil. C'est comme ça qu'on appelle la cour d'exercice : deux mètres de large, dix de long. Je le sais, je l'ai arpentée pendant cinq ans. La lumière reste allumée vingt-quatre heures sur vingt-quatre, sept jours sur sept. Pas de télé, pas de radio, juste le bruit et la lumière blanche. On n'a même pas droit à une brosse à dents. Ils vous donnent un putain de bout de plastique à mettre sur votre doigt, mais ça vaut rien.

Bill ouvrit la bouche, montra de l'index les trous dans l'alignement de ses dents jaunes.

– J'en ai perdu cinq, là-bas. Elles tombent toutes seules. Au fond, le Max, c'est une forme de torture. Tu sais pourquoi t'y es, mais pas ce que tu dois faire pour en sortir. Et c'est pas le pire. Si tu fais trop le con, ils te collent sur la « chaise »...

Ça, je connaissais. La « chaise » était un instrument de rétorsion contre ceux qui énervaient trop les gardiens. Quatre ou cinq matons équipés de gilets pare-balles, de boucliers et de bombes lacrymogènes déboulaient dans la cellule d'un prisonnier pour procéder à son « extraction ». Ils l'aspergeaient de gaz, le faisaient tomber par terre ou sur sa couchette et le menottaient. Les menottes étaient ensuite reliées à des fers entravant ses chevilles. On découpait ses vêtements et on le portait, nu et hurlant, dans une salle d'observation, on l'attachait sur une chaise avec des lanières et on le laissait des heures dans le froid. Fait incroyable, les autorités pénitentiaires affirmaient que la chaise n'était pas une punition mais uniquement un moyen de contrôler les prisonniers constituant une menace pour les autres ou pour eux-mêmes. Le *Portland Phoenix* avait réussi à se procurer une bande vidéo d'une extraction, puisque ces opérations étaient filmées, prétendument pour prouver que les détenus n'étaient pas maltraités. A en croire ceux qui l'avaient vue, il était difficile d'imaginer que les extractions et la chaise puissent être autre chose qu'un traitement violent frôlant la torture et approuvé par l'Etat.

– Ils me l'ont fait une fois. Parce que j'avais estourbi un gardien. Plus jamais. Après ça, je me suis tenu peinard. C'est pas une façon de traiter un homme. Ils l'ont fait à Merrick aussi, plus d'une fois, mais ils ont pas réussi à briser Frank. C'était toujours pour la même raison, d'ailleurs.

– Comment ça ?

– Merrick était toujours puni pour la même chose. Y avait un jeune, là-bas, Kellog, il s'appelait. Andy Kellog. Il était fou, c'était pas sa faute. Tout le monde le savait. Il s'était fait troncher quand il était gosse, il s'en était jamais remis. Il parlait d'oiseaux tout le temps. D'hommes comme des oiseaux...

J'interrompis Bill :

– Attendez, ce Kellog avait subi des violences sexuelles ?

– Ouais. Je crois que les mecs portaient des masques ou quelque chose comme ça. Je me souvenais de Kellog du temps qu'il était à Thomaston. D'autres en Max l'avaient connu aussi, mais personne savait exactement ce qui lui était arrivé. On savait juste qu'il s'était fait violer par des « hommes comme des oiseaux », et plus d'une fois. Et il s'était fait violer aussi avant, par d'autres types. Il était complètement foutu. On le bourrait de médocs. Le seul qui réussissait à avoir un contact avec lui, c'était Merrick, et je dois dire que ça m'étonnait. Merrick, il était pas du genre assistante sociale, il était dur. Mais il essayait de s'occuper de ce gosse. Pas parce qu'il était pédé. Le premier qui a insinué ça a aussi été le dernier. Merrick lui a presque arraché la tête en essayant de la faire passer par les barreaux de sa cellule. Il a failli réussir, mais les flics sont intervenus. Ensuite, Kellog a été transféré au Max pour avoir balancé de la merde sur les gardiens, et Merrick, il a trouvé moyen d'y aller aussi.

– Merrick s'est délibérément fait transférer au Supermax ? !

– C'est ce qu'on dit. Avant que Kellog y soit envoyé, Merrick se tenait tranquille, à part quand quelqu'un menaçait le gosse ou, s'il était carrément frappé, essayait de grimper dans la hiérarchie en affrontant Merrick. Mais, après le transfert de Kellog, Merrick a tout fait pour énerver les flics jusqu'à ce qu'ils aient plus d'autre choix que de l'envoyer à Warren. Une fois là-bas, il n'a pas pu faire grand-chose pour Kellog, mais il n'a pas laissé tomber. Il parlait aux matons, il essayait d'obtenir qu'un psy vienne voir le gamin, il a même réussi à le calmer une fois ou deux quand la chaise lui pendait au nez encore un coup. Les surveillants sortaient de temps en temps Merrick de sa cellule pour qu'il raisonne le jeunot, mais ça marchait pas toujours. Kellog, il y passait le plus clair de son temps, sur cette chaise. Pour ce que j'en sais, il est toujours assis dessus.

– Kellog est encore en prison ?

– Il n'en sortira pas vivant. D'ailleurs, je crois qu'il veut crever. C'est un miracle qu'il soit pas déjà mort.

– Et Merrick ? Vous lui avez parlé ? Il s'est confié à vous ?

– Non, c'était un solitaire. La seule personne pour qui il avait du temps, c'était Kellog. On se parlait quand on se croisait, en allant à l'infirmerie ou en revenant du chenil, mais pendant toutes ces années on n'a sans doute pas échangé plus de mots que vous et moi ce soir. J'étais au courant pour sa fille, tout de même. Je pense que c'est pour ça qu'il essayait de protéger Kellog.

Le dernier tiers-temps commença et l'attention de Bill se porta immédiatement sur la glace.

– Je ne comprends pas, dis-je. Quel rapport entre la fille de Merrick et Kellog ?

A contrecœur, il détacha son regard des joueurs.

– Sa fille avait disparu. Il n'avait pas grand-chose pour se souvenir d'elle. Quelques photos, un ou deux dessins qu'elle lui avait envoyés en prison avant de disparaître. C'est à cause des dessins qu'il s'est intéressé à Kellog, parce que le gosse et la fille de Merrick, ils dessinaient la même chose. Des hommes avec des têtes d'oiseaux.

III

Je suis moi-même l'enfer,
Il n'y a personne ici...

Robert LOWELL, *Skunk Hour*

15

Il ne me fallut pas longtemps pour trouver le nom de l'avocate qui avait défendu Andy Kellog pour ses accrochages les plus récents avec les autorités. Elle s'appelait Aimee Price et avait un cabinet à South Freeport, à cinq kilomètres environ de l'animation du piège à touristes de Freeport même.

Le contraste entre les deux villes était frappant. Alors que Freeport avait vendu son âme pour les joies du shopping à prix réduit, convertissant ses rues latérales en extensions de parking, South Freeport, qui s'étendait de Porter Landing à Winslow Park, avait préservé la plupart de ses demeures du XIXe siècle, construites quand les chantiers navals de la Harraseeket étaient en pleine expansion.

Price était installée dans un petit complexe formé de deux maisons de capitaine soigneusement restaurées de Park Street, dans une zone de plusieurs pâtés de maisons constituant le centre de la ville, juste au-dessus du Freeport Town Landing. Elle partageait les lieux avec un comptable, un service de rééchelonnement de dettes et un acupuncteur.

Price m'avait dit que bien qu'on fût samedi elle serait à son bureau jusqu'à une heure pour étudier des dossiers. J'achetai des muffins frais au Carhart's Village Store et me dirigeai lentement vers le cabinet peu après midi. A la réception, la jeune femme assise derrière le bureau me dirigea vers un couloir, à gauche, après avoir informé la secrétaire de Price de mon arrivée. C'était en fait *un* secrétaire, âgé d'une vingtaine d'années, portant bretelles et nœud papillon rouge. Sur quelqu'un d'autre de son âge, cela aurait pu donner l'impression d'une tentative pour paraître excentrique, mais il y avait quelque chose dans le coton chiffonné de sa chemise et les taches d'encre de son pantalon beige qui suggérait que cette excentricité était authentique.

Price elle-même avait environ quarante ans, des cheveux roux bouclés coiffés dans un style qui aurait convenu à une femme de vingt ans plus âgée. Elle portait un tailleur bleu marine dont la veste était accrochée au dossier de son fauteuil et avait l'expression lasse de quelqu'un habitué à livrer au système des batailles perdues d'avance. Son bureau était décoré de photos de chevaux et s'il y avait des dossiers par terre et sur l'appui de fenêtre, le lieu semblait quand même beaucoup plus accueillant qu'Eldritch & Associés, principalement parce qu'on avait dû y réfléchir à la meilleure façon d'utiliser des ordinateurs pour se débarrasser d'une partie de la vieille paperasse.

Au lieu de s'asseoir derrière son bureau, Price débarrassa un coin de canapé et m'invita à m'y installer tandis qu'elle prenait place sur une chaise droite, de l'autre côté d'une table basse. Le secrétaire, qui s'appelait Ernest, y posa des tasses et du café, s'octroya un des muffins pour sa peine. De la façon dont nous étions installés, j'avais une position un peu plus basse et un peu moins confortable que celle de Price. C'était, je le savais, tout à fait délibéré. Aimee Price avait, semblait-il, appris à s'attendre toujours au pire et à se ménager tous les avantages possibles en prévision des combats à venir. Elle avait au doigt une grosse bague de fiançailles qui étincelait au soleil hivernal comme si des choses vivantes bougeaient à l'intérieur des pierres.

— Joli caillou, dis-je.

Elle sourit.

— Vous êtes commissaire-priseur en même temps que détective ?

— J'ai de multiples talents. Au cas où le boulot de détective ne marcherait pas, j'aurai quelque chose sur quoi me rabattre.

— Vous semblez très bien vous débrouiller. On parle souvent de vous dans les journaux.

Price réfléchit à ce qu'elle venait d'énoncer, corrigea :

– Non, ce n'est pas exact. Disons plutôt que, lorsque les journaux parlent de vous, ça frappe. Je parie que vous faites encadrer tous vos articles.

– Je me suis construit un sanctuaire à ma personne.

– Je vous souhaite d'attirer de nombreux adorateurs. Vous vouliez me parler d'Andy Kellog ?

Droit au but.

– Je voudrais le voir.

– Il est au Max. Personne ne peut le voir.

– Sauf vous.

– Même moi, qui suis son avocate, je dois passer à travers des cerceaux pour m'approcher de lui. Pourquoi vous intéressez-vous à Andy ?

– Daniel Clay.

Son expression se figea.

– Quoi, Daniel Clay ?

– Sa fille m'a engagé parce qu'elle a des problèmes avec un individu qui veut retrouver Clay. Lequel individu aurait connu Andy Kellog en prison lorsqu'il...

– Merrick, dit Price. C'est Frank Merrick, n'est-ce pas ?

– Vous le connaissez ?

– Impossible de faire autrement. Andy et lui étaient proches.

J'attendis. Price se renversa en arrière.

– Par où commencer... J'ai été commise d'office pour défendre Andy Kellog. J'ignore ce que vous savez de son histoire, je vais vous faire un résumé. Bébé abandonné, recueilli par la sœur de sa mère, brutalisé par la tante et son mari, qui le passent ensuite à d'autres qui abusent de lui. Il a commencé à fuguer à huit ans, il est devenu violent à douze. Sous médicaments dès neuf ans, grosses difficultés à l'école, il n'a jamais dépassé le niveau du CE2. Il s'est finalement retrouvé dans un centre pour enfants gravement perturbés, fonctionnant avec quelques fonds de l'Etat, et c'est là qu'il a été confié à Daniel Clay. Ce centre faisait partie d'un programme pilote. Le Dr Clay était spécialisé dans les enfants traumatisés, en particulier les victimes de brutalités et d'abus sexuels. Andy figurait parmi les enfants sélectionnés pour ce programme.

– Qui choisissait les gosses admis au centre ?

– Un groupe composé de membres des services de santé, de travailleurs sociaux et de Clay lui-même. L'état d'Andy s'est apparemment amélioré dès le début. Les séances avec le Dr Clay étaient efficaces. Andy est devenu plus ouvert, moins agressif. Le groupe a estimé que des relations avec une famille extérieure au centre lui seraient bénéfiques et il a commencé à passer deux jours par semaine chez des gens de Bingham qui tenaient un complexe pour activités de plein air : chasse, randonnée, rafting, ce genre de choses. Finalement, Andy a obtenu l'autorisation de vivre chez eux, tout en restant régulièrement en contact avec le centre et le Service de protection de l'enfance. Du moins, en principe, mais ces services sont toujours débordés et tant qu'Andy ne posait pas de problèmes, ils le laissaient se débrouiller seul et s'occupaient d'autres cas. Il jouissait d'une certaine liberté mais, en général, il préférait rester près de la famille et du complexe. C'était en été, les clients étaient nombreux, le couple n'avait pas toujours le temps de surveiller Andy et…

Price s'interrompit.

– Vous avez des enfants, monsieur Parker ?

– Oui.

– Moi non. J'en ai désiré autrefois, mais maintenant, je ne pense pas que cela se fera. C'est peut-être aussi bien quand on voit les choses que certaines personnes sont capables de leur faire…

Elle s'humecta les lèvres, poursuivit :

– Andy a été enlevé près du complexe. Un après-midi, il a disparu pendant deux heures et à son retour il était très silencieux. Personne n'y a fait attention. Vous savez, il n'était pas encore comme les autres gosses. Il avait ses humeurs et le couple qui s'occupait de lui avait appris à les laisser passer. Ils pensaient qu'il n'y avait aucun risque à lui permettre d'explorer le bois. C'étaient des gens bien. Ils ont simplement baissé la garde un moment.

« Bref, ce n'est que la troisième ou la quatrième fois que quelqu'un a remarqué quelque chose. La femme, je crois, est montée voir comment allait Andy et il s'est jeté sur elle, il lui a tiré les cheveux, griffé le visage. Ils ont dû s'asseoir sur lui pour le clouer au sol jusqu'à l'arrivée de la police. Il a refusé ensuite de retourner voir Clay, et le personnel de la protection de l'enfance n'a pu obtenir de lui que des bribes de ce qui lui était arrivé. On l'a renvoyé au centre, où il est resté jusqu'à ses dix-sept ans. Ensuite, ça a été la rue. Comme il n'avait pas de quoi s'acheter les médicaments dont il avait besoin, il s'est mis à voler, à dealer, à être violent. Il purge une peine de quinze ans, mais il n'a pas sa place au Max. J'ai essayé de le faire admettre à l'hôpital psychiatrique de Riverview, c'est là qu'il devrait être. Jusqu'ici, je n'ai pas réussi. La justice a décidé qu'il est un criminel et la justice ne se trompe jamais.

– Pourquoi n'a-t-il parlé à personne de ces viols ?

Price grignota son muffin. Je remarquai qu'elle remuait les doigts lorsqu'elle réfléchissait, qu'elle tapotait le bord de sa chaise, comme pour éprouver la solidité de ses ongles.

– C'est compliqué, dit-elle. C'est probablement dû en partie aux abus sexuels précédents, quand les adultes qui étaient responsables de lui étaient non seulement au courant mais aussi complices. Andy n'avait aucune confiance dans les figures d'autorité, et le couple adoptif de Bingham avait à peine commencé à briser ses barrières lorsque les nouveaux viols ont commencé. Mais d'après ce qu'il m'a dit par la suite, ses violeurs l'avaient menacé de s'en prendre à la petite fille du couple s'il révélait quoi que ce soit. Elle s'appelait Michelle, elle avait huit ans et Andy s'était attaché à elle. Il la protégeait, à sa façon. Voilà pourquoi il retournait là-bas.

– Là-bas ?

– Les violeurs lui avaient dit où il devait les attendre chaque mardi. Quelquefois, ils venaient, quelquefois pas, mais Andy devait toujours être là. Il ne voulait pas qu'il arrive quelque chose à Michelle. Il y avait une clairière à huit cents mètres de la maison, avec une petite rivière à proximité, et un chemin, juste assez large pour une voiture, qui rejoignait la route. Andy devait attendre là et l'un des hommes venait le chercher. On lui avait ordonné de se tenir face à la rivière et de ne pas se retourner quand il entendrait quelqu'un approcher. L'homme lui bandait les yeux et le conduisait à la voiture.

Ma gorge se noua, mes yeux picotèrent. Je détournai le regard. Dans ma tête avait surgi l'image d'un jeune garçon assis sur une souche, devant une eau vive. Le soleil transperçait les arbres, les oiseaux chantaient. Puis des pas approchaient, et avec eux l'obscurité.

– Je crois savoir qu'on l'a mis sur la chaise, une ou deux fois...

– Bien plus de deux fois, corrigea Price. C'est un cercle vicieux. Andy est sous traitement mais le dosage des médicaments devrait être surveillé et ajusté. Comme personne ne s'en occupe, le traitement n'agit pas aussi bien qu'il le devrait ; Andy devient angoissé, il donne des coups, les gardiens le punissent, il est encore plus perturbé et les médicaments ont encore moins d'effet qu'avant. Ce n'est pas la faute d'Andy, mais allez expliquer ça à un surveillant qui vient de se faire asperger d'urine. Et le cas d'Andy n'est pas unique : il y a une escalade au Supermax. Tout le monde le constate mais personne ne sait quoi faire ou ne veut faire quoi que ce soit. Prenez un détenu mentalement instable qui commet une infraction au règlement alors qu'il est soumis au régime général. Vous l'enfermez dans une cellule violemment éclairée, sans aucune distraction, entouré d'autres prisonniers encore plus perturbés que lui. Il commet d'autres infractions. Vous le punissez avec la chaise, il devient encore plus violent, il agresse un gardien et sa peine est aggravée. Le résultat final, chez quelqu'un comme Andy, c'est qu'il devient dément ou suicidaire. Et qu'est-ce que lui vaut une menace de se suicider ? A nouveau la chaise.

« Winston Churchill a dit qu'on peut juger une société à la façon dont elle traite ses prisonniers. Vous savez, on a beaucoup parlé d'Abou Ghraïb, de ce que nous faisions aux musulmans en Irak, à Guantanamo, en Afghanistan et partout ailleurs où nous enfermons ceux que nous percevons comme une menace. Les gens ont été sidérés mais il leur aurait suffi de regarder autour d'eux. Nous traitons nos concitoyens de la même façon. Nous jugeons des enfants comme des adultes. Nous enfermons, nous exécutons même des malades mentaux. Nous attachons des prisonniers nus sur une chaise dans une pièce glacée parce que leur traitement est inefficace. Si nous le faisons ici, comment s'étonner que nous ne traitions pas mieux nos ennemis ?

Sa voix avait monté en même temps que sa colère et Ernest frappa à la porte, passa la tête dans le bureau.

– Ça va, Aimee ? s'enquit-il, me regardant comme si j'étais la cause de ces éclats de voix, ce qui était le cas, d'une certaine façon.

– Ça va, Ernest.

– Encore un peu de café ?

Price secoua la tête.

– Non, je suis assez énervée comme ça. Monsieur Parker ?

– J'ai tout ce qu'il me faut.

Elle attendit que la porte soit refermée avant de reprendre :

– Désolée.

– De quoi ?

– D'avoir piqué ma crise. Vous n'êtes probablement pas d'accord avec moi.

– Qu'est-ce qui vous fait dire ça ?

– Ce que j'ai lu à votre sujet. Vous avez tué des gens. Vous devez être un juge implacable.

Je ne savais pas comment réagir. J'étais en partie surpris par ses mots, voire agacé, mais son ton n'avait rien d'agressif. Elle se contentait de qualifier la réalité telle qu'elle la voyait.

– Je pensais ne pas avoir le choix, répondis-je. A l'époque. Peut-être que, sachant ce que je sais aujourd'hui, j'aurais agi différemment dans quelques cas, mais pas dans tous.

– Vous avez donc fait ce que vous estimiez juste.

– Je pense maintenant que la plupart des gens font ce qu'ils estiment juste. Les problèmes se posent quand ce qu'ils font est juste pour eux mais pas pour d'autres.

– Egoïsme ?

– Peut-être. Intérêt personnel. Instinct de conservation.

– Pensez-vous avoir commis des erreurs ?

Je me rendis compte que Price me faisait passer une sorte d'examen, que ses questions avaient pour but de déterminer si elle devait ou non me permettre de voir Andy Kellog. Je m'efforçai d'y répondre le plus honnêtement possible.

– Je ne dirais pas ça comme ça.

– Vous n'avez jamais tiré sur un homme désarmé, c'est ce que vous êtes en train de me dire ?

– Non, parce que ce n'est pas vrai non plus.

Il y eut un silence, puis Aimee Price porta les mains à son front.

– Désolée, répéta-t-elle. Ça ne me regarde pas.

– Je vous pose des questions, je ne vois pas pourquoi vous ne m'en poseriez pas aussi. Vous vous êtes rembrunie quand j'ai prononcé le nom de Clay. Pourquoi ?

– Parce que je sais ce qu'on dit de lui. J'ai entendu les rumeurs.

– Et vous les croyez ?

– Quelqu'un a livré Andy Kellog à ces hommes. Ça ne peut pas être une coïncidence.

– C'est aussi ce que pense Frank Merrick.

– Merrick est obsédé. Quelque chose s'est brisé en lui lorsque sa fille a disparu. Je ne sais pas si ça le rend plus ou moins dangereux qu'avant.

– Qu'est-ce que vous pouvez me dire de lui ?

– Pas grand-chose. Vous savez sûrement tout ce que vous avez besoin de savoir au sujet de sa condamnation, cette affaire de Virginie : le meurtre de Barton Riddick et la preuve balistique incriminant Merrick. Franchement, cette histoire ne m'intéresse pas beaucoup. L'essentiel pour moi, c'était et ça reste Andy Kellog. Quand Merrick a commencé à se rapprocher d'Andy, j'ai pensé, comme la plupart des gens : un jeune vulnérable, un dur plus âgé... Mais ce n'était pas ça. Merrick cherchait vraiment à veiller sur Andy du mieux qu'il pouvait.

Elle s'était mise à dessiner sur son bloc en parlant, probablement sans en avoir conscience. Elle ne regardait pas la feuille sur laquelle le stylo courait, elle ne me regardait pas non plus, les yeux fixés sur la lumière froide de l'hiver, au-delà de la fenêtre de son bureau.

Elle dessinait des têtes d'oiseaux.

– J'ai entendu dire que Merrick s'est débrouillé pour être transféré au Supermax uniquement pour rester près de Kellog, dis-je.

– Je serais curieuse de savoir d'où vous tenez cette information mais elle est exacte. Merrick s'est retrouvé là-bas et il a fait savoir que le premier qui s'en prendrait à Andy aurait affaire à lui. Même dans un endroit comme le Max, il y a moyen d'agir. La seule personne dont Merrick ne pouvait pas protéger Andy, c'était Andy lui-même.

« Pendant ce temps, le procureur de Virginie constituait son dossier d'inculpation sur le meurtre de Riddick. La date de libération de Merrick était proche quand le dossier a été transmis pour obtenir son extradition. Il s'est alors passé quelque chose de curieux : un autre avocat est intervenu pour défendre Merrick.

– Eldritch, dis-je.

– Oui. Intervention troublante à plus d'un titre. Eldritch n'avait apparemment jamais eu de contact avec Merrick et, d'après Andy, c'est l'avocat lui-même qui a pris l'initiative : il s'est pointé, il a proposé de défendre Merrick. Mais, d'après ce que j'ai découvert plus tard, Eldritch n'était pas spécialisé dans les affaires criminelles. Il s'occupait de litiges industriels ou immobiliers, il n'avait pas du tout le type de l'avocat militant. Il a pourtant lié l'affaire de Merrick à un mouvement d'avocats progressistes mettant en question les preuves balistiques et il a retrouvé une autre affaire de meurtre commis avec la même arme alors que Merrick était derrière les barreaux. Les Feds ont commencé à faire machine arrière sur la preuve balistique, le procureur de Virginie s'est rendu compte qu'il n'avait pas suffisamment d'éléments pour obtenir une condamnation, et s'il y a une chose qu'un procureur déteste, c'est s'embarquer dans une affaire qui semble perdue d'avance. Merrick a passé quelques mois dans une cellule de Virginie puis il a été libéré. Il avait purgé la totalité de sa peine dans le Maine, il était libre.

– Vous pensez qu'il regrettait d'avoir laissé Andy Kellog au Max ?

– Bien sûr, mais il avait décidé qu'il avait des choses à faire dehors.

– Comme trouver ce qui était arrivé à sa fille ?

– Oui.

Je refermai mon calepin. Il y aurait d'autres questions plus tard, mais j'en avais terminé pour le moment.

– J'aimerais quand même voir Andy.

– Je verrai si c'est possible.

Je la remerciai et lui remis ma carte.

– A propos de Merrick, dit Price au moment où je m'apprêtais à partir. Je pense qu'il a vraiment tué Riddick, et beaucoup d'autres.

– Je connais sa réputation. Vous pensez qu'Eldritch a eu tort d'intervenir ?

– Je ne sais pas pourquoi il est intervenu mais sûrement pas par amour de la justice. Son intervention a cependant été positive. On a remis en cause l'infaillibilité des preuves balistiques. Si Eldritch n'avait pas pris l'affaire, je m'en serais peut-être occupée moi-même. Je dis bien peut-être.

– Vous n'auriez pas aimé avoir Frank Merrick comme client.

– Le simple fait de le savoir de retour dans le Maine me rend nerveuse.

– Il a essayé de vous joindre au sujet d'Andy ?

– Non. Vous savez où il loge quand il est dans le Maine ?

C'était une bonne question et elle me fit réfléchir. Si Eldritch avait fourni une voiture à Merrick, et peut-être aussi de l'argent, il lui avait peut-être trouvé également un endroit où dormir. C'était une piste à suivre pour en apprendre davantage à la fois sur Merrick et sur le client d'Eldritch.

A la porte de son bureau, Aimee Price me dit :

– La fille de Daniel Clay vous paie pour faire tout ça ?

– Non, pas pour ça, répondis-je. Elle me paie pour que je la protège de Merrick.

– Alors, pourquoi êtes-vous ici ?

– Pour la même raison qui fait que vous vous seriez peut-être occupée de l'affaire de Merrick. Il y a quelque chose qui ne va pas dans cette histoire. Ça m'agace. Je veux savoir ce que c'est.

Elle hocha la tête.

– Je vous rappelle, pour Andy, promit-elle.

Rebecca Clay me téléphona et je lui résumai la situation. Eldritch avait informé Merrick qu'il ne pourrait rien faire pour lui avant lundi mais qu'il déposerait une requête à la première heure si la police continuait à le retenir sans inculpation. O'Rourke était sûr qu'aucun juge ne laisserait les flics de Scarborough garder Merrick plus de quarante-huit heures, même si la loi, prise au pied de la lettre, leur donnait la possibilité de prolonger sa détention de quarante-huit heures encore.

– Et alors ? demanda Rebecca.

– Je suis certain que Merrick ne vous embêtera plus. J'ai vu comment il a réagi quand on lui a annoncé qu'il serait bouclé tout le week-end. Ce n'est pas de la prison qu'il a peur mais de ne plus pouvoir chercher sa fille. S'il veut pouvoir le faire, il doit cesser de vous importuner. Je lui remettrai l'injonction du tribunal dès sa libération, mais si vous êtes d'accord, nous continuerons à vous protéger pendant un jour ou deux, au cas où.

– Je veux faire revenir Jenna.

– Je ne vous le conseille pas pour le moment.

– Je me fais du souci pour elle. Je crois que cette histoire l'affecte.

– Pourquoi ?

– J'ai trouvé des dessins dans sa chambre.

– Des dessins de quoi ?

– D'hommes au visage blême et sans yeux. Elle m'a dit qu'elle les avait vus ou qu'elle avait rêvé d'eux. Je la veux près de moi.

Je gardai par-devers moi le fait que d'autres avaient vu ces hommes, moi-même y compris. Il me parut préférable de la laisser croire pour le moment qu'ils étaient le fruit de l'imagination perturbée de sa fille et rien d'autre.

– Bientôt, dis-je. Donnez-moi encore quelques jours.

Elle accepta de mauvaise grâce.

Ce soir-là, je dînai avec Angel et Louis dans un restaurant de Fore Street. Louis alla au bar examiner les possibilités en matière de vodka, me laissant bavarder avec Angel.

– T'as perdu du poids, me dit Angel en reniflant et en faisant choir sur la table des fragments de mouchoir en papier.

Je n'avais aucune idée de ce qu'il avait bien pu faire à Napa pour attraper un rhume, mais j'étais absolument certain de ne pas vouloir qu'il me le raconte.

– T'as l'air bien, poursuivit-il. Même tes fringues ont l'air bien.

– C'est le nouveau moi. Je mange sainement, je continue à faire de la gym, je promène le chien.

– Une nourriture saine, des tenues élégantes, un chien… T'es sûr que t'es pas gay ?

– Impossible, répondis-je. Je suis déjà trop occupé.

– C'est peut-être ce que j'aime en toi. T'es un hétéro gay.

Angel était arrivé vêtu d'un de mes vieux blousons d'aviateur, si usé par endroits que son cuir marron était devenu blanc. Son Wrangler d'une autre époque était décoré sur les poches arrière d'un motif ondulant et il portait un tee-shirt Hall and Oates qui laissait penser que dans le pays d'Angel on attaquait tout juste l'année 1981.

Quand Louis revint, Angel lui annonça :

– J'essaie de lui expliquer qu'il est gay, au fond.

En beurrant un morceau de pain, il fit tomber un peu de beurre sur son tee-shirt, se servit de son index pour le récupérer et se lécha le doigt. Louis demeura impassible, seul un infime froncement de sourcils indiquant la profondeur des sentiments qui l'agitaient.

– Je crois pas que tu sois le type idéal pour assurer le recrutement, estima-t-il.

Pendant le repas, je leur parlai de Merrick et de ce que j'avais appris par Aimee Price. Quelques heures plus tôt, j'avais téléphoné à Matt Mayberry, un agent immobilier du Massachusetts que je connaissais et dont l'agence opérait dans toute la Nouvelle-Angleterre. Je lui avais demandé s'il pouvait trouver dans la région de Portland une maison ou un appartement auquel Eldritch & Associés auraient été liés ces dernières années. Il y avait peu de chances pour que ça donne quelque chose. J'avais aussi passé une bonne partie de l'après-midi à appeler les hôtels et les motels, mais j'avais pris un râteau chaque fois que j'avais demandé la chambre de M. Frank Merrick. Ça m'aurait pourtant été bien utile de savoir où il foncerait peut-être, une fois libéré.

– T'as vu Rachel, ces temps-ci ? me demanda Angel.

– Oui, il y a quelques semaines.

– Ça se passe comment entre vous ?

– Pas trop bien.

– C'est con.

– Ouais.

– Faut que tu continues à essayer, tu sais.
– Merci du conseil.
– Tu devrais peut-être profiter de ce que Merrick est au trou pour aller la voir.

Je réfléchis à sa suggestion tandis qu'on nous apportait l'addition et je conclus que j'avais terriblement envie de les voir, toutes les deux. J'avais envie de tenir Sam dans mes bras, de parler à Rachel. J'étais fatigué d'entendre parler de violeurs d'enfants et des vies brisées qu'ils laissaient derrière eux. Louis posa quelques billets sur la table.

– Oui, dis-je, je vais peut-être le faire.
– On promènera ton chien, promit Angel. S'il est secrètement gay comme toi, il n'y verra pas d'objection.

16

La route était longue jusqu'à la propriété du Vermont que Rachel et Sam partageaient à présent avec mes beaux-parents et je passai la majeure partie du voyage à rouler en silence, ressassant ce que j'avais appris sur Daniel Clay et Frank Merrick, tentant de situer où le client d'Eldritch intervenait dans cette affaire. L'avocat prétendait que ce client ne s'intéressait pas à Clay, et pourtant, il aidait Merrick, qui était obsédé par Clay.

Et puis il y avait les Hommes creux, quoi qu'ils puissent être. Je les avais vus, ou peut-être était-il plus juste de dire qu'ils avaient pénétré dans ma zone de perception. La bonne de Joel Harmon les avait vus, elle aussi, et pendant ma brève conversation avec Rebecca Clay, la veille, j'avais appris que sa fille Jenna avait fait des dessins d'eux avant de quitter la ville. Le lien semblait être Merrick, mais lorsque, pendant son interrogatoire, les flics lui avaient demandé s'il travaillait seul ou s'il avait amené de l'aide avec lui, il avait paru sincèrement étonné et avait répondu par la négative.

La question demeurait : qui étaient ces hommes et que voulaient-ils ?

Comme les parents de Rachel étaient partis pour le week-end et ne rentreraient pas avant lundi, sa sœur était venue pour l'aider à s'occuper de Sam. Ma fille avait beaucoup grandi lors des quelques semaines écoulées depuis la dernière fois où je l'avais vue, ou c'était peut-être une impression de père conscient qu'il était désormais séparé de son enfant et que les étapes de son développement lui seraient dorénavant révélées par bonds plutôt que par petits pas.

Etais-je pessimiste ? Je n'en savais rien. Rachel et moi nous parlions régulièrement au téléphone. Elle me manquait et je pensais que je lui manquais aussi, mais les dernières fois que nous nous étions vus, ses parents étaient présents, ou Sam faisait des siennes, ou il y avait autre chose qui nous empêchait de parler de nous et de ce qui nous était arrivé. Je ne parvenais pas à savoir si nous laissions délibérément ces intrusions devenir des obstacles afin d'éviter une confrontation finale. Une période de séparation pour nous permettre de réfléchir à ce que nous voulions faire de notre vie s'était transformée en quelque chose de plus long, de plus compliqué et, semblait-il, de définitif. En mai, Rachel et Sam étaient revenues provisoirement à Scarborough mais nous nous étions disputés et il y avait entre nous une distance qui n'existait pas auparavant. Rachel s'était sentie mal à l'aise dans la maison que nous partagions naguère et Sam avait eu du mal à dormir dans sa chambre. Avions-nous simplement pris l'habitude de vivre l'un sans l'autre, Rachel et moi, même si je savais que j'avais encore terriblement envie de vivre avec elle, et elle avec moi ? Nous nous trouvions dans des sortes de limbes où nous ne disions pas les choses par crainte de faire s'écrouler le fragile édifice qui nous entourait.

Les parents de Rachel avaient transformé une ancienne écurie de leur propriété en un vaste studio, et c'était là que Rachel vivait avec Sam. Elle travaillait de nouveau, comme contractuelle au département psychologie de l'université du Vermont à Burlington, assurant des travaux dirigés et donnant des cours de psychologie criminelle. Elle m'en parla un peu alors que j'étais assis à sa table de cuisine, mais d'un ton détaché, comme on parle de ses activités à un inconnu pendant un dîner. Autrefois, j'aurais eu droit à tous les détails.

Accroupie sur le sol entre nous, Sam jouait avec de gros animaux de ferme en plastique. Elle saisit deux moutons de ses mains potelées, cogna leurs têtes l'une contre l'autre puis nous les tendit, luisants de salive.

– Tu crois que c'est une métaphore de nous ? dis-je à Rachel.

Elle semblait fatiguée mais elle était toujours belle. Sentant mon regard sur elle, elle releva une mèche de cheveux sur son oreille en rougissant légèrement.

– Je ne suis pas sûre que cogner nos têtes l'une contre l'autre résoudrait quoi que ce soit, répondit-elle. Je reconnais cependant que j'éprouverais une certaine satisfaction à cogner la tienne contre quelque chose.

– Sympa.

Elle tendit le bras, caressa de son doigt le dos de ma main et ajouta :

– Ça sonne plus dur que je ne voulais.

– Pas de problème. Si ça peut te rassurer, j'ai souvent envie de me cogner la tête contre un mur.

– Et la mienne ?

– Tu es trop jolie. Et j'aurais peur de bousiller ta coiffure.

Je retournai ma main, emprisonnai son doigt.

– Allons faire une promenade, proposa-t-elle. Ma sœur gardera Sam.

Nous nous levâmes et elle appela sa sœur. Pam entra dans la cuisine avant que j'aie eu le temps de lâcher le doigt de Rachel et elle nous lança un regard entendu. Pas désapprobateur, cependant, c'était déjà ça. Si le père de Rachel nous avait surpris dans la même posture, il aurait fort bien pu aller chercher sa carabine. Je ne m'entendais pas du tout avec lui et je savais qu'il espérait que mes relations avec sa fille étaient finies pour de bon.

– Si j'emmenais Sam faire un tour en bagnole ? suggéra Pam. Il faut que j'aille au supermarché, de toute façon, et elle adore regarder les gens.

Elle s'agenouilla devant l'enfant.

– Tu veux venir te balader avec tante Pammie ? Je t'emmènerai au rayon diététique, tu verras tous les trucs dont t'auras besoin quand t'auras quinze ans et que les garçons n'arrêteront pas de téléphoner...

Sam se laissa soulever par sa tante sans se plaindre. Rachel les suivit et aida sa sœur à préparer l'enfant et à l'installer dans le siège pour bébé. Sam pleura un peu quand la portière se referma et qu'elle comprit que sa maman ne venait pas, mais nous savions que ça ne durerait pas. Fascinée par la voiture, elle regardait le ciel défiler ou elle s'endormait simplement, bercée par le mouvement.

Après leur départ, Rachel et moi traversâmes le jardin pour gagner les champs jouxtant la maison de ses parents. Elle gardait les bras croisés sur sa poitrine, comme si d'avoir touché ma main quelques minutes plus tôt la mettait mal à l'aise.

– Ça va, toi, en ce moment ? me demanda-t-elle.

– Beaucoup de boulot.

– Intéressant ?

Je lui parlai de Rebecca Clay et de son père, de l'intrusion de Frank Merrick.

– C'est quel genre d'homme ?

La question était étrange.

– Dangereux, répondis-je. Et difficile à décrypter. Il est persuadé que Clay est encore en vie et qu'il sait ce qui est arrivé à sa fille. Personne ne peut prouver le contraire, mais, de l'avis général, Clay est mort. Ou alors, sa fille est la meilleure actrice que je connaisse. Merrick semble pencher pour cette dernière hypothèse. Autrefois, il était tueur à gages free-lance. Il a passé de nombreuses années en prison mais je ne crois pas que ça l'ait changé. C'est un personnage complexe, cependant. Il s'est occupé d'un des anciens patients de Clay qui se trouvait lui aussi en cabane, il s'est même fait envoyer au Max pour rester près de lui et le protéger. D'abord, j'ai cru que c'était l'histoire habituelle entre taulards – un vieux dur, un jeunot –, mais apparemment, ça n'était pas ça. La fille de Merrick faisait partie des patients de Clay quand elle a disparu. C'est peut-être l'explication du lien entre Merrick et ce jeune, Kellog

– Merrick espérait peut-être aussi tirer de Kellog quelque chose qui le mènerait à sa fille.

– Probablement, acquiesçai-je, mais il l'a protégé pendant des années, alors qu'il ne lui a sans doute pas fallu longtemps pour découvrir ce qu'il savait. Il a continué à veiller sur lui de son mieux.

– Comme il ne pouvait pas protéger sa fille, il protégeait Kellog ?

– C'est un type complexe, répétai-je.

– Tu parles comme si tu avais du respect pour lui.

Je secouai la tête.

– J'ai *pitié* de lui. Je pense même que je le comprends un peu. Mais du respect, non, pas de la façon dont tu l'entends.

– Il y en a une autre ?

Je m'abstins de répondre. Cela nous aurait ramenés à l'une des raisons pour lesquelles nous nous étions séparés.

– Alors ? insista-t-elle.

Je compris qu'elle avait deviné les mots que je me refusais à prononcer. Elle voulait les entendre, comme pour confirmer quelque chose de triste mais de nécessaire.

– Il a beaucoup de sang sur les mains, dis-je. Il ne pardonne pas.

J'aurais aussi bien pu parler de moi-même. Une fois de plus, j'avais conscience d'avoir autrefois beaucoup ressemblé à Merrick, et de lui ressembler peut-être encore. C'était comme si l'occasion m'était donnée d'avoir sous les yeux une version de moi quelques dizaines d'années plus tard, plus âgé et plus solitaire, résolu à réparer une injustice en recourant à la violence et en infligeant du mal à d'autres.

– Et maintenant, tu as provoqué sa colère. Tu as fait intervenir la police. Tu as contrarié ses efforts pour découvrir la vérité sur la disparition de sa fille. Tu le respectes comme tu respecterais un animal, afin de ne pas le sous-estimer. Tu penses que tu vas devoir l'affronter de nouveau, n'est-ce pas ?

– Oui, admis-je.

Elle plissa le front et de la souffrance apparut dans ses yeux.

– Ça ne change pas, hein ?

Je ne répondis pas. Qu'aurais-je pu dire ?

Au lieu de chercher à m'imposer de répondre, Rachel me demanda :

– Kellog est toujours en prison ?

– Oui.

– Tu iras le voir ?

– Je vais essayer. J'ai parlé à son avocate, il ne va pas bien. Enfin, il n'est jamais allé bien, mais s'il reste encore un bout de temps au Supermax, on ne pourra plus le sauver. Il était perturbé avant d'y être transféré ; maintenant, il est au bord de la folie.

– C'est vrai, ce qu'on dit de cet endroit ?

– C'est vrai.

Elle garda un moment le silence tandis que nous marchions sur les feuilles mortes. Parfois, leur murmure était semblable à celui d'un parent tentant d'apaiser un enfant, de le consoler. Parfois, elles faisaient un bruit vide et sec, un craquement annonçant que tout passe, toujours.

– Et le psychiatre, Clay ? Tu m'as dit qu'on le soupçonnait d'avoir fourni aux violeurs des informations sur les enfants. Y avait-il quoi que ce soit l'impliquant directement dans les viols ?

– Non, rien, du moins rien que j'aie réussi à découvrir. Sa fille pense qu'il n'a pas supporté de vivre en se sentant coupable de ne pas avoir su les empêcher. De ne pas avoir remarqué ce qui se passait. Ces gosses avaient subi des violences sexuelles avant qu'il commence à s'occuper d'eux, exactement comme Kellog. Il avait du mal à établir le contact mais sa fille se souvient qu'il faisait des progrès, ou qu'il pensait en faire. L'avocate de Kellog le confirme. La thérapie marchait. J'ai parlé aussi à l'un de ses confrères, un certain Dr Christian, qui dirige une clinique pour enfants victimes. Le principal reproche qu'il fait à Clay, c'est qu'il acceptait trop facilement la thèse de l'abus sexuel. Il avait un objectif et cela lui a valu des ennuis qui ont amené les autorités judiciaires à ne plus lui confier d'expertises.

Rachel s'arrêta et s'agenouilla, cueillit un trèfle patte-de-lièvre qui gardait encore l'une de ses fleurs d'un rose grisâtre.

– Normalement, ils cessent de fleurir en septembre ou en octobre, mais celui-là est encore en fleur. Le monde change, commenta-t-elle.

Elle me le tendit en disant :

– Un porte-bonheur.

Je le tins au creux de ma main puis le glissai avec précaution dans la pochette en plastique de mon portefeuille.

– Question : si les mêmes personnes étaient impliquées dans les viols de différents enfants, comment les repéraient-elles ? reprit Rachel. D'après ce que tu m'as dit, elles choisissaient les plus vulnérables. Comment le savaient-elles ?

– Quelqu'un les renseignait, répondis-je. Quelqu'un leur livrait les enfants.

– Si ce n'est pas Clay, qui ?

– Il y avait un groupe de soignants psychiatriques et de travailleurs sociaux constitué pour sélectionner les enfants envoyés à Clay. Si je devais choisir, je dirais que c'est l'un d'eux. Mais je suis certain que les flics ont déjà exploré cette piste. Ils ont dû le faire. Et l'équipe de Christian aussi. Ça n'a rien donné.

– Clay a disparu. Pourquoi ? A cause de ce qui est arrivé aux enfants ou parce qu'il était complice ? Parce qu'il se sentait responsable ou parce qu'il *était* responsable ?

– Pas facile à dire.

– Ça ne colle pas, Clay qui disparaît comme ça. Il y a toujours des exceptions mais je vois mal un médecin placé dans cette situation réagir de cette manière. Il est psychiatre, expert, ce n'est pas n'importe qui. Je n'imagine pas qu'il ait pu craquer en quelques jours.

– S'il était mouillé, soit il s'est enfui pour éviter d'être impliqué…

– Ça ne colle pas non plus. S'il était mouillé, comme tu dis, il aurait eu l'intelligence d'effacer ses traces.

– … soit quelqu'un l'a fait « disparaître », peut-être un ou plusieurs des types impliqués dans les viols.

– Pour effacer *leurs* traces.

– Mais pourquoi Clay aurait-il renseigné ces gars-là ?

– Ils le faisaient chanter. Ou il souffrait lui aussi de cette perversion.

– Tu penses qu'il aurait pu participer aux viols ? Ç'aurait été risqué.

– Très risqué, convint Rachel. Mais cela n'exclut pas qu'il soit pédophile. Ni qu'on l'ait fait chanter.

– On part toujours du principe qu'il est coupable, là.

– On émet des hypothèses, c'est tout.

C'était intéressant mais ça ne collait toujours pas et je n'arrivais pas à trouver ce qui ne cadrait pas dans le tableau. Lorsque nous reprîmes le chemin de la maison de ses parents, la lune se levait déjà dans le ciel de fin d'après-midi. Un long retour solitaire m'attendait et je me sentis soudain insupportablement seul. Je ne voulais pas m'éloigner de cette femme et de l'enfant que nous avions fait ensemble. Je ne voulais pas laisser les choses comme ça. Je ne pouvais pas.

– Rach, murmurai-je en cessant de marcher.

Elle s'arrêta, se retourna vers l'endroit où je me tenais.

– Que nous est-il arrivé ?

– Nous en avons déjà parlé, soupira-t-elle.

– Tu crois ?

– Tu le sais bien. Je me suis crue capable de supporter ce que tu es et ce que tu fais, mais je me suis sans doute trompée. Quelque chose en moi a réagi, la partie furieuse et blessée, mais cette partie est si grande en toi qu'elle m'effraie. Et...

J'attendis.

– Quand je suis retournée à la maison, en mai, la fois où nous avons – je ne dirais pas « revécu ensemble », parce que ça n'a pas duré assez longtemps pour ça –, la fois où nous avons habité de nouveau ensemble, je me suis rendu compte que je détestais être là. Je ne l'ai découvert qu'après être partie et revenue, mais il y a quelque chose qui ne va pas dans cette maison. C'est difficile à expliquer. Je ne crois pas avoir jamais tenté de le faire, pas à voix haute, en tout cas, mais je sais qu'il y a des choses que tu ne m'as pas dites. Je t'ai entendu crier des noms dans tes rêves. Je t'ai vu marcher dans la maison, à moitié endormi, conversant avec des gens que je ne pouvais pas voir. Je t'ai surpris, lorsque tu te croyais seul, réagissant à quelque chose tapi dans l'ombre...

Elle eut un rire sans joie et poursuivit :

– J'ai même vu le chien le faire. Lui aussi, il a déjanté à cause de toi. Je ne crois pas aux fantômes. C'est peut-être pour ça que je ne les vois pas. Je pense qu'ils viennent de l'intérieur, pas de l'au-delà. Les gens les créent. Toutes ces histoires d'esprits qui ont une tâche à finir, d'êtres enlevés à la vie avant l'heure qui reviennent hanter un lieu, je n'en crois pas un mot. Ce sont les vivants qui ont une tâche à finir et qui ne laissent pas le passé en paix. Ta maison – parce que c'est *ta* maison – est hantée. Ces fantômes sont *tes* fantômes. Tu les as fait naître et tu ne peux pas te débarrasser d'eux. En attendant que tu y parviennes, personne d'autre ne peut partager ta vie parce que les démons dans ta tête et les esprits dans ton cœur font fuir tout le monde. Tu comprends ? Je sais ce que tu as souffert pendant des années. J'ai attendu que tu m'en parles mais tu n'as pas pu. Il m'arrive de penser que c'était parce que tu craignais en m'en parlant de les faire partir, et tu ne *voulais* pas qu'ils partent. Ils alimentent la rage qui est en toi. Voilà pourquoi, quand tu regardes ce Merrick, tu éprouves de la pitié pour lui, et plus que de la pitié : de l'empathie.

L'expression de Rachel avait changé, le ton de sa voix aussi, et ses joues étaient rouges de colère.

– Regarde-le bien, continua-t-elle, parce que c'est ce que tu deviendras si ça ne s'arrête pas : une carcasse vide mue par la haine, la vengeance et l'amour frustré. Finalement, nous ne nous sommes pas séparés parce que j'ai peur pour Sam et pour moi, ni pour toi, ni de tout ce qui pourrait nous arriver à cause de ton travail. J'ai peur *de* toi, du fait qu'une partie de toi est attirée par le mal, la souffrance et le malheur, que la colère et la douleur que tu éprouves auront toujours besoin d'être nourries. Ça ne finira jamais. Tu dis que Merrick est incapable de pardonner. Tu en es incapable, toi aussi. Tu ne te pardonnes pas de ne pas avoir été là pour protéger ta femme et ton enfant ; tu ne leur pardonnes pas de t'avoir abandonné en mourant. J'ai peut-être cru que cela pouvait changer, que nous avoir dans ta vie te permettrait de guérir, de connaître la paix avec nous, mais il n'y aura pas de paix. Tu la veux mais tu ne peux te résoudre à la saisir. Tu...

Elle s'était mise à pleurer. Je fis un pas vers elle mais elle s'écarta.

– Non, dit-elle doucement. Je t'en prie.

Elle s'éloigna et je la laissai partir.

17

Eldritch arriva dans le Maine le lundi matin de bonne heure, accompagné d'un homme plus jeune, à l'air distrait et cependant légèrement désespéré de l'alcoolique qui a oublié où est cachée sa bouteille. Eldritch le laissa présenter la requête au juge et ne prononça que quelques mots vers la fin, d'un ton mesuré et raisonnable donnant l'impression que son client était un homme épris de paix dont les actes, motivés par le souci du sort de son enfant perdue, avaient été cruellement mal interprétés par un monde insensible. Eldritch promit cependant au nom de Merrick – car Merrick n'ouvrit pas la bouche – que celui-ci respecterait toutes les conditions de l'injonction qui allait être émise et demanda, avec tout le respect dû au tribunal, que son client soit immédiatement libéré.

La juge, qui s'appelait Nola Hight, n'était pas une imbécile. Au cours de ses quinze ans dans la magistrature, elle avait entendu à peu près toutes les excuses connues et n'était pas prête à croire Eldritch sur parole.

– Votre client a passé dix ans en prison pour tentative de meurtre, monsieur Eldritch, rappela-t-elle.

– Pour voies de fait aggravées, Votre Honneur, corrigea le jeune assistant d'Eldritch.

Hight lui lança un regard si furibard que ses cheveux commencèrent à roussir.

– Puis-je me permettre de faire respectueusement observer que je ne suis pas sûr que cela ait un rapport avec la présente affaire, intervint Eldritch, tentant de lisser les plumes ébouriffées de la magistrate. Mon client a purgé sa peine pour cette histoire. C'est à présent un autre homme, amendé par l'expérience.

Hight tourna vers l'avocat des yeux qui auraient réduit un homme moins coriace en tas de chair calcinée. Eldritch se contenta d'osciller sur place, comme si sa forme fragile avait été brièvement agitée par un vent léger.

– Il sera amendé un peu plus par la peine maximale prévue par la loi s'il comparaît de nouveau devant cette cour pour l'affaire en question, prévint-elle. Suis-je assez claire, maître ?

– Tout à fait, assura Eldritch. Aussi raisonnable qu'avisée.

Hight sembla se demander si elle devait le condamner pour outrage sarcastique à magistrat puis laissa filer.

– Fichez le camp de mon tribunal, grommela-t-elle.

Il était encore tôt, à peine plus de dix heures. Merrick devait être libéré à onze heures, une fois les papiers remplis. Quand on le laissa sortir de la prison du comté de Cumberland, je l'attendais et je lui remis l'injonction lui interdisant tout contact avec Rebecca Clay sous peine d'emprisonnement et/ou d'amende. Il la prit, la lut soigneusement avant de la glisser dans la poche de son blouson. Ses vêtements étaient froissés et il avait l'air fatigué, comme la plupart des gens après deux nuits passées dans une cellule.

– C'est bas, ce que t'as fait, déclara-t-il.

– Tu veux dire te donner aux flics ? Tu terrorisais une jeune femme. Ça aussi, c'est bas. Tu devrais revoir tes valeurs, elles sont foireuses.

Il m'avait peut-être entendu mais il ne m'écoutait pas vraiment. Il ne me regardait même pas, il fixait un point quelque part au-dessus de mon épaule droite, une manière de me faire comprendre que je n'étais pas digne de son attention.

– Les hommes doivent se conduire ensemble comme des hommes, poursuivit-il, son visage virant au rouge comme si on l'ébouillantait par en dessous. Tu as lâché les chiens sur moi alors que tout ce que je voulais, c'était parler. Toi et la petite dame, vous n'avez pas d'honneur.

– Je t'offre le petit déjeuner. On pourra peut-être trouver une solution.

Il balaya ma proposition d'un revers de main.

– Garde ton petit déjeuner et tes discours.

– Tu ne le croiras peut-être pas, mais j'ai de la sympathie pour toi, assurai-je. Tu veux découvrir ce qui est arrivé à ta fille, je sais ce que tu ressens. Si je peux t'aider, je le ferai, mais flanquer la trouille à Rebecca Clay, ce n'est pas le bon moyen. Si tu t'approches encore d'elle, tu te feras arrêter et mettre en taule : à la prison du comté de Cumberland si tu as de la chance, à Warren si tu n'en as pas. Tu pourrais y passer une année de plus, une année de plus sans te rapprocher de la vérité sur la disparition de ta fille.

Il me regarda pour la première fois depuis le début de notre conversation.

– J'en ai fini avec la fille Clay mais pas avec toi, me prévint-il. Je te donne quand même un conseil, en échange de ce que tu viens de dire. Reste en dehors de cette histoire et je t'épargnerai peut-être la prochaine fois que nos chemins se croiseront.

Là-dessus, il me bouscula en passant devant moi et se dirigea vers l'arrêt d'autobus. Il avait l'air plus petit qu'avant, les épaules légèrement voûtées, le jean sali par ses deux jours de détention. J'éprouvai à nouveau de la pitié pour lui. Malgré tout ce que je savais de son passé, et tout ce dont on le soupçonnait, c'était un père à la recherche de son enfant disparue. C'était peut-être tout ce qui lui restait, mais je connaissais parfaitement les ravages que pouvait causer ce genre d'obsession. Rebecca Clay n'avait peut-être plus rien à craindre de lui, du moins pour le moment, mais Merrick ne s'en tiendrait pas là. Il continuerait à fouiner jusqu'à ce qu'il trouve la vérité ou jusqu'à ce qu'on le force à renoncer. Dans un cas comme dans l'autre, cela ne pouvait se terminer que par une mort.

J'appelai Rebecca, je l'informai que, selon moi, Merrick ne l'embêterait plus pour le moment mais que je ne pouvais pas le lui garantir.

– Je comprends, répondit-elle, mais je ne veux plus d'hommes devant ma maison. Je ne peux pas vivre comme ça. Vous voudrez bien les remercier pour moi et m'envoyer votre facture ?

– Une dernière chose, mademoiselle Clay. Si vous aviez le choix, vous souhaiteriez qu'on retrouve votre père ?

Elle rumina ma question avant de répondre :

– Où qu'il soit, il a fait le choix qui l'a amené là-bas. Je vous l'ai dit, je pense quelquefois à Jim Poole. Il est parti, il n'est jamais revenu. J'aime me raconter que j'ignore si c'est à cause de moi, s'il a disparu parce que je lui ai demandé de chercher mon père ou s'il lui est arrivé autre chose. Mais quand je n'arrive pas à dormir, quand je suis allongée dans le noir, seule dans ma chambre, je *sais* que c'est de ma faute. Pendant la journée, je parviens à me convaincre du contraire, mais je connais la vérité. Je ne vous connais pas, monsieur Parker. Je vous ai demandé de m'aider et vous l'avez fait ; je vous paierai pour votre temps et pour votre peine, mais nous ne nous connaissons pas. S'il devait vous arriver quelque chose parce que vous avez posé des questions sur mon père, nous serions liés l'un à l'autre et je ne veux pas être liée à vous, pas de cette façon. Vous comprenez ? J'essaie d'oublier cette histoire. Je veux que vous en fassiez autant.

Elle raccrocha. Peut-être avait-elle raison. Peut-être valait-il mieux laisser Daniel Clay où il était, sur la terre ou dessous. Mais cela ne dépendait plus d'elle ni de moi. Merrick était en liberté, de même que la personne qui avait chargé Eldritch de le financer. Le rôle de Rebecca Clay dans cette affaire était peut-être fini, mais pas le mien.

Lorsque le pénitencier de l'Etat du Maine se trouvait à Thomaston, on ne pouvait pas le rater. Il était situé sur la route principale, édifice massif ayant survécu à deux incendies et qui, même après avoir été rénové, agrandi, et parfois modernisé, ressemblait encore à la prison du début du XIXe siècle qu'il avait été. On aurait dit que la ville s'était développée autour, alors qu'en fait il y avait eu un comptoir commercial à Thomaston dès le XVIIe siècle. La prison dominait cependant le paysage de la communauté, physiquement, et peut-être aussi psychologiquement. Si vous parliez de Thomaston à quelqu'un du Maine, la première chose qui lui venait à l'esprit, c'était le pénitencier. Je me demandais parfois comment c'était de vivre dans une ville dont le principal titre de notoriété était l'incarcération d'êtres humains. On finissait peut-être par l'oublier, ou par ne plus remarquer l'effet que cela avait sur les gens et sur la ville. C'était peut-être uniquement ceux qui venaient d'ailleurs qui avaient aussitôt l'impression que des miasmes étouffants flottaient au-dessus de Thomaston, comme si la détresse des hommes enfermés derrière les murs de la prison imprégnait l'atmosphère, la colorait en gris, l'alourdissait, telles des particules de plomb dans l'air. D'un autre côté, cela contribuait à maintenir un taux de criminalité peu élevé. Thomaston était le genre de ville qui ne connaissait de crime violent que tous les deux ou trois ans et son taux de criminalité était inférieur d'un tiers à la moyenne nationale. C'était peut-être parce que la présence d'une vaste prison à leur porte faisait réfléchir à deux fois ceux qui envisageaient une carrière dans le crime.

Warren, c'était différent. La ville était un peu plus grande que Thomaston et son identité moins liée au pénitencier. La nouvelle prison de l'Etat s'était agrandie peu à peu, d'abord avec l'ouverture du Supermax, puis avec celle de l'Unité de stabilisation de santé mentale, et enfin lors du transfert des détenus du régime général de Thomaston au nouvel établissement. Comparé à l'ancienne prison, il était un peu plus difficile à trouver, caché qu'il était sur la Route 97, du moins aussi caché que peut l'être un endroit abritant mille détenus et quatre cents employés.

Je descendis Cushing Road, passai devant le pénitencier de Bolduc, à gauche, roulai jusqu'au panneau de brique et de pierre, à droite, annonçant « Prison de l'Etat du Maine », avec en dessous « 1824 » et « 2001 », la première date commémorant la fondation de la prison originelle et la seconde l'ouverture du nouvel établissement.

Warren ressemblait plus à une usine moderne qu'à une prison, impression renforcée par la grande zone de maintenance, sur la droite, qui abritait la centrale électrique du pénitencier. Des mangeoires à oiseaux fabriquées au moyen de bouées étaient suspendues au-dessus de la pelouse, devant l'entrée principale, et tout paraissait neuf et fraîchement peint. C'était le silence qui trahissait la véritable nature du lieu, le silence et le nom, inscrit en blanc sur vert au-dessus de la porte, ainsi que le fil barbelé en haut du double grillage, et aussi la présence des gardiens en uniforme bleu et pantalon rayé, et l'air abattu de ceux qui attendaient dans le hall de rendre visite à un proche. Au total, il ne fallait pas regarder très attentivement pour se rendre compte que, malgré les ajustements cosmétiques apportés à la façade, cet endroit était tout autant une prison que Thomaston l'avait été.

Aimee Price avait manifestement tiré quelques ficelles afin de me donner accès à Andy Kellog. Il fallait parfois six semaines pour obtenir une autorisation de visite. En même temps, Price pouvait voir son client chaque fois qu'elle le souhaitait et je n'étais pas un inconnu pour les autorités pénitentiaires. J'avais rendu visite au prédicateur Faulkner quand il était incarcéré à Thomaston, visite mémorable pour toutes sortes de mauvaises raisons, mais c'était la première fois que je mettais les pieds dans le nouvel établissement.

Je ne fus donc pas tout à fait surpris de découvrir une silhouette familière près de Price lorsque je finis par franchir le périmètre de sécurité pour pénétrer dans le bâtiment même : Joe Long, colonel des gardiens. Il n'avait pas beaucoup changé depuis notre dernière rencontre. Grand, costaud et taciturne, il rayonnait toujours de l'autorité nécessaire pour maintenir un millier de criminels du bon côté de la ligne du respect. Sur son uniforme amidonné et soigneusement repassé, tout ce qui était censé briller étincelait de manière spectaculaire. Il y avait un peu plus de gris dans sa moustache, mais je décidai de ne pas lui en faire la remarque. Je devinais, sous la façade bourrue, un enfant sensible attendant que je le serre dans mes bras et je ne voulais pas blesser *son* sentiment, au singulier.

– Vous voilà de retour, me lança-t-il d'un ton suggérant que je ne cessais de l'importuner, de frapper à sa porte à toute heure du jour et de la nuit en demandant qu'on me laisse entrer pour que je puisse jouer avec les autres gosses.

– Peux pas me passer des taulards, confessai-je.

– Ce n'est pas ce qui manque, ici.

Je reconnaissais bien mon Joe Long. Un rigolo de première. En un peu plus sec, il aurait été l'Arizona.

– J'aime bien le nouveau bâtiment, repris-je. Institutionnel mais accueillant. Je décèle votre patte dans la déco : le gris administration, la pierre, les barbelés… C'est tout vous, ça.

Il laissa son regard s'attarder sur moi une ou deux secondes de plus que nécessaire puis pivota élégamment sur ses talons et nous demanda de le suivre. J'emboîtai le pas à Aimee Price et un surveillant du nom de Woodburry ferma la marche.

– Vous avez des amis partout, hein ? fit-elle observer.

– J'espère qu'il veillera sur moi si je me retrouve un jour ici comme pensionnaire.

– Ouais, comptez là-dessus. Si vous avez un jour ce genre d'ennuis, bricolez-vous plutôt une lame…

Nos pas résonnaient dans le couloir. Il y avait du bruit, maintenant : conversations et cris d'hommes invisibles, claquements de portes d'acier, bourdonnements lointains de postes de radio et de téléviseurs. C'était ça, la prison : à l'intérieur, jamais de silence, même la nuit. Impossible de ne pas avoir constamment conscience des types enfermés autour de vous. C'était pire dans l'obscurité, après l'extinction des feux, quand la nature du bruit changeait. La solitude et le désespoir s'emparaient alors des détenus, les ronflements étaient couverts par les cris des hommes perdus dans leurs cauchemars et les sanglots de ceux qui devaient encore apprendre à se résigner à la perspective de passer des années dans un tel endroit. Tween m'avait raconté un jour que pendant son plus long séjour au trou – deux années sur une peine de trois ans pour vol avec effraction – il n'avait pas connu une seule nuit de tranquillité. C'était ça qui l'avait démoli, disait il. Après sa libération, il n'avait cependant pas retrouvé le sommeil, car il avait perdu l'habitude du silence relatif de la ville.

– On transfère Andy du Supermax à une salle compartimentée pour notre visite, m'expliqua Aimee. Ce n'est pas l'idéal et ça ne vous donnera pas une idée du Max, mais c'est tout ce que j'ai pu obtenir. Andy est toujours considéré comme une menace pour lui-même et pour les autres.

Elle alla aux toilettes avant la rencontre, me laissant seul avec Joe Long. Woodburry restait à distance, contemplant le sol et les murs.

– Cela fait un moment qu'on ne vous a pas vu, dit Long. Deux, trois ans, quelque chose comme ça ?

– Vous avez presque l'air de le regretter.

– Ouais, presque.

Il redressa sa cravate, épousseta soigneusement des peluches qui avaient eu la témérité de s'accrocher à lui.

– Vous savez ce qu'est devenu le prédicateur Faulkner ? me demanda-t-il. Il paraît qu'il a tout bonnement disparu.

– C'est ce que dit la rumeur.

Long m'examinait de derrière ses lunettes, caressant pensivement sa moustache.

– Curieux qu'il n'ait pas refait surface, poursuivit-il. C'était difficile pour un type comme ça de disparaître, avec tous ces gens qui le recherchaient. On se demande s'ils ne regardaient pas dans la mauvaise direction. En haut au lieu d'en bas, pour ainsi dire. Au-dessus de la terre au lieu d'en dessous.

– On ne le saura sûrement jamais.

– Sûrement, oui. Et tant mieux. La disparition du prédicateur, ce n'est pas une perte, c'est certain, mais la loi, c'est la loi. Un homme peut se retrouver derrière les barreaux pour ce qu'il a fait et ça ne serait pas la place qui lui convient.

Si Long s'attendait à ce que je craque et passe aux aveux, il fut déçu.

– J'ai entendu dire que ça ne convient pas non plus à Andy Kellog. Il a un problème d'adaptation.

– Andy Kellog a des tas de problèmes, répondit-il. Dont quelques-uns qu'il se crée lui-même.

– Ça ne doit pas l'aider d'être aspergé de gaz lacrymogène et de se retrouver nu et attaché sur une chaise au milieu de la nuit. Je crois qu'il y a quelqu'un ici qui a manqué sa vocation... On dépense l'argent des contribuables à envoyer de sales individus en Egypte et en Arabie Saoudite par avion pour les ramollir un peu, alors qu'il suffirait de les mettre dans un autocar et de les conduire ici...

Pour la première fois, une ombre d'émotion passa sur le visage de Long.

– C'est un moyen de contrôle, déclara-t-il, pas de torture.

Il avait prononcé les mots à voix basse, comme s'il n'y croyait pas assez pour les énoncer clairement.

– C'est de la torture si ça rend fou, répliquai-je.

Long ouvrit la bouche, mais avant qu'il ait pu ajouter quelque chose, Aimee Price réapparut.

– OK, dit-elle. Allons-y.

Woodburry ouvrit la porte qui se trouvait en face de nous et nous entrâmes dans une salle divisée en deux par un épais panneau de Plexiglas. Une série de cabines, équipées chacune d'un système d'interphone, donnait une certaine intimité aux visites mais ce n'était pas nécessaire ce matin-là. Un seul détenu se tenait de l'autre côté du panneau, devant deux surveillants au visage impassible. Il portait une combinaison orange et des chaînes qui entravaient ses mains et ses jambes. Kellog était plus petit que moi et, à la différence d'un grand nombre de prisonniers, il ne semblait pas avoir pris du poids à cause du régime alimentaire et du manque d'exercice. Sa combinaison paraissait au contraire trop grande pour lui, les manches recouvrant presque la deuxième rangée de phalanges de chaque main. Il avait une peau blanche et de beaux cheveux bruns mal coupés dont la frange s'effilochait de droite à gauche sur son front. Son nez, brisé plusieurs fois, s'était ressoudé de travers. Sa bouche était petite, ses lèvres minces. Sa mâchoire inférieure tremblait, comme s'il était au bord des larmes. En voyant Aimee, il eut un large sourire. Il lui manquait une de ses incisives et les autres étaient grises de plaque dentaire. Il s'assit en même temps que nous, se pencha vers le micro.

– Comment ça va, mademoiselle Price ? demanda-t-il.

– Bien, Andy. Et toi ?

Il hocha plusieurs fois la tête mais ne dit rien, comme si elle parlait encore et qu'il continuait à l'écouter. De près, je découvris des bleus sous son œil et au-dessus de sa pommette gauches. Du sang séché mêlé à du cérumen obstruait l'entrée du canal de son oreille droite écorchée.

– Ça va, finit-il par répondre.

– Pas de problèmes ?

– Non, non. Je prends mes médocs, comme vous m'avez demandé, et je dis aux gardiens si je me sens pas bien.

– Ils t'écoutent ?

Kellog déglutit, esquissa un mouvement de tête pour regarder les deux hommes qui se tenaient derrière lui.

– Vous pourriez nous laisser un peu plus d'espace, s'il vous plaît ? sollicita Price.

Ils regardèrent Long pour avoir confirmation que c'était possible. Il donna son accord et ils reculèrent hors de notre vue.

– Les bons, ouais, reprit Kellog, tendant vers Long un doigt respectueux. Le colonel, il écoute, quand je le vois. Mais y en a d'autres qui m'en veulent. J'essaie de les éviter mais des fois ils m'énervent, vous voyez. Ils me mettent en colère, alors, j'ai des problèmes.

Il me regarda. C'était la troisième ou la quatrième fois qu'il le faisait, jamais assez longtemps pour accrocher mon regard, mais hochant chaque fois la tête pour prendre acte de ma présence. Price me présenta :

– Andy, voici M. Parker, il est détective privé, il voudrait te parler de certaines choses, si ça ne te dérange pas.

– Ça me dérange pas du tout, affirma Kellog. Enchanté, m'sieur.

Maintenant que les présentations étaient faites, il me regarda volontiers dans les yeux. Il y avait quelque chose d'enfantin en lui. Je ne doutais pas qu'il pût être difficile, voire dangereux, en certaines circonstances, mais j'avais du mal à comprendre que quelqu'un ait pu le rencontrer, prendre connaissance de son histoire, lire les rapports des experts et ne pas conclure qu'il avait devant lui un jeune homme ayant de gros problèmes qui ne relevaient pas de lui, un individu qui ne serait jamais vraiment à sa place où que ce soit mais qui ne méritait pas pour autant de finir dans une cellule ou, pire, attaché nu sur une chaise dans une pièce glacée parce que personne n'avait pris la peine de vérifier que ses médicaments lui convenaient.

Je me penchai un peu plus vers le panneau de verre. J'avais envie de questionner Kellog sur Daniel Clay et sur ce qui lui était arrivé dans les bois près de Bingham, mais j'avais conscience que ce serait trop difficile pour lui, et il y avait toujours la possibilité qu'il se ferme complètement ou qu'il perde son calme, auquel cas je ne pourrais plus lui demander quoi que ce soit d'autre. Je décidai de commencer plutôt avec Merrick puis de remonter jusqu'aux viols.

– J'ai rencontré quelqu'un que tu connais, dis-je. Il s'appelle Frank. Tu te souviens de lui ?

Kellog hocha énergiquement la tête et sourit, découvrant à nouveau ses dents grisâtres. Il ne les garderait plus très longtemps : ses gencives étaient violacées et infectées.

– Je l'aimais bien, Frank. Il s'occupait de moi. Il va venir me voir ?

– Je ne sais pas, Andy. Je ne suis pas sûr qu'il ait envie de revenir ici, tu comprends.

Ses traits se décomposèrent.

– Je crois que vous avez raison. Quand je sortirai d'ici, j'aurai pas envie de revenir, moi non plus.

De l'ongle, il arracha une croûte d'une de ses mains, qui se mit aussitôt à saigner.

– Comment Frank s'occupait-il de toi, Andy ?

– Il faisait peur. Moi, j'avais pas peur de lui – enfin, peut-être au début – mais les autres, si. Avant, ils m'embêtaient, et puis Frank est arrivé et ils ont arrêté. Il savait comment les retrouver, même au Max.

Avec un sourire plus large encore, il ajouta :

– Y en a, il les a déchirés grave.

– Il t'a dit pourquoi il s'occupait de toi ?

Kellog parut dérouté.

– Pourquoi ? Parce que c'était mon ami, tiens. Il m'aimait bien. Il voulait pas qu'il m'arrive des trucs.

Tout à coup, le sang commença à lui monter au visage, ce qui me rappela désagréablement Merrick, comme si quelque chose de ce dernier était passé chez Kellog pendant qu'ils étaient emprisonnés ensemble. Je vis ses mains se transformer en poings. Sa bouche émit une série de *clic* et je me rendis compte qu'il aspirait une de ses dents déchaussées dont l'alvéole se remplissait de salive puis se vidait, avec un bruit régulier semblable au tic-tac d'une bombe à retardement.

– Il était pas pédé, affirma-t-il, la voix montant en volume. Si c'est ce que vous insinuez, moi, je vous dis que c'est pas vrai. C'était pas une fiote. Moi non plus. Si c'est ce que vous insinuez...

Du coin de l'œil, je vis Long faire un geste de sa main droite et les gardiens réapparurent derrière Kellog.

– Tout va bien, Andy, intervint Aimee. Personne ne suggère quoi que ce soit de ce genre.

Il tremblait légèrement en tentant de maîtriser sa colère.

– Il l'était pas, c'est tout. Il m'a jamais touché. Il était mon ami.

– Je comprends, Andy, dis-je. Je suis désolé, je ne voulais rien insinuer. Ce que je voulais te demander, c'est s'il t'a jamais fait sentir que vous aviez quelque chose en commun. Il t'a parlé de sa fille ?

Kellog se calmait progressivement mais il restait dans ses yeux une lueur d'hostilité et de méfiance que j'aurais du mal à faire disparaître.

– Ouais, un peu.

– Après qu'il avait commencé à s'occuper de toi ?

– Ouais.

– Elle était soignée par le Dr Clay, non ? Comme toi ?

– Ouais. Elle a disparu pendant que Frank était ici.

– Frank t'a dit ce qu'il pensait qu'il était arrivé à sa fille ?

Il secoua la tête.

– Il aimait pas parler d'elle. Ça le rendait triste.

– Il t'a demandé ce qui t'était arrivé, à toi, dans le Nord ?

– Oui, répondit-il à voix basse.

Pas « ouais » mais « oui ». Cela le fit paraître plus jeune, comme si, en abordant le sujet des viols, je le renvoyais physiquement dans son enfance. Son visage s'amollit, ses pupilles rétrécirent. Il parut rapetisser, les épaules voûtées, les mains s'écartant en un geste de supplication inconscient. L'adulte tourmenté s'estompait, laissant à sa place le fantôme d'un enfant. Je n'avais pas besoin de lui demander ce qu'on lui avait fait, cela transparaissait sur ses traits en une série de tremblements, de crispations, de tressaillements, représentation muette d'une souffrance et d'une humiliation remémorées.

– Il voulait savoir ce que j'avais vu, ce que je me rappelais, continua-t-il, murmurant presque.

– Et qu'est-ce que tu lui as dit ?

– Je lui ai dit ce que ces hommes m'avaient fait, répondit-il simplement. Il m'a demandé si j'avais vu leurs visages ou si j'avais entendu un nom, mais ils portaient des masques et ils s'appelaient jamais par leurs noms.

Il me regarda dans les yeux.

– Des masques d'oiseaux, tous différents. Y avait un aigle, un corbeau. Un pigeon. Un coq. Tous différents, répéta-t-il en frémissant. Ils les enlevaient jamais.

– Tu te souviens de quelque chose sur l'endroit où ça s'est passé ?

– Il faisait sombre. Ils me flanquaient dans le coffre d'une voiture, ils m'attachaient les bras et les jambes, ils me mettaient un sac sur la tête. Ils roulaient un moment puis ils me sortaient du coffre. Quand ils enlevaient le sac, j'étais dans une pièce. Y avait des fenêtres mais elles étaient condamnées. Y avait aussi un radiateur à gaz et des lampes-tempête. J'essayais de garder les yeux fermés. Je savais ce qui allait arriver. Je le savais parce que c'était déjà arrivé. C'était comme si ça ne s'arrêterait jamais.

Il battit des cils puis ferma les yeux, revivant son calvaire.

– Andy, murmurai-je.

Il garda les yeux clos mais hocha la tête pour me faire savoir qu'il avait entendu.

– C'est arrivé combien de fois ?

– J'ai arrêté de compter après trois.

– Pourquoi tu n'en as parlé à personne ?

– Ils disaient qu'ils me tueraient et qu'ils prendraient Michelle à ma place. L'un des hommes a dit qu'ils s'en fichaient que ce soit un garçon ou une fille. Michelle, je l'aimais bien, je voulais pas qu'elle connaisse la même chose. Moi, on me l'avait déjà fait, je savais à quoi m'attendre. J'avais appris à me protéger, je pensais à autre chose pendant que ça se passait. J'imaginais que j'étais ailleurs, que j'étais pas dans moi. Des fois, je volais au-dessus de la forêt, je voyais tous les gens, en bas, je repérais Michelle, je descendais et on jouait ensemble près de la rivière. Moi, je pouvais faire ça mais Michelle, elle aurait pas su. Elle serait restée avec eux tout le temps.

Il s'est sacrifié pour une autre enfant, pensai-je en me redressant. Aimee m'en avait parlé mais l'entendre de la bouche de

Kellog lui-même, c'était autre chose. Il ne mettait aucune vantardise dans l'évocation de son sacrifice. Il l'avait fait par amour pour une gosse plus jeune, cela lui était venu naturellement. Une fois de plus, j'eus l'impression qu'un petit garçon était emprisonné dans un corps d'homme, un enfant dont le développement avait été presque totalement arrêté par ce qu'on lui avait fait subir. Près de moi, Aimee, silencieuse, pressait ses lèvres si fortement qu'elles en étaient presque exsangues. Elle avait sans doute déjà entendu tout cela, mais ce ne serait jamais facile à entendre, pensai-je.

– Finalement, ça s'est su quand même, dis-je. Les gens ont découvert ce qui se passait.

– Je piquais des colères, c'était plus fort que moi. On m'a conduit chez le docteur, il m'a examiné. J'ai essayé de l'empêcher, je ne voulais pas qu'ils viennent prendre Michelle. Puis le docteur m'a posé des questions. J'ai essayé de mentir, pour Michelle, mais il me tendait des pièges. J'arrivais pas à garder toutes les réponses dans ma tête. On m'a ramené au Dr Clay, mais je ne voulais plus lui parler. Je ne voulais plus parler à personne. Je suis retourné au centre mais je suis devenu trop vieux, ils ont dû me laisser sortir. J'ai fréquenté certains gars, j'ai fait des conneries, je me suis retrouvé au Château.

Le Château était le nom qu'on donnait à l'ancien Centre pour délinquants juvéniles de South Portland, une prison pour jeunes perturbés construite au milieu du XIXe siècle. Elle avait été fermée depuis, et ce n'était pas une grande perte. Avant l'ouverture des nouveaux centres de South Portland et de Charleston, le taux de récidive chez les jeunes détenus était de cinquante pour cent. Il était descendu à quinze pour cent, principalement parce que les autorités cherchaient maintenant moins à incarcérer et à punir qu'à aider des gosses, parfois âgés de onze ou douze ans, à résoudre leurs problèmes. Le changement était toutefois venu trop tard pour Andy Kellog. Il était le témoignage vivant de tout ce qui peut mal tourner dans les rapports des autorités avec un enfant perturbé.

Aimee Price rompit le silence :

– Je peux montrer tes dessins à M. Parker, Andy ?

Il ouvrit les yeux, je n'y décelai pas de larmes. Il ne lui en restait plus, je crois.

– D'accord.

Elle ouvrit sa serviette, y prit une pochette en carton, me la tendit. Elle contenait huit ou neuf dessins, la plupart au crayon, deux à l'aquarelle. Les quatre ou cinq premiers étaient sombres, tout en gris, noir et rouge, et peuplés de grossières silhouettes nues avec des têtes d'oiseaux. C'étaient les dessins dont Bill m'avait parlé.

Le reste se composait de variations sur un même paysage : des arbres, un sol nu, des bâtiments en ruine. C'étaient des œuvres médiocres, sans grand talent, et cependant certaines avaient été réalisées avec beaucoup de soin, tandis que d'autres n'étaient que des taches furieuses de noir et de vert, des versions encore reconnaissables du même lieu mais créées dans un accès de rage et de douleur. Sur chacune d'elles, un grand clocher en pierre occupait une place centrale. Je connaissais ce lieu parce que je l'avais déjà vu sur un tableau.

Galaad.

– Pourquoi tu as dessiné cet endroit, Andy ? demandai-je.

– C'est là que ça s'est passé, répondit Kellog. C'est là qu'ils m'ont emmené.

– Comment tu le sais ?

– La deuxième fois, le sac a glissé au moment où ils me portaient à l'intérieur. Je donnais des coups de pied, le sac est presque tombé de ma tête. C'est ce que j'ai vu avant qu'on me le remette. J'ai vu l'église. Je l'ai dessinée pour la montrer à Frank. Et puis ils m'ont transféré au Max et ils m'ont plus laissé peindre. J'ai même pas pu prendre mes dessins avec moi. J'ai demandé à Mlle Price de les garder.

– Frank les a vus ?

– Ouais.

– Et tu ne te rappelles rien d'autre des hommes qui t'ont emmené là-bas ?

– Pas leurs visages, en tout cas. Je vous l'ai dit, ils portaient des masques.

– Pas de signes particuliers ? Un tatouage, par exemple, ou une cicatrice…

– Non… Attendez. Y en avait un avec un oiseau, là.

Il indiqua son avant-bras gauche.

– Une tête d'aigle, avec un bec jaune. Ça doit être pour ça qu'il portait un masque d'aigle. C'était celui qui disait aux autres ce qu'ils devaient faire.

– Tu en as informé la police ?

– Ouais. Mais j'en ai plus jamais entendu parler. Ça n'a pas dû les aider.

– Et Frank ? Tu le lui as dit aussi ?

Kellog plissa le front.

– Je crois. Je me rappelle plus. Je peux poser une question ?

Aimee parut surprise.

– Bien sûr, Andy.

Il se tourna vers moi.

– Ces hommes, vous allez essayer de les retrouver ?

Il y avait quelque chose dans sa voix qui ne me plaisait pas. Le petit garçon avait disparu et le Kellog qui l'avait remplacé n'était ni un enfant ni un adulte mais un être pervers à mi-chemin entre les deux, et dont le ton était presque moqueur.

– Oui, répondis-je.

– Ben, vous avez intérêt à vous grouiller.

– Pourquoi ?

Le sourire était de retour, mais aussi la lueur hostile dans le regard.

– Parce que Frank a promis de les tuer. Il a promis qu'il les tuerait tous, une fois dehors.

Andy Kellog se leva et se jeta la tête la première contre le panneau de Plexiglas. Son nez se brisa, laissa une traînée de sang sur le verre. Il se cogna de nouveau la tête contre le panneau, s'ouvrant le front, et se mit à crier tandis que les surveillants s'abattaient sur lui et qu'Aimee Price les suppliait de ne pas lui faire de mal. Une sonnerie d'alarme retentit, d'autres gardiens accoururent et Kellog, submergé par une masse de corps, ruait et hurlait toujours, appelant une souffrance nouvelle à venir noyer le souvenir de l'ancienne.

18

Le colonel des gardiens fulminait en silence quand je retournai avec Aimee dans le hall d'entrée. Il nous y laissa un moment et nous attendîmes qu'il revienne nous apporter des nouvelles sur l'état d'Andy Kellog. Autour de nous, les visiteurs étaient trop nombreux pour que nous puissions parler de ce qui s'était passé. Ils semblaient tous pris dans leur propre souffrance et dans le malheur de ceux qu'ils étaient venus voir. Peu d'entre eux parlaient. Il y avait des hommes d'âge mûr qui pouvaient être des pères, des frères, des amis. Quelques femmes avaient amené leurs enfants à la visite mais même les gosses étaient silencieux et calmes. Ils savaient où ils se trouvaient et cela les effrayait : s'ils couraient, ou s'ils parlaient trop fort, on les mettrait peut-être en prison, comme leur papa. Ils n'auraient pas le droit de rentrer à la maison, un homme viendrait les prendre et les enfermerait dans le noir, parce que c'est ce qu'on fait aux enfants pas sages. On les enferme et leurs dents se gâtent et ils se jettent contre les panneaux de Plexiglas pour se réfugier dans l'inconscience.

Long réapparut près du bureau de l'entrée et nous fit signe de le rejoindre. Il nous apprit qu'Andy avait le nez cassé, qu'il avait perdu une autre dent et qu'il présentait quelques hématomes dus aux coups reçus pendant qu'on s'efforçait de le maîtriser, mais à part ça, il allait aussi bien qu'on pouvait l'espérer. L'entaille de son front avait demandé cinq points de suture et il était à présent à l'infirmerie. On ne l'avait même pas aspergé de gaz lacrymogène, peut-être à cause de la présence de son avocate de l'autre côté du panneau de verre. Kellog ne montrait aucun signe de commotion cérébrale, mais on le garderait en observation jusqu'au lendemain matin, pour plus de sûreté. On l'avait toutefois menotté pour qu'il ne se fasse pas de nouveau mal ou n'essaie pas de blesser quelqu'un. Aimee s'éloigna pour donner un coup de fil avec son portable, me laissant seul avec Long, encore furieux contre lui-même et les hommes qu'il commandait pour ce qui était arrivé à Andy Kellog.

– Ce n'est pas la première fois qu'il fait ça, grommela-t-il. Je leur avais pourtant dit de le surveiller de près !

Il jeta un coup d'œil à Aimee, signe qu'il la rendait en partie responsable de l'incident parce qu'elle avait demandé aux surveillants de reculer.

– Il n'a rien à faire ici, déclarai-je.

– C'est le juge qui a pris la décision, pas moi.

– Eh bien, elle était mauvaise. Je sais que vous avez entendu notre conversation. Kellog n'avait pas eu beaucoup de chance au départ, mais avec ce qu'ils lui ont fait, ces types lui ont pris le peu d'espoir qui lui restait. Le Max ne fait que le rendre de plus en plus fou, or je ne pense pas que le juge l'a condamné à cette lente descente dans la démence. On ne peut pas enfermer un homme dans un endroit pareil, sans perspective de libération, et s'attendre à ce qu'il garde son équilibre, d'autant qu'Andy Kellog tenait à peine debout dès le départ.

Long eut la décence de paraître embarrassé.

– Nous faisons tout ce que nous pouvons pour lui.

– Ça ne suffit pas.

Je m'en prenais à lui mais je savais qu'il n'y était pour rien. Kellog avait été condamné et emprisonné, Long n'avait pas à contester cette sentence.

– Vous croyez peut-être qu'il était mieux loti avec son copain Merrick près de lui ? dit-il.

– Au moins, il tenait la meute des loups à distance.

– Il ne valait pas beaucoup mieux qu'eux.

– Vous ne le pensez pas vraiment.

Il me regarda, haussa un sourcil.

– Votre petit cœur penche pour Frank Merrick ? Faites attention, vous pourriez y retrouver un couteau planté dedans.

Long avait à la fois tort et raison. Merrick était capable de faire souffrir ou de tuer sans la moindre hésitation, je n'en doutais pas, mais il y avait là une intelligence à l'œuvre. Merrick était aussi une arme qu'on pouvait manier et quelqu'un avait trouvé le moyen de l'utiliser. Les propos de Long avaient cependant touché la cible, comme ceux de Rachel. J'éprouvais effectivement de la sympathie pour Merrick. Comment aurais-je pu faire autrement ? J'étais père, moi aussi. J'avais perdu un enfant et je n'avais reculé devant rien pour traquer l'homme qui était responsable de sa mort. Je savais aussi que j'étais prêt à tout pour protéger Sam et sa mère. Comment, dans ces conditions, aurais-je pu reprocher à Merrick de vouloir découvrir la vérité cachée derrière la disparition de sa fille ?

Ces considérations mises à part, j'en savais davantage maintenant qu'une heure plus tôt. Malheureusement, Merrick partageait en partie ces informations. Je me demandai s'il avait déjà commencé à ratisser les environs de Jackman et les ruines de Galaad en quête de traces de ceux qu'il tenait pour responsables de la disparition de sa fille ou s'il avait trouvé quelque chose sur l'homme à l'aigle tatoué. Je me dis que je finirais par me rendre à Galaad. Chaque pas que je faisais semblait m'en rapprocher.

Aimee revint.

– J'ai passé quelques coups de téléphone et je crois qu'on peut trouver un juge compatissant qui ordonnera un transfert à Riverview, annonça-t-elle.

S'adressant à Long, elle poursuivit :

– J'ai obtenu qu'une expertise psychiatrique indépendante soit effectuée sur Andy Kellog dans les jours qui viennent. Je vous serais reconnaissante de bien vouloir faciliter la chose.

– Ça doit passer par les canaux habituels, mais une fois que j'aurai le feu vert du gouverneur, je tiendrai la main à votre psy si ça peut l'aider.

Aimee parut raisonnablement satisfaite et me fit signe que nous devions partir. Au moment où je m'apprêtais à la suivre, Long me pressa doucement le bras.

– Deux choses, dit-il. Premièrement, je pense sincèrement ce que j'ai dit de Merrick. J'ai vu de quoi il est capable. Il a presque trucidé un détenu qui avait essayé de prendre le dessert de

Kellog ; il l'a plongé dans le coma, pour un pot de mauvaise crème glacée. Et vous aviez raison : j'ai entendu ce que Kellog avait à dire. Ce n'était pas nouveau pour moi, je l'avais déjà entendu. Vous voulez savoir ce que je pense ? Je pense que Merrick s'est servi de Kellog. Il est resté près de lui pour lui soutirer ce qu'il savait. Il n'arrêtait pas de le questionner, de l'inciter à se rappeler ce que ces hommes lui avaient fait. En un sens, il est responsable de l'état de Kellog. Il le perturbait, il l'énervait et nous, nous devions en assumer les conséquences.

Ce n'était pas ce qu'on m'avait raconté au match de hockey, mais je savais que les anciens taulards avaient tendance à idéaliser certains de ceux qu'ils avaient connus. De plus, dans un lieu où les gentillesses sont chose rare, le moindre acte d'humanité prenait des proportions gigantesques. La vérité, comme en toute chose, se trouvait probablement dans la zone grise située entre les propos de Bill et ceux de Long. J'avais vu comment Andy Kellog réagissait quand on l'interrogeait sur les viols. Merrick avait peut-être réussi quelquefois à le calmer, mais il y avait sans doute d'autres fois où il avait échoué à le faire et où Andy en avait souffert.

– Deuxièmement, pour ce tatouage dont votre gars a parlé, poursuivit Long, vous devriez peut-être chercher un militaire. Ou quelqu'un qui serait passé par l'armée.

– Vous avez une idée de par où je pourrais commencer ?

– Ce n'est pas moi le détective, dit Long, mais si j'étais vous, je chercherais du côté du Sud. Fort Campbell, peut-être. Les troupes aéroportées.

Puis il nous laissa, et sa carcasse massive réintégra le corps principal de la prison.

– Ça veut dire quoi, ça ? m'interrogea Aimee.

Je ne répondis pas.

Fort Campbell, à la frontière du Kentucky et du Tennessee, base de la 101e division aéroportée...

Les Aigles hurleurs.

Nous nous séparâmes au parking. Je remerciai Aimee pour son aide et lui demandai de me faire savoir si je pouvais faire quoi que ce soit pour Andy Kellog.

– Vous connaissez la réponse, dit-elle. Vous retrouvez ces types, vous m'en informez et je vous recommande le pire avocat que je connaisse.

J'ébauchai un sourire qui mourut quelque part entre ma bouche et mes yeux. Aimee savait ce que je pensais.

– Frank Merrick, lâcha-t-elle.

– Ouais, Merrick.

– Vous feriez bien de les trouver avant lui.

– Je pourrais les lui laisser.

– Vous pourriez, sauf qu'il ne s'agit pas seulement de lui, ni même d'Andy. En l'occurrence, il faut qu'on voie la justice à l'œuvre. Quelqu'un doit réagir publiquement. D'autres enfants ont sûrement été victimes, nous devons trouver un moyen de les aider aussi, ou d'aider les adultes qu'ils sont devenus. Ce sera impossible si Frank Merrick retrouve ces hommes le premier et les abat. Vous avez encore ma carte ?

Je regardai dans mon portefeuille. Elle y était. Aimee la tapota du doigt en disant :

– Si vous avez des ennuis, téléphonez-moi.

– Qu'est-ce qui vous fait croire que j'en aurai ?

– Vous êtes un récidiviste, monsieur Parker, déclara-t-elle en montant dans sa voiture. Les ennuis, c'est votre spécialité.

19

Le Dr Robert Christian parut distrait et mal à l'aise quand je me présentai à l'improviste à son bureau en revenant de Warren, mais il accepta quand même de m'accorder cinq minutes de son temps. A mon arrivée, une voiture de ronde était garée devant le bâtiment, un homme assis à l'arrière, la tête appuyée contre le grillage divisant l'intérieur du véhicule, la position de ses mains indiquant qu'il était menotté. Un policier parlait à une femme d'une trentaine d'années dont le regard passait sans cesse d'un point d'un triangle à un autre : le flic, les deux enfants assis dans un gros 4 × 4 Nissan, à sa droite, puis l'homme enfermé à l'arrière de la voiture de patrouille. Le flic, les gosses, le type. Le flic, les gosses, le type. On voyait qu'elle avait pleuré. Ses enfants pleuraient encore.

– La matinée a été longue, soupira Christian en refermant la porte de son bureau et en se laissant tomber dans son fauteuil. Et je n'ai même pas encore eu le temps de déjeuner.

– Le type dehors ?

– Je ne peux pas faire de commentaires. Rien de ce que nous faisons n'est facile, mais l'un des aspects les plus durs, celui qui demande à être manié le plus délicatement, c'est le moment où quelqu'un est confronté aux accusations portées contre lui. La police a procédé à un interrogatoire il y a deux jours, et aujourd'hui, lorsque la mère et les enfants sont arrivés ici pour un entretien, ils sont tombés sur le père qui les attendait dehors. Les gens réagissent différemment aux allégations d'abus sexuels : incrédulité, dénégation, rage. Heureusement, nous ne sommes pas souvent en situation de devoir faire intervenir la police. C'était un moment... particulièrement difficile pour toutes les personnes concernées.

Il rassembla les papiers posés sur son bureau, les divisa en liasses et les rangea dans des classeurs.

– Que puis-je faire pour vous, monsieur Parker ? Je n'ai pas beaucoup de temps, je le crains. J'ai rendez-vous dans deux heures à Augusta avec le sénateur Harkness pour discuter des peines plancher, et je ne me suis pas aussi bien préparé que je l'aurais souhaité.

Le sénateur de l'Etat du Maine James Harkness était un homme de droite, un réac traitant à coups de marteau-pilon à peu près tous les sujets qui lui étaient présentés. Récemment, il avait été l'un des plus chauds partisans d'une peine plancher de vingt-deux ans pour les coupables d'agression sexuelle caractérisée sur mineur, y compris ceux qui acceptaient de plaider coupable pour obtenir une réduction de peine.

– Vous êtes pour ou contre ?

– A l'instar de la plupart des procureurs, je suis contre mais, pour des hommes comme le brave sénateur, c'est un peu comme demander la suppression de Noël.

– Je peux savoir pourquoi ?

– C'est très simple : cette proposition qui caresse les électeurs dans le sens du poil fera plus de mal que de bien. Sur cent accusations portées, la moitié environ donnent lieu à une intervention des autorités. Sur ces cinquante, quarante débouchent sur une inculpation. Sur les quarante inculpés, trente-cinq plaident coupable et négocient avec le procureur, cinq passent en jugement, et sur ces cinq, deux sont condamnés et trois acquittés. Sur les cent cas initiaux, nous avons donc entre trente et quarante délinquants sexuels que nous pouvons ficher et suivre.

« Si nous adoptons les peines plancher, rien n'incitera les criminels présumés à plaider coupable pour négocier. Autant risquer le coup au tribunal et d'une manière générale les procureurs préfèrent, dans les cas d'allégations d'abus sexuels, aller au procès uniquement s'ils ont un dossier solide. Le problème pour nous, comme je l'ai souligné la dernière fois que nous nous sommes vus, c'est qu'il est très difficile de fournir le genre de preuves requises pour obtenir une condamnation devant un tribunal. Si on introduit les peines plancher, il y a donc de fortes chances pour qu'un nombre plus élevé de violeurs passent entre les mailles du filet. Nous ne les aurons pas dans nos fichiers et ils recommenceront jusqu'à ce qu'ils se fassent de nouveau prendre. Les peines plancher permettent aux politiciens de paraître durs contre le crime, mais elles vont à l'encontre du but recherché. En toute franchise, je crois cependant que j'aurais plus de chances de faire comprendre ça à un chimpanzé qu'au sénateur Harkness...

– Les chimpanzés n'ont pas à se soucier de leur réélection.

– Je préférerais mille fois voter pour un singe que pour Harkness. Au moins, le singe finira par évoluer, à un moment ou à un autre... Bon, monsieur Parker, vous avez progressé ?

– Un peu. Vous connaissez Galaad ?

– Comme je présume que vous ne testez pas ma connaissance des petits détails de la Bible, j'en conclus que vous vous référez à la communauté de Galaad et aux « enfants de Galaad ».

Il me fit un résumé de l'histoire semblable à la version que je connaissais déjà, bien qu'il estimât l'ampleur de l'affaire bien plus grande qu'on ne l'avait soupçonné au départ.

– J'ai rencontré quelques-unes des victimes, je sais de quoi je parle, affirma-t-il. Je pense que la plupart des membres de Galaad étaient au courant de ce que subissaient ces enfants et qu'un nombre plus élevé d'hommes qu'on ne l'a d'abord reconnu y ont pris part. Les familles se sont dispersées après la découverte des corps et on n'a plus jamais entendu parler de plusieurs d'entre elles. En revanche, d'autres sont réapparues dans le cadre d'affaires semblables. L'une des victimes, la fille dont le témoignage a conduit à la condamnation de Mason Dubus, le meneur présumé des violeurs, s'est efforcée de retrouver leurs traces. Deux ou trois sont emprisonnés en dehors du Maine, les autres sont morts. Dubus est le seul qui soit encore en vie, du moins le seul que nous connaissions. Si d'autres ont survécu, ce sont aujourd'hui des vieillards et des vieillardes.

– Que sont devenus les enfants ?

– Quelques-uns ont été emmenés par leurs parents ou leurs tuteurs quand la communauté s'est dissoute. Nous ignorons où ils sont allés. Ceux que nous avons réussi à sauver ont été placés dans des familles d'accueil. Deux ou trois ont été envoyés à Good Will Hinckley.

Good Will Hinckley, institution située près de l'I-95, fournissait un foyer et un cadre scolaire à des jeunes âgés de douze à vingt et un an victimes de brutalités, vivant dans la rue, perturbés par l'alcool et la drogue, soit directement, soit du fait de l'addiction d'un membre de leur famille. Créée à la fin du XIXe siècle, Good Will Hinckley accordait chaque année un diplôme de fin d'études secondaires à neuf ou dix élèves qui, sans elle, se seraient retrouvés en prison ou sous terre. Il n'y avait donc rien d'étonnant à ce que plusieurs des enfants de Galaad y aient atterri. C'était probablement le mieux qui pût leur arriver, étant donné les circonstances.

– Comment est-ce qu'une chose pareille a pu se produire ? demandai-je. Les dimensions de cette affaire sont, disons, presque incroyables…

– C'était une communauté isolée, refermée sur elle-même, dans un Etat de communautés isolées, refermées sur elles-mêmes. D'après ce que nous savons aujourd'hui, il semble que les principales familles impliquées se soient connues avant leur arrivée à Galaad et qu'elles aient entretenu des relations pendant plusieurs années. En d'autres termes, il y avait déjà une structure en place qui aurait facilité le genre de violences commises. Il existait en tout cas des barrières très nettes entre ce noyau de quatre ou cinq familles et celles qui se sont installées plus tard : les femmes ne se fréquentaient pas, les enfants ne jouaient pas ensemble, les hommes maintenaient leurs distances en dehors des occasions où le travail les contraignait à coopérer. Les violeurs savaient exactement ce qu'ils faisaient et s'adaptaient peut-être même à ceux qui pouvaient partager leurs penchants, de sorte qu'il y avait toujours de nouvelles proies pour eux. C'était une situation cauchemardesque, mais il y avait quelque chose à Galaad – la malchance, les circonstances, appelons ça le « mal », si vous voulez – qui l'aggravait.

« Il faut également tenir compte du fait qu'à l'époque les gens n'étaient pas aussi conscients du problème des violences sexuelles sur enfants qu'ils le sont maintenant. Ce n'est qu'en 1962 qu'un médecin nommé Henry Kempe a écrit un article intitulé "Le syndrome des enfants battus" et déclenché une révolution concernant la façon de considérer les sévices infligés aux enfants, mais cet article portait essentiellement sur les violences physiques et même au début des années 1970, quand j'ai commencé mes études, on ne parlait guère d'agressions sexuelles. Puis le féminisme est arrivé et on s'est mis à parler de la question aux femmes et aux enfants. En 1978, Kempe a publié "Agressions sexuelles : un autre problème psychiatrique caché", et la prise de conscience s'est probablement faite à ce moment-là.

« Malheureusement, on peut dire que le balancier est reparti trop loin de l'autre côté. Il s'est instauré un climat de suspicion permanente, parce que la science n'a pas suivi le désir d'affronter le problème. Cela a provoqué un retour en arrière et une chute des allégations dans les années 1990, mais nous approchons maintenant, semblerait-il, d'une sorte d'équilibre, même si nous nous concentrons encore parfois trop sur les sévices sexuels au détriment des autres violences. On estime que vingt pour cent des enfants ont été victimes d'abus sexuels avant l'âge adulte, mais les conséquences des mauvais traitements prolongés et des brutalités répétées sont en fait bien plus graves. Un enfant victime de brutalités et de maltraitance risque davantage d'avoir un comportement criminel qu'un enfant victime d'agression sexuelle. Par ailleurs, si les violeurs d'enfants ont souvent été eux-mêmes agressés sexuellement, la plupart des pédophiles n'ont pas subi d'abus sexuels. Voilà, conclut Christian, vous avez eu droit à votre conférence. Maintenant, dites-moi la raison de votre intérêt pour Galaad.

– Daniel Clay s'y intéressait aussi, il a représenté l'endroit dans ses tableaux. Quelqu'un m'a raconté qu'il avait même interrogé Mason Dubus et qu'il avait l'intention d'écrire un livre sur ce qui s'était passé là-bas. Il y a aussi le fait qu'on a retrouvé sa voiture abandonnée à Jackman, et Galaad n'est pas loin de Jackman. Il semble également que l'un des anciens patients de Clay ait été violé à Galaad ou à proximité par des hommes portant des masques. Je ne crois pas qu'il puisse s'agir d'une simple coïncidence.

– Rien d'étonnant à ce que Clay se soit intéressé à Galaad, estima Christian. La plupart des spécialistes de notre domaine exerçant dans le Maine ont à un moment ou à un autre examiné les matériaux disponibles et un certain nombre d'entre eux ont interrogé Dubus, y compris moi-même.

Après avoir réfléchi, il ajouta :

– Je ne me rappelle pas avoir vu de descriptions de Galaad dans les rapports concernant Clay, mais on fait mention d'un cadre rural. Plusieurs enfants ont aperçu des arbres, de l'herbe, de la terre. Il y a également des similarités dans leurs descriptions du lieu où ils ont été violés – des murs nus, un matelas sur le sol, ce genre de choses –, même si la plupart des victimes avaient un bandeau sur les yeux. Il s'agit donc de visions fugaces, rien de plus.

– Ces hommes auraient-ils pu être attirés par Galaad à cause de ce qui s'y était passé avant ? demandai-je.

– C'est possible. Un ami qui travaille dans la prévention des suicides m'a parlé de « groupements de lieux », d'endroits qui deviennent des sites de prédilection, en grande partie parce que d'autres s'y sont déjà suicidés. Un suicide en facilite ou en encourage un autre. Il se peut qu'un lieu synonyme de violences sexuelles sur enfants ait été attirant pour d'autres violeurs, mais cela aurait comporté un risque...

– Le risque peut-il faire partie de l'attirance ?

– Peut-être. J'ai beaucoup réfléchi, depuis que vous êtes venu me voir. C'est une affaire peu ordinaire. Apparemment, nous sommes devant des sévices sexuels à grande échelle commis par des étrangers à la famille, ce qui sort en soi de l'ordinaire. A la différence des adultes, les enfants sont rarement violés par des étrangers. Les abus sexuels au sein de la famille représentent cinquante pour cent des actes commis sur les filles, et entre dix et vingt pour cent de ceux commis sur les garçons. D'une manière générale aussi, les coupables de violences non incestueuses se divisent en six catégories selon leur degré de fixation, de ceux qui ont des contacts non sexuels fréquents avec des enfants aux criminels sadiques qui ont rarement des contacts non sexuels avec eux. Ceux-ci considèrent les enfants qui leur sont inconnus comme des victimes potentielles, mais le degré de violence infligée aux enfants qui ont parlé des masques d'oiseaux était très faible. En fait, une seule enfant se rappelle avoir été gravement brutalisée et elle précise que le responsable – il avait commencé à l'étrangler et elle avait failli perdre connaissance – s'est aussitôt fait réprimander par les autres. Cela indique une certaine maîtrise. Ces hommes n'étaient en aucun cas des violeurs ordinaires. Il y avait de la planification, de la collaboration et, faute d'un meilleur mot, de la retenue. Ces éléments rendent ce qui s'est passé particulièrement perturbant.

— Etes-vous sûr qu'il n'y a pas eu de cas semblables signalés depuis la disparition de Clay ?

— Vous voulez dire des rapports d'abus sexuels concordant avec ces descriptions ? J'en suis aussi certain qu'on peut l'être étant donné les informations disponibles. C'est une des raisons pour lesquelles les soupçons sont tombés sur Clay, je suppose.

— Est-il possible que ces hommes aient cessé de commettre des violences sexuelles ?

— Je ne le pense pas. Il se peut que certains d'entre eux aient été emprisonnés pour d'autres crimes, ce qui expliquerait cette interruption, mais sinon, je ne crois pas qu'ils aient arrêté. Ce sont des pédophiles prédateurs. Leur mode opératoire a pu changer, mais leurs pulsions n'ont pas disparu.

— Pourquoi auraient-ils changé de mode opératoire ?

— Il s'est peut-être produit quelque chose qui les a effrayés ou qui leur a fait prendre conscience qu'ils risquaient d'attirer davantage l'attention s'ils continuaient à procéder de cette manière.

— La fille de Merrick a dessiné des hommes avec des têtes d'oiseaux, rappelai-je.

— Et elle a disparu, enchaîna Christian, finissant pour moi.

— La date de la disparition de Clay correspond à peu près à la période où Lucy Merrick a été vue pour la dernière fois. Et vous venez de me dire qu'on n'a pas signalé depuis de viols d'enfants par des hommes portant des masques d'oiseaux…

— Pas à ma connaissance, répondit Christian. Mais je vous le répète : il n'est pas facile de retrouver d'éventuelles victimes. Il se peut que les viols se soient poursuivis sans que nous le sachions.

Plus j'y réfléchissais, plus cela semblait coller, cependant. Il y avait un lien entre la disparition de Clay et celle de Lucy Merrick, peut-être même un lien entre la disparition de Lucy et le fait qu'aucun autre enfant n'avait été violé depuis par des hommes à tête d'oiseau.

– La mort d'un enfant aurait-elle suffi à les effrayer ? demandai-je.

– Oui, peut-être, si elle était accidentelle.

– Et si elle ne l'était pas ?

– Alors, nous aurions affaire à autre chose : pas des violeurs mais des tueurs d'enfants.

Il y eut un silence. Christian nota quelque chose sur un bloc, je regardai le jour commencer à décliner, la lumière changer d'angle à travers les stores de la fenêtre. Les ombres ressemblaient aux barreaux d'une prison et je songeai de nouveau à Andy Kellog.

– Dubus vit encore dans le Maine ? demandai-je.

– Il a une maison près de Caratunk. Un endroit isolé, où il est quasiment prisonnier chez lui : il porte à la cheville un bracelet de localisation par satellite, il prend des médicaments pour réduire ses pulsions sexuelles, il n'a accès ni à Internet ni à la télévision par câble. Même son courrier et ses relevés téléphoniques sont contrôlés, c'est une des conditions de sa libération. Bien qu'il soit âgé, il constitue toujours un danger potentiel pour les enfants. Vous savez probablement qu'il a fait de la prison pour ce qui est arrivé à Galaad. Il a ensuite été emprisonné à trois reprises pour – je cite de mémoire – deux chefs d'agression sexuelle, trois de mise en danger de mineur, possession de pédopornographie, et toute une série d'autres faits similaires. La dernière fois, il a été condamné à vingt ans d'emprisonnement, libéré au bout de dix ans avec conditionnelle à vie pour qu'il soit étroitement surveillé jusqu'à ce qu'on l'enterre. De temps en temps, des étudiants titulaires d'une licence ou des psychiatres viennent l'interroger. C'est un sujet utile. Il est intelligent, il a les idées claires pour un homme de quatre-vingts ans, et il ne rechigne pas à parler. Il n'a pas beaucoup d'autres façons de passer le temps, je présume.

– C'est intéressant qu'il soit resté si près de Galaad.

Caratunk ne se trouvait effectivement qu'à une cinquantaine de kilomètres de l'ancienne communauté.

– Je ne crois pas qu'il ait jamais quitté l'Etat depuis qu'il y est arrivé, souligna Christian. Quand je l'ai interrogé, il a décrit Galaad comme une sorte d'Eden. Il possédait toute l'argumentation habituelle sur le bout des doigts : les enfants sont bien plus éveillés sexuellement que nous le pensons ; d'autres sociétés et civilisations voyaient d'un œil favorable l'union d'enfants et d'adultes ; à Galaad, les relations étaient amoureuses et réciproques. Je n'arrête pas d'entendre des variations sur ces thèmes. Avec Dubus, cependant, j'ai eu l'impression qu'il savait pertinemment que ce n'était qu'un rideau de fumée. Il a conscience de ce qu'il est et il en jouit. Nous n'avons jamais espéré qu'il s'amenderait. Nous nous efforçons simplement de le contrôler et de l'utiliser pour mieux connaître la nature de ses semblables. En ce sens, il nous est utile.

– Et les cadavres de bébés ?

– Il accuse les femmes de leur mort, tout en refusant de fournir des noms.

– Vous le croyez ?

– Absolument pas. Dubus était le mâle dominant de la communauté. S'il n'a pas lui-même tenu l'arme qui a tué ces enfants, il a donné l'ordre de leur exécution. Mais je le répète, c'était une autre époque et il n'est pas nécessaire de remonter très loin pour trouver des histoires semblables d'enfants nés de relations adultérines ou incestueuses qui meurent fort opportunément.

« Dubus a eu la chance de s'en sortir vivant quand les habitants de Jackman ont appris ce qui se passait à Galaad. Ils avaient peut-être des doutes, mais tout a changé avec la découverte des corps. Une grande partie des bâtiments de la communauté ont été abattus. Il n'en est resté que deux, ainsi que la carcasse d'une église inachevée. Ils ont peut-être disparu eux aussi, maintenant. Je n'en sais rien, je ne suis pas retourné là-bas depuis la fin de mes études.

On frappa à la porte, la réceptionniste entra avec une liasse de messages et une tasse de café pour Christian.

– Comment dois-je m'y prendre pour parler à Mason Dubus ? demandai-je.

Christian but une longue gorgée de café en se levant, l'esprit déjà tourné vers des questions plus pressantes, comme les sénateurs tyranniques qui font passer les votes avant l'intérêt général.

– Je peux téléphoner à son contrôleur judiciaire, proposa-t-il en me raccompagnant. Arranger une visite ne devrait pas poser de problème.

Lorsque je sortis, la voiture de police était partie. Le Nissan aussi, mais en retournant à Scarborough je le repérai, quelques minutes plus tard, garé devant un marchand de doughnuts. A travers la vitrine, je crus apercevoir les enfants mangeant des pâtisseries rose et jaune dans une boîte. La femme me tournait le dos. Elle avait les épaules voûtées et je me dis qu'elle avait peut-être encore pleuré.

Il me restait une visite à faire ce jour-là. J'avais réfléchi au tatouage mentionné par Andy Kellog et à la suggestion de Joe Long : il pouvait indiquer quelqu'un qui était passé par l'armée, peut-être dans une unité aéroportée. Je savais par expérience que ce genre de piste était difficile à suivre. Les dossiers se trouvaient aux Archives nationales des personnels de l'armée, à Saint Louis, dans le Missouri, mais même si je parvenais à avoir accès aux banques de données – ce qui me serait difficile –, cela ne me servirait à rien sans un indice quelconque sur l'identité de l'homme en question. Si j'avais eu un suspect, j'aurais pu trouver quelqu'un pour me sortir le dossier, mais il aurait fallu pour cela quémander des faveurs et je n'étais pas encore prêt à le faire. Le Département des Anciens Combattants ne communiquait pas volontiers les informations et rares étaient les fonctionnaires prêts à risquer un emploi fédéral avec retraite en refilant des dossiers sous la table à un enquêteur.

Ronald Straydeer était un Indien Penobscot d'Oldtown qui avait fait la guerre du Vietnam dans une unité cynophile. Il vivait à la sortie de Scarborough Downs, à côté d'une caravane en forme d'obus qui avait appartenu autrefois à un nommé Billy Purdue mais qui servait maintenant de centre d'accueil au paquet de zonards, de bons à rien et d'anciens frères d'armes qui trouvaient le chemin de la porte de Ronald. Il avait été réformé pour invalidité après avoir été blessé à la poitrine et au bras par un pneu qui avait explosé le jour où il quittait le Vietnam. Je n'avais jamais su ce qui lui avait fait le plus mal : ses blessures, ou le fait qu'il avait dû abandonner sa chienne berger allemand, Elsa, considérée comme un « surplus ». Ronald était persuadé que les Vietnamiens l'avaient bouffée. Je crois qu'il les haïssait plus pour ça que pour avoir tenté à maintes reprises de le farcir de plomb quand il était en uniforme.

Je savais qu'il avait un contact, un officier du nom de Tom Hyland, qui travaillait avec l'Association des mutilés de la guerre du Vietnam et l'avait aidé à remplir son dossier de demande de pension. Hyland l'avait représenté quand il cherchait à se frayer un chemin dans le labyrinthe de l'administration, et Ronald parlait toujours de lui en termes élogieux. Je l'avais rencontré une fois, quand Ronald et lui évoquaient des souvenirs en se tapant des homards dans une baraque située près du Two Lights State Park. Ronald me l'avait présenté comme un « homme d'honneur », le plus grand compliment que je l'aie entendu faire sur un autre être humain.

En sa qualité d'officier, Hyland avait accès au dossier de tout ancien combattant ayant soumis une demande de pension au Département, y compris ceux qui auraient servi dans une unité aéroportée et qui auraient habité le Maine au moment de leur engagement, ou qui y touchaient leur pension. En outre, le Département travaillait avec des associations comme les Anciens Combattants américains au Vietnam, l'American Legion et les Anciens Combattants des guerres à l'étranger. Si je pouvais convaincre Ronald de demander des tuyaux à Hyland et si Hyland était disposé à me rendre service, je pourrais peut-être obtenir une courte liste de noms.

Il faisait presque nuit quand j'arrivai chez Ronald, et la porte d'entrée était ouverte. Il était assis dans son séjour devant la télé, entouré de boîtes de bière, certaines pleines mais la plupart vides. Un DVD de Jimi Hendrix en concert passait sur l'écran, le son très bas. En face de Ronald, un type qui paraissait plus jeune que lui était vautré sur le canapé. Pour son âge, Ronald Straydeer était en forme, avec un peu de gris seulement dans ses cheveux bruns coupés court, et un corps qui résistait à l'empâtement de l'âge mûr grâce à de rudes exercices physiques. Il était costaud mais son copain l'était plus encore, avec des cheveux cascadant en mèches blondes et châtains autour d'un visage assombri par une barbe de trois jours. Il était aussi défoncé jusqu'aux yeux et l'odeur de shit flottant dans la pièce me fit tourner la tête. Ronald paraissait légèrement moins déchiré, mais il en tenait quand même une bonne.

– Putain, grogna son pote, un coup de bol que c'était pas les flics...

– Il vaut mieux fermer la porte à clé, fis-je observer. Ou simplement la fermer. Ils auront plus de mal à entrer.

L'ami de Ronald hocha la tête d'un air sagace.

– C'est... juste, bredouilla-t-il. *Très* juste.

– Je te présente Stewart, dit Ronald. J'ai fait le Vietnam avec son père. Stewart a combattu dans la guerre du Golfe, la première. On parlait du bon vieux temps.

– Absolument, confirma Stewart. Au bon vieux temps, dit-il en levant sa bière.

Ronald m'en offrit une mais je refusai. Il décapsula une autre Silver Bullet et la vida presque avant de l'écarter de ses lèvres pour me demander :

– Qu'est-ce que je peux faire pour toi ?

– Je cherche quelqu'un qui est peut-être passé par l'armée. Il a un aigle tatoué sur le bras gauche et un faible pour les enfants. J'ai pensé que si ça ne te disait rien, tu pourrais peut-être te rencarder, ou en toucher un mot à ton copain officier, Hyland. Le type que je cherche est une ordure, Ronald. Sinon, je ne t'emmerderais pas avec ça.

Ronald considéra la question ; Stewart plissa les yeux en tentant de se concentrer sur ce qui venait d'être dit.

– Un homme qui aime les enfants ne s'amuse pas à le crier sur les toits, fit remarquer Ronald. Je ne me souviens pas d'avoir entendu parler de quelqu'un qui aurait eu ces goûts-là. Le tatouage pourrait aider à le retrouver. Comment tu sais qu'il en avait un ?

– Un des gosses l'a vu sur son bras. C'est le seul indice que j'aie sur le type, il était masqué.

– L'enfant a vu aussi les années ?

– Les années ?

– Les années de service. Si l'homme est passé par l'armée, même s'il a juste nettoyé les latrines, il a ajouté ses années.

Je ne me rappelais pas qu'Andy Kellog eût mentionné des chiffres tatoués sous l'aigle. Je pris mentalement note de demander à Aimee de vérifier.

– Et s'il n'y a pas d'années ?

– Alors, il n'a probablement pas fait l'armée, répondit Ronald. Et le tatouage, c'est de la frime.

– Tu peux te renseigner quand même ?

– Je peux. Tom sait peut-être quelque chose. Il est plutôt coincé question règlement, mais si c'est une histoire de gosses…

Stewart s'était levé et parcourait du regard les étagères de Ronald en oscillant doucement aux accords à peine audibles de Hendrix, un nouveau joint vissé entre les lèvres. Il découvrit une photo et lança à Ronald :

– Hé, Ron, c'est ta chienne, là ?

Ronald n'eut même pas à se retourner pour savoir ce que Stewart avait trouvé.

– Oui. C'est Elsa.

– Belle bête. C'est moche ce qui lui est arrivé, reprit Stewart en agitant la photo dans ma direction. Vous savez, ils l'ont bouffée, sa chienne. Ils l'ont *bouffée.*

– Il paraît, dis-je.

– Enfin, merde, faut être quoi pour bouffer la chienne de quelqu'un ?

Une larme apparut au coin d'un de ses yeux et roula sur sa joue.

– C'est vraiment moche, répéta-t-il.

Ça l'était, c'est sûr.

20

Merrick avait déclaré à la police qu'il dormait la plupart du temps dans sa voiture, mais les flics ne l'avaient pas cru et moi non plus. Voilà pourquoi j'avais chargé Angel de le suivre à sa sortie de prison. D'après Angel, Merrick avait pris un taxi à la station jouxtant l'arrêt d'autobus, il était descendu dans un motel proche du Centre commercial du Maine puis avait tiré les rideaux, probablement pour dormir. Il n'y avait cependant pas trace au parking de sa Ford rouge et quand, au bout de six heures, Merrick n'était toujours pas réapparu, Angel avait pris l'initiative de chercher à savoir ce qui se passait. Il avait acheté une pizza à emporter, il était entré dans le motel avec le carton et avait frappé à la porte de la chambre de Merrick. N'obtenant pas de réponse, il avait forcé la serrure et constaté que Merrick avait filé. Il y avait une voiture de ronde au motel, envoyée probablement pour la même raison qu'Angel, mais le policier n'en savait pas plus que nous.

– Merrick se doutait qu'on le suivrait, dit Angel, assis dans ma cuisine à côté de Louis.

Walter, revenu de chez les Johnson, renifla les pieds d'Angel et mordilla le bout de ses lacets.

– Il doit y avoir trois ou quatre façons de sortir de ce motel, poursuivit Angel. C'est sûrement pour ça qu'il l'avait choisi.

Je n'étais pas trop surpris. Quel que fût l'endroit où Merrick se planquait avant son arrestation, ce n'était pas dans un motel de centre commercial. Je téléphonai à Matt Mayberry pour savoir s'il avait déniché quelque chose d'utile.

– J'ai été très occupé, sinon, je t'aurais appelé, dit Matt quand je parvins enfin à le joindre.

Il m'expliqua qu'il avait concentré ses premières recherches sur les services des inspecteurs des impôts de la ville de Portland et des environs immédiats avant de les élargir à un rayon de cent kilomètres.

– Jusqu'ici, j'ai trouvé deux possibilités. L'une à Saco, mais elle fait l'objet d'un litige depuis près de quatre ans. Apparemment, la municipalité aurait annoncé la mise en vente pour impôts non acquittés de la maison d'un type hospitalisé avec un cancer, et puis, sans prévenir, à ce qu'on raconte, elle l'aurait bazardée par soumission cachetée. Mais écoute ça : quand le type, revenu de l'hôpital, a refusé de quitter sa maison, la ville a envoyé une équipe du SWAT pour le déloger de force. Il n'avait même plus de cheveux ! Qu'est-ce que vous avez, dans le Maine ? L'affaire sera soumise à la Cour suprême mais elle avance à la vitesse d'une tortue arthritique. J'ai des photocopies du dossier, si tu veux y jeter un coup d'œil.

– Qu'est-ce qu'Eldritch vient faire là dedans ? demandai-je.

– Il est le propriétaire en titre, en tant que mandataire. J'ai fait quelques autres recherches sur lui et j'ai trouvé son nom dans diverses acquisitions de propriétés, jusqu'en Californie, mais elles sont toutes anciennes et elles avaient été revendues. Les achats dans le Maine sont de loin les plus récents et ne suivent pas le même schéma que les autres.

– A savoir ?

– Ben, je ne pourrais pas le jurer mais on dirait qu'une partie au moins du boulot d'Eldritch consiste, ou consistait, à acheter des maisons pour des personnes ou des compagnies qui ne veulent pas qu'on sache qu'ils sont propriétaires. Mais comme je te l'ai dit, la plupart des références que j'ai trouvées remontent à la préhistoire, ce qui me fait penser qu'Eldritch est passé depuis à d'autres choses, ou qu'il a appris à mieux brouiller ses traces. Certaines de ces maisons traînent derrière elles une piste de paperasse incroyable, ce qui pourrait aussi être une façon de dissimuler le fait que, malgré une avalanche de ventes et de transferts, le propriétaire est toujours resté le même. Mais c'est juste une hypothèse et il faudrait une équipe d'experts avec beaucoup de temps à leur disposition pour le prouver...

« La vente de Saco pourrait être une erreur de jugement. Eldritch avait peut-être été chargé de trouver une maison pour un client, celle de Saco avait l'air d'une occasion en or et puis tout a foiré parce que la ville a mal géré l'affaire. Il s'agissait sans doute d'un simple malentendu mais, résultat, Eldritch s'est retrouvé dans le genre de merdier juridique qu'il cherchait précisément à éviter à tout prix. Ce qui nous amène à la deuxième maison, achetée quelques semaines après qu'on a hissé le drapeau noir sur la vente de Saco. C'est dans un bled appelé Welchville. Tu connais ?

– Vaguement. Je crois que c'est quelque part entre Mechanic Falls et Oxford...

– Si tu le dis. Je ne l'ai même pas trouvé sur une carte ordinaire.

– Ce n'est pas le genre d'endroit qu'on met sur les cartes ordinaires. Il n'y a pas grand-chose, là-bas. Il n'y a pas grand-chose non plus à Mechanic Falls, mais comparé à Welchville, c'est New York.

– Rappelle-moi de chercher ailleurs un coin pour prendre ma retraite. Bref, j'ai fini par la localiser, cette baraque. Elle est sur... Sevenoaks Road, près de Willow Brook. Apparemment, elle est totalement isolée, ce qui colle avec ce que tu m'as raconté, et elle ne devrait pas être difficile à trouver. C'est le numéro 1180. Je ne sais pas ce qui est arrivé aux maisons de 1 à 1179 mais je suppose qu'elles sont quelque part dans le coin, elles aussi. Voilà ce que j'ai pour le Maine. Si tu veux que j'élargisse les recherches, ça prendra plus de temps que je n'en ai et je devrai passer l'affaire à quelqu'un d'autre, qui ne travaillera peut-être pas gratis comme moi.

Je répondis à Matt que je le lui ferais savoir mais que la maison de Welchville me semblait un bon point de départ. Welchville était assez proche de Portland pour que la ville et ses environs soient facilement accessibles, et assez loin pour offrir un endroit tranquille, voire un refuge en cas de besoin. Les habitants de bleds comme Welchville et Mechanic Falls ne mettaient pas leur nez dans les affaires des autres à moins qu'on ne leur donne une raison de le faire.

Le jour déclinait mais cela nous convenait. Il semblait plus sage d'approcher de la maison de Welchville à la faveur de la nuit. Si Merrick s'y trouvait, cela nous donnerait une chance de ne pas nous faire repérer. La date d'achat de la maison par Eldritch était aussi un détail intéressant. Merrick était alors en prison et loin d'une éventuelle libération, ce qui signifiait soit que l'avocat établissait des plans à long terme, soit que la maison avait été achetée pour autre chose. Selon Matt, Eldritch en était encore le propriétaire en titre mais je le voyais mal passant beaucoup de temps à Welchville, ce qui menait droit à la question suivante : qui avait utilisé la maison ces quatre dernières années ?

J'emmenai Louis et Angel dans la Mustang et, évitant la côte, je contournai Auburn et Lewiston, laissai les agglomérations importantes derrière nous et pénétrai dans le Maine rural, même si la région restait proche de la principale ville de l'Etat. Portland avait commencé à s'étendre, avalant de petites communes et inquiétant quelques autres, mais on aurait pu se croire à des centaines de kilomètres de la ville. C'était un autre monde de routes étroites et d'habitations éparpillées, de bourgs aux rues désertes où le silence n'était troublé que par le grondement de camions et, de temps à autre, le passage d'une voiture. Parfois, une rangée de réverbères apparaissait, éclairant une portion de route qui semblait identique au reste et qui cependant, pour une raison ou une autre, avait mérité cette faveur particulière de la part du comté.

– Pourquoi ? demanda Angel.

– Pourquoi quoi ? dis-je.

– Pourquoi des gens vivent ici ?

Nous avions à peine quitté la 495 et il était déjà en manque des lumières de la ville. Assis à l'arrière, il gardait les bras croisés sur la poitrine, tel un enfant boudeur.

– Tout le monde n'a pas envie de vivre en ville.

– Impossible.

– Tout le monde n'a pas envie non plus de vivre près de types comme toi.

La Route 121 serpentait paresseusement de Minot à Hackett Mills et Mechanic Falls avant de croiser la 26. Il nous restait moins de deux kilomètres à couvrir. A côté de moi, Louis tira un Glock des plis de son manteau. De l'arrière me parvint le claquement révélateur d'une balle montant dans la chambre. Si quelqu'un, Merrick ou un autre, vivait sur Sevenoaks Road, il ne serait sans doute pas ravi de nous voir.

La maison, située en retrait de la route, demeura invisible jusqu'à ce que nous passions devant. Je l'aperçus dans le rétroviseur : une construction de plain-pied, avec une porte centrale et deux fenêtres de chaque côté. Elle n'était ni particulièrement délabrée ni remarquablement bien entretenue. Elle était simplement… *là*.

Je continuai à rouler un moment, gravissant la pente de la route jusqu'à être certain que plus personne dans la maison ne pouvait entendre le bruit du moteur. Puis je m'arrêtai et attendis. Aucune autre voiture ne nous dépassa. Finalement, je fis demi-tour et laissai la Mustang redescendre lentement la colline, freinai avant que la maison soit à nouveau visible. Je me garai sur le bas-côté de la route et nous fîmes le reste du chemin à pied.

Aucune lumière ne brillait aux fenêtres. Tandis que je restais à distance avec Louis, Angel explora le périmètre pour repérer d'éventuelles lampes de nuit s'allumant automatiquement au passage d'une personne. Il n'en trouva aucune. Il fit le tour de la maison avant de nous faire signe de le rejoindre avec sa torche électrique, une main en entourant l'extrémité pour que nous soyons les seuls à la voir.

– Apparemment, y a pas de système d'alarme, annonça-t-il.

C'était logique. L'occupant des lieux, que ce soit Merrick ou la personne qui le finançait, n'allait pas fournir aux flics une raison de passer quand la maison était déserte. De toute façon, on aurait probablement pu compter le nombre de cambriolages dans le coin sur les pouces d'une seule main.

En approchant, je remarquai qu'on avait récemment remplacé des tuiles du toit et que la peinture extérieure était fendillée et écaillée par endroits. Les mauvaises herbes avaient colonisé la majeure partie du jardin mais on avait recouvert l'allée d'une couche fraîche de gravier et ouvert un espace pour une ou deux voitures dans les herbes folles. La porte du garage jouxtant la maison avait une serrure neuve. Le bâtiment même n'avait pas été repeint mais ne semblait pas nécessiter de travaux urgents. Bref, on avait fait tout le nécessaire pour rendre la maison habitable mais pas davantage. Rien n'attirait l'attention, rien n'incitait à la regarder de plus près. Elle avait la banalité que seule confère une ferme volonté d'effacement.

Avec l'aide d'Angel et de Louis, j'inspectai une fois de plus les lieux en évitant de marcher sur le gravier et en restant sur l'herbe pour étouffer le bruit de mes pas, mais je ne décelai aucun signe d'une présence à l'intérieur. Quelques secondes de travail au crochet suffirent à Angel pour ouvrir la porte de derrière et nous permettre d'entrer dans une cuisine exiguë dont les étagères et les placards étaient vides, et où le réfrigérateur ne semblait servir qu'à apporter un bourdonnement réconfortant à une maison par ailleurs totalement silencieuse. Une poubelle contenait la carcasse d'un poulet rôti et une bouteille d'eau en plastique vide. L'odeur laissait penser que les reliefs du poulet s'y trouvaient depuis quelque temps. Il y avait aussi un paquet écrasé d'American Spirit, les cigarettes que fumait Merrick.

Nous passâmes dans le couloir. Devant nous, la porte d'entrée. A gauche, une petite chambre, meublée uniquement d'une table de chevet et d'un canapé-lit d'où dépassait le coin d'un drap écru, unique tache claire dans l'obscurité. Près de la chambre, le séjour, sans aucun meuble. Des étagères occupaient les alcôves flanquant une cheminée froide, mais le seul livre visible était une vieille bible cornée reliée cuir. Je la feuilletai, ne découvris aucune note ni marque, aucun nom indiquant l'identité du propriétaire sur le frontispice.

Angel et Louis étaient passés aux pièces de droite : une salle de bains qui avait peut-être été autrefois une deuxième chambre, vide elle aussi mis à part les insectes desséchés pris dans les restes des toiles d'araignée de l'été, telle une déco de Noël laissée en place bien après la période des fêtes, et une salle à manger qui gardait les traces de son passé sous la forme de marques d'une table et de chaises dans la poussière, comme si le mobilier avait disparu sans intervention humaine, s'évanouissant dans l'air telle de la fumée.

— Par ici, appela Angel.

Il était dans le couloir et braquait sa torche sur une trappe carrée proche d'un mur latéral. Elle était munie d'un cadenas qui ne lui résista pas longtemps. Agrippant l'anneau de cuivre serti dans le bois, Angel souleva la trappe, découvrant un escalier qui descendait dans le noir. Il me regarda comme si j'avais quelque chose à me reprocher et murmura :

— Pourquoi ça se passe toujours sous terre ?

— Pourquoi tu chuchotes ? répliquai-je.

— Merde, jura-t-il à voix haute. J'ai horreur de ça.

Louis et moi nous accroupîmes près de lui.

— Vous sentez ? demanda Louis.

Je reniflai. L'air de la cave avait un peu la même odeur que la carcasse de poulet de la poubelle mais beaucoup plus faible, comme si quelque chose y avait pourri et qu'on l'avait enlevé depuis, ne laissant que la mémoire de sa décomposition, captive du silence.

Je descendis le premier, suivi par Angel. Louis resta en haut au cas où quelqu'un approcherait de la maison. A première vue, la cave paraissait encore plus vide que le reste des pièces. Pas d'outils aux murs, pas d'établi sur lequel bricoler, pas de caisses entreposées, pas de vestiges de vies anciennes oubliés sous la maison. Il n'y avait qu'un balai appuyé contre un mur et une fosse circulaire dans le sol de terre battue, d'un mètre cinquante de diamètre et de deux mètres de profondeur environ. Les côtés étaient recouverts de briques, le fond de morceaux d'ardoise.

— On dirait un vieux puits, suggéra Angel.

— Tu connais beaucoup de gens qui construisent une maison sur un puits, toi ?

Il huma l'air.

— Y a une odeur qui monte. On a peut-être enterré quelque chose en dessous.

Je pris le balai et le lui tendis. Il se pencha, l'enfonça dans les morceaux d'ardoise, mais manifestement la couche n'avait que quelques centimètres d'épaisseur. En dessous, c'était du béton.

– Bizarre, grogna-t-il.

Mais je n'écoutais plus car j'avais remarqué que la cave n'était pas aussi vide qu'elle nous l'avait paru. Dans un coin, derrière l'escalier, presque invisible dans l'obscurité, il y avait une énorme armoire en chêne, au bois si sombre et si vieux qu'il semblait presque noir. L'éclairant de ma lampe, je vis qu'elle était sculptée, ornée de feuilles et de plantes grimpantes qui la faisaient ressembler moins à un meuble décoré par une main d'homme qu'à un élément de la nature figé dans sa forme actuelle. Les boutons de porte étaient en verre taillé et une petite clé en laiton luisait dans la serrure. Je promenai le faisceau de ma lampe autour de la cave en me demandant comment on avait réussi à y descendre ce meuble. La trappe et l'escalier étaient trop étroits. Il y avait peut-être eu autrefois des portes donnant sur le jardin, mais je n'en voyais pas trace. J'avais l'impression troublante que la cave avait été construite autour de ce vieil assemblage de chêne sombre, dans l'unique but de lui fournir un endroit tranquille où reposer.

Je tendis le bras, saisis la clé, qui parut vibrer légèrement entre mes doigts. Je posai la main sur le bois, il tremblait aussi. Cette sensation semblait provenir à la fois de l'armoire et du sol sous mes pieds, comme si, en dessous de la maison, une gigantesque machine tournait et palpitait pour remplir un office inconnu.

– Tu sens ? dis-je.

A présent, Angel était à la fois proche et lointain, comme si l'espace et le temps s'étaient momentanément courbés. Je le voyais en train d'examiner la fosse, de chercher dans les morceaux d'ardoise un indice sur la source de l'odeur, mais quand je lui parlai il ne parut pas m'entendre, et ma voix me sembla à moi-même faible et distante. Je tournai la clé, la serrure cliqueta, trop fort pour un mécanisme aussi petit. Je pris un bouton en verre dans chaque main et tirai, les portes s'ouvrirent facilement, sans bruit, pour révéler ce qu'il y avait à l'intérieur.

Quelque chose bougea dans l'armoire. Saisi, je reculai, faillis trébucher. Je levai mon pistolet en tenant haut la torche électrique, loin de l'arme, et fus momentanément aveuglé par le reflet de son faisceau.

C'était ma propre image que je fixais, déformée et obscurcie. Un miroir doré était accroché au fond de l'armoire. Dessous, il y avait des rangements pour chaussures et sous-vêtements, tous encastrés dans le meuble et tous vides, séparés en deux parties par une planche horizontale presque entièrement cachée par un assemblage disparate d'objets : une paire de boucles d'oreilles en argent incrustées de pierres rouges ; une alliance en or avec une date gravée à l'intérieur, « 18 mai 1969 » ; une petite voiture rouge à la peinture presque entièrement écaillée ; la photo jaunie d'une femme dans un médaillon bon marché ; une coupe gagnée au bowling, sans date ni nom du vainqueur ; un recueil de poésie enfantine relié toile ouvert à la page de titre, sur laquelle les mots « A Emily, Papa et Maman qui l'aiment, Noël 1955 » avaient été tracés d'une écriture grossière, hésitante ; une épingle de cravate ; une vieille photo de Carl Perkins en 1945, signée par le chanteur lui-même ; un collier en or à la chaîne brisée, comme si on l'avait arraché du cou de la personne qui l'avait porté ; un portefeuille ouvert sur la photo d'une jeune femme affublée du mortier et de la toge d'une diplômée.

Bien que tout indiquât qu'ils aient été précieux à une certaine époque pour leurs propriétaires, ces objets n'étaient que secondaires par rapport au miroir, qui retint mon attention. Sa surface réfléchissante avait été gravement endommagée, par des flammes, semblait-il, ou une très forte chaleur, le fond en bois apparaissant au centre. Le verre s'était gauchi, les bords s'étaient tachés de marron et de noir, et cependant, il ne s'était pas fendu et, derrière, le bois n'était pas calciné. La température ayant causé de tels dégâts avait été si élevée que le miroir avait tout bonnement fondu, le support demeurant toutefois intact.

Je tendis la main pour le toucher, arrêtai mon geste. J'avais déjà vu ce miroir et je sus soudain qui manipulait Frank Merrick. Quelque chose se tordit dans mon estomac et je fus pris de nausées. J'aurais peut-être même parlé tout haut, mais les mots n'auraient eu aucun sens. Des images défilèrent dans mon esprit, le souvenir d'une maison...

« Ce n'est pas une maison, c'est un foyer. »

Des symboles sur le mur d'une demeure abandonnée depuis longtemps, révélés seulement lorsque le papier peint avait commencé à pendre en longues langues dans le couloir. Un homme en manteau élimé, le pantalon couvert de taches, la semelle d'un de ses souliers décollée, exigeant d'une personne longtemps crue morte le paiement d'une dette.

« C'est un monde vieux et mauvais. »

Et un petit miroir doré, tenu par les doigts de cet homme, jaunes de nicotine, une image reflétée dedans et une forme hurlante qui pouvait être moi, qui pouvait être un autre.

« Il était damné et son âme est perdue… »

Angel apparut à mes côtés, posa sur les objets un regard vide.

– C'est quoi ? demanda-t-il.

– Une collection, répondis-je.

Il se rapprocha, parut sur le point de prendre la petite voiture. Je levai la main.

– N'y touche pas. Ne touche à rien. Il faut sortir d'ici. Tout de suite.

Il vit alors le miroir.

– Qu'est-ce qui est arrivé à ce…

– Il provient de la maison de Grady.

Il recula avec une expression de dégoût, regarda par-dessus son épaule comme s'il s'attendait à voir l'homme qui avait apporté le miroir dans cette maison surgir de sa cachette, telle l'une des araignées hibernant dans les pièces du haut réveillée par l'arrivée des premiers insectes du printemps.

– Ah, tu déconnes, marmonna Angel. Pourquoi rien n'est jamais normal, avec toi ?

Je refermai les portes de l'armoire, la clé vibrant encore dans la serrure quand je la tournai, scellant de nouveau la collection. Je remontai de la cave avec Angel et remis le cadenas en place puis nous quittâmes les lieux, sans laisser de trace de notre intrusion, et lorsque Angel referma la porte derrière nous, la maison paraissait exactement telle que nous l'avions trouvée à notre arrivée.

Je sentis pourtant que nos efforts seraient vains.

Il saurait que nous avions pénétré dans la maison.

Le Collectionneur le saurait, et il viendrait.

21

Le retour à Scarborough se fit en silence. Angel et Louis avaient été dans la maison de Grady, ils savaient ce qui s'y était passé et comment cela s'était terminé.

John Grady était un tueur d'enfants opérant dans le Maine et sa maison était restée inoccupée pendant de longues années après sa mort. A la réflexion, « inoccupée » n'était peut-être pas le bon mot. « En sommeil » aurait été plus approprié, car il y était resté quelque chose, une trace de l'homme qui lui avait laissé son nom. C'était du moins ce qu'il m'avait semblé mais il pouvait tout aussi bien s'agir d'ombres et de fumées, de miasmes de son passé, du souvenir de vies perdues se fondant pour engendrer des fantasmes dans mon cerveau.

Je n'étais toutefois pas le seul à soupçonner que quelque chose s'était incrusté dans la maison de Grady. Le Collectionneur était apparu, homme aux vêtements râpés et aux ongles jaunes, quémandant seulement la permission d'emporter un souvenir : un miroir, rien de plus. Il ne semblait pas vouloir pénétrer dans la maison, ni en être capable, et j'étais convaincu qu'un autre au moins, un petit voyou du nom de Chris Tierney, était mort des mains du Collectionneur après avoir eu l'audace de contrarier ce personnage étrange et sinistre. Mais ce n'était pas à moi d'accorder la permission que réclamait le Collectionneur et quand il avait compris qu'on ne lui donnerait pas ce qu'il voulait, il l'avait pris quand même, me laissant répandre mon sang sur le sol.

La dernière chose que j'avais vue, étendu par terre, le crâne embrasé de douleur par la force du coup du Collectionneur, c'était l'image de John Grady emprisonnée derrière le verre du miroir que le Collectionneur avait emporté, hurlant d'impuissance alors que la justice s'abattait enfin sur lui.

Ce même miroir, brûlé et déformé, gisait maintenant sous une maison déserte, reflétant un assemblage d'objets hétéroclites, souvenirs d'autres vies, d'une justice rendue par cette silhouette émaciée. Il avait signé de son nom au moins une fois, « Kushiel », plaisanterie macabre, nom volé au geôlier de l'enfer, et néanmoins indice de sa nature, ou de ce qu'il croyait être sa nature. J'étais certain que chacun des objets de cette vieille armoire représentait une vie prise, une dette payée d'une manière ou d'une autre. Je me rappelai la puanteur de la fosse, dans la cave.

Je devrais téléphoner, pensai-je. Je devrais lui coller les flics sur le dos. Mais que pourrais-je dire ? Que j'avais senti une odeur de sang alors qu'il n'y avait pas de sang à voir ? Qu'il y avait un tas de babioles dans une armoire, mais avec seulement un prénom et une date pour les relier à leurs propriétaires d'origine ?

Et qu'est-ce que vous faisiez dans cette cave, monsieur ? Vous ne savez pas qu'il est interdit d'entrer quelque part par effraction ?

Il y avait aussi un autre facteur à prendre en considération. J'avais par le passé rencontré des individus aussi dangereux que le Collectionneur. Ils étaient d'une nature corrompue que, pour plusieurs d'entre eux, je ne parvenais ni à expliquer ni à comprendre, et capables des pires méfaits. Mais le Collectionneur était différent. Il était animé par autre chose que le désir d'infliger de la souffrance. Il semblait occuper une place située au-delà de la morale conventionnelle, engagé dans une tâche qui ne s'encombrait ni de procès en bonne et due forme, ni de lois, ni de la moindre pitié. Dans son esprit, ceux qu'il recherchait avaient déjà été jugés, il ne faisait qu'exécuter la sentence. Il était comme un chirurgien coupant des tumeurs cancéreuses, les excisant avec précision et jetant les parties mortes dans le feu.

A présent, il manipulait Merrick, il se servait de lui pour faire sortir de l'ombre des criminels inconnus qui, ainsi, se révéleraient à lui. Merrick était passé dans cette maison, fût-ce brièvement : le paquet de cigarettes vide et le poulet en train de pourrir m'en donnaient la preuve. Le Collectionneur fumait, lui aussi, mais il avait des goûts un peu moins exotiques que les American Spirit. Par l'intermédiaire d'Eldritch, il avait fourni une voiture à Merrick, probablement de l'argent, et aussi un endroit où loger, une base d'où opérer, mais presque certainement assortis de l'interdiction de pénétrer dans une des parties fermées à clé de la maison. Et même si Merrick avait désobéi en descendant à la cave, les objets de l'armoire auraient-ils eu un sens pour lui ? Il n'y aurait vu qu'un fatras, un amalgame insolite d'objets disparates gardés dans une armoire qui vibrait au toucher, cachée dans un coin d'une cave où flottait une faible odeur de vieux et de moisi.

Il était clair maintenant que le Collectionneur cherchait quelqu'un lié à Daniel Clay et non, s'il fallait en croire Eldritch, Clay lui-même. Il ne pouvait y avoir qu'une seule réponse : il traquait ceux qui avaient pris pour proies les patients de Clay, ceux qui, si je ne me trompais pas, étaient responsables de ce qui était arrivé à Lucy Merrick. Le Collectionneur avait donc engagé Eldritch pour faire libérer Frank Merrick et le mettre dans la bonne direction, mais Merrick n'était pas du genre à rapporter ses moindres faits et gestes à un avocat décati dans un cabinet envahi de paperasse. Il voulait se venger et le Collectionneur devait savoir qu'à un moment ou à un autre Merrick lui échapperait totalement. Il lui faudrait garder le contact, d'une manière ou d'une autre, pour que toutes les informations qu'il recueillerait passent automatiquement à celui qui l'avait fait sortir de prison. Et lorsque les hommes qu'il traquait réagiraient enfin, le Collectionneur serait là à attendre car il y avait une dette à payer.

Mais alors, qui filait Merrick ? Là encore, une seule réponse possible.

Les Hommes creux.

Apparemment, Angel avait en partie suivi mon raisonnement.

– On sait où il crèche, dit-il. S'il est lié à tout ça, on saura où le trouver quand on en aura besoin.

Je secouai la tête.

– C'est un entrepôt, rien de plus. Merrick a probablement eu le droit de s'en servir un moment, mais je te parie dix dollars qu'il n'est jamais descendu à la cave, et dix de plus qu'il n'a jamais rencontré qui que ce soit lié à cette maison, Eldritch mis à part.

– La serrure de la porte de derrière est neuve, rappela Angel. On l'a changée récemment, peut-être dans les dernières quarante-huit heures.

– Merrick a sans doute perdu le droit de venir ici, mais je pense que ça lui est égal. Il ne semble pas y avoir passé beaucoup de temps et il est du genre méfiant, de toute façon. Je dirais qu'il a rompu les amarres dès qu'il a pu. Il ne voulait pas qu'Eldritch puisse le tenir en laisse, mais il devait ignorer qui finançait ses recherches. S'il l'avait su, il n'aurait jamais mis les pieds ici.

– Mais on a toujours une longueur d'avance sur ce mec, non ? On a laissé la baraque exactement comme on l'a trouvée. On sait qu'il est impliqué mais lui, il ne sait pas qu'on sait.

– Tu joues à quoi, là ? intervint Louis. A Alice détective ? Qu'il vienne, ce type. Les monstres, on connaît. C'est pas un de plus qui fera chavirer la barque.

– Celui-là, il n'est pas comme les autres, fis-je observer.

– Pourquoi ?

– Parce qu'il ne prend pas parti. Il s'en fiche. Il veut juste une chose.

– C'est-à-dire ?

– Augmenter sa collection.

– Tu penses qu'il veut Daniel Clay ? me demanda Angel.

– Je pense qu'il veut les hommes qui ont abusé des patients de Clay et que le père de Rebecca est la clé. Le Collectionneur utilise Merrick pour les faire sortir de leur cachette.

Louis remua sur son siège.

– C'est quoi les possibilités, pour Clay ?

– Les mêmes que pour tout le monde : il est vivant ou mort. S'il est mort, soit il s'est suicidé, comme sa fille le suppose – auquel cas, la question est de savoir pourquoi –, soit quelqu'un l'a aidé à mourir. S'il a été assassiné, c'est peut-être parce qu'il avait une idée de l'identité des violeurs et qu'ils l'ont liquidé pour qu'il se taise. Mais s'il est en vie, il a su se cacher, il a fait preuve de discipline. Il n'a pas pris contact avec sa fille, ou du moins c'est ce qu'elle prétend, ce qui n'est pas du tout la même chose.

– Tu la crois, pourtant, dit Louis.

– J'ai plutôt tendance à la croire, oui. Et puis il y a Poole. Elle l'a embauché pour qu'il retrouve son père et il n'est pas revenu. D'après O'Rourke, de la police de Portland, Poole était un amateur qui avait probablement de mauvaises fréquentations. Sa disparition n'est peut-être pas liée à celle de Clay, mais si elle l'est, ou bien son enquête l'a mené aux types qui ont tué Clay et il est mort pour sa peine, ou bien il a retrouvé Clay et Clay l'a descendu. Finalement, ça se réduit à deux possibilités : Clay est mort et personne ne veut qu'on remue cette histoire, ou il est vivant et il ne veut pas qu'on le retrouve. Mais s'il tient à rester planqué au point de tuer quelqu'un pour se protéger, de qui se protège-t-il ?

– On en revient aux gosses, constata Louis. Mort ou vivant, il en savait plus que ce qu'il disait sur ce qui leur est arrivé.

Je pris la sortie pour Scarborough et la Route 1, roulai vers la côte à travers des marais noyés de clair de lune, vers l'océan sombre qui attendait au-delà. Quand je passai devant chez moi, les mots de Rachel me revinrent. Elle avait peut-être raison : je me hantais moi-même. Ce n'était pas une pensée très réconfortante, mais l'autre terme de l'alternative ne l'était pas non plus : quelque chose, dans la maison de Grady, avait trouvé un moyen de combler les vides qui restaient.

Angel remarqua la façon dont je regardais ma maison.

– Tu veux qu'on vienne chez toi ? proposa-t-il.

– Non, vous avez déjà payé pour votre chambre de luxe à l'hôtel. Profitez-en. On ne fait pas dans le luxe, à Jackman.

– C'est où, Jackman ? s'enquit Angel.

– Au nord-ouest. Dernier arrêt avant le Canada.

– Et y a quoi, à Jackman ?

– Il y aura nous, à partir de demain ou d'après-demain. Jackman est pour Galaad le lieu civilisé le plus proche et c'est à Galaad, ou dans les parages, qu'Andy Kellog s'est fait violer et qu'on a retrouvé la voiture de Clay. Kellog n'a pas été violé en pleine nature, ce qui veut dire que quelqu'un avait accès à un bâtiment du secteur. Soit Merrick y est déjà passé, et comme il n'a rien trouvé, il est retourné asticoter Rebecca Clay à Portland, soit il n'a pas encore établi le rapport. Si c'est le cas, il ne tardera pas à le faire mais on a encore de l'avance sur lui.

La masse du Black Point Inn se dressa devant nous, percée de lumières scintillant aux fenêtres. Angel et Louis m'invitèrent à dîner avec eux mais je n'avais pas faim. Ce que j'avais vu dans la cave m'avait coupé l'appétit. Je les regardai monter le perron, pénétrer dans le hall et disparaître dans le bar, puis je passai en marche arrière et pris le chemin du retour.

A la maison, un mot de Bob m'informa que Walter était chez les Johnson. Je décidai de l'y laisser. Ils se couchaient de bonne heure, même si Shirley, la femme de Bob, dormait mal à cause de son arthrite et que je la voyais souvent lire à sa fenêtre, une veilleuse fixée à son livre pour ne pas déranger son mari, ou regardant simplement l'obscurité faire lentement place à l'aube. Je ne voulais cependant pas courir le risque de les réveiller pour le plaisir douteux d'offrir à mon chien une promenade supplémentaire par une nuit d'hiver.

Je verrouillai donc les portes et mis de la musique : un disque du coffret Bach que Rachel m'avait offert en vue d'élargir mes horizons musicaux. Je fis du café et, installé près de la fenêtre de mon salon, contemplai les bois et l'eau, conscient du mouvement de chaque arbre, du balancement de chaque branche, du déplacement de chaque ombre, songeant à la façon dont le monde alvéolé avait peut-être amené mon chemin à croiser de nouveau celui du Collectionneur. La précision mathématique de la musique de Bach contrastait avec le silence malaisé de ma maison et je me rendis compte, assis dans l'obscurité, que le Collectionneur m'effrayait. C'était un chasseur mais il y avait quelque chose de bestial dans son acharnement et sa cruauté. Je l'avais cru indifférent à toute morale mais je m'étais trompé. Il aurait été plus exact de dire qu'il était mû par quelque étrange morale de son cru, rendue vile et douteuse par la collection de souvenirs qu'il avait accumulée. Je me demandai s'il prenait plaisir à les toucher, à se rappeler les vies qu'ils représentaient. Il y avait de la sensualité dans l'attrait qu'ils exerçaient sur lui, manifestation d'une pulsion de nature presque sexuelle. Il tirait une jouissance de ses actes et, cependant, le traiter simplement de tueur aurait été inexact. Il était plus complexe que cela. Ces individus avaient fait quelque chose pour qu'il s'en prenne à eux. S'ils étaient pareils à John Grady, ils avaient commis un péché intolérable.

Intolérable pour qui ? Pour le Collectionneur, certes, mais je sentais qu'il se considérait simplement comme l'instrument d'une autre puissance. Il s'abusait peut-être mais c'était ce qui lui donnait son autorité et sa force.

A l'évidence, Eldritch était la clé de l'affaire car c'était lui qui fournissait au Collectionneur des maisons, des bases d'où opérer et accomplir la tâche pour laquelle il croyait avoir été désigné. Le pavillon de Welchville avait été acheté bien avant que la libération de Merrick semble possible. Entre-temps, le Collectionneur était intervenu dans l'affaire Grady et avait récupéré le miroir qui se trouvait maintenant dans l'armoire de la cave, reflétant une vue déformée du monde qui correspondait peut-être à la sienne, et les autres objets de son trésor laissaient penser qu'il avait opéré aussi ailleurs. Rien de tout cela n'expliquait cependant pourquoi il me rendait nerveux ni pourquoi il me faisait craindre pour ma propre sécurité.

Je quittai finalement mon fauteuil pour me coucher et ce ne fut qu'au moment où le sommeil allait m'emporter que je compris ma peur. Le Collectionneur ne cessait jamais de chercher. Comment il avait connaissance des péchés des autres, je l'ignorais, mais je craignais d'être jugé, comme d'autres l'avaient été. Je ne réussirais pas l'épreuve et il m'infligerait mon châtiment.

Cette nuit-là, je fis à nouveau le même rêve. Je me trouvais près d'un lac dont les eaux étaient en flammes et, tout autour, le paysage était plat et vide, la terre dure et noircie. Un homme se tenait devant moi, corpulent et souriant, le cou gonflé par un goitre violet, la peau par ailleurs livide, comme s'il ne coulait pas une goutte de sang dans les veines qu'elle recouvrait, car quel besoin les morts ont-ils de sang ?

Cet être répugnant n'était néanmoins pas tout à fait mort puisqu'il n'avait jamais été vraiment vivant, et lorsqu'il parlait, la voix que j'entendais ne correspondait pas au mouvement de ses lèvres, les mots se déversant en un torrent de langues anciennes dont les hommes avaient depuis longtemps perdu l'usage.

D'autres silhouettes se campaient derrière lui et je connaissais leurs noms. Je les connaissais toutes.

Les mots coulaient de lui dans ces langues gutturales et, curieusement, je les comprenais. Regardant derrière moi, je me vis reflété dans les eaux en feu du lac car je ne faisais qu'un avec eux et ils m'appelaient « Frère ».

Dans une tranquille localité, à quelques kilomètres de là, une ombre gravissait une allée de gravier reliant la route à une modeste maison, et pourtant aucun bruit de moteur de voiture n'avait signalé son arrivée. L'homme avait des cheveux gras, rabattus en arrière. Il portait un manteau sombre élimé sur un pantalon tout aussi sombre et, dans une de ses mains, luisait l'ambre d'une cigarette allumée.

Lorsqu'il fut à quelques pas de chez lui, il s'immobilisa, s'agenouilla et passa les doigts sur le gravier en suivant les contours d'une trace à peine distincte. Puis il se releva et longea le mur en direction du jardin, à l'arrière, effleurant de sa main gauche le bois de charpente, la cigarette à présent abandonnée dans les mauvaises herbes. Parvenu à la porte de derrière, il examina la serrure, tira de sa poche un trousseau de clés, en utilisa une pour ouvrir.

Il traversa la maison, les doigts toujours en mouvement, touchant, explorant, la tête légèrement levée pour humer l'air. Il regarda dans le réfrigérateur vide, feuilleta la vieille bible, fixa longuement les marques dans la poussière de ce qui avait été autrefois une salle à manger et arriva enfin à la trappe de la cave. Il l'ouvrit aussi, descendit dans cette dernière pièce, sa pièce, sans manifester de colère devant l'intrusion commise. Il promena les doigts sur le manche du balai, les arrêta quand il trouva l'endroit où des mains étrangères avaient saisi l'ustensile. Il se pencha pour sentir les traces de transpiration, renifler l'odeur de l'homme afin de pouvoir la reconnaître plus tard. Elle lui était inconnue, comme celle qu'il avait détectée sur la trappe.

L'un des hommes avait attendu là-haut, pendant que deux autres descendaient.

Mais l'un de ceux qui étaient descendus…

Finalement, il s'approcha de la grande armoire, tourna la clé dans la serrure et ouvrit les battants. Son œil inspecta sa collection, s'assurant que rien ne manquait, qu'aucun objet n'avait été déplacé. On n'y avait pas touché. Bien sûr, maintenant, il devrait la changer de place, mais ce n'était pas la première fois qu'une partie de son trésor était ainsi découverte. Ce n'était qu'un léger désagrément, rien de plus.

Le visage reflété dans le miroir abîmé le trouva et il contempla un moment son image partielle. Seuls étaient visibles sa chevelure et le bord de ses tempes, le reste de ses traits remplacé par le bois nu et le verre fondu. Ses doigts s'attardèrent sur la clé, la caressèrent et sentirent les vibrations provenant d'une source profonde qui la parcouraient. Il aspira une dernière bouffée d'air et reconnut enfin la troisième odeur.

Et le Collectionneur sourit.

22

Je me réveillai. Il faisait noir et la maison était silencieuse, mais ce n'était pas une obscurité vide ni un silence tranquille. Quelque chose avait touché ma main droite. Je tentai de la bouger mais mon poignet ne s'écarta que de quelques centimètres avant de s'arrêter net.

J'ouvris les yeux. Ma main était menottée au montant du lit ; Frank Merrick était assis sur la chaise qu'il avait placée à mon chevet, le corps légèrement penché en avant, ses mains gantées entre ses genoux. Il était vêtu d'une chemise en polyester bleue étriquée pour lui, ce qui tendait les boutonnières comme les coutures d'un canapé trop rembourré. Une petite serviette en cuir était posée à ses pieds, les languettes défaites. J'avais laissé les doubles-rideaux ouverts et le clair de lune faisait luire ses yeux, les transformant en miroirs dans l'obscurité. Aussitôt, je cherchai le pistolet posé sur ma table de nuit, mais il avait disparu.

– C'est moi qui l'ai, ton feu, dit Merrick.

Il passa une main derrière son dos, ramena le Smith 10 et le soupesa en m'observant.

– Costaud, comme arme, commenta-t-il. Faut vraiment avoir envie de tuer pour trimballer un engin pareil. C'est pas un flingue pour dames, ça non.

Il le fit glisser dans sa paume, referma les doigts sur la crosse et leva le canon pour qu'il soit braqué directement sur moi.

– T'es un tueur, c'est ça ? poursuivit-il. Ben, si tu crois ça, j'ai une mauvaise nouvelle pour toi. T'as fini de tuer.

Il se leva brusquement et pressa le canon du Smith contre mon front. Son doigt caressait la détente. Instinctivement, je fermai les yeux.

– Ne fais pas ça, dis-je en m'efforçant de garder une voix calme.

Je ne voulais pas donner l'impression que je le suppliais de me laisser en vie. Dans la branche de Merrick, il y avait des hommes qui ne vivaient que pour cet instant : la fêlure dans la voix de leur victime, la prise de conscience que mourir n'est plus un concept abstrait et distant dans le temps, mais bien une réalité en train de prendre forme et sens. A cet instant, la pression du doigt sur la détente s'accroît et le chien s'abat, la lame entame son travail linéaire, la corde se resserre autour du cou, et tout cesse d'être.

Je tentai donc de chasser ma peur alors même que mes mots raclaient ma gorge comme du papier de verre, que ma langue se prenait dans mes dents, qu'une partie de moi essayait désespérément de trouver une issue à une situation qui lui échappait tandis qu'une autre partie se concentrait uniquement sur la pression de l'acier sur mon front, présage d'une pression plus forte qui s'exercerait quand la balle percerait la peau, l'os puis la matière grise. Toute douleur s'en irait alors en un clin d'œil et je serais transformé.

La pression sur mon front se relâcha lorsque Merrick écarta le canon de ma peau. Je rouvris les yeux, de la sueur coula dedans. Je parvins à trouver assez de salive pour me permettre de parler à nouveau.

– Comment tu es entré ?

– Par la porte de devant, comme tout le monde, répondit Merrick.

– La maison est protégée par un système d'alarme.

– Vraiment ? dit-il, l'air étonné. Faudra le faire vérifier, alors.

De sa main gauche, il prit dans la serviette une autre paire de menottes et la lança vers moi. Elle atterrit sur ma poitrine.

– Passe un des bracelets à ton poignet gauche et approche ta main de l'autre montant. Doucement, hein ? J'ai pas eu le temps de tâter la détente de ce bijou, tu t'es réveillé trop vite, je sais pas s'il faut presser fort ou pas pour le faire cracher. Une balle d'un flingue pareil, ça fera du dégât, même si je vise bien et si je te tue sur le coup. Mais si tu me fais paniquer, on peut plus savoir où ça s'arrêtera. J'ai connu un mec qui avait chopé une balle de 22 dans le crâne, juste là...

Il se tapota le lobe frontal au-dessus de l'œil gauche et poursuivit :

– Je serais bien incapable de dire ce qu'elle a fait là-dedans. Elle a dû ricocher, je suppose. Elles font ça, ces petites saloperies. Mais le gars n'est pas mort. Il est resté paralysé, incapable de parler. Il pouvait même pas cligner des yeux. On devait payer quelqu'un pour lui mettre des gouttes dedans, pour qu'ils sèchent pas.

Merrick me considéra un moment, comme si j'étais déjà dans cet état.

– Finalement, je suis revenu finir le boulot, reprit-il. J'ai eu pitié de lui, ç'aurait pas été bien de le laisser comme ça. J'ai regardé dans ces yeux qui ne clignaient jamais et je jure qu'il y restait quelque chose de ce qu'il avait été. Je l'ai libéré. On peut dire que c'était de la pitié, non ? Je peux pas promettre que je ferai pareil pour toi, alors, fais gaffe en mettant ces menottes.

Je me penchai maladroitement en travers du lit pour que ma main droite entravée puisse refermer le bracelet autour de mon poignet gauche. Puis je plaçai ma main gauche contre l'autre montant. Merrick fit le tour du lit, le pistolet toujours braqué sur moi, le doigt sur la détente. Sous mon dos, le drap était à présent trempé de sueur. Avec précaution, utilisant uniquement sa main gauche, il referma le bracelet, me clouant sur le lit les bras en croix. Il se pencha vers moi.

– Tu flippes, on dirait, murmura-t-il à mon oreille en relevant les cheveux tombés sur mon front. Tu sues comme de la viande sur un gril.

Je rejetai la tête en arrière. Flingue ou pas, je ne voulais pas qu'il me touche. Il sourit, recula.

– Tu peux respirer, pour le moment. Si tu réponds correctement, tu verras peut-être le soleil se lever encore une fois. J'ai jamais fait de mal à personne, homme ou bête, sans y être obligé.

– C'est toi qui le dis, répliquai-je.

Son corps se raidit, comme si quelque part un marionnettiste invisible avait doucement tiré sur ses ficelles. Il écarta le drap du dessus, me laissant nu devant lui.

– Tu devrais faire attention à ce que tu dis, me conseilla-t-il. C'est pas malin, pour un type qui a la queue à l'air, de se mettre à déblatérer devant quelqu'un qui pourrait lui faire du mal, si ça lui prend.

C'était absurde mais sans cette mince protection en coton, je me sentais plus vulnérable qu'avant. Vulnérable et humilié.

– Qu'est-ce que tu veux ? demandai-je.

– Parler.

– Tu aurais pu le faire dans la journée. Ce n'était pas la peine de pénétrer chez moi par effraction.

– Tu t'énerves facilement, dis donc. Je me doutais que tu dramatiserais. C'est vrai que la dernière fois qu'on devait se voir, tu m'as baisé et j'ai fini avec un genou de flic dans le dos. On peut dire que j'ai un compte à régler avec toi.

Il fit passer le pistolet dans sa main gauche, s'agenouilla sur mes jambes et me frappa violemment au foie. Immobilisé comme je l'étais, je ne pus bouger pour amortir le coup. La douleur parcourut tout mon corps et fit éclore sur mes lèvres des bulles de nausée.

Le poids quitta mes jambes. Merrick prit le verre d'eau posé sur ma table de chevet, but une gorgée, me jeta le reste au visage.

– Je devrais pas être obligé de te faire la leçon mais tu l'as cherché. Quand tu fous quelqu'un en rogne, faut t'attendre à ce qu'il réagisse, ouais, ouais.

Il retourna s'asseoir puis, d'un geste presque tendre, remonta le drap sur mon corps.

– Tout ce que je voulais, c'était parler à cette femme, dit-il. Mais elle t'a embauché et tu t'es mêlé d'affaires qui te regardaient pas.

Je retrouvai ma voix. Elle revint lentement, tel un animal apeuré passant la tête hors de son terrier pour renifler l'air.

– Elle était effrayée. Apparemment, elle avait de bonnes raisons de l'être.

– Je fais jamais de mal aux femmes, je te l'ai dit.

Je ne relevai pas, je ne tenais pas à provoquer de nouveau sa colère.

– Elle n'a pas compris de quoi tu parlais, arguai-je. Elle croit son père mort.

– A ce qu'elle raconte.

– Tu crois qu'elle ment ?

– Elle en sait plus qu'elle le dit, voilà ce que je crois. J'en ai pas fini avec M. Daniel Clay, non, non. Je laisserai pas tomber avant de l'avoir eu devant moi, vivant ou mort. Je veux être dédommagé. J'y ai droit, ouais, ouais.

Il hocha énergiquement la tête, comme s'il venait de partager avec moi une vérité essentielle. Sa façon de parler avait changé, les « ouais, ouais » et les « non, non » devenant plus fréquents et plus déterminés. C'étaient des tics de langage et ils me révélèrent que Merrick était en train d'échapper au contrôle non seulement d'Eldritch et du Collectionneur, mais aussi de lui-même.

– On se sert de toi, déclarai-je. D'autres exploitent ta colère et ton chagrin.

– C'est pas la première fois. Suffit de le savoir et de se faire correctement payer pour.

– En quoi ? En argent ?

– En informations.

Il laissa le canon du pistolet retomber jusqu'à ce qu'il pointe vers le sol. Je crus voir une vague de fatigue le submerger et se briser sur son visage, altérant ses traits, roulant dans son flot des souvenirs confus. Il pressa de ses doigts les coins de ses yeux puis les fit glisser sur sa figure. Un moment, il parut vieux et fragile.

– Des informations sur ta fille, c'est ça ? dis-je. Qu'est-ce qu'il t'a donné, l'avocat ? Des noms ?

– Peut-être. En tout cas, personne d'autre ne m'a donné de coup de main. Tout le monde s'en foutait, de ma fille. Tu sais ce que j'ai souffert, enfermé dans cette prison, sachant qu'il était arrivé quelque chose à la petite et que je pouvais rien faire pour la retrouver, pour l'aider ? Une assistante sociale est venue me voir, elle m'a dit que Lucy avait disparu. C'était déjà dur, mais quand j'ai deviné ce qu'on lui avait fait, c'était pire. T'as une idée de ce que ça fait à un homme, une chose pareille ? Ça a failli me briser, je peux te le dire, mais j'ai tenu le coup, ouais, ouais. C'est pas en craquant que je pouvais l'aider, alors, j'ai tenu, et j'ai attendu une occasion. Je l'ai fait pour elle, j'ai pas été brisé.

Brisé, il l'était, pourtant. Quelque chose en lui avait cédé et la faille gagnait tout son être. Il n'était plus celui qu'il avait été mais, comme Aimee Price l'avait souligné, il était impossible de savoir s'il était devenu plus mortel et plus dangereux. Les deux choses étaient différentes et si j'avais dû répondre à la question à cet instant même, menotté aux montants de mon lit, sous la menace de ma propre arme, j'aurais dit qu'il était plus dangereux mais moins mortel. Il avait perdu son tranchant mais ce qui l'avait remplacé le rendait imprévisible. Il était désormais prisonnier de sa colère et de sa tristesse, ce qui l'avait rendu vulnérable d'une manière qu'il ne soupçonnait même pas.

– Ma petite fille s'est pas évanouie en fumée, affirma-t-il. Quelqu'un me l'a prise et je le retrouverai. Elle est peut-être encore là-bas quelque part, elle attend que je vienne la chercher pour la ramener à la maison…

– Tu sais bien que ce n'est pas vrai. Elle est morte.

– Ferme-la ! T'en sais rien.

Cela m'était égal, à présent. J'en avais assez de Merrick, j'en avais assez de tout le monde.

– C'était une gamine, dis-je. Ils l'ont enlevée et ça s'est mal passé. Elle est morte, Frank. Voilà ce que je pense. Elle est morte, comme Daniel Clay.

– T'en sais rien. Comment tu peux savoir ce qu'elle est devenue ?

– Je le sais parce qu'ils ont arrêté. Après elle, ils ont arrêté. Ils ont pris peur.

Merrick secoua la tête avec véhémence.

– Non, non, j'y crois pas. Jusqu'à ce qu'on me montre son corps, elle sera vivante pour moi. Tu répètes ça encore une fois et je te tue sur ton lit, je le jure. Ecoute ce que je dis, écoute bien.

Il se tenait au-dessus de moi, le pistolet à la main, prêt à tirer. Ses doigts tremblaient légèrement et la rage qui avait envahi le plus profond de son être se communiquait à l'arme qu'il braquait sur moi.

– J'ai vu Andy Kellog, lui révélai-je.

Le Smith cessa de trembler mais ne s'écarta pas de moi.

– T'as vu Andy, d'accord. Je me doutais que tu finirais par comprendre où j'avais passé toutes ces années. Comment il va ?

– Mal.

– Il ne devrait pas être là-bas. Ces types ont cassé quelque chose en lui quand ils l'ont emmené. C'est pas de sa faute, tous les trucs qu'il fait.

Il baissa de nouveau les yeux, de nouveau incapable de tenir les souvenirs à distance.

– Ta fille a fait des dessins comme ceux d'Andy ? lui demandai-je. Des hommes avec des masques d'oiseaux ?

– Ouais, pareil qu'Andy. C'était après qu'elle avait commencé à voir Clay. Elle me les a envoyés à la prison. Elle essayait de me dire ce qui lui arrivait, mais j'ai pas compris avant de rencontrer Andy. C'étaient les mêmes hommes. C'est pas seulement pour Lucy que je les cherche, ce garçon est comme un fils pour moi. Ils paieront aussi pour ce qu'ils lui ont fait. Eldritch a compris que ce n'était pas seulement pour ma fille. C'est un type bien. Il veut qu'on les retrouve, lui aussi.

J'entendis quelqu'un rire et je me rendis compte que c'était moi.

– Tu t'imagines qu'il fait ça par bonté d'âme ? Tu ne t'es jamais demandé qui le paie, qui l'a engagé pour te faire sortir de prison, pour te donner des informations ? Tu as bien regardé dans la maison de Welchville ? Tu es descendu à la cave ?

Sa bouche s'entrouvrit, ses traits se couvrirent d'un voile de doute. L'idée ne lui était peut-être jamais venue qu'il y avait quelqu'un d'autre derrière l'avocat.

– Qu'est-ce que tu racontes ?

– Eldritch a un client et ce client te manipule. C'est lui le propriétaire de la maison. Il t'épie, il attend de voir qui réagira à ce que tu fais. Quand ces hommes referont surface, c'est lui qui les supprimera, pas toi. Il se fout que tu retrouves ta fille ou non. Tout ce qu'il veut, c'est…

Je m'interrompis, conscient que les mots que j'allais prononcer n'auraient aucun sens. Augmenter sa collection ? Rendre une autre sorte de justice face à l'incapacité des autorités à agir contre ces types ? C'était en partie ce que le Collectionneur voulait, mais cela ne suffisait pas à expliquer son existence.

– Tu le sais pas, ce qu'il veut, et d'ailleurs, ça change rien, rétorqua Merrick. Le moment venu, personne ne m'empêchera de faire justice. Je veux que les hommes qui ont pris ma petite fille paient pour ce qu'ils ont fait. Je veux être dédommagé.

– Dédommagé ? répétai-je, sans parvenir à cacher mon dégoût. Tu parles de ta fille, pas d'une… *voiture d'occasion* qui t'aurait lâché à deux kilomètres du garage. Au fond, ce n'est pas pour elle, tout ça. C'est pour toi. Il te faut quelqu'un à qui t'en prendre. Elle te sert simplement d'excuse.

La colère l'embrasa de nouveau et je songeai une fois de plus aux points communs à Frank Merrick et Andy Kellog, à la rage qui bouillonnait sans cesse en eux sous l'apparence extérieure. Merrick avait raison : Kellog et lui étaient comme père et fils, d'une étrange façon.

– Ferme ta sale gueule ! Tu sais pas ce que tu dis !

Le pistolet passa à nouveau d'une main à l'autre et Merrick brandit le poing droit, prêt à l'abattre sur moi. Puis il parut sentir quelque chose ; arrêtant son geste, il regarda par-dessus son épaule et, à cet instant, je perçus quelque chose, moi aussi.

La chambre était devenue plus froide et j'entendis un bruit dans le couloir, devant la porte. Un bruit léger, comme des pas d'enfant.

– T'es seul ici ? me demanda Merrick.

– Oui, répondis-je.

Je n'aurais su dire si je mentais.

Il se retourna, alla lentement à la porte, l'ouvrit et sortit dans le couloir, le pistolet près du corps au cas où on aurait essayé de le lui arracher. Il disparut et je l'entendis parcourir les pièces, fouiller dans les placards. Sa silhouette passa devant la porte ouverte puis il descendit s'assurer qu'en bas aussi les pièces étaient vides. Quand il revint, il paraissait troublé et la température avait encore baissé dans la chambre.

– Qu'est-ce qui se passe, dans cette baraque ? marmonna-t-il en frissonnant.

Je ne l'écoutais plus parce que je la sentais, maintenant. Sang et parfum. Elle était proche. Merrick dut la sentir, lui aussi, car il plissa légèrement le nez. Il dit quelque chose mais il semblait préoccupé, lointain. Il y avait une trace de folie dans sa voix et je crus pour de bon qu'il allait me tuer.

– Je veux plus que tu fourres ton nez dans mes affaires, t'as compris ? éructa-t-il soudain, aspergeant mon visage de salive. J'ai cru qu'on pouvait discuter avec toi mais je me suis trompé. Tu m'as causé assez d'ennuis comme ça, je vais m'arranger pour que tu m'en causes plus.

Il retourna à sa serviette, y prit un rouleau de ruban adhésif et, après avoir reposé le pistolet, me bâillonna et me ligota les jambes au-dessus des chevilles. Puis il m'enfila un sac en toile sur la tête, le fixa en entourant également mon cou de ruban adhésif. Avec un couteau, il perça un trou dans le sac, juste en dessous de mes narines, pour que je puisse respirer plus facilement.

– Ecoute, je te bouscule un peu juste pour que tu ne passes plus tes journées à me courir après. Tu t'occupes de tes affaires et moi je veille à ce que justice soit faite.

Puis il me laissa et avec lui s'en alla une partie du froid de la pièce, comme si quelque chose le suivait à travers la maison, accompagnant sa progression pour s'assurer qu'il parte. Mais une autre présence demeura, plus menue et moins furieuse que la première, et plus effrayée.

Je fermai les yeux et je sentis sa main effleurer le sac en toile.

Papa.

Va-t'en.

Papa, je suis là.

Un moment plus tard, je sentis l'autre approcher. J'avais du mal à respirer, de la sueur coulait dans mes yeux, je battis des cils pour la chasser. Pris de panique, je suffoquai et cependant je la vis presque par les perforations du sac, noir sur noir, et je sentis à nouveau son odeur quand elle s'avança.

Papa, tout va bien, je suis là.

Mais ça n'allait pas, parce que l'autre approchait encore, la première femme, ou quelque chose qui lui ressemblait.

Calme-toi.
Non. Laisse-moi. Je t'en supplie, laisse-moi tranquille.
Calme-toi.
Non.
Ma fille se tut et la voix de l'autre se fit entendre, à nouveau :
Calme-toi, nous sommes là.

23

Ricky Demarcian était, selon toute apparence, un perdant. Il vivait dans une caravane où, pendant les premières années, il avait gelé en hiver et rôti vivant à petit feu en été, marinant dans son propre jus et dégageant dans l'air une odeur de moisi, de crasse et de vêtements non lavés. La caravane avait été verte mais sous l'action conjuguée des éléments et de l'inaptitude de Ricky pour la peinture, elle était à présent d'un bleu délavé et sale, telle une créature agonisant au fond d'une mer polluée.

Elle était installée à la lisière nord d'un terrain pour caravanes appelé Tranquility Pines, ce qui relevait de la publicité mensongère puisqu'il n'y avait pas un seul pin en vue – un exploit, dans le majestueux et vieil Etat du Maine – et que l'endroit était à peu près aussi tranquille qu'une fourmilière saupoudrée de cocaïne. Elle se trouvait dans un creux entouré de pentes couvertes de broussailles, comme si le site lui-même s'enfonçait dans la terre sous le poids de la déception, de la frustration et de l'envie accumulées par ses résidents.

Tranquility Pines regorgeait de paumés, dont un grand nombre de femmes : harpies grossières qui avaient gardé leur look des années 1980, jean délavé et permanente à boucles serrées, à la fois chasseresses et proies écumant les bars de South Portland, Old Orchard et Scarborough en quête d'hommes peu regardants ayant du fric à claquer, ou de monstres de la gonflette en tee-shirt macho dont la haine des femmes faisait oublier un moment leur dégoût d'elles-mêmes aux habitantes des Pines. Certaines avaient des enfants dont les spécimens mâles étaient en bonne voie de devenir pareils aux types qui partageaient le lit de leur mère et qu'ils détestaient, sans comprendre qu'ils ne tarderaient pas à marcher sur leurs traces. Les filles, de leur côté, tentaient d'échapper au milieu familial en fondant leur propre famille, se condamnant ainsi à devenir les femmes mêmes qu'elles ne voulaient surtout pas imiter.

Il y avait aussi des résidents masculins aux Pines, mais ils ressemblaient pour la plupart à ce que Ricky avait été : des ratés ressassant leur vie ratée ; certains vivaient de l'aide sociale, d'autres avaient un boulot consistant le plus souvent à vider et à dépecer de la volaille, l'odeur de poisson pourri et de peau de poulet servant d'identificateur universel pour les résidents du terrain.

Ricky exerçait autrefois ce genre de travail. Au bout d'un bras gauche ratatiné et inutile, ses doigts étaient incapables de saisir ou même de remuer, résultat d'un accident survenu dans le ventre de sa mère, mais il avait appris à vivre avec ce membre abîmé, essentiellement en le cachant et en l'oubliant, pour quelques secondes, jusqu'à ce que la vie, lui envoyant une balle à effet, lui rappelle que ce serait beaucoup plus facile pour lui s'il avait deux mains pour la rattraper. Ce handicap ne l'aidait pas beaucoup à trouver du travail, quoique, même s'il avait pu s'enorgueillir d'avoir deux bras valides, son manque de – sans ordre particulier – éducation, ambition, énergie, ressource, sociabilité, honnêteté et humanité l'eût probablement exclu de toute activité ne consistant pas à... vider et dépecer.

Ricky avait donc commencé au dernier barreau de l'échelle d'une usine d'abattage fournissant du poulet découpé aux fast food, utilisant un tuyau d'arrosage pour nettoyer les sols du sang, des plumes et des morceaux de chair qui y adhéraient, ses journées remplies par des caquètements paniqués, par la cruauté des hommes travaillant sur la chaîne qui prenaient plaisir à torturer les poulets, à ajouter de la souffrance à leurs derniers instants en leur brisant ailes et pattes ; par le grésillement du courant quand les bêtes, pendues la tête en bas à une chaîne roulante, étaient brièvement plongées dans une eau électrifiée, ce qui parfois ne suffisait pas à les estourbir car elles gigotaient tellement que leur tête demeurait souvent hors de l'eau et qu'elles étaient encore conscientes quand les machines à multiples lames leur tranchaient la gorge, leurs corps tressautant lorsqu'une eau bouillante les déplumait, les transformant en carcasses fumantes prêtes à être débitées en morceaux de la taille d'une bouchée qui, crus ou cuits, auraient quasiment le même goût, c'est-à-dire aucun.

Le plus drôle, c'était que Ricky continuait à manger du poulet, parfois même du poulet provenant de l'usine où il avait travaillé. Rien dans ce boulot ne l'avait dérangé : ni la cruauté, ni l'attitude désinvolte envers les règles de sécurité, ni même la puanteur car, pour dire la vérité, l'hygiène personnelle de Ricky ne méritait aucun éloge et il lui avait suffi de s'habituer à une série de nouvelles odeurs. Ricky s'était néanmoins rendu compte que nettoyer les sols dans une usine d'abattage de poulets n'était pas la marque d'une vie réussie et bien remplie, et il avait commencé à chercher un moyen de subsistance moins ignominieux. Il le trouva dans les ordinateurs car il avait un talent inné pour l'informatique, talent qui, s'il avait été reconnu et cultivé à un âge précoce, aurait peut-être fait de lui un homme très riche, c'était du moins ce qu'il se plaisait à penser, oubliant les nombreuses lacunes personnelles qui l'avaient mené à son actuel statut dans le cadre dépourvu de pins et de tranquillité du Tranquility Pines. Tout avait commencé lorsque Ricky s'était acheté un vieux Macintosh, progressant grâce aux cours du soir et aux ouvrages d'informatique chapardés dans les grandes surfaces. Puis il avait téléchargé sur sa bécane des manuels techniques qu'il dévorait en une seule séance, le désordre de sa vie quotidienne contrastant avec les lignes claires et les diagrammes ordonnés qui se formaient dans son esprit.

A l'insu de la plupart de ses voisins, Ricky Demarcian était probablement le résident le plus riche de Tranquility et il aurait facilement pu s'installer dans une demeure plus agréable. Son aisance relative provenait en grande partie de son aptitude à fournir le genre de services pour lesquels Internet semblait avoir été créé, à savoir l'échange de services sexuels, et comme Tranquility Pines lui avait permis de démarrer dans cette branche, la gratitude avait fait éclore en lui un attachement au lieu qui l'empêchait tout bonnement de le quitter.

Il y avait en effet à Tranquility Pines une femme nommée Lila Mae qui distrayait les hommes pour de l'argent dans sa caravane. Elle faisait sa publicité dans un des journaux d'annonces locaux gratuits mais, malgré ses efforts pour détourner les flics des mœurs de sa piste en n'utilisant pas sa véritable identité et en ne précisant son domicile qu'une fois le micheton parvenu à proximité du quartier, elle accumulait les arrestations et les amendes. Les journaux publiaient son nom et c'était embarrassant pour elle, car dans un endroit comme Tranquility Pines, plus encore que dans un cadre huppé, tout le monde avait besoin de quelqu'un à mépriser et une prostituée travaillant dans une caravane remplissait parfaitement cette fonction pour la plupart de ses voisins.

C'était une belle femme, du moins selon les critères du camping, et elle n'avait aucune envie d'abandonner sa profession plutôt lucrative pour aller passer les sols au jet d'eau dans un abattoir à poulets. Ricky, qui connaissait la situation de Lila Mae, et qui prenait plaisir à surfer sur le Net en quête de matériaux sexuels divers et qui, par surcroît, avait une maîtrise enviable des mystères des sites Web et de leur conception, lui révéla un soir, en buvant une bière, qu'elle pourrait peut-être envisager une autre façon de faire connaître ses services. Ils retournèrent à la caravane de Ricky, où il lui montra précisément ce qu'il avait en tête, après que Lila Mae eut ouvert toutes les fenêtres et imprégné de parfum un mouchoir qu'elle tint discrètement sous son nez. Elle fut si impressionnée par ce qu'elle vit qu'elle autorisa aussitôt Ricky à concevoir quelque chose de semblable pour elle et qu'elle promit vaguement, pour prix de ses services et s'il se décidait à prendre un vrai bain, de lui consentir une ristourne la prochaine fois qu'il ferait appel aux siens.

Lila Mae fut donc la première mais, très vite, d'autres femmes prirent contact avec Ricky par son intermédiaire et il les plaça toutes sur un seul site Web, avec les détails des services offerts, le prix, et même des photos pour celles qui avaient un physique attrayant et qui, surtout, étaient suffisamment présentables pour ne pas effrayer le client une fois révélé le mystère de leurs formes féminines. Malheureusement, Ricky connut une telle réussite que ses activités attirèrent l'attention d'un certain nombre d'individus très mécontents de voir leur statut de macs de seconde zone menacé par Ricky, puisque des femmes qui auraient autrement profité de la protection offerte par ces types opéraient maintenant en travailleuses indépendantes.

Ricky parut un moment sur le point de perdre l'usage de ses autres membres, mais quelques messieurs originaires d'Europe de l'Est ayant des relations à Boston prirent contact avec lui et lui proposèrent un compromis. Ils étaient intéressés par la nature entreprenante de Ricky et des femmes dont il défendait les intérêts. Deux d'entre eux se rendirent dans le Maine pour lui parler et on parvint rapidement à un accord : Ricky acceptait un changement dans ses activités commerciales et eux, en échange, le laissaient continuer à faire usage de son unique bras valide et le protégeaient de ceux qui auraient pu vouloir manifester leur désaccord avec lui de manière physique. Ces messieurs revinrent par la suite et demandèrent cette fois que Ricky conçoive un site similaire pour les femmes dont ils avaient la charge, ainsi que pour quelques options plus, humm, spécialisées, qu'ils étaient en mesure d'offrir. Ricky se retrouva soudain très occupé, principalement par des offres que les forces de l'ordre ne verraient probablement pas d'un œil favorable puisque plusieurs concernaient clairement des enfants.

Finalement, Ricky devint intermédiaire en franchissant la ligne entre proposer des photos de femmes – ou, dans certains cas, d'enfants – et faciliter les choses pour les clients intéressés par des relations plus engagées avec l'objet de leur fascination. Ricky ne voyait jamais les femmes ou les enfants concernés, il n'était que le premier point de contact. Ce qui se passait ensuite ne le regardait pas. Un homme de moindre envergure se serait peut-être rongé, il aurait peut-être été tourmenté par sa conscience, mais il suffisait à Ricky Demarcian de penser aux poulets agonisants pour balayer de tels doutes de son esprit.

Ainsi donc, tout en ayant l'air d'un raté, tout en vivant dans un terrain pour caravanes mal nommé dont les résidents tutoyaient fréquemment la pauvreté la plus extrême, Ricky était en réalité tout à fait à l'aise dans son cadre sordide. Il dépensait son argent pour améliorer constamment son matériel, s'acheter des DVD et des jeux, des romans de science-fiction et des bandes dessinées, et s'offrir à l'occasion une pute dont les mensurations titillaient son imaginaire. Il gardait sa caravane comme elle était pour ne pas attirer l'attention indésirable des propriétaires du camping, du fisc ou de la police. Il commença même à se doucher plus souvent, après qu'un des messieurs de Boston s'était plaint que son costume neuf avait pué pendant tout le trajet sur l'I-95, au retour d'une visite à Ricky, et avait déclaré que si cela se renouvelait, Ricky devrait apprendre à taper sur son clavier debout avec une baguette chinoise attachée au front parce que le gentleman de Boston mettrait à exécution sa menace originelle de lui casser l'autre bras et de le lui fourrer dans le cul.

Voilà pourquoi Ricky Demarcian, le raté-pas-si-raté-que-ça-maintenant, se trouvait ce soir-là devant son ordinateur, les longs doigts de sa main droite tendus au-dessus des touches du clavier, entrant les informations qui permettraient à un client possédant le bon mot de passe et la bonne combinaison de pointer-cliquer pour accéder à des fichiers plus que douteux. Le système incluait l'usage de certains mots clés, familiers à ceux dont les penchants s'étendent aux enfants, le plus courant étant « Lolly », que la plupart des pédophiles interprètent comme un indice qu'on cherche à piquer leur intérêt. En général, Ricky donnait le nom de « Lolly » à une prostituée banale qui en fait n'existait pas, ses mensurations et même sa photo n'étant qu'un montage de corps d'autres femmes. Une fois qu'un client potentiel avait manifesté de l'intérêt pour Lolly, un autre questionnaire apparaissait sur l'écran, demandant les « âges préférés », avec un choix allant de « soixante ans et plus » à « à peine légal ». Si le client cliquait sur cette dernière catégorie, on lui envoyait un courriel apparemment innocent – à ce stade, Ricky utilisait de préférence le mot « hobby », autre terme familier aux pédophiles – et ainsi de suite jusqu'à ce qu'enfin le client communique le numéro de sa carte de crédit et que le flot d'images et d'informations commence à se déverser.

Ricky aimait travailler tard dans la nuit. Tranquility Pines était, disons, presque tranquille à ce moment-là puisque même les couples chamailleurs et les ivrognes braillards se calmaient généralement vers trois heures du matin. Assis dans l'obscurité de son foyer, éclairé uniquement par la lueur de son écran et par les étoiles parfois visibles dans le rectangle de la lucarne du toit de la caravane, il aurait presque pu croire qu'il flottait dans l'espace, et c'était ça, son grand rêve : naviguer dans les cieux à bord d'un immense vaisseau, sans pesanteur et sans entrave, dérivant dans le silence et la beauté.

Ricky ne savait pas quel âge avaient les gosses défilant sur son écran. Douze, treize ans, tout au plus, estimait-il. Il était toujours mauvais pour les âges, sauf quand il s'agissait de tout-petits, et même l'homme qu'il était s'efforçait de ne pas passer trop de temps à regarder ces photos parce qu'il y a des choses auxquelles on ne supporte pas de penser trop longtemps, mais ce n'était pas à lui de contrôler les goûts des autres. *Tap, tap, tap*, et, l'une après l'autre, les images trouvaient leur place dans le grand système de Ricky, l'emplacement qui leur revenait dans l'univers virtuel de sexe et de désir qu'il avait créé...

Il était tellement absorbé par le rythme de ce qu'il faisait que les coups frappés à la porte de sa caravane se perdirent dans le cliquetis des touches et le bourdonnement de l'unité centrale, et ce fut seulement quand le visiteur les renouvela avec force que Ricky les perçut. Il s'interrompit dans son labeur.

– Qui est-ce ? demanda-t-il.

Pas de réponse.

Il alla à la fenêtre, tira les rideaux sur le côté. Il pleuvait légèrement et la vitre était striée de gouttes, mais Ricky put quand même voir qu'il n'y avait personne à sa porte.

Il ne possédait pas de pistolet. Il n'aimait pas trop les armes à feu, il n'était pas d'un naturel violent. Ricky était plutôt enclin à faire preuve de prudence avec les armes à feu. Selon lui, il y avait beaucoup de gens à qui on ne devrait même pas permettre de porter un crayon bien taillé, alors un pistolet chargé...

Faisant appel à une logique erronée, Ricky avait conçu cette équation : pistolets égale criminels et criminels égale pistolets. Ne se considérant pas comme un criminel, il ne possédait pas d'arme. Réciproquement, il ne possédait pas d'arme et ne pouvait donc pas être considéré comme un criminel.

Ricky s'éloigna de la fenêtre, regarda la porte fermée à clé. Il aurait pu l'ouvrir mais il n'avait plus maintenant aucune raison de le faire. Celui qui avait frappé était parti. Se mordillant la lèvre inférieure, il retourna à son ordinateur et recommençait à vérifier le code quand le bruit se répéta. Avec un juron, il scruta de nouveau la nuit à travers la vitre. Il y avait maintenant une silhouette devant sa porte. Celle d'un homme, trapu et puissant, avec une banane brune luisante de brillantine.

– Qu'est-ce que vous voulez ? cria Ricky.

D'un signe de tête, l'homme l'invita à venir à la porte.

– Merde, marmonna Ricky.

L'homme n'avait pas l'air d'un flic, il ressemblait plutôt aux messieurs de Boston, qui avaient l'habitude de débarquer à l'improviste. On n'était quand même jamais trop prudent et Ricky retourna à son ordinateur, tapa une série d'instructions. Instantanément, des fenêtres se fermèrent, des barrières de sécurité s'abaissèrent, des images se codèrent et une époustouflante série de fausses pistes se mit en place afin que quiconque tentant d'accéder au contenu de l'ordinateur se retrouve rapidement dans un labyrinthe de mots de passe inutiles et de fichiers tampons. Si l'intrus persistait, l'ordinateur subirait une désintégration virtuelle. Ricky connaissait trop l'informatique pour imaginer que son contenu demeurerait à jamais inaccessible, mais il estimait qu'il faudrait de nombreuses journées de boulot à une équipe d'experts pour commencer à récupérer quoi que ce soit justifiant de poursuivre l'enquête.

Il s'éloigna de son bureau et alla à la porte. Il n'avait pas peur. Il était protégé par Boston, on s'était passé le mot depuis longtemps. Il n'avait rien à craindre.

L'homme qui se tenait sur le seuil portait un jean bleu foncé, une chemise en polyester bleue tendue à craquer sur sa poitrine et un blouson de cuir noir craquelé. Il avait une tête un peu trop grosse pour son corps et qui donnait cependant l'impression d'avoir été écrasée, comme si on l'avait placée dans un étau du menton au sommet du crâne. Ricky trouva qu'il avait l'air d'un truand, ce qui, paradoxalement, l'incita à baisser sa garde. Les seuls truands à qui il avait eu affaire venaient de Boston. Si ce type avait l'air d'un truand, il devait venir de Boston.

– C'est gentil, chez toi, dit l'homme.

Ricky plissa le front de perplexité.

– Vous rigolez ? répondit-il.

L'homme, qui portait des gants, braqua sur lui un énorme pistolet. Ricky l'ignorait mais c'était un Smith 10 spécialement conçu pour les agents du FBI et il était tout à fait inhabituel de le voir dans les mains d'un particulier. L'homme qui le tenait connaissait, lui, ce détail, et c'était la raison pour laquelle il l'avait « emprunté », quelques heures plus tôt.

– Vous êtes qui ? demanda Ricky.

– Je suis le doigt qui fait pencher la balance. Recule.

Ricky obtempéra.

– Faites pas un truc que vous pourriez regretter, plaida-t-il tandis que l'inconnu refermait la porte de la caravane derrière lui. Y a des types à Boston qui n'apprécieraient pas.

– A Boston, hein ?

– Exactement.

– Et tu crois que ces types de Boston sont plus rapides qu'une balle ?

Ricky réfléchit avant de répondre :

– Je ne pense pas, non.

– Alors, ils ne te servent à rien en ce moment, ces types, non, non.

L'homme considéra l'ordinateur et le matériel qui l'entourait.

– Très impressionnant...

– Vous vous y connaissez en informatique ? demanda Ricky.

– Pas trop. Ça me passe au-dessus de la tête. T'as des photos, là-dedans ?

Ricky avala sa salive.

– Je ne vois pas de quoi vous parlez.

– Oh si. T'amuse pas à me mentir. Si tu me mens, je vais m'énerver, ouais, ouais, et comme j'ai un flingue et pas toi, je crois pas que c'est dans ton intérêt. Je te répète ma question : t'as des photos, là-dedans ?

Prenant conscience que quelqu'un posant cette question connaissait déjà la réponse, Ricky décida d'être sincère :

– Peut-être. Ça dépend du genre de photos que vous cherchez.

– Oh, tu sais bien. Des photos de filles, comme dans les magazines.

– Bien sûr que j'ai des photos de filles. Vous voulez que je vous en montre ?

L'homme acquiesça et Ricky fut soulagé de le voir glisser le pistolet sous la ceinture de son pantalon. Il s'assit devant son ordinateur et le relança. Juste avant que l'écran s'éclaire, l'homme s'approcha de lui par-derrière, sa silhouette reflétée dans le verre noir. Puis des images apparurent : femmes à divers stades de déshabillage, se livrant à des actes divers dans diverses positions.

– J'en ai de toutes sortes, déclara Ricky, soulignant une évidence.

– T'as des photos d'enfants ?

– Non, mentit Ricky. Je fais pas les gosses.

L'inconnu poussa un long soupir de déception. Son haleine sentait le chewing-gum à la cannelle, parfum qui ne parvenait pas à masquer l'odeur mêlée qui émanait de lui : eau de Cologne bon marché additionnée d'une puanteur rappelant désagréablement l'usine d'abattage de poulets.

– Qu'est-ce qu'il a, ton bras ?

– Je suis sorti comme ça du ventre de ma mère. Je ne peux pas le bouger.

– Mais tu sens quand même quelque chose ?

– Oh ouais, je peux juste pas m'en servir pour…

Ricky ne put finir sa phrase. L'avant-bras transpercé par une douleur fulgurante, il ouvrit la bouche pour hurler mais la main droite de l'inconnu le bâillonna, tandis que la gauche remuait dans la chair du bras une lame longue et fine. Ricky se tassa sur sa chaise, ses cris lui emplissant la tête mais ne sortant dans l'air de la nuit que sous la forme d'une plainte à peine audible.

– Ne me prends pas pour un idiot, dit l'homme. Je t'ai prévenu, je te le répéterai pas.

La lame fut extirpée du bras de Ricky, la main relâcha la pression sur son visage. Ricky se renversa en arrière, sa main droite se porta instinctivement à sa blessure, s'en écarta aussitôt car la douleur augmentait au toucher. Il pleurait et il en avait honte.

– Je te le demande une dernière fois : t'as des photos d'enfants, là-dedans ?

– Oui, avoua Ricky. Oui. Je vais vous les montrer. Dites-moi juste ce que vous voulez : garçons, filles, jeunes, pré-ados... Je vais vous les montrer mais s'il vous plaît, ne me faites plus de mal !

L'homme tira une photographie d'un portefeuille en cuir noir.

– Tu la reconnais ?

La fille était mignonne, brune, vêtue d'une robe rose, et portait un ruban assorti dans les cheveux. Son sourire révélait une dent manquante à la mâchoire supérieure.

– Non, répondit Ricky.

La lame s'approcha de son bras et il hurla presque ses dénégations :

– Non ! Je vous dis que je ne la connais pas ! Elle n'est pas là-dedans, je m'en souviendrais. Je le jure, je m'en souviendrais. J'ai une bonne mémoire, pour ces trucs-là...

– D'où viennent les photos ?

– De Boston, pour la plupart. Ils me les envoient. Des fois, je dois les scanner, mais en général elles sont déjà sur disque. Je reçois des films, aussi. Sur disques informatiques ou sur DVD. J'ai juste à les mettre sur les sites. J'ai jamais fait de mal à un enfant de ma vie, j'aime même pas ces trucs. Je fais ce qu'on me dit, c'est tout.

– La plupart, tu dis...

– Hein ?

– Tu dis que la plupart des photos viennent de Boston. D'où vient le reste ?

Ricky chercha une échappatoire mais son cerveau fonctionnait mal. La douleur de son bras s'atténuait un peu, mais la lucidité de son esprit aussi. Il avait envie de vomir et se demandait s'il n'allait pas tomber dans les pommes.

– Des fois, d'autres personnes m'en apportaient. Plus maintenant.

– Qui ?

– Des hommes. Un homme, plutôt. Il me filait de la bonne camelote. Des vidéos. C'était y a longtemps. Ça remonte à des années.

Ricky mentait par omission. Effectivement, l'homme lui avait apporté des vidéos, visiblement de la production d'amateur, mais d'une qualité exceptionnellement bonne, même si la caméra était un peu statique. Il avait été le premier à prendre directement contact avec lui pour lui demander un enfant à louer pendant quelques heures, sur la recommandation d'une relation commune d'une autre région de l'Etat, un type bien connu de ceux qui avaient ce genre de penchants. Les messieurs de Boston l'avaient prévenu que ça arriverait et ils ne s'étaient pas trompés.

– Comment il s'appelait ?

– Il ne m'a jamais dit son nom et je l'ai pas demandé. Je l'ai payé, c'était vraiment de la bonne marchandise.

Encore des demi-vérités, encore des mensonges, mais Ricky avait confiance en ses capacités. Il était loin d'être idiot.

– Tu n'as pas eu peur que ce soit un flic ?

– C'était pas un flic. Il suffisait de le regarder pour le savoir.

De la morve coula de son nez, se mêla à ses larmes.

– Il venait d'où ?

– Je ne sais pas. De quelque part dans le Nord.

L'homme observait attentivement Ricky et il remarqua la façon dont il tournait les yeux sur le côté quand il mentait. Dave Glovsky le Devineur aurait été fier de lui.

– Tu connais un endroit qui s'appelle Galaad ?

A nouveau, le corps de Ricky trahit la difficulté du cerveau à dissimuler le mensonge.

– Jamais entendu parler, sauf au catéchisme, quand j'étais gosse.

L'homme demeura un moment silencieux et Ricky se demanda s'il n'en avait pas trop fait.

– T'as une liste des types qui paient pour tout ça ?

Ricky secoua la tête.

– Ça se fait par cartes de crédit. Les gars de Boston s'en occupent. Tout ce que j'ai, c'est des adresses e-mail.

– Et c'est qui, ces types de Boston ?

– Des gars d'Europe centrale, des Russes. Je connais que leurs prénoms. J'ai un numéro que je peux appeler en cas de problème.

Ricky jura intérieurement. Il venait de commettre une erreur en rappelant à son visiteur qu'il valait peut-être mieux ne pas le laisser vivre. L'homme parut deviner son inquiétude et le rassura :

– Ne t'en fais pas. Je me doute bien que tu dois les prévenir. De toute façon, ils finiraient par l'apprendre, d'une façon ou d'une autre. Ça ne me dérange pas. Ils peuvent venir. Bon, fais disparaître ces saletés de ton écran, maintenant, conclut-il en prenant un coussin.

Ricky ferma brièvement les yeux de soulagement. Il se tourna vers son ordinateur et entreprit de fermer les fichiers. Ses lèvres s'écartèrent.

– Merci…

La balle perça un gros trou dans l'arrière du crâne de Ricky, un autre plus gros encore dans son visage en ressortant. Elle fracassa l'écran puis quelque chose explosa dans le moniteur avec un bruit sourd et se mit à brûler en dégageant une odeur âcre. Du sang gicla et bouillonna sur les entrailles exposées de l'appareil. La douille éjectée avait rebondi sur un classeur et se trouvait près du fauteuil de Ricky. C'était presque trop bien et, du pied, l'inconnu la fit glisser vers la corbeille à papier. Comme le linoléum gardait l'empreinte de ses bottes, il prit un chiffon dans un placard, le posa sur le sol et utilisa son pied droit pour effacer les traces. Une fois assuré que tout était propre, il entrouvrit la porte et tendit l'oreille. La détonation avait été forte malgré le coussin, mais il faisait toujours sombre dans les deux caravanes qui entouraient celle de Ricky Demarcian, et ailleurs on voyait la lueur des postes de télé, on entendait même ce qui passait.

L'homme sortit de la caravane, ferma la porte derrière lui et disparut dans la nuit, s'arrêtant seulement à une station-service pour signaler qu'on avait tiré un coup de feu à Tranquility Pines et qu'on avait vu une vieille Mustang quitter les lieux.

Frank Merrick n'aimait pas qu'on se mette en travers de son chemin, mais il éprouvait un certain respect pour le détective privé. En outre, le supprimer aurait créé plus de problèmes que ça n'en résoudrait, alors que tuer quelqu'un d'autre avec son arme lui en occasionnerait suffisamment pour le tenir occupé un moment.

Merrick savait qu'il se retrouvait maintenant complètement seul. Il s'en fichait. Cela faisait déjà un moment qu'il était fatigué du vieil avocat et de ses questions sourcilleuses. D'ailleurs, lorsqu'il était venu à Portland, après l'arrestation de Merrick, Eldritch lui avait clairement fait comprendre que leurs relations professionnelles étaient terminées. Les commentaires du privé sur les mobiles d'Eldritch et, plus encore, sur celui qui avait chargé l'avocat de l'aider n'avaient fait que renforcer ses doutes. Il était temps d'en finir. Il avait encore une affaire à régler ici puis il irait dans le Nord-Ouest. Il aurait dû y aller depuis longtemps, mais il avait cru que certaines des réponses qu'il cherchait se trouvaient dans cette petite ville côtière. Il n'en était plus aussi sûr, et Galaad l'appelait.

Merrick s'assit derrière le volant. Il avait aimé avoir le Smith en main. Cela faisait longtemps qu'il ne s'était pas servi d'un flingue, plus longtemps encore qu'il ne l'avait pas fait avec colère. Il en avait retrouvé le goût. Jusqu'ici, il s'était bien gardé de porter une arme sur lui, il ne voulait pas retourner en prison. Mais le moment était venu d'agir, et le Smith du détective conviendrait parfaitement au travail qu'il avait à faire.

– Tout va bien, mon cœur, murmura Merrick en quittant la lumière de la station-service pour reprendre la direction de l'est. Ça ne sera plus long, maintenant. Papa arrive.

24

Je perdis le fil du temps. Les heures devinrent des minutes, les minutes devinrent des heures. La peau me démangeait au contact de la toile du sac et le sentiment d'une suffocation imminente n'était jamais loin. De temps à autre, des murmures se faisaient entendre dans l'obscurité, parfois proches, parfois éloignés. A une ou deux reprises, je commençai à somnoler mais le ruban adhésif collé sur ma bouche me gênait pour respirer et, à peine endormi, je me réveillais, soufflant par le nez tel un pur-sang après une course, mon rythme cardiaque s'accélérant, ma tête se soulevant de l'oreiller tandis que je luttais pour inspirer plus d'oxygène. Deux fois, je crus sentir quelque chose me toucher le cou avant que je me réveille, un contact si froid qu'il me brûla la peau. Je tentai de me défaire du sac mais Merrick l'avait solidement attaché. Lorsque j'entendis la porte d'entrée s'ouvrir et se refermer, puis un bruit de pas décidés dans l'escalier, je fus totalement désorienté mais, malgré la confusion de mes sens, j'eus l'impression que des présences s'éloignaient de moi tandis que l'inconnu approchait.

Quelqu'un entra dans la pièce. Je sentis près de moi la chaleur d'un corps et reconnus l'odeur de Merrick. Ses doigts tirèrent sur le ruban adhésif qui m'entourait le cou puis le sac quitta ma tête et je pus enfin voir à nouveau. De petits soleils blancs explosèrent dans mon champ de vision, m'empêchant un moment de distinguer les traits de Merrick. Son visage était un vide sur lequel je pouvais plaquer le démon de mon choix, construire une image de tout ce qui m'effrayait. Puis les taches lumineuses dansant devant mes yeux s'estompèrent et ma vision redevint claire.

Merrick avait l'air troublé, mal à l'aise, moins sûr de lui que lorsque, en me réveillant, la première fois, je l'avais découvert au chevet de mon lit. Son regard s'égarait dans les coins obscurs de la pièce et je remarquai qu'il ne tournait plus le dos à la porte, qu'il s'efforçait au contraire de la garder à l'œil, comme s'il craignait de s'exposer à une attaque par-derrière.

Il me fixa mais ne dit rien, tira sur sa lèvre inférieure en réfléchissant. Mon Smith n'était pas en vue.

– J'ai fait ce soir quelque chose que j'aurais peut-être pas dû faire, déclara-t-il enfin. Mais enfin, bien ou mal, c'est comme ça. J'en avais marre d'attendre. Il fallait les faire sortir de leur trou. Ça te causera quelques ennuis, mais tu devrais t'en sortir. Tu raconteras aux flics ce qui s'est passé ici et ils finiront par te croire. D'ici là, la nouvelle se répandra et ils viendront.

Merrick fit alors quelque chose d'étrange. Il s'approcha lentement de l'un des placards de la chambre, mon pistolet à présent visible au creux de ses reins. Il posa la main gauche sur la porte à lattes, tira le Smith de sous sa ceinture. Il parut regarder entre les lattes, comme s'il était convaincu que quelqu'un se cachait à l'intérieur du placard. Lorsqu'il l'ouvrit enfin, ce fut avec précaution, lentement, de la main gauche, en explorant du canon de l'arme les espaces entre les vestes et les chemises suspendues.

– T'es sûr que tu vis seul ?

J'acquiesçai de la tête.

– J'ai pas l'impression, dit-il.

Il n'y avait pas trace de menace dans sa voix, aucun signe qu'il pensait que je lui avais menti, rien qu'un profond malaise devant quelque chose qu'il ne comprenait pas. Il referma la porte du placard et revint près du lit.

– J'ai rien contre toi personnellement, reprit-il. On est quittes, maintenant. Tu fais ce que tu crois juste mais ça me met des bâtons dans les roues, je peux pas tolérer ça. En plus, t'es un type qui laisse sa conscience le tourmenter, alors que c'est rien qu'une mouche qui bourdonne dans ta tête. Ça dérange, ça distrait. J'ai pas le temps pour ça. Je l'ai jamais eu.

Il leva lentement le Smith, dont le canon me fixa de son œil noir et vide, sans ciller.

– Je pourrais te descendre maintenant. Tu le sais. Ça me coûterait pas plus qu'un peu de peine. Mais je vais te laisser vivre.

J'eus une bruyante expiration, incapable de dissimuler un sentiment qui frôlait la gratitude. Je n'allais pas mourir, pas des mains de cet homme, pas ce jour-là. Merrick reconnut mon soupir pour ce qu'il était.

– Ouais, tu vivras, mais n'oublie pas : je t'ai tenu dans un étau mortel et je t'ai laissé partir. Je sais le genre d'homme que tu es, conscience ou pas. Tu seras furieux que j'aie pénétré chez toi, que je t'aie fait mal, que je t'aie humilié sur ton propre lit. Tu voudras te venger, aussi je te préviens : la prochaine fois que je braquerai un feu sur toi, je prendrai même pas une inspiration avant de presser la détente. Tout ça sera bientôt fini et je m'en irai. Je t'ai laissé de quoi réfléchir. Garde ta colère, tu auras d'autres raisons de l'utiliser.

Il fit disparaître le Smith et plongea de nouveau la main dans sa serviette en cuir, y prit un flacon en verre et un chiffon jaune, dévissa le bouchon du flacon et versa sur le chiffon un peu de son contenu. Je connaissais cette odeur. Elle n'était pas désagréable et je pouvais presque sentir dans ma bouche la douceur du liquide. Je secouai la tête, écarquillant les yeux tandis que Merrick se penchait vers moi, le chiffon dans la main droite, les effluves du chloroforme me faisant déjà tourner la tête. Je tentai de raidir mon corps, de décocher une ruade, mais rien à faire. Il me saisit par les cheveux, immobilisa ma tête, pressa le chiffon contre mon nez.

Et les derniers mots que j'entendis furent :

– Une fleur que je vous fais là, monsieur Parker.

J'ouvris les yeux. De la lumière passait à travers les rideaux, des aiguilles me perçaient le crâne. Je voulus me redresser mais ma tête était trop lourde. J'avais les bras libres et ma bouche avait perdu son bâillon. Je sentais un goût de sang sur mes lèvres, là où le ruban adhésif avait arraché la peau.

Me penchant en avant, je tendis la main pour prendre le verre d'eau sur la table de chevet. Ma vision était trouble, je faillis le faire tomber. J'attendis que la chambre cesse de tourner et que les images doubles que j'avais devant moi n'en fassent plus qu'une pour essayer de nouveau. Cette fois, mes doigts se refermèrent sur le verre et je le portai à mes lèvres. Il était plein. Merrick devait l'avoir rempli et posé à portée de ma main. Je bus avidement, renversai de l'eau sur l'oreiller puis m'étendis de nouveau. Les yeux clos, je m'efforçai de calmer la nausée qui montait en moi. Finalement, je me sentis assez fort pour rouler sur le lit jusqu'à ce que j'en tombe. Les lames du plancher étaient fraîches sous mon visage. Je rampai vers la salle de bains, appuyai la tête contre la cuvette des W-C.

Au bout d'une minute ou deux, je vomis puis je sombrai de nouveau dans un sommeil empoisonné sur le carrelage.

La sonnette de la porte d'entrée me réveilla. La texture de la lumière avait changé, il devait être plus de midi. Je me levai, m'appuyai au mur de la salle de bains jusqu'à être sûr que mes jambes ne se déroberaient pas sous moi, puis je me dirigeai en titubant vers la chaise où j'avais laissé mes vêtements la veille. J'enfilai un jean et un tee-shirt, passai un sweater à capuche pardessus pour me protéger du froid, descendis l'escalier d'un pas hésitant, les pieds nus.

Par la vitre de la porte, je distinguai trois silhouettes devant chez moi et deux voitures inconnues dans mon allée. L'une d'elles, à en croire ses couleurs, était une voiture de ronde de la police de Scarborough.

J'ouvris. Conlough et Frederickson, les deux inspecteurs de Scarborough qui avaient interrogé Merrick, se tenaient sur le seuil, accompagnés d'un troisième homme dont j'ignorais le nom mais dont je me souvenais d'avoir vu le visage pendant l'interrogatoire. C'était lui qui avait parlé à Pender, l'agent du FBI. Derrière eux, Ben Ronson, un des flics de Scarborough, était adossé à sa voiture. D'habitude, Ben et moi échangions quelques mots quand nous nous croisions dans la rue, mais il garda cette fois un visage sans expression.

– Monsieur Parker, attaqua Conlough, on peut entrer ? Vous vous rappelez l'inspectrice Frederickson ? Nous avons quelques questions à vous poser.

Il indiqua le troisième homme.

– Voici l'inspecteur Hansen, de la police de l'Etat, poste de Gray. Disons que c'est lui qui dirige l'enquête.

Hansen était un homme apparemment en bonne forme physique, avec des cheveux très noirs, des joues et un menton ombrés hérités de trop d'années de rasoir électrique. Il avait des yeux plus verts que bleus et sa posture – détendue et cependant en éveil – faisait penser à celle d'un chat sauvage prêt à bondir sur sa proie. Il portait un costume bleu foncé bien coupé sur une chemise très blanche et une cravate bleue à rayures dorées.

Je reculai pour les laisser entrer, remarquai qu'aucun d'eux ne me tourna le dos. Dehors, Ronson abaissa négligemment la main vers son arme.

– La cuisine, ça ira ? m'enquis-je.

– Parfait, répondit Conlough. Après vous.

Ils m'emboîtèrent le pas et je m'assis à la table du petit déjeuner. En d'autres circonstances, je serais resté debout pour ne pas leur donner un avantage, mais je me sentais encore faible et chancelant.

– Vous n'avez pas l'air en forme, fit observer Frederickson.

– J'ai eu une mauvaise nuit.

– Vous voulez nous en parler ?

– Vous voulez m'expliquer d'abord pourquoi vous êtes là ?

Mais je le savais. Merrick.

Conlough s'installa en face de moi et les autres restèrent debout.

– Ecoutez, dit-il, on peut tout régler ici et maintenant si vous êtes franc avec nous. Sinon…

Il coula un regard éloquent en direction de Hansen.

– Sinon, ça pourrait devenir délicat pour vous.

J'aurais dû demander un avocat mais cela aurait impliqué d'aller tout de suite au poste de police de Scarborough, ou peut-être à Gray, voire Augusta. Cela aurait impliqué des heures dans une cellule ou dans une salle d'interrogatoire et je n'étais pas sûr d'être suffisamment remis pour affronter ça. J'aurais de toute façon besoin d'un avocat, mais pour le moment j'étais chez moi, assis à ma table de cuisine, et je n'en partirais qu'en cas de nécessité absolue.

– Frank Merrick a pénétré dans ma maison la nuit dernière, commençai-je. Il m'a menotté aux montants de mon lit...

Je montrai les marques sur mes poignets.

– ... et m'a bâillonné avec du ruban adhésif, il m'a mis un sac sur la tête et il m'a pris mon pistolet. Je ne sais pas combien de temps il m'a laissé comme ça. A son retour, il m'a dit qu'il avait fait quelque chose qu'il n'aurait pas dû faire, puis il m'a chloroformé. Quand je suis revenu à moi, les menottes et le ruban adhésif avaient disparu. Merrick aussi. Je crois qu'il a encore mon flingue.

Hansen s'appuyait au comptoir de la cuisine, les bras croisés sur la poitrine.

– Une sacrée histoire, commenta-t-il.

– C'est quoi, le pistolet qu'il a pris ? demanda Conlough.

– Un Smith & Wesson 10 mm.

– Avec quelles balles ?

– Des Cor-Bon. Des cent quatre-vingts grammes.

– Vous avez gardé la boîte des Cor-Bon ? demanda Conlough.

Je savais où tout ça nous menait. Je l'avais compris dès que j'avais découvert les trois inspecteurs devant ma porte, et si je ne m'étais pas senti aussi mal, j'aurais presque admiré l'habileté de Merrick. Il s'était servi de mon arme sur quelqu'un et il l'avait gardée. Si on retrouvait la balle, on pourrait la comparer avec celles de la boîte que j'avais en ma possession. Exactement la même procédure utilisée pour lui coller sur le dos le meurtre de Barton Riddick en Virginie. La preuve balistique serait finalement rejetée mais, comme il l'avait promis, il aurait réussi à me fourrer dans un tas d'ennuis. C'était une petite plaisanterie de Merrick à mes dépens. J'ignorais comment les flics étaient remontés si rapidement jusqu'à moi, mais je suspectais que c'était là encore un coup de Merrick.

– Je demande un avocat, annonçai-je. Je ne répondrai plus à aucune question.

– Vous avez quelque chose à cacher ? suggéra Hansen avec un sourire désagréable, une fente dans un vieux marbre. Pourquoi faire appel à un avocat ? Détendez-vous. On ne fait que parler.

– Ah bon, c'est ce qu'on est en train de faire ? Sans vouloir vous vexer, votre conversation ne me passionne pas.

Je me tournai vers Conlough, qui haussa les épaules.

– D'accord, un avocat, soupira-t-il.

– Je suis en état d'arrestation ?

– Pas encore, répondit Hansen. Mais ça peut se faire, si vous y tenez. Alors : arrestation ou conversation ?

Il me lança un regard de flic, amusement feint et certitude de maîtriser la situation.

– Je ne crois pas que nous nous soyons déjà rencontrés, dis-je. Un look comme le vôtre, on doit avoir du mal à l'oublier.

Conlough toussa dans sa main en détournant la tête. Hansen ne changea pas d'expression.

– Je suis nouveau dans le coin, dit-il, mais j'ai déjà pas mal d'heures de vol, je suis passé par les grandes villes, comme vous, je suppose, alors, votre réputation, j'en ai rien à battre. Peut-être qu'ici, avec vos histoires d'ancien combattant et de sang sur les mains, on vous prend pour un cador, mais je n'aime pas beaucoup les types qui rendent la justice eux-mêmes. Ils constituent une faille dans le système, un défaut dans les rouages. En ce qui vous concerne, j'ai l'intention de corriger ce défaut. Premier point...

– Dites, ce n'est pas très poli de manquer de respect à quelqu'un dans sa propre maison...

– C'est pourquoi nous allons tous la quitter, pour que je puisse continuer à vous manquer de respect ailleurs.

D'un geste, il me fit signe de me lever. Tout dans son attitude envers moi dénotait un mépris absolu, et pour le moment je ne pouvais qu'encaisser. Si je réagissais, je perdrais mon calme et je ne voulais pas donner à Hansen le plaisir de me passer les menottes.

Je me levai en secouant la tête, enfilai une paire de vieilles baskets que je gardais toujours près de la porte de la cuisine.

– Alors, allons-y, grommelai-je.

– Tournez-vous d'abord contre le mur, m'ordonna Hansen.

– Vous rigolez ? répliquai-je.

– Oui, je suis un vrai comique. Comme vous. Allez-y, vous connaissez la technique.

J'écartai les jambes et posai les mains à plat sur le mur pour laisser Hansen me fouiller. Quand il se fut assuré que je ne cachais pas d'arme sur moi, il recula et nous sortîmes de la maison, suivis par Conlough et Frederickson. Dehors, Ben Ronson avait déjà ouvert la portière arrière de sa voiture de ronde pour moi. J'entendis un chien aboyer : Walter traversait en courant le pré séparant ma maison de celle des Johnson. Bob suivait, un peu plus loin, mais je pouvais distinguer l'expression préoccupée de son visage. Lorsque Walter se rapprocha, je sentis les flics se raidir autour de moi. Ronson tendit de nouveau la main vers son pistolet.

– Vous n'avez rien à craindre, dis-je. Il est tout sauf méchant.

Walter sentit que ces hommes ne lui portaient aucune affection. Il s'arrêta entre les arbres ombrageant le jardin de devant, émit un aboiement hésitant puis avança lentement vers moi, agitant la queue, les oreilles rabattues. Je regardai Conlough et il m'indiqua que je pouvais y aller. Je m'approchai de Walter, lui caressai la tête.

– Il faut que tu restes ici, avec Bob et Shirley, mon chien.

Il pressa la tête contre ma poitrine, ferma les yeux. Bob se trouvait maintenant à l'endroit où était Walter l'instant d'avant. Il se garda de me demander si tout allait bien. Prenant Walter par son collier, je le ramenai à Bob, sous le regard attentif de Hansen.

– Vous pouvez vous occuper de lui quelques heures ? sollicitai-je.

– Pas de problème, assura-t-il.

C'était un petit homme alerte, au regard vif derrière ses lunettes. Je me penchai vers Walter et, tout en le caressant de nouveau, je glissai à voix basse à Bob de prévenir Angel et Louis, au Black Point Inn, que je m'étais fait piéger par un nommé Merrick.

– Bien sûr, me répondit-il sur le même ton, sans bouger les lèvres.

Puis, plus fort :

– Je peux faire quelque chose pour vous ?

Je regardai les quatre flics.

– Vous savez, Bob, je crois vraiment que non, répondis-je.

Je montai dans la voiture noir et blanc et Ronson me conduisit au central de Scarborough.

25

On me garda dans la salle d'interrogatoire du central de Scarborough en attendant l'arrivée d'Aimee Price, et j'eus de nouveau l'impression de mettre mes pas dans ceux de Merrick.

Hansen avait voulu m'emmener à Gray mais Wallace MacArthur, accouru dès qu'il avait appris qu'on m'avait emballé, avait plaidé ma cause. A travers la porte, je l'avais entendu se porter garant pour moi et demander instamment à Hansen de ne pas utiliser les grands moyens pour le moment. Je lui étais infiniment reconnaissant, non seulement de m'avoir épargné une déplaisante balade à Gray avec Hansen, mais aussi de s'être mouillé pour moi alors qu'il devait avoir ses propres doutes.

Rien n'avait changé dans la pièce depuis que Merrick l'avait occupée. Même les gribouillis d'enfants étaient encore sur le tableau. Je n'étais pas menotté. Conlough m'avait apporté un gobelet de café et un doughnut rassis. J'étais encore un peu groggy, mais je prenais peu à peu conscience d'en avoir probablement trop dit chez moi. Si j'ignorais toujours ce que Merrick avait fait, j'étais à peu près sûr que quelqu'un était mort. Et je me rendis compte que j'avais reconnu qu'on avait utilisé mon pistolet pour commettre un crime. Si Hansen décidait de jouer dur et de m'inculper, je risquais de me retrouver derrière les barreaux, sans grand espoir d'obtenir une libération sous caution. Il pouvait à tout le moins me garder plusieurs jours, pendant lesquels Merrick continuerait à faire des ravages avec le Smith 10.

Après avoir passé une heure seul avec mes pensées, je vis la porte de la salle d'interrogatoire s'ouvrir et Aimee Price entrer, tailleur noir et chemisier blanc, coûteuse mallette en cuir rutilant. Une allure très professionnelle. Moi, en comparaison, j'étais en piteux état et elle ne me l'envoya pas dire.

– Vous avez une idée de ce qui se passe ? lui demandai-je.

– Tout ce que je sais, c'est qu'ils enquêtent sur un coup de feu. Un mort. De sexe masculin. Ils pensent manifestement que vous pourriez être en mesure de leur fournir des précisions.

– Sur la façon dont j'ai descendu le type, par exemple ?

– Vous devez être content d'avoir gardé ma carte, je parie.

– Je pense plutôt qu'elle m'a porté la poisse.

– Quel pourcentage de l'histoire vous voulez me raconter ?

Je lui racontait tout, depuis l'intrusion de Merrick chez moi jusqu'au moment où Ronson m'avait fait monter à l'arrière de son véhicule. Je n'omis rien, excepté les voix. Aimee n'avait pas besoin de savoir ça.

– Vous êtes complètement idiot ? m'assena-t-elle quand j'eus terminé. Même un enfant sait qu'on ne doit pas répondre aux questions des flics sans la présence de son avocat !

– J'étais fatigué, j'avais mal à la tête...

Je me rendis compte que j'étais pitoyable.

– N'importe quoi ! Ne dites plus un mot sans que je vous y autorise d'un signe de tête.

Elle alla à la porte et frappa pour indiquer que les policiers pouvaient entrer. Conlough s'avança, suivi de Hansen, et ils s'installèrent en face de nous. Je me demandai combien de flics, regroupés autour d'un moniteur dans une pièce voisine, nous regarderaient danser les uns autour des autres sans bouger.

Aimee leva une main.

– Vous devez d'abord nous dire de quoi il s'agit, rappela-t-elle.

Conlough interrogea Hansen du regard avant de répondre :

– Un nommé Ricky Demarcian est mort la nuit dernière d'une balle dans la tête au terrain pour caravanes de Tranquility Pines. Nous avons un témoin qui a vu une Mustang semblable à celle de votre client quitter les lieux. Il nous a même donné l'immatriculation.

J'imaginai ce qui se passait à Tranquility Pines pendant que nous parlions. L'unité de scène de crime de la police criminelle de l'Etat était probablement sur place, ainsi que la camionnette blanche du technicien du labo de Scarborough, avec ses portières arrière personnalisées par des agrandissements artistiquement disposés çà et là de ses propres empreintes digitales. Considéré comme l'un des meilleurs de l'Etat dans sa partie, c'était un type d'une méticulosité maladive et il ne se laisserait sûrement pas écarter de l'enquête par ses collègues de la police de l'Etat. Le poste de commandement mobile rouge et blanc, partagé avec les pompiers, devait être là également. Et puis des curieux, des témoins potentiels interrogés par les enquêteurs, des camions des diverses stations locales des chaînes de télé, tout un cirque autour d'une petite caravane sur un terrain minable. Les flics prendraient des moulages d'empreintes de pneu en espérant qu'ils correspondraient à ceux de ma Mustang. Ça ne collerait pas, mais c'était sans importance, ils pourraient toujours prétendre que le véhicule avait été garé plus loin sur la route. L'absence de lien avec ma voiture ne prouverait pas mon innocence. Entre-temps, Hansen avait sans doute entamé la procédure nécessaire pour obtenir un mandat de perquisition de ma maison, garage compris. Il voulait la voiture et le flingue. Faute de flingue, il se rabattrait sur la boîte de balles Cor-Bon.

– Un témoin ? fit Aimee. Vraiment ?

Son ton suggérait qu'elle trouvait ça aussi vraisemblable que la rumeur selon laquelle la petite souris s'était fait pincer avec un sac de dents.

– Qui est ce témoin, messieurs ?

Hansen ne broncha pas, mais Conlough remua presque imperceptiblement sur sa chaise. Pas de témoin. Le tuyau était anonyme, autrement dit, il provenait de Merrick. Cela ne changeait toutefois rien à ma situation. Leurs questions sur la boîte de balles m'avaient fait comprendre que Merrick s'était servi de mon Smith pour liquider Demarcian et qu'il avait dû laisser une preuve sur les lieux. Une balle, une douille, ou carrément l'arme ? Dans ce cas, on trouverait dessus mes empreintes, pas les siennes.

« Je te bouscule un peu, juste pour que tu ne passes plus tes journées à me courir après. »

– Nous ne sommes pas en mesure de le dire pour le moment, répondit Hansen. Et je ne voudrais pas avoir l'air de pomper les dialogues d'un mauvais film, mais c'est *nous* qui posons les questions.

– Posez, posez, répliqua Aimee avec un haussement d'épaules. Mais d'abord, je souhaiterais que vous fassiez venir un médecin. Je veux qu'on photographie les hématomes sur le flanc de mon client. Vous verrez que certaines marques font penser à l'impact d'un poing. Un médecin pourra établir si elles sont récentes. M. Parker a également eu la peau des lèvres arrachée quand on a retiré le ruban adhésif de sa bouche. Nous voudrions qu'on photographie aussi cette blessure. Il faudra en outre lui faire des prélèvements de sang et d'urine pour confirmer la présence d'un taux anormalement élevé de trichlorométhane.

Aimee avait formulé ces requêtes en rafale et Conlough parut les prendre de plein fouet.

– De trichlo-quoi ? dit-il, appelant Hansen à l'aide du regard.

– Du chloroforme, expliqua Hansen sans perdre contenance. Vous auriez pu simplement dire « chloroforme », ajouta-t-il à l'intention d'Aimee.

– J'aurais pu mais je ne l'ai pas fait. Mon client et moi allons attendre le médecin et puis vous commencerez à poser vos questions.

Les deux inspecteurs quittèrent la pièce sans un mot.

Au bout d'une heure pendant laquelle Aimee et moi gardâmes le silence, un médecin arriva du centre médical du Maine, sis à Scarborough.

Il me conduisit aux toilettes, où je lui donnai un échantillon d'urine, puis il me fit une prise de sang dans le bras. Il examina ensuite les bleus de mon côté droit. Aimee nous rejoignit et prit des photos des contusions et de mes écorchures aux lèvres avec un appareil numérique. Quand elle eut terminé, on nous ramena à la salle d'interrogatoire, où Conlough et Hansen étaient déjà de retour.

Ils me reposèrent la plupart de leurs premières questions et, chaque fois, j'attendis qu'Aimee me fasse signe pour ouvrir la bouche. Quand on en vint aux balles, elle leva son stylo.

– Mon client a déjà déclaré que M. Merrick lui a volé son arme.

– Nous voulons être sûrs que les balles correspondent, dit Hansen.

– Vraiment ? dit Aimee avec le même scepticisme doucereux. Et pourquoi cela ?

Hansen ne répondit pas, Conlough non plus.

– L'arme, vous ne l'avez pas, n'est-ce pas, messieurs ? Vous n'avez pas de témoin non plus. Tout ce que vous avez, je présume, c'est une douille et la balle elle-même ? Je me trompe ? insista Aimee.

Hansen tenta de lui faire baisser les yeux, y renonça. Conlough s'absorbait dans la contemplation de ses ongles.

– Je me trompe ? répéta-t-elle.

Hansen hocha la tête, comme un collégien sermonné.

Comme je l'avais supposé, Merrick avait apporté à son acte une touche ironique en laissant sur place le même genre de preuve que celle qu'on avait autrefois essayé d'utiliser pour le condamner.

– Nous pouvons obtenir un mandat, menaça Hansen.

– Faites, rétorqua Aimee.

– Non.

Aimee me fusilla du regard. Hansen et Conlough levèrent tous deux les yeux.

– Pas besoin de mandat, déclarai-je.

– Qu'est-ce que… commença mon avocate.

Je l'interrompis en lui pressant le bras.

– Je vous remettrai les balles, dis-je aux policiers. Faites toutes les comparaisons que vous voudrez. Merrick m'a piqué mon arme et il s'en est servi pour tuer votre… Demarcian, puis il a laissé la douille et il vous a téléphoné pour que vous veniez frapper à ma porte. C'est l'idée qu'il se fait d'une blague. Il a failli être condamné pour meurtre en Virginie sur la base d'une preuve balistique, mais le dossier d'accusation s'est effondré quand le FBI s'est mis à pousser des cris affolés concernant la fiabilité des comparaisons. Mais même sans ça, l'accusation n'aurait sans doute pas tenu. Merrick a voulu me causer des ennuis, c'est tout.

– Et pour quelle raison il aurait fait ça ? demanda Conlough.

– Vous connaissez la réponse, vous l'avez interrogé dans cette pièce. Sa fille a disparu alors qu'il était en prison. Il veut savoir ce qui lui est arrivé et il a l'impression que je lui mets des bâtons dans les roues.

– Pourquoi il ne vous a pas simplement liquidé ? s'étonna Hansen, qui aurait volontiers pardonné ce geste à Merrick.

– Ça n'aurait pas été juste à ses yeux. Il a une sorte de code moral.

– Qui ne l'aura pas empêché de loger une balle dans la tête de Demarcian, si ce que vous dites est vrai, objecta Hansen.

– Pourquoi aurais-je descendu Demarcian ? Jusqu'à ce matin, je n'avais jamais entendu parler de lui.

Les deux inspecteurs échangèrent à nouveau un regard. Au bout de quelques secondes, Hansen soupira et donna de la main le feu vert à son collègue. Il semblait sur le point de jeter l'éponge, son assurance se lézardait. Les hématomes, les prélèvements pour confirmer la présence de chloroforme, tout cela l'avait ébranlé. Au fond de lui-même, il savait que je disais la vérité, il refusait simplement d'y croire. Il aurait pris plaisir à me boucler. J'offensais son sens de l'ordre. Cependant, malgré toute son antipathie pour moi, il connaissait suffisamment la procédure à suivre pour ne pas s'amuser à manipuler une preuve et risquer de voir ensuite le dossier lui exploser à la figure la première fois qu'il le présenterait à un juge.

– La caravane de Demarcian était bourrée de matériel informatique, dit Conlough. Nous pensons qu'il était lié au crime organisé de Boston. Il s'occupait de sites Web de prostitution.

– Pour les Italiens ?

Conlough secoua la tête.

– Pour les Russes.

– C'est pas des tendres...

– Non. Selon certaines rumeurs, il ne s'agirait pas seulement de prostitution d'adultes.

– Des gosses ?

Conlough consulta de nouveau Hansen du regard, mais celui-ci s'était réfugié dans un silence boudeur.

– Je le répète, ce sont des rumeurs, nous n'avons pas de preuves. Sans preuves, impossible d'obtenir un mandat. Nous bossons depuis un moment pour accéder à la liste de Demarcian, mais les progrès sont lents.

– Apparemment, votre problème est résolu, dis-je.

Hansen revint à la charge :

– Vous êtes sûr de n'avoir jamais entendu parler de Demarcian ? C'est le genre de type à qui vous n'hésiteriez pas à coller une balle dans le crâne.

– Qu'est-ce que vous insinuez ?

– Ce ne serait pas la première fois que votre flingue ferait un trou dans quelqu'un. Vous avez peut-être pensé servir une bonne cause en l'éliminant.

Je sentis la main d'Aimee me toucher la cuisse sous la table pour me prévenir de ne pas tomber dans la provocation de Hansen.

– Vous voulez m'inculper ? Allez-y, répliquai-je. Sinon, vous gaspillez votre salive et mon oxygène.

Je reportai mon attention sur Conlough et lui demandai :

– A part la balle, le corps de Demarcian présentait d'autres blessures ?

Il ne répondit pas. Il ne pouvait pas le faire, supposai-je, sans balancer le peu d'éléments qu'ils avaient encore contre moi. Je poursuivis l'assaut :

– Si Merrick l'a aussi torturé, Demarcian lui a peut-être révélé quelque chose avant de mourir.

– Qu'est-ce que Demarcian aurait pu savoir ? dit Conlough.

Le ton de l'interrogatoire avait changé. Conlough n'était peut-être pas convaincu au départ de mon implication et nous en étions venus à une sorte de discussion entre deux hommes réfléchissant à voix haute.

Hansen n'apprécia pas le changement et il marmonna quelque chose comme « Des conneries, tout ça ». Même si Hansen dirigeait officiellement l'enquête, Conlough lui lança un regard d'avertissement. Mais la lueur qui s'était allumée dans les yeux de Hansen brillait encore et il ne la laisserait s'éteindre que s'il n'avait plus d'autre choix.

– Ouais, des conneries, répéta-t-il. C'est votre arme. C'est votre voiture que le témoin a vue quitter les lieux. C'est votre doigt...

– Hé ! cria Conlough pour l'interrompre.

Il se leva et alla à la porte, invitant Hansen à le suivre. Hansen repoussa sa chaise et sortit. La porte se referma derrière eux.

– Il n'est pas inscrit à votre fan-club, hein ? dit Aimee.

– C'est la première fois qu'on se rencontre vraiment. En règle générale, les flics de la police de l'Etat ne m'aiment pas trop, mais celui-là, il m'en veut à mort.

– Je vais peut-être devoir augmenter mes tarifs. Personne ne vous aime, on dirait.

– Les risques du métier. Comment on se débrouille, jusqu'ici ?

– Pas trop mal, je dirais, si on fait abstraction de votre incapacité à la fermer. Supposons que Merrick ait utilisé votre pistolet pour tuer Demarcian. Supposons aussi que ce soit lui qui ait téléphoné à la police. Tout ce qu'ils ont, c'est un indice balistique et aucun lien direct avec vous mis à part la boîte de balles. Ça ne suffit pas pour vous inculper de quoi que ce soit, pas sans une correspondance balistique ou une empreinte digitale sur la douille. Et même en ce cas, je vois mal les services du procureur se lancer dans cette histoire sans que les flics leur apportent d'autres preuves vous liant au lieu du crime. Hansen n'aura aucun mal à obtenir un mandat pour perquisitionner chez vous et chercher la boîte de balles, et vous avez peut-être raison de vouloir la lui remettre. Si les choses tournent mal, votre volonté de coopérer dès le départ influencerait favorablement le juge. Mais si l'arme est en leur possession, nous pourrions être vraiment en difficulté.

– Pourquoi j'aurais laissé mon Smith sur place ?

– Vous savez bien qu'ils ne raisonnent pas comme ça. Si ça leur permet de vous garder, ils s'en serviront. Attendons. S'ils ont votre pistolet, ils nous le balanceront bientôt à la figure. Mais je pense plutôt, à la façon dont Conlough et vous avez fini par copiner, que le pistolet est parti avec Merrick.

Elle tapota la table de son stylo et ajouta :

– Conlough n'a pas l'air d'être fou de Hansen, lui non plus.

– Conlough est un type correct mais je ne pense pas qu'il me croie incapable de tuer quelqu'un comme Demarcian. Il suppose simplement que j'aurais mieux dissimulé mes traces si j'étais coupable.

– Et que vous auriez attendu qu'il ait lui aussi une arme à la main, enchaîna Aimee. Seigneur, c'est le Far West !

Les minutes défilèrent. Aimee regarda sa montre.

– Qu'est-ce qu'ils fabriquent ?

Elle s'apprêtait à se lever pour aller aux renseignements quand j'entendis un bruit curieux et cependant familier. Un aboiement. Qui ressemblait beaucoup à celui de Walter.

– Je crois que c'est mon chien... fis-je.

– Ils ont amené votre chien ici ? Comme quoi ? Comme témoin ?

La porte s'ouvrit, Conlough entra, l'air presque soulagé.

– Vous êtes tiré d'affaire, m'annonça-t-il. Vous devez signer une déclaration mais sinon, vous êtes libre.

Aimee ne parvint pas à cacher sa surprise. Nous suivîmes Conlough jusqu'à l'accueil, où se trouvaient les Johnson. Bob, debout, tenait Walter en laisse tandis que Shirley était assise sur une chaise en plastique, son déambulateur à roulettes à côté d'elle.

– Cette dame ne dort pas bien, dit Conlough. Elle passe des heures assise à sa fenêtre quand ses articulations la font souffrir et elle a vu votre type sortir de chez vous à trois heures du matin et revenir à cinq heures. Elle a déclaré que votre voiture est restée au garage et que vous n'avez pas quitté la maison. Le créneau trois heures-cinq heures correspond à l'heure estimée de la mort de Demarcian.

Avec un sourire sardonique, il ajouta :

– Hansen est en rogne. Il vous voyait bien dans le rôle de l'assassin, on dirait.

Le sourire disparut.

– Vous n'avez pas besoin que je vous le rappelle mais je le fais quand même. Merrick a votre flingue. Il s'en est servi pour tuer Demarcian. A votre place, j'essaierais de le récupérer avant qu'il s'en serve de nouveau. En attendant, tâchez d'apprendre à mieux surveiller ce qui vous appartient.

Il pivota sur ses talons et je m'approchai des Johnson pour les remercier. Comme on pouvait s'y attendre, Walter me fit une sacrée fête.

Une heure plus tard, ma déclaration dûment signée, je fus autorisé à partir. Aimee Price me ramena chez moi. Les Johnson étaient partis devant avec Walter, essentiellement parce que Aimee refusait de le laisser monter dans sa voiture.

– Des nouvelles d'un transfert d'Andy Kellog ? demandai-je.

– J'essaie d'obtenir une audience dans les quarante-huit heures.

– Vous lui avez posé la question, pour le tatouage ?

– Il dit qu'il n'y avait ni date ni chiffres. Rien qu'une tête d'aigle.

Je jurai intérieurement. Cela signifiait que le contact de Ronald Straydeer ne me serait d'aucune utilité. Encore une voie d'investigation qui ne débouchait sur rien.

– Comment va Andy ?

– Il se rétablit. Il a toujours le nez en compote.

– Et sur le plan mental ?

– Il m'a parlé de vous, et de Merrick.

– Quelque chose d'intéressant ?

– Il pense que Merrick vous trucidera.

– Il s'est trompé. Merrick a eu sa chance, il ne l'a pas saisie.

– Ça ne veut pas dire qu'il n'essaiera pas encore. Je ne comprends pas pourquoi il tient tellement à vous mettre hors circuit.

– C'est un revanchard. Il ne veut pas qu'on le prive de sa possibilité de se venger.

– Il croit que sa fille est morte ?

– Oui. Il se refuse à le reconnaître, mais il sait que c'est la vérité.

– Et vous ? Vous pensez qu'elle est morte ?

– Oui.

– Alors, qu'est-ce que vous allez faire, maintenant ?

– Je dois rendre visite à un autre avocat, ensuite, je monterai à Jackman.

– Deux avocats en un jour… Vous vous ramollissez.

– Non, aucun risque, je suis vacciné.

Elle eut un grognement mais ne répondit pas.

– Merci d'être venue, lui dis-je. J'apprécie.

– Vous recevrez ma facture. Je n'ai pas fait ça par bonté d'âme.

Elle s'arrêta devant chez moi, je descendis de voiture et la remerciai de nouveau.

– N'oubliez pas, je suis avocate, pas médecin. Si vous vous frottez encore à Merrick, mes services ne vous seront pas d'une grande utilité.

– Je vais de nouveau me frotter à Merrick et l'un de nous n'aura plus besoin ni de docteur ni d'avocat.

Aimee secoua la tête.

– Encore le Far West. Prenez soin de vous, je ne vois personne d'autre pour le faire.

Après qu'elle eut redémarré, j'allai chez les Johnson et ils m'offrirent un café.

Walter devrait rester chez eux quelques jours encore. Cela ne les dérangeait pas. Cela ne dérangeait sans doute pas Walter non plus. Ils le nourrissaient mieux que moi. Ils le nourrissaient même mieux que je ne me nourrissais.

Une fois rentré, je pris une douche pour me débarrasser de l'odeur de la salle d'interrogatoire puis je mis un tee-shirt. Conlough avait raison, je devais retrouver Merrick avant qu'il fasse de nouveau usage du Smith 10. Je savais où commencer à chercher. Il y avait dans la communauté d'agglomérations un avocat qui devrait répondre à plusieurs questions. J'avais évité jusqu'ici de l'affronter, mais je n'avais plus le choix. En finissant de m'habiller, je me demandai pourquoi je n'étais pas retourné plus tôt voir Eldritch. C'était en partie parce que je pensais qu'il ne me serait pas utile avant qu'on élève les enjeux, et l'exécution de Demarcian par Merrick les avait à coup sûr relancés. Mais j'avais conscience que ma répugnance avait une autre raison : son client.

Malgré moi, malgré mes instincts les plus puissants, j'étais inexorablement attiré dans le monde du Collectionneur.

IV

Dans la nuit sombre
Je vais, résigné,
Je n'ai pas aussi peur de la nuit sombre
Que des amis que je ne connais pas,
Je crains moins la nuit, là-haut,
Que ne je crains les amis, en bas.

Stevie SMITH, *Chant funèbre*

26

Je téléphonai en glissant un chargeur pour mon 38 dans la poche de mon blouson et Louis répondit à la deuxième sonnerie. Angel et lui étaient arrivés à la planque du Collectionneur moins d'une heure après le coup de téléphone de Bob Johnson à leur hôtel et ils avaient laissé un message sur mon portable pour m'informer qu'ils étaient, pour reprendre les mots d'Angel, « sur le terrain ».

– Je suppose que tu t'es tiré de zonzon, dit Louis.

– Ouais, c'était très spectaculaire. Explosions, coups de feu, tout le bazar. Tu aurais dû être là.

– N'importe où, ce serait mieux qu'ici.

Il avait l'air grincheux. Passer de longues heures avec son compagnon dans un espace clos avait tendance à lui faire cet effet. Leur vie à la maison, ça devait valoir le déplacement.

– Tu dis ça maintenant. Avant que ce soit fini, tu regretteras le bon temps passé dans cette voiture. Vous avez trouvé quelque chose ?

– On n'a rien trouvé parce qu'y a rien à trouver. La baraque est vide. On a vérifié avant de commencer à se cailler les miches dehors et rien n'a changé depuis. On se les gèle toujours. On n'a remarqué aucun changement depuis la dernière fois, à part un petit détail : y a plus rien dans l'armoire de la cave. Ton malade a déménagé sa collection.

Le Collectionneur savait que quelqu'un avait pénétré dans sa maison, il avait découvert l'intrusion et réagi avec efficacité.

– On laisse tomber, décidai-je. Si Merrick avait dû revenir, il l'aurait déjà fait.

Il y avait au départ peu de chances pour qu'il le fasse : il savait que c'était là qu'on le chercherait en premier et il avait préféré prendre le maquis. Je dis à Louis de se faire conduire par Angel à Augusta, d'y louer une voiture et de revenir à Scarborough. Angel irait à Jackman pour voir ce qu'il pouvait trouver là-bas, ainsi que pour y attendre Merrick, car j'étais sûr que Merrick finirait par se rendre à Jackman et à Galaad.

– Comment ça se fait qu'Angel va à Jackman et que je dois rester ici avec toi ? protesta Louis.

– Tu as déjà fait tomber un morceau de charbon dans la neige ?

– Ça va pas mieux, on dirait. T'as eu droit à un passage à tabac un peu trop soigné, chez tes copains ?

– Ben, c'est pour ça que tu ne vas pas à Jackman.

– Tu fais du racisme rentré, là.

– Tu sais, quelquefois, j'oublie presque que tu es noir.

– Moi, j'oublie jamais que t'es blanc. Je t'ai vu danser.

Là-dessus, il raccrocha.

Mon coup de fil suivant fut pour Rebecca Clay et je l'informai que Merrick avait cassé sa laisse. Elle ne prit pas très bien la nouvelle mais accepta de se faire de nouveau filer par Jackie Garner, avec les Fulci en remorque. Si elle n'avait pas été d'accord tout de suite, je l'aurais amenée à accepter en noircissant le tableau.

Quelques minutes après ma conversation avec elle, je reçus un coup de téléphone inattendu. Joel Harmon. Pas sa secrétaire, ni Todd, le chauffeur qui savait tenir un flingue, mais le grand homme en personne.

– Quelqu'un a pénétré chez moi, déclara-t-il. Comme j'ai passé la nuit à Bangor, je n'étais pas là quand ça s'est produit. Todd a découvert la fenêtre cassée ce matin.

– Pourquoi vous me racontez ça, monsieur Harmon ?

Je ne bossais pas pour lui et j'avais encore mal au crâne à cause du chloroforme.

– On a saccagé mon bureau et j'ai pensé que ça vous intéresserait de savoir qu'on a vandalisé une des toiles de Daniel Clay. On n'a touché à rien d'autre, seul le paysage de Galaad a été lacéré.

– Vous n'avez pas de système d'alarme ?

– Il est relié au téléphone. La ligne a été coupée.

– Et il n'y avait personne dans la maison ?

– Seulement ma femme, répondit Harmon.

Après une pause, il ajouta :

– Ça ne l'a pas réveillée.

– Elle a le sommeil profond.

– Ne faites pas le malin, vous l'avez rencontrée. Inutile de me dire qu'elle se bourre de médicaments. Même les trompettes du Jugement dernier ne la réveilleraient pas.

– Vous avez une idée de l'identité de la personne qui aurait pu faire ça ?

– Vous savez que vous parlez comme un putain d'avocat ?

J'entendais presque ses postillons asperger le téléphone.

– Bien sûr que j'en ai une idée ! rugit-il. Il a coupé la ligne téléphonique, mais une des caméras de surveillance l'a filmé. Les flics de Scarborough sont venus, ils l'ont identifié comme étant Frank Merrick. Le type qui terrorisait Rebecca Clay. Maintenant, j'apprends qu'il a peut-être tiré une balle dans la tête d'un pédophile sur un terrain pour caravanes la nuit même où il s'est introduit dans la maison où ma femme dormait ! Qu'est-ce qu'il me veut, bordel de Dieu ?

– Vous faisiez partie des amis de Daniel Clay, il veut le retrouver. Il s'imagine peut-être que vous savez où il est…

– Si je le savais, je l'aurais dit à quelqu'un depuis longtemps ! Ce que je me demande, c'est pourquoi il s'en prend à moi.

– J'ai découvert facilement vos relations avec Clay, il a pu en faire autant.

– Ah oui ? Et comment se fait-il que le soir où vous êtes venu me voir on ait vu la voiture de Merrick passer devant ma propriété ? Vous savez ce que je pense, espèce d'abruti ? Je pense qu'il vous a suivi. Vous l'avez conduit à ma porte. Vous mettez ma famille en danger pour un type mort depuis longtemps, pauvre con !

Je raccrochai. Harmon avait probablement raison mais je n'étais pas d'humeur à l'écouter plus longtemps m'insulter. J'avais déjà suffisamment de casseroles à traîner et trop de préoccupations pour m'inquiéter de sa rogne contre moi.

L'incident me donnait au moins la confirmation que Galaad était la destination finale de Merrick. J'avais l'impression de patauger dans la boue depuis une semaine et je regrettais le jour où Rebecca Clay m'avait téléphoné. Je ne savais même plus trop ce que je cherchais. Elle m'avait embauché pour que je la débarrasse de Merrick et Merrick continuait à faire des ravages un peu partout. Ricky Demarcian était mort et l'utilisation de mon Smith me rendait responsable de son assassinat. Selon la police, il trempait jusqu'au cou dans la pédopornographie et fournissait peut-être même des femmes et des gosses à ses clients. Quelqu'un l'avait livré à Merrick sur un plateau et celui-ci l'avait peut-être descendu dans un accès de rage, Demarcian servant simplement d'exutoire à sa colère contre le responsable de la disparition de sa fille, ou alors il avait réussi à lui soutirer des informations avant qu'il meure. En ce cas, Demarcian était aussi une pièce du puzzle, lié à Clay, à Galaad et aux violeurs à tête d'oiseau, mais l'homme à l'aigle tatoué, seul moyen sûr d'identifier les bourreaux d'Andy Kellog et, semblait-il, de Lucy Merrick, demeurait introuvable. Je ne pouvais pas interroger d'autres victimes parce qu'elles étaient protégées par des exigences de confidentialité, ou par le simple fait que personne ne savait qui elles étaient. Et je n'étais toujours pas plus près de découvrir la vérité sur la disparition de Daniel Clay, ni sur l'étendue de son implication dans le viol de ses patients, et d'ailleurs personne ne m'avait demandé de le faire. Jamais je ne m'étais senti plus frustré, plus incertain quant à la voie à suivre.

Je résolus donc de fourrer la tête dans la gueule du lion. Je donnai un autre coup de téléphone et annonçai à la femme qui décrocha que je venais voir son patron. Elle ne répondit pas mais c'était sans importance. Le Collectionneur serait rapidement mis au courant.

Le cabinet d'Eldritch & Associés était toujours noyé dans la vieille paperasse et dépourvu d'associés quand je m'y présentai. Il était aussi dépourvu d'Eldritch.

– L'est pas là, m'informa la secrétaire.

Sa choucroute était toujours imposante et brune, mais son chemisier était cette fois bleu foncé avec un col à jabot blanc. Avec la grosse croix en argent attachée à une chaîne qui lui pendait au cou, elle avait l'air d'une femme pasteur spécialisée dans les mariages lesbiens.

– Si vous aviez pas raccroché si vite, je vous aurais prévenu que vous perdriez votre temps en venant ici.

– Vous pensez qu'il sera ici quand ?

– Quand il reviendra. Je suis sa secrétaire, je suis pas censée le surveiller.

Elle inséra une feuille de papier dans une antique machine à écrire électrique et se mit à taper une lettre. Sa cigarette ne quittait pas le coin de sa bouche. Elle maîtrisait l'art de tirer dessus sans la toucher, jusqu'au moment où elle devait le faire pour empêcher la colonne de cendre de l'envoyer rejoindre son créateur dans un brasier de papier en flammes, à supposer que ledit créateur ait la moindre envie de la récupérer.

– Vous pourriez peut-être l'appeler pour l'informer que je suis là, suggérai-je après que deux minutes se furent écoulées dans un silence hostile.

– Il a pas de portable, il aime pas ça. Il dit que ça donne le cancer. Vous en avez un, vous ?

– Oui.

– Tant mieux.

Elle se remit à taper. Après avoir parcouru du regard les murs et le plafond incrustrés de nicotine, je psalmodiai :

– Travailler en sécurité donne du plaisir à travailler. Je peux l'attendre ici.

– Non, vous pouvez pas. On ferme à l'heure du déjeuner.

– C'est un peu tôt pour déjeuner.

– J'ai pas arrêté de la matinée, je suis crevée.

Elle finit sa lettre, l'extirpa avec précaution de la machine, l'ajouta à une pile de documents semblables rangés dans une corbeille métallique et qui semblaient ne jamais devoir être envoyés : ceux du bas avaient déjà commencé à jaunir.

– Vous ne vous en débarrassez jamais ? demandai-je en indiquant les dossiers poussiéreux.

– Des fois, les gens meurent et on envoie leur dossier à la remise.

– On pourrait les enterrer ici, sous le papier.

Elle se leva, décrocha un triste manteau kaki d'une patère déglinguée.

– Faut que vous partiez, maintenant, dit-elle. Vous êtes trop marrant pour moi.

– Je reviendrai après le déjeuner.

– C'est ça.

– Vous serez de retour vers quelle heure ?

– Aucune idée. Ça peut être long.

– Je serai là à vous attendre.

– Mon cœur, mon cœur, ne t'emballe pas.

Elle ouvrit la porte, attendit que je sois sorti pour la refermer avec une clé en laiton qu'elle glissa dans son sac. Puis elle me suivit dans l'escalier et ferma aussi à double tour la porte de l'immeuble avant de monter dans une Cadillac rouillée garée sur le parking du Tulley's. Ma voiture, elle, était au bout de la rue. Je ne pouvais pas faire grand-chose à part manger un morceau et attendre dans le coin en espérant qu'Eldritch finirait par se montrer, ou laisser tomber et rentrer chez moi. Mais même si Eldritch finissait par faire son apparition, ce n'était pas principalement pour lui que j'étais là. C'était pour celui qui payait les factures. Je ne pouvais pas forcer Eldritch à m'en dire plus sur lui. Enfin, si, je pouvais, mais je me voyais mal secouant le vieil avocat pour lui faire cracher ce qu'il savait. Au mieux, il se désagrégerait entre mes mains, tachant mon blouson de ses restes poussiéreux.

Et puis une âcre odeur de nicotine, poussée vers moi par le vent, vint piquer mes narines. Elle était lourdement chargée en poisons et je sentis presque les cellules de mon corps grincer en signe de protestation. Je me retournai. Le bouge situé à l'autre bout de la rue par rapport au Tulley's était ouvert, du moins aussi ouvert qu'il pouvait l'être, avec ses fenêtres grillagées, sa porte sans carreaux rayée et balafrée, noircie dans sa partie inférieure, là où on avait tenté d'y mettre le feu. A hauteur d'yeux, une pancarte prévenait que toute personne ayant l'air d'avoir moins de vingt et un ans devrait présenter un papier d'identité. Quelqu'un avait maquillé le 2 en 1.

Un homme se tenait devant le bar, les cheveux bruns rabattus en arrière, leurs extrémités se rassemblant pour former une masse de boucles grasse et malpropre. Sa chemise, autrefois blanche, avait jauni et l'intérieur de son col déboutonné montrait des lignes de crasse qu'aucun lavage ne pourrait jamais faire disparaître. Le feu, peut-être. Les fils pendant de son vieux manteau noir effrangé ondulaient lentement dans le vent telles les pattes d'insectes agonisants. Les jambes de son pantalon trop long touchaient le sol et cachaient presque totalement les chaussures à semelle épaisse qu'il portait. Les doigts qui serraient la cigarette étaient tachés de jaune à leur extrémité ; les ongles étaient longs, fendillés, bordés d'un cercle de saleté accumulée.

Le Collectionneur tira une dernière bouffée de sa cigarette puis, d'une chiquenaude précise, l'expédia dans le caniveau. Il retint un moment la fumée, comme pour en extraire la moindre particule de nicotine, la relâcha enfin en volutes par ses narines et les coins de sa bouche, donnant l'impression de brûler à l'intérieur. Il m'observa en silence à travers ce voile gris, ouvrit la porte du bar et, me lançant un dernier regard, disparut à l'intérieur.

Après un instant d'hésitation, je le suivis.

27

L'intérieur de l'établissement était loin d'être aussi miteux que sa façade aurait pu inciter un observateur distrait à le supposer. D'un autre côté, cette façade suggérait que l'intérieur était occupé par des gamins de douze ans complètement saouls et des incendiaires frustrés, et le bar n'avait pas de gros efforts à faire pour améliorer l'image. Il était sombre, éclairé uniquement par une série d'appliques à la lumière vacillante, les fenêtres donnant sur la rue masquées par d'épais doubles rideaux rouges. A droite, un barman portant une chemise d'une blancheur étonnante rôdait derrière un long comptoir dont trois ou quatre des tabourets étaient squattés par l'assortiment habituel de picoleurs du matin qui clignèrent des yeux, indignés par le rayon de lumière indésirable pénétrant par la porte ouverte. Derrière le comptoir curieusement surchargé d'ornements, des miroirs ternis portaient les noms de marques de whisky et de bière disparues depuis des lustres. Le sol de planches nues était éraflé par des années d'allées et venues, brûlé çà et là par les mégots jetés par des fumeurs partis depuis longtemps en fumée, mais il était propre et, semblait-il, récemment reverni. Le cuivre des tabourets, des repose-pieds du comptoir et des portemanteaux luisait ; toutes les tables avaient été époussetées et garnies de sous-verres propres. C'était à croire qu'on avait délibérément conçu l'extérieur pour décourager la clientèle de passage tout en gardant à l'intérieur une certaine sophistication qui évoquait un glorieux passé.

Une enfilade de box couvrait le mur de gauche avec, devant, un éparpillement de tables rondes et de vieilles chaises qui la séparait du comptoir. Dans trois de ces box, des employés de bureau mangeaient des salades et des sandwichs-club à l'air appétissant. Il semblait y avoir une barrière invisible entre les pochtrons du comptoir et les autres, les tables et les chaises constituant un no man's land qui aurait aussi bien pu être semé de barbelés et de mines antipersonnel.

Devant moi, le Collectionneur se frayait prudemment un chemin en direction d'un box du fond. Une serveuse sortit des cuisines, tenant en équilibre à hauteur de son épaule gauche un grand plateau chargé de nourriture. Sans même un regard pour le Collectionneur, elle fit un large crochet afin de l'éviter et remit le cap sur le box le plus proche de la porte. En fait, personne ne le regarda tandis qu'il parcourait la salle sur toute sa longueur, ce que je ne m'expliquais pas, mais si l'on m'avait posé la question, j'aurais répondu que leur décision de l'ignorer était inconsciente. Quelques personnes avaient pourtant dû remarquer sa présence : il y avait un verre devant lui sur la table du box et quelqu'un avait bien dû le lui apporter. Son argent finirait dans la caisse et une faible odeur de nicotine s'attarderait un moment dans le box après son départ. Mais je soupçonnais qu'une minute plus tard, si j'interrogeais les clients à son sujet, tout le monde dans ce bar aurait des difficultés à se souvenir de lui. La partie du cerveau qui aurait enregistré sa présence aurait en même temps détecté une menace – non, pas une menace, plutôt un polluant de l'âme – et aurait immédiatement entrepris d'en effacer toute trace.

Assis dans son box, il attendait que je m'approche et je dus refouler mon envie de le fuir, de courir me réfugier dans la lumière du jour. *Répugnant.* Le mot monta en moi comme de la bile et je le sentis presque se former sur mes lèvres. *Répugnant.*

Au moment où j'atteignis le box, le Collectionneur le prononça.

– Répugnant, dit-il.

Comme s'il l'éprouvait, comme s'il essayait une saveur inconnue, incertain de la trouver à son goût. Finalement, il toucha de ses longs doigts jaunis sa langue chargée, y piqua un brin de tabac. Dans le miroir fixé au mur derrière lui, je voyais la plaque chauve à l'arrière de sa tête. Légèrement aplatie, elle suggérait qu'il avait reçu à un lointain moment de son passé un coup assez fort pour lui enfoncer le crâne et le fracturer. Je me demandai quand cela était arrivé. Dans son enfance, peut-être, lorsque ses os étaient encore mous. Puis je tentai de l'imaginer enfant et m'aperçus que je n'y parvenais pas.

D'un geste, il désigna la banquette en face de lui, indiquant que je devais m'asseoir, puis il leva la main gauche et palpa doucement l'air de ses doigts, tel un pêcheur éprouvant le leurre au bout de sa ligne. L'appel fit venir la serveuse, qui s'avança vers nous lentement, avec réticence, son visage s'efforçant d'ébaucher un sourire que ses muscles semblaient lui refuser. Evitant de regarder le Collectionneur, elle tâcha de garder les yeux sur moi et lui tourna même légèrement le dos pour l'exclure de sa vision périphérique.

– Qu'est-ce que ce sera ? demanda-t-elle.

Ses narines se contractèrent. Les extrémités de ses doigts blanchirent sur le stylo qu'elle serrait. Tandis qu'elle attendait ma réponse, ses yeux et sa tête se portèrent vers sa droite. Son sourire, luttant déjà pour survivre, sombra dans les affres de l'agonie. Le Collectionneur fixa sa nuque et sourit. La serveuse plissa le front, porta une main à ses cheveux. La bouche du Collectionneur remua, éjectant silencieusement un mot que je lus sur ses lèvres.

Putain.

Les lèvres de la serveuse remuèrent aussi, formèrent le même mot. *Putain.* Elle secoua la tête comme pour en déloger l'insulte, pareille à un insecte qui se serait glissé dans son oreille.

– Non, protesta-t-elle. C'est…

– Du café, dis-je, un peu trop fort. Du café, c'est tout.

Mon intervention la fit se ressaisir. Un instant, elle parut sur le point de poursuivre, de nier ce qu'elle avait entendu, ou cru entendre, mais elle ravala les mots. L'effort lui fit monter les larmes aux yeux.

– Du café, répéta-t-elle, notant la commande sur son carnet d'une main tremblante. Je vous apporte ça tout de suite…

Mais je savais qu'elle ne reviendrait pas. Je la vis aller au comptoir et murmurer quelque chose au barman, puis dénouer son tablier et se diriger vers la cuisine. Il y avait probablement des toilettes pour le personnel, derrière. Elle y resterait jusqu'à ce qu'elle ait cessé de pleurer et de trembler, supposai-je, jusqu'à ce qu'elle estime pouvoir revenir en toute sécurité. Elle allumerait peut-être une cigarette, mais l'odeur de la fumée lui rappellerait l'homme du box, celui qui était à la fois là et pas là, présent et absent.

Au moment où elle parvenait à la porte de la cuisine, elle trouva en elle la force de regarder cet homme, et ses yeux brillèrent de peur, de colère et de honte avant qu'elle disparaisse.

– Qu'est-ce que vous lui avez fait ? demandai-je.

– Fait ? dit-il d'une voix étonnamment douce, l'air sincèrement surpris. Je n'ai rien fait. Elle est ce qu'elle est. Sa moralité est douteuse. Je n'ai fait que le lui rappeler.

– Comment le savez-vous ?

– Il y a des voies et des moyens.

– Cette fille ne vous a rien fait.

Le Collectionneur eut une moue désapprobatrice.

– Vous me décevez. Votre moralité est peut-être aussi douteuse que la sienne. Qu'elle m'ait fait quelque chose ou pas, là n'est pas la question. Le fait demeure que c'est une putain et qu'elle sera jugée comme telle.

– Par vous ? Je ne crois pas que vous soyez en droit de juger qui que ce soit.

– Je n'ai pas cette prétention. Contrairement à vous, ajouta-t-il avec une pointe de malveillance. Je ne suis pas le juge mais l'exécuteur du jugement. Je ne prononce pas la sentence, j'exerce le châtiment.

– Et vous gardez un souvenir de vos victimes.

Il écarta les mains.

– Quelles victimes ? Montrez-les. Etalez leurs ossements par-devers moi.

Nous nous étions déjà parlé auparavant, mais je remarquai pour la première fois sa manière recherchée de s'exprimer et les tournures parfois étranges qu'il utilisait. « Etalez leurs ossements par-devers moi. »

Il y avait dans son accent quelque chose d'étranger impossible à situer. Cela pouvait venir de n'importe où et de nulle part, comme lui.

Ses mains se fermèrent en poings et seul son index droit demeura tendu.

– Mais vous… J'ai senti votre odeur dans ma maison. J'ai repéré les endroits où vous étiez passé, vous et ceux que vous aviez amenés.

– Nous cherchions Merrick, dis-je, comme si je tentais de justifier notre intrusion.

C'était peut-être le cas.

– Mais vous ne l'avez pas trouvé. D'après ce que j'ai entendu, c'est lui qui vous a trouvé. Vous avez de la chance d'être encore en vie, après avoir croisé le chemin d'un tel homme.

– Vous l'avez lâché sur moi comme vous l'avez lâché sur Daniel Clay et sur sa fille ! Comme vous l'avez lâché sur Ricky Demarcian, ajoutai-je.

– Est-ce que je l'ai lâché sur Daniel Clay ?

Le Collectionneur porta l'index à sa lèvre inférieure en feignant de réfléchir. Sa bouche s'ouvrit, me laissant entrevoir des dents mal plantées, noircies aux racines.

– Je ne m'intéresse peut-être ni à Daniel Clay ni à sa fille. Quant à Demarcian… La perte d'une vie est toujours regrettable, mais moins dans certains cas que dans d'autres. Peu de gens, je le soupçonne, pleureront son départ de ce monde. Ses employeurs trouveront quelqu'un d'autre pour le remplacer et les pervers s'agglutineront autour de lui telles des mouches sur une plaie.

« Mais nous parlions de votre irruption dans ma vie privée… Je dois avouer que j'en ai d'abord été contrarié. Vous m'avez contraint à déménager une partie de ma collection. Mais après avoir réfléchi à la situation, je vous en ai été reconnaissant. Je savais que nous étions destinés à nous rencontrer de nouveau. Nous évoluons dans les mêmes milieux, pourrait-on dire.

– J'ai un compte à régler avec vous depuis notre dernière rencontre dans l'un de ces milieux.

– Vous vous refusiez à me donner ce que je voulais… non, ce dont j'avais *besoin*. Je m'excuse cependant pour les blessures que j'ai pu vous infliger. Apparemment, elles n'ont causé aucun dégât durable.

C'était étrange. J'aurais dû me jeter sur lui, le rouer de coups en représailles. J'avais envie de lui briser le nez et les dents, de le faire tomber par terre et de lui fracasser le crâne avec le talon de ma botte. Je voulais qu'il brûle et que ses cendres se dispersent aux quatre vents. Je voulais avoir son sang sur mes mains et sur mon visage. Je voulais le lécher sur mes lèvres de la pointe de ma langue. Je...

Je m'interrompis. La voix dans ma tête était la mienne, mais une autre y faisait écho, d'un ton doucereux qui m'aguichait :

– Vous voyez, dit le Collectionneur sans que ses lèvres remuent, vous voyez comme ce serait facile ? Vous voulez essayer ? Vous voulez me punir ? Allez-y, je suis seul.

C'était un mensonge. Ce n'était pas seulement le Collectionneur que les clients du bar avaient choisi d'ignorer, si tant est qu'ils aient senti d'autres présences. Il y avait maintenant des mouvements dans la pénombre ; des visages se formaient à la lisière de la perception – yeux noirs ne cillant pas, bouches édentées grandes ouvertes, rides parlant de décomposition et de vide intérieur – puis disparaissaient. Dans le miroir, je vis plusieurs des employés de bureau repousser un plat non terminé. L'un des ivrognes matinaux chassa de la main une présence près de son oreille, comme le bourdonnement d'un moustique. Je vis ses lèvres bouger, répétant des mots que lui seul pouvait entendre. Sa main tremblait quand il la tendit vers le verre d'alcool posé devant lui, ses doigts ne parvinrent pas à le saisir et il lui échappa, se renversant sur le côté et répandant un liquide ambré sur le bois du comptoir.

Ils étaient là. Les Hommes creux étaient là.

Et même si le Collectionneur avait été seul, ce qu'il n'était pas, même si rien ne prouvait que des présences à demi aperçues le suivaient, tels des fragments de lui-même, seul un insensé aurait osé s'en prendre à lui. Il suintait la menace. C'était un tueur, j'en avais la certitude. Un tueur comme Merrick, sauf que Merrick prenait autrefois des vies pour de l'argent et maintenant pour se venger, alors que le Collectionneur y mettait fin parce qu'il croyait avoir été autorisé à le faire. Tout ce que les deux hommes avaient en commun, c'était leur conviction de l'insignifiance absolue de ceux qu'ils supprimaient.

Je pris une profonde inspiration et m'aperçus que je m'étais penché en avant. Je me renversai contre le dossier de la banquette, m'efforçai de soulager en partie mes épaules et mes bras de leur tension. Le Collectionneur semblait presque déçu.

– Vous vous imaginez que vous êtes bon ? me lança-t-il. Comment distinguer les bons des méchants quand leurs méthodes sont identiques ?

A lieu de répondre, je répliquai :

– Qu'est-ce que vous voulez ?

– La même chose que vous : retrouver les violeurs d'Andrew Kellog et des autres.

– Ils ont tué Lucy Merrick ?

– Oui.

– Vous en êtes certain ?

– Oui.

– Comment le savez-vous ?

– Les vivants laissent une marque sur le monde, les morts en laissent une autre. Il suffit d'apprendre à déchiffrer les signes, comme…

Il chercha la comparaison juste, claqua des doigts quand il l'eut trouvée :

– … comme écrire sur du verre, comme des empreintes digitales dans la poussière.

Il attendit que je réagisse mais, là encore, il fut déçu.

Autour de nous, les ombres bougeaient.

– Et vous avez pensé que vous pourriez vous servir de Merrick pour débusquer les coupables, dis-je, ignorant les mots qu'il venait de prononcer et le fait qu'il semblait savoir des choses dont il ne pouvait pas avoir connaissance.

– J'ai pensé qu'il pourrait être utile. M. Eldritch, il va sans dire, n'en était pas persuadé, mais comme tout bon avocat il fait ce que son client souhaite.

– Apparemment, il n'avait pas tort. Plus personne ne contrôle Merrick, maintenant.

Il me concéda ce point d'un claquement de langue.

– Il semblerait. Néanmoins, il peut encore me conduire à eux. Pour le moment, nous ne l'aidons plus dans ses recherches. La police a déjà posé à Eldritch des questions embarrassantes. Cela le contrarie. Il a été contraint d'ouvrir un nouveau dossier et, malgré son amour de la paperasse, il en a plus qu'assez, étant donné la situation. Eldritch aime… *les vieilles choses*, dit-il, roulant les mots dans sa bouche, les savourant.

– Vous cherchez Daniel Clay ? demandai-je.

Il eut un sourire rusé.

– Pourquoi le chercherais-je ?

– Parce que des enfants qui lui avaient été confiés ont été violés. Parce que les informations qui ont conduit à ces viols provenaient peut-être de lui.

– Et vous pensez que, puisque je le cherche, il doit être coupable, c'est ça ? Il semblerait que, malgré votre antipathie pour moi, vous vous fiez à mon jugement.

Il avait raison. Le constater me troublait, mais la justesse de sa remarque était indéniable. Sauf que le terme « antipathie » était trop faible.

– La question demeure, dis-je. Vous le cherchez ?

– Non. Je ne le cherche pas.

– Parce qu'il n'a rien à voir avec les viols ou parce que vous savez déjà où il est ?

– Ce serait trahir un secret. Vous ne voulez quand même pas que je fasse tout votre travail ? !

– Alors, qu'est-ce qu'il se passe, maintenant ?

– Je veux que vous laissiez Eldritch tranquille. Il ne sait rien de ce qui pourrait vous être utile, et s'il savait quelque chose, il ne vous le dirait pas. Je tenais aussi à vous exprimer mes regrets pour ce qui s'est passé entre Merrick et vous. Je n'y suis pour rien. Enfin, je voudrais souligner que cette fois nous travaillons pour le même objectif. Je veux que ces hommes soient identifiés. Je veux savoir qui ils sont.

– Pourquoi ?

– Pour qu'on s'occupe d'eux.

– Les tribunaux s'en chargeront.

– Je réponds d'eux devant un tribunal plus élevé.

– Je ne vous les livrerai pas, déclarai-je.

– Je suis patient, répondit-il avec un haussement d'épaules. Je peux attendre. Leurs âmes sont perdues. C'est tout ce qui importe.

– Que voulez-vous dire ?

Il traça sur la table des signes qui ressemblaient à des lettres mais dans un alphabet qui m'était inconnu.

– Il est des péchés si terribles qu'on ne peut les pardonner. L'âme est perdue. Elle retourne à Celui qui l'a créée pour qu'Il en dispose selon Sa volonté. Il ne reste plus qu'une enveloppe vide, une conscience privée de la grâce.

– Un creux… dis-je.

Et je crus entendre quelque chose réagir dans l'ombre à ce mot, comme un chien à l'appel de son nom.

– Oui, approuva le Collectionneur. Le terme est approprié.

Il regarda autour de lui, apparemment pour observer le bar et sa faune. Pourtant il ne se concentrait ni sur les clients ni sur les meubles mais sur les espaces qui les séparaient, il y décelait des formes sans véritables contours, du mouvement là où il aurait dû n'y avoir qu'immobilité.

Lorsqu'il recommença à parler, son ton avait changé. Il semblait plus songeur, presque en proie aux regrets.

– Qui verrait de telles choses si elles existaient ? s'interrogea-t-il. Les enfants sensibles, peut-être, abandonnés par leur père et craignant pour leur mère. De saints imbéciles accoutumés à de telles choses. Mais vous n'êtes ni l'un ni l'autre…

Ses yeux se portèrent sur moi, me scrutèrent.

– Pourquoi voyez-vous ce que d'autres ne voient pas ? Si j'étais dans vos bottes, je serais troublé par ce phénomène.

Il se lécha les lèvres mais sa langue était sèche et ne les humecta pas. Elles étaient profondément fendues par endroits, les plaies partiellement refermées d'un rouge plus sombre sur le rose.

– Creux, répéta-t-il. Etes-vous un homme creux, monsieur Parker ? Après tout, la souffrance aime la compagnie. On pourrait trouver une place dans les rangs à un candidat adéquat…

Il sourit et l'une des fentes de sa lèvre inférieure se rouvrit. Une perle de sang rouge s'enfla brièvement avant de disparaître dans sa bouche.

– Non, finalement, décida-t-il. Vous manquez de… caractère, d'autres conviendraient peut-être mieux au rôle. Par leurs actes ils se feront connaître.

Il se leva, posa vingt dollars sur la table pour régler son verre. Du Jim Beam, à en juger par l'odeur, mais il n'y avait pas touché.

– Un pourboire généreux pour notre serveuse, dit-il. Vous semblez penser qu'elle le mérite.

– Ces hommes sont-ils les seuls que vous cherchez ? lui demandai-je soudain.

Je voulais savoir s'il y en avait d'autres et si, peut-être, j'en faisais partie. Il pencha la tête sur le côté, telle une pie attirée par un objet brillant au soleil.

– Je suis toujours en train de chercher, dit-il. Il y en a tellement dont il faut s'occuper. Tellement... Nous nous reverrons peut-être, pour le meilleur ou pour le pire. Il est presque temps d'aller de l'avant et l'idée que vous pourriez décider de me mordiller les talons me dérange un peu. Il vaudrait mieux que nous trouvions un moyen de coexister dans ce monde. Je suis sûr que nous pouvons parvenir à un arrangement, conclure un marché.

Il se dirigea vers la porte et des ombres le suivirent le long des murs. Je les vis dans le miroir, taches noires sur du blanc, comme j'avais vu autrefois le visage de John Grady dans un miroir, hurlant contre sa damnation. Ce fut seulement lorsque la porte s'ouvrit et que le soleil fit à nouveau une brève intrusion que je découvris l'enveloppe que le Collectionneur avait laissée sur la banquette, en face de moi. Je la pris. Elle était mince et non cachetée. Je soulevai le rabat, regardai à l'intérieur. Elle contenait une photo en noir et blanc que je posai sur la table. La porte se referma et il n'y eut plus que la lumière tremblotante des lampes pour éclairer l'image de ma maison, les nuages s'amoncelant au-dessus d'elle, et les hommes se tenant dans mon allée près de ma voiture, l'un grand, noir, d'allure sévère, l'autre plus petit, souriant dans son débraillé.

Je regardai un moment la photo avant de la remettre dans l'enveloppe et de la fourrer dans la poche de mon blouson. La serveuse revint de la cuisine, les yeux rouges. Elle me lança un regard et je sentis la morsure de ses reproches. Je sortis du bar, laissant derrière moi Eldritch, sa secrétaire, son bureau rempli de vieux papiers et de noms de morts. Je les laissai tous et je ne revins pas.

Tandis que je remontais vers le nord, Merrick était à l'œuvre. Il s'approchait de la maison de Rebecca Clay. Plus tard, lorsque tout serait terminé, dans le sang et les coups de feu, un voisin se rappellerait sa présence, mais pour le moment, Merrick passait inaperçu. C'était un don, cette capacité qu'il avait de se fondre dans le décor en cas de besoin, de ne pas attirer l'attention. Il repéra les deux malabars dans leur énorme pick-up, et la voiture du troisième homme garée derrière. Elle était vide, ce qui signifiait que le type se trouvait probablement dans la maison. Merrick était sûr de pouvoir le liquider, mais cela ferait du bruit et attirerait les autres. Il parviendrait peut-être à les tuer aussi, mais le risque était trop grand.

Il se replia donc. Avec sa nouvelle voiture, piquée dans le garage d'une villa de Higgins Beach, il roula jusqu'à un entrepôt d'une zone industrielle décrépite proche de Westbrook, y trouva Jerry Legere en train de travailler, seul. Merrick lui enfonça le canon de mon Smith dans la bouche et l'informa que, lorsqu'il le retirerait, Legere aurait intérêt à lui dire tout ce que Rebecca Clay lui avait confié sur son père, tout ce qu'il savait ou soupçonnait sur les événements ayant conduit à la disparition de Daniel Clay, sinon il lui ferait exploser la tête. Certain qu'il allait mourir, Legere parla de son ex, cette pute. Il servit à Merrick toutes sortes de fantaisies : mensonges et demi-mensonges, inventions en partie fondées, vérités valant moins que des mensonges.

Merrick n'apprit rien de lui mais ne le supprima pas, parce que l'ancien mari de Rebecca Clay ne lui avait donné aucune raison de le faire. Il partit en le laissant étendu par terre, pleurant de honte et de soulagement.

Et l'homme qui les observait du bois commença à donner des coups de téléphone.

28

Je remontais l'I-95 quand mon portable bourdonna. C'était Louis. En retournant à Scarborough, il avait trouvé une voiture inconnue dans mon allée. Deux conversations téléphoniques plus tard, elle n'était plus inconnue.

– Tu as de la visite, m'annonça-t-il.

– Quelqu'un que je connais ?

– Non. A moins que t'envisages d'envahir la Russie.

– Ils sont combien ?

– Deux.

– Où ?

– Carrément dans ton jardin. Y a pas de mot russe pour « subtil », on dirait.

– Garde-les à l'œil. Je te rappelle quand je quitte la 1.

Je me doutais que les Russes viendraient poser des questions dans le coin. Ils ne pouvaient pas laisser passer la mort de Demarcian sans réagir.

Je ne savais pas grand-chose d'eux en dehors du peu que j'avais appris par Louis et de ce que j'avais lu dans les journaux. Je savais qu'ils étaient solidement établis en Californie et à New York, que les principaux groupes de ces deux endroits entretenaient des contacts avec leurs compatriotes du Massachusetts, de Chicago, de Miami, du New Jersey et d'une douzaine d'autres Etats, ainsi qu'avec leurs collègues de Russie, pour former une vaste organisation criminelle. Comme chacune des bandes prises séparément, cette organisation semblait peu structurée, mais c'était probablement afin de rendre plus difficile une infiltration.

Les « soldats » étaient séparés des chefs par toute une hiérarchie tampon, de sorte que ceux qui faisaient dans la drogue et la prostitution au niveau de la rue n'avaient qu'une vague idée de la destination de l'argent qu'ils gagnaient. Demarcian avait probablement été incapable de dire à Merrick autre chose que les prénoms des types avec qui il travaillait, et ces prénoms étaient probablement faux de toute façon.

Apparemment, les Russes laissaient à d'autres le trafic de stupéfiants à grande échelle, même s'ils passaient pour avoir noué des liens avec les Colombiens. Ils préféraient généralement l'escroquerie à l'assurance, le vol par fausse identité, le blanchiment d'argent et la fraude aux taxes sur les carburants, le genre d'arnaques que les autorités avaient du mal à démonter et à réprimer. Je me demandai combien de clients des sites porno de Demarcian savaient à quel type d'individus ils révélaient le numéro de leur carte bancaire.

Je présumais que les Russes étaient là uniquement pour poser des questions. S'ils étaient venus pour quelque chose de plus sérieux, ils n'auraient pas été assez bêtes pour se garer dans mon allée et attendre que j'arrive. D'un autre côté, cela partait de l'hypothèse que ça ne leur était pas complètement égal qu'on remarque leur voiture et qu'il y ait des témoins.

Avec les Russes, il y avait toujours des ennuis. On disait qu'au moment où l'Union soviétique s'effondrait les Italo-Américains avaient envoyé quelques gars à Moscou pour étudier les possibilités de s'implanter de force sur un marché émergent. Ils avaient vu ce qui se passait dans les rues et ils étaient rentrés aussitôt chez eux. Malheureusement, les Russes les avaient suivis, rejoignant la Mafia d'Odessa qui opérait à Brighton Beach depuis le milieu des années 1970, et aujourd'hui, les Italiens semblaient presque pittoresques et ringards, comparés aux nouveaux venus. Je trouvais ironique que, au bout du compte, ce qui avait amené les Russes à notre porte, ce ne soit pas le communisme mais le capitalisme. Joe McCarthy devait se retourner dans sa tombe.

Je parvins à Scarborough quarante minutes plus tard et j'appelai Louis quand j'arrivai à Oak Hill. Il me demanda de lui donner cinq minutes et de rouler ensuite à un petit cinquante kilomètres à l'heure. Je découvris la voiture dès que je sortis du virage : un gros 4 × 4 Chevrolet noir, le genre de véhicule dont le chauffeur fond en larmes s'il voit dessus un peu de vraie boue. Comme pour confirmer le cliché, le Chevy était d'une propreté irréprochable. Je fis demi-tour devant chez moi et me garai derrière l'engin, ma portière droite à quelque distance du pare-chocs arrière du Chevrolet, l'empêchant de quitter l'allée. Il était plus gros que ma Mustang et s'il y avait assez de puissance sous le capot, les Russes pourraient peut-être pousser ma voiture hors de leur chemin, mais ils bousilleraient l'arrière de leur véhicule. Personne, semblait-il, n'avait encore songé à mettre des pare-buffles à l'arrière des 4 × 4, mais j'étais persuadé que ce n'était qu'une question de temps. Les portières avant du Chevrolet s'ouvrirent, deux hommes en descendirent, vêtus conformément aux canons de l'élégance truande : blouson de cuir noir, jean noir, pull noir. L'un d'eux, un chauve bâti comme un échantillon d'architecture stalinienne, glissait déjà une main sous son blouson quand une voix derrière lui lâcha ce seul mot :

– Non.

La main du Russe s'immobilisa. Louis se tenait dans l'ombre de ma maison, son Glock dans sa main gantée. Je restai où j'étais, mon 38 braqué sur les Russes.

– Retire ta main de ton blouson, intimai-je au chauve. Lentement. Et tu as intérêt à ce qu'il n'y ait que des ongles au bout de tes doigts quand je les verrai.

Il s'exécuta. Son coéquipier, un rouquin, avait déjà les bras en l'air. Je fis le tour de la voiture, m'approchai d'eux.

– A plat ventre, ordonna Louis.

Ils obéirent. Louis les fouilla tandis que je les tenais en joue. Ils étaient armés de Colt 9 mm semi-automatiques. Louis éjecta les chargeurs, vérifia qu'il n'y avait pas de balle dans la chambre. Une fois certain que les deux armes étaient vides, il jeta les chargeurs dans les broussailles et recula à un mètre cinquante des Russes.

– A genoux, leur lançai-je. Les mains derrière la nuque.

Ils se relevèrent, s'agenouillèrent en me jetant des regards mauvais.

– Vous êtes qui ? demandai-je.

Pas de réponse.

– *Chestiorki,* dit Louis. C'est pas ce que vous êtes ? Des garçons de courses ?

– *Niet,* répondit le dégarni. *Boyeviki.*

– *Boyeviki* mon cul, répliqua Louis. C'est des soldats, à ce qu'il prétend. Ça doit être dur de trouver du personnel en ce moment. Il est même pas foutu de répondre à une question en anglais. Qu'est-ce qui t'est arrivé ? T'es tombé du bateau et on t'a laissé en rade ?

– Je parle bon anglais, affirma le Russe.

– Sans blague ? Et tu veux quoi ? Une médaille ?

– Pourquoi vous êtes ici ? demandai-je, même si je le savais déjà.

– *Razborka,* répondit-il. On veut, euh…

Il chercha le mot anglais, le trouva :

– Clarification.

– Ben, je vais clarifier les choses : je n'aime pas voir des hommes armés chez moi. Si je vous descends maintenant, tu crois que ce sera assez clair pour tes boss ?

Le rouquin regarda son collègue, intervint :

– Si tu nous butes, ce sera pire. On est venus parler de Demarcian.

Son anglais était meilleur, avec une faible trace d'accent seulement. De toute évidence, c'était lui le chef du duo mais il avait préféré le cacher jusqu'à ce que son ami chauve se révèle incapable de mener les négociations plus avant.

– Je ne sais rien de lui à part qu'il est mort, dis-je.

– La police t'a interrogé. D'après les rumeurs, on s'est servi de ton feu pour le dézinguer.

– On me l'a volé, répondis-je. Et je ne suis pas tout à fait sûr qu'il ait servi à tuer Demarcian. C'est sans doute le cas, mais je ne prête pas mon arme pour des exécutions.

– Faut vraiment pas faire attention à ses affaires pour paumer son flingue comme ça…

– Comme tu vois, j'en ai un autre. Et si je le perds aussi, je peux toujours en emprunter un à mon ami qui se trouve derrière toi. Il en a des *tas.* De toute façon, je n'ai rien à voir dans la mort de Demarcian.

– C'est toi qui le dis.

– Ouais, mais j'ai une arme et pas toi. Alors, c'est ma parole qui prime.

Il haussa les épaules comme si toute cette histoire était de toute façon sans importance pour lui.

– Bon, je te crois. On aimerait quand même en savoir plus sur Merrick, le mec qui a refroidi Demarcian. Parle-nous de lui.

– Fais tes devoirs tout seul. Si tu veux Merrick, cherche-le.

– Toi aussi tu le cherches. Tu veux récupérer ton arme. On peut peut-être le trouver et te le refiler.

Le chauve ricana et marmonna à voix basse quelque chose comme « *frayeri* ». Louis réagit en le frappant à la nuque du canon de son Glock. Le coup n'était pas assez fort pour l'assommer mais il l'expédia face contre terre. Son cuir chevelu se mit à saigner.

– Il nous a traités de blaireaux, expliqua Louis. C'est pas gentil.

Le roux ne bougea pas et se contenta de secouer la tête, visiblement déçu par la stupidité de son collègue.

– Je crois que ton copain n'aime pas les Russes, me dit-il.

– Mon copain n'aime personne, mais il semble effectivement qu'il ait un problème particulier avec vous deux, admis-je.

– Il est peut-être raciste.

Il tourna légèrement la tête pour essayer de voir Louis. Il fallait le reconnaître : ce type ne se laissait pas facilement intimider.

– Je peux pas être raciste, je suis noir, dit Louis.

Le Russe parut se satisfaire de la réponse et reprit :

– On veut Merrick. On pourrait s'arranger pour que ça vaille le coup pour vous si vous nous dites ce que vous savez.

– Du fric ?

– Bien sûr, du fric.

Son visage s'éclaira : c'était le genre de négociation qu'il aimait.

– Je n'ai pas besoin d'argent, j'en ai déjà trop. Ce que je veux, c'est que tu partes d'ici et que tu emmènes ton copain. Il saigne sur mon allée.

– C'est dommage, dit le Russe, l'air sincèrement désolé.

– T'en fais pas, ça part au jet d'eau.

– Je parlais de l'argent.

– Je sais. Lève-toi.

Il se mit debout. Derrière lui, Louis fouillait l'intérieur du 4 × 4. Il dénicha un H & K P7 dans la boîte à gants et un fusil tactique Benelli M1 avec crosse-pistolet et viseur à fixation instantanée dans un compartiment à rabat sous la banquette arrière. Il les vida aussi, les essuya pour effacer ses empreintes puis ouvrit le hayon arrière et fourra les armes sous le tapis gris du coffre.

– Retourne à Boston, dis-je. On a fini ici.

– Et qu'est-ce que je raconte à mes patrons ? s'enquit le Russe. Il faut un responsable pour ce qui est arrivé à Demarcian. Ça nous a causé beaucoup de problèmes.

– Je suis sûr que tu trouveras quelque chose.

Après un profond soupir, il demanda :

– Je peux baisser les bras, maintenant ?

– Lentement, lui recommandai-je.

Il laissa ses mains retomber, se pencha pour aider son compagnon à se lever. La nuque du chauve était imprégnée de sang. Le rouquin put enfin voir Louis et les deux hommes échangèrent des hochements de tête. Le respect entre pros ? Louis tira un mouchoir blanc immaculé de la poche de sa veste et le tendit au Russe en disant :

– Pour la tête de ton ami.

– Merci.

– Tu sais ce que ça signifie, *blat* ?

– Bien sûr.

– Ben, mon copain a beaucoup de *blat.* Dis-le à tes chefs.

Le Russe hocha de nouveau la tête. Son collègue chauve grimpa précautionneusement à l'avant du 4 × 4, appuya sa joue contre le cuir frais et ferma les yeux. L'autre se tourna vers moi.

– Au revoir, *volk,* me dit-il. A la prochaine.

Il se glissa derrière le volant du Chevrolet, commença à descendre l'allée en marche arrière, suivi par Louis, dont le Glock restait braqué sur lui. Je retirai ma Mustang du passage et regardai le 4 × 4 prendre la direction de la Route 1.

– Des Ukrainiens, peut-être, avança Louis, qui m'avait rejoint. Ou des Géorgiens. Pas des Tchétchènes.

– C'est bien, ça ?

Il haussa les épaules, c'était contagieux.

– Ils sont tous mauvais, affirma-t-il. Sauf les Tchétchènes. Eux, ils sont *vraiment* mauvais.

– Le rouquin n'avait pas l'air d'un simple soldat.

– Un sous-chef. Ce qui veut dire qu'ils sont salement furax, pour Demarcian.

– Il n'en valait pas la peine.

– Ils perdent des affaires, argua Louis. Les flics commencent à retrouver les clients, à poser des questions sur les photos d'enfants. Ils peuvent pas laisser les choses dégénérer.

J'eus le sentiment qu'il omettait quelque chose.

– Quoi d'autre ?

– Je sais pas. Juste une impression. Je vais me rencarder.

– Ils reviendront ?

– Sûrement. Ça pourrait aider si on mettait les premiers la main sur Merrick, ça nous donnerait un atout.

– Je ne leur livrerai pas Merrick, déclarai-je.

– On n'aura peut-être pas le choix, répondit Louis en se dirigeant vers la maison.

– Ça veut dire quoi, *blat* ? demandai-je.

– De l'influence. Des relations. Et pas du genre légales.

– Et *volk* ?

– C'est un mot d'argot, pour flic ou enquêteur. Une sorte de compliment, ajouta-t-il en rengainant son Glock. Ça veut dire « loup ».

29

Nous remontâmes vers le nord jusqu'à Jackman en fin d'après-midi, passant par Shawmut, Hinckley et Skowhegan, Solon et Bingham, Moscow et Caratunk, par des lieux anciens sans noms et des noms sans lieux. La route épousait les virages et les courbes de la Kennebec aux berges bordées d'arbres dénudés dont le feuillage perdu faisait luire le sol. Peu à peu, la nature de la forêt commença à changer tandis que les conifères dressaient leurs flèches, noires sur le jour agonisant, et que les vents d'hiver murmuraient une promesse de neige. Lorsque le froid se mit à mordre, les bois se firent plus silencieux ; les animaux se retiraient pour leur hibernation et même les oiseaux devenaient léthargiques pour préserver leur énergie.

Nous suivions la roue qu'Arnold avait prise pendant son expédition de 1775 sur la Kennebec pour aller prendre Québec aux Anglais. Son armée de douze cents hommes avait marché de Cambridge à Newburyport, puis remonté la rivière sur de grands bateaux, empruntant le chenal tortueux de la Kennebec jusqu'à Gardiner. De là, les recrues avaient été transbordées sur des embarcations légères, plus de deux cents, chacune pouvant accueillir six ou sept hommes avec leurs provisions et leur barda, quatre cents livres de poids au total. Construites à la hâte et avec du bois vert par Reuben Colburn à Gardiner, elles n'avaient pas tardé à prendre l'eau et à se fissurer, ce qui avait endommagé les réserves de poudre, de pain et de farine de la troupe. Trois compagnies avaient été envoyées en avant sous le commandement de Daniel Morgan au Grand Portage, situé entre la Kennebec et la Dead, les autres progressant lentement derrière, utilisant des attelages de bœufs empruntés à des colons pour faire contourner aux bateaux les chutes infranchissables situées au-dessus de Fort Western, les hissant sur les rives escarpées et glacées à Skowhegan Falls, la plupart des hommes réduits à marcher pour alléger le poids des embarcations jusqu'à ce qu'ils parviennent enfin aux marécages du Grand Portage. Les soldats enfonçaient dans une mousse verte profonde qui, de loin, semblait solide mais se révélait traîtresse sous le pied, une sorte de calenture, cette maladie qui attaquait souvent les marins lorsqu'ils naviguaient entre les tropiques, les amenant à voir la terre ferme là où il n'y avait pas de terre et à se jeter dans les vagues, trouvait un écho ici, sur un terrain mou et cédant sous le pied comme de l'eau. Ils avaient trébuché sur des rondins et s'étaient affalés dans des ruisseaux, ils avaient fini par défricher une route pour pouvoir avancer, si bien que pendant de nombreuses années on avait pu retracer le chemin qu'ils avaient pris grâce à la différence de couleur du feuillage de chaque côté de la trouée.

J'avais l'impression d'une succession de paysages posés les uns sur les autres. Ces rivières et ces forêts étaient inséparables de leur histoire ; la distinction entre ce qui était maintenant et ce qui avait disparu était fragile dans cet endroit. C'était un lieu où les fantômes des soldats morts traversaient des forêts et des rivières qui avaient peu changé avec le temps, un lieu où les noms de famille étaient restés les mêmes, où les gens possédaient encore la terre que leurs arrière-grands-pères avaient achetée avec des pièces d'or et d'argent, un lieu où les vieux péchés persistaient car il n'y avait pas eu de grands bouleversements pour emporter leur souvenir.

C'était le pays traversé par l'armée d'Arnold, ces soldats équipés de carabines, de haches et de longs couteaux. A présent, d'autres bandes d'hommes armés parcouraient ce paysage, troublant de leur clameur le silence envahissant de l'hiver, le tenant au large par le fracas de leurs fusils, le grondement des pick-up et des quads qui les menaient au cœur de cette région sauvage. Les bois grouillaient de crétins en tenue orange, hommes d'affaires du Massachusetts et de New York délaissant les terrains de golf pour canarder l'élan, l'ours et le chevreuil, guidés par des gens du coin avides de l'argent que ces étrangers ne demandaient qu'à dépenser et infoutus d'accepter d'en être arrivés à cette extrémité.

Nous ne fîmes qu'une halte en chemin, dans une maison qui n'était guère plus qu'une cabane, trois ou quatre pièces en tout, fenêtres sales et rideaux bon marché. Le jardin était envahi de mauvaises herbes. La porte grande ouverte du garage révélait des outils rouillés et un tas de bûches. Il n'y avait pas de voiture parce que l'une des conditions mises à la libération de Mason Dubus était qu'il n'avait pas le droit de conduire un véhicule.

Louis attendit dehors. Je pensais qu'il n'aurait pas supporté la compagnie de Dubus car celui-ci était un homme semblable à ceux qui avaient abusé d'Angel enfant, et le plus grand regret de mon ami était de n'avoir jamais eu la possibilité de punir ceux qui avaient lacéré l'âme de son amant. Il s'adossa donc à la voiture, regarda en silence la porte s'entrouvrir, retenue par une chaîne, et vit un visage d'homme apparaître. Peau jaune et yeux chassieux. Sa seule main visible était agitée d'un tremblement incontrôlable.

– Oui ? dit-il, d'une voix étonnamment ferme.

– Monsieur Dubus, je m'appelle Charlie Parker. Je crois que quelqu'un vous a téléphoné pour vous faire savoir que j'aimerais vous parler.

Les yeux s'étrécirent.

– Peut-être. Vous avez des papiers ? Une – comment déjà ? – une licence, ou quelque chose comme ça ?

Je lui tendis ma licence de détective privé. Il la prit et la tint près de son visage, déchiffra chaque mot qui y était imprimé avant de me la rendre. Par-dessus mon épaule, il regarda l'endroit où se tenait Louis.

– C'est qui, l'autre gars ?

– Un ami.

– Il va attraper froid, là, dehors. Il peut entrer, il est le bienvenu, s'il veut.

– Je crois qu'il préfère rester où il est.

– Comme il veut. Vous ne direz pas que je ne lui ai pas proposé.

La porte se referma et j'entendis le cliquetis de la chaîne qu'on enlevait. Quand la porte se rouvrit, je pus vraiment découvrir Dubus. Il était voûté par l'âge et la maladie, par ses années de prison aussi, mais il gardait encore quelques vestiges du type grand et costaud qu'il avait été autrefois. Ses vêtements étaient propres, soigneusement repassés : pantalon sombre, chemise bleue à rayures, cravate rose au nœud serré. Il s'était aspergé d'une eau de Cologne démodée aux relents de bois de santal et d'encens. L'intérieur de la maison démentait les premières impressions suscitées par l'extérieur. Le plancher brillait, l'endroit sentait l'encaustique et le désodorisant. Dans le couloir, des livres de poche garnissaient une étagère au-dessus de laquelle était fixé un antique téléphone à cadran rotatif. Au-dessus encore, punaisée au mur, une photocopie des « Desiderata », programme en douze étapes pour les personnes affligées par les épreuves de la vie moderne. Les autres murs étaient décorés de reproductions de tableaux – certains modernes, d'autres beaucoup plus anciens, et pour la plupart inconnus de moi – manifestement choisies avec soin.

Je suivis Dubus dans sa salle de séjour. Là aussi, tout était propre, même si les meubles, provenant de brocantes, étaient bancals et éraflés. Un petit téléviseur posé sur une table en pin passait un feuilleton comique. Je remarquai sur les murs d'autres reproductions et deux tableaux originaux représentant un paysage. L'un d'eux me parut familier. Je m'approchai pour l'examiner. De loin, on aurait dit une forêt, une ligne d'arbres verts sur un coucher de soleil pourpre, mais je m'aperçus ensuite que l'un des arbres se dressait plus haut que les autres et portait une croix sur sa cime. La signature de Daniel Clay était visible dans le coin inférieur droit.

Galaad.

– Il me l'a donné, commenta Dubus.

Il se tenait à l'autre bout de la pièce, maintenant une distance entre nous. C'était probablement une habitude héritée des années passées en prison, où l'on doit apprendre à laisser à chacun son espace, même dans un lieu aussi confiné, si on ne veut pas en subir les conséquences.

– Pourquoi ?

– Pour lui avoir parlé de Galaad. Ça vous dérange si on s'assied ? Je me fatigue vite. Je dois prendre ce traitement.

D'un geste, il indiqua des fioles de cachets posées sur le dessus de la cheminée, dans laquelle trois bûches sifflaient et craquaient.

– Ça me rend somnolent, précisa-t-il.

Je m'installai sur le canapé en face de lui.

– Si vous voulez du café, je peux en faire, proposa-t-il.

– Ça ira, je vous remercie.

– Bon.

Il tapota des doigts le bras de son fauteuil, coula un regard au poste de télévision. Apparemment, j'avais perturbé sa soirée. Se résignant à ne pas pouvoir regarder son programme en paix, il appuya sur un bouton de la télécommande et l'image disparut.

– Qu'est-ce que vous voulez savoir ? me demanda-t-il. Il y a des gens qui viennent me voir de temps en temps : des étudiants, des docteurs. Vous ne pouvez pas me poser une question qu'on m'a pas déjà posée cent fois.

– Je voudrais savoir de quoi vous avez discuté avec Daniel Clay.

– J'ai parlé de Galaad, répondit-il. C'est toujours de ça que je parle. Ils m'ont fait passer des tests, ils m'ont montré des photos, mais ils ne le font plus, maintenant. Ils doivent penser qu'ils savent tout ce qu'ils ont besoin de savoir sur moi.

– Et c'est le cas ?

Sa pomme d'Adam monta et descendit, j'entendis le bruit qu'elle fit au fond de sa gorge. Il me regarda un moment, parut prendre une décision.

– Non, dit-il. Ils ont eu tout ce qu'ils pouvaient obtenir. Et je ne crois pas que vous ferez mieux.

– Pourquoi Clay s'intéressait-il à Galaad ?

Je ne voulais pas le braquer. Même somnolent et bourré de médicaments, Dubus avait encore les idées claires.

– Il voulait savoir ce qui s'était passé. Je lui ai dit. Je n'ai rien laissé de côté. Je n'ai rien à cacher. Je n'ai pas honte de ce qu'on a fait tous ensemble. Ça a été…

Son visage se crispa en une moue de dégoût.

– … mal compris, mal interprété.

« Ce qu'on a fait ensemble », comme si c'était une décision commune aux adultes et aux enfants, aussi naturelle qu'aller à la pêche ou cueillir des mûres en été.

– Des enfants sont morts, monsieur Dubus.

– C'était mal, reconnut-il. Ça n'aurait pas dû arriver. Mais c'étaient des bébés et les temps étaient durs, là-haut. C'est peut-être une bénédiction, ce qui leur est arrivé.

– A ce que je sais, l'un d'eux est mort transpercé par une aiguille à tricoter. Curieuse idée d'une « bénédiction »…

– Vous me jugez, monsieur ?

Il me fixa en plissant les yeux et le tremblement de ses mains laissait penser qu'il luttait vainement pour maîtriser une puissante colère.

– Ce n'est pas à moi de le faire.

– Exact. C'est pour ça que je m'entendais bien avec le Dr Clay. Il ne me jugeait pas.

– Il parlait des enfants qui lui étaient confiés ?

– Non, répondit Dubus, une expression déplaisante animant un instant ses traits. J'ai essayé, pourtant. Il n'a pas mordu, ajouta-t-il avec un ricanement.

– Il est venu combien de fois ici ?

– Deux ou trois, si je me souviens bien. Il est venu me voir en prison aussi, mais une fois seulement.

– Et c'était toujours des conversations très sérieuses. Il vous interrogeait et vous parliez.

– Exact.

– Pourtant, il vous a offert un de ses tableaux. Je crois savoir qu'il choisissait avec soin ceux à qui il en faisait cadeau.

Dubus s'agita dans son fauteuil. Sa pomme d'Adam remua de nouveau et je pensai à Andy Kellog agaçant sa dent branlante. Deux indices de tension.

– Peut-être que je l'ai aidé. Peut-être qu'il ne me considérait pas comme un monstre. Ça, je l'ai vu dans le visage de votre ami, là, dehors, et dans le vôtre quand j'ai ouvert la porte. Vous avez essayé de le cacher sous votre politesse et vos bonnes manières mais j'ai deviné ce que vous pensiez. Et puis vous êtes entré, vous avez vu les tableaux accrochés au mur, les pièces propres et nettes. Je ne me vautre pas dans ma fange, je ne pue pas, je ne porte pas de vêtements sales et déchirés. Vous croyez que ça me plaît, l'extérieur de cette maison ? Vous croyez que je n'ai pas envie de repeindre, de réparer ? Ben, je ne peux pas. Je fais mon possible mais il n'y a personne pour aider un homme comme moi à entretenir sa maison. J'ai payé pour ce qu'on dit que j'ai fait, j'ai payé avec des années de ma vie et ils continueront à me le faire payer jusqu'à ce que je meure, mais je ne leur donnerai pas la satisfaction de m'écrouler. Vous voulez des monstres ? Allez voir ailleurs.

– Daniel Clay était un monstre ?

La question parut l'étonner puis je vis pour la seconde fois une intelligence à l'œuvre derrière la façade délabrée, cette chose rampante, mauvaise, corrompue qui lui avait permis de commettre ce qu'il avait commis et de le justifier à ses yeux. C'était peut-être ce que les enfants de Galaad avaient entrevu quand il s'était jeté sur eux, plaquant une main sur leur bouche pour étouffer leurs cris.

– Vous le soupçonnez, comme les autres, marmonna Dubus. Vous voulez que je vous dise s'ils ont raison, parce que si on avait les mêmes penchants, lui et moi, alors, j'étais peut-être au courant, ou il s'était confié à moi. Si vous croyez ça, vous êtes un imbécile, monsieur Parker. Un imbécile, et vous mourrez un jour de votre stupidité. Je n'ai pas le temps de parler aux imbéciles. Fichez le camp, maintenant. Remontez vers le nord, parce que je sais où vous allez. Vous trouverez peut-être la réponse à Galaad. C'est là que Daniel Clay a trouvé la réponse à ses questions. Oh oui, il a trouvé ce qu'il cherchait là-haut, et il n'en est pas revenu. Faites attention où vous mettez les pieds, sinon vous ne reviendrez pas non plus. Il vous pénètre l'âme, ce vieux Galaad.

Il avait à présent un large sourire. Le gardien de la vérité de Galaad.

– Avez-vous rencontré un nommé Jim Poole, monsieur Dubus ?

Mimant une profonde réflexion, il répondit :

– Je crois que oui. C'était un imbécile, tout comme vous.

– Il a disparu.

– Il s'est perdu. Galaad l'a pris.

– C'est ce que vous pensez ?

– Je le sais. Où qu'il soit, vivant ou mort, il est prisonnier de Galaad. Vous y mettez le pied, vous êtes perdu.

Son regard parut se tourner vers l'intérieur de lui-même, ses yeux cessèrent de cligner.

– Je l'ai senti dès mon arrivée. Le vieux Lumley avait mal choisi l'endroit pour sa cité du refuge. Le sol était contaminé et on l'était, nous aussi. Quand on est partis, la forêt, ou autre chose en dessous, en a repris possession.

Avec un petit rire pervers, il ajouta :

– J'avais trop de temps à moi. Trop de temps pour m'attarder sur les choses.

– Qu'est-ce que c'était, le Projet, monsieur Dubus ?

Son rire mourut.

– Le Projet. Le Passe-temps. Le Jeu. Autant de mots pour dire la même chose.

– Le viol d'enfants.

Il secoua la tête.

– Vous lui donnez ce nom parce que vous ne comprenez pas. C'est une chose magnifique. J'essaye de l'expliquer à ceux qui viennent ici, mais ils n'écoutent pas. Ils ne veulent rien entendre.

– Daniel Clay écoutait, lui ?

– Il était différent. Il comprenait.

– Il comprenait comment ?

Dubus ne répondit pas.

– Vous savez où il est ? demandai-je.

Il se pencha en avant.

– Qui sait où vont les morts ? Montez vers le nord, vous l'apprendrez peut-être. Bon, c'est l'heure de mon émission…

Il pressa de nouveau la télécommande et le téléviseur se remit en marche. Dubus se tourna dans son fauteuil pour ne plus me faire face. Je sortis.

Au moment où nous démarrions, je vis les rideaux bouger à la fenêtre. Une main me fit un signe d'adieu et je fus sûr que dans sa maison, propre et nette, le vieil homme riait de moi.

Plus tard, la police tenterait de reconstituer la chaîne des événements, de relier un corps à un autre, un coup de fil à un meurtre. Durant les ultimes moments de sa vie, Dubus donnerait deux coups de téléphone, tous deux à la même personne. Après sa mort, on retrouverait un portable près de son cadavre. Il le gardait caché sous une latte du plancher, en dessous de son lit, et afin de décourager ceux qui avaient pour tâche de le surveiller d'aller fouiner à cet endroit il laissait dessus en permanence un pot de chambre à moitié plein dont la puanteur suffisait à éloigner le contrôleur judiciaire le plus zélé, alors qu'un enquêteur méticuleux aurait dû s'étonner que, dans cette maison aussi bien rangée, ce fût le seul endroit où le sens de l'ordre de Dubus semblait pris en défaut. C'était un appareil à carte prépayée qu'il avait acheté un mois plus tôt dans un grand magasin avec du liquide. La police supposa que ce n'était pas la première fois qu'il enfreignait de cette façon les restrictions mises à son usage du téléphone.

Dubus donna l'avant-dernier coup de téléphone de sa vie quelques minutes après notre départ, puis remit probablement l'appareil dans sa cachette et retourna à ses feuilletons télévisés. Les secondes égrenèrent leur tic-tac, en un compte à rebours qui finirait au moment où Mason Dubus quitterait enfin cette terre pour aller affronter la justice supérieure qui attend chaque être humain.

Mais ces événements étaient encore à venir. Pour le moment, la lumière du jour avait disparu et il n'y avait pas de lune. Nous roulions, échangeant de rares paroles. Sur la stéréo de la voiture, réglée à un volume bas, les National interprétaient une chanson parlant de colombes dans le cerveau et de faucons dans le cœur et je pensais à des hommes à tête d'oiseau.

Finalement, nous arrivâmes à Jackman et le vieux Galaad pénétra nos âmes.

V

La vengeance se révèle être son propre bourreau.

John FORD, *Le Cœur brisé*

30

On dit souvent qu'il y a deux Maine. Le Maine des touristes estivaux, le Maine des sandwichs au homard et de la crème glacée, des yachts et des clubs nautiques, un Maine qui occupe une bande côtière remontant au nord jusqu'à Bar Harbor, à peu près, avec de hautes espérances et des prix de l'immobilier en rapport, loin des petites villes qui n'ont pas la beauté ou la chance nécessaires pour attirer les dollars des touristes, celles qui ont vu leurs industries dépérir et puis mourir. Le reste du Maine donne aux habitants de cette région l'appellation moqueuse de *flatlanders*, « gens de la plaine », ou les exclut totalement en les qualifiant de résidents du « Massachusetts du Nord ».

L'autre Maine est très différent. Il est essentiellement composé de forêts, pas de côtes, et dominé par « le Comté », ou Aroostook, qui a toujours été une entité séparée du simple fait de ses dimensions, sans compter le reste. Il est septentrional et intérieur, rural et conservateur, et recèle en son cœur la Grande Forêt du Nord.

Cette forêt avait cependant commencé à changer. Les grandes compagnies papetières, autrefois l'épine dorsale de l'économie, commençaient à comprendre qu'il y a plus d'argent à se faire en travaillant dans l'immobilier qu'en faisant pousser des arbres et en les coupant. Plum Creek, la première d'entre elles au niveau national, qui possédait près de deux cent cinquante mille hectares autour de Moosehead Lake, avait réservé quelques milliers de ces hectares pour le développement massif de terrains pour camping-cars, de maisons, de chalets à louer et d'un parc industriel. Pour ceux du Sud, c'était saccager la beauté naturelle de l'Etat ; pour ceux de l'autre Maine, cela représentait des emplois et des capitaux, un apport de sang neuf à des communes agonisantes.

En réalité, le feuillage de la forêt cachait un taux de pauvreté en hausse rapide. Les villes rapetissaient, les écoles aussi, et les brillants jeunes espoirs partaient pour York et Cumberland, Boston et New York. Quand les usines fermaient, les emplois bien rémunérés faisaient place à des boulots au salaire minimal. Les rentrées fiscales dégringolaient. La criminalité, les violences conjugales et la consommation de drogue croissaient. Long Pond, autrefois plus importante que Jackman, était quasiment morte avec la fermeture de son usine. Dans le comté de Washington, presque à portée de regard de la station estivale de Bar Harbor, une personne sur cinq vivait sous le seuil de pauvreté. Dans le Somerset, où se trouvait Jackman, c'était une sur six, et un flot régulier de miséreux battait la semelle devant les Services pour la jeunesse et la famille de Skowhegan, cherchant de quoi manger et se vêtir. Dans certaines régions, il y avait une liste d'attente de plusieurs années pour avoir droit à une aide au logement rural, dont le financement baissait régulièrement.

Curieusement, Jackman avait prospéré ces dernières années, en partie à cause des événements du 11 septembre 2001. Sa population avait rapidement diminué dans les années 1990 et la moitié de ses unités d'habitation étaient vacantes. La ville avait gardé sa scierie, mais avec le changement de nature du tourisme, ceux qui venaient dans le nord le faisaient en camping-car, ou louaient des chalets et cuisinaient eux-mêmes, laissant peu d'argent à la ville. Puis les avions avaient frappé les tours et, soudain, Jackman s'était retrouvée en première ligne du combat pour sécuriser les frontières du pays. Le personnel des douanes et de la protection des frontières avait doublé, le prix des maisons avait grimpé et, tout bien considéré, Jackman connaissait maintenant une situation meilleure qu'elle n'en avait connu depuis des années. Mais même selon les critères du Maine, la ville demeurait isolée. Le tribunal le plus proche se trouvait à Skowhegan, à une centaine de kilomètres au sud, et les flics chargés de s'occuper de Jackman devaient venir de Bingham, située à près de soixante-dix kilomètres. C'était, d'une étrange façon, un lieu en dehors du monde policé.

A la sortie de Solon, la Kennebec apparut devant nous. Une pancarte sur le côté de la route portait ces mots : « Bienvenue dans la vallée de Moose River. Si vous ne vous arrêtez pas, souriez en la traversant. »

Je me tournai vers Louis et fis observer :

– Tu ne souris pas.

– C'est parce qu'on s'arrête.

Déclaration qu'on pourrait interpréter de diverses façons, pensai-je.

Au lieu d'entrer immédiatement dans Jackman, nous quittâmes la route un peu avant. Il y avait une auberge sur une colline, avec des chambres dans le style motel, un petit bar près de la réception et un restaurant avec de longs bancs pour asseoir les chasseurs qui lui donnaient une raison d'être en hiver. Angel s'y trouvait déjà, même s'il n'était nulle part en vue. J'allai à ma chambre, meublée avec simplicité et équipée d'un coin cuisine. Le chauffage par le sol dégageait une chaleur étouffante. Je le fermai sans tenir compte de l'avertissement selon lequel il faudrait douze heures au système pour redonner à la pièce sa température maximale, et retournai au bâtiment principal.

Angel était au bar devant une bière. Assis sur un tabouret, il lisait le journal. Bien qu'il m'ait vu entrer, il ne m'adressa aucun signe. L'un des deux hommes qui se trouvaient à sa gauche le regarda et murmura deux ou trois mots à son voisin. Ils eurent un rire déplaisant et quelque chose me dit que ce manège durait depuis un moment. Je m'approchai nonchalamment. Le type qui avait parlé était du genre musculeux et n'en faisait pas mystère. Il portait un tee-shirt vert moulant barré par les bretelles retenant son pantalon de chasseur en toile cirée. Il avait le crâne rasé, mais la trace de l'avant de sa chevelure pointait telle une flèche au-dessus de son front. Son ami était plus petit et plus lourd, vêtu d'un tee-shirt plus grand et plus ample pour cacher son ventre. Tout en lui parlait de dissimulation, de conscience de ses lacunes. Malgré son large sourire, il faisait aller nerveusement son regard d'Angel à son compagnon, comme si le plaisir qu'il prenait à tourmenter quelqu'un d'autre était surtout dû au soulagement de ne pas être cette fois la victime, soulagement mitigé par la conscience que le costaud pouvait à tout moment se retourner contre lui et que ce ne serait pas la première fois.

Le balaise tapota du doigt le journal d'Angel.

– Ça va, mon pote ? dit-il.

– Oui, c'est tout bon, répondit Angel.

– Je parie que toi aussi, t'es *bon*, reprit le colosse avec un geste obscène de la main et de la langue.

Il partit d'un grand rire et son copain l'imita, jeune chiot aboyant avec le molosse. Angel gardait les yeux sur son journal.

– Hé, le prends pas mal. On rigole, c'est tout, se justifia l'homme.

– Je vois ça, répondit Angel. T'es un vrai rigolo.

Le costaud cessa de sourire lorsque le sarcasme commença à le piquer.

– Ça veut dire quoi, ça ? T'as un problème ?

Angel but une gorgée de bière, referma son journal et soupira. Son principal persécuteur se rapprocha, l'autre suivant en renfort. Angel écarta les mains et leur tapota doucement la poitrine. Le barman faisait de son mieux pour rester en dehors, mais je remarquai qu'il observait ce qui se passait dans le miroir fixé au-dessus de la caisse. Il était jeune mais il devait déjà avoir vu ça souvent. Des fusils, de la bière et l'odeur du sang : un mélange garanti pour faire surgir le pire chez des hommes ignorants.

– Enlève tes sales pattes, éructa le premier chasseur. Je t'ai posé une question : t'as un problème ? Parce que j'ai l'impression que t'en as un.

Angel fit mine de réfléchir avant de répondre :

– A vrai dire, j'en ai même plusieurs : j'ai mal au dos, je suis coincé en pleine cambrousse avec une bande de bouseux armés de tromblons, et quelquefois je me demande si je suis avec la bonne personne…

S'ensuivit un moment de confusion.

– Quoi ? fit le malabar, perplexe.

Angel prit la même expression que lui puis son visage s'éclaira.

– Oh, tu veux dire un problème avec *toi* ? Nan, j'ai aucun problème avec toi, affirma-t-il avec un geste dédaigneux. En revanche, je ne pourrais pas en dire autant de mon ami, là, derrière toi.

L'homme se retourna. Son compagnon avait déjà reculé, laissant de l'espace devant le comptoir.

– Ça gaze ? demanda Louis, qui venait juste d'entrer dans la pièce et avait aussitôt pris la mesure de la situation.

Je me tenais maintenant à côté de lui mais, manifestement, il était l'attraction principale.

Les deux chasseurs examinèrent Louis et évaluèrent leurs options. Aucune ne semblait bonne et l'une d'elles au moins semblait impliquer un déferlement de douleur. Le mâle dominant fit son choix, préférant la perte d'un peu de dignité à une autre voie qu'il n'avait guère envie d'ouvrir.

– Ouais, ça gaze, répondit-il.

– Alors, tout le monde est content, conclut Louis.

– Je crois que oui.

– On dirait que le dîner sera bientôt servi.

– Ouais, on dirait.

– Il vaut mieux que t'y ailles. Faut pas rater le ravitaillement.

– Ouais.

L'homme tenta de passer devant Louis mais se heurta à son gros copain, qui n'avait pas bougé, et dut le bousculer. Il avait le visage cramoisi d'humiliation. Le copain risqua un dernier coup d'œil à Louis puis partit en trottinant derrière l'homme au crâne rasé.

– Tu as choisi le bon endroit pour passer la nuit, dis-je à Angel. Un peu chargé en testostérone, peut-être, et tu pourrais avoir du mal à remplir ton carnet de bal, mais c'est vraiment sympa.

– Merde, vous avez mis le temps, maugréa-t-il. Y a pas grand-chose à faire, ici, une fois que la nuit tombe et il fait noir comme si quelqu'un avait abaissé un interrupteur. Y a même pas de télé dans les chambres.

Nous commandâmes des hamburgers et des frites, choisissant de ne pas rejoindre les groupes de chasseurs dans la pièce voisine, et nous nous installâmes à une table près du comptoir.

– Tu as trouvé quelque chose ? demandai-je à Angel.

– J'ai trouvé que personne veut parler de Galaad, voilà ce que j'ai trouvé. Le plus que j'ai appris, c'est par des vieilles femmes qui s'occupent du cimetière. D'après elles, ce qui reste de Galaad est maintenant propriété privée. Un nommé Caswell l'a acheté il y a quinze ans, avec vingt-cinq hectares de bois autour. Il vit dans le coin. Depuis toujours. Il reçoit pas beaucoup. Il est pas membre du Rotary. Je suis allé faire un tour là-bas. Y a une pancarte et une grille fermée à clé. Apparemment, il aime ni les chasseurs, ni les randonneurs, ni les démarcheurs.

– Merrick est passé ?

– S'il est passé, personne ne l'a vu.

– Sauf Caswell, peut-être.

– Il n'y a qu'un moyen de le savoir.

– Ouais.

Je regardai les chasseurs en train de bâfrer et repérai les deux types qui avaient pris Angel pour cible. Assis dans un coin, ils ignoraient les autres. Le visage du costaud était encore écarlate. L'endroit regorgeait d'armes à feu, d'alcool et de machisme pour aller avec. Ce n'était pas une situation satisfaisante.

– Tes copains du bar… commençai-je.

– Phil et Steve, dit Angel. De Hoboken.

– Je crois que ce serait une bonne idée de les renvoyer chez eux.

– Avec plaisir, répondit Angel.

– A propos, comment tu connais leurs noms ?

Il glissa les mains dans les poches de son blouson, les ressortit avec deux portefeuilles.

– Les vieilles habitudes…

L'hôtel était construit autour d'une cuvette, avec le bâtiment du bar et de la réception en haut, près de la route, les chambres et les bungalows en bas de la pente, derrière. Il ne fut pas difficile de trouver où les deux homophobes étaient logés puisque chaque client était contraint de trimbaler sa clé au bout d'un rondin obtenu en sciant le tronc d'un petit arbre. Cette clé se trouvait sur le comptoir devant les deux types pendant qu'ils harcelaient Angel. Ils occupaient le bungalow numéro 14.

Lorsqu'ils se levèrent de table, un quart d'heure environ après avoir fini leur repas, Louis et Angel étaient déjà partis. Les deux chasseurs ne m'accordèrent pas un regard en passant, mais je sentis leur colère bouillonner. Ils avaient bu sept pintes de bière pendant et après le dîner et ne tarderaient pas à décider de se venger d'une manière ou d'une autre d'avoir été humiliés dans le bar.

La température avait brusquement chuté avec la tombée de la nuit. Dans les endroits à l'ombre, le givre de la matinée n'avait pas encore fondu. Les deux hommes retournèrent à leur bungalow en pressant le pas, le costaud ouvrant la marche, le petit barbu dans son sillage. En entrant, ils découvrirent que leurs fusils de chasse avaient été démontés et gisaient en morceaux sur le sol. Leurs valises étaient à côté, remplies de leurs affaires et fermées.

A leur droite se tenait Louis. Angel était assis à la table, près du poêle. Phil et Steve de Hoboken regardèrent les deux intrus. Phil, le plus large d'épaules et le plus agressif des deux, parut sur le point de dire quelque chose et se ravisa quand il vit les pistolets dans les mains des deux visiteurs.

– Tu sais qu'y a pas de bungalow numéro 13 ? lui dit Angel.

– *Quoi ?*

– Je dis : « Tu sais qu'y a pas de bungalow numéro 13, ici ? » Ça passe de 12 à 14, pour la bonne raison que personne ne veut être au 13. Mais c'est quand même le treizième bungalow, donc vous êtes finalement au 13, ce qui explique pourquoi vous avez la poisse.

– Pourquoi on aurait la poisse ? répliqua Phil, dont l'animosité naturelle revenait, renforcée par le courage puisé dans la bière. Tout ce que je vois, c'est deux trous du cul qui se sont gourés de bungalow et qui cherchent des embrouilles à ceux qui faudrait pas. C'est vous qui avez la poisse. Vous ne savez pas avec qui vous déconnez, là.

A côté de lui, Steve se dandinait d'un pied sur l'autre, mal à l'aise. Malgré les apparences, il était suffisamment intelligent, ou dessaoulé, pour comprendre que ce n'était pas une bonne idée d'agacer deux types armés de pistolets quand soi-même on n'en avait pas la queue d'un, du moins du genre qu'on peut utiliser dans la seconde.

Angel tira de sa poche les deux portefeuilles subtilisés et les agita devant les chasseurs.

– Mais si, dit-il. On sait qui vous êtes. On sait où vous habitez, où vous travaillez. On sait à quoi ressemble ta femme, Steve, et que Phil est sans doute séparé de la mère de ses enfants. C'est triste, Phil. Des photos des gosses, mais aucune trace de la maman. Remarque, con comme t'es, on peut pas lui reprocher de t'avoir plaqué, juste de t'avoir épousé... Bon, vous, par contre, vous savez rien de nous à part qu'on est ici maintenant et qu'on a une bonne raison d'être mécontents de vous à cause de vos grandes gueules. Alors, voilà ce qu'on vous propose : vous mettez vos merdes dans votre caisse et vous prenez la direction du sud. Phil, c'est ton pote qui conduira, parce que je vois que t'as picolé quelques godets de plus que lui. Quand vous aurez fait, disons, cent cinquante kilomètres, vous vous arrêtez, vous prenez une piaule, vous vous offrez une bonne nuit de sommeil. Demain, vous retournez à Hoboken tranquilles, vous ne nous reverrez plus jamais. Enfin, *probablement*. On ne sait jamais. On pourrait avoir un jour envie de vous rendre visite. Un pèlerinage Sinatra[1], qu'on pourrait se faire. Ça nous donnerait l'occasion de passer vous dire bonjour, à vous deux, les gars. A moins, bien sûr, que vous ne nous donniez une raison plus pressante de vous suivre là-bas...

Phil fit une dernière tentative, avec une obstination qui avait indéniablement quelque chose d'admirable :

– On a des amis à Jersey... déclara-t-il d'un ton entendu.

Angel parut à nouveau perplexe et sa réponse, quand elle finit par venir, ne pouvait être que celle d'un New-Yorkais :

– Bon, je suppose que c'est mieux que de pas avoir d'amis du tout... Mais qui peut avoir envie d'aller à Jersey, de toute façon ?

– Le mec veut dire qu'il a des *amis* à Jersey, traduisit Louis.

---

1. Hoboken est la ville natale de Frank Sinatra. *(N.d.T.)*

– Des… oh, d'accord, dit Angel. *Oh*, j'ai pigé. Hé, nous aussi, on regarde *Les Soprano*. La mauvaise nouvelle pour toi, Phil, c'est que même si c'était vrai – et je sais que ça ne l'est pas – on est justement le genre de types à qui les « amis » de Jersey font appel, si tu vois ce que je veux dire. C'est facile à deviner, si tu regardes bien. Nous, on a des pistolets, vous, vous avez des fusils de chasse. Vous êtes venus ici chasser le cerf. Pas nous. On chasse pas le cerf avec un Glock, on chasse autre chose…

Les épaules de Phil s'affaissèrent. Le moment était venu de mettre les bouts.

– On se tire, dit-il à Steve.

Angel leur lança les portefeuilles. Louis et lui regardèrent les deux hommes charger dans la voiture leurs bagages et les pièces de leurs fusils, moins les percuteurs, qu'Angel avait balancés dans la forêt. Lorsqu'ils eurent terminé, Steve prit le volant, Phil se tint près de la portière du passager. Angel et Louis s'appuyaient nonchalamment à la balustrade du bungalow et seuls leurs flingues suggéraient que ce n'était pas un groupe d'amis échangeant des au revoir.

– Tout ça parce qu'on a rigolé un peu avec toi au bar, grommela Phil.

– Non, repartit Angel. Tout ça parce que vous êtes des gros cons.

Ils démarrèrent. Louis attendit que leurs feux arrière aient disparu pour tapoter doucement le dos de la main d'Angel.

– Dis, on reçoit jamais de coups de fil de Jersey…

Je sais, répondit Angel. Pourquoi on aurait envie de parler à quelqu'un de Jersey ?

Nous allâmes tous nous coucher.

31

Le lendemain matin, nous entrâmes dans Jackman. Pour laisser un camion faire demi-tour, nous dûmes patienter un moment devant le Comptoir commercial, qui, même en novembre, accrochait des tee-shirts dehors comme du linge mis à sécher. Sur un des côtés du bâtiment rouillait une vieille voiture pie avec un mannequin derrière le volant, probablement tout ce qu'on pouvait voir en fait de flics aussi loin dans le Nord.

– Ils ont eu des keufs un jour, ici ? demanda Louis.

– Je crois qu'ils avaient un policier, dans les années 60 ou 70.

– Qu'est-ce qu'il est devenu ? Il est mort d'ennui ?

– C'est plutôt tranquille dans le coin, reconnus-je. Ils ont un agent, maintenant, autant que je sache.

– Putain, j'espère pour lui qu'il a une parabole !

– Hé, ils ont quand même eu un meurtre, une fois.

– Une fois ? releva-t-il, guère impressionné.

– Ça a fait la une, à l'époque. Un nommé Nelson Bartley, propriétaire de la Moose River House, s'était fait descendre d'une balle dans la tête. On avait retrouvé son corps coincé sous un arbre déraciné.

– Ouais, et c'était quand ?

– 1919. Une histoire de contrebande de rhum, si je me souviens bien.

– Tu veux dire qu'il s'est rien passé depuis ? !

– Dans cette partie du monde, la plupart des gens prennent leur temps pour mourir, s'ils ont le choix, répondis-je. Ça t'étonnera peut-être.

– J'évolue dans d'autres milieux.

– Tu n'aimes pas trop la vie à la campagne, hein ?

– La campagne, j'ai donné quand j'étais gosse, ça me plaisait pas trop. Je crois pas que ça se soit amélioré depuis.

Il y avait aussi deux W-C extérieurs près du Comptoir, l'un au-dessus de l'autre. Sur la porte de celui d'en haut, on lisait le mot « Conservateurs », sur celui d'en bas, « Libéraux ».

– Des potes à toi, glissai-je à Louis.

– C'est pas des potes à moi, je suis un républicain libéral.

– Je n'ai jamais vraiment compris ce que ça voulait dire.

– Ça veut dire que les gens peuvent faire ce qu'ils veulent, du moment qu'ils ne le font pas près de moi.

– J'aurais cru que c'était plus complexe.

– Non, c'est ça, en gros. Tu crois que je devrais aller leur dire que je suis homo ?

– A ta place, je leur dirais même pas que je suis noir, intervint Angel de la banquette arrière.

– Ne jugez pas les gens d'ici à ces cabinets, dis-je. C'est juste pour amuser les touristes. Une petite ville comme Jackman ne survivrait pas, ne prospérerait même pas un chouïa, si ses habitants étaient des racistes et des idiots. Ne vous méprenez pas sur eux.

Fait incroyable, cela les réduisit au silence.

Au-delà du Comptoir, sur la gauche, les impressionnantes flèches jumelles de l'église Saint Anthony, bâties avec le granite local dans les années 1930, se découpaient sur le ciel gris pâle. L'édifice n'aurait pas paru déplacé dans une grande cité mais semblait incongru dans une bourgade de mille âmes. Il avait cependant fourni un objectif à Bennett Lumley lorsqu'il avait créé Galaad puisqu'il avait décidé que la flèche de son église dépasserait celle de Saint Anthony.

Jackman, ou Holden, comme on l'appelait à l'origine, avait été fondée par les Anglais et les Irlandais, rejoints plus tard par les Français. L'endroit où se trouvait le Comptoir faisait autrefois partie d'une région surnommée le Petit Canada, et de là au pont s'étendait le quartier catholique de la ville, ce qui expliquait pourquoi Saint Anthony se trouvait sur la rive est de la rivière. Une fois le pont traversé, on était en territoire protestant. On y trouvait des congrégationalistes, des épiscopaliens aussi, les seuls protestants acceptables pour un catholique, du moins d'après mon grand-père. J'ignorais si l'endroit avait beaucoup changé depuis, mais j'étais sûr que la vieille partition demeurait, à une ou deux maisons près.

La gare rouge de Jackman jouxtait la voie ferrée qui coupait la ville en deux mais elle était maintenant propriété privée. Le pont principal étant en réfection, un détour nous amena par une construction provisoire dans la commune de Moose River, avec, à droite, la modeste église congrégationaliste.

Nous finîmes par arriver devant la pancarte indiquant le cimetière de Holden, en face du centre de plein air de Windfall, avec ses autocars scolaires bleus, à présent vides, paresseusement alignés dehors. Une route de gravier descendait vers le cimetière mais la pente était si forte et couverte de glace que nous laissâmes la voiture en haut pour faire le reste du chemin à pied. La route se faufilait entre un étang gelé d'un côté et une tourbière de l'autre, avant que les pierres tombales du cimetière apparaissent sur une colline, à gauche. Il était peu étendu et ceint d'un grillage, avec une porte juste assez large pour laisser passer une seule personne à la fois. Les tombes remontaient au XIXe siècle, probablement à l'époque où Holden n'était qu'une implantation récente.

J'examinai les cinq pierres tombales les plus proches de l'entrée, trois grandes, deux petites. La première portait cette inscription, « Hattie E., épouse de John F. Childs », avec les dates de sa naissance et de sa mort : les 11 avril 1865 et 26 novembre 1891. A côté se trouvaient les deux pierres plus petites : Clara M. et Vinal F. D'après l'inscription, Clara M. était née le 16 août 1895 et morte un peu plus d'un mois plus tard, le 30 septembre 1895. Le séjour sur terre de Vinal F. avait encore été plus bref : né le 5 septembre 1903, il était mort le 28. La quatrième pierre était celle de Lilian L., seconde épouse de John et probablement mère de Clara et Vinal. Née le 11 juillet 1873, morte moins d'un an après son fils, le 16 mai 1904. La dernière pierre était celle de John F. Childs lui-même, né le 8 septembre 1860, mort le 18 mars 1935 après avoir survécu à deux épouses et deux enfants. Il n'y avait pas d'autres tombes à proximité. Je me demandai si John F. avait été le dernier de sa lignée. Ici, dans ce petit cimetière, toute l'histoire de sa vie était mise à nu sur cinq plaques de roche gravées.

La pierre que nous cherchions se trouvait à l'extrémité sud du cimetière. Elle ne portait ni noms ni dates de naissance et de décès, seulement l'inscription *LES ENFANTS DE GALAAD*, suivie du même mot, gravé trois fois :

NOUVEAU-NÉ
NOUVEAU-NÉ
NOUVEAU-NÉ

Lequel était suivi d'une supplique à Dieu d'avoir pitié de leurs âmes. Enfants non baptisés, ils avaient dû, à l'origine, être enterrés en dehors du cimetière mais, manifestement, la clôture avait été ensuite discrètement déplacée et les Enfants de Galaad reposaient maintenant dans son enceinte. Cela en disait long sur les habitants du bourg qui, sans faire d'histoires, avaient pris dans leurs bras ces enfants perdus et leur avaient permis de reposer en terre consacrée.

– Qu'est-ce qui est arrivé aux hommes qui ont fait ça ? demanda Angel.

Je me tournai vers lui, vis la souffrance inscrite sur son visage.

– Des hommes et des femmes, rectifiai-je. Les femmes savaient forcément et ont été complices, pour une raison ou une autre. Deux de ces enfants sont morts de cause inconnue, mais le troisième a été transpercé avec une aiguille à tricoter peu après sa naissance. Tu as déjà entendu parler d'un homme qui tue un enfant avec une aiguille à tricoter ? Les femmes ont couvert l'affaire, par peur ou par honte, ou pour autre chose encore. Je ne crois pas que Dubus ait menti sur ce point. Personne n'a été inculpé. Les autorités ont examiné trois adolescentes et ont établi qu'elles avaient accouché peu de temps avant, mais rien ne permettait de relier ces naissances aux corps qu'on avait retrouvés. La communauté est restée soudée et a prétendu que les enfants de ces filles avaient été confiés à des familles adoptives. Les naissances ne figuraient pas sur un papier officiel, ce qui constitue en soi un délit, mais personne n'a éprouvé le besoin d'entamer des poursuites. Dubus a déclaré aux enquêteurs que les bébés avaient été envoyés quelque part dans l'Utah. Une voiture est venue les prendre et a disparu dans la nuit. C'est ce qu'il a raconté et ce n'est que des années plus tard qu'il est revenu sur ses déclarations et qu'il a accusé les mères des adolescentes d'avoir tué les nouveau-nés. De toute façon, une semaine environ après la découverte des corps, la communauté s'était déjà dispersée, chacun partant de son côté.

– Libre d'aller violer ailleurs, enchaîna Angel.

Je ne répondis pas. Que dire, surtout à Angel, qui avait été lui-même victime de violences sexuelles, loué par son père à des hommes qui prenaient leur plaisir sur des corps d'enfants ? C'était pour cette raison qu'il était là maintenant, dans ce cimetière glacé d'une lointaine petite ville du Nord. C'était pour cette raison qu'ils étaient là, tous les deux, chasseurs parmi des chasseurs. Ce n'était plus pour eux une affaire d'argent ou d'intérêt. Cela avait été le but, autrefois, mais plus maintenant. Ils étaient là pour la même raison que moi : parce que refuser de voir ce qui était arrivé à des enfants dans un passé récent ou lointain, détourner la tête et regarder ailleurs, c'était se faire le complice des crimes commis. Refuser de fouiller plus profondément, c'était entrer en connivence avec les violeurs.

– Quelqu'un s'occupe de cette tombe, fit observer Angel.

Il avait raison. Elle n'était pas envahie de mauvaises herbes et l'on avait coupé le gazon pour qu'il ne dissimule pas la pierre. Même l'inscription avait été repassée à la peinture noire pour qu'elle soit plus visible.

– Qui s'occupe d'une tombe vieille de cinquante ans ? s'interrogea-t-il.

– Peut-être l'homme qui possède aujourd'hui Galaad, répondis-je. Allons lui demander.

A une dizaine de kilomètres sur la 201, après Moose River et la limite de Sandy Bay, un panneau pointait vers le nord et le sentier de randonnée de la Bald Montain et je sus que nous approchions de Galaad. Sans la mission de reconnaissance d'Angel, nous aurions eu du mal à trouver l'endroit. La route que je pris n'avait pas de nom, elle était indiquée uniquement par une pancarte *PROPRIÉTÉ PRIVÉE* assortie, comme l'avait rapporté Angel, d'un avertissement supplémentaire à ceux qui étaient particulièrement indésirables. Au bout de huit cents mètres environ, la route était barrée par une grille fermée à clé, d'où partait une clôture disparaissant des deux côtés dans la forêt.

– Galaad est là-bas, dit Angel en désignant un point au nord dans les bois. Huit cents mètres plus loin encore.

– Et la maison ?

– Même distance, mais au bout de la route. On peut la voir si on avance encore un peu par là.

Il montra un chemin en terre battue qui longeait la clôture vers le sud-est.

Je garai la voiture sur le bas-côté, nous escaladâmes la grille et nous nous engageâmes immédiatement dans la forêt. Après quinze ou vingt minutes de marche, nous arrivâmes à la clairière.

La plupart des bâtiments étaient restés debout. Dans une région où le bois est le principal matériau de construction, Lumley avait choisi d'utiliser la pierre pour un bon nombre de maisons, certain qu'il était que sa communauté idéale durerait. Les habitations variaient en taille, des cottages de deux pièces à des bâtisses plus vastes capables d'accueillir confortablement des familles de six personnes ou plus. La plupart étaient en ruine, quelques-unes avaient manifestement brûlé, une seule semblait avoir été en partie restaurée. Elle avait un toit et ses quatre fenêtres étaient munies de barreaux. La porte d'entrée, solide panneau de chêne grossièrement équarri, était fermée à clé. Au total, la communauté n'avait pas dû compter plus d'une douzaine de familles à son apogée. Les endroits de ce genre étaient nombreux dans le Maine : villages oubliés, bourgs qui avaient dépéri, communautés fondées sur une foi mal placée en un chef charismatique. Je songeai aux ruines de Sanctuary, à Casco Bay, à Faulkner et à ses ouailles massacrées à Aroostook. Galaad n'était qu'un exemple d'une longue et ignominieuse série d'entreprises vouées à l'échec, condamnées à cause d'hommes sans scrupules habités de bas instincts.

Au-dessus de tout cela s'élançait le haut clocher de l'église du Sauveur, la rivale que Lumley avait donnée à Saint Anthony. On avait monté les murs et le clocher, mais le toit n'avait jamais été ajouté et personne n'y avait jamais prié. C'était moins un hommage à Dieu qu'un monument à la vanité d'un homme. La forêt l'avait à présent récupérée. Elle était couverte de lierre, comme si la nature elle-même l'avait construite, créant un temple à partir de feuilles et de vrilles, avec de l'herbe pour le sol et un arbre pour le tabernacle, car un noyer blanc avait poussé là où avait dû se trouver l'autel et il étendait ses branches nues, pareilles aux restes squelettiques d'un prédicateur dément dont le vent glacial avait emporté la chair tandis qu'il fulminait contre le monde, les os brunis par le soleil et la pluie.

Tout en Galaad parlait de perte, de pourriture et de décomposition. Si je n'avais pas été au courant des crimes commis ici, des enfants qui y avaient souffert, des nouveau-nés qui y étaient morts, j'aurais quand même eu l'impression d'être souillé par ce lieu. Certes, il émanait de l'église inachevée une sorte de grandeur, mais elle était dépourvue de toute beauté et la nature elle-même semblait avoir été corrompue à son contact. Dubus avait raison : Lumley avait mal choisi le site de sa communauté.

Voyant Angel s'approcher de l'église pour l'examiner de plus près, je l'arrêtai de la main.

— Qu'est-ce qu'il y a ? me demanda-t-il.

— Ne touche à aucune plante.

— Pourquoi ?

— Elles sont toutes vénéneuses.

Et c'était vrai : comme si toutes les mauvaises herbes toxiques, toutes les fleurs délétères – dont plusieurs que je n'avais jamais vues aussi loin dans le Nord –, y avaient élu domicile et s'y étaient regroupées. Il y avait là la kalmie à larges feuilles, avec son écorce ridée, couleur de rouille, ses fleurs rose et blanc, parsemées de points rouges comme du sang d'insecte, des étamines qui réagissaient au toucher tels des animaux. Je vis de la serpentaire blanche encore en fleur qui pouvait rendre le lait de la vache mortel si la bête s'en nourrissait. Près d'une étendue de marais, gelée sur ses berges, de la ciguë aquatique, feuilles dentelées et tiges striées, dont chaque partie pouvait être létale, nous faisait signe. Il y avait du chasse-taupe, qui aurait été plus à sa place dans les champs, et de l'herbe aux boucs et des orties urticantes. Même le lierre était vénéneux.

Aucun oiseau ne vient jamais ici, pensai-je, pas même en été. L'endroit est toujours silencieux, désolé.

Je levai les yeux vers le clocher massif dont la cime était encore plus haute que les arbres qui l'entouraient. Les fentes latérales des fenêtres nous fixaient sombrement par-dessus la forêt à travers des couches de feuilles, et la niche vide destinée à accueillir la cloche était presque entièrement recouverte par le lierre.

Il n'y avait pas de portes, rien que des trous rectangulaires à la base du clocher et sur l'un des côtés de l'église même, et aucun carreau aux fenêtres. Tenter d'y pénétrer, c'était prendre le risque de se faire couper et piquer par les mauvaises herbes et les orties qui en barraient l'entrée, même si, lorsque je regardai de plus près, il me sembla que quelqu'un y avait un jour taillé un chemin, car l'herbe était plus haute et plus épaisse sur les côtés.

A l'ouest de l'église, je distinguai les traces d'une piste qu'on avait ménagée dans la forêt, clairement indiquée par l'absence de grands arbres. C'était par là qu'on avait apporté les matériaux de construction, mais, un demi-siècle plus tard, il n'en restait qu'une ligne de séparation reconquise par les broussailles.

Nous nous approchâmes de la maison restaurée et je fis signe à Angel, qui se mit au travail sur la serrure.

– Ça fait une paie qu'on l'a pas ouverte, commenta-t-il.

Il tira de la poche de son blouson une petite bombe d'huile, en vaporisa sur la serrure et fit une nouvelle tentative. Quelques instants plus tard, j'entendis un *clic*. De l'épaule, Angel poussa la porte, qui s'ouvrit en grinçant.

Il y avait deux pièces à l'intérieur, toutes deux vides. Le sol était en ciment et n'appartenait manifestement pas à la structure d'origine. Le soleil, qui avait lutté si longtemps pour percer de ses rayons les vitres poussiéreuses, saisit l'occasion offerte par la porte ouverte pour inonder l'intérieur de lumière, mais il n'y avait rien à voir, rien à éclairer. Louis tapota doucement l'une des fenêtres de ses jointures.

– Du Plexiglas, diagnostiqua-t-il en promenant un doigt le long du châssis.

On aurait dit que quelqu'un avait essayé de creuser le ciment qui le maintenait en place. Il l'avait à peine entamé mais les traces de la tentative étaient encore visibles.

Louis se pencha vers la vitre puis s'agenouilla pour mieux voir quelque chose que ses yeux perçants avaient repéré.

– Regardez, dit-il.

On avait gravé des traits minuscules dans le coin inférieur droit. Je tendis le cou mais ce fut Angel qui les déchiffra le premier :

– L.M.

– Lucy Merrick, traduisis-je.

C'était forcément elle. Il n'y avait pas d'autres initiales sur les murs ou sur les fenêtres. Si les lettres avaient été tracées par un gamin en quête de sensations fortes, il y en aurait eu d'autres, mais Galaad n'était pas un lieu où s'aventurer seul, pas de son plein gré en tout cas.

Je sus alors que c'était là qu'ils avaient emmené Andy Kellog et, plus tard, la fille de Merrick. Andy s'en était tiré traumatisé mais vivant. Lucy Merrick, elle, n'en était jamais revenue. Aussitôt l'air de la maison me parut vicié, infecté par ce qui – je le savais au fond de moi – s'était passé dans ses pièces.

– Pourquoi ici ? murmura Louis. Pourquoi ils les ont amenés ici ?

– A cause de ce qui est arrivé avant, répondit Angel.

De ses doigts, il effleura les marques faites par Lucy dans le verre, suivit chacune d'elles soigneusement, tendrement, en un geste de remémoration. Je songeai au moment où, dans le grenier de ma maison, j'avais lu un message tracé dans la poussière.

– Ça augmentait leur plaisir de savoir qu'ils répétaient le passé, comme s'ils poursuivaient une tradition...

Ses mots rappelaient les « groupements de lieux » dont Christian avait parlé. Etait-ce ce qu'il y avait derrière la fascination de Clay pour Galaad ? Cherchait-il à recréer les événements survenus un demi-siècle plus tôt, ou avait-il aidé d'autres à le faire ? D'un autre côté, son intérêt n'était peut-être ni lubrique ni malsain. Il n'avait peut-être rien à se reprocher dans ce qui s'était passé et seule sa curiosité professionnelle l'avait attiré dans cet endroit perdu au fond des bois qui hantait sa mémoire et avait trouvé forme dans les tableaux que Merrick avait lacérés sur le mur de Joel Harmon et que Mason Dubus montrait fièrement sur les siens. Mais je commençais à y croire de moins en moins. Si des hommes avaient voulu répéter en ce lieu les crimes originels, ils auraient peut-être recherché leur instigateur, Dubus. J'avais conscience que nous foulions un chemin que Clay avait suivi, que nous nous guidions aux traces qu'il avait laissées en montant vers le nord. Il avait offert une de ses précieuses peintures à Dubus. Cela ne semblait pas être un simple acte de remerciement. Cela ressemblait davantage à un gage de respect, voire d'affection.

Je parcourus les deux pièces en cherchant d'autres traces de la présence de Lucy Merrick mais n'en trouvai aucune. Il y avait probablement eu des matelas autrefois, des couvertures, peut-être même des livres ou des magazines. Je remarquai des interrupteurs sur les murs mais pas d'ampoules dans les douilles. Je vis des marques dans un coin de la deuxième pièce, en haut, là où une plaque de métal avait été fixée, ainsi qu'un trou net dessous. Un trou plus grand, rebouché depuis mais aux contours encore visibles, indiquait l'endroit où il y avait eu un poêle et la cheminée avait été murée depuis longtemps. Lucy Merrick avait disparu en septembre, il devait déjà faire froid aussi haut dans le Nord. Comment se réchauffait-elle si c'était bien là qu'ils l'avaient enfermée ? Je ne trouvai pas de réponse. On avait tout enlevé et, manifestement, ces pièces n'avaient pas été utilisées depuis des années.

— Ils l'ont tuée ici, hein ? dit Angel.

Il se tenait toujours près de la fenêtre, les doigts en contact avec les lettres gravées dans le verre, comme s'il pouvait ainsi toucher Lucy elle-même et la réconforter pour que, où qu'elle pût être, elle sache que quelqu'un avait trouvé les marques qu'elle avait laissées et la pleurait. Les initiales étaient minuscules, à peine visibles. Elle avait fait en sorte que ses ravisseurs ne les remarquent pas. Peut-être pensait-elle qu'elles prouveraient la véracité de son histoire quand elle serait libérée, ou craignait-elle, même alors, qu'on ne la libère jamais, et espérait-elle que ces lettres fourniraient un signe au cas où quelqu'un se soucierait assez d'elle pour vouloir découvrir son sort ?

– Ils n'en ont tué aucun autre, dis-je. C'est pour ça qu'ils portaient des masques, pour pouvoir les laisser repartir sans craindre d'être identifiés. Ils ont peut-être décidé d'aller plus loin, ou alors quelque chose a mal tourné. D'une manière ou d'une autre, elle est morte et ils ont effacé toute trace, ils ont fermé à clé et ils ne sont jamais revenus.

Angel laissa sa main retomber.

– Caswell, le propriétaire du terrain, il devait savoir ce qui se passait.

– Oui, répondis-je à voix basse. Il devait savoir.

Quand je me retournai pour partir, Louis était devant moi, dans l'encadrement de la porte, forme sombre sur la lumière du matin. Il ouvrit la bouche pour dire quelque chose, se figea. Chacun de nous avait clairement perçu le bruit : une cartouche de fusil de chasse montant dans la chambre. Une voix se fit entendre :

– Bouge pas, mon gars, sinon je t'arrache la tête.

32

Angel et moi étions dans la maison, immobiles et silencieux. Louis demeurait planté sur le seuil, les mains écartées du corps pour montrer à l'homme qu'elles étaient vides.

– Sors, maintenant, ordonna la voix. Lentement. Les bras en l'air. Tes copains à l'intérieur aussi. Vous ne me voyez pas mais moi, je vous vois. Si y en a un qui fait un geste, le grand malin, là, avec son beau manteau, il aura un trou à la place du visage. Vous avez pénétré dans une propriété privée et vous êtes peut-être armés, aussi. Aucun juge de cet Etat ne me condamnera si je vous abats.

Louis s'avança lentement vers le bois, les mains derrière la nuque. N'ayant pas le choix, Angel et moi suivîmes. Je tentai de localiser l'inconnu, mais je n'entendis que du silence en quittant l'abri de la maison. Puis un homme émergea des arbres, vêtu d'un pantalon de camouflage et d'une veste assortie, armé d'un fusil Browning de calibre 12. La cinquantaine, massif mais pas musclé. Le visage blême, les cheveux, trop longs, recouvrant sa tête comme une serpillière sale. Il ne semblait pas avoir dormi convenablement depuis longtemps. Ses yeux lui tombaient presque de la tête, comme si la pression de son crâne leur était insupportable ; ses orbites étaient si cernées de rouge que la peau semblait se décoller lentement de la chair qu'elle recouvrait. Il avait des plaies récentes sur les joues, le menton et le cou, semées de rouge là où il les avait rouvertes en se rasant.

– Vous êtes qui ? demanda-t-il.

Le fusil était tenu d'une main ferme mais la voix tremblait, comme s'il n'était pas capable de montrer de l'assurance à la fois dans sa posture et dans sa façon de parler.

– Des chasseurs, dis-je.

– Ah ouais ? répliqua-t-il, sarcastique. Et vous chassez quoi, sans fusils ?

– Des hommes, répondit simplement Louis.

Une autre fissure craquela le vernis de l'inconnu et j'eus la vision de sa peau sous ses vêtements, quadrillée de fines lignes, comme une poupée de porcelaine sur le point de se briser en mille morceaux.

– Vous êtes Caswell ? repris-je.

– Qui est-ce qui le demande ?

– Je m'appelle Charlie Parker, je suis détective privé. Ce sont mes collègues.

– Oui, je suis Caswell et ce terrain est à moi. Vous n'avez rien à faire ici.

– C'est pour ce qu'on a à faire qu'on est là. Nous voudrions vous poser quelques questions.

Caswell leva légèrement le canon de son arme et tira. Le coup passa au-dessus de nos têtes mais je tressaillis quand même. Il fit monter une autre cartouche dans la chambre et l'œil du fusil se remit à nous fixer.

– Je crois que vous m'avez mal compris. Vous n'êtes pas en position de poser des questions.

– Vous nous parlez, à nous ou à la police. A vous de choisir.

Les mains de Caswell se crispèrent sur la crosse.

– Qu'est-ce que vous racontez ? Je n'ai pas de problème avec la police.

J'indiquai la maison, derrière nous.

– C'est vous qui l'avez retapée ?

– Et si c'était le cas ? Je suis chez moi.

– Ça paraît bizarre, faire des travaux sur une ruine dans un village déserté…

– Y a pas de loi contre.

– Non, sans doute pas. Mais il y a peut-être une loi contre ce qui y a été commis.

Je prenais un risque. Caswell pouvait nous tirer dessus uniquement parce que je l'asticotais mais je ne le pensais pas. Il n'avait pas le genre à ça. Malgré le fusil et la tenue de camouflage, il y avait quelque chose de mou en lui, comme si on avait donné une arme au Bonhomme Pillsbury.

— Je ne sais pas de quoi vous parlez, rétorqua-t-il tout en reculant d'un pas.

— Je parle de ce qui s'est passé à Galaad, mentis-je, des enfants qui ont été tués.

Une curieuse série de sentiments interpréta un spectacle muet sur son visage. D'abord l'étonnement, puis la peur, suivie par la lente prise de conscience que je parlais du passé lointain, pas du passé récent. Je l'observais avec satisfaction tandis qu'il s'efforçait vainement de masquer son soulagement. Il savait. Il savait ce qui était arrivé à Lucy Merrick.

— Ouais, marmonna-t-il. C'est pour ça que j'essaie de tenir les gens à distance. On ne sait jamais quelle sorte d'individus ça peut attirer.

— Bien sûr, approuvai-je. Et de quelle sorte d'individus il s'agirait, d'après vous ?

Caswell ne savait pas comment répondre. Il s'était lui-même acculé dans un coin et il ne pouvait qu'en sortir en force.

— Des individus, c'est tout.

— Pourquoi avez-vous acheté cet endroit, monsieur Caswell ? C'est une chose étrange, après tout ce qui s'y est passé.

— Aucune loi n'empêche d'acheter une propriété. J'ai vécu ici toute ma vie. Le terrain était bon marché, compte tenu de son histoire.

— Une histoire qui ne vous a pas perturbé ?

— Non, pas du tout. Maintenant...

Je ne le laissai pas poursuivre.

— Je me posais la question parce que, manifestement, quelque chose vous perturbe. Vous n'avez pas l'air bien. Vous semblez stressé, à dire vrai. Et même carrément effrayé.

J'avais mis dans le mille et cela se manifesta par la réaction de Caswell. Les petites fissures devinrent plus larges, plus profondes, et le canon du fusil s'abaissa légèrement. Je sentis Louis évaluer ses options, le corps raidi, prêt à sauter sur Caswell.

– Non, murmurai-je.

Il se détendit, sans discuter.

Ayant probablement pris conscience de l'impression qu'il donnait, Caswell se redressa, porta la crosse du Browning à son épaule et mit en joue, l'arête striée courant le long du canon semblable à l'échine d'un animal. J'entendis Louis émettre un sifflement bas mais je ne me tracassais plus pour Caswell. C'était une baudruche.

– Je n'ai pas peur de vous, nous lança-t-il.

– De qui avez-vous peur, alors ?

Il secoua la tête, libérant quelques gouttes qui adhéraient aux pointes de ses cheveux.

– Retournez à votre voiture, vous et vos « collègues ». Gardez les mains sur la tête en partant et ne remettez jamais les pieds ici. Premier et dernier avertissement.

Il attendit que nous nous soyons mis en mouvement pour commencer à battre en retraite vers les arbres.

– Vous avez entendu parler de Lucy Merrick, monsieur Caswell ? lui criai-je.

Je m'arrêtai de marcher et regardai par-dessus mon épaule, les mains toujours sur la tête.

– Non, répondit-il.

Il resta un moment silencieux, comme s'il tentait de se convaincre que ce nom n'avait pas été prononcé.

– Connais pas.

– Et Daniel Clay ?

Il secoua de nouveau la tête.

– Fichez le camp. J'ai rien à vous dire.

– Nous reviendrons, monsieur Caswell. Vous le savez, je crois.

Il ne répondit pas et s'enfonça plus profondément dans la forêt, sans plus se soucier de savoir si nous avancions ou pas, cherchant simplement à mettre le plus de distance possible entre lui et nous. Je me demandai qui il appellerait, une fois en sécurité chez lui. Cela n'avait plus d'importance. Nous touchions au but. Pour une raison ou pour une autre, Caswell était en train de craquer et j'avais la ferme intention d'accélérer le processus.

Dans l'après-midi, je bavardai avec le jeune barman de l'hôtel qui avait assisté à l'algarade entre Angel et les types de Jersey. Il s'appelait Skip, ce dont je ne lui tins pas rigueur, il avait vingt-quatre ans et préparait une maîtrise en urbanisme et aménagement. Son père était l'un des propriétaires de l'hôtel, où il travaillait l'été et chaque fois qu'il le pouvait pendant la saison de la chasse. Il projetait de trouver un emploi dans le comté de Somerset une fois sa maîtrise en poche. A la différence d'autres diplômés, il n'avait pas l'intention de partir. Il espérait plutôt trouver un moyen de faire du comté un endroit meilleur à vivre, même s'il était assez intelligent pour se rendre compte que les chances n'étaient actuellement pas du côté de la région.

Skip m'apprit que la famille de Caswell vivait dans le coin depuis trois ou quatre générations et qu'elle avait toujours été dans la misère. Caswell avait travaillé comme guide quelque temps pendant l'été et, le reste de l'année, il trouvait des petits boulots d'homme à tout faire. Avec les années, il avait abandonné le métier de guide mais il était encore demandé quand on voulait faire refaire une maison. Lorsqu'il avait acheté Galaad, il avait payé sans emprunter d'argent à une banque. Le terrain n'était pas précisément bon marché, contrairement à ce qu'il avait prétendu, même si son histoire n'en faisait pas la plus attirante des affaires immobilières. Personne ne s'attendait qu'il dispose d'une telle somme, mais il n'avait même pas essayé de discuter le prix avec l'agent immobilier qui représentait les descendants de feu Bennett Lumley. Depuis, Caswell avait apposé ses pancartes et avait vécu là-bas en solitaire. Personne ne venait l'importuner. Personne n'avait de raison de le faire.

Il y avait deux possibilités, dont aucune ne donnait de lui une bonne image. Première hypothèse, quelqu'un voulant garder secret son intérêt pour le terrain lui avait procuré l'argent nécessaire et Caswell avait ensuite fermé les yeux sur l'usage qu'on faisait de la maison restaurée. Seconde hypothèse, il participait activement à ce qui s'y passait. Dans un cas comme dans l'autre, il en savait assez pour que ça vaille le coup de l'interroger. Je trouvai son numéro dans l'annuaire et lui téléphonai de ma chambre. Il décrocha à la deuxième sonnerie.

– Vous attendiez un coup de fil, monsieur Caswell ?

– Qui est-ce ?

– Nous nous sommes rencontrés, je m'appelle Parker.

Il raccrocha, je rappelai. Cette fois, il y eut trois ou quatre sonneries avant qu'il réponde.

– Qu'est-ce que vous voulez ? Je vous le répète, j'ai rien à vous dire !

– Je crois que vous savez ce que je veux, monsieur Caswell. Je veux que vous me disiez ce qui s'est passé dans la maison vide aux fenêtres en Plexiglas. Je veux que vous me parliez d'Andy Kellog et de Lucy Merrick. Si vous le faites, je pourrai peut-être vous sauver.

– Me sauver ? Me sauver de quoi ?

– De Frank Merrick.

Il y eut un silence à l'autre bout du fil.

– Arrêtez de m'appeler, je ne connais pas Frank Merrick ni tous les autres dont vous avez parlé...

– Il est en chemin, Otis, vous feriez mieux de me croire. Il veut savoir ce qui est arrivé à sa fille. Et il sera moins raisonnable que mes amis et moi. Je crois que vos copains vont vous laisser tomber et vous livrer à lui. Ou alors, ils estimeront que vous êtes le maillon faible et ils vous feront subir le même sort qu'à Daniel Clay.

– On n'a pas... commença-t-il.

Nouveau silence.

– Vous n'avez pas quoi ? Vous n'avez pas tué Daniel Clay ?

– Allez vous faire foutre ! beugla-t-il.

Il raccrocha. Quand je rappelai une troisième fois, personne ne décrocha. Le téléphone sonna un long moment et j'imaginai Otis Caswell dans sa maison de pauvre péquenaud blanc, les mains plaquées sur les oreilles pour ne plus entendre le bruit, jusqu'à ce qu'il finisse par débrancher l'appareil et que la sonnerie se transforme en signal « occupé ».

La nuit tombait. Notre rencontre avec Caswell marquait le commencement de la fin. Des hommes montaient vers le nord-ouest ; Merrick en faisait partie mais les grains de sable de sa vie s'écoulaient lentement, non par le goulot d'un vieux sablier mais entre ses doigts serrés. En posant des questions sur Daniel Clay, il avait abrégé son existence, espérant simplement rester en vie assez longtemps pour découvrir l'endroit où reposait sa fille.

Et tandis que l'obscurité descendait, Merrick se retrouva à l'Old Moose Lodge. Ce nom désuet, le Relais du Vieil Elan, évoquait des images de planchers à l'ancienne, des fauteuils confortables, un feu rugissant dans la cheminée de la réception, des chambres qui réussissaient à être propres et modernes sans renoncer à leurs cadres rustiques, des petits déjeuners de bacon et de crêpes au sirop d'érable, servis par des jeunes femmes souriantes à des tables donnant sur des lacs tranquilles et des kilomètres de forêts de conifères.

En réalité, personne n'avait jamais dormi à l'Old Moose Lodge, du moins pas dans un lit. Autrefois, des clients y avaient peut-être cuvé leur gnôle mais ils l'avaient fait sur le plancher, tellement abrutis par l'alcool que le confort comptait moins qu'un endroit où s'étendre et laisser l'inconscience qu'ils avaient recherchée les submerger. Aujourd'hui, même cette petite concession avait été supprimée, de crainte que la licence de l'établissement, dont le renouvellement donnait lieu chaque année à des supputations dans la presse locale et chez la plupart des habitués, ne lui soit finalement retirée si l'on apprenait qu'il servait de dortoir à ivrognes. L'impression donnée par son nom n'était cependant pas tout à fait inexacte.

L'Old Moose Lodge avait effectivement de vieux planchers.

Merrick était assis à une table pour deux au fond de la salle, le dos tourné à la porte, mais le miroir accroché au mur devant lui lui permettait de voir tous ceux qui entraient sans être immédiatement repéré. Bien qu'il fît chaud dans le bar et qu'il suât à grosses gouttes, il n'avait pas enlevé son manteau en suède beige. Cela lui permettait de garder à portée de main le Smith glissé dans une poche et aussi de dissimuler sa blessure au côté, qui s'était rouverte, le sang menaçant d'imprégner sa chemise à travers le pansement.

Il avait liquidé les Russes juste après Bingham, là où Stream Road se détache de la 201 et longe la rivière Austin en direction de la commune de Mayfield. Merrick savait qu'ils s'en prendraient à lui. L'exécution de Demarcian aurait suffi à elle seule à les faire venir, mais ils avaient aussi une vieille dent contre lui à cause de deux boulots du début des années 1990, l'un à Little Odessa, l'autre à Boston. Il était étonné qu'ils n'aient pas tenté de régler les comptes en prison, mais le Supermax l'avait protégé en l'isolant et sa réputation avait fait le reste. Après la mort de Demarcian, des rumeurs avaient couru. On avait donné des coups de fil, demandé des services, effacé des dettes. Merrick n'aurait peut-être pas dû descendre Demarcian, mais le petit homme au bras atrophié lui répugnait et il avait été un maillon dans la chaîne d'événements ayant conduit à la perte de sa fille. L'avocat, Eldritch, avait au moins raison sur ce point. Si le prix à payer pour Demarcian était d'autres cadavres, Merrick se ferait un plaisir de le payer. On ne l'arrêterait pas avant qu'il parvienne à Galaad où, il en avait la conviction, il trouverait les réponses qu'il cherchait.

Il se demandait comment les Russes l'avaient repéré aussi facilement. Il avait changé de voiture et pourtant, ils étaient là, ces deux types dans leur 4 × 4 noir. Merrick se dit qu'il n'aurait peut-être pas dû laisser l'ancien mari de Rebecca Clay en vie, mais il n'était pas homme à tuer sans raison, et autant qu'il pouvait en juger, Legere ne savait rien. Même son ex n'avait pas eu assez confiance en lui pour lui faire des confidences sur son père.

Merrick avait aussi la certitude que, depuis le début de ses investigations, il était suivi et observé. Il songea au vieil avocat dans son cabinet envahi de paperasse, au mystérieux bienfaiteur anonyme qui avait chargé Eldritch de l'aider, qui lui avait fourni de l'argent, un endroit où se cacher et des informations. L'avocat n'avait jamais donné d'explication satisfaisante pour cette aide, et la méfiance de Merrick envers lui avait rapidement grandi, l'incitant à se distancier le plus tôt possible du vieil homme, sa brève période d'incarcération mise à part. Mais même ensuite, quand il prenait soin de dissimuler ses traces, il lui arrivait de se sentir épié, parfois lorsqu'il se trouvait parmi la foule, tentant de se perdre dans un centre commercial ou dans un bar, parfois quand il était seul. Il croyait avoir un jour entrevu un homme, une silhouette dépenaillée dans un vieux manteau noir, l'examinant pensivement à travers la fumée de sa cigarette, mais quand Merrick avait essayé de le suivre, l'homme avait disparu et il ne l'avait jamais revu.

Et puis il y avait les cauchemars. Ils avaient commencé à la planque, peu après qu'Eldritch lui eut procuré la voiture et l'argent : des visions de pâles créatures décharnées aux orbites noires, à la bouche sans lèvres et ridée, toutes vêtues d'imperméables beiges crasseux, de vieux mackintoshs sans boutons avec des taches d'un brun rougeâtre au col et aux manches. Merrick se réveillait dans le noir et, en ces instants entre sommeil et veille, il croyait les voir s'éloigner, comme si elles s'étaient penchées sur lui pendant qu'il dormait, aucun souffle ne sortant de leur bouche, rien que l'odeur rance de quelque chose de vieux et de malfaisant tapi en elles. Depuis qu'il avait abandonné la planque, les rêves étaient moins fréquents, mais il y avait encore des nuits où il remontait des profondeurs du sommeil pour sentir quelque chose courir sur sa peau et une faible puanteur qui n'était pas dans la pièce lorsqu'il avait fermé les yeux.

Eldritch avait-il estimé que Merrick représentait un risque ? L'avait-il livré aux Russes, avec l'aide de l'autre, l'homme au manteau noir élimé ? Cet homme et le client de l'avocat ne faisaient-ils qu'un ? Merrick l'ignorait et cela n'avait plus d'importance. La fin approchait, bientôt il connaîtrait la paix.

Les Russes avaient été négligents. Il les avait vus venir, il les avait repérés dans son rétroviseur, laissant trois ou quatre voitures entre lui et eux, doublant parfois pour ne pas le perdre de vue. Il s'était arrêté pour voir s'ils le dépasseraient et ils l'avaient fait, regardant droit devant eux, ne lui jetant pas même un coup d'œil tandis qu'il feignait de suivre son chemin du doigt sur la carte routière étalée sur le volant. Il y avait trop de camions qui les doublaient pour qu'ils puissent le descendre là où il s'était garé. Merrick était reparti quelques minutes plus tard et les avait retrouvés, roulant lentement sur la voie de droite dans l'espoir qu'il passerait de nouveau devant, et il leur avait donné satisfaction. Après quelques kilomètres, il avait tourné dans Stream Road et pris ensuite une route en terre battue convenant à ses plans. Il l'avait suivie sur près de deux kilomètres, passant devant des caravanes, des voitures avachies sur des jantes sans pneus, jusqu'à ce que ces humbles signes de présence humaine disparaissent et que la route devienne plus accidentée encore, le faisant rebondir sur son siège et lui torturant le dos. Lorsqu'il n'y eut plus que la forêt devant et derrière, à l'est et à l'ouest, il avait coupé le moteur.

Il les avait entendus approcher, était sorti de sa voiture en laissant la portière ouverte, s'était enfoncé dans les bois. Les Russes s'arrêtèrent en voyant la voiture abandonnée. Il devinait presque leur conversation. Ils savaient qu'ils l'avaient suivi dans un piège. La seule question, c'était de savoir comment en sortir tout en liquidant Merrick. Accroupi dans les fourrés, il avait vu le Russe assis sur le siège passager, le gars aux cheveux roux, regarder par-dessus son épaule. Leurs choix étaient limités. Ils pouvaient faire demi-tour et repartir en espérant le choper de nouveau sur la route, qu'il tente de s'échapper à pied ou en voiture ; ou ils pouvaient descendre du 4 × 4, un de chaque côté, et essayer de le débusquer. Ils seraient vulnérables lorsqu'ils ouvriraient les portières mais ils tiendraient sans doute le raisonnement suivant : si Merrick tirait le premier, il abattrait au maximum l'un d'eux, mais révélerait sa position.

Finalement, il n'attendit pas qu'ils ouvrent les portières. Dès que le rouquin détourna les yeux, Merrick jaillit des broussailles et fit feu sur la lunette arrière, une fois, deux fois, trois fois, et tandis qu'elle se désintégrait il vit une gerbe de sang gicler sur le pare-brise et le chauffeur s'effondrer sur le côté. Le rouquin ouvrit la portière côté passager et se jeta à terre en tirant sur Merrick qui avançait sur lui. Merrick sentit un coup au côté, une sensation d'engourdissement suivie d'une douleur aiguë, chauffée à blanc, mais il continua à faire feu jusqu'à ce que le corps du deuxième Russe s'arrête de tressauter sur le sol.

Il avança lentement vers la forme effondrée, sentit du sang couler de son flanc, imprégnant sa chemise et son pantalon. Du pied, il écarta l'arme du Russe qui gisait sur le côté contre la roue arrière droite. Il avait une blessure sous le cou et une autre presque au milieu de la poitrine. Ses yeux étaient à demi clos mais il respirait encore. Haletant de douleur, Merrick se pencha, ramassa le Colt du rouquin puis fouilla les poches de son blouson, y trouva un portefeuille et un chargeur de rechange. Le permis de conduire était au nom d'Evgueni Utarov. Cela ne lui disait rien.

Merrick empocha les trois cent vingt-six dollars que contenait le portefeuille avant de le laisser tomber sur la poitrine du mourant. Il cracha par terre, constata avec soulagement qu'il n'y avait pas de sang dans sa salive. Il était quand même furieux contre lui-même : cela faisait des années qu'il n'avait pas été blessé. C'était révélateur de la lente marche du temps, de son âge et de son caractère mortel. Il vacillait légèrement sur ses jambes. Le nommé Evgueni ouvrit un peu plus les yeux et tenta de dire quelque chose. Merrick se pencha vers lui.

– Donne-moi un nom. Sinon, je te laisse mourir ici. Ce sera long et la douleur que tu ressens empirera. Donne-moi un nom et ce sera plus facile pour toi.

Utarov murmura.

– Parle plus fort, dit Merrick. Je me pencherai pas encore un coup.

Le Russe essaya de nouveau et, cette fois, le mot sortit de sa gorge avec un bruit de lame aiguisée sur une pierre :

– Dubus.

Merrick lui tira deux balles dans la poitrine puis partit en titubant, laissant derrière lui sur la route une traînée de sang semblable à des mûres écrasées. Il s'appuya à sa voiture, se mit torse nu pour examiner sa blessure. La balle était profondément enfoncée dans la chair. Autrefois, il connaissait des hommes à qui il aurait pu demander de l'aide, mais ils avaient tous disparu. Il noua sa chemise autour de sa taille pour ralentir l'hémorragie puis remit sa veste et son manteau sur sa poitrine nue et remonta dans sa voiture. Il cacha le Smith – dans lequel il ne restait que trois balles – sous le siège du conducteur, glissa le Colt dans la poche du manteau. Manœuvrer la voiture pour reprendre la direction de la grand-route lui causa une vive douleur et pendant le trajet sur la terre battue il serra les dents pour ne pas crier. Il roula cinq kilomètres avant de trouver un cabinet de vétérinaire et il força le vieil homme dont le nom était inscrit sur l'enseigne, dehors, à retirer la balle sous la menace de son arme. La douleur ne lui fit pas perdre conscience mais ce fut tout juste.

Merrick savait qui était Dubus. D'une certaine façon, toute cette histoire avait commencé avec lui, la première fois qu'il avait abusé d'un enfant. Il avait apporté son penchant à Galaad, où il avait fait des émules. Merrick pressa le canon du Colt sur la tempe du vétérinaire en lui demandant s'il savait où habitait Mason Dubus et le vieil homme le lui dit car Dubus était connu dans la région. Puis Merrick enferma le vétérinaire au sous-sol, avec deux grandes bouteilles d'eau, du pain et du fromage pour qu'il puisse survivre, et lui promit de prévenir les flics dans les vingt-quatre heures. En attendant, il devrait se distraire comme il pourrait. Merrick trouva un flacon de Tylenol dans une armoire à pharmacie, emporta aussi des pansements, un pantalon propre trouvé dans le placard du véto. Il reprit la route mais il eut du mal à conduire. Le Tylenol calmait cependant un peu la douleur et, à Caratunk, Merrick quitta de nouveau la 201 comme le vétérinaire le lui avait indiqué et il parvint enfin à la maison de Dubus.

Dubus le vit arriver. D'une certaine façon, il l'attendait. Il parlait encore au téléphone quand Merrick tira une balle dans la serrure de la porte d'entrée et entra, tachant de sang le plancher immaculé. Dubus appuya sur la touche rouge pour mettre fin à la communication, lança le téléphone sur un fauteuil, près de lui.

– Je sais qui vous êtes, dit-il.

– Tant mieux, répondit Merrick.

– Votre petite fille est morte.

– Je le sais.

– Bientôt vous serez mort aussi.

– Peut-être, mais tu mourras avant.

Dubus tendit un doigt tremblant vers Merrick.

– Vous vous imaginez que je vais vous supplier de me laisser en vie ? Vous vous imaginez que je vais vous aider ?

Merrick leva le Colt, tira deux fois sur Dubus. Puis, tandis que le vieillard se tordait sur le sol, il prit le téléphone portable et appuya sur la touche « bis ». Quelqu'un décrocha après deux sonneries. Aucun mot ne fut prononcé mais Merrick entendit une respiration avant que la communication soit coupée. Il posa le téléphone par terre et quitta la maison, les ultimes râles de Mason Dubus l'accompagnant jusqu'à la porte.

Dubus entendit les pas de Merrick s'éloigner, puis le bruit d'une voiture qui démarrait. Un poids douloureux l'oppressait, comme si on avait posé une planche à clous sur sa poitrine. Un goût de sang dans la bouche, il fixait le plafond. Il savait que quelques instants seulement le séparaient de la mort et il se mit à prier Dieu de lui pardonner ses péchés. Ses lèvres remuaient silencieusement tandis qu'il s'efforçait de se rappeler les mots exacts, mais il était distrait par des souvenirs et par sa colère de mourir ainsi, victime d'un tueur capable de tirer sur un vieil homme désarmé.

Il sentit un courant d'air froid, entendit un bruit derrière lui. Quelqu'un approchait et Dubus crut que Merrick était revenu l'achever mais lorsqu'il tourna la tête, il vit non pas son meurtrier mais le bas d'un manteau beige sale et de vieilles chaussures marron maculées de boue. Il flottait dans l'air une odeur infecte et, bien qu'il fût mourant, il eut un haut-le-cœur. Puis il entendit d'autres pas sur sa gauche, il sentit d'autres présences derrière lui, des formes invisibles qui l'observaient. Dubus inclina la tête, aperçut des traits pâles, des trous noirs béant dans une peau flétrie. Il ouvrit la bouche pour parler mais il ne lui restait plus de mots à dire ni de respirations dans le corps.

Il mourut, les Hommes creux dans les yeux.

Merrick roula longtemps mais sa vision commença à se troubler. La douleur, le sang perdu l'avaient affaibli. Il parvint à l'Old Moose Lodge où, trompé comme tant d'autres avant lui par la fausse promesse d'un lit, il fit halte.

Assis maintenant à une table pour deux, buvant du Four Roses sur le Tylenol, il somnolait dans l'espoir de recouvrer quelques forces afin de pouvoir continuer jusqu'à Galaad. Personne ne le dérangea. L'Old Moose Lodge encourageait vivement ses clients à faire de temps à autre un bref somme à condition qu'ils se remettent ensuite à boire. Un juke-box beuglait de la honky tonk et les yeux de verre d'animaux morts accrochés aux murs fixaient les clients tandis que Merrick laissait ses pensées dériver, sans savoir s'il dormait ou s'il était éveillé. A un moment, une serveuse lui demanda si ça allait et il hocha la tête, indiqua son verre de bourbon pour en commander un autre alors qu'il avait à peine touché au premier. Il craignait qu'on ne lui demande de libérer la table et il n'était pas encore en état de le faire.

Veille. Sommeil. Musique, silence. Voix. Murmures.

Papa.

Il ouvrit les yeux. Une petite fille était assise en face de lui. Elle avait des cheveux bruns, la peau éclatée là où les gaz étaient sortis de son corps. Un insecte trottinait sur son front. Merrick voulut le chasser de la main mais ses bras refusaient de bouger.

– Bonsoir, ma chérie, dit-il. Comment tu vas ?

La petite fille avait les mains couvertes de terre et deux ongles cassés.

J'attendais.

– Tu attendais quoi, mon cœur ?

Toi.

– Je n'ai pas pu venir avant, répondit-il. J'étais… On m'avait enfermé mais je pensais toujours à toi. Je ne t'ai jamais oubliée.

Je sais. Tu étais trop loin. Tu es tout près maintenant. Maintenant, je peux venir à toi.

– Qu'est-ce qui t'est arrivé, chérie ? Pourquoi t'es partie ?

Je me suis endormie. Je me suis endormie et je n'ai pas pu me réveiller.

Il n'y avait aucune émotion dans la voix de la fillette et ses yeux ne cillaient jamais. Merrick remarqua que le côté gauche de son visage était rouge cerise et violet, marqué par les couleurs de la lividité.

– Ce ne sera plus long, maintenant, ma biche, promit-il.

Trouvant la force de bouger le bras, il tendit une main vers elle, sentit quelque chose de froid et de dur sous ses doigts. Le verre de whiskey se renversa sur la table, détournant un instant son attention, et lorsqu'il releva les yeux, la petite fille avait disparu. Le whiskey coula entre ses doigts et tomba par terre. La serveuse apparut et lui dit :

– Je crois que vous devriez rentrer chez vous.

Il hocha la tête.

– Je crois que vous avez raison. Il est temps de rentrer.

Il se leva, sentit le sang clapoter dans sa chaussure. La salle se mit à tourner autour de lui et il dut s'agripper à la table. Une fois le vertige passé, Merrick sentit à nouveau la douleur à son côté, baissa les yeux. Son pantalon était trempé de sang. La serveuse le remarqua, elle aussi.

– Hé, qu'est-ce que... commença-t-elle.

Puis elle regarda Merrick dans les yeux et jugea plus prudent de ravaler sa question. Il tira de sa poche quelques billets, dont un de vingt et un de dix, jeta le tout sur le plateau de la serveuse en disant :

– Merci, trésor.

Il y avait maintenant de la tendresse dans ses yeux et la serveuse se demanda si c'était bien à elle qu'il s'adressait ou à une autre qui avait pris sa place dans son esprit.

– Je suis prêt, maintenant.

Il traversa la salle, se faufilant entre les couples qui dansaient et les ivrognes braillards, les amoureux et les copains, passant de la lumière à l'obscurité, de la vie d'ici à la vie de l'au-delà. Quand il sortit, l'air frais de la nuit lui fit de nouveau tourner la tête puis lui clarifia les idées. Il prit dans sa poche un trousseau de clés et avança, chaque pas faisant couler un peu plus de sang de sa blessure, chaque pas le rapprochant de la fin.

Il s'arrêta à sa voiture, s'appuya au toit de la main gauche tandis que la droite glissait une clé dans la serrure. Il ouvrit la portière, se vit dans la vitre puis un autre reflet rejoignit le sien. Un oiseau, une monstrueuse colombe avec une tête blanche, un bec sombre et des yeux humains profondément enfoncés dans leurs orbites. Elle leva une aile mais cette aile était noire, terminée par des griffes tenant un objet long et métallique.

L'aile commença à battre avec un doux bruissement et Merrick sentit une nouvelle douleur vive lorsque le coup brisa sa clavicule. Il tenta de tirer le Colt de sa poche mais un autre oiseau apparut, un faucon, cette fois, qui tenait une batte de base-ball, une bonne vieille Louisville Slugger capable, entre de bonnes mains, d'expédier la balle hors du stade, sauf que c'était sa tête qu'elle visait. Ne pouvant se baisser pour esquiver le coup, Merrick leva son bras gauche. L'impact lui fracassa le coude. Les ailes battaient, les coups pleuvaient. Il tomba à genoux lorsque quelque chose dans sa tête se brisa avec un bruit de pain que l'on rompt, et ses yeux s'emplirent de rouge. Il ouvrit la bouche pour parler bien qu'il n'eût pas de mots en lui à prononcer et sa mâchoire fut presque arrachée quand le pied-de-biche, décrivant un arc de cercle, s'abattit sur lui comme un arbre. Il se retrouva étendu à plat ventre sur le gravier froid, son sang continuant à couler et les coups à pleuvoir, tandis que son corps faisait de petits bruits étranges, les os bougeant là où ils n'auraient pas dû bouger, son armature interne se démantibulant, ses organes fragiles explosant.

Pourtant, il continuait à vivre.

Les coups cessèrent, pas la souffrance. Un pied se glissa sous son ventre, le souleva et il retomba sur le dos, appuyé à la portière ouverte, un bras pendant le long de son corps, l'autre dans la voiture. Il voyait le monde à travers un prisme rouge, dominé par des oiseaux pareils à des hommes et des hommes pareils à des oiseaux.

– Il est mort, dit une voix qui lui parut familière.

– Non, pas encore, répondit une autre. Pas encore.

Merrick sentit un souffle sur son oreille.

– T'aurais pas dû venir ici, reprit la seconde voix. T'aurais mieux fait d'oublier ta fille. Elle est crevée depuis longtemps, mais elle était drôlement bonne tant que ça a duré.

Il sentit un mouvement sur sa gauche. Le pied-de-biche le frappa juste au-dessus de l'oreille et une lumière vive traversa le prisme, transformant le monde en un arc-en-ciel teinté de rouge, en échardes de couleur déchirant sa conscience déclinante.

Papa.

J'arrive, chérie, j'arrive.

Pourtant, pourtant, il vivait encore.

Les doigts de sa main droite griffèrent le plancher de la voiture, trouvèrent le canon du Smith 10. Il tira dessus pour le détacher du ruban adhésif, le fit tourner jusqu'à ce qu'il puisse en saisir la crosse, l'approcha de lui et ordonna à l'obscurité de se lever, fût-ce pour un instant.

Papa.

Une minute, chérie. Papa a quelque chose à faire...

Lentement, il approcha l'arme de son corps. Il essaya de la lever mais son poids était trop lourd pour son bras blessé. Il se laissa tomber sur le côté et la douleur fut presque insoutenable quand l'impact fit trembler l'os fracturé et la chair déchirée. Il ouvrit les yeux, ou peut-être les avait-il gardés tout le temps ouverts et les nouvelles ondes de douleur provoquées par le mouvement avaient-elles fait se lever le brouillard. Il avait une joue contre le gravier, le bras droit tendu devant lui, le pistolet à plat sur le sol. Deux silhouettes marchaient côte à côte à cinq mètres de lui environ, s'éloignant. Merrick bougea la main, ignorant le frottement de ses os fracturés l'un contre l'autre, jusqu'à ce que l'arme soit braquée sur les deux hommes.

Il trouva en lui la force d'appuyer sur la détente, ou ce fut peut-être la force de quelqu'un d'autre ajoutée à la sienne, car il crut sentir un doigt sur la jointure de son index, comme si quelqu'un le pressait doucement.

L'homme de droite parut faire un petit saut puis il trébucha et tomba quand sa cheville éclatée céda sous lui. Il cria quelque chose que Merrick ne comprit pas : son doigt pressait déjà la détente pour le deuxième coup, il n'avait pas le temps de s'occuper de ce que criaient les autres. La cible était à présent plus grande, car l'homme touché gisait sur le flanc et son compagnon tentait de le relever, mais la balle passa au-dessus de la forme allongée.

Merrick eut la force de presser la détente une dernière fois. Il fit feu au moment où l'obscurité descendait sur lui et la balle perça le front du blessé, ressortit en un nuage rouge. L'autre homme tenta de traîner le corps, mais un pied du mort se prit dans une rigole. Des gens apparurent à la porte de l'Old Moose Lodge parce que, même dans un endroit pareil, des coups de feu attirent l'attention. Des voix s'élevèrent, des silhouettes s'élancèrent. Le survivant s'enfuit, abandonnant son ami mort.

Merrick poussa un dernier soupir. Une femme était penchée au-dessus de lui, la serveuse du bar. Elle dit quelque chose mais Merrick ne l'entendit pas.

Papa ?

Je suis là, Lucy.

Merrick était mort.

33

Tandis que Frank Merrick mourait, le nom de sa fille sur les lèvres, Angel, Louis et moi élaborions un plan pour nous occuper de Caswell. Nous étions dans le bar, les restes de notre repas encore éparpillés devant nous.

Nous estimions tous les trois que Caswell semblait sur le point de craquer, mais nous n'aurions su dire si c'était dû à un sentiment de culpabilité naissant ou pour une autre raison. Ce fut Angel qui exposa le mieux le problème, comme souvent :

– S'il est torturé par la culpabilité, pourquoi maintenant ? Lucy Merrick a disparu depuis des années. A moins qu'ils ne l'aient gardée enfermée pendant tout ce temps, ce qui paraît peu probable, pourquoi il se met tout d'un coup à avoir une conscience ?

– A cause de Merrick, peut-être, suggérai-je.

– Ce qui voudrait dire que quelqu'un l'a prévenu que Merrick posait des questions…

– Pas nécessairement. On ne peut pas dire que Merrick fasse dans la discrétion. Les flics l'ont dans le collimateur, et les Russes aussi, à cause de Demarcian. Il était impliqué dans cette histoire, Merrick n'a pas piqué son nom au hasard dans l'annuaire.

– Tu crois que ces types vendaient des images du viol et que c'est ça le lien avec Demarcian ? demanda Angel.

– Le Dr Christian dit qu'il n'a pas entendu parler de photos ou de vidéos montrant des hommes à tête d'oiseau, mais cela ne signifie pas que les violences n'ont pas continué.

– Ils prendraient quand même de gros risques en vendant ces trucs, objecta Angel.

– Ils avaient peut-être besoin du fric, avança Louis.

– Caswell avait de quoi acheter comptant le terrain de Galaad, rappelai-je. L'argent ne leur posait apparemment pas de problème.

– Mais d'où il venait ? dit Angel. Il devait bien venir de quelque part, alors, ils vendaient peut-être ces saloperies.

– Ça rapporte quoi ? Assez pour acheter un terrain dont personne ne veut ? D'après le barman, on ne l'a pas donné pour rien mais il n'a pas non plus coûté cher. Caswell l'a peut-être eu pour des clopinettes.

Angel haussa les épaules.

– Ça dépend de ce qu'ils vendaient. Si c'était vraiment horrible. Pour les gosses, je veux dire.

Pendant un moment, aucun de nous n'ajouta quoi que ce soit. Je tentais d'esquisser des schémas dans ma tête, d'établir une succession d'événements qui ferait sens, mais je me perdais dans des méandres et des fausses pistes. J'étais de plus en plus persuadé que Clay était impliqué, mais comment concilier cette conviction avec l'opinion de Christian, qui voyait en lui un homme quasiment obsédé par la recherche de preuves d'abus sexuels, même au détriment de sa carrière, ou avec la description que faisait Rebecca Clay d'un père aimant totalement dévoué aux enfants qui lui étaient confiés ? Et puis il y avait les Russes. Louis avait posé des questions et découvert l'identité de l'homme roux qui était venu chez moi. Il s'appelait Utarov, c'était l'un des capitaines les plus sûrs de l'organisation en Nouvelle-Angleterre. Selon Louis, il y avait un contrat sur Merrick à cause d'une vieille affaire, des boulots qu'il aurait effectués autrefois contre les Russes, mais des rumeurs faisaient également état d'une certaine agitation en Nouvelle-Angleterre. Des prostituées, essentiellement originaires d'Asie, d'Afrique et d'Europe de l'Est, avaient été transférées de Providence et du Massachusetts et les hommes qui les contrôlaient les avaient contraintes à se montrer discrètes. Des services plus spécialisés avaient aussi été réduits, notamment la pornographie et la prostitution infantiles.

– Ils ont retiré des rues les Asiatiques et les autres pour laisser la place à la gent féminine purement américaine. Ils sont inquiets, et c'est lié à Demarcian.

Leurs pulsions resteraient les mêmes, n'était-ce pas ce que Christian m'avait dit ? Ces hommes n'avaient pas cessé de violer, mais ils avaient peut-être trouvé un autre exutoire à leur désir : de jeunes enfants procurés par Boston, peut-être, avec Demarcian comme l'un des intermédiaires ? Et ensuite ? Avaient-ils filmé les viols et revendu les vidéos à Demarcian et à d'autres, une opération finançant l'autre ? Quelle était la nature de leur « Projet » ?

Caswell y participait, il était faible et vulnérable. J'étais certain qu'immédiatement après notre rencontre il avait téléphoné, appelant à l'aide ceux à qui il avait autrefois rendu service. Cela avait accru la pression qu'ils subissaient et les contraindrait sans doute à réagir. Nous serions là à les attendre.

Angel et Louis montèrent dans leur voiture et allèrent chez Caswell, se garèrent hors de vue de la route et de la maison pour prendre le premier quart. Je les imaginais tandis que je montais à ma chambre pour dormir un peu avant mon tour de surveillance : la voiture plongée dans l'obscurité, la radio en sourdine, Angel somnolant, Louis silencieux et tendu, maintenant une partie de son attention sur la route tandis qu'une part cachée de lui-même errait dans les mondes inconnus de son esprit.

Dans mes rêves, je parcourais Galaad, j'entendais les enfants pleurer. Me tournant vers l'église, je découvris des garçons et des filles enveloppés de lierre dont les vrilles emprisonnaient leurs corps nus et les entraînaient dans le monde vert. Je vis du sang sur le sol et la dépouille d'un nouveau-né emmailloté, les langes tachés de points rouges.

Un homme maigre rampa hors d'un trou creusé dans le sol, le visage ravagé par la décomposition, les dents visibles à travers ses joues putréfiées.

« Ce vieux Galaad, dit Daniel Clay. Il vous pénètre l'âme… »

La sonnerie du téléphone me réveilla. C'était O'Rourke. Comme Jackman se trouvait dans une zone de non-réception pour les portables, il m'avait paru utile que quelqu'un sache où j'étais au cas où il se passerait quelque chose dans l'Est, et O'Rourke et Jackie Garner avaient le numéro de l'hôtel. Après tout, mon pistolet était encore là-bas et je serais en partie responsable de ce que Merrick ferait avec.

– Merrick est mort, m'annonça-t-il.

Je me redressai dans le lit. J'avais encore dans la bouche le souvenir de mon repas, mais il avait maintenant un goût de poussière et les images de mon rêve demeuraient en moi.

– Comment ?

– Tué sur le parking de l'Old Moose Lodge. Apparemment, il a eu une dernière journée bien remplie. Mason Dubus s'est fait buter hier par un 10 mm. On attend encore l'analyse balistique, mais les gens ne se font pas tirer dessus tous les jours, et généralement pas avec un 10. Il y a deux heures, un adjoint au shérif du comté de Somerset a découvert deux cadavres sur une route de campagne, à la sortie de Bingham. Des Russes, il semblerait. Ensuite, une femme a téléphoné pour dire qu'elle avait retrouvé son père, un vieux véto, enfermé dans sa cave, à quelques kilomètres de là. Un homme correspondant au signalement de Merrick l'a forcé à soigner une blessure par balle et lui a demandé comment se rendre chez Dubus avant de le boucler. D'après le vieux, la blessure était grave, il l'a recousue et bandée comme il a pu. Apparemment, Merrick a continué à remonter vers le nord-ouest, il a dézingué Dubus puis il a dû s'arrêter au relais. Il saignait abondamment. Selon un témoin, il est resté un moment assis dans un coin à boire du bourbon et à parler tout seul, et puis il est sorti. Les gars l'attendaient dehors.

– Combien ils étaient ?

– Deux, avec des masques d'oiseaux. Ça te dit quelque chose ? Ils l'ont battu à mort, ou presque. Ils devaient penser qu'ils avaient fini le boulot quand ils l'ont laissé sur le carreau...

– Et ?

– Eh bien, il était encore assez vivant pour prendre ton flingue sous le siège de sa voiture et descendre un des gars. Je te rapporte ce qu'on m'a dit, mais les flics se demandent encore comment il a pu tirer. Ses agresseurs lui avaient quasiment cassé tous les os du corps. Fallait vraiment qu'il ait envie de tuer ce mec. Il l'a d'abord blessé à la cheville puis il lui en a collé une en pleine tronche. L'autre gars a essayé d'emmener le corps, mais des gens sont sortis du rade et il a dû l'abandonner.

– Il avait un nom, ce mort ?

– Sûrement, mais il avait pas de portefeuille sur lui. Ou alors, son copain l'a emporté pour couvrir ses traces. Si tu veux, je peux m'arranger pour que tu viennes voir le corps. Il est à Augusta, le légiste doit l'autopsier dans la matinée. Alors, ça te botte, Jackman ? J'aurais jamais cru que t'aimais chasser. Pas les animaux, en tout cas.

Après une pause, O'Rourke répéta pensivement :

– Jackman… L'Old Moose Lodge est sur le chemin quand on va là-bas, non ?

– Ouais.

– Et c'est pas loin de Galaad, et Mason Dubus était plus ou moins le patron quand la communauté existait encore…

– Plus ou moins, confirmai-je d'un ton neutre.

J'ignorais si O'Rourke était au courant de l'acte de vandalisme commis par Merrick chez Harmon et j'étais sûr qu'il ne connaissait pas les dessins d'Andy Kellog. Je ne tenais pas à voir débarquer une armée de flics, pas tout de suite en tout cas. Je voulais d'abord faire craquer Caswell. Je pensais maintenant que je devais bien ça à Frank Merrick.

– Si j'ai fait le rapprochement, tu peux être sûr que des tas d'autres flics le feront aussi, prédit O'Rourke. Je crois que tu auras bientôt de la compagnie, là-haut. Tu sais, j'apprécierais pas si tu me cachais quelque chose, mais bien sûr tu ferais jamais ça, hein ?

– Je démêle les fils au fur et à mesure, affirmai-je. Je ne voudrais pas te faire perdre ton temps avant d'être certain de ce que je sais.

– Ouais, bien sûr. Appelle-moi quand tu auras vu le macchabée.

– Promis.

– N'oublie pas, surtout. Sinon, je pourrais le prendre mal, prévint-il avant de raccrocher.

Le moment était venu. Je composai le numéro de Caswell, qui décrocha à la quatrième sonnerie. Il semblait mal réveillé. Etant donné l'heure, ça n'avait rien d'étonnant.

– Qui c'est ?

– Charlie Parker.

– Je vous l'ai dit, j'ai rien…

– Ferme-la, Otis. Merrick est mort.

Je ne précisai pas qu'il avait réussi à liquider un de ses meurtriers. Il valait mieux que Caswell l'ignore pour le moment. Si ceux qui avaient fait assassiner Merrick hier soir projetaient de monter ensuite à Jackman, ils auraient déjà dû y arriver et tomber sur Angel et Louis. Or, il ne s'était rien passé, ce qui signifiait que la mort de l'un d'entre eux les avait dissuadés de bouger pour le moment.

– Ils se rapprochent, Otis. Deux hommes ont tabassé Merrick sur la Route 201. Je dirais qu'ils ont fait ça en venant ici et que c'est toi le prochain arrêt. Ils essaieront peut-être de nous éliminer, mes copains et moi, mais je ne pense pas qu'ils aient ce courage. Ils ont pris Merrick par-derrière, avec un pied-de-biche et une batte de base-ball. Nous, on a des pistolets. Eux aussi, peut-être, mais on s'en sert mieux qu'eux, je peux te le garantir. Je te l'ai dit, Otis : tu es le maillon faible. Après s'être débarrassés de toi, ils auront une chaîne plus solide qu'avant. Je suis ta meilleure chance de rester en vie jusqu'au lever du jour.

Il y eut un silence à l'autre bout de la ligne, puis ce qui ressemblait à un sanglot.

– Je sais que tu ne voulais pas lui faire de mal, Otis, dis-je. Tu n'es pas le genre d'homme à faire du mal à une gamine.

Cette fois, je fus sûr qu'il pleurait. J'insistai :

– Les autres, ceux qui ont tué Merrick, ils sont différents. Tu n'es pas comme eux. Ne les laisse pas te rabaisser à leur niveau. Tu n'es pas un assassin, Otis. Tu ne tues ni des hommes ni des petites filles. Je ne te crois pas capable d'une chose pareille. Je ne peux pas le croire.

Caswell eut une inspiration hachée avant de bredouiller :

– Je… ferais pas de mal à un enfant. J'adore les enfants.

Quelque chose dans la façon dont il prononça ces mots me fit me sentir sale à l'intérieur et à l'extérieur de moi-même. J'eus envie de me tremper dans l'acide et d'avaler ce qui restait de la bonbonne pour me nettoyer les entrailles.

– Je sais, me forçai-je à répondre. Je parie que c'est toi qui t'occupes des tombes, à Moose River. C'est toi, hein ?

– Oui. Ils n'auraient pas dû faire ça à des bébés. Ils n'auraient pas dû les tuer.

Je m'efforçai de ne pas me demander pourquoi ils auraient dû les épargner, pourquoi il aurait mieux valu les laisser devenir de jeunes enfants. Cela ne m'aurait pas aidé.

– Otis, qu'est-ce qui est arrivé à Lucy Merrick ? Elle était là-bas, non ? Dans cette maison ? Puis elle a disparu. Qu'est-ce qui s'est passé ? Où est-elle allée ?

Je l'entendis renifler, l'imaginai s'essuyant le nez à sa manche.

– C'était un accident, déclara-t-il. Ils l'ont amenée ici et...

Il s'interrompit. Il n'avait jamais mis de nom sur ce qu'il faisait aux enfants, pas pour quelqu'un qui n'était pas comme lui. Ce n'était pas le moment de l'obliger à le faire.

– Ne parlons pas de ça maintenant. Dis-moi seulement comment ça s'est terminé.

Il ne répondit pas et je craignis de l'avoir perdu.

– J'ai fait une bêtise, marmonna soudain Caswell, du ton d'un enfant qui s'est souillé. J'ai fait une bêtise et maintenant, ils sont là.

– Quoi ? m'exclamai-je. Ils sont arrivés ?

Je ne comprenais pas. Je me dis que j'aurais peut-être dû rejoindre Angel et Louis puis je me rappelai les mains moites de Caswell sur son fusil. Il était peut-être sur le point de craquer, mais il y avait toujours le risque qu'il cherche à entraîner quelqu'un avec lui lorsqu'il finirait par s'effondrer. Selon Angel, la maison avait des barreaux aux fenêtres et une solide porte en chêne. Y pénétrer sans se faire tirer dessus aurait été difficile, voire impossible.

– Ils sont là depuis longtemps, poursuivit Caswell, les mots glissant en murmures hors de sa bouche. Au moins depuis la semaine dernière, peut-être plus. Je ne me rappelle plus. J'ai l'impression qu'ils ont toujours été là, je n'arrive plus à dormir à cause d'eux. Je les vois la nuit, surtout, du coin de l'œil. Ils ne font rien. Ils restent plantés là, comme s'ils attendaient quelque chose.

– Qui est-ce ? demandai-je.

Mais je connaissais la réponse. Les Hommes creux.

– Des visages dans l'obscurité. De vieux manteaux sales. J'ai essayé de leur parler, je leur ai demandé ce qu'ils voulaient mais ils ne répondent jamais et quand je veux mieux les regarder, c'est comme s'ils n'étaient pas là. Il faut que je les fasse partir mais je ne sais pas comment.

– Je vais venir te chercher avec mes amis, Otis. Nous allons te mettre en sécurité. Essaie de tenir le coup.

– Vous savez, dit-il à voix basse, je ne crois pas qu'ils me laisseront partir.

– Ils sont là à cause de Lucy ? C'est ça ?

– A cause d'elle. Et des autres.

– Mais les autres ne sont pas morts. Je me trompe ?

– On faisait toujours attention. Il fallait bien : c'étaient des enfants.

Je sentis quelque chose d'amer monter dans ma gorge et me forçai à le ravaler.

– Ils avaient déjà été avec Lucy, avant ?

– Pas ici. Ailleurs, deux ou trois fois. Je n'y étais pas. Ils lui avaient donné du shit, de la gnôle. Ils l'aimaient bien. Elle n'était pas comme les autres. Ils lui avaient fait jurer de ne rien dire. Ils savaient s'y prendre.

Je songeai à Andy Kellog, à la façon dont il s'était sacrifié pour sauver une autre petite fille.

Ils savaient s'y prendre…

– Qu'est-ce qui est arrivé à Lucy, Otis ? Quelque chose a mal tourné ?

– C'était une erreur.

Sa voix était à présent presque calme, comme s'il parlait d'un petit accrochage avec sa voiture, ou d'un oubli dans sa déclaration d'impôts.

– Ils m'ont laissé avec elle après… après…

Il toussa, s'abstint à nouveau de nommer ce qu'avait subi Lucy Merrick, gamine de quatorze ans.

– Ils devaient revenir le lendemain, ou peut-être le jour d'après, je ne me souviens pas. J'ai plus ma tête. Je devais m'occuper d'elle. Elle avait une couverture et un matelas. Je lui ai donné à manger, des jouets, des livres. Mais d'un seul coup il a fait très froid. Je l'aurais bien amenée chez moi mais j'avais peur qu'elle voie quelque chose qui aurait aidé la police à m'identifier une fois qu'on l'aurait relâchée. Comme il y avait un petit générateur à essence dans la maison, je l'ai fait marcher pour elle et elle s'est couchée. J'avais prévu de vérifier régulièrement comment elle allait, mais je me suis endormi. Quand je me suis réveillé, elle était allongée par terre…

Caswell se remit à sangloter et il lui fallut près d'une minute avant de pouvoir reprendre :

– J'ai senti les vapeurs en arrivant à la porte. Je me suis mis un mouchoir sur le visage, je pouvais à peine respirer. Elle était par terre, toute rouge et violacée. Elle avait vomi sur elle. Je ne sais pas depuis combien de temps elle était morte. Le générateur marchait bien avant, je le jure. Elle y avait peut-être touché, je ne sais pas. Je n'avais pas voulu ça. Oh, mon Dieu, je n'avais pas voulu ça.

Je le laissai gémir un moment avant de l'interrompre :

– Où tu l'as mise ?

– Dans un endroit agréable, près de Dieu et des anges. Je l'ai enterrée derrière le clocher de l'ancienne église. C'est ce que j'ai trouvé de plus proche d'une terre consacrée. J'ai pas pu mettre de pierre tombale, ni rien, mais c'est là qu'elle repose. Je lui porte quelquefois des fleurs en été. Je lui parle. Je lui dis que je regrette ce qui s'est passé.

– Et Poole, le privé ?

– C'est pas moi ! répliqua-t-il, indigné. Il ne voulait pas partir, il posait des questions. J'ai dû téléphoner. Je l'ai enterré aussi derrière l'église, mais loin de Lucy. Elle avait son coin à elle.

– Qui a tué Poole ?

– Je confesse mes péchés, pas ceux d'un autre. C'est pas à moi de le faire.

– Daniel Clay ? Il était dans le coup ?

– Je ne l'ai jamais vu, répondit Caswell. Je ne sais pas ce qui lui est arrivé, j'ai juste entendu son nom. Rappelez-vous bien : je n'ai pas voulu ça, c'était pour qu'elle ait chaud. Je vous l'ai dit, j'adore les enfants.

– Et le Projet, c'était quoi ?

– C'étaient les enfants. Les autres les trouvaient et les amenaient ici. On appelait ça le Projet. C'était notre secret.

– Qui étaient les autres ?

– Je ne peux pas vous le dire. Je ne peux rien vous dire de plus.

– D'accord, Otis. Maintenant, on va venir chez toi, on va te conduire dans un endroit sûr.

Mais alors que les dernières minutes de sa vie s'écoulaient lentement, les barrières que Caswell avait érigées entre lui et la réalité de ce qu'il avait commis s'écroulèrent.

– Il n'y a pas d'endroit sûr, dit-il. Je veux juste que ça finisse.

Il prit une profonde inspiration, étouffa un autre sanglot et parut recouvrer un peu de courage :

– Il faut que j'y aille, maintenant. Il faut que je les laisse entrer.

Il raccrocha. Il me fallut cinq minutes pour gagner la route, dix pour arriver à l'endroit d'où partait le chemin menant à la maison de Caswell. J'allumai mes phares là où Angel et Louis auraient dû être, mais ils ne s'y trouvaient pas. Un peu plus loin, je vis que la grille était ouverte, la serrure crochetée. Je suivis le chemin jusqu'à la maison, devant laquelle un pick-up était garé. La Lexus de Louis était à côté. La porte d'entrée grande ouverte laissait passer de la lumière.

– C'est moi ! criai-je.

– Ça baigne, répondit Louis, quelque part sur ma droite.

Me guidant à sa voix, je pénétrai dans une pièce chichement meublée aux murs blanchis à la chaux. Des poutres couraient au plafond. Otis Caswell était pendu à l'une d'elles, au-dessus d'une chaise renversée. Des gouttes d'urine tombaient encore de ses pieds nus.

– Je suis sorti de la voiture pour aller pisser, dit Angel. J'ai vu…

Il chercha ses mots.

– J'ai vu la porte ouverte, j'ai *cru* voir des mecs entrer, mais quand on est arrivés, il n'y avait personne à part Caswell et il était déjà canné.

Je fis un pas en avant, remontai les manches de la chemise du mort. Pas de tatouage. Quoi qu'il ait pu faire par ailleurs, Otis Caswell n'était pas l'homme à l'aigle sur le bras. Angel et Louis me regardèrent mais ne firent aucun commentaire.

– Il savait, dis-je. Il savait qui ils étaient mais il refusait de parler.

Maintenant qu'il s'était pendu, cette information était morte avec lui. Je me rappelai alors l'homme abattu par Frank Merrick. Il était encore temps. D'abord, cependant, nous fouillâmes la maison, regardant dans les tiroirs et les placards, sous les planchers et derrière les plinthes. Ce fut Angel, finalement, qui trouva la planque. Un trou dans le mur, derrière une bibliothèque à moitié vide. Il contenait des sacs de photos, la plupart tirées sur ordinateur, et des dizaines de cassettes vidéo et de DVD. Angel jeta un coup d'œil à quelques photos, les reposa et s'éloigna. J'en regardai deux ou trois, moi aussi, mais je n'eus pas la force d'aller plus loin. Ce n'était pas utile, d'ailleurs. Je savais qu'elles seraient toutes à peu près semblables, que seuls les visages des enfants changeraient.

Louis indiqua un support métallique fixé dans un coin et soutenant un téléviseur à écran plat qui semblait incongru dans la maison de Caswell.

– Tu veux voir les films ? me demanda-t-il.

– Non, je dois partir. Nettoyez tout ce que vous avez touché et filez, vous aussi.

– Tu préviens les flics ? voulut savoir Angel.

Je secouai la tête.

– Dans deux heures seulement.

– Il t'a dit quoi, Caswell ?

– Que la fille de Merrick est morte asphyxiée par un générateur à essence. Qu'il l'a enterrée derrière l'église, dans la forêt.

– Tu y crois ?

– Je ne sais pas.

Je fixai le visage de Caswell, violacé de sang. Je n'éprouvais aucune pitié pour lui et mon seul regret, c'était qu'il soit mort sans m'en avoir dit plus.

– Tu veux qu'on reste dans le secteur ? demanda Louis.

– Retournez à Portland mais évitez Scarborough. Il faut que j'aille voir un cadavre, ensuite, je vous appelle.

Nous sortîmes. Dehors, la forêt était silencieuse, l'air calme, mais il y flottait une odeur étrangère. J'entendis Louis renifler derrière moi.

– Quelqu'un a fumé dans le coin, dit-il.

Je passai devant le pick-up de Caswell, longeai un carré de légumes jusqu'à la lisière de la forêt. Après quelques pas, je trouvai ce que je cherchais : un mégot de cigarette roulée à la main, par terre. Je le ramassai, soufflai sur son extrémité qui rougeoya un instant puis mourut. Louis me rejoignit, Angel sur ses talons, tous deux une arme à la main. Je leur montrai le mégot.

– Il était là, soupirai-je. Nous l'avons conduit à Caswell.

– Il y a une marque au petit doigt de la main droite de Caswell, dit Angel. Il devait porter une chevalière. Elle n'y est plus.

Je scrutai l'obscurité de la forêt mais n'y sentis pas la présence d'un autre. Le Collectionneur était parti.

Comme promis, O'Rourke avait informé le service médico-légal que je pourrais peut-être identifier le cadavre. J'arrivai sur les lieux à sept heures et fus bientôt rejoint par O'Rourke et deux inspecteurs de la police de l'Etat, dont Hansen. Il garda le silence tandis qu'on me conduisait à la glacière pour voir le corps. Au total, il y en avait cinq, tous recouverts d'une feuille de plastique blanc, qui attendaient de passer sous le scalpel du médecin légiste : l'inconnu de l'Old Moose Lodge, Mason Dubus, les deux Russes et Merrick.

– Lequel est Merrick ? demandai-je à l'assistant du légiste.

L'homme, dont j'ignorais le nom, indiqua le cadavre le plus proche du mur.

– Vous êtes désolé pour lui ? me lança Hansen. Il a flingué quatre personnes en douze heures avec votre arme. Vous devriez vous sentir désolé mais pas pour lui.

Au lieu de lui répondre, je demandai à l'assistant de me montrer le corps de l'assassin de Merrick. Je crois que je parvins à peu près à garder une expression impassible quand l'assistant découvrit son visage, le trou rouge sur le côté gauche du front encore taché de terre et de matière grise congelée.

– Je ne sais pas qui c'est, déclarai-je.

– T'es sûr ? insista O'Rourke.

– Oui, je suis sûr, répondis-je en détournant les yeux du corps de Jerry Legere, l'ancien mari de Rebecca Clay. Ce n'est pas quelqu'un que je connais.

Ils reviendraient me hanter, bien sûr, tous les mensonges et demi-vérités. Ils me coûteraient plus que je ne l'aurais imaginé alors, même si je vivais depuis si longtemps en sursis que je n'aurais pas dû être surpris. J'aurais pu informer les flics de ce que je savais. J'aurais pu leur parler d'Andy Kellog, d'Otis Caswell et des corps enterrés derrière une église en ruine, mais je ne le fis pas. J'ignore pourquoi. Peut-être parce que j'étais près de la vérité et que je voulais la découvrir pour moi seul.

Mais même en cela, je devais être déçu car, finalement, c'était quoi, la vérité ? Comme l'a dit un jour l'avocat Elwin Stark, la vérité, c'est que tout le monde ment.

Ou peut-être me suis-je tu pour Frank Merrick. Je savais ce qu'il avait fait. Je savais qu'il avait tué et qu'il aurait tué encore si on l'avait laissé vivre. J'avais toujours des bleus douloureux là où il m'avait frappé et je lui gardais rancune de la façon dont il m'avait humilié dans ma propre maison. Mais dans son amour pour sa fille, dans son obstination à découvrir la vérité et à châtier les coupables, je voyais un reflet de moi-même.

Maintenant que l'endroit où reposait Lucy Merrick avait été retrouvé, il restait à s'occuper de ceux qui l'y avaient menée. Trois d'entre eux – Caswell, Legere et Dubus – étaient morts. Andy Kellog avait gardé le souvenir de quatre masques et je n'avais vu aucun tatouage sur les bras de Caswell ou de Legere. L'homme à l'aigle, celui qui, selon Andy, devait être le meneur, le chef, était encore en vie.

Je montais dans ma voiture quand une pièce du puzzle se mit en place. Je revis en pensée l'endroit où Lucy Merrick était morte, les marques laissées par un objet vissé au mur, je me rappelai ce que Caswell m'avait dit au téléphone. Sur le coup, je n'avais pas relevé ce détail, trop absorbé que j'étais par ma tentative de lui en faire dire plus. Cela me revenait, maintenant :

« J'avais prévu de vérifier régulièrement comment elle allait, mais je me suis endormi. Quand je me suis réveillé, elle était allongée par terre. »

J'avais trouvé le lien.

Trois des coupables étaient morts, mais j'avais maintenant un autre nom.

34

Raymon Lang vivait entre Bath et Brunswick, sur un petit terrain situé en retrait de la Route 1, près de la rive nord de la New Meadows River. J'y avais jeté un bref regard en arrivant, juste après neuf heures. Lang n'avait pas fait grand-chose de sa propriété à part y installer un mobile home beige qu'un éternuement un peu fort aurait suffi à emporter, semblait-il. Il était surélevé et, médiocre concession à l'esthétique, on l'avait entouré d'une clôture de piquets pour cacher la terre et les tuyaux courant dessous.

Je n'avais dormi que trois ou quatre heures mais je ne me sentais pas fatigué. Plus je pensais à ce que Caswell m'avait révélé avant de mourir, plus j'étais convaincu que Raymon Lang était mêlé à l'enlèvement de Lucy Merrick. Caswell m'avait dit qu'il avait vu Lucy allongée par terre, mourante ou déjà morte. Question : comment aurait-il pu la voir en se réveillant ? S'il avait dormi dans la maison avec elle, il aurait été asphyxié, lui aussi. Non, il avait dormi chez lui, ce qui signifiait qu'il pouvait surveiller la petite de sa maison. Il y avait une caméra, et les marques dans le coin de la pièce en indiquaient l'emplacement. Et qui installait des caméras ? Raymon Lang, aidé par son vieux copain Jerry Legere, qui n'était malheureusement plus parmi nous. A-Secure, la boîte pour laquelle Lang travaillait, avait aussi installé le système d'alarme chez Daniel Clay, ce qui ne semblait plus être maintenant une simple coïncidence. Je me demandai comment Rebecca réagirait en apprenant la mort de son ex. Je doutais qu'elle soit terrassée par le chagrin, mais allez savoir. J'avais vu des veuves pleurer jusqu'à l'hébétude devant le lit de mort d'un mari violent, et des enfants secoués de sanglots hystériques à l'enterrement de pères qui leur avaient découpé des lanières dans la peau des cuisses et des fesses à coups de ceinture. Je crois que, parfois, ils ne savaient même pas pourquoi ils pleuraient, mais « chagrin » était un mot aussi bon qu'un autre à donner en explication.

Je supposais que Lang était aussi l'autre meurtrier de Frank Merrick. Des témoins avaient vu une voiture grise ou argent quitter le parking, et de là où j'étais, je pouvais voir la Sierra argent de Lang luire parmi les arbres. Les flics ne l'avaient pas repérée sur la route de l'Old Moose Lodge en montant vers le nord, mais cela ne prouvait rien. Dans la panique qui avait suivi les coups de feu, il avait sans doute fallu un moment aux policiers pour obtenir des déclarations et Lang avait pu mettre ce temps à profit pour rejoindre la grand-route. Et même si quelqu'un avait immédiatement parlé de la voiture en téléphonant à la police, Lang aurait eu le temps d'arriver à Bingham, où il aurait eu le choix entre trois directions : prendre la 16 vers le nord, la prendre vers le sud, ou poursuivre sur la 201. Il avait probablement continué vers le sud, mais il y avait suffisamment de routes secondaires après Bingham pour lui permettre d'éviter les flics s'il avait un peu de chance et s'il gardait son sang-froid.

Garé près d'une station-service à une centaine de mètres de l'allée de Lang, je buvais du café en lisant le *Press-Herald.* Le Dunkin'Donuts attenant à la station n'offrait de places assises que pour une poignée de clients, ce qui signifiait qu'il n'était pas rare de voir des gens manger dans leur voiture. Je ne me ferais donc probablement pas remarquer en surveillant le mobile home. Au bout d'une heure, Lang en sortit et la tache argent se mit à bouger quand il prit la direction de Bath. Quelques secondes plus tard, Louis et Angel le prirent en filature avec la Lexus. J'avais mon portable sous la main au cas où Lang ne ferait qu'un petit tour mais cela semblait peu probable puisqu'il avait emporté sa boîte à outils. Je lui donnai quand même une demi-heure, dans l'éventualité où il déciderait de revenir chez lui pour une raison ou une autre, puis je laissai ma voiture où elle était et je coupai à travers les arbres pour aller au mobile home.

Apparemment, Lang n'avait pas de chien, ce qui était une bonne chose. Pas facile de se livrer à une petite effraction quand un chien essaie de vous égorger. La porte du mobile home n'avait rien d'impressionnant mais je n'avais pas l'habileté d'Angel pour crocheter une serrure. Franchement, c'est beaucoup plus dur qu'on ne croit et je n'avais pas envie de passer une demi-heure accroupi devant la porte de Lang. J'avais autrefois un crochet électrique qui aurait parfaitement fait l'affaire, mais il s'était perdu quand on avait mitraillé ma vieille Mustang, quelques années plus tôt, et je ne l'avais pas remplacé. De toute façon, le seul usage qu'un privé peut faire d'un crochet qu'il garde dans sa boîte à gants, c'est pénétrer illégalement chez quelqu'un, et si les flics venaient à fouiller ma voiture pour une raison ou une autre, ça la ficherait mal et je risquerais de perdre ma licence. Je n'avais pas besoin de l'aide d'Angel pour pénétrer dans le mobile home de Lang parce que je n'avais pas l'intention de lui laisser le moindre doute sur le fait qu'on avait fouillé chez lui. Au moins, ça le secouerait. A la différence de Caswell, Lang ne semblait pas du genre à chercher une corde quand les choses tournaient mal. A en juger par ce qui était arrivé à Merrick, il était plutôt du genre à réagir. L'idée qu'il pût n'être coupable de rien ne me vint jamais vraiment à l'esprit.

Pour pénétrer par effraction dans le mobile home de Lang, j'avais un pied-de-biche sous mon manteau. J'en glissai l'extrémité entre la porte et l'encadrement, poussai jusqu'à ce que la serrure cède. La première chose qui me frappa, une fois à l'intérieur, c'est qu'il y faisait une chaleur étouffante. La seconde, c'était que tout y était bien rangé, contrairement à ce qu'on attendrait du mobile home d'un célibataire. A gauche, une kitchenette et, derrière, une table, entourée par un canapé à trois côtés qui occupait toute la partie basse du mobile home. A droite, juste avant l'espace de couchage, un fauteuil relax et un téléviseur Sony grand écran haut de gamme, avec dessous un lecteur de DVD et un magnétoscope. A côté, sur une étagère, des cassettes et des DVD : des films d'action, quelques comédies, deux ou trois classiques avec Bogart et Cagney. En dessous, une sélection de films porno. Je parcourus quelques-uns des titres : apparemment, rien de spécial. Pas d'enfants, mais je me dis que les films montrant des gosses devaient être rangés dans un boîtier anodin, ou alors planqués à la place d'autres cassettes pour qu'on ne les repère pas en cas de fouille pas trop poussée.

J'allumai le téléviseur, pris une des cassettes porno au hasard, l'introduisis dans le magnétoscope, fis avancer la bande, mais le contenu correspondait au boîtier. J'aurais pu passer la journée à regarder tous les films dans l'espoir de trouver quelque chose, mais ça ne semblait pas prometteur. Et c'était déprimant.

A côté du téléviseur, sur un bureau informatique, il y avait un ordinateur flambant neuf. Je tentai d'accéder aux fichiers, mais ils étaient protégés par un mot de passe. J'éteignis le PC, examinai les livres rangés sur les étagères et les magazines empilés près d'une table basse. Là encore, rien, pas même de pornographie. Lang cachait peut-être autre chose ailleurs, mais je n'en trouvai pas trace. Il ne restait que le panier à linge de la salle de bains, qui semblait contenir les tee-shirts, caleçons et chaussettes sales de Lang. Je le vidai par terre, à tout hasard, mais ne récoltai qu'un tas de vêtements tachés et une odeur de sueur rance. A cette exception près, Lang était apparemment un gars propre.

J'étais déçu et pour la première fois je commençai à douter de l'opportunité de ma visite. J'aurais peut-être dû appeler les flics. S'il y avait des fichiers compromettants sur son ordinateur, ils auraient pu y accéder, eux. En outre, j'avais « contaminé » le mobile home, si bien que même s'ils trouvaient une preuve que Lang était mêlé au meurtre de Merrick – une batte de base-ball ou un pied-de-biche taché de sang –, n'importe quel avocat saurait faire valoir que j'avais pu dissimuler moi-même ces « preuves » pour incriminer Lang, à supposer que je déballe à la police tout ce que je savais. Pour le moment, Lang menait à une impasse. Il fallait attendre pour voir comment il réagirait à mon effraction.

Après un coup d'œil à la fenêtre pour m'assurer qu'il n'y avait personne dans les parages, j'ouvris la porte et je m'apprêtai à retourner à ma voiture. Ce fut seulement en posant le pied sur le gravier et en voyant la clôture que je me rendis compte que je n'avais pas fouillé *sous* le mobile home. Je passai derrière pour ne pas être vu de la route, m'agenouillai et regardai entre les piquets.

Il y avait un large conteneur métallique, de deux mètres cinquante de long et d'un mètre vingt de haut, sous le mobile home. Il semblait vissé au plancher. J'en balayai la surface avec ma torche électrique, ne décelai aucune ouverture, ce qui signifiait qu'on ne pouvait y accéder que de l'intérieur. Je retournai dans le mobile home, examinai le sol, recouvert d'un mur à l'autre d'une épaisse moquette marron faisant penser à des poils de chien mouillé. J'y promenai la main, sentis des plaques dures et des creux. J'enfonçai les doigts dans un des creux et tirai. Avec un craquement de bande Velcro, la moquette se détacha. Je découvris une trappe de soixante centimètres sur soixante, avec des serrures de chaque côté. J'ôtai mon manteau et me mis au travail avec le pied-de-biche, mais ce ne fut pas aussi facile que pour la porte. La trappe était en acier et malgré tous mes efforts je n'arrivais pas à la soulever suffisamment pour pouvoir glisser le pied-de-biche dessous. Je m'assis par terre, considérai les choix qui s'offraient à moi. Je pouvais remettre la moquette en place, et revenir une autre fois, ce qui laisserait amplement le temps à Lang de faire disparaître tout indice compromettant une fois qu'il se serait rendu compte que quelqu'un avait pénétré chez lui. Je pouvais appeler les flics, auquel cas je devrais expliquer ce que j'imaginais faire en pénétrant par effraction chez Lang, pour commencer. A supposer qu'ils puissent et qu'ils veuillent obtenir un mandat de perquisition, nous découvririons peut-être que le coffre contenait seulement le manuscrit de son grand roman, ou les bijoux et les toilettes de sa mère défunte, et je risquerais en plus de me retrouver en prison.

J'appelai Angel.

– Où il est, maintenant ?

– Chantiers Bath Iron, répondit-il. Je le vois d'où on est. On dirait qu'il a un problème avec les moniteurs du système de surveillance. Il vérifie les câbles, il ouvre des trucs. Ça devrait lui prendre un moment.

– Immobilise sa voiture, dis-je. Deux pneus, ça devrait suffire. Et revenez ici.

Une demi-heure plus tard, ils m'avaient rejoint dans le mobile home. Je montrai la trappe à Angel, qui se mit au boulot. Il ne dit pas un mot, pas même quand, cinq minutes plus tard, il vint à bout de la première serrure et, peu après, de la seconde. Il ne dit rien quand la trappe ouverte révéla un plateau métallique dont les alvéoles contenaient des cassettes vidéo, des DVD, des disquettes informatiques sans étiquettes, ainsi que des classeurs en plastique à poches transparentes dans lesquelles on avait glissé des photos d'enfants nus, parfois avec des adultes, parfois avec d'autres enfants. Il ne dit rien quand il sortit le plateau en le soulevant par deux boucles placées de chaque côté, découvrant un espace dans lequel une petite fille était accroupie, enveloppée de plusieurs couches de couvertures, clignant des yeux dans la lumière, entourée de vieilles poupées, de barres chocolatées, de cookies et d'une boîte de céréales. Il ne dit rien quand il découvrit le seau qu'elle devait utiliser pour faire ses besoins, ni l'ouverture circulaire grillagée qui laissait pénétrer l'air dans sa prison.

Il ne parla que lorsqu'il se pencha et tendit un bras vers la petite fille terrorisée.

– Ça va aller, maintenant, murmura-t-il. On ne laissera plus personne te faire de mal.

L'enfant ouvrit la bouche et hurla.

J'appelai les flics, Angel et Louis partirent. Il n'y eut plus que moi et une gosse de dix ans à la peau jaunâtre qui semblait s'appeler Anya. Elle portait un collier en argent bon marché sur lequel étaient gravées ces quatre lettres. Je la fis asseoir à l'avant de ma voiture et elle y demeura immobile, les yeux rivés à un point du plancher. Elle était incapable de me dire depuis combien de temps elle était emprisonnée dans le mobile home et je ne pus obtenir d'elle que la confirmation de son nom et de son âge, dans un anglais marqué d'un fort accent, avant qu'elle retombe dans son silence. Elle se méfiait sans doute de moi et je ne le lui reprochais pas.

Pendant qu'elle était assise dans la voiture, perdue dans ses pensées, je regardai l'album de photos de Raymon Lang. Certaines étaient récentes et Anya, flanquée d'hommes masqués, faisait partie des enfants photographiés. En examinant l'une des photos, je crus distinguer sur le bras de l'homme de droite ce qui pouvait être le bec jaune d'un oiseau. Je parcourus le reste en remontant en arrière, les tons et les couleurs changeant à mesure que les photos se faisaient plus anciennes, les polaroïds prenant la place des images informatiques avant d'être remplacés à leur tour par des photos plus vieilles encore, en noir et blanc, probablement développées par Lang dans sa propre chambre noire. Il y avait des garçons et des filles, parfois seuls, parfois avec des hommes à l'identité cachée par un masque d'oiseau. C'était une histoire de viols qui s'étendait sur des années, probablement même des dizaines d'années.

Les images les plus anciennes de l'album étaient des photocopies de piètre qualité. Elles montraient une fillette dont deux hommes, aux visages découpés, s'occupaient tour à tour. Sur l'une des photos, je crus voir un tatouage sur le bras d'un des hommes. Il était flou. Je me dis qu'on pouvait l'éclaircir et qu'on distinguerait alors un aigle.

L'une des photos était différente des autres. Je la fixai longuement puis la sortis de sa poche en plastique, la glissai sous le tapis de caoutchouc du plancher de ma voiture et m'assis sur le gravier froid, la tête entre les mains, pour attendre la police.

Les flics arrivèrent, sans uniforme et dans deux voitures banalisées. En les voyant, Anya se recroquevilla en position fœtale et se mit à répéter le même mot dans une langue que je ne reconnus pas. Ce fut seulement lorsque deux femmes descendirent du premier véhicule qu'elle commença à croire qu'elle était peut-être sauvée. Les deux inspectrices s'approchèrent, découvrirent Anya. J'avais laissé la portière avant droite de ma voiture ouverte pour qu'elle n'ait pas l'impression d'être simplement passée d'une prison à une autre.

La première des femmes s'agenouilla devant elle. Mince, avec de longs cheveux roux tirés en arrière, elle me rappela Rachel.

– Bonjour, dit-elle. Je m'appelle Jill. Toi, c'est Anya, n'est-ce pas ?

Anya hocha la tête, et son visage commença à se détendre. Les coins de sa bouche s'affaissèrent, elle fondit en larmes. Ce n'était pas la réaction animale qui avait accueilli Angel, c'était autre chose.

Jill ouvrit les bras à la petite fille qui se blottit contre elle, le visage enfoui dans le cou de la femme, le corps secoué de sanglots. Par-dessus l'épaule de l'enfant, Jill me regarda, m'adressa un signe de tête. Je détournai la tête et les laissai.

35

Bath n'est pas la plus belle des villes quand on la regarde de la rivière, mais la plupart des lieux vivant d'une forme d'industrie lourde le sont rarement et personne n'a jamais dessiné les plans d'un chantier naval en se souciant d'esthétique. Il y avait néanmoins quelque chose de majestueux dans ses grues gigantesques et dans les grands bateaux que les chantiers continuaient à produire à une époque où la plupart de leurs rivaux avaient vu leur économie s'effondrer et n'étaient plus que l'ombre de leur splendeur passée. Les chantiers de Bath étaient peut-être laids, mais c'était une laideur née non du déclin mais de la croissance, avec quatre cents ans d'histoire derrière, quatre siècles de bruit, de vapeur et d'étincelles, de bois puis d'acier, de fils succédant aux pères, avec un savoir-faire transmis depuis des générations. Le sort de Bath et celui des chantiers étaient étroitement unis par un lien qu'on ne pourrait jamais trancher.

Comme toute ville où un grand nombre de gens venaient de loin pour y travailler, le stationnement posait problème et l'immense parking de King Street, au croisement avec Commercial, le plus proche de la porte nord des chantiers, était bourré de véhicules. La première équipe allait débrayer et des autocars, moteur tournant au ralenti, attendaient à proximité les ouvriers venus des environs et préférant éviter le problème du stationnement soit en se passant totalement de leur voiture, soit en la laissant à l'entrée de la ville. Une pancarte avertissait que Bath travaillait pour le Département de la Défense et qu'il était interdit de prendre des photos. Au-dessus de l'entrée du personnel, un autre panneau proclamait :

PAR CES PORTES
PASSENT LES MEILLEURS CONSTRUCTEURS
DE NAVIRES DU MONDE

Les flics s'étaient regroupés au Riverside Sports Club. Ils étaient une dizaine en tout, un mélange de la police de Bath et de celle de l'Etat, tous en civil. Deux voitures de patrouille étaient garées un peu plus loin, hors de vue. Les services de sécurité des chantiers avaient été prévenus d'une arrestation imminente et, à leur demande, il avait été décidé d'agrafer Raymon Lang quand il pénétrerait dans le parking. Il était sous surveillance constante, le chef des services de sécurité restant en contact permanent avec Jill Carrier, l'inspectrice qui avait pris Anya dans ses bras et qui était chargée d'arrêter Lang. Je m'étais garé dans le parking, à un endroit d'où j'avais vue sur les portes. Les flics m'avaient autorisé à les accompagner à condition que je ne me montre pas et que je n'intervienne pas. Je leur avais servi une longue histoire pour expliquer comment j'avais découvert la petite fille dans le mobile home de Lang, comment je m'étais retrouvé dans ce mobile home, pour commencer, mais j'avais dû finalement reconnaître que j'avais menti lorsque j'étais venu voir le cadavre de Legere. J'allais avoir des ennuis, mais Carrier m'avait permis d'assister à la fin de l'épisode Lang en y mettant comme condition la présence à côté de moi d'un policier en civil. Il s'appelait Weintraub et ne disait pas grand-chose, ce qui me convenait tout à fait.

A quinze heures trente, les portes s'ouvrirent dans un grondement, des hommes commencèrent à sortir, tous vêtus de manière identique, casquette de base-ball et jean, chemise de bûcheron ouverte sur un tee-shirt, tous portant une gourde et une boîte à déjeuner. Je vis Carrier parler dans son téléphone et une demi-douzaine de flics se détachèrent du groupe principal, Carrier en tête, et se faufilèrent dans la foule des ouvriers. A droite, Lang franchit un portillon, sa longue boîte à outils à la main. Vêtu exactement comme les autres, il fumait une cigarette.

Après une dernière bouffée, il s'apprêtait à jeter son mégot quand il repéra les flics. Il sut aussitôt qui ils étaient et pourquoi ils étaient venus, prédateur immédiatement conscient de la présence d'autres prédateurs plus puissants fondant sur lui. Il laissa tomber la boîte à outils et se mit à courir vers l'est, mais une voiture de la Police de Bath bloqua la sortie du parking. Lang changea de direction, se glissa entre les véhicules garés. La seconde voiture de patrouille apparut, des policiers en uniforme en descendirent.

Carrier se rapprochait, plus rapide et plus agile que les hommes qui l'accompagnaient. Son arme à la main, elle ordonna à Lang de s'arrêter. Il se retourna, passa une main derrière son dos, chercha quelque chose sous sa chemise. J'entendis Carrier lui ordonner une dernière fois de lever les bras, mais il n'obéit pas. Je vis le pistolet tressauter dans la main de l'inspectrice, j'entendis la détonation quand Lang tourna sur lui-même et s'écroula.

Il mourut sur le chemin de l'hôpital. Il ne prononça pas un mot tandis que les infirmiers s'efforçaient de le sauver. Ils lui ôtèrent sa chemise, l'étendirent sur une civière et je vis qu'il n'avait pas de tatouage aux bras.

Raymon Lang n'avait pas d'arme non plus. Apparemment, il n'avait aucune raison de passer la main derrière son dos, aucune raison de pousser Carrier à tirer sur lui.

Je crois qu'il ne voulait pas aller en prison, soit par couardise, soit parce qu'il n'aurait pas supporté d'être privé d'enfants le reste de sa vie.

VI

Et du mieux que je me conduise
Je suis exactement comme lui.
Cherchez sous les lattes du plancher
Les secrets que j'ai cachés.

Sufjan STEVENS, *John Wayne Gacy Jr*

36

En sonnant à la porte de Rebecca Clay, j'entendais les vagues se briser dans l'obscurité. Jackie Garner et les Fulci étaient partis depuis longtemps, maintenant que Merrick était mort. J'avais téléphoné pour annoncer ma visite et j'avais mis Rebecca au courant de ce qui s'était passé. Elle m'avait dit que les policiers l'avaient appelée après que j'avais admis avoir menti au sujet de Jerry Legere et qu'elle avait officiellement identifié son cadavre, un peu plus tôt dans la journée. Les flics l'avaient interrogée sur la mort de son ex-mari mais elle n'avait pas ajouté grand-chose à ce qu'ils savaient déjà. Legere et elle n'avaient plus aucune relation, cela faisait longtemps qu'elle ne l'avait pas vu et qu'elle n'avait pas eu de ses nouvelles lorsque j'avais commencé à poser des questions, amenant Legere à l'appeler, deux jours avant sa mort, saoul, exigeant de savoir pourquoi, bon Dieu, elle lui mettait un privé dans les pattes. Elle avait raccroché et il n'avait pas rappelé.

Elle vint m'ouvrir, vêtue d'un vieux pull et d'un jean ample, les pieds nus. J'entendis la télévision dans le séjour et, par la porte ouverte, je vis Jenna assise par terre, regardant un dessin animé. La fillette leva les yeux pour voir qui venait d'entrer, estima que je ne valais pas la peine de perdre une seconde de son émission et ramena son attention sur le poste.

Je suivis Rebecca dans la cuisine, elle me proposa un café ou un verre, je refusai l'un et l'autre. Le corps de Legere serait restitué à sa famille le lendemain pour être enterré, m'apprit-elle. Apparemment, il avait un demi-frère en Caroline du Nord, qui prendrait l'avion pour prendre la chose en main. Elle ajouta qu'elle assisterait à l'enterrement pour le demi-frère mais qu'elle n'emmènerait pas sa fille.

– Elle n'a pas besoin de voir ça, déclara-t-elle.

Elle s'assit à la table de cuisine, joua avec une tasse vide.

– Alors, c'est fini, dit-elle.

– D'une certaine façon, répondis-je. Frank Merrick est mort. Votre ex-mari est mort. Ricky Demarcian et Raymon Lang sont morts. Otis Caswell est mort. Mason Dubus est mort. Les services du shérif du comté de Somerset et ceux du médecin légiste procèdent à des fouilles pour retrouver les restes de Lucy Merrick et de Jim Poole à Galaad. Ça fait beaucoup de cadavres, mais je suppose que vous avez raison : pour eux, c'est fini.

– Vous avez l'air écœuré.

Je l'étais. J'avais voulu des réponses, la vérité sur ce qui était arrivé à Lucy Merrick, à Andy Kellog et aux autres enfants violés par des hommes portant des masques d'oiseaux. Au lieu de quoi, je restais sur l'impression que, exception faite pour la petite Anya et la suppression d'un peu de mal dans ce monde, tout cela n'avait servi à rien. Je n'avais obtenu que quelques réponses et l'un des violeurs au moins demeurait en liberté : l'homme à l'aigle tatoué. Je savais en outre qu'on m'avait menti depuis le début, que la femme que j'avais maintenant devant moi, en particulier, m'avait menti, et cependant je n'avais pas le cœur à le lui reprocher.

Je tirai de ma poche la photographie que j'avais prise dans l'album de Raymon Lang. Le visage de la petite fille était presque caché par le corps de l'homme agenouillé au-dessus d'elle sur le lit et dont on ne voyait rien au-dessus du cou. Il avait un corps d'une maigreur insensée, les os visibles sous la peau des bras et des jambes, chaque muscle, chaque tendon se détachant. La photo avait été prise il y avait plus d'un quart de siècle, à en juger par l'âge de l'enfant. Elle ne devait pas avoir alors plus de six ou sept ans. A côté d'elle, une poupée aux longs cheveux roux vêtue d'une robe-chasuble bleue était coincée entre deux oreillers. Celle-là même que la fille de Rebecca Clay traînait partout avec elle, une poupée héritée de sa mère, une poupée qui avait donné un peu de réconfort à Rebecca pendant les années de son calvaire.

Elle regarda la photo mais ne la toucha pas. Ses yeux devinrent vitreux puis s'emplirent de larmes tandis qu'elle contemplait la petite fille qu'elle avait été autrefois.

– Où l'avez-vous trouvée ? me demanda-t-elle.

– Dans le mobile home de Raymon Lang.

– Il y en avait d'autres ?

– Oui, mais aucune comme celle-là. C'est la seule sur laquelle on voit la poupée.

Elle pressa la main sur la photo, masquant la forme de l'homme qui dominait la fillette qu'elle avait été, couvrant le corps nu de Daniel Clay.

– Rebecca, où est votre père ?

Elle se leva, se dirigea vers une porte située derrière la table de la cuisine, l'ouvrit et abaissa un interrupteur. De la lumière éclaira une volée de marches en bois menant au sous-sol. Sans me regarder, elle commença à descendre et je la suivis.

Le sous-sol servait de remise. On y avait rangé une bicyclette, à présent trop petite pour Jenna, des caisses et des cartons, rien qui semblait avoir été déplacé ou utilisé récemment. L'air sentait la poussière ; le sol de ciment avait commencé à se fissurer en longues lignes sombres s'étoilant telles des veines à partir d'un point central. Rebecca Clay tendit son pied nu et indiqua le sol de ses orteils vernis.

– Il est là-dessous, dit-elle. C'est là que je l'ai mis.

Elle travaillait à Saco ce vendredi-là et elle avait trouvé un message sur le répondeur en rentrant à son appartement. Sa baby-sitter, Ellen, qui gardait chaque jour trois ou quatre enfants, avait été emmenée à l'hôpital pour une alerte cardiaque et son mari avait téléphoné pour prévenir qu'elle ne pourrait évidemment prendre aucun des enfants à la sortie de l'école. Rebecca avait vérifié son portable, s'était aperçue que la batterie était à plat. Elle avait été trop occupée à Saco pour s'en rendre compte. Elle avait eu un moment de panique : où était Jenna ? Elle avait téléphoné à l'école, mais tout le monde était parti. Puis elle avait appelé le mari d'Ellen mais il ne savait pas qui était venu chercher la petite fille à l'école. Il lui avait conseillé d'appeler la directrice ou la secrétaire de l'école, qui avaient toutes deux été prévenues qu'Ellen ne viendrait pas prendre Jenna. Rebecca préféra téléphoner à April, sa meilleure amie, dont la fille Carole était dans la même classe que Jenna. Jenna n'était pas chez April, mais April savait où elle était.

« Ton père est venu la chercher, dit-elle. A l'école, ils ont trouvé son numéro dans l'annuaire et ils l'ont appelé quand ils n'ont pas réussi à te joindre. Il a emmené Jenna chez lui. Je l'ai vu à l'école, quand il est venu la prendre. Tout va bien, Rebecca. »

Mais Rebecca pensait que rien n'irait plus jamais bien. Sa peur était si grande qu'elle vomit en allant à sa voiture et qu'elle vomit encore sur le chemin de la maison de son père, rejetant du pain et de la bile dans un sac de supermarché au feu rouge. Lorsqu'elle arriva, elle découvrit son père dans le jardin, ratissant des feuilles mortes. La porte de devant était ouverte et elle entra sans dire un mot, trouva sa fille dans le séjour, assise par terre devant la télévision avec un bol de crème glacée. L'enfant ne comprit pas pourquoi sa maman était bouleversée, pourquoi elle la serrait dans ses bras en pleurant et en la grondant parce qu'elle était allée chez papy. Ce n'était pas la première fois qu'elle y allait, même si sa mère avait toujours été présente. C'était papy, quand même. Il lui avait acheté des frites, un hot-dog et un soda. Il l'avait emmenée à la plage et ils avaient ramassé des coquillages. Puis il lui avait donné un grand bol de glace au chocolat et il l'avait laissée regarder la télé. Elle avait passé une bonne journée, dit-elle, même si ça aurait été encore mieux si sa maman avait été là aussi.

Et puis, de la porte du séjour, Daniel Clay lui avait demandé ce qui n'allait pas, comme s'il avait été un grand-père et un père ordinaires, et non pas l'homme qui avait abusé d'elle de six à quinze ans, toujours doux et gentil, s'efforçant de ne pas lui faire de mal, et s'excusant parfois, quand il était triste ou quand il avait bu, pour la fois où il avait laissé un autre homme la toucher. Parce qu'il l'aimait, voyez-vous. C'était ce qu'il lui répétait toujours : « Je suis ton père et je t'aime. Ça n'arrivera jamais plus. »

Les basses du téléviseur cessèrent de vibrer et j'entendis des pas dans l'escalier lorsque Jenna monta à sa chambre.

– C'est l'heure pour elle d'aller se coucher, dit Rebecca. Je n'ai jamais besoin de le lui rappeler, elle y va toute seule. Elle aime son lit. Je la laisse se laver les dents et lire un peu, puis je monte l'embrasser. Je monte toujours, comme ça, je sais qu'elle est en sécurité.

Rebecca Clay s'appuya au mur de brique du sous-sol, passa une main dans sa chevelure, la releva de son front, dégageant son visage.

– Il ne l'avait pas touchée, poursuivit-elle. Il n'avait fait que ce qu'il avait dit, mais je savais ce qui était en train d'arriver. A un moment, juste avant que je passe devant lui pour ramener Jenna chez nous, je l'ai vu dans son regard et il savait que je l'avais vu. Jenna l'attirait. Ça recommençait. Ce n'était pas sa faute, il était malade. C'était comme s'il avait eu une rémission et que la maladie revenait.

– Pourquoi n'en avez-vous parlé à personne ? demandai-je.

– Parce que c'était mon père et que je l'aimais, répondit-elle sans me regarder. Cela doit vous paraître ridicule, après ce qu'il m'a fait subir.

– Non. Plus rien ne me semble ridicule.

Du pied, elle donna de petits coups sur le sol.

– C'est la vérité, pour ce qu'elle vaut, reprit-elle. Je l'aimais. Je l'aimais tellement que je suis retournée chez lui, ce soir-là. J'ai confié Jenna à April, je lui ai raconté que j'avais du travail à finir à la maison, je lui ai demandé si Jenna pouvait dormir avec Carole. Nous faisions ça souvent, ça n'avait rien d'extraordinaire. Je suis allée là-bas. Mon père est venu ouvrir, je lui ai dit que nous avions besoin de parler de ce qui s'était passé. Il a tenté de s'en tirer en riant. Il bricolait au sous-sol et nous sommes descendus. Il refaisait le sol, il avait déjà commencé à casser le vieux ciment. A l'époque, les rumeurs l'avaient contraint à annuler tous ses rendez-vous. Il devenait un paria et il le savait. Il essayait de cacher à quel point cela le rendait malheureux. Il disait que cela lui laissait le temps de faire dans la maison toutes sortes de travaux qu'il remettait depuis longtemps.

« Alors, il a continué à casser le sol pendant que je criais. Il refusait de m'écouter. C'était comme si j'inventais tout, tout ce qui m'était arrivé, tout ce qu'il m'avait fait et que je le soupçonnais de vouloir refaire mais cette fois avec Jenna. Il a seulement dit que ce qu'il avait fait, c'était par amour. "Tu es ma fille. Je t'aime. Je t'ai toujours aimée. Et j'aime aussi Jenna."

« Quand il a prononcé ces mots, quelque chose s'est brisé en moi. Il avait une pioche dans les mains et tentait de soulever une plaque de ciment. J'ai pris un marteau sur l'étagère, à côté de moi. Il me tournait le dos, je l'ai frappé sur le dessus du crâne. Il n'est pas tombé, pas tout de suite. Il s'est penché en avant, il a porté une main à sa tête, comme s'il s'était cogné à une poutre. J'ai abattu de nouveau le marteau et il s'est écroulé. Je crois que je l'ai frappé deux fois encore. Il s'est mis à saigner dans les gravats. Je l'ai laissé étendu par terre, je suis montée à la cuisine. J'ai nettoyé le sang qui avait éclaboussé mon visage et mes mains. Le marteau aussi. Il y avait un cheveu collé dessus, je m'en souviens, j'ai dû le détacher avec mes doigts. J'ai entendu mon père bouger en bas, j'ai eu l'impression qu'il essayait de dire quelque chose. Je ne pouvais pas descendre, j'en étais incapable. J'ai fermé la porte à clé et je suis restée assise dans la cuisine jusqu'à ce qu'il fasse noir. Je ne l'entendais plus bouger. Quand j'ai rouvert la porte, il avait rampé jusqu'au pied de l'escalier mais il n'avait pas eu la force de monter. Je suis descendue et j'ai vu qu'il était mort.

« Je l'ai enveloppé dans une toile en plastique que j'ai trouvée dans le garage. Au fond du jardin, il y avait une serre avec un sol de terre battue. Il faisait sombre, je l'ai traîné là-bas. Le plus dur, ça a été de le hisser du sous-sol. Il semblait ne pas peser beaucoup mais il était tout en muscles. J'ai creusé un trou, je l'ai mis dedans, je l'ai recouvert. Je présume que j'avais déjà un plan dans la tête. Jamais l'idée ne m'a effleurée d'aller à la police ni d'avouer ce que j'avais fait. Je ne voulais pas être séparée de Jenna. Elle est tout pour moi.

« Je suis rentrée à l'appartement. Le lendemain soir, j'ai attendu qu'il fasse noir, j'ai pris la voiture de mon père, j'ai roulé jusqu'à Jackman et je l'ai laissée là-bas. Ensuite, j'ai signalé la disparition de mon père. La police est venue, des inspecteurs sont descendus au sous-sol, comme je savais qu'ils le feraient, mais ils ont bien vu qu'il n'y avait rien sous les gravats. Ils étaient au courant des problèmes de mon père et quand on a retrouvé sa voiture à Jackman, ils en ont conclu qu'il s'était enfui.

« Deux jours plus tard, je suis retournée à la maison et j'ai changé le corps de place. J'avais eu de la chance, il avait fait très froid ce mois-là. Je pense que ça l'avait empêché de... de pourrir, et il n'y avait pas d'odeur, pas vraiment. J'ai commencé à creuser dans le sous-sol. Ça m'a pris presque toute la nuit, mais mon père m'avait appris ce qu'il fallait faire. Il disait qu'une fille devait savoir bricoler dans une maison. J'ai dégagé les gravats et j'ai creusé jusqu'à ce que le trou soit assez grand pour l'y mettre. Je l'ai recouvert, je suis remontée et je me suis endormie dans mon ancienne chambre. Vous ne croirez jamais qu'on puisse s'endormir après avoir fait une chose pareille mais j'ai dormi jusqu'au lendemain midi, paisiblement, mieux que je ne l'avais jamais fait. Puis je suis redescendue et je me suis remise au travail. Tout ce dont j'avais besoin était là, y compris une petite bétonnière. Sortir les gravats m'a pris pas mal de temps aussi et j'ai eu mal au dos pendant des semaines, mais, finalement, ça a été plutôt facile. J'ai fait ça le week-end, en laissant Jenna chez April. Tout s'est bien passé.

– Et puis vous vous êtes installée dans cette maison.

– Je ne pouvais pas la vendre, elle ne m'appartenait pas, et de toute façon, j'aurais eu peur de le faire, le nouveau propriétaire aurait pu décider de refaire le sous-sol et aurait trouvé le cadavre. Il valait mieux nous y installer. Et nous sommes restées. Vous savez ce qui est étrange ? Vous voyez ces fissures dans le sol ? Elles sont récentes. Elles sont apparues il y a deux semaines, lorsque Frank Merrick a commencé à me harceler. C'est comme s'il avait réveillé quelque chose, là en bas, comme si mon père l'avait entendu poser des questions et essayait de revenir dans ce monde. Je fais des cauchemars. Je rêve que j'entends des bruits au sous-sol, et quand j'ouvre la porte, mon père monte l'escalier, il veut me faire payer ce que j'ai fait, parce qu'il m'aimait et que je lui ai fait du mal. Dans mon rêve, il passe devant moi sans me regarder et rampe vers la chambre de Jenna. Je le frappe, encore et encore, mais il continue de ramper, comme un insecte qui refuse de mourir.

— Qui vous a aidée ?

— Personne, répondit-elle. J'ai agi seule.

— Vous avez laissé la voiture de votre père à Jackman. Comment êtes-vous rentrée, ensuite ?

— En stop.

— Vraiment ?

— Vraiment.

Je savais qu'elle mentait. Après ce qu'elle avait fait, elle n'aurait jamais couru un tel risque. Quelqu'un l'avait suivie en voiture et l'avait ramenée. Peut-être son amie, April. Je me souvins du regard qu'elles avaient échangé le soir où Merrick avait cassé un carreau de la fenêtre. Quelque chose était passé entre elles, une complicité, une compréhension mutuelle. C'était sans importance. Rien de tout cela n'avait d'importance.

— Qui était l'autre homme, Rebecca ? Celui qui a pris la photo ?

— Je ne sais pas. Il était tard. J'ai entendu quelqu'un qui buvait avec mon père, puis ils sont venus dans ma chambre. Ils empestaient, tous les deux, je m'en souviens encore. Voilà pourquoi je suis incapable d'avaler une goutte de whisky. Ils ont allumé la lampe de chevet. L'homme portait un masque, un vieux masque de fantôme que mon père mettait à Halloween pour effrayer les enfants venus quémander des bonbons. Il m'a dit que cet homme était son ami et que je devais lui faire les mêmes choses qu'à lui. Je ne voulais pas mais… J'avais sept ans, dit-elle dans un murmure. C'est tout. J'avais sept ans. Ils ont pris des photos. C'était comme un jeu, une farce. C'est la seule fois où c'est arrivé. Le lendemain, mon père m'a dit en pleurant qu'il était désolé. Il a répété qu'il m'aimait et qu'il ne laisserait plus jamais quelqu'un d'autre me toucher. Et il a tenu parole.

— Vous n'avez aucune idée de qui ça pouvait être ?

Elle secoua la tête, sans me regarder.

— J'ai trouvé d'autres photos de ce soir-là, dans le mobile home de Raymon Lang. Le copain de beuverie de votre père est dessus mais on ne voit pas sa tête. Il a un aigle tatoué sur le bras. Vous vous en souvenez ?

– Non. Il faisait sombre. Si je l'ai vu, je l'ai oublié.

– Un des autres enfants violés a parlé du même tatouage et quelqu'un m'a suggéré que c'était peut-être un tatouage militaire. Vous savez si l'un des amis de votre père a fait l'armée ?

– Oui, Elwin Stark, répondit-elle. Eddie Haver aussi, je crois. Mais je ne me rappelle pas avoir vu un tatouage sur le bras de l'un ou de l'autre. Ils passaient parfois leurs vacances avec nous, je les ai vus sur la plage. J'aurais remarqué.

Je n'insistai pas.

– Votre père a trahi ces enfants, non ?

Rebecca acquiesça de la tête.

– Les autres l'ont forcé. Ils avaient des photos de lui avec moi.

– Comment les avaient-ils obtenues ?

– Je suppose que l'homme de ce soir-là les leur a données. Mais vous savez, mon père aimait vraiment beaucoup les gosses dont il s'occupait. Ces types l'ont contraint à choisir ceux qu'il leur livrait mais il se dévouait deux fois plus pour les autres. Je sais que ça paraît insensé, mais c'était presque comme s'il y avait deux Daniel Clay, le bon et le mauvais. Il y avait celui qui abusait de sa fille et trahissait des enfants pour sauver sa réputation, et celui qui se battait bec et ongles pour sauver d'autres gosses. C'était peut-être pour lui la seule façon de survivre sans devenir fou : séparer les deux parties de lui-même, prendre tout ce qu'il y avait de mauvais et l'appeler « amour ».

– Et Jerry Legere ? Vous l'avez soupçonné après l'avoir surpris avec Jenna, n'est-ce pas ?

– J'ai senti en lui quelque chose que j'avais vu chez mon père, mais je n'ai pas compris qu'il était impliqué, pas avant que la police m'apprenne comment il était mort. Je crois que c'est lui que je hais le plus. Il était au courant. Il savait ce que mon père m'avait fait et, d'une certaine façon, ça me rendait plus attirante à ses yeux.

Elle frissonna et poursuivit :

– Quand il me baisait, il baisait aussi l'enfant que j'avais été.

Elle se laissa glisser par terre, appuya son front contre ses bras et je l'entendis à peine quand elle se remit à parler.

– Qu'est-ce qui va se passer ? On va me prendre Jenna ? J'irai en prison ?

– Rien. Il ne se passera rien.

Elle releva la tête.

– Vous ne parlerez pas à la police ?

– Non, répondis-je.

Il n'y avait rien à ajouter. Je la laissai dans le sous-sol, assise près de la sépulture qu'elle avait donnée à son père. Je montai dans ma voiture et m'éloignai en écoutant le murmure de l'océan, pareil à une infinité de voix offrant un calme réconfort.

Ce fut la dernière fois que j'entendis la mer à cet endroit, car je n'y retournai jamais.

37

Il y avait un lien de plus, une connexion qui restait à explorer. Après Galaad, je savais ce qui reliait Legere à Lang, Lang à Galaad et à Daniel Clay. La nature de ce lien n'était pas seulement personnelle mais aussi professionnelle : c'était la société de surveillance A-Secure.

Joel Harmon se trouvait dans son jardin à mon arrivée et ce fut Todd qui vint ouvrir.

– Vous avez fait l'armée, lui dis-je d'emblée.

– Vous mériteriez que je vous casse la gueule, répliqua-t-il avec bonne humeur. Pas l'armée, la marine. Pendant cinq ans. Dans les transmissions. Et j'étais bon, en plus.

– On se fait tatouer, dans la marine ?

– Affirmatif.

Il releva la manche droite de son blouson, révélant un entrelacs d'ancres et de sirènes.

– Je suis pour les traditions, déclara-t-il en rabaissant sa manche. Pourquoi vous me demandez ça ?

– Simple curiosité. J'ai vu la façon dont vous teniez votre arme, le soir du dîner, on voyait que ce n'était pas la première fois.

– Ben, M. Harmon a les moyens. Il veut quelqu'un pour assurer sa protection.

– Et il vous est arrivé de devoir l'assurer ?

Il s'arrêta au moment où nous débouchions dans le jardin, me regarda.

– Pas encore, répondit-il. Pas de cette façon.

Le fils et la fille de Harmon étaient à la maison ce jour-là et, du milieu de la pelouse, leur père leur indiquait les changements qu'il comptait apporter aux fleurs et aux arbustes quand viendrait le printemps.

– Il l'adore, son jardin, expliqua Todd, suivant la direction de mon regard et apparemment désireux de détourner la conversation de son arme et de ses obligations, réelles ou supposées, envers Harmon. Il a tout planté lui-même. Les enfants l'ont aidé, c'est autant leur jardin que le sien.

Mais je ne regardais plus Harmon, ni ses enfants ni son jardin. J'examinais les caméras de surveillance braquées sur la pelouse et les entrées de la maison.

– Ça doit coûter cher, un système comme ça…

– Drôlement, répondit Todd. Les caméras passent d'elles-mêmes de couleur à noir et blanc quand la lumière est faible. Elles ont tout ce qu'il faut, mise au point automatique, zoom, panoramique, et on a des commutateurs qui permettent de voir l'image de toutes les caméras en même temps. Il y a des moniteurs dans la cuisine, dans le bureau de M. Harmon, dans sa chambre et dans la mienne. On n'est jamais trop prudent.

– Vous avez raison. Qui a installé le système ?

– Une société de surveillance de South Portland, A-Secure.

– Ah. C'est la société pour laquelle travaillait Raymon Lang, non ?

Todd tressaillit, comme s'il avait reçu une décharge électrique.

– Je… je crois, oui.

La mort de Lang et la découverte d'une petite fille sous son mobile home avaient fait la une. Il était forcément au courant.

– Lang était venu ici vérifier le système ? Je suis sûr qu'il fallait assurer la maintenance au moins une ou deux fois par an.

– Je pourrais pas vous dire, répondit Todd, déjà sur la défensive. A-Secure envoie quelqu'un régulièrement, conformément au contrat, mais ce n'est pas toujours le même gars.

– Bien sûr. Jerry Legere est peut-être venu à la place de Lang. La boîte devra trouver quelqu'un d'autre pour s'en occuper, maintenant qu'ils sont morts tous les deux.

Todd garda le silence. Il semblait prêt à m'accompagner jusqu'à Harmon, mais je l'informai que ce n'était pas nécessaire. Quand il ouvrit la bouche pour protester, je levai une main et il se tut. Il était assez intelligent pour comprendre qu'il se passait quelque chose qu'il ne saisissait pas tout à fait, et que le mieux qu'il pouvait faire, c'était observer et écouter, et n'intervenir qu'en cas d'absolue nécessité.

Je le laissai sur la véranda et traversai la pelouse, croisant en chemin les enfants Harmon, qui regagnaient la maison. Ils me regardèrent avec curiosité et le fils parut sur le point de faire une remarque mais ils se détendirent tous les deux quand je les saluai d'un sourire. C'étaient de beaux enfants : haute taille, parfaite santé, tenue à la fois correcte et décontractée dans diverses nuances de chez Abercrombie & Fitch.

Harmon ne m'entendit pas approcher. Il était agenouillé près d'un jardin alpin semé de rochers calcaires arrondis par les intempéries, fermement enfoncés dans le sol, entre lesquels poussaient des plantes basses au feuillage violet et vert, argent et bronze.

Lorsque mon ombre tomba sur lui, il leva la tête.

– Monsieur Parker… dit-il. Je n'attendais pas de visite et vous m'avez surpris en arrivant furtivement par le côté de ma mauvaise oreille. Mais maintenant que vous êtes là, je saisis l'occasion de m'excuser de ce que je vous ai dit l'autre fois au téléphone.

Comme il avait un peu de mal à se mettre debout, je lui tendis ma main droite et il la prit. En l'aidant, j'empoignai son avant-bras avec ma main gauche et je relevai la manche de son pull. Les serres d'un rapace apparurent brièvement au-dessous du vêtement.

– Je ne savais pas que vous aviez un problème d'audition.

– Mon oreille gauche a toujours été moins bonne que la droite, expliqua-t-il. Ce n'était pas trop grave et ça ne me gênait pas dans la vie. J'avais envie de combattre au Vietnam, je n'ai pas attendu d'être appelé. J'avais vingt ans, j'étais plein d'ardeur. On m'a envoyé à Fort Campbell faire mes classes. J'espérais rejoindre le 173e régiment aéroporté. Vous savez que c'est la seule unité à avoir lancé une attaque aéroportée contre une position ennemie au Vietnam ? Opération Junction City, en 67. J'y aurais peut-être participé si un obus n'avait pas explosé trop près de ma tête pendant l'exercice. Tympan crevé. Je suis devenu sourd d'une oreille et cela a affecté mon équilibre. J'ai été réformé et c'est tout ce que j'ai connu des combats. J'étais à une semaine de la fin de l'instruction.

– C'est là que vous vous êtes fait tatouer ?

Harmon frotta son pull à l'endroit du tatouage mais ne le dévoila pas de nouveau.

– Ouais, j'étais trop optimiste, j'ai mis la charrue avant les bœufs. Je n'ai jamais pu ajouter en dessous mes années de service. Il me gêne un peu, maintenant, ce tatouage, je ne le montre pas beaucoup.

Il me scruta attentivement.

– On dirait que vous êtes venu avec des tas de questions, monsieur Parker.

– En voici une autre. Connaissiez-vous Raymon Lang ?

Je le regardai réfléchir.

– Raymon Lang ? Le type qui s'est fait descendre à Bath, celui qui cachait une fillette sous son mobile home ? Pourquoi je le connaîtrais ?

– Il travaillait pour A-Secure, la boîte qui a installé votre système de surveillance. Il assurait la maintenance des caméras et des moniteurs. Je me demandais si vous l'aviez rencontré dans le cadre de son travail.

– Peut-être, répondit-il avec un haussement d'épaules. Pourquoi ?

Je me tournai vers la maison. Todd parlait aux enfants Harmon et tous trois me regardaient. Je me rappelai une remarque de Christian selon laquelle un pédophile pouvait s'attaquer aux enfants des autres et ne jamais s'en prendre aux siens, la famille restant dans l'ignorance totale de ses pulsions, ce qui lui permettait de préserver son image de père et de mari aimant, une image en un sens à la fois vraie et mensongère. Quand j'avais eu cette conversation avec Christian, c'était à Daniel Clay que je pensais mais je me trompais. Rebecca savait pertinemment quel homme était son père, mais d'autres enfants l'ignoraient. Il y avait peut-être beaucoup d'hommes avec un aigle tatoué sur le bras gauche, peut-être même d'hommes qui avaient abusé d'enfants, mais les liens entre Lang, Harmon et Clay étaient indéniables

Comment c'est arrivé ? me demandai-je. Comment Lang et Harmon avaient-ils reconnu en chacun d'eux un même penchant, une pulsion qu'ils partageaient ? Quand avaient-ils décidé de prendre contact avec Clay, de se servir de lui pour choisir des enfants particulièrement vulnérables ou dont les allégations de violences sexuelles paraîtraient peu crédibles ? Harmon avait-il utilisé comme moyen de pression sur Clay la nuit de beuverie où le psychiatre l'avait laissé abuser de Rebecca ? Car Harmon était l'autre homme présent dans la maison, le soir où Daniel Clay, pour la première et la dernière fois, avait partagé sa fille avec un autre, le laissant, dans son ivresse, prendre des photos. En les utilisant adroitement, Harmon aurait pu détruire Clay tout en gardant les mains propres. Un courrier anonyme à la police ou au conseil d'habilitation aurait suffi.

Ou alors n'avaient-ils même pas eu à faire chanter Clay ? Avaient-ils partagé avec lui les images de leurs viols ? Etait-ce de cette façon qu'il avait continué à assouvir son désir pendant des années après avoir cessé de torturer sa fille devenue trop grande, avant le retour de ces anciennes pulsions que Rebecca avait décelées sur le visage de son père quand Jenna avait commencé à s'épanouir ?

Je me tournai de nouveau vers Harmon, dont l'expression avait changé. C'était celle d'un homme évaluant ses chances, estimant les risques qu'il courait.

– Monsieur Parker, je vous ai posé une question.

Ignorant la remarque, je poursuivis :

– Comment avez-vous fait ? Qu'est-ce qui vous a réunis, vous, Lang, Caswell et Legere ? La malchance ? L'admiration mutuelle ? C'était ça ? Avec la disparition de Clay, votre source s'est tarie, n'est-ce pas ? Vous avez dû chercher ailleurs, ce qui vous a mis en contact avec Demarcian et ses amis de Boston, peut-être aussi avec Mason Dubus, ou alors vous lui aviez rendu visite longtemps avant, Clay et vous. Vous vous êtes prosternés à ses pieds ? Vous lui avez parlé de votre « Projet » ? Le viol systématique des enfants les plus vulnérables, les plus perturbés, ou de ceux dont on ne croirait pas les allégations, tous choisis grâce aux connaissances que Clay avait de leurs dossiers ?

– Faites attention, me prévint Harmon. Faites bien attention...

— J'ai vu une photo dans le mobile home de Lang, continuai-je. Celle d'un homme violant une petite fille. Je sais qui était cette fillette. Une photo, ce n'est pas grand-chose mais c'est un point de départ. Je parie que les flics ont toutes sortes de moyens de comparer la photo d'un tatouage avec la marque réelle sur la peau.

Harmon eut un sourire mauvais, comme une blessure s'ouvrant sur son visage.

— Vous avez découvert ce qui est arrivé à Daniel Clay, monsieur Parker ? J'ai toujours eu des doutes sur sa disparition, mais je ne les ai jamais exprimés par respect pour sa fille. Qui sait ce qui se passerait si je me mettais à fouiner dans les coins ? Je pourrais trouver des photos, moi aussi, et reconnaître également la petite fille. En regardant attentivement, je pourrais même reconnaître l'un de ses violeurs. Son père était d'une maigreur singulière. Si je faisais une telle découverte, je devrais peut-être en informer les autorités compétentes. Cette petite fille est devenue une femme maintenant, une femme qui a ses propres tourments. Elle a peut-être besoin d'aide, ou de conseils. Il pourrait se passer toutes sortes de choses. Quand on commence à creuser, monsieur Parker, on ne sait pas quels squelettes on peut déterrer.

J'entendis des pas derrière moi, puis la voix d'un adolescent :

— Tout va bien, papa ?

— Tout va bien, fils, répondit Harmon. M. Parker s'apprête à nous quitter. Je l'aurais bien retenu à déjeuner, mais je sais qu'il a à faire. C'est un homme occupé. Il doit réfléchir à un tas de choses.

Je m'éloignai sans rien dire, laissant Harmon avec son fils. Sa fille était partie, mais une silhouette se tenait à l'une des fenêtres du haut, les yeux fixés sur nous. C'était Mme Harmon. Elle portait une robe verte et ses ongles étaient d'un rouge éclatant sur le blanc du rideau qu'elle écartait de la vitre. Todd me suivit à travers la maison pour s'assurer que je partais bien. J'étais presque à la porte de devant lorsque la femme de Harmon apparut au-dessus de moi sur le palier. Elle m'adressa un sourire vide, apparemment perdue dans un brouillard médicamenteux, mais ce sourire ne s'étendit pas au-delà de ses lèvres et ses yeux demeuraient hantés par des choses indicibles.

Epilogue

Et ce que je veux savoir c'est
comment tu aimes ton garçon aux yeux bleus,
Madame la Mort.

e. e. CUMMINGS, *Buffalo Bill's Defunct*

Pendant plusieurs jours, il ne se passa rien. La vie continua quasiment comme avant. Angel et Louis retournèrent à New York. Je promenais Walter, je recevais des coups de téléphone de gens souhaitant faire appel à mes services. Je déclinais leurs offres. Je me sentais fatigué, j'avais dans la bouche un goût désagréable dont je n'arrivais pas à me débarrasser. Même la maison demeurait silencieuse, comme si des présences attentives attendaient de voir ce qui allait arriver.

La première lettre n'était pas tout à fait inattendue. Elle m'informait que les autorités gardaient mon arme comme pièce à conviction dans une affaire de meurtre et qu'elle me serait peut-être restituée à une date ultérieure. Je m'en fichais. Je ne souhaitais pas la récupérer, pas tout de suite en tout cas.

Les deux lettres suivantes arrıvèrent presque simultanément, en exprès. La première, émanant du bureau du directeur de la police de l'Etat, m'avisait que le tribunal d'instance avait été saisi d'une demande de suspension de ma licence de détective privé, avec effet immédiat, en raison de déclarations mensongères dans le cadre de mon travail. La requête avait été présentée par la police de l'Etat. Le tribunal avait prononcé une suspension temporaire, suivie en temps utile d'une audience plénière pendant laquelle j'aurais la possibilité de me défendre.

La seconde lettre provenait aussi du bureau du directeur de la police et me notifiait que mon permis de port d'arme était suspendu en attendant les conclusions de l'audience et que je devais le renvoyer à ce bureau avec tous les documents y afférents. Après tout ce qui s'était passé, après tout ce que j'avais fait, les choses s'étaient détériorées suite à une affaire au cours de laquelle je n'avais même pas tiré un coup de feu.

Je passai les jours qui suivirent la réception de ces lettres loin de chez moi. Je me rendis dans le Vermont avec Walter pour voir Rachel et Sam, je pris une chambre dans un motel à quelques kilomètres de leur maison. La visite se déroula sans incident, sans un mot dur entre nous. C'était comme si les propos de Rachel lors de notre dernière rencontre avaient un peu éclairci l'atmosphère. Je lui racontai les événements, la perte de ma licence et de mon port d'arme. Elle me demanda ce que je comptais faire, je répondis que je n'en savais rien. L'argent ne posait pas de gros problèmes, pas encore. Les traites pour la maison étaient peu élevées puisque l'essentiel du prix d'achat avait été couvert par la somme que les services postaux des Etats-Unis avaient déboursée pour acquérir le terrain de mon grand-père et la vieille maison qui l'occupait. Il y aurait cependant des factures à payer et je voulais continuer à aider Rachel à élever Sam. Elle me dit de ne pas trop me tracasser pour ça, même si elle comprenait que c'était important pour moi. Alors que je m'apprêtais à partir, Rachel me tint contre elle et m'embrassa doucement sur la bouche. Je retrouvai son goût sur mes lèvres, elle retrouva le mien.

Le lendemain soir, June Fitzpatrick donna au Natasha's un dîner auquel Joel Harmon ne se montra pas. Il ne réunit que quelques amis de June et Phil Isaacson, le critique d'art du *Press-*

Herald, ainsi que deux ou trois personnes que je connaissais de nom. Je n'avais pas voulu y participer mais June avait insisté et, pour finir, la soirée avait été très agréable. Je partis au bout de deux heures, au moment où les autres finissaient les bouteilles de vin et commandaient des desserts.

Un vent âpre soufflait de la mer, piquait mes joues et faisait larmoyer mes yeux tandis que je me dirigeais vers ma voiture. Je m'étais garé dans Middle Street, non loin de City Hall. Il y avait à présent plein de places libres et je croisai peu de gens dans les rues en marchant.

Devant moi, un homme se tenait en face d'un immeuble d'appartements proche du central de police de Portland. Je voyais l'extrémité de la cigarette qu'il fumait rougeoyer dans l'ombre de la marquise de l'entrée. Quand je m'approchai, il se mit en travers de mon chemin et dit :

– Je suis venu vous faire mes adieux. Pour le moment.

Comme à son habitude, le Collectionneur portait un manteau noir qui avait connu des jours meilleurs sur une veste de marin et une chemise à l'ancienne boutonnée jusqu'au col. Il tira une dernière bouffée avant de jeter son mégot.

– J'ai appris que ça va mal pour vous, ajouta-t-il.

Je n'avais pas envie de lui parler, mais je n'avais pas le choix. De toute façon, je ne croyais pas qu'il était venu simplement me dire au revoir. Il n'était pas du genre sentimental.

– Vous me portez la poisse, répliquai-je. Pardonnez-moi si je ne verse pas une larme pour votre départ.

– J'en ai autant à votre service. J'ai dû déménager une partie de ma collection, j'ai perdu une cachette et M. Eldritch a fait l'objet d'une publicité indésirable. Il craint que ce ne soit sa mort.

– Poignant, lâchai-je. Lui qui était si plein de vie…

Il tira de sa poche son tabac et ses feuilles, roula avec soin une autre cigarette puis l'alluma alors que la première grésillait encore dans le caniveau. Apparemment, il était incapable de réfléchir sans avoir quelque chose qui brûlait entre ses doigts ou entre ses lèvres.

– Puisque vous êtes là, repris-je, j'ai une question à vous poser.

Il porta la cigarette à sa bouche, inhala, rejeta un nuage de fumée dans l'air de la nuit et agita la main pour m'inviter à poursuivre.

– Pourquoi ces hommes ? demandai-je. Pourquoi vous intéresser à cette affaire ?

– On pourrait vous retourner la question, fit-il observer. Après tout, vous n'étiez pas payé pour les retrouver. Il serait plus juste de dire : pourquoi pas ces hommes ? Il m'a toujours semblé qu'il y a en ce monde deux sortes de gens : ceux que le simple poids du mal qui y sévit rend impuissants, et qui refusent d'agir parce qu'ils n'en voient pas l'utilité ; et ceux qui choisissent leurs batailles et les mènent jusqu'au bout, parce qu'ils savent que ne rien faire est infiniment pire que faire quelque chose et échouer. Comme vous, j'ai décidé de mener cette enquête et de la conduire à sa conclusion.

– J'espère que son issue sera plus satisfaisante pour vous qu'elle ne l'a été pour moi.

Il eut un rire.

– Vous n'êtes tout de même pas étonné de ce qui vous arrive ? Vous étiez en sursis, et même vos amis ne pouvaient plus vous protéger.

– Mes amis ?

– Pardon : vos amis invisibles, vos amis *secrets.* Je ne parle pas de vos collègues de New York, mortellement amusants. Oh, ne vous inquiétez pas pour eux. J'ai d'autres sujets plus dignes de mon mécontentement, je crois que je vais les laisser tranquilles, pour le moment. Ils rachètent leurs fautes passées et je ne voudrais pas que vous vous retrouviez totalement seul et désespéré. Non, je parle de ceux qui vous ont suivi en silence, qui vous ont aidé dans tout ce que vous avez fait, qui ont réparé les dégâts que vous laissiez derrière vous, qui ont doucement fait pression sur ceux qui auraient préféré vous voir derrière les barreaux.

– Je ne comprends rien à ce que vous dites.

– Non, évidemment. Vous avez été imprudent, cette fois : vos mensonges vous ont fait trébucher. Les autres se sont ligués contre vous et on en voit maintenant les conséquences. Vous êtes un homme curieux, compréhensif, qui vient de perdre la licence lui permettant de faire ce qu'il fait le mieux, un individu violent à qui on a repris ses jouets. Qui sait ce que vous allez devenir, maintenant ?

– Si vous êtes un de ces « amis secrets », j'ai encore plus d'ennuis que je ne le pensais.

– Non, je ne suis ni votre ami ni votre ennemi, et je réponds de mes actes devant une puissance supérieure.

– Vous vous faites des illusions, rétorquai-je.

– Vraiment ? Alors, ce sont des illusions que nous partageons. Je viens de vous faire une faveur que vous ne connaissez pas encore et je vais vous rendre un dernier service. Pendant des années, vous êtes passé de la lumière à l'ombre et de l'ombre à la lumière en cherchant des réponses à vos questions, mais plus vous restiez dans l'obscurité, plus vous risquiez qu'elle s'aperçoive de votre présence et s'en prenne à vous. Cela viendra.

– J'ai déjà croisé des choses dans l'obscurité. Elles se sont évanouies, je suis toujours là.

– Ce n'est pas une « chose » dans l'obscurité. C'est l'obscurité elle-même. Bon, notre conversation est terminée.

Il se retourna pour s'éloigner, envoya la seconde cigarette rejoindre la première. Je tendis le bras pour le retenir, je lui saisis l'épaule, ma main toucha sa peau…

Et je vis des créatures se tordre de douleur, d'autres seules dans des lieux désolés, pleurant ce qui les avait abandonnées. Et je vis les Hommes creux et je sus vraiment à cet instant ce qu'ils étaient.

Le Collectionneur pirouetta comme un danseur, se dégagea de mon étreinte d'un mouvement du bras et je me retrouvai plaqué contre le mur, ses doigts sur ma gorge, mes pieds quittant lentement le sol tandis qu'il me soulevait. Je tentai de lui décocher des coups de pied mais il réduisit la distance entre nous, augmentant la pression sur mon cou, étouffant la vie en moi.

– Ne me touchez plus jamais, dit-il. Personne ne me touche.

Il me lâcha et je glissai le long du mur, tombai à genoux, inspirant de douloureuses bouffées d'air par ma bouche grande ouverte.

– Regardez-vous, m'assena-t-il, les mots dégouttant de pitié et de mépris. Un homme tourmenté par des questions sans réponses, un homme sans père, sans mère, qui a laissé deux familles lui filer entre les doigts.

– J'avais un père, répliquai-je. J'avais une mère, et j'ai encore une famille.

– Vraiment ? Plus pour longtemps.

Une expression cruelle altéra ses traits, comme ceux d'un petit garçon qui voit la possibilité de continuer à torturer un animal.

– Quant à vos parents… Répondez à cette question : votre groupe sanguin est B. Vous voyez, j'en sais des choses sur vous.

Il se pencha vers moi et poursuivit :

– Expliquez-moi comment un enfant de groupe B peut avoir un père de groupe A et une mère de groupe O. Ça, c'est un vrai mystère.

– Vous mentez.

– Vous croyez ? Eh bien, soit, dit-il en s'écartant de moi. Vous avez peut-être d'autres choses pour vous occuper : des choses à demi vues, des choses mortes. Une enfant qui murmure dans la nuit, une mère qui enrage dans le noir. Restez avec elles, si c'est ce que vous souhaitez. Vivez avec elles, là où elles vous attendent.

Je lui posai alors la question qui me tourmentait depuis si longtemps et pour laquelle il avait peut-être une réponse :

– Où sont ma femme et ma fille ?

Les mots brûlèrent ma gorge meurtrie et je m'en voulus de chercher des réponses auprès de cet être répugnant.

– Vous parlez d'êtres coupés du divin, continuai-je. Vous êtes au courant, pour les mots écrits dans la poussière. Vous *savez.* Dites-moi, est-ce ce qu'elles sont, des âmes perdues ? Est-ce ce que je suis ?

– Avez-vous même une âme ? murmura-t-il. Quant à l'endroit où demeurent votre femme et votre enfant, elles sont là où vous les gardez.

Il s'accroupit devant moi, m'enveloppa de nicotine en prononçant ses derniers mots :

– Je l'ai supprimé pendant que vous dîniez, pour que vous ayez un alibi. C'est mon dernier cadeau pour vous, monsieur Parker, et mon dernier acte d'indulgence.

Le Collectionneur se leva et s'éloigna. Le temps que je me relève, il s'était évaporé. J'allai à ma voiture et rentrai chez moi en songeant à ce qu'il m'avait dit.

Joel Harmon disparut ce soir-là. Todd étant souffrant, il avait conduit lui-même sa voiture pour se rendre à une assemblée des habitants de Falmouth où il avait remis un chèque de vingt-cinq mille dollars dans le cadre d'une collecte pour équiper l'école locale de minibus. On retrouva sa voiture dans Wildwood Park et on ne le revit jamais.

Peu après neuf heures, le lendemain matin, je reçus un coup de téléphone. L'homme qui appelait ne s'identifia pas mais il m'avertit que la juge Hight venait de délivrer un mandat de perquisition autorisant la police de l'Etat à chercher à mon domicile des armes pour lesquelles je n'avais plus de permis. Elle serait chez moi dans moins d'une heure.

Sous la conduite de Hansen, les flics fouillèrent toutes les pièces, parvinrent à soulever le panneau derrière lequel j'avais planqué les pistolets que j'avais gardés malgré la suspension de mon port d'arme, mais ils n'y étaient plus : je les avais enveloppés de toile cirée et de plastique avant de les lâcher dans une mare située derrière mon jardin, attachés à une corde nouée à un rocher de la rive. Tout ce qu'ils trouvèrent, ce fut de la poussière. Ils fouillèrent même le grenier mais ils n'y restèrent pas longtemps et je vis à l'expression des hommes en uniforme qui en redescendirent qu'ils étaient soulagés de quitter ce lieu froid et sombre. Hansen ne m'adressa pas la parole pendant toute la perquisition et me lança simplement, quand elle fut terminée :

– Ce n'est pas fini.

Après leur départ, j'entrepris de vider le grenier. Je soulevai les caisses et les cartons sans même vérifier leur contenu, les jetai sur le palier avant de les porter en bas, sur l'étendue de terre nue et de pierres située au bout de mon jardin. J'ouvris la lucarne du grenier, laissai pénétrer l'air frais, essuyai la poussière de la vitre, effaçai les mots qui y étaient encore écrits. Puis je parcourus toute la maison, ouvrant les placards, aérant les pièces, jusqu'à ce qu'il fasse aussi froid à l'intérieur qu'au-dehors.

Elles sont là où vous les gardez.

Je crus sentir leur colère, ou peut-être cette rage était-elle en moi et luttais-je pour survivre en m'en purgeant. Quand le soleil déclina, j'allumai un bûcher et je regardai le chagrin et les souvenirs monter vers le ciel en une fumée grise chargée de fragments calcinés qui retombaient en poussière lorsque le vent les emportait.

– Je suis désolé, murmurai-je. Je suis désolé pour toutes les façons dont je vous ai trahies. Je suis désolé de ne pas avoir été là pour vous sauver ou pour mourir avec vous. Je suis désolé de vous avoir gardées si longtemps avec moi, emprisonnées dans mon cœur, ligotées par la peine et les remords. Je vous pardonne, aussi. Je vous pardonne de m'avoir abandonné et je vous pardonne d'être revenues. Je vous pardonne votre colère et votre douleur. Que ce soit la fin. La fin pour tout.

Ça l'était.

– Vous devez partir, maintenant, dis-je à voix haute aux ténèbres. Il est temps.

A travers les flammes, je vis le marais miroiter, et la lune prit dans sa lumière deux formes au-dessus de l'eau, tremblant dans la chaleur du feu. Elles s'éloignèrent quand d'autres les rejoignirent, cohorte en marche, âme après âme, jusqu'à ce qu'elles se perdent enfin dans le fracas triomphant des vagues mourantes.

Ce soir-là, comme appelée par le brasier, Rachel sonna à la porte de la maison où nous avions vécu ensemble, rendant Walter complètement fou quand il la reconnut. Elle me dit qu'elle s'était fait du souci pour moi. Nous bavardâmes, nous mangeâmes et nous bûmes un peu trop de vin. Lorsque je me réveillai, le lendemain matin, elle dormait à côté de moi. Je ne savais pas si c'était un début ou une fin, j'avais trop peur pour poser la question. Elle repartit un peu avant midi, avec un baiser et des mots non prononcés sur les lèvres.

Loin de là, une voiture s'arrêta devant une maison banale d'une route de campagne. Quelqu'un ouvrit le coffre, en fit tomber un homme puis le força à se relever, les yeux bandés, la bouche bâillonnée, les mains attachées derrière le dos par un fil de fer qui avait entaillé ses poignets, faisant couler du sang sur ses mains, les pieds entravés de la même façon au-dessus des chevilles. Il tenta de rester debout mais faillit s'écrouler, sentit des mains sur ses jambes. Quand on dénoua le fil de fer pour qu'il puisse marcher, il se mit à courir mais un pied lui faucha les jambes et une voix prononça dans son oreille ce seul mot empestant la nicotine : « Non. »

On le releva une seconde fois, on le poussa à l'intérieur de la maison. Une porte s'ouvrit et on lui fit descendre avec précaution un escalier en bois. Ses pieds touchèrent un sol de pierre. Il marcha jusqu'à ce que la même voix lui ordonne de s'arrêter et on le fit mettre à genoux. Il entendit un raclement, comme si on bougeait une planche devant lui. On lui ôta son bâillon, son bandeau et il vit qu'il se trouvait dans une cave, vide à l'exception, dans un coin, d'une vieille armoire dont les portes ouvertes révélaient un assortiment d'objets, trop loin cependant pour qu'il pût les distinguer dans l'obscurité.

Il y avait un trou devant lui et il crut sentir une odeur de sang et de viande avariée. Profonde de deux mètres environ, la fosse était jonchée de pierres et de morceaux d'ardoise. Il cligna des yeux et eut un moment l'impression que le trou était en fait plus profond, que son sol de pierres était suspendu au-dessus d'un abîme. Il sentit des mains toucher ses poignets puis lui ôter sa montre, sa chère Patek Philippe.

– Voleur ! s'écria-t-il. Vous n'êtes qu'un voleur !

– Non, répondit la voix, je suis un collectionneur.

– Alors, prenez-la, dit Harmon.

Il avait la voix rauque de manque d'eau, il se sentait faible et nauséeux après le long trajet dans le coffre de la voiture.

– Prenez-la et laissez-moi partir. J'ai de l'argent, je peux vous faire un virement là où vous voudrez. Vous me garderez jusqu'à ce que la somme soit entre vos mains et je vous promets que vous en recevrez encore autant une fois que vous m'aurez libéré. Je vous en prie, laissez-moi partir. Quoi que j'aie pu vous faire, je le regrette.

La voix se fit de nouveau entendre près de sa bonne oreille. Il n'avait pas encore vu son ravisseur, il avait reçu un coup parderrière alors qu'il se dirigeait vers sa voiture et il s'était réveillé dans le coffre. Il lui semblait qu'ils avaient roulé de longues heures, ne s'arrêtant que pour faire le plein. Pas à une station-service, car il n'avait pas entendu le bourdonnement de la pompe ni les moteurs d'autres voitures. Harmon supposait que son kidnappeur avait chargé des bidons d'essence à l'arrière du véhicule pour ne pas avoir à faire halte dans un lieu public et courir le risque que son prisonnier attire l'attention en faisant du bruit.

Il était maintenant à genoux dans une cave poussiéreuse, fixant le fond d'un trou qui était à la fois profond et peu profond, et une voix disait :

– Tu es damné.

– Non, bredouilla-t-il. Non, ce n'est pas vrai.

– Tu as été jugé défaillant et tu vas perdre la vie. La vie et ton âme.

– Non, répéta Harmon d'une voix aiguë. C'est une erreur ! Vous vous trompez.

– Il n'y a pas d'erreur. Je sais ce que tu as fait. *Ils* savent.

Harmon plongea le regard dans la fosse où quatre formes le fixaient. Leurs yeux étaient pareils à des trous sombres dans l'enveloppe mince et parcheminée qui recouvrait leur crâne ; leurs bouches étaient noires, ridées, béantes. Des doigts puissants le saisirent par les cheveux et lui tirèrent la tête en arrière, exposant son cou. Il sentit quelque chose de froid sur sa peau puis la lame pénétra dans sa gorge, du sang gicla sur le sol et dans le trou, éclaboussant les visages des formes d'en bas.

Et les Hommes creux levèrent les bras vers lui et l'accueillirent parmi eux.

Remerciements

Je n'aurais jamais pu écrire ce livre sans la patience et la gentillesse d'un grand nombre de gens qui m'ont fait profiter de leurs connaissances et de leur expérience sans jamais se plaindre. Je suis particulièrement reconnaissant au Dr Larry Ricci, directeur du Programme Spurwink sur les abus sexuels sur enfants à Portland, ainsi qu'à Vickie Jacobs Fisher, du Comité du Maine pour la prévention des abus sexuels sur enfants, et au Dr Stephen Herman, psychiatre médico-légal et aficionado du stylo plume, de New York. Sans le concours de ces trois âmes généreuses, ce roman serait beaucoup plus médiocre… ou n'aurait peut-être jamais vu le jour.

J'ai également recueilli des informations précieuses à des étapes essentielles de la rédaction de ce livre auprès de personnes auxquelles je suis très reconnaissant : Matt Mayberry (immobilier), Tom Hyland (Vietnam et questions militaires), Philip Isaacson (points de droit), Vladimir Doudka et Mark Dunne (questions russes), et Luis Urrea, mon confrère romancier infiniment plus doué que moi, qui a aimablement corrigé mes pauvres tentatives en langue espagnole. L'agent Joe Giacomantonio, de la police de Scarborough, a eu une fois de plus la gentillesse de répondre à mes questions sur la procédure policière. Enfin, Mlle Jeanette Holden, de la Société d'histoire de la Moose River Valley à Jackman, m'a offert une abondance de matériaux et un après-midi en bonne compagnie. Je tiens également à remercier de leur aide la Chambre de commerce de Jackman et le personnel de la bibliothèque de recherche de la

Société d'histoire du Maine de Portland. Comme toujours, les erreurs qui se sont à coup sûr glissées dans ce livre sont de mon seul fait.

Un certain nombre de livres et d'articles se sont révélés particulièrement utiles pour mes recherches, notamment *The Yard*, de Michael S. Sanders (Perennial, 1999) ; *History of the Moose River Valley* (Société d'histoire de la Moose River Valley à Jackman, 1994), « L'expédition d'Arnold à Québec en remontant la Kennebec en 1775 », de H. N. Fairbanks (Archives de la Société d'histoire du Maine), *South Portland : A Nostalgic Look At Our Neighborhood Stores*, de Kathryn Onos Di Phillipo (Barren Hill Books, 2006), et le reportage du *Phoenix* de Portland, couronné par un prix, sur l'utilisation de la « chaise » à la prison Supermax du Maine, en particulier l'article « Torture dans les prisons du Maine », de Lance Tapley (11/11/2005).

Sur le plan personnel, j'ai toujours l'immense chance d'avoir pour éditeurs Sue Fletcher, à Hodder & Stoughton, et Emily Bestler, à Atria Books, qui cumulent toutes deux la patience d'une sainte et l'habileté d'un chirurgien littéraire. Mille mercis également à Jamie Hodder-Williams, Martin Neild, Lucy Hale, Kerry Hood, Swati Gamble, Auriol Bishop, Toni Lance et toute l'équipe de Hodder & Stoughton ; à Judith Curr, Louise Burke, David Brown, Sarah Branham, Laura Stern et tout le personnel d'Atria. Mon agent, Darley Anderson, demeure un roc de bon sens et d'amitié et c'est à lui, ainsi qu'à Emma, Lucie, Elizabeth, Julia, Rosi, Ella, Emma et Zoe, que je dois ma carrière. Merci enfin à Jennie, Cam et Alistair, pour m'avoir supporté.

Pour finir, un mot sur Dave Glovsky le Devineur. Dave a réellement existé et il exerçait bel et bien son talent à Old Orchard Beach, mais j'espère de tout cœur qu'il n'a jamais rencontré un homme comme Frank Merrick. Un moment, j'ai envisagé d'introduire dans ce roman une version déguisée du Devineur, mais cela eût été injuste envers cet homme insolite, et il y apparaît donc sous sa propre identité. Si un membre de sa famille le retrouve dans ces pages, j'espère qu'il y verra l'hommage que j'ai voulu rendre à Dave.

Composé par Nord Compo
à Villeneuve-d'Ascq

Achevé d'imprimer sur les presses de

BUSSIÈRE

GROUPE CPI

à Saint-Amand-Montrond (Cher)
en février 2008
pour les Presses de la Cité

N° d'édition : 7618. — N° d'impression : 080529/4.
Dépôt légal : février 2008.

Imprimé en France